나의
달은
그림자가
없다

나의 달은 그림자가 없다 2

| 지은이_연이은 | 초판 1쇄 찍은 날_2016년 12월 15일 | 초판 1쇄 펴낸 날_2016년 12월 26일
| 발행처_도서출판 청어람 | 펴낸이_서경석 | 편집책임_조윤희 | 편집_이은주, 최고은
| 디자인_박보라 | 경기도 부천시 원미구 부일로 483번길 40 서경B/D 3F (우) 14640
| 등록_1999년 5월 31일(제387-1999-000006호) | 전화_032-656-4452
| 팩스_032-656-4453 | http://www.chungeoram.com | chungeorambook@daum.net
| 어람번호_제8-0079호

ISBN 979-11-04-91063-0 04810
ISBN 979-11-04-91061-6 (SET)

나의 달은 그림자가 없다 2

연이은 장편소설

도서출판 청어람

목차

작가 후기

17
약속

"내가 그래도 오빤데, 오빠한테 너무하는 거 아냐?"

"싫으면 서울 가든가."

"오빠 노릇 한다고 여기까지 내려왔는데 나 혼자 올라가면 어머니한테 내가 뭐가 되냐?"

"뭐가 되긴 평소와 다를 바 없는 정해일이지."

"아, 진짜 저걸 확 때릴 수도 없고."

해일이 허공에다가 주먹을 흔들며 분풀이를 했다. 소월은 눈길 한 번 주지 않고 앞만 보며 걸었다. 노을도 다 지고 하늘은 완연하게 검푸른 색채를 띠고 있었다. 소월과 무영, 해일은 저택으로 향하는 중이었다.

영선의 제안에 따라 소월과 무영은 저택에 들어가기로 결심했다. 해일은 호랑이 굴에 제 발로 들어가는 거 아니냐며 께름칙해했지만, 하이에나가 날뛰고 있는 판국에 가장 안전한 곳은 호랑이 굴이었다. 무엇보다 저택에서 지내게 된다면 차무영의 결혼과 한지훈의 상관관계에 대해서 알아낼 기회가 더 많이 생길지도 몰랐다. 무영이 저택으로 들어가겠다고 연락을 넣자, 영선은 돌아온 소월을 위해 근사한 저녁 식사를 대접하겠다고 했다. 그녀의 넋두리 속에서 또 다른 힌트를 얻을 수도 있었다.

"아까도 봤겠지만 차 사장님은 자아도취적인 면이 강해. 드라마틱한 화법을 구사하시기도 하고. 우린 그걸 보고만 있으면 돼. 기분 나쁜 표현이 있거나 반박하고 싶은 허점들이 보여도 조용히 있는 게 상책이라고."

소월이 말했다. 저 멀리서 불빛이 반짝거렸다. 해가 져 어둑어둑해진 길의 끝에 웅장한 저택의 모습이 희미하게 보였다.

"그런데 너는 말이 너무 많단 말이야."

문제는 정해일이었다. 첫 대면은 어찌어찌하여 무난하게 넘어갔으나 저택에 입성하고 나서부터는 또 다른 문제였다. 차영선이 있는 곳에 정해일을 들이는 건 소월이 보기엔 재앙의 주둥아리 두 개를 한 공간에 집어넣는 것과도 같았다.

"오지랖도 너무 넓고, 참견도 너무 잘해. 차 사장님이 말할 때 네가 끼어들면 우리가 듣고 싶은 얘기는 죽어도 안 나올 거야."

사소하고 의미 없는 것들로 주야장천 입씨름을 할 두 사람의 모습을 상상하는 것은 아주 쉬운 일이었다.

"그래서 아무 말도 하지 말고 닥치고 있으라고?"

"어, 나대지 말고 가만히 있어."

소월이 즉시 대답했다.

"어려운 부탁도 아니잖아?"

"이게 무슨 부탁이냐? 협박조의 명령이지."

해일은 발끈했다. 그는 여전히 자신을 못 미더워하는 동생이 야속했다. 그렇다고 상황이 급박하게 흘러가는 이 시점에 소월을 앞혀놓고 구구절절 서운함을 토로할 수도 없었다.

"알았어. 네가 원하는 대로 최대한 조용히, 오빠 노릇은커녕 사람 노릇도 안 하고 꿔다 놓은 보릿자루처럼 무능력하게 있을게."

한껏 비아냥대긴 했으나 결국은 현실을 받아들이는 해일이었다. 소월이 어깨를 으쓱하며 그래주면 고맙겠다고 공치사를 하는데, 해일이 조건을 덧붙였다.

"대신 오빠라고 불러. 사돈 앞에서까지 '야', '너' 이러면 안 되잖아."

"응, 오빠."

맥이 빠질 만큼 쉬이 나온 '오빠' 소리에 해일은 얼간이 같은 표정을 지어 보였다. 소월은 겨우 호칭 하나에 희비가 엇갈리는 해일의 유치함에 혀를 내둘렀다.

세 사람이 저택의 현관에 들어서자, 메이드들이 우르르 몰려와 짐을 받아 들었다. 붙임성 좋은 몇 명은 돌아온 걸 환영한다며 소월에게 아는 체를 했다. 저택의 공기가 비교적 가벼웠다. 영선이 저택에 없다는 뜻이었다.

"도련님! 아가씨!"

웬일로 한 박자 늦은 희태가 종종걸음으로 세 사람에게 다가왔다. 해일을 발견한 희태의 얼굴에 화색이 돌았다. 자신을 소개한 희태가 아가씨의 둘째 오빠분을 뵙게 되어 무척 반갑다며 악수를 청하자, 해일은 기분이 좋아졌다. 월산에 와서 이토록 큰 환대를 받은 건 처음이었기 때문이다.

"어머니는요?"

무영이 물었다.

"차 사장님은 직원들을 데리고 온천타운으로 가셨습니다. 밀린 업무들을 처리하고 염 선생님, 지배인님과 함께 돌아오신다고 하셨습니다. 저녁 만찬 시간이 조금 늦어져도 양해를 부탁한다고 말씀 남기셨습니다. 어쩌면 취소가 될지도 모르고요."

희태에 의하면 온천타운은 난리가 났다고 했다. 자살 사건이 잠잠해지기도 전에 범죄자가 월산의 숲으로 도주하였기 때문이다. 지역 방송에서 하루 종일 최창규의 소식을 속보로 내보냈으므로 무분별한 공포가 관광객들 사이에 확산되었다.

게다가 온천타운의 수장인 영선은 직원들의 반 이상을 데리고선 무영을 찾으러 다녔으니 손님들의 혼란은 더욱 심해졌다. 숙박을 취소하고 환불을 요청하는 손님들이 우후죽순으로 늘어나 온천타운은 눈코 뜰 새 없이 바빴다.

"별채는 최창규가 잡힐 때까지 당분간 쓰지 않기로 했습니다. 본채에 모여 있는 게 경호하기 더 좋으니까요. 세 분의 방은 2층에 나란히 마련해 두었습니다."

그의 말이 떨어지기 무섭게, 숙련된 메이드들이 안내를 위해 그들에게 한 명씩 붙었다.

"잠시, 도련님은 절 좀 따로 보셔야겠습니다."

희태가 무영을 불렀다. 소월과 무영의 눈이 마주쳤다. 그녀가 자연스럽게 무영의 곁에 다가가자, 희태는 소월도 무영이 몰래 꾸민 일을 알고 있음을 직감했다. 무영은 그를 이용하기 위해 자작극을 꾸민 '보스'의 스파이가 온천타운 직원 중에 있다고 생각했고, 희태에게 수상한 자가 있으면 알려달라고 은밀히 부탁했던 것이다.

응접실로 향하는 세 사람의 뒷모습을 보며 해일은 궁금증이 일었으나, 소월과의 반강제적인 약속을 떠올리며 얌전히 메이드의 뒤를 따랐다.

비어 있을 거라 예상한 응접실에는 한 남자가 멀뚱히 서 있었다. 탁상 위에는 그의 증명사진이 붙은 이력서 복사본이 놓여 있었다.

"다른 사람들이 도련님을 찾기 위해 온 마을과 시내를 수색하는 동안 이 친구는 계속 저택으로 돌아와 서성거렸다고 하더군요. 차 사장님의 서재 금고를 만지고 있는 걸 메이드들이 현장에서 잡았다고 합니다."

남자는 자신이 아닌 타인의 이야기를 듣는 것처럼 무표정으로 일관하였다. 소월은 탁상 위에 놓인 이력서를 집어 들었다.

"이 사람, 내가 월산에 처음 온 날에 입사했네요? 본가는 서울이고."

"혼잡한 서울 생활에 질려서 내려온 겁니다. 그게 문제가 되나요?"

남자가 마침내 입을 열었다. 그의 태도는 현장에서 붙잡힌 도둑치곤 제법 당당하였다. 아니나 다를까, 그는 자신의 혐의를 전면으로 부정하였다.

"등잔 밑이 어둡다는 말이 있지 않습니까. 도련님이 저택에 계실지도 모른다고 생각했을 뿐입니다. 서재 금고를 만지고 있었던 건 메이드들이 오해한 거고요. 저는 그저 신발 끈을 묶으려다가 갑자기 들이닥친 사람들 때문에 놀라 휘청거린 것뿐입니다. 그러다가 금고에 손을 댄 거고요."

"아까부터 계속 이 말만 반복하고 있습니다."

희태가 한숨을 쉬며 말했다. 현행범이라곤 하나 그 상황이 언변으로 둘러대어 충분히 모면할 수 있을 만한 것이었고, 뚜렷한 물증이 없었다. 수상스러운 것이라곤 소월의 지적대로 그의 입사일이 소월이 월산에 온 날과 겹친다는 점뿐이었다.

"따로 하실 말이 없으시면 이만 가보겠습니다."

누구도 그를 붙잡아둘 만한 말을 뱉어내지 못했다. 남자는 태연히 걸으며 응접실을 빠져나갔다. 정말로 죄가 없는 사람이라면 억울함을 따져 물었을 텐데 남자는 그러질 않았다. 그가 무영이 찾는 사람이 맞았기 때문이었다. 응접실 안에 있는 모두가 그것을 알고 있었다. 떠나는 남자의 입가에 비릿한 미소가 어렸다.

"이대로 보내도 되겠습니까?"

"어쩔 수가 없잖아요. 나를 찾느라 저택을 뒤지고 다니는 게 공공연히 허락된 상황이었으니까요. 사장이 시킨 일을 직원이 한 것뿐인걸요."

무영은 보스의 손아귀에서 놀아났다는 불쾌한 기분을 지울 수가 없었다.

'이러려고 그런 자작극을 꾸민 걸까? 주변 사람들을 의심하게 만들어서 숨어 있게 하려고? 그래서 정신없는 틈을 타서 저택에 침입하기 위해?'

무영은 남자의 이력서를 뚫어져라 쳐다보았다. 그의 입사일은 이 일의 배후에 정 회장이 있을지도 모른다는 암시를 주었다. 눈치가 둔한 희태까지도 거의 확신하고 있었다.

"우리 할아버지 소행인 것 같지?"

소월이 지친 목소리로 입을 뗐다.

"뭔가 꿍꿍이가 있을 거라고 생각하긴 했는데 아직도 월산에 집착하고 있을 줄은 몰랐어. 도대체 무슨 생각인 거지? 이런 식으로 '쇼'를 하는 건 할아버지 스타일이 아니야. 이상해. 예감이 안 좋아."

"그래도 긍정적인 부분도 있어. 정 회장님이 엄마의 서재 금고를 노리고 있다는 걸 알게 되었잖아. 아저씨, 거기에 뭐가 들어 있는지 혹시 알아요?"

무영이 애써 밝은 목소리를 내며 희태에게 물었다. 희태는 고개를 저으며 영선조차도 그 금고를 자주 열어보지 않는다고 했다.

"중요하지만 소중한 건 아닌 물건인가 봐. 개인적으로 가치가 있는 물건이라면 자주 꺼내 보고 싶은 게 사람 심리잖아?"

소월이 예리하게 말했다. 특히 영선처럼 소유욕이 강하면서 자기 과시적인 성향의 사람이라면 좋아하는 귀중품일수록 눈길과 손길이 닿는 곳에 보관할 터였다.

"그 말대로라면, 금고에 넣어둔 건 보관하기 위해서가 아니라 숨기기 위해서가 아닐까? 우리 엄마는 좀 그렇잖아요. 나를 이 저택에 숨기고 가두려고 했던 것처럼 말이에요."

본인은 별 감흥 없이 꺼낸 말이었는데, 소월과 희태는 애끓는 눈빛으로 무영을 바라보았다. 무영이 당황해하며 자긴 괜찮다며 그렇게 쳐다보지 말라고 손사래를 칠 때였다. 조심스러운 노크 소리가 정적을 깼다. 해일이었다. 들어오라는 소월의 말에 해일이 문 너머로 얼굴을 내밀며 방 안의 분위기를 살폈다.

"나 할 말 있는데."

"지금?"

소월이 눈을 비비며 물었다. 그녀의 목소리는 피곤함에 절어 있었다. 무영이 손짓하자 해일이 머뭇거리며 응접실 안으로 들어섰다. 희태는 둘째 오빠라는 사람이 왜 이토록 소월의 눈치를 보는지 알 수 없었다. 그것은 소월과 무영도 마찬가지였다. 비록 소월이 그에게 쥐 죽은 듯 있으라며 엄포를 놓긴 하였으나, 곧이곧대로 들을 해일이 아니었기 때문이었다.

"왜 이렇게 저자세야? 그새 뭐 깨뜨리기라도 했어?"

소월이 넘겨짚으며 물었다. 해일은 그녀의 근본 없는 의심에도 서운해하지 않고 비굴한 미소를 지을 뿐이었다.

"그럼 뭔데?"

"서울에서 전화 한 통을 받았어."

"전화? 누구? 부모님?"

해일은 고개를 저었다. 소월은 답답하게 하지 말고 빨리 말하라며 재촉했다.

"양 실장님이라고 알아?"

"아빠랑 엄마한테 내 결혼 얘기 해준 사람? 대충 듣기만 했어. 그분이 전화했어? 왜?"

"그분이 간을 좀 보긴 해도 자기한테 잘해주는 사람한텐 쓸 만한 정보를 주시거든. 나하고는 사이가 그렇게 나쁜 편도 아니고, 또 들어 보니까 할아버지가 양 실장님을 구박하신 모양인데……."

"그래서 뭔 일인데? 각설하고 말해봐."

해일이 횡설수설하자 소월이 단호하게 채근했다.

"약속 하나 해."

해일의 뜬금없는 요구에 소월의 얼굴이 대번에 구겨졌다.

"뭔 약속?"

"나랑 싸잡기 하지 마. 나는 나고, 걔는 걔야. 너도 알잖아? 우리 셋 중에 그 인간이 제일 불량품인 거."

"큰오빠 얘기하는 거야?"

소월이 질색하며 물었다. 그녀의 반응에 해일은 속으로 천일에게 쌍욕을 했다. 이제야 오빠 소리도 듣고, 마음의 벽도 허물까 싶던(물론 전적으로 해일의 관점에서만이다) 찰나였다. 그런데 정천일이 불시에 난입하여 남매의 우애를 아작 내려고 하는 것이다.

"양 실장님 말씀이, 할아버지가 너랑 무영이 다시 만나는 거 전부 알고 계신대. 괘씸하다고 절대 두 사람 응원 안 해줄 거고, 오히려 방해하려고 이를 갈고 있대. 게다가 너랑 무영이를 결혼시키는 방법 말고 다른 식으로 월산을 차지하려고 계획을 세웠대."

해일은 잠시 말을 멈추어 속으로 한 번 더 쌍욕을 했다. 정천일, 이 핵폐기물 새끼야. 그가 다시 입을 열었다.

"그리고 양 실장님 말씀으론 그 계획을 실행하러 형이 월산에 직접 내려왔대."

"천일 오빠가?"

소월이 몹시 불쾌한 표정을 지었다. 무영은 소월의 입에서 오빠란 소리가 절로 나오는 걸 보고, 정천일이 정해일과는 완전 다른 유형의 인간일 거라고 예상했다. 그것도 아주 부정적인 의미로 말이다. 그는 신경질적으로 손톱을 물어뜯기 시작한 소월의 손을 잡았다.

"진정해. 그렇게 무서운 오빠야?"

"무섭긴 누가 무서워한다고 그래."

소월은 코웃음을 치며 말했지만 눈동자에 떠오른 두려움까지 숨길 순 없었다.

"그래. 정소월한테 무서울 게 뭐가 있어. 내가 옆에 있는데."

무영은 소월을 품에 안고 그녀의 등을 부드럽게 쓸어주었다. 소월은 이럴 필요 없다며 구시렁대면서도 힘을 주어 무영을 밀어내지 않았다.

최예림이 죽었다. 사람들은 자살이라고 하지만 소월이 보기엔 타살이었다. 누군가 살해당했고, 살의를 간직한 범인의 정체는 오리무중이었다. 차영선과 한지훈에 대한 의심은 더욱 깊어지고 혼란스러워졌다. 최창규는 동생의 복수를 위해 도망을 쳤다. 굳이 정천일이 보태주지 않아도 될 만큼 월산은 충분히 적의로 가득 차 있었다.

"이제 아귀가 맞아떨어지네."

소월이 무영의 옷깃을 꽉 쥐며 조용히 말했다.

"난 천일 오빠가 싫어."

그의 품만이 소월이 안전하다고 느낄 수 있는 유일한 공간인 것 같았다.

"그 징그러운 통제광이 수작을 부렸던 거야."

"통제광?"

"정천일은 사람들을 자기 손아귀에 쥐고 움직이는 걸 편집증적으로 좋아해. 인형처럼 말이야. 할아버지는 그런 성격은 타고난 거랬어. 다른 사람들 위에 올라설 수 있는 사람만이 갖고 태어난 천부적인 재능이라고. 내가 보기엔 그냥 소시오패슨데."

천일은 가면을 잘 쓴다. 그는 마음만 먹으면 누구에게나 사랑받을 수 있는 사람이었고, 그 능력을 교묘하게 잘 이용했다. 천일에게 진심으로 충성을 바치는 부하들도 많이 있었다. 그들은 천일이 그럴 만한 가치가 있는 사람이라고 착각하고 있었다.

"인형 놀이를 좋아한단 말이지? 날 갖고 자작극을 꾸민 사람이 정 회장님이 아니라 정천일이겠구나."

"보스의 목소리가 오십대처럼 들렸대서 정천일이라곤 생각을 못 했어. 아까 그 남자, 자작극을 꾸민 무리들까지 하면 부하도 여럿 데리고 온 모양이야."

소월은 머리가 지끈거렸다.

'정천일이 노리고 있는 게 뭘까? 월산을 차지하려는 할아버지의 계획이 뭐지?'

눈을 질끈 감고 괴로워하는 소월의 머리를 다정하게 만져 주며 무영이 소월을 진정시켰다.

"괜찮아. 정천일이 서울에서 누굴 얼마나 많이 데려왔든 여긴 월산이야. 나도 있고, 희태 아저씨도 있고, 우진 형이랑 해일 형도 있잖아. 물론 월산에도 우릴 위협하는 사람들이 있긴 하지만……. 중요한 건 넌 혼자가 아니란 거야. 내가 지켜줄게. 미덥지 않아 보여도 믿어줘. 다른 건 다 실패해도 너 하나 지키는 건 무조건 해낼게. 그러니까 불안해하지 마."

"나만 지키면 안 돼. 너도 지켜. 무슨 일이 있어도 나랑 같은 곳에,

함께 있는 거야. 알았지?"

소월이 가장 불안해하는 건 무영을 잃는 것이다. 무영이 소월을 행복하게 만들고 싶다면, 자신의 몸을 지키면 되는 거다.

"약속해. 절대 널 다치게 하지 마."

왜 그런 약속이 하고 싶었는지 모르겠다. 소월은 무영의 새끼손가락을 잡으며 어서 약속하라고 졸랐다. 무영이 손가락을 걸어주자 그제야 소월은 어렴풋이 웃었다.

두 번째 노크 소리가 들렸다. 메이드였다. 그녀는 온천타운에서의 업무가 늦어져 저녁 만찬을 내일로 연기해야겠다는 영선의 전갈을 전했다.

"사건과 관련된 장소 중에 민간인들이 가장 많이 모여 있는 곳이 온천타운이라 경찰들이 곳곳에 배치되어 있습니다. 걱정하지 않으셔도 됩니다."

무영이 밤새 온천타운에 머물게 된 부모님과 명인에 대해 근심 어린 기색을 보이자 희태가 그를 안심시키며 말했다.

"그럼 오늘 밤 우리가 뭘 해야 할지는 정해졌네요."

소월이 어두운 분위기를 쇄신하기 위해 일부러 기운찬 어조로 말했다. 정작 세 남자는 그녀의 말뜻을 알아차리지 못하고 어리둥절한 표정이었다.

"정천일이 털려고 했던 금고, 우리가 먼저 털어야죠."

소월이 진짜 도둑처럼 음흉하게 손바닥을 비비며 말했다.

기지개를 켜며 늘어지게 하품을 하고 나니 찌뿌드드한 근육들이 이완되며 온몸에 소름이 돋았다. 해일은 소름을 털어내려 몸을 부르르 떨었다. 벽에 붙은 장식용 램프의 빛은 긴 복도를 고루 비추기엔 다소 희미했다. 해일이 망을 보고 선 서재 문 앞을 제외하곤 복도는 어둠으로 덮여 있었다. 자정이 훌쩍 넘긴 시간에 일을 시작한 터라, 당직을 서는 메이드들도 모두 잠이 들어 저택 안은 괴괴하기 이를 데 없었다.

"아직 멀었어?"

해일이 문을 살짝 열어 낮게 소리쳤다. 소월과 무영이 금고를 털기 위해 서재로 들어간 지 겨우 오 분이 채 지나지 않았다. 문 안쪽에서 어이없어 하는 소월의 목소리가 들렸다.

"너 그거 절대 못 열걸. 네가 영화를 너무 많이 봐서 금고 터는 게 엄청 쉬운 건 줄 아나 본데, 개나 소나 다 털면 누가 금고를 쓰겠냐."

문밖에서 스며 들어오는 설교조의 중얼거림을 무시해 보려고 했으나 소월 역시 내심으론 해일의 말에 동의할 수밖에 없었다. 천일의 스파이 노릇을 하던 남자가 금고를 건드리려고 했다기에 선수를 치자고 하긴 했으나, 막상 굳게 닫힌 금고를 실물로 보니 묘수가 떠오르질 않았다.

"비밀번호만 알아내는 거면 어떻게 추리라도 시도를 해볼 텐데……."

금고는 이중 잠금으로 되어 있었다. 열쇠가 없으면 비밀번호가 맞아도 열리지 않는 것이다.

"집사님이 도와주신 걸 쓰지도 못하겠네."

소월이 손에 든 쪽지를 구기며 덧없이 말했다. 쪽지에는 희태가 알려준 여러 숫자들이 적혀 있었다. 모두 영선의 신상과 관련된 것들이었다. 희태는 남아서 도와주겠다고 했으나, 소월은 수진의 푸념을 기억하며 그를 집으로 보냈다.

패기만만하게 시작된 일이 허무하게 파장될 기미를 보이자 소월은 무기력하게 넋을 놓았다. 반면에 무영은 부지런히 움직이며 서재 이곳 저곳을 살피고 있었다.

"뭐 해?"

"금고에만 중요한 단서가 있으리란 법은 없으니까. 여긴 엄마의 공간이니까 뭐든 쓸 만한 게 나오지 않겠어?"

무영은 책장에 빼곡하게 꽂힌 책들 사이사이를 갈라보기도 하고, 서랍 속에 있는 서류들을 꺼내 읽기도 했다. 그에게 자극을 받은 소월도 일어나 서재를 수색하기 시작했다.

"서류상으로만 보면 차 사장님이 한지훈에게 엄청 지극정성을 다한 것처럼 보인다."

소월이 캐비닛에서 꺼낸 서류 뭉치들을 마호가니 책상 위에 펼쳐 보이며 말했다. 서류들은 영선이 지훈에게 어떤 경제적 지원을 해주었는지를 보여주고 있었다.

"단순히 생색내기용으로 남겨놓은 것치곤 너무 체계적인데."

무영이 서류들을 넘기며 의아해했다.

"맞아. 증빙을 목적으로 기록을 남겨놓은 것 같아."

소월이 거들었다.

"차 사장님은 한지훈에게 경제적으로 지원을 했다는 증거들을 모아놓은 거야. 이 정도면 법적으로 효력을 갖기에 충분하고."

자랑할 거리는 아니지만 소월은 이러한 서류들이 특히 잘 이용되는 법 분야 하나를 빠삭하게 알고 있었다. 고작 다섯 살의 소월을 외국으로 보내 키우기 위해 정 회장은 많은 서류들을 만들어냈었다. 친모인 정수가 보모의 자격으로 따라가긴 했으나, 법적으론 보호자가 아니었으므로 일은 좀 더 복잡했다. 정 회장은 소월이 방치된 게 아니란 것을 증명하기 위해 다양한 방식으로 기록에 남을 만한 지원들을 했던 것이다.

"이건 차 사장님이 한지훈을 잘 양육했다는 증거야."

순간, 암전이었던 소월의 머릿속에 스파크가 튀며 불이 들어왔다.

"왜 그런 증거를 남겨놔야 했을까? 애초에 차 사장님에겐 한지훈과 관련한 책임이 없었을 텐데 말이야. 한지훈은 정신병이 있는 심신미약 상태의 혜윤 할머니가 주워 온 애에 불과했으니까. 당장 고아원에 갖다 버려도 법적으로 문제가 없지."

"하지만 한지훈이 차석윤의 손자라면?"

"그거야. 그렇게 되면 모든 게 달라져. 차 사장님은 유일한 친인척으로서 당시 미성년자였던 한지훈을 부양할 의무가 있었어. 하지만 한지훈이 차씨 일가의 사람이라는 건 알려지지 않았어. 차 사장님이 밝히고 싶어 하지 않았으니까. 차 사장님은 한지훈의 정체를 숨기면서도 나중에 밝혀졌을 때를 대비하여 양육의 증거들을 모아놓았던 거야."

"엄마가 한지훈의 정체를 알고 있었다는 거네."

"처음부터는 아니었을 거야."

소월이 서류들의 날짜를 가리키며 말했다.

"가장 오래된 날짜가 전부 십이 년 전이야. 차 사장님은 십이 년 전에 한지훈이 차석윤의 손자라는 걸 알게 된 거야."

"십이 년 전이면……."

"너희 할머니가 돌아가시고 네가 트라우마로 정신적 성장을 멈춘 시점이야. 아마 그날, 무슨 일이 있어서 한지훈의 정체가 밝혀진 거고."

"형이 우리 할머니를 죽인 이유와 관련이 있을까?"

무영이 생기 없이 말했다. 기억에 남겨두고 싶지 않아서 잊고, 왜곡했던 살인의 장면은 최면 요법 후 선명하게 부활하여 그를 괴롭혔다. 할머니의 작고 여윈 몸을 잡고 흔들던 파랗게 질린 손의 주인은 한지훈이었다.

"그때의 일을 또 떠올릴 필요 없어. 기억이 튀어나와도 무시해. 차라리 내 생각을 해, 무영아."

소월이 무영의 떨리는 손을 꼭 잡아주며 말했다. 포근한 갈색 눈동자에 무영의 창백한 얼굴이 고스란히 담겼다.

"무서운 게 기억나고 안 좋은 생각이 들면 나랑 하고 싶은 것들을 상상해 봐. 그 기억들로부터 도망을 치라는 건 아니야. 지금은 널 힘들게 하는 그것들이 언젠가 너에게 도움을 줄 거야. 이 집안의 저주를 풀 수 있게 해줄 거야. 하지만 그걸 매 순간 떠올리며 두려워할 필요는 없어. 사로잡혀 있지 마. 날 봐. 우리를 생각해."

무영은 소월이야말로 가장 달콤한 최면이고 황홀한 세뇌라고 생각했다. 그녀가 하는 말은 무영에게 진리가 된다. 친족 살인의 목격자가 된 열 살 꼬마의 암울한 기억 따위는 사라져 버리는 것이다.

"이제 괜찮아졌어."

무영이 소월의 손을 흔들며 웃었다. 소월은 참았던 숨을 내쉬며 안도했다.

"한지훈 얘기가 나와서 말인데, 너 왜 한지훈이 최예림 사건의 범인이 아니라고 했던 거야? 동기가 부족하다고 했잖아."

소월이 줄곧 마음에 담아두고 있던 질문을 꺼냈다. 그녀의 추리대로라면 한지훈은 검은 괴한 사건의 배후고, 증인들의 진술 속 최예림의 남자친구로 추정되는 인물일 것이다. 무영의 결혼과 한지훈 사이에 모종의 관계가 있다면, 헤어살롱의 실장이 들었다는 통화 내용의 '결혼'은 최예림의 결혼이 아니라 차무영의 결혼일 터였다. 여러 정황상 최예림의 죽음과 가장 가까이 있는 사람은 한지훈이었다.

"최예림의 자살 소식을 듣고 나서 지훈 형을 찾으러 갔어. 형은 마침 저택에 돌아와 있었는데 내가 늦잠을 자는 동안 사건이 일어난 온천타운에 갔다고 했어. 형을 찾으러 온천타운에 갔지. 그러다가 나중에 엄마랑 왕마담한테 잡혀서……."

"딴 길로 새지 말고."

"아, 미안."

무영이 애교 있게 눈을 찡긋거렸다. 그는 잠시 머뭇거렸다.

"그때 내가 잠도 덜 깨고 화도 엄청 나 있던 상태란 거 알아줘. 나도 너처럼 형이 최예림의 죽음에 연관되어 있다고 확신하고 있었거든."

"그래서?"

"그래서 다 말해 버렸어. 내가 형의 정체를 알고 있다는 걸."

소월이 '아후' 소리를 내며 길게 탄식하자, 무영은 소월의 손가락을 만지작거리며 우물쭈물하였다.

"그래도 내 기억이 다 돌아왔다는 건 절대 말 안 했어."

무영이 자신 없는 말투로 칭찬을 바라듯 말했다. 소월이 영혼 없이 잘했다고 해주자, 무영이 멋쩍게 웃었다.

"명인 아저씨 생일에 별채 정원에서 형이 괴한에게 수신호를 보내는 걸 봤다고 하니까 자긴 그런 적이 없다는 거야. 그러면서 나까지 헛것이 보이냐고 약 올리는 거 있지!"

무영이 입술을 삐죽였다.

"그러면서 설령 자기가 그 괴한 사건의 배후라고 쳐도, 왜 그런 짓을 하냐는 거야. 그래서 참지 못하고 말이 나와 버렸어. 형이 한연화의 후손이니까 차씨 가문에 빼앗긴 걸 도로 되찾고 싶은 게 아니냐고. 그래서 화풀이를 하려고 그런 게 아니냐고 말이야."

"그랬더니?"

"맞대. 자기는 한연화의 후손이래. 그러면서 화풀이한다고 뭐가 달라지겠냐고, 한연화의 후손이지만 차석윤의 손자이기도 하다고. 자기도 차씨 가문의 사람이라고 그랬어. 온천타운이 망하는 건 자기도 원치 않는다고."

"그래서 최예림 사건의 용의자가 아니라고 생각한 거야? 한지훈이 차씨 가문의 사람이라고 해서?"

소월은 무영의 순진함이 안타까웠다. 그는 여전히 한지훈을 사랑하고 있었다. 지훈이 할머니를 죽인 걸 본 충격으로 극심한 트라우마를 앓을 정도였으니, 무영이 한지훈을 얼마나 의지했을지 가히 짐작할 수 있긴 했다. 무영은 믿을 수가 없던 것이다. 자신과 함께 자란, '우리 지훈 형'이 사랑하는 할머니를 죽였다는 걸. 그리고 또 누군가를 해쳤다는 걸 말이다.

"그것도 그렇지만 최예림을 죽여서 긁어 부스럼을 만들 필요가 없다고 생각했어. 형의 입장이라면 괴한 사건을 최대한 은폐하는 게 좋을 테니까 말이야. 굳이 최예림에게 경찰의 관심이 가게 할 만한 짓을 할 필요가 없잖아. 실제로 최예림의 죽음을 조사하는 과정에서 남자친구로 추정되는 존재가 드러났잖아. 그건 아마 지훈이 형일 테고."

무영의 말이 맞았다. 최예림의 죽음은 지나치게 한지훈과 밀접해 있었다. 지훈이라면 예림을 죽이는 모험을 하진 않을 것이다.

"위험을 감수하고서라도 죽여야 하는 이유가 있다면 또 모를까."

소월이 스산하게 중얼거렸다.

"일단은 나의 결혼과 지훈이 형의 상관관계가 뭔지 밝혀내는 게 좋지 않을까? 최예림의 통화 내용도 결혼과 관련된 거였으니까. 그나마 실마리가 잡히는 거기도 하고 말이야."

무영이 화제를 돌리며 말했다. 아니라고 하긴 해도 지훈을 살인자로 단정 짓는 건 꽤 가슴 아픈 일이었다.

"그래……. 그러려고 여기에 들어온 건데 결국 알게 된 긴 십이 년 전부터 차 사장님이 한지훈의 정체를 알고 있었다는 것뿐이네. 한지훈은 저택에 왔을 때부터 알고 있었을까?"

"아니지 않을까? 알았다면 진작 들고 일어섰을 거야. 형은 어렸을 때도 어른들 말로 되바라진 구석이 있었거든."

그 탓에 영선이 지훈 때문에 골탕을 먹은 일이 많이 있었다. 아련한 옛 추억에 잠기며 무영이 쓸쓸한 미소를 지었다. 소월은 무영의 어깨끝을 어루만져 주며 그의 회상이 끝나길 참을성 있게 기다려 주었다.

'결국 그 사람한테 갈 수밖에 없겠어.'

그 사람은 소월에게 있어 영선만큼이나 부담스러운 경계 대상이었다. 애인에게 맞선을 주선해 준 중매쟁이를 좋아할 여자가 어디에 있겠는가. 더구나 그들이 왕마담에게 접근하는 일을 영선이 못 알아낼 리도 없었다. 여러모로 위험부담이 컸다.

'어떻게 해야 왕마담을 잘 이용할 수 있을까?'

연륜의 내공이 만만치 않은 중매쟁이였다. 남에게 휘둘릴 연배가 아니었다. 순전히 자신의 이익만을 위해 움직이며 어느 쪽이 더 좋은 수인지 기민하게 머리를 굴릴 게 뻔했다.

"야, 아직도 멀었어? 나 졸린데."

퉁명스러운 해일의 목소리가 밖에서 들렸다. 깜빡 잊고 있던 해일의 존재가 이토록 반가울 줄이야. 소월은 퍼뜩 떠오른 아이디어에 무영의 팔뚝을 탁 치며 짜릿해했다. 얼결에 맞은 팔뚝을 손바닥으로 문지르며 무영은 소월을 불안하게 쳐다보았다.

'머리가 너무 복잡해서 다른 인격이 튀어나온 건 아니겠지?'

무영이 조심스럽게 소월의 손을 잡았다. 소월은 무영의 손을 잡아당겨 그를 끌어안곤 방방 뛰었다.

"재밌는 일이 생길 거야!"

소월은 왕마담을 이용할 방법을 찾아낸 것보다 해일을 놀려줄 일이 생긴 게 더 기뻤다.

다음 날, 해일은 영문도 모르고 소월이 베푸는 친절에 마냥 기뻐했다. 소월의 입에서 '해일 오빠' 소리가 잘도 나왔다. 해일은 드디어 자신의 진정성이 통했다고 착각했다.

'내가 왜 팔자에도 없는 오빠 노릇을 한다고 설쳤을까?'

그는 고개를 푹 숙였다. 왕마담의 한옥 앞마당에서 키우는 풍산개 한 마리가 해일을 비웃듯이 왕왕 짖었다.

"얼굴 들고."

왕마담의 엄격한 목소리에 해일의 얼굴은 제자리로 돌아왔다. 파리하게 질려서 흐리멍덩한 눈으로 왕마담의 시선을 피하는 해일을 보며 소월과 무영이 키득거렸다.

'저걸 동생이라고.'

세상에 이딴 동생이 어딨냐 말이다. 자기 예비 시댁의 비밀을 밝히겠다며 오빠를 팔아넘기려고 하다니. 해일은 속으로 천일에게 욕을 했다.

'이게 다 형 때문이야. 정천일 그 인간이 처음에 나한테 거짓말만 안 했어도 내가 소월이한테 그 지랄을 떨지 않았을 거고, 지금처럼 설설 길 필요도 없는 건데.'

천일과 정 회장에게 속아 해일은 해선 안 될 말들을 소월에게 많이도 퍼부었다. 불륜의 산물이라느니, 저주받은 사생아라느니, 가정 파탄범이라느니. 그게 다 업보가 되어 지금에 이른 것이라고 생각하니 천일이 그렇게 원망스러울 수가 없었다.

"재벌 도련님 관상이라 그런지 먹을 복은 차고 넘치네."

왕마담이 해일의 이목구비를 찬찬히 뜯어보며 말했다. 백 년 묵은 하얀 너구리같이 생긴 왕마담의 끈덕진 눈빛을 마주할 용기가 없어, 해일은 끊임없이 눈동자를 굴렸다.

"그런데 영 차분한 맛이 없네. 동생에 비하면 기도 약하고."

그건 굳이 말해주지 않아도 해일 스스로 통감하고 있는 부분이었다.

"이마가 둥근 것이 본성은 여리고 잔정이 많아. 주변 사람들의 기가 워낙 세서 등살에 밀려 괄괄해졌구나. 생존 방법을 터득한 게지."

왕마담이 소월을 힐끔거리며 고개를 주억거렸다.

"요즘 대세는 부드러운 남자잖아요. 저희 오빠 정도면 인물도 괜찮고, 학벌, 집안, 빠지는 데가 없어요."

웬만해선 듣기 힘든 소월의 사근사근한 목소리가 해일에겐 악마의 속삭임처럼 들렸다.

"그렇긴 하지. 딴 게 없어도 일단 혜성그룹 차남이신데, 이 근처에선 보기 힘든 신랑감이시지."

"그렇죠?"

소월이 눈을 빛내며 입을 가리고 호호호 웃었다. 무영도 옆에서 하하하 웃었다. 해일은 무영에게 큰 배신감을 느끼고 있었다. 소월이 해일을 미끼로 쓴다고 했을 때, 무영은 말리긴커녕 좋은 생각이라며 손뼉을 쳤던 것이다.

"마침 내가 빚을 진 자리가 하나 있어요. 원래는 무영 군한테 들어온 자리긴 한데, 이게 이런 식으로 풀리려고 안 됐구나 싶네?"

"아, 그 시의원 따님이요?"

소월이 눈을 접으며 상냥한 얼굴로 물었다. 그러나 무영은 소월에게서 차가운 기운을 느끼고 있었다.

"괜찮겠어요? 그 아가씨는 제 남자친구를 콕 집었다면서요. 한 식구가 되긴 좀 그렇지 않나 싶은데요."

"아유, 둘 사이에 뭐가 있던 것도 아니고. 그 아가씨도 그냥 인상이 좋았다 이거지, 무영 군에 대해 특별한 감정을 품었다거나 그런 건 아니지."

"인상이 좋을 게 뭐가 있어서요? 그 여자하고 만났을 때 우리 무영이는 상태가 영 좋지 않았을 텐데요. 얼굴만 보고 그러는 거 아니에요? 너무 외모지상주의에 찌든 사람은 우리 오빠랑 안 어울리는데."

소월이 얌체 같은 시누이 노릇을 하며 까다롭게 굴자, 왕마담은 콧잔등이 간질간질거렸다. 새파랗게 젊은것의 비위를 맞추려니 몸에서 거부반응이 나타나는 모양이었다. 에취. 결국 왕마담은 거하게 재채기를 한 번 했다.

"뭘 어떻게 해야 성이 차겠나?"

왕마담이 직설적으로 물었다. 되도 않은 신경전을 하기엔 나이가 너무 많이 들었다.

"이 바닥에서 수십 년 동안 돈 좀 있다는 집안의 중매쟁이 노릇을 했네. 하지만 아가씨 집안 정도는 아니었지. 이제 이 짓을 하기에도 늙었어. 마지막 중매 놀음으로 이만한 집안에 선을 놓는다면 이 늙은이한테 유종의 미가 될 게야."

최후의 열정을 불태우는 왕마담의 지글지글한 눈빛이 해일에게 향해 있었다. 해일은 침을 꼴깍 삼켰다.

"원하는 게 따로 있지? 그게 뭐요?"

"차무영의 결혼에 대해 차영선 사장님이 말한 것들을 알려주세요. 무영이한테 그러셨다면서요. 올해가 지나면 좋은 집안에선 무영일 원하지 않을 거라고요. 그게 무슨 뜻이에요?"

"원래 다른 집안 얘기는 비밀로 하는 게 원칙인데……."

"여기 당사자가 있잖아요."

소월이 무영을 내세우며 말했다. 왕마담은 대답을 피할 구실이 없어져 입맛을 쩍쩍 다셨다.

"내 입에서 나왔다고 말하면 안 되오."

"저야말로 부탁드려요. 차 사장님께 오늘 만남에 대해선 함구해 주세요."

두 여자는 묵직한 눈빛을 교환했다. 왕마담이 고개를 느릿하게 끄덕였다.

"아무리 날고 기는 월산의 차씨 가문 아들이라고 해도 모지리를 누가 찾겠소? 게다가 차 사장은 급한 건지, 욕심이 많은 건지 여러 집안에다가 무조건 혼담부터 넣고 봤거든. 보다 못해 내가 나서서 교통정리를 좀 했지. 그게 덜미가 잡혀서 차 사장이 나한테 사정사정을 하는 계기가 되었어. 그래서 내가 물었다우. 아직 아들도 젊고, 정신 차릴 때를 기다렸다가 번듯하게 장가를 보내면 되지 뭐하러 그렇게 아쉬운 소리를 들으면서까지 서두르냐고.”

왕마담은 주름진 입가를 쓸어내렸다.

“그때 차 사장이 그랬어. 자기 엄마가 밖에서 험한 일을 당해서 낳은 자식이 있는데 그게 한지훈이라고. 흉악스러운 씨앗이라 보기만 해도 치가 떨리는 것을 꼴에 동생이라고 거뒀더니, 엄마의 명예를 걸고 넘어지면서 자기를 온천타운 후계자로 삼으라고 협박을 했다더군. 무영 군의 상태가 좋지 않았기 때문에 어쩔 수 없이 유언장을 새로 썼대. 그 내용인즉, 한지훈이 서른이 되기 전에 무영 군이 결혼을 하지 못하면 온천타운의 후계자는 한지훈이 된다는 거야.”

죽은 혜윤이 다른 사람들 입에 오르내리는 게 싫다며 영선은 왕마담에게 몇 번이고 비밀을 지킬 것을 당부했었다.

“딴 사람도 아니고 무영 군이니까 말하는 거요. 할머니의 일을 떠들고 다니지 않을 테니까.”

왕마담은 목을 축이기 위해 물을 한 모금 마셨다. 그녀는 혜윤의 슬픈 비밀이 들춰진 탓에 분위기가 가라앉았다고 여겼으나 실상은 그렇지 않았다.

무영은 영선 때문에 화가 나고 수치스러워 죽을 것 같았다. 한지훈이 한연화의 후손, 온천타운의 진짜 주인이자 후계자라는 걸 숨기기 위해 차영선은 차혜윤과 한지훈을 욕보였다. 지훈을 혜윤이 강간당해 낳은 아이로 속인 것이다.

“이번엔 못 참겠어.”

무영의 주먹 쥔 손이 분노로 떨렸다. 소월은 그를 달래느라 핸드폰의 진동이 울리는지도 몰랐다. 왕마담이 소월에게 핸드폰이 울리고 있다고 알려주었다. 핸드폰 액정에 뜬 이름은 '남주호'였다.

🌙

녹음기가 잡아내는 세밀한 소음들은 공기가 움직이면서 내는 소리처럼 들린다. 스스스. 치지지지. 종이들이 구겨지고 먼지들이 뭉쳐지는 소리, 교장실의 문치고는 형편없이 녹슨 경첩에서 삐거덕거리는 소리가 난다. 서로 다른 발자국 소리 두 개가 커진다.

교장: 청소를 여태 하고 있었어? (육중한 구두 소리가 점점 다가온다) 그만 나가보거라.
주호: 죄송합니다. (고무 밑창이 황급히 뛰는 소리가 멀어져 간다)

또각거리는 하이힐 소리는 보폭이 좁고 날카롭다. 앉으라는 교장의 말이 있기도 전에 가죽 소파가 푹 꺼지는 소리가 난다.

영선: 최창규 어디 있어요?
교장: (뜸을 들이며) 무슨 말을 하는 건지 모르겠습니다만.
영선: 다 알고 왔어요. 최창규랑 한패잖아요. 안 그래요? 한지훈이랑 짜고서 나 엿 먹이려고 수작 부린 거 내가 모를 줄 알았어요?

구두 소리가 난다. 가죽 소파에서 바람 빠지는 소리가 아까보다 훨씬 길고 크게 난다. 구두 굽이 바닥을 규칙적으로 빠르게 치는 소리가 난다.

교장: 언제부터 아신 겁니까?

영선: 내 아들 신혼여행 망쳐 놨을 때부터요. 그렇게 요란을 떨고서 안 들킬 줄 알았어요? 아니지, 일부러 보란 듯이 그랬죠? 나한테 리조트 사업 하지 말라고 시위하려고.

교장: 차 사장.

자세를 고쳐 앉느라 가죽 소파가 마찰되는 소리가 요란하다.

교장: 우리 사정도 좀 봐줘야지. 우리가 차 사장한테 얼마나 잘했습니까? 흉흉한 소문이 돌아도 무조건 눈감아주고, 우리 학생들 현장학습도 온천타운으로 자주 보내주고. 가는 게 있으면 오는 게 있어야죠. 가뜩이나 관광지 한복판에 있어서 학업 분위기 조성도 안 되고, 학부모들 불만도 높은 판국에 리조트 사업 한답시고 재개발 들어가 봐요. 난리가 나지.

잠시 침묵이 이어진다. 공기가 부유하는 소리만이 몇 초 동안 이어진다.

영선: 그래서 내 며느리 겁줘서 리조트 사업을 못 하게 하려고 한 거예요? 도망가게 하려고? 그걸 지금 변명이라고 해요?

교장: 미안하게 됐습니다. 재개발을 하려던 게 아닌 줄 알았으면 그런 일을 저지르지도 않았을 겁니다. 이게 다 전적으로 한지훈 선생 탓입니다. 그 사람이 그랬어요. 리조트 사업은 필히 재개발로 이어질 거라고 말입니다.

영선: 그 인간하고 내가 상극인 걸 알면서도 뻔한 속임수에 넘어갔단 말이

에요?

신경질적인 웃음소리가 높이 울려 퍼진다.

영선: 됐고, 그래서 지금 최창규는 어디에 있어요? 무슨 꿍꿍이로 그 범죄
    자를 활개 치게 놔두냐고요.
교장: 차 사장, 그건 정말 오해요. 최가 놈 감방에 들어가고 나서, 나는 이
    일에서 완전 발 뺐습니다. 다른 사람들도 한지훈하고 상종도 안 한다
    고 했고요. 우리도 지금 최창규 때문에 밤잠을 설치고 있습니다. 믿
    어주십쇼.
영선: 신혼여행 때 이후론 일을 안 꾸몄다 이거죠?
교장: 그렇습니다. 뭔 일이 있었다면 그건 죄다 한지훈 선생 혼자 꾸민 일
    이에요. 나머지는 정말 다 손 뗐습니다.

주춤대는 하이힐 소리와 함께 가죽 소파가 원래대로 부푸는 소리가
난다. 구두가 우왕좌왕 바닥을 끄는 소리도 난다.

영선: 이웃 간의 정을 생각해서 괴한 사건은 일단 보류해 두고 있겠어요.
교장: 고맙소, 차 사장. 우리 월산 사람들끼리 뭉쳐야지, 암 그렇고말고.
영선: 그럼요, 교장 선생님. 제가 다 알고 있으면서도 괜히 입을 다물었겠
    어요? 월산이 어떻게 만들어졌는데요.

남자와 여자의 웃음이 불협화음처럼 고르지 못하다. 발자국 소리,
문고리가 돌아가는 소리, 녹슨 경첩에서 소름 끼치는 소리가 난다.

교장: 여기서 뭐 하니?

주호: 쓰레받기를 놓고 나와서요. 문 열어주실 때까지 기다리고 있었어요.

타박타박 고무 밑창 소리가 가까워진다. 부스럭거리는 소리가 크다.

주호: 가보겠습니다.
교장: 잠깐, 이리 와보거라.
주호: 네?

구두 소리가 커진다.

교장: (한층 낮은 목소리로) 밖에 있을 때 안에서 한 얘기가 들리진 않았
　　　니?
주호: 무슨 얘기요? 이어폰으로 노래 듣고 있어서요. 부르셨었어요?
교장: (한참 말이 없다가) 아니다. 됐다. 나가봐라.
주호: 네, 안녕히 계세요.

　부스럭거리는 소음에 섞인 주호의 한숨 소리를 마지막으로 녹음은
멈췄다.
　엄지손가락만 한 소형 녹음기를 식탁 가운데에 두고 소월과 무영이
머리를 맞대고 있었다. 그들의 맞은편엔 주호가 앉아 있었다. 주호의
전화를 받고 소월과 무영은 그의 집으로 곧장 달려온 것이다. 소월과
무영이 숨을 크게 내쉬며 감탄했다.
　"와, 너 대단하다. 녹음까지 해올 줄은 꿈에도 몰랐네."
　"고마워, 주호야. 네가 정말 큰일 해줬다."
　소월과 무영이 연달아 칭찬과 감사 인사를 했음에도 불구하고 주호
의 표정은 딱딱하게 굳어 있었다. 그들의 정체를 방금 전에 알았으므

로, 두 사람에 대한 불신이 팽배한 까닭이었다.

가출 청소년 정해일이 사실은 온천타운 차 사장의 아들이었다니. 주호는 그에게 안겨 예림을 잃은 슬픔을 위로받은 게 오욕스러운 지경이었다. 생전에 예림이 제일 혐오하던 족속들이 바로 차씨 일가였기 때문이었다.

"야, 진짜 어떻게 이런 생각을 다 했지? 영화 좀 봤구나, 네가. 와, 이 녹음기 좀 봐. 요즘은 정말 하이테크놀로지의 시대다."

소월은 분위기를 밝게 만들기 위해 일부러 과장스럽게 말했다.

"월산에 처음 왔을 때 여기 토박이들이 많이 괴롭혔거든요. 선생님들한테 일러도 내 말을 믿어주지 않길래 녹음기를 갖고 다녀요."

"아…… 그렇구나."

"수업 녹음하기도 편하고."

소월이 무안해하자 주호가 덧붙였다. 물을 잔뜩 머금은 솜처럼 공기는 무겁고 습했다.

'장마가 오려나 보다.'

주호는 폭우가 쏟아져서 월산을 쓸어버리면 시원할 것 같다는 상상을 했다.

"이거 들려줬으니까 일이 어떻게 돌아가는 건지 알려줘요."

시험 기간에 교장실 청소를 자처하며 도청까지 했으니 위험을 감수한 대가를 받아야 했다. 주호는 녹음된 대화 속의 괴한 사건이나 리조트 사업, 한지훈이란 인물이 예림의 죽음과 무슨 상관이 있는지 알고 싶었다.

"우리도 진상을 파악하는 중이라 확실한 건 아무것도 없어."

"지금까지 알아낸 거라도 말해줘요."

주호는 강경했다. 소월과 무영의 눈이 마주쳤다. 그들은 주호가 더 이상 이 일에 관여하지 않길 바라고 있었다. 그가 가져다준 녹음기는 예상치 못한 큰 수확이었으나 동시에 주호의 신변을 위협할 수 있는 것이었다. 끽해야 교장이 누굴 만났는지, 안색이 좋은지 나쁜지 정도만 알아올 거라고 기대했었다. 그들은 주호를 과소평가한 것이다.

"제대로 안 말해주면 나 혼자 움직일 거예요."

"그건 안 돼."

"그러니까 말해줘요."

소월은 골치가 아팠다. 무시하고 자리를 뜨기엔 독자적으로 움직이겠다는 주호의 으름장이 마음에 걸렸다.

"이야기를 듣고 나면 이 후론 이 일에 관심을 끄겠다고 약속해."

"어떻게 관심을 꺼요? 예림 쌤이 억울하게 돌아가신 걸 수도 있는데?"

"네가 관심을 가진다고 해결될 일이 아니니까 그러지."

소월이 냉담하게 쏘아붙였다. 주호는 불만스러운 듯 아랫입술을 짓이겼다. 보다 못한 무영이 나서 두 사람의 승강이질을 중재했다.

"너는 할 만큼 해줬어, 주호야. 이젠 우리가 할게. 최예림 씨의 죽음은 우리에게도 큰 영향을 미쳤거든. 진상을 파헤치고 나면 너에게 꼭 말해줄게. 약속해. 그때까지만 기다려 줄 순 없을까?"

무영의 눈빛이 간절했다. 주호는 그에게 한 번 속은 적이 있었으므로 선뜻 그러겠노라 대답을 할 수 없었으나, 한편으론 그를 믿고 싶은 순진한 욕망이 꿈틀댔다. 결국 주호는 또 속는 셈 치기로 했다. 그로서도 그것이 당장의 최선이기도 했다. 마침내 주호가 고개를 끄덕이자 소월이 입을 열었다.

"한지훈은 리조트 사업과 재개발을 막아야 한다는 명목으로 월산의 세력가 몇 명과 최창규, 최예림을 꼬드겨서 나와 무영이의 결혼을 망치려고 했어. 우리 둘의 정략결혼이 깨지면 리조트 사업은 물거품이 되니까. 내게 겁을 줘서 결혼을 무효로 만들 속셈이었던 거지."

"그 한지훈이란 사람은 도대체 누구예요? 재개발이 된다는 건 거짓말이라면서요. 그럼 한지훈의 진짜 목적은 둘의 결혼을 방해하려던 거네요."

주호는 소월과 무영을 번갈아 쳐다보았다. 한 여자를 두고 두 남자가 치정 싸움을 벌이는 그림이 쉽게 그려졌다.

"한지훈은 무영이의 결혼 여부에 따라 온천타운의 후계자가 될 수도 있는 사람이야. 한지훈이 서른 살이 되기 전에 무영인 결혼을 해야했어. 그래서 차 사장님은 무영이의 결혼을 서둘렀던 거고, 한지훈은 온갖 방해 공작을 했던 거지."

무영을 스쳐 지나갔던, 약혼녀가 될 수도 있었던 여자들과 그 집안이 무영 대신 한지훈을 신랑감으로 지목했던 것은 우연이 아니었다. 정소월 이전부터 무영의 결혼을 두고 한지훈과 차영선의 신경전은 이미 치열했던 것이다.

"그래서요? 두 사람은 지금 파혼한 상태 아니에요?"

한창 반에서 떠들썩했던 월산 차씨 일가의 스캔들을 주호도 익히 들어 알고 있었다. 콧대 높은 차 사장이 서울 재벌가에게 뻥 차인 일은 아이들에게도 흥미로운 가십거리였다.

"두 사람이 파혼했으면 한지훈한텐 좋은 거 아니에요? 근데 왜 우리 쌤한테 나쁜 일이 생긴 거예요? 한지훈이랑 무슨 상관인데요."

"그걸 이제 생각해 봐야 해. 한지훈이 결혼을 방해할 동기가 있었다는 것과 괴한 사건의 배후라는 걸 우리도 오늘 확인한 거거든."

왕마담의 진술과 주호의 녹음 파일이 없었다면 그마저도 추측에 머물러 있었을 것이다.

"상황을 정리하면, 나와 무영이가 파혼을 함으로써 모든 건 원점으로 돌아왔어. 내가 월산에 오기 전으로 돌아간 거지. 한지훈은 결혼을 막았고, 교장 무리들은 재개발의 가능성을 없앤 거고. 이 상황에서 최예림은 왜 죽어야 했을까?"

세 사람은 말없이 각자 생각에 잠겼다. 주호가 손가락으로 식탁을 느릿하게 두드리는 소리만이 침묵을 깨고 있었다.

"원점은 아니야."

무영이 불쑥 말을 꺼냈다.

"최창규는 감옥에 들어갔잖아. 구설수에 오르기 싫은 우리 엄마가 수사를 급히 종결시키는 바람에 최창규는 독박을 쓴 거나 다름이 없었어."

"맞아요. 예림 쌤이 그것 때문에 엄청 속상해하고 억울해했었어요."

"맞아. 헤어살롱 실장도 그랬잖아. 히스테리를 부릴 정도로 힘들어했다고."

소월과 주호가 동의하며 말했다.

"신혼여행에서 테러 사건이 있은 후에 최예림이 나한테 경고한 적도 있어. 월산을 떠나는 게 좋을 거란 뉘앙스로. 최예림은 그때 한지훈의 사주를 받았을 거야. 최예림은 한지훈이 괴한 사건의 배후라는 걸 알고 있었지. 그걸 빌미로 최창규를 꺼내달라고 했을 거야. 실장도 그랬잖아. 통화로 싸우는 소리가 들렸다고."

결혼을 운운하며 언제까지 기다려 달라는 거냐고 최예림은 화를 냈다고 했다.

"최예림은 한지훈이 온천타운의 후계자가 되기 위한 조건을 알고 있었고, 그걸로 닦달을 한 거지."

"하지만 아직 육 개월이나 시간이 남아 있었어. 또 그동안 우리 엄마가 새로운 혼처를 구해올 수도 있었으니, 그걸로 두 사람의 갈등이 심해졌다 이거구나. 그렇다면……."

무영은 차마 말을 잇지 못했다. 시야가 뿌옇게 흐려진 것을 지워내려 무영은 손등으로 거칠게 눈을 비볐다. 연약한 피부가 금세 붉게 날아올랐다.

"당신들을 위험에 빠뜨린 괴한 사건의 배후인 게 밝혀질까 봐 한지훈이 우리 쌤을 죽인 거죠? 그렇죠?"

주호가 분에 겨운 목소리로 말했다. 무영은 주호를 볼 낯이 없어 고개를 숙였다. 십이 년 전에 그가 지훈의 죄를 외면하지 않았다면, 제때 그에게 죗값을 치르게 했다면, 십이 년 후 최예림은 죽지 않았을 수도 있었다.

"이 녹음기 갖고 경찰한테 가요. 가서 한지훈이 우리 쌤 죽인 거라고 말해요."

"안 돼. 그건 괴한 사건의 배후가 한지훈이란 증거일 뿐, 최예림의 죽음이 타살이란 증거는 되지 못해."

소월이 진정시켰으나 펄펄 뛰는 주호를 말리기 힘들었다.

"또 이럴 줄 알았어. 월산이 돌아가는 방식은 지긋지긋해요. 이상한 것 투성이잖아요. 차 사장이란 아줌마는 괴한 사건의 배후가 누구인지 다 알고 있었는데도 당신들한테 숨기면서 한지훈을 봐주고 있잖아요. 사실은 같은 편 아니에요? 후계자 싸움인 척 연막 치고 뒤로는 한지훈을 봐주고 있는 거 아니냐고요!"

"아니야. 네가 두 사람 사이를 몰라서 그래. 둘은 정말 사이가 안 좋아."

"못 믿어요. 내가 직접 만나봐야겠어요. 한지훈 어디 있어요?"

"네가 그 사람을 만나서 어쩌려고."

"궁금해서 그래요. 얼마나 잘나고 고귀하길래 사람을 속이고 갖고 놀고 죽이기까지 하는지 보려고요."

주호는 자리를 박차고 일어났다. 소월은 주호를 말려보라며 무영을 쳐다보았다가 깜짝 놀랐다. 절망이 한바탕 휩쓸고 지나간 무영의 얼굴은 황폐하고 공허해 보였다. 소월은 가슴이 덜컥 내려앉았다. 떨리는 손으로 무영의 어깨를 흔드니 그의 입가에 초연한 미소가 떠올랐다.

무영은 정수의 말을 떠올리고 있었다. 정수가 소월을 데리고 월산을 떠나려고 했을 때, 그녀는 무영이 집안의 치부를 밝힐 수 있을지 모르겠다고 했다. 무영은 확신에 차서 말했다. 다 밝혀내고 해결할 거라고. 하지만 차무영은 정말 그랬던가?

"주호 말이 맞아."

무영의 말에 소월뿐 아니라 주호조차 어리둥절한 표정을 지었다.

"형하고 얘길 해야겠어."

십이 년 전 할머니의 죽음, 꽁꽁 숨겨놓았던 괴로운 기억들을 모두 낱낱이 만천하에 드러내야 했다.

"내가 해야 해."

무영은 주호에게 신신당부를 했다. 아주 조금만 더 기다려 달라고, 그때까지 안전하게 있어달라고 말이다. 주호는 내가 왜 당신 말을 믿고 따라야 하냐며 반발했지만 결국 무영의 말대로 하기로 했다. 차무영의 눈에 눈물이 그렁그렁했기 때문이었다. 그러면서도 흔들림이 없었다. 주호는 무영을 믿기로 했다.

저택으로 돌아가는 길 내내 소월은 무영의 손을 꽉 잡고 있었다.

"내가 옆에 있을게."

소월이 말했다. 하늘을 덮은 우중충한 구름들이 으르렁대고 있었다. 월산의 가장 낮은 대지에서부터 불길한 기운이 아지랑이처럼 피어오르고 있었다. 태양은 노을의 여운 없이 먹구름에 가려져 순식간에 자취를 감추었다. 공기 중에 곰팡이 냄새가 났다. 이 순간, 오직 소월만이 무영의 숨통을 트이게 하는 존재였다.

"너를 지킨다는 말, 다치지 않을 거라는 약속 잊으면 안 돼."

천둥소리가 요란했다. 소월은 밀려오는 음험한 예감에 몸을 떨며 무영에게 그가 한 약속을 다시 확인받았다.

한지훈은 그의 방에 있었다. 지훈이 어렸을 때부터 쭉 써왔던 작은 방이었다. 그는 캐리어에 닥치는 대로 짐을 욱여넣느라 소월과 무영이 문을 열고 들어온 줄도 몰랐다.

"어디 가, 형?"

"깜짝이야. 언제 왔어?"

소스라치게 놀란 지훈이 곧 안색을 바꾸고 물었다.

"어디 가냐니까?"

"자취방에 가려고. 갈 때 됐잖아."

"그 짐을 다 가져가게? 너무 많지 않아? 꼭 다신 돌아오지 않을 사람처럼."

은근한 추궁에 간신히 유지되고 있었던 상냥한 가면이 스르륵 벗겨졌다.

"어차피 내가 저택에 있는 걸 좋아하는 사람도 없잖아. 진작 떠났어야 했는데 말이야. 진작 그랬어야 했는데."

지훈이 허공을 보며 같은 말을 되뇌었다. 그는 어깨를 으쓱하며 뒤를 돌아 다시 짐을 싸는 일에 열중했다.

"도망치는 거 아니야?"

지훈의 손이 멈추었다.

"내가 왜?"

"최예림을 죽였으니까."

"또 그 소리니? 말도 안 되는 소리 하지 좀 마."

말귀를 알아듣지 못하는 무영 때문에 지훈은 진심으로 짜증이 치미는 것 같았다.

"형 바쁘니까 나중에 얘기하자."

지훈은 무영을 무시했다. 그러나 무영이 튼 녹음기 소리를 외면하진 못했다. 교장과 영선의 대화가 울려 퍼졌다. 추임새처럼 곁들여지는 천둥소리 때문에 치지직거리는 기계음이 귀기가 서린 듯 공포스러웠다.

"그래 내가 괴한 사건을 저질렀어."

녹음기 소리가 멈추자, 한지훈은 쉽게 죄를 인정했다.

"하지만 최예림은 아니야."

"그걸 내가 어떻게 믿지? 형은 온천타운 후계자가 되기 위해 소월이를 겁주고 미친 사람으로 만들려고까지 했는데?"

"그래, 그 부분은 내가 잘못했다. 난 내 자리를 찾고 싶을 뿐이었어. 당연히 내가 가져야 했던 것들, 누려야 했던 것들을 되돌려 받고 싶었을 뿐이라고!"

"그래서 최예림을 죽인 거야? 형이 왕좌를 되찾는 데에 방해가 되니까?"

"제발, 무영아, 제발."

한지훈은 신경질적으로 머리카락을 헝클어뜨렸다. 그는 초조하게 핸드폰을 확인했다.

"내가 최예림을 왜 죽이겠어? 육 개월만 참으면 온천타운은 내 것이 되는데. 물론 그동안 여러 고비가 있었어. 그중에도 소월 씨는 최악이었지. 모지리와 사랑에 빠질 줄 누가 알았겠어?"

지훈이 불안하게 손을 떨며 비아냥댔다. 소월은 그가 뭔가에 쫓기고 있음을 직감했다. 그것은 시간이었다. 지훈은 끊임없이 핸드폰 시계를 확인하며 속사포처럼 말을 이었다.

"하지만 소월 씨는 나한테 전화위복이 되었어. 두 사람은 파혼을 했고, 차 사장님이 다른 혼처를 구해온다고 한들 너는 소월 씨가 아니면 안 될 것 같았지. 육 개월 정도는 충분히 시간을 벌 수 있었을 텐데 내가 왜 살인을 해? 그래, 최예림……. 그 여자는 조금 성가셨어. 계속 오빠를 빼달라고 성화였거든. 하지만 내가 육 개월만 기다려 주면 보석금도 대주고 최창규에게 일자리도 주겠다고 하자 수긍하면서 물러났어. 난 온천타운의 새 주인이 될 사람이었으니까."

그는 오래달리기를 한 사람처럼 씨근거리며 말했다.

"납득이 될 만한 설명이었니? 그럼 가도 될까?"

캐리어의 손잡이를 잡은 지훈이 문을 막은 소월과 무영을 노려보았다.

"형은 왜 정체를 밝히지 않았어? 왜 엄마랑 그런 이상한 계약을 맺었던 거야? 정체를 밝히고 정당한 권리를 요구하면 됐잖아."

"너희 엄마가 가진 거에 비하면 난 거지 꼬맹이나 다름없었어. 차사장님이 마음만 먹으면 난 세상에서 감쪽같이 사라질 수도 있었다고. 정체를 숨기기만 하면 후계자가 될 자격을 주겠다는데, 나쁘지 않은 조건이었지. 경쟁 상대인 네가 모지리가 되어준 덕분이야. 소월 씨가 나타나기 전엔 넌 일말의 위협도 되질 않았어. 그 내기 같은 계약에서 당연히 내가 이길 줄 알았다고."

"아니. 월산의 사람들은 '달 선녀 이야기'를 여전히 떠들고 있어. 그 사람들한텐 한연화의 후손만큼 정당성을 가진 후계자는 없을 거야. 형이라면 충분히 여론을 장악해서 세력가들과 함께 온천타운을 차지할 수 있었어. 그런데 그러지 못했어. 형은 정당한 후계자로 나설 수가 없었던 거야. 십이 년 전, 할머니를 죽였기 때문에."

단어 하나하나를 힘주어 말하는 무영의 윗입술이 비틀어져 올라갔다. 그는 깊은 상처를 입은 짐승처럼 고통스러워 보였다. 지훈은 무영의 눈을 빤히 들여다보았다. 그는 콧잔등을 찡그리더니 돌연 의미 모를 미소를 지어 보였다.

"그럼 나도 하나 물을게, 무영아. 내가 할머니를 죽인 걸 보고도 너희 엄마는 왜 나한테 후계자가 될 수 있는 기회를 준 걸까?"

경직된 무영의 어깨를 툭 치고 나가며 지훈이 말했다.

"너는 달 선녀의 저주를 하나도 풀지 못했어."

하늘이 찢어지는 소리와 함께 비가 쏟아지기 시작했다. 지훈은 뒤도 돌아보지 않고 저택을 떠났다. 무영은 비틀거렸고, 소월은 그를 부축해 가까운 응접실로 데리고 갔다.

소월은 무영의 마음을 차마 다 헤아릴 수가 없었다. 달 선녀는 도대체 어떤 저주를 내렸길래 이토록 무영을 참담하게 만든단 말인가. 그가 알고 있던 가족에 대한 모든 것이 거짓이라고 해도 과언이 아니었다.

소월은 무영이 상처를 견뎌낼 수 없을까 봐 겁이 났다. 하지만 그것은 소월의 노파심에 지나지 않았다. 무영은 소월이 염려하는 것보다 훨씬 강하고 집중력이 좋았다.

"형은 어딜 저렇게 급하게 가는 걸까?"

무영은 지훈의 말에 마냥 흔들리고 있지만은 않았다.

"계속 시간을 확인하고 있었어. 열차 시간이 다 되어서 그런 걸까?"

혈색이 돌아온 무영을 보며 소월이 기쁘게 거들었다.

"아냐. 형은 차를 갖고 왔어. 열차를 탈 필요가 없을 거야."

"그럼 약속 시간에 늦지 않기 위해?"

무심결에 꺼낸 말이 정답이었다. 소월과 무영의 눈이 마주쳤다. 두 사람은 서로의 눈빛을 읽을 수 있었다. 한지훈을 기다리는 사람은 누굴까?

답은 의외로 금방 밝혀졌다. 한지훈이 돌아왔기 때문이었다. 그가 저택을 떠난 지 한 시간도 채 되지 않을 때였다. 빗속을 뛰어다녔는지 그의 바지 자락엔 흙탕물이 가득 튀어 있었다. 입술은 파랗게 질려 있었고 몸은 쫄딱 젖어 있었다. 그의 얼굴은 빗물과 눈물로 범벅이 되어 있었다.

"윤미, 윤미가 사라졌어."

그의 입에서 낮은 절규가 흘러나왔다.

18

Hers

#1. Diary

MM/DD. 구름 많음.

이 나이에 일기를 다시 쓸 줄은 몰랐다. 하지만 오늘부터는 되도록 꼬박꼬박 쓸 것이다. 말하자면, 이 일기는 훗날을 대비한 기록이다. 믿을 수 없는 부류들과 손을 잡게 되었으니 어쩔 수가 없다. 오빠는 왜 그런 인간들과 어울리는 걸까? 어렸을 때 월산을 떠나 있어서 그럴까? 나처럼 이곳에서 평생 살았더라면 월산의 부자들이야말로 믿어서는 안 될 쓰레기들이란 걸 잘 알 텐데.

각설하고, 온천타운 차씨 가문의 업둥이인 한지훈이 비밀리에 몇몇 유력가들을 소집했다. 수렵회장의 꾐에 넘어간 오빠 때문에 나도 그 자리에 끼게 되었다. 웃긴 일이었다. 차영선 앞에선 찍소리도 못 하는 것들이 뒤에서 이런 식으로 작당을 하다니...... 아, 그 사람이 있는 건 좀 의외였다. 월산을 재개발할지 모른다는 리조트 사업이 그네들의 목은 조르긴 한 모양이었다. 나야 뭐 차씨 일가에게 골탕을 먹일 수 있다면 그걸로 족했다. 엄마, 보고 있어? 이렇게라도 내가 복수해 줄게.

MM/DD. 맑음.

계획이 미뤄지고 있다. 이러다 결혼식을 치르게 될 것 같았다. 소월인지 명월인지 차영선네 예비 며느리가 노천탕에서 사고를 당했다고 했다. 강간 미수라나. 강용덕이 한 짓거리를 생각하면 그 집안의 업보라고 볼 수 있다. 물론 강용덕의 죗값을 왜 남의 집 귀한 딸내미가 대신 치러야 하는 건지 모르겠지만, 여튼 그 덕분에 경비가 삼엄해졌다. 재벌 아가씨를 겁줄 타이밍이 영 마땅치 않았다.

MM/DD. 비 온 뒤 갬.

결국 신혼여행지에서 거사가 진행되었다. 아이디어를 낸 교장은 변태가 분명하다. 온통 새까맣게 차려입고 복면까지 쓴 모습을 보니 역겨웠다. 이렇게까지 해야 하나…… 처음으로 회의감이 들었다. 하지만 오빠는 즐거워 보인다. 몸소 미끼가 되겠다며 나서기까지 했다. 감옥을 들락거린 게 뭔 자랑이라고 변변찮은 감방 경력을 내세워 초태를 멨다. 자기는 옥살이가 익숙하다며 잠깐 있다 나오는 것쯤이야 아무렇지도 않다고 허세를 부렸다. 내 속만 까맣게 탔다. 우리 오빠는 사람이 너무 순하다 못해 멍청한 것 같았다. 그 아가씨한테 제대로 겁을 줬는지나 모르겠다. 듣기론 중간에 놓쳤다는 것 같은데. 이러다 소득 없이 오빠만 잡혀가진 않을까 걱정이다.

MM/DD. 흐림.

오빠는 바로 잡혀 들어갔다. 짜증 난다. 돈 없고 빽 없고 힘이 없으니 이런 식으로 최전선에서 방패처럼 쓰이는 것이다. 오빠가 별장지기를 패놓은 게 마음에 걸리긴 하지만 단순 폭행과 절도쯤으로 어영부영 끝날 것이다. 겁만 줬다고 했으니 큰 탈은 없겠지. 이런 일 하기도 질린다. 아가씨가 제발 정신 좀 차려서 서울로 빨리 도망가 버렸으면 좋겠다.

MM/DD. 흐림.

모지리 도련님이 제정신을 차렸단다. 혼수상태에서 깨어난 것뿐 아니라 정신 상태가 정상으로 돌아온 것이다. 차영선은 좋아서 미쳐 날뛰고 있다. 온천타운 직원들은 상여금을 받았다. 부대시설인 우리 해어살롱에도 콩고물이 떨어졌다. 그러나 하나도 흥이 나질 않았다. 일을 허투루 한 게 틀림없다. 그 아가씨는 월산을 떠날 생각이 없는 것 같았다. 시내에서 두 사람의 데이트를 목격한 사람이 몇 있었다.

오빠는 재수가 옴 붙었다. 특수폭행 및 감금이라나? 죄가 부풀려 있었다. 뭔가 일이 잘못 돌아가고 있었다. 한지훈은 잠시만 더 지켜보자고 하는데, 경찰들 눈치로는 사건을 종결시키려는 것 같았다. 게다가 차영선이 로비를 하여 과잉 형량을 때리는 바람에 오빠는 오 년의 징역 혹은 천만 원의 벌금형을 선고받았다. 우리 남매에게 천만 원이 있을 리 없다.

MM/DD. 날씨 쓰기 귀찮다.

한지훈이 몰래 날 불렀다. 그렇지 않아도 오빠는 언제 나오는 거냐고 따지러 갈 참이었는데 잘됐다고 생각했다. 하지만 난 입도 뻥긋 못 했다. 한지훈은 며칠 새 무척 신경이 곤두서 있었다. 내 히스테리는 애들 장난처럼 보일 정도였다. 그는 정소월을 겁주기 위해 직접 움직였다고 했다. 그리고 보니 저택에 누가 침입했다는 소문을 들은 것도 같았다. 한지훈은 내 앞에서 교장과 수렵회장을 한참 씹어댔다. 둘이 주도하여 사람들로 하여금 이 일에서 발을 빼게 했기 때문이었다.

한지훈에게 남은 건 이제 나와 그 사람뿐이다. 한지훈은 내게 정소월을 겁주라고 부탁했다. 그러면서 새 핸드폰 하나를 건넸다. 신형이다. 의사라더니 돈을 꽤 버는 모양이다. 우리 오빠 벌금 좀 내줬으면 좋겠다.

MM/DD.

엽색을 하러 온 정소월한테 겁을 줬다. 진정성을 보이기 위해 눈물도 좀 흘려줬다. 하지만 정소월은 호락호락하지 않았다. 무엇보다 아주 그 도련님한테 푹 빠져 있는 것 같았다. 내 말은 귓등으로도 듣는 것 같지 않길래 결국 우리 엄마와 강용덕의 얘길 꺼낼 수밖에 없었다. 차씨 일가에 홀려 버린 멍청한 계집애 같으니라고. 그 집안이 얼마나 악랄한 역사를 가졌는지, 어떻게 권력을 악용하며 약자들을 짓밟았는지 모르는 것 같았다. 하긴, 그 여자도 재벌가의 막내딸이랬지. 끼리끼리인 게 분명하다.

MM/DD.

정소월과 차무영의 뒤늦은 결혼 기사가 났다. 근데 기사가 이상했다. 리조트 사업은 무분별한 재개발이 아닌 지역민과 공생하는 재정비 사업이 될 거라고 했다. 망할 교장의 와이프가 헤어살롱에 와서는 자기 남편이 무슨 일을 꾸몄었는지도 모르고 리조트 사업에 대해 찬양을 늘어놓았다. 월산은 날개를 달게 될 거라나. 이 여편네야, 당신 남편은 리조트 사업을 말아먹게 하려고 검은 복면을 쓰고 테러까지 했는데 그게 할 소리야? 속에 담아둔 말을 여기에라도 쓰니 그나마 후련해진다. 그나저나, 우리 오빠는 어떻게 되는 거지? 재개발의 폭력에 맞서 차영선으로부터 월산을 지키겠다며 감옥에까지 간 우리 오빠는 어떻게 되느냐 말이다.

MM/DD.

한지훈을 찾아가 오빠를 빼내지 않으면 차무영과 정소월에게 괴한 사건의 배후를 말하겠다고 윽박질렀다. 벌금 낼 돈을 내놓으라고 했더니 조금만 더 기다려 달라고 했다. 기다리면 없던 천만 원이 땅에서 솟느냐고 했더니 진짜로 솟는단다. 한지훈은 내게 차영선의 유언장 복사본을 보여주었다. 놀랄 노 자다. 한지훈이 서른 살이 되기까지 차무영이 미혼인 경우, 온천타운은 한지훈에게 상속된다고 한다. 도대체 차영선을 어떻게 구워삶은 걸까? 차영선은 한지훈에게 어떤 약점이 잡혔길래? 하여간 한지훈은 정소월을 쫓아내기 위해 계속 노력 중이라고 했다. 나도 또 도와줄 일이 생길지 몰랐다.

MM/DD.

하늘이 도왔다. 정소월과 차무영이 파혼했다. 그 여자의 엄마가 직접 내려와서 철없는 딸을 서울로 끌고 갔다. 온천타운은 한지훈의 차지가 될 것이다! 한지훈은 오빠가 감옥에서 나오면 괜찮은 일자리도 알아봐 주겠다고 했다. 쥐구멍에도 해 뜰 날이 있다더니!

MM/DD.

차영선이 머리를 말러 왔다. 파혼 기사가 뜬 후로 풀이 죽어 지내나 싶었더니 그새 기가 살았다. 가벼운 입이 쉴 새 없이 나불거렸다. 지겨울 정도로 자기 아들의 잘난 외모를 자랑하더니만 태뜸 중매쟁이 왕마담 얘길 꺼냈다. 젠장. 시의원 딸이 차무영에게 관심을 보여서 곧 선을 보게 할 거란다. 산 넘어 산이다.

차영선이 떠나자마자 한지훈에게 전화를 걸어 왕마담 이야기를 했다. 이러다 정말 차무영이 결혼하게 되는 거 아니냐고 물었더니 또 기다리란 소리만 했다. 자기 가족이 감옥에서 썩는 게 아니니 그런 태평한 말을 지껄일 수 있는 거다. 화가 치밀어 올라서 도대체 언제까지 기다려 달라는 거냐고 버럭 소리를 질렀다. 그 바람에 또 실장에게 잔소리를 들어야 했다. 실력은 쥐뿔도 없으면서 알랑방귀 뀌는 걸로 먹고사는 주제에 내게 열등감이 대단한 여자다. 정말 원산에는 혐오스러운 인간들뿐이다. 물론 토박이들만 그렇다. 스트레스도 풀 겸 주호를 또 만나러 가야겠다.

MM/DD.

아무래도 안 되겠다. 가만히 앉아서 당할 순 없는 노릇이다. 한지훈은 차무영이 정소월을 사랑하기 때문에 시의원 딸과 결혼할 리 없다고 했지만 나는 믿을 수 없었다. 인간의 마음은 변하기 마련이다. 게다가 정소월이 돌아올 수도 있었다. 보다 안전하고 확실한 방법이 필요하다. 한지훈에게 돈이 생기길 기다리느니, 원래부터 돈 많은 차영선을 공략하는 게 나을 것 같다. 차영선은 무슨 약점이 잡혔길래 한지훈에게 그런 유언장을 써준 걸까? 그것만 알아낸다면 오빠를 빼낼 천만 원쯤은 껌값이 될 것이다.

MM/DD.

며칠 동안 야근하며 헤어살롱에서 밤을 샜다. 워커홀릭인 차 사장을 관찰하려면 온천타운에 붙어 있어야만 했다. 다행히 오늘 그 결실을 맺었다. 마감이 훨씬 지난 시간이었다. 산책이라도 할까 싶어서 숍을 나와 로비를 걷는데, 어둠 속에서 다투는 소리가 들렸다. 차영선과 한지훈이었다. 듣자 하니, 차영선은 한지훈에게 정정당당하게 승부를 하라며 시의원 딸까지 건드리면 참지 않겠다고 으름장을 놓고 있었다.

한지훈이 뭐라 반박을 했고, 나는 순간 내 귀를 의심했다. 노천탕에 그런 비밀이 묻혀 있었다니 충격이었다. 한지훈은 자기도 온전한 온천타운을 갖고 싶은 거라며 음짤 낼 생각이 없다고 했다. 한지훈은 자신에게도 차씨 가문의 피가 흐르고 있다는 사실을 잊지 말라며, 누구보다 집안의 번영을 소망하고 있다고 말했다. 나는 배신감에 치를 떨었다. 나와 우리 오빠는 빌어먹을 차씨 가문의 인간들에게 철저히 이용당하고 있었던 것이다. 참을 수 없었다. 그들의 추악한 진실을 폭로할 것이다.

MM/DD.

새벽에 쓴 일기를 보니 내가 얼마나 흥분했었는지 잘 알 수 있었다. 한숨 자고 나니 머리가 좀 맑아졌다. 나는 이 진실을 감당할 자신이 없었다. 까딱하다간 월산 전체가 흔들릴 수도 있었다. 월산에 기생하는 벌레들이 싫은 거지, 월산 자체를 보자면 난, 내 고향을 사랑하고 있었다. 월산은 차씨 일가와 온천타운의 영향을 너무 많이 받고 있었다. 차씨 일가의 몰락과 함께 월산도 무너질까 두려웠다.

나는 이 일을 같은 처지인 그 사람에게 상담하기로 했다. 내가 엄마 때문에 차씨 일가를 싫어하는 것처럼 그 사람은 할아버지 때문에 그 집안을 증오했다. 윤미의 할아버지는 차강문이 겁탈한 한연화와 비밀스러운 연인 관계였다고 했다.

한지훈이 사실은 차씨 가문의 사람이라고 하자, 윤미 역시 충격에 휩싸였다. 난 윤미에게 노천탕의 비밀이자 차영선의 약점이 무엇인지를 알려주었다. 이것을 폭로하여 차씨 일가에 복수를 하자고 하니, 윤미는 서두르면 안 된다고 했다. 월산의 경찰은 차영선의 개나 다름없었기 때문에 우리의 주장은 묵살당할 것이라는 거다. 윤미는 우리가 '달

'선녀 이야기'를 재조명하는 동시에 노천탕을 조사하게 할 새로운 사건을 만들 필요가 있다고 했다.

MM/DD.

한동안 입원해 있거나 경찰 조사 일로 바쁠 터였다. 나는 오래 두고 먹어도 상하지 않을 밑반찬들을 잔뜩 만들었다. 같이 보러 가기로 한 영화 약속은 다음으로 미뤄야 할지도 모르겠다. 주호는 아량이 넓은 아이니까 이해해 줄 것이다. 주호에게 반찬을 전해주러 가는 길에 오빠에게 편지를 부쳤다. 내가 그런 식으로 다쳤다는 소식을 듣게 되면 오빠는 크게 상심하여 자기 탓을 할 수도 있었다.

오빠에게만은 나와 윤미의 계획을 귀띔해 줄 필요가 있었다. 교도관들이 뜯어볼 게 뻔했으므로 편지는 우리 둘만 알아볼 수 있게 썼다. 그러고 보니 오빠의 통찰력은 대단했다. 어릴 때 오빠가 자주 말해주었던 음모론이 사실은 진짜였던 것이다. 좋은 집에서 태어나 훌륭한 교육을 받았다면 오빠는 지금보다 훨씬 나은 사람이 되었을 거다.

MM/DD.

드디어 내일이다. 밧줄도 준비됐고, 연습도 완벽했다. 실전만 잘하면 되는 거다. 다음에 쓸 땐 이 일기장에 안녕을 고할 것이다. 그땐 오빠도 돌아오고 모든 게 더 좋아져 있겠지.

#2. Letter

오빠, 감옥은 심심하지? 내가 재밌는 수수께끼를 내줄게.
우리가 어릴 때 자주 하던 거고 오빠가 만든 이야기야.
선녀는 작은 달과 함께 어디로 사라졌을까?
그곳은 융숭한 노루가 사악한 나무꾼을 데리고 온 곳이야.

우리가 옳았어. 선녀는 하늘로 날아가 버렸어.

그 이야기는 거짓이야. 진실은 아직도 그곳에 묻혀 있어.

우리는 수수께끼의 답을 파헤치러 갈 거야.

19
말할 수 없는

월산의 대지주인 한씨 가문의 청기와집 문전에는 사시사철 푸르른 노송 한 그루가 굽은 가지들을 담벼락에 축 늘어뜨리고 서 있었다. 지난밤에 내린 눈이 운치를 더해주었다.

박준석은 비단이 든 함을 지고서 담벼락 아래를 서성거렸다. 소복하게 쌓인 눈 위에 그의 발자국들이 어지러웠다. 준석은 열린 대문 너머로 슬그머니 시선을 던졌다. 좀 전까지만 해도 눈을 쓸고 있던 하인이 온데간데없어졌다. 낭패다. 준석은 목청을 높여 사람을 부르기가 면구스러워 발을 동동 굴렀다. 오래 기다리느라 언 코끝이 빨갰다.

"누굴 찾아오셨어요?"

불현듯 뒤에서 들려온 목소리에 준석은 까무러칠 듯 놀랐다. 고운 목소리의 주인공은 그보다 더 고운 얼굴로 준석에게 놀라게 해서 미안하다며 사과를 했다. 그녀의 옆에 있던 시종이 미심쩍은 눈초리로 준석을 보았다.

"저기 사거리 한복집 아들내미네요."

시종이 연화에게 소곤거렸다.

"볼일이 있으면 사람을 부를 것이지, 도둑괭이마냥 남의 집 대문은 왜 들여다보고 있소?"

"아, 저는……."

시종은 몸집이 작은 여자였다. 준석의 명치 아래에 정수리가 간신히 닿을 정도였다. 그런데도 준석은 덩칫값도 못 하고 여자의 기에 빠짝 눌려 어찌할 바를 몰랐다. 생쥐 앞에서 절절매는 송아지 같았다.

"사람한테 도둑고양이가 뭐야. 너 때문에 말을 더 못 하시잖아."

연화는 가볍게 시종을 꾸짖었다. 그러나 시종은 반성하는 기색 없이 여전히 매서운 눈으로 준석을 노려보기만 했다. 연화가 한숨을 폭 쉬자 하얀 입김이 나왔다.

"죄송해요. 저희 아버지가 사람이 제일 무섭다고 단단히 가르치시거든요. 낯선 사람만 보면 이렇게 경계를 해요."

"아, 아닙니다. 제가 오해받을 행동을 했는걸요."

고개를 푹 숙인 채 준석이 웅얼거렸다. 그는 연화를 이토록 가까이서 본 것이 처음이었다. 붉게 달아오른 얼굴을 들킬까 봐 그는 고개를 들 수가 없었다.

"마님께서 부탁하신 비단을 몇 필 갖고 왔습니다."

준석이 말했다. 매해 설빔을 짓는 것이 그리 특별한 일은 아니었으나, 연화의 모친은 올해는 좀 더 신경을 쓰고 있었다. 연화가 성년이 되었기 때문이었다. 일월에 태어난 연화의 생일이 공교롭게도 음력 설과 맞물렸다. 물욕이 없는 연화가 따로 갖고 싶은 것이 없다고 하였으므로, 모친은 대신 설빔을 멋들어지게 지어주겠노라 약속하였다.

연화가 앞장서며 대문에 들어섰다. 시종이 아씨의 귀가를 알리자 하인들이 뛰어나와 연화에게 필요한 것을 물었다. 연화는 경씨 영감에게 어머니가 주문한 비단을 갖고 온 사람이 있다고 했다. 경씨 영감은 준석을 힐끗 쳐다보곤 그를 사랑채로 안내하였다. 준석은 아버지에게 말로만 듣던 청기와집의 내부를 둘러보며 속으로 경탄하였다. 경씨 영감은 어딘가 덜떨어져 보이는 준석을 보며 속으로 한복집 주인을 안타까워했다. 그는 종종 가업을 물려주기엔 아들이 너무 유약한 것 같다며 하소연하곤 했기 때문이다.

"아버지는 평안하시고?"

"네? 네."

한 번에 깔끔하게 대답하지 못하고 되묻는 모습이 믿음직스럽지 못하였다.

"아버지한테 잘하시게. 외아들 하나 보고 사는 양반인데."

경씨 영감은 준석의 부친을 짠하게 여겼다. 삯바느질하며 산 홀어머니 밑에서 자란 그는 보고 배운 거라곤 바느질뿐이었다. 손끝이 야무져 번듯한 한복집까지 차린 그였으나, 경씨 영감은 아랫도리에 물건을 달고 태어나 계집처럼 바느질로 먹고산다며 그를 얕보는 경향이 있었다.

'애비가 바느질하며 여편네들 비위 맞추는 걸 보고 자랐으니 아들 성정이 어린 계집애 같을 수밖에…… 쯧쯧.'

경씨 영감은 입을 벌리고 선 준석을 보며 혀를 찼다. 준석은 입식으로 꾸며진 사랑채를 신기해하며 두리번거리고 있었다. 경씨 영감이 의자에 앉아서 기다리라고 하자, 준석은 황송해하며 두 손으로 옷을 털었다.

영감이 나가고 얼마 안 되어 연화와 그녀의 모친이 사랑채로 들어왔다. 허둥지둥 일어나느라 준석은 의자를 넘어뜨렸고, 죽을죄를 지은 것처럼 머리를 조아리며 연신 사과했다. 닮은 구석이 많은 모녀는 온화한 목소리로 준석을 안심시켰다.

"내 눈에는 다 고와 보여서 뭐가 좋은지 모르겠구나."

"저도 다 좋아 보여요."

"준석 총각이라고 했죠?"

비단을 쓸어보던 연화의 모친이 준석을 불렀다. 등을 펴고 꼿꼿한 자세로 앉아 있던 준석이 벌떡 일어났다.

"아버지한테 한복 짓는 걸 배운다고 들었어요. 가업을 잇는다죠?"

준석이 조용히 고개를 끄덕였다.

"그러면 나보단 보는 눈이 있을 테니 한번 골라주겠어요? 설빔이기도 하지만 우리 애 생일 선물로 해줄 옷이라 이왕이면 최고로 예뻤으면 싶거든요."

"그, 그렇게 큰일을 제가 어떻게……."

"겸손하기는. 자, 내가 우리 애한테 비단을 위아래로 대볼 테니까 한번 보고 어떤 조합이 가장 나은지 말해줘 봐요. 알았죠?"

준석이 대답하기도 전에 모친은 연화의 어깨에 노란색 비단을 둘렀다. 연화는 어머니를 도와 다홍색 비단을 허리에 두르며 반짝이는 눈으로 준석을 빤히 바라보았다.

"어때요?"

"고, 곱습니다."

다음은 미색과 녹색이었다.

"예, 예쁘십니다."

그다음엔 남색과 하늘색을 둘렀다.

"아, 아름답습니다."

"다 좋다고 하면 어떡해요."

연화가 투덜댔다. 악의가 담기지 않은 농담조의 투정이었으나 준석은 그녀의 미움을 산 줄 알고 화들짝 놀랐다. 그는 부끄러움도 잊은 채 연화의 눈을 똑바로 보며 진심을 호소했다. 연화는 준석의 크고 맑은 눈동자를 흥미롭게 바라보았다.

"죄송합니다, 아씨. 하지만 정말로, 정말로 다 잘 어울리시고 아름다우십니다. 진짭니다. 저는 거, 거짓말을 못해요."

"정말요?"

"네, 정말입니다."

"고개 숙이고 있어서 제대로 본 것 같지도 않은데요?"

"아닙니다, 아씨. 제 눈에 똑똑히 박아 넣었습니다. 정말입니다. 뭘 입어도 아름다우세요. 선녀 같으십니다."

"내가 선녀 같아요?"

"당연하죠."

준석이 힘주어 말했다. 대문간을 넘은 뒤로 쭉 불안하게 떨리던 눈동자가 이때만큼은 흔들리지 않았다. 연화의 입가가 씰룩거렸다.

"너는 왜 답지 않게 사람을 괴롭히고 그러니."

연화의 모친이 끼어들었다. 준석은 안도의 한숨을 내쉬느라 연화가 수줍게 미소를 짓고 있는 걸 보지 못했다. 준석이 떠나고 난 뒤, 연화는 곶감을 오물거리며 어머니에게 슬쩍 준석이 몇 살인지를 물었다.

"아마 올해 스물셋일걸? 너랑 세 살 터울이 난다고 들었으니."

"나보다 세 살이나 위예요?"

"그렇단다. 근데 그건 왜 묻니?"

"그냥요."

연화는 부러 곶감을 덩어리째 입안에 욱여넣었다. 하는 짓이 퍽 귀엽더라는 말을 차마 어머니에게 할 수 없는 까닭이었다.

그 후로 연화는 한복이 얼마나 잘 지어지고 있는지 보러 간다는 핑계로 사거리의 한복집을 곧잘 드나들었다. 준석은 아버지의 눈치를 보느라 연화를 계속 아씨라고 불렀으나, 연화는 그를 오라버니라고 불렀다. '석이 오라버니'라고 부르면 준석은 눈알이 빠질 것처럼 눈을 부릅떴다. 그 동그란 눈을 연화는 참 좋아했다.

설이 되었고, 연화는 준석이 아버지를 도와 지은 한복을 곱게 차려입었다. 차례를 지내고 성묘를 다녀온 부모님이 오침에 든 동안, 연화는 시종을 따돌리고 몰래 준석을 만나러 갔다.

준석은 숲 속에 있는 우물가에서 쭈그리고 앉아 있었다. 귀신이 나온다는 소문이 돌아 오래전에 버려진 우물이었으므로, 그들 말고는 인기척이 없었다. 이곳은 한때 연화만의 비밀 장소였으며, 연화가 준석을 데리고 온 후로는 두 사람의 비밀 장소였다. 연화는 귀신이라도 죄 없는 사람을 해코지하진 않을 거라고 믿었고, 연화가 두려워하지 않았기에 준석도 그곳을 무서워하지 않았다.

"석이 오라버니, 나 왔어요. 석이 오라버니? 오라버니 울어요?"

발랄하게 등장한 연화는 준석이 훌쩍이는 소리를 듣고 뛰다가 그만 꽈당 넘어지고 말았다. 우느라 그녀가 온 줄도 몰랐던 준석은 갑자기 나타난 연화가 바닥을 구르자 기겁을 했다.

"아씨!"

연화의 녹색 치마에 흙먼지가 잔뜩 묻었다. 준석은 연화의 어깨를 감싸 안고 그녀를 일으키려고 했다. 어지러운지 연화는 비틀거리더니 준석의 허리춤을 잡고는 또 넘어졌다. 준석은 엉덩방아를 찧었고 그의 무릎 위에 앉은 연화는 뭐가 좋은지 싱글벙글 웃고 있었다.

"괜찮으십니까?"

"네, 오라버니는요?"

"저야 괜찮은데, 자세가……."

"많이 무거워요?"

"아니요. 솜털 같아요. 깃털 같습니다."

"그럼 좀만 더 이러고 있어요."

"네? 왜요?"

준석이 눈치 없이 순진하게 묻자, 연화는 입술을 오리처럼 내밀었다.

"안 무겁다면서요."

"네, 무겁진 않은데요."

"그럼 이러고 있어요."

"네? 네."

연화는 아예 준석의 가슴에 몸을 기댔다. 그의 심장이 쿵쾅거리는 소리가 연화의 귀를 간지럽게 했다.

"왜 울었어요?"

"안 울었습니다."

"오라버니 우는 거 보고 뛰느라 넘어졌잖아요."

"저 때문에 넘어지셨어요?"

준석의 심장이 요동쳤다. 연화는 그를 진정시키며 하나도 아프지 않다고 했다.

"이러고 있으니까 하나도 안 아파요."

연화는 다시 한 번 왜 울었냐고 물었다. 준석은 쑥스러워하며 옆에 떨어진 종이를 주워 연화에게 건넸다. 형편없이 구겨진 종이를 펴자, 그 위엔 연화에겐 생소한 복식의 스케치가 그려져 있었다.

"이게 뭐예요?"

"양인들이 입는 웨딩드레스라고 하는 겁니다."

"왜, 왜딘 뭐요?"

"웨.딩.드.레.스요. 서양의 여인들이 입는 혼례복이에요."

"오라버니가 직접 그린 거예요?"

연화의 물음에 준석은 서글픈 얼굴로 주억거렸다. 연화는 손을 뻗어 준석의 뺨에 남아 있는 물기를 닦아주었다.

"누가 이렇게 구긴 거예요?"

"아버지가요."

준석의 부친은 그가 양인들의 복식에 관심을 갖는 것을 극도로 싫어했다. 다른 큰 지역에서 온 사람들은 하나같이 양인의 옷을 입었다. 준석의 부친은 해괴망측한 옷차림을 하는 것들 때문에 장사가 예전만큼 시원치가 않다며 화를 냈다.

"난 웨딩드레스를 만들고 싶어요. 그게 내 진짜 꿈이에요."

그의 눈이 반짝거렸다. 처음 그 눈동자와 마주쳤을 때부터 연화는 알고 있었다. 자신감 없이 흔들리는 소심한 눈동자가 사실은 그 어떤 보석보다 영롱하게 빛나고 있음을.

연화는 월산 대지주의 딸로 태어나 가지지 못한 것이 없었다. 아니, 그녀가 가지지 못한 것이 딱 하나 있었다. '꿈'이었다. 바라는 것, 되고 싶은 것. 태생적인 풍요로움 탓일까, 그냥 타고나길 그랬던 걸까. 연화는 꿈이 없었다. 귀하고 예쁘게 자라서 좋은 집안에 시집을 가고, 떡두꺼비 같은 아들을 낳고, 남편의 사랑을 받으며 살라고 어머니는 늘 주문처럼 외웠다. 연화는 어머니의 기도에 이의를 제기한 적이 한 번도 없었다. 그럴 테지, 그렇게 되겠지 싶을 뿐이었다.

준석을 봤을 때 느꼈던 알 수 없는 설렘의 정체를 연화는 깨달았다. 그는 그녀가 가지지 못한 꿈을 갖고 있었다. 욕심이 없는 연화를 보고 아버지는 말씀하시곤 했다. 원래 사람은 자신에게 없는 걸 갖고 싶어 하는 법이라고, 갖지 못한 게 없으니 저 아이는 욕심이 없는 거라고 말이다.

꿈이란 게 이토록 찬란하고 아름다운 거구나. 이처럼 멋지고 황홀할 수 있는 거구나. 내가 갖지 못한 걸 가진 이 남자는 얼마나 근사하고 눈이 부신가. 그것이 연화가 준석에게 첫눈에 반한 이유였다.

'갖고 싶다.'

연화는 처음으로 바라는 것이 생겼다. 준석의 곁에서 그가 꿈을 이루며 행복해하는 모습을 바라보고 싶었다. 꿈을 이룬 그가 늙어서 마지막 숨을 거둘 때, 좋은 인생을 살았다며 미소 짓는 걸 보고 싶었다.

"이게 웨딩드레스라는 거라 이거죠."

구겨진 종이를 손바닥으로 열심히 펴며 연화가 말했다.

"아름다워요."

"정말요?"

"환상적이에요. 내 혼례에 입고 싶을 만큼."

"아씨의 혼례에요?"

준석의 표정은 오묘했다. 그녀의 칭찬이 기쁘면서도 연화의 결혼을 생각하니 마음이 아팠다.

"내가 혼인을 할 때, 석이 오라버니가 만들어준 웨딩드레스를 입겠어요."

"네? 아니, 어떻게 제가! 실제로 만들어본 적도 없고 겨우 독학을 하는 수준입니다."

"약속해요. 내 웨딩드레스를 만들어주겠다고."

"하지만……."

준석은 흠모하는 여인의 웨딩드레스를 아무렇지 않게 만들어낼 자신이 없었다. 그가 우물쭈물하며 대답을 못 하는 동안 연화는 심각한 고민에 빠졌다.

"근데 색시의 웨딩드레스를 신랑이 만들어줘도 되는 거겠죠?"

"네?"

"내 웨딩드레스를 석이 오라버니가 만들어줘도 되겠죠? 신랑이어도?"

준석은 잠시 그녀의 말을 이해하지 못하다가, 뒤늦게 괴성을 지르며 발버둥을 쳤다. 그 바람에 연화는 준석의 무릎에서 굴러떨어졌다.

"아씨, 제가 감히 어떻게!"

"난 좋은데, 오라버닌 싫어요?"

"아뇨. 당연히 좋습니다. 좋아요. 좋습니다. 좋아합니다."

준석이 덜덜 떨며 어설프게 고백했다. 연화는 준석의 손을 꼭 잡았다.

"그럼 우리 약속이 두 개네요."

달에서 내려온 선녀처럼 고운 연화의 얼굴이 기쁨으로 밝게 빛났다. 맑은 하늘에 뜬 보름달처럼 신비로웠다. 두 사람은 그렇게 행복했었다.

준석은 약속을 지켰다. 그러나 전부 지키진 못했다. 남은 하나, 누구에게도 말할 수 없는 약속을 그는 끝내 삼켰다. 사람들의 입에 연화의 치욕스러운 혼인이 오르내렸기 때문이었다. 굳이 그들이 곱씹을 이야깃거리를 더 제공해 줄 필요가 없었다. 공기처럼 떠도는 가벼운 말들 속에서 연화는 몇백 번이고 괴롭게 유린당했다. 그녀를 위해 준석은 침묵으로 약속을 덮었다.

하지만 그의 애달픈 연정은 끝내 숨겨지지 못했다. 준석은 닿을 수 없는 곳의 여인을 홀로 사모한 천치가 되었다. 친구들은 그의 부질없는 순애보를 어리석다고 놀렸으나 준석은 개의치 않았다. 친구들의 평가는 실제에 비하면 무척 후한 것이었다. 그는 미래를 약속했던 여인이 다른 남자와 결혼할 때 입을 웨딩드레스를 손수 지은 바보였으니까. 준석은 적어도 한 개의 약속만큼은 꼭 지키고 싶었다. 다행히, 그의 어설픈 솜씨로 만든 웨딩드레스가 불행한 신부에게 큰 웃음을 주었다.

다른 아이들이 월산의 '달 선녀 이야기'만 듣고 자랄 동안, 박준석의 손녀인 박윤미는 할아버지의 짝사랑 이야기도 같이 들었다. 그녀의 아버지인 루니 박은 차씨 가문과의 오랜 비즈니스 관계의 기원을 설명하면서 준석의 이야기를 꺼내곤 했다.

윤미는 할아버지의 장렬한 연애사가 흥미로우면서도 할머니가 불쌍하여 한연화를 탐탁지 않아 했다. 준석은 연화를 평생 그리워했다. 차강문으로부터 도망쳐 아마 다른 남자와 잘 살고 있을 한연화 때문에 노총각이 됐을 정도였다. 그는 마흔이 되어서야 늦둥이 자식을 품에 안았다. 그러므로 루니 박은 아버지가 세상을 뜨고 난 뒤, 늘그막에 재가하여 월산을 떠난 어머니를 이해했다.

윤미가 한연화에게 다른 감정을 품게 된 계기가 된 사건은 그녀의 수능 성적이 나온 직후에 발생했다.

"아빤 내가 성적 잘 받아온 게 기쁘지도 않아?"

"기쁘다. 당연히 기쁘고말고. 그러니까 다른 학과를 선택하라는 거 아니냐."

"왜? 나도 디자이너 되고 싶다니까?"

"너희 언니 둘 다 같은 공부하고 있는데 뭐하러 너까지 그 길로 들어서?"

"그게 뭔 상관이야? 내 인생인데! 언니들이 디자인을 전공하든 말든 내가 디자이너 되고 싶다고!"

눈물로 범벅이 된 윤미가 언성을 높이자, 옆에 있던 언니들이 아빠에게 무슨 말버릇이냐며 참견을 했다. 언니들은 윤미의 편을 들어줄 생각이 없었다. 긁으면 더 긁었지.

"디자인은 아무나 하나? 재능 있어도 살아남기 힘든 바닥이야, 여기. 언니랑 나도 경쟁자라고. 너, 언니보다 잘할 자신 있어? 나보다 잘할 자신 있어?"

둘째 언니가 사납게 쏘아붙였다. 첫째 언니는 아무 말도 없이 방관했다.

"자신 있으면 어쩔 건데?"

"네가?"

명백한 비웃음이었다. 둘째 언니는 윤미의 자존심을 깔아뭉개는 데에 일가견이 있었다. 윤미는 무의식적으로 아빠를 바라보며 도움을 청했으나 루니 박은 침묵함으로써 둘째 언니의 편을 들었다. 그 역시 윤미가 언니들보다 잘하지 못할 거라고 단정 짓고 있었던 것이다. 자매의 치열한 공방전이 이어졌다. 울컥한 윤미가 버럭 화를 내며 언니에게 '야'라고 소리쳤고, 둘째 언니는 하극상을 봐줄 만큼 너그럽지 못했다.

"야? 너 지금 야라고 했냐?"

머리채를 쥐어 잡은 두 딸을 말리려다 루니 박은 뒤로 자빠지며 진열대에 부딪쳤다. 액자들이 우수수 떨어지며 유리 깨지는 소리가 났다. 그제야 딸들은 싸움을 멈췄다.

"너는 여기 치우고 있어. 가만히 혼자서 생각도 좀 해보고."

언니들이 냉정하게 말하며 루니 박을 데리고 병원으로 떠났다. 유일한 아군이라 믿었던 엄마마저 남편의 상처를 보곤 윤미의 편을 들어주지 않았다. 윤미는 집에 덩그러니 남겨졌다.

엉엉 울면서 유리 조각들을 치우고 액자들을 정리하는데 유독 눈길이 가는 사진이 있었다. 사진 속엔 할아버지가 평생 혼자 사랑했다는 여자, 한연화가 웨딩드레스를 입고 환하게 웃고 있었다. 당시에는 카메라가 흔치 않았는데, 한연화의 집이 워낙 부자라 사진을 찍을 수 있었다고 했다. 웨딩드레스를 만들어준 보답으로 한연화는 할아버지에게 사진을 보냈다고 했다.

바래진 흑백 사진은 손때 묻은 액자에서 꺼내진 적이 없었다. 윤미가 기억하기로는 그랬다. 할머니는 달 선녀의 저주를 께름칙해하며 차마 액자를 치워 버릴 엄두도 못 냈다. 사진은 준석이 액자에 끼워놓은 이래로 한 번도 제자리를 벗어난 적이 없던 것이다. 윤미가 그것을 박살 내기 전까진.

윤미는 사진을 주워 먼지를 털었다. 현재 드레스숍의 창업자로서 할아버지를 존경하긴 했으나, 할머니에 대한 의리로 한연화의 웨딩드레스만큼은 제대로 감상한 적이 없는 윤미였다.

"확실히 엉망진창이긴 하지만 애정이 느껴지네."

연화의 드레스는 준석의 첫 작품이었다. 촌스럽고 어색하기 그지없는데도 기묘하리만큼 정성스러워 보였다. 어쩌면 드레스를 입고 있는 신부가 눈부시게 아름답기 때문에 그렇게 보이는지도 몰랐다.

"할머니가 질투할 생각도 못 했다고 한 이유를 알겠다."

윤미가 사진을 살피며 중얼거렸다. 그녀는 무심코 사진을 뒤집었다가 흐릿한 회색 글씨들을 발견했다. 연필로 쓴 짧은 글귀였다. 윤미는 눈을 가늘게 뜨고 읽기 힘든 글씨들을 천천히 소리 내어 읽었다.

"나의 꿈에게, 한연화 드림."

한연화도 할아버지를 사랑하고 있었다. 그 사실을 깨닫자마자 윤미는 알 수 없는 눈물을 흘렸다. 그들의 이루지 못한 사랑이 가슴 아프기도 했지만, 당시 윤미의 상황에 연화가 쓴 글귀는 위로가 되어주었다. 마치 꿈을 포기하지 말라고 말해주는 것 같았다. 윤미는 사진을 품에 안고 무작정 저택으로 달렸다. 한연화는 물론 그녀의 가문마저 사라져 버렸지만 그곳에 가야만 할 것 같았다. 운명의 이끌림이었다.

월산의 세력가인 차씨 가문의 대저택 담장은 웬만한 나무보다도 높았고 장성처럼 길게 늘어졌다. 지난밤에 내린 눈이 운치를 더해주었다.

박윤미는 연화의 흑백 사진을 들고서 담장 아래를 서성거렸다. 소복하게 쌓인 눈 위에 그녀의 발자국들이 어지러웠다. 윤미는 대문 창살 너머로 슬그머니 시선을 던졌다. 좀 전까지만 해도 눈을 쓸고 있던 정원사가 온데간데없어졌다. 낭패다. 윤미는 구실도 없이 초인종을 누르기가 민망하여 발을 동동 굴렀다. 눈물 자국이 남은 눈가가 빨갰다.

"누굴 찾아오셨어요?"

불현듯 뒤에서 들려온 목소리에 윤미는 까무러칠 듯 놀랐다. 부드러운 목소리의 주인공은 그보다 더 상냥한 얼굴로 윤미에게 놀라게 해서 미안하다며 사과를 했다. 한지훈이었다.

윤미는 저택의 천덕꾸러기로 소문난 지훈을 잘 알고 있었다. 그런데 그의 얼굴이 갑자기 무척 낯이 익게 느껴졌다.

'한연화를 닮았어.'

그 생각에 미치자마자, 윤미는 지훈에게 말을 걸었다. 윤미는 그때 자신이 무슨 말을 지껄였는지 하나도 기억하지 못했는데, 지훈은 기억했다. 지훈은 그 외에도 윤미에 대한 많은 것들을 기억했다. 두 사람의 첫 데이트, 손을 잡았을 때의 석양, 달콤했던 입술, 그를 위로해 주던 씩씩한 목소리, 윤미 덕분에 버틸 수 있었던 지옥 같은 나날들, 악몽을 깨워주던 다정한 포옹, 그리고 지훈을 위해서라면 무엇이든 할 수 있다고 웃던 슬픈 미소까지.

☾

온몸에서 빗물을 뚝뚝 흘리며 나타난 한지훈은 경황없는 가운데에서도 다른 사람들을 물리는 것을 잊지 않았다. 뒤늦게 나타나 지훈이 윤미를 찾고 있다는 것을 듣지 못한 희태와 해일은 응접실 밖으로 쫓겨나며 미심쩍어 했다. 지훈은 덜덜 떨며 최창규가 윤미를 납치해 간 게 틀림없다고 중얼거렸다.

"일단 진정하고 천천히 알아듣게 말해봐요. 윤미를 만나러 간 거였어요?"

소월의 질문에 지훈이 고개를 끄덕였다.

"같이 떠나기로 했는데 약속 장소에 가보니 윤미의 가방만 놓여 있었어요. 분명해요. 내가, 내가 사준 가방이었으니까. 최창규입니다. 최창규가 한발 빨랐던 거예요."

지훈은 참을 수 없어 하며 자리에서 일어나 빠르게 왔다 갔다 거렸다. 무영은 지훈의 어깨를 잡고서 그의 눈을 조심스럽게 들여다보았다. 무영은 이토록 겁에 질리고 흥분한 지훈의 모습을 본 적이 없었다.

"최창규가 윤미 누나를 왜 납치했다고 생각하는 거야? 윤미 누나는 이 일과 별로 상관이 있지도 않잖아."

"상관있어."

파랗게 질린 지훈의 입술이 움직였다. 지훈은 그 말을 내뱉기가 괴로운 듯 인상을 찡그렸다.

"윤미가…… 최예림의 죽음과 관련이 있으니까."

물론 그것은 사고였다. 예림이 지훈을 차영선과 함께 파멸로 몰아넣으려고 하자, 윤미는 그녀에게 겁을 줘야 한다고 생각했다. 윤미는 예림에게 자살 미수 사건을 꾸미자고 말했다. 윤미와 지훈의 관계를 알지 못했던 예림은 아무런 의심도 하지 않았다.

예림이 목을 매는 시늉을 하면, 윤미는 미리 숨겨놓은 마네킹으로 귀신 소동을 일으키려고 했다. 예림이 충분히 겁을 먹으면 원래 연습했던 대로 그녀를 내려주고 준비한 대사를 읊으려고 했었다. 노천탕에 정말 귀신이 있나 봐요, 여긴 건드리면 안 되는 곳일지도 몰라요, 우리 한 번만 더 한지훈을 믿어봐요, 설마 그 사람이 진짜 차영선이랑 한패겠어요?

그러나 그들은 손발이 맞질 않았고, 운도 나빴다. 예림은 윤미가 마네킹을 꺼내는 동안 수석에 올라가 밧줄을 살펴보고 있었다. 그녀는 시험 삼아 고리에 머리를 집어넣었고, 비명을 지를 새도 없이 미끄러졌다. 윤미가 예림에게 돌아왔을 때 그녀는 이미 허공에 둥둥 떠 두 다리를 흔들고 있었다.

윤미는 최예림의 죽음에 대해 지훈에게조차 비밀로 하였다. 그를 위해 꾸민 일이 누군가를 죽게 했다는 걸 알리고 싶지 않았기 때문이었다. 지훈이 먼저 이상한 낌새를 눈치챘다. 최창규가 도주했다는 뉴스가 나온 후로 윤미가 극도의 불안 증세를 보였던 것이다.

"최예림을 죽인 건 수석에 난 이끼지, 윤미가 아니야. 최예림도 자살 미수 사건을 함께 꾸민 거잖아? 그런 건 죄가 될 수 없지."

지훈은 윤미를 철석같이 믿고 있었고 필사적으로 그녀를 변호했다. 소월과 무영은 두 사람이 특별한 관계를 맺어왔음을 알아차렸다. 윤미와 무슨 사이냐고 묻는 말에 지훈은 망설임 없이 '연인'이라고 대답했다. 소월은 현기증을 느꼈다.

"윤미도 괴한 사건의 배후였던 거군요?"

소월이 확신에 차 물었다. 그녀의 뇌리에 스쳐 지나가는 몇 개의 순간들이 있었다. 타지에서 온 차씨 일가의 예비 며느리를 대하는 것치곤 윤미는 첫 만남에서부터 부쩍 친근감을 표시했었다. 소월에게 달선녀 이야기를 해준 것도, 혜윤과 연화의 사진을 보여준 것도 전부 박윤미였다.

"그러고 보니 놀이공원에 가자고 조른 것도 윤미였는데……."

윤미의 생사가 불분명한 다급한 상황이었지만 소월은 물밀듯 밀려오는 허탈함을 어쩔 수가 없었다. 정말 친구라고 믿었다. 진심으로 걱정해 주고, 위로해 주는 친구라고 굳게 믿고 있었다. 그녀의 심정을 알아차린 지훈이 황급히 입을 열었다.

"윤미는 소월 씨를 정말 좋아했어요. 친구로 여겼습니다. 그 마음은 진짜예요. 그래서 더 당신을 이 저택으로부터 탈출시키려고 했던 겁니다. 당신이 한연화처럼 불행한 신부가 되는 걸 볼 수 없다면서요."

소월이 완성된 웨딩드레스를 입었을 때, 윤미는 눈물을 흘렸다. 그때는 단순히 소문이 무성한 음침한 집안에 팔려가는 동갑내기에 대한 연민 때문에 그런 줄로만 알았다. 윤미의 눈물에는 그보다 더 슬프고 오래된 많은 사연들이 함축되어 있었던 것이다. 소월은 한숨을 깊게 내쉬었다.

"최예림 씨의 죽음에 윤미가 관련이 있다는 걸 밝히고 싶진 않을 테지만, 일단은 경찰서에 가는 게 좋을 것 같아요. 우리만 알고 있어서는 해결이 되지 않아요."

"그건 안 됩니다."

"지훈 씨, 이성적으로 생각해요. 나중에 윤미가 죗값을 치를까 봐 걱정이 되는 건 알겠어요. 하지만 그것보다 중요한 건 윤미의 안전이에요."

"알고 있습니다. 그렇기 때문에 안 된다는 거예요."

지훈은 주머니에서 꼬깃꼬깃하게 접힌 쪽지 한 장을 꺼내어 소월에게 건넸다. 종이가 물에 젖었기 때문에 잉크가 번져 글씨를 확인하기 어려웠으나 '경찰'이란 글자는 알아볼 수 있었다.

"가방 옆 주머니에 끼워져 있었어요. 경찰에게 연락하지 말고 기다리라고요."

"전형적이네요."

소월이 사뭇 냉정하게 말했다.

"납치범들 수법이잖아요. 연락하면 죽이겠다, 기다려라. 하지만 결국 경찰에게 연락하는 게 정답이란 거, 지훈 씨도 알고 있잖아요."

"압니다. 알아요. 하지만 적어도 다음 연락이 올 때까진 기다릴 수 있잖아요. 다른 납치범들이야 돈을 목적으로 하는 거지만 최창규는 다르잖아요. 최창규가 원하는 게 경찰들 앞에선 줄 수 없는 거라면요?"

지훈의 차갑게 메마른 입술이 떨렸다.

"나를 원할 수도 있는 거잖아요. 내가 이 일에 최예림과 최창규를 이용한 장본인이니까. 윤미는 날 위해서 그런 일을 저지른 거니까요."

"최창규가 지훈 씨를 유인하기 위해 윤미를 납치했다고 생각하는 거군요?"

"그래요. 그러니까 좀만 기다려 봐요."

소월은 그의 부탁을 거절할 수가 없었다. 그녀는 손바닥으로 이마를 짚으며 소파에 앉아 숨을 골랐다. 소월의 기세가 한풀 꺾이자 지훈은 안도했다. 그러나 이번엔 무영이 나섰다.

"안 돼. 최창규가 원하는 대로 형을 보낼 수 없어. 죽으려고 가는 거나 다름이 없잖아. 경찰한테 가서 대책을 미리 강구해야 돼."

"아니야, 무영아, 난 괜찮아."

"뭐가 괜찮아! 형이 가면 최창규가 순순히 윤미 누나를 보내줄 것 같아? 둘 다 잡히면 누가 윤미 누나를 구해? 누가 형을 구하냐고!"

"너."

지훈은 무영을 지그시 바라보며 천천히 무릎을 꿇었다.

"네가…… 구해줘."

머뭇거리는 목소리를 들으며 무영은 할 말을 잃었다.

"염치없고 뻔뻔하단 거 알아. 하지만 너라면 도와줄 거라고 믿어서 돌아온 거야. 너밖에 생각이 안 나더라."

주먹 쥔 손등 위로 눈물방울이 떨어졌다.

"너랑 소월 씨 괴롭힌 거, 괴롭게 한 거, 벌 받을게. 온천타운, 저택, 내 뿌리 다 포기할게. 버릴 거야. 그러니까 내가 윤미를 구할 수 있게 한 번만, 도와주라. 부탁한다, 무영아."

지훈의 어깨가 들썩였다. 그의 떨리는 등을 내려다보며 무영도 울었다. 세 사람은 합의를 봤다. 최창규의 속셈을 다 파악할 순 없으니 내일 정오까지만 기다려 보자는 것이었다. 윤미를 구하는 일에 최선을 다할 거라고 소월이 거듭 설득하자 지훈도 결국 고개를 끄덕였다.

후드득후드득 땅을 내려치는 빗방울이 굵고 알찼다. 퍼부어대는 물소리가 가뜩이나 어지러운 머릿속을 방해하여, 소월은 쉬이 잠들지 못했다. 윤미와 지훈이 연인 사이였다니 큰 충격이었다. 윤미가 소월을 속이고 일부러 접근하여 월산에 대한 공포를 은밀히 심어주고 있을 줄은 꿈에도 몰랐다. 쓸쓸한 배신감이 소월을 울적하게 만들었다.

소월은 조심히 문을 열고 방을 나섰다. 갈증이 났기 때문이다. 2층의 중앙 계단 건너편에는 명인의 방이 있었다. 닫힌 문 틈새로 희미한 빛이 보였다. 온천타운에서 밤늦게 돌아와 이제 막 잠자리에 드려는 모양이었다.

소월은 발소리를 죽이며 계단을 내려갔다. 나이트 램프의 조도 낮은 불빛을 따라 부엌으로 향하던 소월은 갑작스러운 인기척에 놀라 본능적으로 몸을 숨겼다. 그녀는 불빛이 없는 구석에 몸을 웅크리고 눈을 크게 뜬 채로 어둠을 주시했다. 평소와 달리 응접실 쪽 복도의 불이 하나도 켜져 있질 않았다. 물체의 윤곽은 물론이요, 거리감조차 느껴지지 않는 암흑 속에서 뭔가가 재빠르게 움직였다.

응접실의 문이 열렸다. 방에서 터져 나온 불빛이 소월이 보고 있던 공간을 비추었다. 아무것도 없었다. 소월은 응접실에서 나오는 두 사람을 보았다. 무영과 지훈이었다. 그들은 말 한마디 나누지 않고 제 갈 길을 찾아갔다. 소월은 두 남자가 각자의 방에 들어갈 때까지 가만히 자리를 지켰다. 하늘이 노한 것처럼 천둥이 쳤다. 이 정도 소리면 번갯불이 야단스러울 텐데, 두꺼운 커튼으로 온 창을 가린 저택엔 적막한 어둠뿐이었다.

다음 날, 소월은 늦잠을 잤다. 잤어도 잔 것 같지가 않았다. 악몽을 꾸며 밤새 잠을 설치다가 해가 뜨고 나서야 쪽잠을 잔 것뿐이었다. 해일이 문을 두드리며 소월을 깨웠다. 그제야 까맣게 잊고 있던 오빠의 존재를 깨달은 소월이 괜스레 해일의 눈치를 봤다. 해일은 당연히도 삐쳐 있었다. 주호의 전화를 받은 소월이 무영만 데리고 왕마담의 집을 떠났기 때문이었다. 게다가 물귀신의 행색을 하고 나타난 한지훈이 해일을 투명인간 취급하며 응접실 밖으로 내쫓기까지 했으니 그의 심사가 뒤틀릴 만도 했다. 소월은 잠시 해일의 비위를 맞춰주기로 했다.

"너 자는 동안 어머니가 전화하셨어. 최창규에 대해서 물으시길래 대충 얼버무렸어. 넌 나한테 고마워해야 해. 그나마 내가 옆에 있으니까 어머니가 안심하시는 거 아니야."

해일이 으스대며 말했다. 두 사람은 늦은 아침 식사를 하러 식당으로 가는 중이었다. 해일은 소월이 일어날 때까지 밥도 안 먹고 기다리고 있었다.

"오전 중에 별일은 없었지?"

"무슨 일?"

"그냥, 이것저것."

"음……. 무영이네 부모님이 동반 출장을 가셨다더라. 온천타운 완전 쪽박 나게 생겼나 보던데. 최창규가 사냥꾼이었다는 말이 퍼져서 그런지, 총을 가진 최창규를 봤다는 사람들이 몇 명 있었대. 그 바람에 손님들이 죄다 도망을 쳐서 개미 새끼 한 마리도 안 보인단다. 지역 언론사에서 특별방송을 때려대는 게 문제라면서, 차 사장님이 직접 해결 보러 도시로 떠나셨대. 집사님이 그러셨어."

"그거 말곤 없어?"

"없는데."

벌써 오전 열한 시였다. 최창규의 접선을 기다리는 것은 딱 정오까지였다. 한 시간 후에 소월은 경찰에게 전화를 걸어 윤미가 최창규에게 왜 납치되었는지를 설명해야 했다.

"듣고 있어?"

해일이 손등으로 소월의 팔을 툭 치며 물었다. 소월이 딴생각에 빠져 있는 동안 그는 왕마담에게 잡혀 있었던 시간에 대해 투덜거리고 있었다.

"미안. 뭐라고 했지?"

"그 요괴 할망구가 당장 이번 주말에 맞선 보라고 난리 치는데 어떡하냐고."

"이 난리통에?"

"내 말이 그 말이다."

"오빠, 비뇨기과 검진받는 건?"

"그게 좀 이상하더라. 난 다 받아야 되는 건 줄 알았는데, 나는 받을 필요 없대."

"왜?"

"무영이랑 달리 나는 튼실하고 건강해 보였나 보지."

해일은 가슴을 내밀며 뽐내듯 말했다. 그는 거만하게 우쭐대며 팔자로 걸었다. 해일의 뒷모습을 보며 소월은 미간을 좁혔다. 뭔가 떠오를 듯 떠오르지 않는 중요한 것이 있었다. 뚝뚝 끊겨져 있는 조각들이 이어질 듯 이어지지 않았다. 소월이 개운치 못한 얼굴로 식당에 들어서자 식사를 준비 중이던 희태가 잠을 설쳤냐며 안부를 물었다. 소월은 이설피 웃으며 대답 대신 무영은 일어났냐고 물었다.

"아, 도련님께서 다소 특이한 부탁을 해놓으셨습니다."

"무슨 부탁이요?"

"식사를 끝내면 별채로 와달라는 말씀을 전해달랍니다."

"별채로요? 지금 갈게요."

"안 됩니다. 반드시 식사를 마치고 오라고 하셨습니다."

소월의 앞을 막으며 희태가 다급하게 말했다.

"왜요?"

"저도 모릅니다. 일단 식사를 하시죠."

소월은 무영이 시기에 맞지 않게 뭔가 엉뚱한 일을 꾸미는 것 같아 기분이 영 좋지 않았다. 그녀는 밥을 먹는 둥 마는 둥 하며 간단하게 식사를 끝냈다. 좀 더 먹으라는 희태의 손길을 뿌리치며 소월은 별채로 부랴부랴 발걸음을 옮겼다.

"차무영!"

"나, 방에 있어."

무영의 대답을 들은 소월이 방문을 벌컥 열었다. 소월의 눈이 동그랗게 커졌다.

"이게 다 뭐야?"

그녀는 한 손으로 입을 막으며 방 안의 광경을 넋 놓고 쳐다보았다.

"오기 전에 다 끝내놨어야 했는데."

무영이 뺨을 붉히며 쑥스럽게 말했다. 소월은 거의 뛰듯이 무영에게 다가갔다. 그녀의 손이 무영의 상기된 볼에 닿았다.

"아아, 소워라, 소워라, 자깐만."

"이 꼴이 다 뭐야!"

소월이 무영의 볼을 꼬집어 죽 늘이며 말했다. 한때 두 사람의 신혼 침실이던 방은 엉망진창으로 변해 있었다. 이불은 바닥에 떨어져 뒹굴고 있었고, 그 위에는 낙서 같은 것들이 잔뜩 그려진 큰 종이 한 장이 놓여 있었다.

"이그 좀 노코 마라자, 응?"

무영이 엄살을 피우며 부탁했다. 소월이 볼을 놔주자 무영은 입술을 삐죽 내밀곤 '아포'라며 혀 짧은 소리를 냈다.

"가뜩이나 정신없는데 왜 방은 어지럽히고 그랬어!"

"아니야! 내가 어지럽힌 거 아니야, 정리하려고 그런 거야."

"이게? 이게?"

"이건 내가 그런 게 아니구우."

이럴 상황이 아닌데, 때 아닌 애교를 부리는 무영이 소월은 의아스러웠다. 그러면서도 참기 힘든 웃음이 각박한 입술 사이에서 슬쩍 빠져나왔다. 비록 어이없어 하는 미소이긴 했으나, 무영은 그 정도만으로도 충분히 행복했다.

"뭐가 좋다고 웃어?"

소월이 핀잔을 주자 무영은 더 환하게 웃었다.

"네가 웃는 게 좋아서."

"이건 웃는 게 아니고 비웃는 거거든."

소월이 일부러 한쪽 입매를 올리며 콧방귀를 뀌자 무영은 물색없이 까르르 웃었다.

"되돌려 놓는 중이었어. 엄마가 너 가고 나서 별채를 다 뒤집어놨거든. 파혼했는데 신혼살림이 다 뭐냐면서……."

소월이야 훌쩍 떠나 버리면 그뿐이었으나 남아 있던 무영은 영선의 히스테리를 견디느라 꽤 고달팠다.

"이젠 네가 돌아왔으니까 여기도 다시 원래대로 바꿔야지."

"내가 마지막으로 봤을 땐 좀 더 깨끗했던 것 같은데."

"그건……."

무영은 희태가 소월을 좀 더 붙잡아둘 수 있을 줄 알았다. 그는 차마 희태 탓을 할 수가 없어 말문이 막혔다.

"대신 내가 찾은 좋은 거 보여줄게."

무영이 소월의 손을 잡아끌었다. 그는 먼저 소월을 침대에 앉혀놓고 바닥에 떨어진 종이를 주워 침대 위로 올라왔다. 낙서가 그려진 줄 알았던 종이는 다시 보니 예전에 무영이 그린 마인드맵이었다. 잠시 소월과의 기억들을 잃었던 무영이 그녀를 알고 싶다면서 만들자고 조른 것이었다.

"정리하다가 찾았어. 기억나지?"

"어떻게 잊겠어. 첫 데이트 하자고 온갖 폼은 다 잡더니 이런 거나 그리면서 압박 면접을 해댔는데."

"덕분에 내가 너에 대해 많은 걸 알 수 있었잖아."

고 원장으로부터 소월의 정신분열 진단 결과를 들은 무영은 마인드 맵에 적힌 키워드들을 통해 현실을 좀 더 수월하게 받아들일 수 있었다.

"여기 봐봐."

무영이 소월의 어깨를 감싸 안으며 그녀를 가까이 끌어당겼다. 소월은 무영의 품에 안겨 그의 손가락이 가리키는 부분을 내려다보았다. 투박한 선으로 이어진 두 개의 하트 안에는 소월과 무영의 이름이 적혀 있었다. 소월의 하트에 붙은 선들이 거미줄처럼 뻗어간 것에 반해 무영의 하트에는 달랑 두 개의 선이 다른 방향으로 붙어 있었다. 한쪽 선의 끝에는 '고맙고 미안한 친구'라고 적혀 있었다.

"추억이 새록새록 떠오르긴 하네."

제정신을 찾은 무영에게 예전의 모지리 차무영이 아니라며 심통을 부렸던 기억이 떠올라 소월은 멋쩍어 했다. 그녀는 무영의 쇄골에 이마를 비비며 새끼 고양이처럼 낑낑댔다.

"지금 다시 보니까 말이야. 약간 서운해지려고 한다."

무영의 말에 소월은 눈을 연방 깜빡이며 입을 다물고만 있었다.

"나는 모지리였을 때도 널 좋아했었는데."

"나도야! 나도 너 좋아했는데?"

"고맙고 미안한 친구로?"

"에이, 그걸로 서운해할 필요 없어. 그땐 넌 열 살이었잖아. 아무리

몸이 어른이래도 내가 그러면 안 되지."

"그럼 지금은?"

"응?"

"여기 선 하나 더 남았잖아. 이날을 위해 내가 남겨둔 거."

"그래, 네가 세 번의 데이트를 끝내고 나면 변할 거라고 그랬었지."

"내 말이 맞았지?"

무영이 의기양양하게 물었다. 소월이 시선을 피해 고개를 숙일수록 무영의 얼굴은 그녀의 공간을 파고들었다. 두 사람은 하나의 공처럼 둥글게 몸을 말고서 서로에게 밀착되어 있었다. 얼굴은 코끝이 맞닿을 정도로 가까웠다.

"뭐라고 쓸 거야?"

"글쎄…… 남자친구?"

"약한데."

"약해? 사실인데?"

"더 구체적으로 수식어를 붙여보는 건 어때?"

무영의 목소리는 낮고 달콤했다. 그의 황홀한 숨결에 홀린 듯 소월은 입을 벌리고 받은 숨을 내쉬었다.

"좋아하는?"

"부족해."

소월은 무영이 욕심쟁이라고 생각했다. 눈앞이 깜깜해졌다. 소월이 눈을 감았기 때문이었다. 무영의 입술이 그녀의 입술을 간질이며 장난을 걸었다. 소월은 애가 달아서 무영의 옷을 꼭 쥐어 잡았다.

"말해."

거부할 수 없는 치명적인 유혹이고 명령이었다.

"사랑하는……."

수식을 받는 명사가 내뱉어지기 전에 소월의 입은 막혔다. 무영은 소월의 숨을 훔칠 것처럼 급하게 입을 맞췄다. 간절한 입술들이 몇 번이고 맞물리며 서로의 농밀한 속살과 체온을 나누는 동안 두 사람은 피어내지 못하는 열정을 버티지 못하고 흡사 몸부림처럼 서로를 끌어안았다. 진을 빼는 첫 키스의 후유증에 두 사람은 나란히 누워 숨을 골랐다.

"나중에 어쩌지?"

아직 가라앉지 못한 흥분 때문에 갈라진 목소리로 무영이 물었다. 소월은 낮게 헐떡이느라 대답을 못 했다. 무영 혼자 말을 이었다.

"너무 좋아서 미치거나 죽어버리면 어떡해?"

"뭐?"

"키스만 해도 이런데 나중엔…… 아, 몰라."

무영이 부끄러워하며 소월의 허리를 끌어안았다. 그의 부드러운 머리카락을 쓰다듬으며 소월도 점점 심각해졌다. 그녀의 손길을 느끼며 무영은 나른해지는 눈을 감았다. 소월도 곧 깊은 잠에 빠져들었다.

소월이 단잠을 자고 일어났을 땐 벌써 해가 진 뒤였다. 요새 스트레스를 받으며 잠을 잘 못 잔 탓인지 소월은 열 시간을 내리 자고 말았던 것이다. 그녀는 소스라치게 놀라며 일어났다. 무영이 옆에 없었다. 경찰에 연락하기로 한 정오는 한참 전에 지나 있었다. 무영은 왜 자신을 깨우지 않았을까? 불길한 기운이 소월을 엄습했다. 무영은 저택 본채의 방에도 없었다. 희태는 퇴근을 했고, 해일은 일찍 잠이 들었다. 불이 켜진 건 오직 지훈의 방뿐이었다.

"무영이 어디 있어요?"

소월이 이를 악물며 말했다. 방에 들어선 순간 본 지훈의 모습이 그의 대답을 대신해 주고 있단 걸 알았지만 소월은 확실히 알아둬야 했다.

"차무영 어디 갔냐고!"

"무영인, 무영인, 무영인······."

방 한가운데 의자에 앉은 지훈은 다리를 빠르게 떨고 있었다. 그는 정신이 온전치 못한 사람 같았다. 소월이 한 번만 더 소리를 지르면 발광할 것처럼 보였다. 차강문이 호통을 칠 때마다 발작을 일으켰던 차석윤처럼.

"달 선녀의 저주를 풀러 갔어."

한지훈의 동공이 풀려 있었다. 사랑하는 여자가 위험에 처해 있다는 공포에 사로잡힌 남자는 동생을 사지로 몰아넣었다는 죄책감까지 감당할 수가 없었다.

"달 선녀의 저주를 풀러 갔어."

그는 같은 말만 반복했다. 소월은 '어디'로 갔냐고 묻지 않고 곧바로 뛰쳐나갔다. 그녀는 알고 있었다. 모든 비극이 시작된 곳이 어디인지를.

20
치부

소월이 빗소리를 들으며 상념에 잠겨 있던 지난밤, 무영은 전화 한 통을 받았다. 새벽에 울리는 전화벨 소리는 그리 길게 이어지지 않았다. 소월과 마찬가지로 쉽게 잠에 들지 못한 무영이 곧바로 전화를 받았기 때문이었다. 한지훈이었다.

지훈은 무영에게 응접실로 내려와 달라고 부탁했다. 할 말이 있다고 했다. 전화상에서도 그에게 심상치 않은 일이 생겼음을 느낄 수 있었다. 무영은 지체 없이 방을 나섰다. 혹여 소월의 잠을 방해할까 싶어, 무영은 까치발을 들고서 어둠 속을 잠행하였다. 2층의 중앙 계단 건너편에 있는 명인의 방에선 일말의 빛도 새어 나오질 않았다. 잠이 들었거나 저택에 돌아오지 않은 모양이었다.

무영은 계단을 내려가다가 그만 발을 헛디뎌 묵직한 소리를 내고 말았다. 딱히 잘못한 것도 없으면서 무영은 입을 틀어막고 숨을 죽였다. 멀리 소월의 방에서는 아무런 인기척이 느껴지질 않았다. 무영은 가슴을 졸이며 계단을 내려갔다. 신경이 온통 소월에게 향해 있었으므로 그는 정작 가장 가까이에서 나는 인기척을 알아차리지 못하였다.

"무슨 일이야?"

응접실에 들어선 무영이 손바닥으로 얼굴을 감싸며 고뇌하고 있는 지훈에게 물었다. 지훈은 손가락에 힘을 주어 머리카락을 쥐어뜯을 뿐 한동안 말이 없었다.

"연락이 왔나 보구나."

무영의 말에 지훈은 침묵했다. 긍정의 표시였다. 무영의 시선이 바닥에 떨어진 지훈의 핸드폰에 닿았다. '왜 이게 여기 떨어져 있지?'라는 생각이 들기도 전에 그는 핸드폰을 집어 들었다. 화면을 켜니 열려 있는 메시지 창 하나가 보였다.

〈오늘 밤 10시, 차무영을 보내라.〉

어디로 보내야 하는지, 왜 차무영인지 자세한 설명은 생략되어 있었다. 그러나 무영은 자신이 가지 않으면 박윤미가 위험해질 거라는 걸 알 수 있었다. 메시지의 발신자가 박윤미였기 때문이었다.

"최창규가 유인하려고 하는 건 형이 아니라 나였구나."

"이렇게 될 줄은 정말 몰랐어."

지훈이 거칠게 튼 입술을 달싹거렸다. 얼마나 질겅이며 괴롭혔던지 각질이 벗겨진 아랫입술에 핏방울이 맺혀 있었다. 그는 윤미와 무영 사이에서 갈팡질팡하고 있었다. 윤미를 구하려면 차무영을 보내야 한다. 하지만 그곳에 가면 무영은……

"걱정 마, 형. 소월이가 약속했잖아. 윤미 누나를 구하기 위해 최선을 다할 거라고. 내 여자가 거짓말쟁이가 되는 걸 두고 볼 순 없지."

무영이 사뭇 장난스럽게 말하며 지훈의 마음의 짐을 덜어주었다. 그는 차마 무영에게 윤미를 위해 덫으로 들어가 달라고 직접 말하진 못하였으나, 무영을 응접실로 불러낸 것부터가 이미 한지훈의 진심 그 자체였다.

"내가 갈게."

"같이 가."

마지막 남은 지훈의 양심이었다. 차무영을 홀로 사지로 내몰 순 없는 노릇이었다.

"메시지를 봤으면 알 거 아니야. 나를 보내라고 했잖아. 나 혼자 오라는 뜻이지. 이왕 최창규의 장단에 맞춰줄 거면 제대로 하는 게 덜 위험할 거야."

지훈은 반박하지 못했다. 그는 절망 어린 눈빛으로 무영을 물끄러미 바라볼 뿐이었다. 두 남자는 잠시 침묵을 지켰다. 무영은 속으로 시간을 계산해 보았다. 오늘 밤 열 시까진 약 스무 시간이 남았다.

'소월이랑 잠깐 시간을 보낼 순 있겠지.'

무영은 애써 낙관적인 계획을 세우며 소월을 어떻게 떼어놓을지 고민했다.

"정오가 되면 형이 경찰에 자수를 하러 간다고 하고 나가. 그리고 최대한 시간을 끌어서 늦게 돌아오는 거야. 나는 소월이의 관심을 다른 곳으로 돌려놓을게. 어떻게든 오늘 하루만 잘 넘겨보자."

"정말 가려고? 혼자서?"

"형 말대로 최창규는 평범한 납치범이 아니잖아. 뭘 바라는 건지 확실히 알지 못하면 경찰에게 연락해 봤자 소용이 없어. 나한테서 뭘 바라는 건지 알려면 초대에 응할 수밖에."

"이상해. 최창규의 행동이 이해가 되질 않아. 감옥에 있었으면서 어떻게 윤미인 걸 알고 있었던 거지? 윤미를 잡아놓고 왜 굳이 널 부르는 미끼로 사용한 거냐고."

"그걸 알기 위해 내가 가야 하는 거야."

"어쩌면……."

지훈은 운을 뗐다가, 고개를 세차게 내저었다. 그는 불안하게 눈동자를 굴리며 그럴 리가 없다고, 최창규가 다 알고 있을 리가 없다고 혼잣말을 했다. 지훈은 예림이 자살 미수 사건을 꾸미기 전 그녀의 오빠에게 편지를 보냈다는 사실을 알지 못했다.

"걱정하지 마. 무사히 돌아올 테니까."

무영이 어른스럽게 지훈을 달랬다. 지훈은 여전히 갈피를 잡지 못하고 혼란스러워했다.

"대신 내가 돌아오면 형이 꼭 말해줘."

"뭘?"

"달 선녀의 진짜 저주가 뭔지, 형이 정말 할머니를 죽인 게 맞는지, 그렇다면 왜 죽인 건지, 그걸 알고도 우리 엄마가 형에게 온천타운의 후계자 자격을 줄 수밖에 없었던 이유가 뭔지 말이야."

무영은 다른 누구도 아닌 한지훈에게 진실을 직접 듣고 싶었다. 그는 달 선녀 한연화의 살아 있는 유일한 후손이었기 때문이다.

"난 이제 지쳤어. 내 가족들을 의심하고, 뒤를 캐고, 온갖 소문과 음모론을 주워듣으면서 내가 사랑하는 여자를 위험하게 만드는 일을 더 이상 하고 싶지 않아."

온천타운을 둔 알력 다툼이니, 리조트 사업이니, 월산의 발전이니 하는 것들은 그럴싸한 핑계고 포장에 불과했다. 결국 모든 것은 최초의 비극에서 단 한 발자국도 벗어나질 못했다. 차강문의 후손인 차무영과 한연화의 후손인 한지훈이 긴 비극의 막을 내려야 했다.

"난 내 몸에 흐르는 피를 속죄하기 위해 가는 거야. 형은 죄책감을 가질 필요가 없어."

무영은 지훈의 어깨를 힘주어 잡았다가 놓았다.

무영은 밤을 꼴딱 샜다. 그는 이른 아침에 조용히 방에서 빠져나와 소월을 보러 갔다. 소월은 이불을 뒤집어쓰고 계속 몸을 뒤척이고 있었다. 무영이 들어오는 소리를 듣고도 일어나질 않는 걸 보니 잠이 들긴 한 모양인데, 꿈자리가 사나운 것 같았다. 무영은 이불 밖으로 빠져나온 소월의 손을 한참 동안 잡아주었다. 그 후, 무영은 늦잠을 자고 일어날 소월을 위해 영양가 있는 음식을 준비해 달라고 희태에게 부탁했다. 잡고 있던 소월의 손이 부서질 듯 가냘파 가슴이 아팠다.

소월의 입에서 '사랑하는'이란 말이 나왔다. 첫 키스의 짜릿함은 온몸의 세포들을 곤두서게 만들었고, 무영은 말 그대로 좋아서 죽을 것 같았다. 흥분감이 가시자 몸이 노곤하게 풀렸다. 소월의 다정한 손길이 그를 어루만져 주었다. 무영은 절로 눈이 감겼다. 이대로 시간이 멈췄으면 좋겠다고 생각했다.

해가 지고 어둑어둑한 밤의 색채가 연인의 뺨을 물들일 때, 무영은 잠에서 깼다. 그와 소월은 둘만의 세상에서 영원할 것 같은 단잠에 푹 취해 있었다. 무영은 소월이 그만의 '맥'일지도 모른다고 생각했다. 악몽을 먹고 좋은 꿈을 꾸게 해준다는 환상의 괴수 말이다. 물론 소월은 괴수가 되기엔 너무 사랑스러웠지만.

저택을 서둘러 떠나기 전 무영은 지훈을 만났다. 온종일 내적 갈등에 시달린 그는 초췌해 보였고 반쯤 정신이 나간 사람 같았다.

"되도록 협상은 한 시간 내에 끝낼 거니까, 한 시간이 넘으면 경찰에 연락해. 물론 그럴 일은 없을 테지만."

무영은 더욱 자신만만해하며 지훈의 걱정을 덜어주려고 노력했다.

"소월이 일어나면 잘 둘러대 주고, 절대 노천탕으로 보내면 안 돼. 알았지? 한 시간만 붙잡고 있어줘."

연신 아랫입술을 짓이기는 지훈은 무영의 말을 잘 알아듣는 것 같지 않았다. 무영은 한숨을 내쉬곤 지훈을 가볍게 안아주었다.

"다녀올게, 형."

지훈은 끝내 무영에게 인사를 해주지 못했다.

낮에는 익숙하고 정겨운 것들도 밤이 되면 생소하고 두려운 것들이 되곤 한다. 비는 그쳤으나 밤의 정원에는 오싹한 한기가 감돌았다. 무영이 정원을 가로질러 저택의 대문에 당도하자, 검은색 외제차 한 대가 그를 기다리고 있었다. 새까만 정장을 차려입은 남자 한 명이 차 앞에서 무영을 맞았다.

"타시죠. 목적지까지 모셔다드리겠습니다."

그들은 서로 구면이었다. 남자는 정천일의 스파이였다. 그는 무영이 어디로 향하는지 다 알고 있었다. 월산의 온 경찰들이 찾아 나섰는데도 최창규가 잡히지 않은 이유가 있었다. 그는 정천일에게 도움을 받고 있었던 것이다. 어차피 가는 길이었으므로 무영은 굳이 힘을 빼지 않기로 하며 순순히 차에 올랐다. 뒷좌석에 앉은 무영은 백미러를 통해 운전석에 앉은 남자와 눈이 마주쳤다. 남자가 비열하게 웃으며 눈인사를 했다.

"소월이의 큰오빠가 최창규를 도와주고 있는 겁니까?"

"엄밀히 말하면 아닙니다."

남자가 차에 시동을 걸며 말했다.

"인형 놀이를 할 때 인형을 도와준다고 표현하진 않잖아요? 도련님은 맡은 임무를 수행하심에 있어 약간의 유흥을 즐기시는 것뿐입니다."

"그 사람이 맡은 임무가 뭔데요? 누가 그런 짓을……."

무영은 질문을 끝맺지 못했다. 정천일의 뒤에 누가 있는지를 묻는 것만큼 어리석은 일은 없었다.

"정 회장님이시군요."

남자는 더 이상 대꾸하지 않았다. 그의 역할은 차무영을 최창규가 있는 노천탕까지 데려다주는 것뿐이었다. 천일은 인형이 주제넘는 짓을 하는 걸 좋아하지 않았다. 남자는 입을 다물었다.

임시 휴업을 한 온천타운의 문은 굳게 닫혀 있었다. 남자는 능숙한 손놀림으로 문을 열었다. 그는 앞장서 무영을 안내했다. 노천탕은 온천타운의 가장 깊숙한 곳에 위치해 있었다. 무영은 향수를 자극하는 뜨거운 수증기의 냄새를 폐부 깊숙이 들이마셨다. 그곳에 한 걸음씩 가까워질수록 무영은 오히려 마음이 차분해졌다. 온천타운 내부에서 노천탕으로 가는 길은 육중한 나무 문으로 막혀 있었다. 튼튼해 보이는 자물쇠는 이미 열려져 바닥에 떨어져 있었다.

"저의 안내는 여기까지입니다. 그럼 이만."

사람을 갖고 노는 주제에 끝까지 예의 바른 척하는 남자의 태도는 역겨울 지경이었다. 무영은 고개 숙여 인사하는 남자를 무시하며 문을 밀었다.

모지리가 아닌 제정신으로 노천탕에 들어온 것은 혜윤이 죽은 이후로 처음이었다. 최면 요법으로 선명하게 복원된 기억들이 낯익은 공간을 반가워하며 하나둘씩 튀어나왔다. 무영은 십이 년 전의 악몽에 홀리지 않기 위해 바짝 긴장했다. 무영은 어둠 속을 천천히 걸었다. 그때였다. 무영이 서 있는 곳의 반대편에 갑작스러운 스포트라이트가 비춰졌다.

"윤미 누나!"

동그란 빛 안에는 밧줄에 묶인 윤미가 재갈을 문 채 쓰러져 있었다. 무영은 앞뒤 재지 않고 무작정 뛰었다. 순간, 귀청을 찢을 법한 굉음이 허공을 갈랐다. 총 소리에 놀라 자빠진 무영은 이명을 없애기 위해 손바닥으로 머리를 내려쳤다.

"도련님이 진짜 와버렸네."

끌끌거리는 웃음엔 가래 끓는 소리가 섞여 있었다. 무영이 고개를 들어 창규를 노려보았다. 사마귀가 난 매부리코를 가진 사내가 야비하게 웃고 있었다.

"날 기억하실랑가 모르겠네."

넘어지며 찢어진 이마에서 피가 흘러내렸다. 무영은 눈두덩 위로 흐르는 피를 닦으며 눈에 힘을 주었다.

"거 참, 피 한번 더럽군."

목 안을 긁어모은 침을 바닥에 퉤하고 뱉으며 창규가 말했다. 그의 말엔 뼈가 있었다. 총을 어깨에 멘 창규가 비틀거리며 무영에게 다가왔다. 그가 코앞까지 오자 지독한 술 냄새가 훅 끼쳤다.

"사내새끼가 반반히 생긴 것도 요즘엔 참 복이야. 그지? 거죽만 멀쩡하면 그 뇌가 반푼이든, 핏줄이 상종 못 할 범죄자의 것이든 상관이 없는 모양이거든. 그 재벌 아가씨랑 다시 붙어먹는다면서?"

창규는 검지로 무영의 상처를 푹 찍었다. 무영이 신음을 삼키자 그는 빙그레 웃었다.

"너 따위가 감히 말이야. 그런 번듯한 집안의 아가씨랑 이어지는 게 이치에 맞느냐 말이지. 어? 이 새끼가 왜 이렇게 말이 없어? 또 모지리가 되어버렸냐?"

창규가 위협적으로 총구를 들이밀었다. 무영은 고집스레 입을 다물고 있었다. 창규는 껄껄 웃으며 무영의 대꾸 따위 원래부터 관심도 없단 듯 말을 이었다. 무영은 수석 아래에 굴러다니는 소주병들을 힐끔거렸다. 못 해도 여섯 병은 족히 넘어 보였다.

'아무리 주량이 세도 여기처럼 온도와 습도가 높은 곳에서 저만큼 마셨으면 평소보다 더 몸에 무리가 올 거야.'

무영은 창규가 몸을 못 가눌 때까지만 그의 주정을 적당히 받아주기로 했다.

"세상엔 많은 쓰레기가 있지만 너희 같은 족속들이 최악이야. 남의 것을 빼앗아 처먹고 살면서도 순진한 척, 고결한 척 구는 게 재수 없거든. 그래봤자 그 알맹이는 나 같은 하류 인생이랑 다를 바가 없으면서 말이지. 알겠어? 너는 그 아가씨랑 어울리지 않는다고!"

"정천일이 그렇게 말하라고 시켰나 보죠?"

"아, 그분."

창규는 돌연 하늘을 향해 손을 흔들었다.

"하늘에서 보내준 은인이지. 그분이 우리 예림이의 일기장을 경찰 놈들보다 먼저 발견해서 내게 보여주지 않았더라면, 난 박윤미를 의심하지도 못했을 거야. 가증스러운 갈보 년."

창규의 눈에 증오의 불길이 일었다. 그가 분을 못 참고 쓰러진 윤미에게 덤벼들자, 무영은 몸을 던져 윤미 대신 발길질을 당했다. 최창규는 너도 이년이랑 붙어먹었냐며 상스러운 말을 지껄였다. 무영은 윤미의 곁에 쓰러졌다. 그는 겨우 고개를 돌려 윤미의 상태를 확인할 수 있었다. 멍이 들고 부은 윤미의 얼굴이 엉망이었다. 무영은 그녀가 죽었을까 봐 가슴이 덜컥 내려앉았다. 그러나 다행히 윤미는 미약하게나마 숨을 쉬고 있었다.

"우리 예림이만 안 건드렸으면 이년을 잡아 족칠 일이 없었을 텐데. 너도 알다시피 난 원래 이년 애인의 편이었거든."

최창규는 윤미에게 가래침을 뱉었다.

"이년도 한지훈한텐 한참 모자란 년이지. 이년과 달리 한지훈은 사람을 죽이진 않거든. 차영선보다 약아 빠지질 못해서 그렇지. 한지훈이는 차씨 놈들에 비하면 아주 훌륭하지, 암 그렇고말고."

무영이 꿈틀거리며 일어날 자세를 취하자 최창규는 그의 다리를 밟으며 비아냥댔다.

"넌 태어났으면 안 될 놈이야. 차강문의 씨가 월산에 살아 있다니 뻔뻔하기도 하지. 그게 우리 예림이까지 죽게 만든 거거든. 차강문의 더러운 피가 월산을 설치고 다닌 게 원흉이라고! 이보쇼, 도련님. 왜

네 피가 더러운 줄 알아? 한지훈은 괜찮고 너는 안 괜찮은 이유가 뭔 줄 아냐고."

최창규는 뒤를 돌아 술병이 나뒹구는 수석 아래로 갔다. 그는 총을 옆에다가 무방비하게 던져두고 낡은 더플백에서 무언가를 주섬주섬 꺼내기 시작했다.

"총을 만지다 보면 이런 것도 만들 수 있게 되지."

그것은 사제 폭탄이었다. 무영의 커다란 눈에 공포심이 차오르자, 창규는 콧노래를 부르며 폭탄을 들고서 엉덩이를 씰룩거렸다.

"소문이 무성했어. 노천탕 물 아래에 묻었다는 말도 있고, 큰 전나무 밑동 옆이란 말도 있고, 맨땅에 묻었다가 그 위에다 크으다란 바위를 옮겨놨다는 얘기도 있었지."

"뭘 묻었다는 겁니까?"

무영이 처음으로 창규의 말에 반응했다. 그의 손에 들린 폭탄의 작은 전광판에 불빛이 들어와 위협적으로 반짝이고 있었다.

"대단한 집안이야. 대대손손 그 무서운 비밀을 숨기고도 하늘 아래에서 발을 뻗고 자니 말이야."

무영은 창규의 말을 흘려들으며 폭탄만을 주시하고 있었다. 창규는 무영의 태도가 순수한 무지에서 비롯된 것임을 알고는 배를 잡고 웃었다.

"넌 아직도 진실을 모르는구나."

"무슨 진실을?"

"이 노천탕에 한연화와 아기의 시체가 묻혀 있단 걸 말이야."

이히히, 이히히. 최창규는 어울리지 않는 높은 목소리로 여자처럼 웃었다. 그는 덩실덩실 춤을 추었다.

"차강문이 한연화를 죽이고 시체를 묻었다! 젖도 못 뗀 제 자식을 죽이고 시체를 묻었다!"

무영은 최창규가 술에 취해 헛소리를 늘어놓는 거라 여겼다. 하지만 그 역시 속으론 최창규가 말한 진실이란 것이 모든 비밀의 실마리가 될 수 있다는 것을 부정하진 못했다. 한연화의 후손인 한지훈이 그토록 차씨 일가에 복수심을 불태운 것도, 차영선이 한지훈을 곁에 두고 내치지 못한 것도 설명되었다. 십이 년 전 혜윤이 필사적으로 몸부림치며 지키려던 비밀이 무엇이었는지도.

"계집 하나 건드려서 혼인을 하는 거야, 그 시대에 문제가 될 게 없었지. 그 지역의 얼굴로 승승장구하는 데에 그 정도 흠쯤이야. 하지만 말이지. 강간까지 쳐서 억지로 얻은 조강지처를 죽이기까지 하면 어떨까? 어? 그 집 재산까지 꿀꺽 해놓고 말이야. 심지어 갓난쟁이까지 어미랑 같이 묻어버렸네? 그 시체 위에 으리으리한 온천타운을 짓고서 월산의 새로운 지주가 되었구나."

이히히, 이히히. 그는 망나니가 칼춤을 추듯 어깨를 움직였다. 그의 손에 들린 폭탄이 위태로워 보였다.

"내 동생은 그걸 알았기 때문에 죽은 거다!"

돌변한 목소리와 얼굴이 지옥에서 기어 나온 악마처럼 붉었다.

"거짓말!"

무영이 지지 않고 악에 받쳐 말했다. 그러나 무영은 패배를 예감하고 있었다.

"예림이의 일기장에도, 나한테 보낸 편지에도 써져 있었다. 우린 어렸을 때 그 얘길 하고 놀았거든. 달 선녀는 정말 도망을 갔을까? 차강문 그 괴물 같은 작자가 한연화를 죽여 버린 건 아닐까? 그럼 그 가녀린 여자의 몸은 어디에 있을까? 응? 이히히, 이히히."

"증거도 없고, 증인도 없는 옛날이야기입니다. 어디서 들은 잘못된 소문을 갖고서 사람을 납치하고, 협박하고. 당신의 말을 믿어줄 사람이 있을 것 같아요?"

"네놈이 그렇게 나올 줄 알았지. 그 어미의 그 자식일 테니까. 그래서 내가 직접 보여주려고 한다."

무영이 말리기도 전에 최창규는 폭탄의 버튼을 눌러 버렸다. 붉은색 신호만 들어와 있었던 전광판에 숫자가 나타났다. 그것은 남은 시간이 육십 초뿐임을 알려주고 있었다.

"우리 예림이가 저 나무에서 목을 맸지. 차석윤도 저기서 죽었고. 예전부터 저 나무가 나는 마음에 들지 않았어."

창규는 노천탕의 서쪽에 있는 전나무를 향해 폭탄을 던졌다. 남은 시간은 사십오 초 남짓. 무영은 안간힘을 쓰며 일어나 윤미를 들쳐 멨다.

"어딜 가려고, 이 버러지들아. 한연화와 아기의 백골이 나와 춤추는 걸 지켜봐야지!"

최창규가 시뻘건 눈을 빛내며 바닥에 떨어진 총을 주우려 했다. 무영은 최창규를 막으려다 그와 함께 넘어졌다. 윤미까지 세 사람이 땅바닥을 굴렀다. 삼십 초. 최창규는 뒤집어진 거미처럼 바동거리다가 빠르게 바닥을 기며 총을 잡았다. 무영은 윤미를 들고서 달렸다. 하늘을 향해 난사되는 총성이 요란했다.

"장난질은 끝이다."

십오 초.

"안 돼!"

여자의 외침과 함께 한 발의 총성이 울렸다. 최창규는 정확히 무영을 겨냥하고 있었다. 그러나 숙련된 사냥꾼이 쏜 총알은 무영이 아닌 소월의 몸을 파고들었다.

"소월아!"

무영이 외마디 비명을 질렀다.

오, 사, 삼, 이 일.

총성과는 비교할 수 없는 폭발음이 작은 노천탕의 공기를 뒤흔들었고, 무영은 소월의 몸을 껴안고 바닥을 데굴데굴 굴렀다. 소형 사제 폭탄의 위력은 노천탕의 반과 몇십 년을 산 나무를 날리는 정도였다. 전나무가 온천의 수면을 가르며 쓰러졌다. 문제는 불이었다. 폭발로 인한 화마가 모든 것을 집어삼킬 듯 점점 커지고 있었다.

　"소월아, 제발, 제발."

　메케한 연기가 입과 코로 쉼 없이 들어와도 무영은 소월의 이름을 부르는 것을 멈추지 않았다.

　"소월아, 소월아."

　그의 의식이 점점 아득히 멀어져 갔다. 검붉은 불길 속에서 무영은 은색의 달빛을 보며 눈을 감았다.

21
Alternative

아침부터 또 비다. 눈을 뜨고 나서 해를 본 적이 없다. 삼 일째다. 그저께와 어제는 괜찮았는데 오늘은 좀 우울하다. 왜냐하면 오늘은 칠월 칠석이기 때문이다. 견우와 직녀가 만나려면 은하수에 오작교가 놓여야 하는데, 비가 많이 오면 까치와 까마귀도 일하기가 싫을 것이다. 축축한 몸으로 날개를 파닥이며 남에게 밟히면 얼마나 끔찍할까? 어깨가 빠질 것처럼 아플 것이다.

어깨가 아픈 건 끔찍하다. 아예 팔을 움직일 수가 없다. 하얀 붕대는 내 왼쪽 어깨부터 팔꿈치까지 이어져 있다. 팔꿈치는 어리둥절한 것이다. 다친 건 어깬데 싸잡혀서 꼼짝없이 포박을 당했으니 말이다. 그나마 오른쪽 어깨와 팔이 성한 것이 다행이었다. 동전 몇 개와 오른쪽 팔만 있으면 따뜻한 코코아를 뽑아 마실 수 있다. 울적한 장마엔 이만한 호사가 없다. 병원에선 따로 낙이 없었다.

"왜 나와 계십니까, 아가씨?"

집사 아저씨다. 아저씨는 내가 가장 좋아하는 문병객 중의 하나이다. 매번 집에서 맛있는 음식들을 만들어 갖다주시기 때문이다.

"아저씨!"

"뛰시면 안 됩니다. 뛰지 마세요."

양손에 보따리를 든 아저씨가 고개를 도리도리 저었다. 복도를 지나가던 간호사가 뛰지 말라고 주의를 주었다. 나는 뛰는 것도 아니고 걷는 것도 아닌 애매한 빠른 걸음걸이로 아저씨에게 다가갔다.

"오늘은 뭐 갖고 오셨어요?"

"낙지 죽이랑 미역 초무침 좀 해왔어요. 점심 아직 안 드셨죠?"

나는 열심히 고개를 끄덕이며 손에 쥔 동전을 바지 주머니에 도로 집어넣었다.

"자판기에서 뭐 뽑으려던 거 아니십니까?"

"괜찮아요. 아저씨가 해오신 음식 먹을래요."

내가 오른손으로 아저씨에게서 보따리 하나를 빼오려 하자, 아저씨는 뒷걸음질을 쳤다.

"그 정도는 들 수 있어요."

"깨어나신 지 얼마 안 되셨잖습니까."

"회복이 빠르다잖아요. 괜찮다니까요."

그러나 아저씨는 뜻을 굽히지 않았다. 나는 결국 빈손으로 털레털레 병실로 돌아왔다. 나 혼자 쓰는 병실 가운데에는 문병객과 간병인을 위한 소파가 있었다. 엄마는 거기에 앉아 책을 읽고 있었다.

"엄마, 아저씨 왔어."

엄마가 아저씨를 반기며 일어섰다. 두 사람이 보따리를 풀고 음식이 담긴 용기들을 꺼내 늘어놓는 동안 나는 병실 밖에 붙은 이름표를 쳐다보았다.

"아직도 안 바꿨네."

병실 안쪽을 쳐다보며 엄마에게 말했다.

"뭐가?"

"이름표."

이곳의 간호사들은 눈코 뜰 새 없이 바쁜 모양이었다. 겨우 환자 이름표 하나를 새로 다는 것도 못 할 정도니 말이다. 내가 투덜거려도 엄마와 아저씨는 묵묵부답일 뿐, 맞장구를 쳐주지 않았다. 나만 유별난 사람이 된 기분이었다.

"퇴원은 언제 할 수 있어?"

조각난 낙지 다리를 숟가락 끝으로 콕콕 건드리며 물었다. 엄마는 대답 대신 먹음직스럽게 좀 먹으라며 잔소리를 했다. 나는 보란 듯이 죽을 푹푹 크게 떠서 입안으로 쑤셔 넣었다. 아저씨가 천천히 먹으라며 물을 따라주었다.

"며칠씩이나 혼수상태였다가 깨어난 지 이제 삼 일이야. 무슨 퇴원 소리를 해."

"나도 알아, 당장 못 하는 거. 그래도 언제쯤일지는 알 수 있잖아. 수술도 잘 됐고, 총알도 잘 빠졌다며."

어깨에 총알이 박혔던 순간이 기억나진 않았다. 사람들 말로는 내가 산책한다며 숲으로 나갔고, 멍청한 사냥꾼이 날 멧돼지로 오해하여 총을 쐈다고 했다. 총을 맞은 순간을 기억하지 못하는 것보다 날 멧돼지로 착각했다는 사실이 더 충격이었다. 지금은 회복을 위해 영양식을 잔뜩 먹고 있지만 퇴원하면 다이어트를 할 것이다.

"어? 벌써 밥 먹고 있었네. 집사님도 오셨네요!"

덜 떨어진 쾌활한 목소리가 들렸다. 막내 삼촌이었다. 삼촌은 엄마랑 나이 차이가 많이 나는 늦둥이라 철도 없고 시끄러웠다. 삼촌은 내가 별로 좋아하지 않는 문병객 중의 하나이다. 정신이 없기 때문이다. 삼촌은 낙지 죽을 보더니 눈을 빛내며 한 자리 끼어들었다. 환자의 밥을 뺏어 먹으면서 이렇게 기뻐할 사람은 삼촌밖에 없을 것이다.

"왜 왔어, 또?"

"넌 나만 보면 시비더라."

삼촌이 억울해했다.

"너 때문에 그런 거 아니니까 신경 쓰지 말려무나. 오늘이 칠월 칠석이라고 우울하단다."

엄마가 삼촌 편을 들었다.

"칠월 칠석이요? 우리나라에선 그거 음력으로 따지지 않나?"

"난 양력으로 챙길 거거든!"

내가 톡 쏘아붙이자 삼촌은 가자미눈을 흘겼다.

"어머니, 아니 누나 여벌 옷 갖고 왔어요."

그제야 난 삼촌이 바닥에 내려놓은 종이 가방을 발견할 수 있었다.

"또 어머니래."

내가 놀리자 삼촌은 헛기침을 했다. 삼촌은 때때로 우리 엄마를 '어머니'라고 부르는 어이없는 말실수를 저지르곤 했다. 엄마 같은 누나이기 때문에 그런 거라나. 철딱서니 없는 삼촌의 뒷바라지를 하느라 우리 엄마는 속이 많이 상했을 거다. 그래서 난 삼촌이 싫다.

"와, 이 죽 진짜 맛 죽이네요."

심드렁하게 노려보는 나의 시선을 느낀 삼촌이 어쭙잖은 말장난을 했다. 그게 뭐냐며 눈살을 찌푸린 나와 달리 엄마와 아저씨는 하하 호호 웃음을 터뜨렸다. 나만 빼고 다들 재미가 좋다.

"내리 비가 와서 기분이 별로 좋지 않나 봐요."

밥을 대충 먹고 침대에 누워버리자, 엄마가 버릇없는 날 애써 변호해 주었다. 나는 이불을 머리끝까지 뒤집어쓰고 억지로 잠을 청했다. 아저씨가 환기를 시키겠다며 병실에 있는 작은 창문을 여는 소리가 들렸다. 이불을 덮었는데도 시원한 바깥 공기가 들어오는 게 느껴졌다.

주룩주룩 내리는 비 때문에 비릿한 물 냄새가 진동을 했다. 나는 눈을 감고 스르륵 잠이 들었다.

도란도란 이야기를 나누는 소리에 잠에서 깼다. 나는 무기력하게 누워서 계속 자는 척을 했다.

"가까이서 관찰해 본 상태는 어떤가요?"

"그대로예요. 아직 돌아오지 않았어요."

"이렇게 오래 지속된 적은 처음이라고 하셨죠?"

"네. 위험한 상황이 끝나면 곧바로 돌아오곤 했어요."

"인지능력은 어떻습니까?"

"시간대나 상식 같은 것에 혼란은 없어요. 현재 시점으로 인식하고 있는 것 같아요."

"흠. 여전히 사람들을 못 알아보고요?"

"그게 좀 애매해요. 꼭 연극을 하는 것 같아요. 희태 씨 같은 경우는 다 기억하고 있어요. 저택의 집사라는 것, 결혼을 했다는 것, 성격 같은 것들 다요. 절 기억하는 것도 몇 가지 부분 빼곤 다 똑같아요."

"어머님에 대한 기억은 어떻게 왜곡되어 있습니까?"

"저택에 남은 가족은 나, 본인 그리고 내 동생뿐이라고 여기고요. 내 남편은 외국에서 일을 한다고 생각해요."

"동생분이시라면?"

"원래는 얘 둘째 오빠예요. 이복 오빠긴 하지만."

"이복 오빠를 삼촌으로 생각하고 있다고요?"

"네. 전부 잊은 건 아니에요. 현실과 조금씩 다른 설정을 가진 캐릭터들 같아요. 그래서 연극 같다고 하는 거예요."

"보호 인격 자체가 무의식에서 빚어진 또 다른 자아입니다. 정당성을 부여하기 위해 치밀한 현실 왜곡을 하기 마련이죠. 외부 환경을 조작하여 인식하는 것도 그와 같은 맥락입니다. 여느 때보다 보호 인격

의 힘이 강해요. 무의식을 바탕으로 또 다른 세계관을 구축하고 있는
겁니다."

엄마와 누군가가 텔레비전 드라마 이야기를 하고 있는 것 같았다.
아니다. 최근 읽은 소설에 대한 토론인 것 같았다. 간병을 심심해하는
것 같더니 그새 친구를 사귄 모양이었다. 엄마는 나한텐 늘 사람을 조
심하라고 하면서 정작 본인은 사교성이 무척 좋다.

"보호 인격은 변한 게 없습니까?"

"네, 처음에 나타나 말한 것과 일치해요."

"주 인격의 열여섯 살 때의 행동 양상을 보인다 이거죠?"

소설을 끝까지 읽지 못했는지 엄마는 대답을 하지 못했다. 어쩌면
말없이 고개를 끄덕인 걸 수도.

"일단은 하던 대로 진행하도록 하죠."

엄마와 대화하던 중후한 목소리의 여자가 말했다.

"보호 인격이 안정감을 느끼는 상태에서 여러 방면으로 대화를 시
도할 겁니다. 이 케이스는 조금 특이합니다. 보통 두 개의 인격이 있는
경우엔 인격끼리 서로 인식이 가능하기도 하거든요. 대조적이고 공격
적이고요. 우위를 차지하려고 하죠. 하지만 이 케이스의 보호 인격은
말 그대로 주 인격을 보호하기 위해 형성되었어요. 우리의 당면 과제
는 보호 인격을 없애는 게 아니라 주 인격을 불러오는 겁니다."

"그게 뭐가 다른 거죠? 보호 인격을 없애면 주 인격은 당연히 돌아
오는 게 아닌가요?"

"그것은 너무 과격한 방법입니다. 보호 인격이 안전하다고 느끼는
상황이 만들어지면 주 인격은 자연스럽게 돌아올 겁니다. 그러니, 우
리가 할 일은 보호 인격이 어떤 위협을 느끼고 있는지 알아내는 겁니
다. 아셨죠? 절대 자극하지 마세요. 보호 인격의 세계를 지켜주면서
이야기를 나누는 겁니다."

지루한 이야기였다. 나는 모르는 소설이다 보니 흥미가 동하지 않았다. 나는 하품이 나오는 걸 참으며 눈물을 찔끔 흘렸다. 부스럭대는 소리가 들렸다. 여자가 떠나려는 것 같았다. 아마 많이 늙은 여성일 것이다. 누굴까, 엄마의 새로운 친구는?

"저기요, 선생님."

아, 의사였구나.

"아직 깨어나지 못했나요, 중환자실에 있는⋯⋯."

엄마가 머뭇거리며 목소리를 낮춰 물었다.

"연기를 많이 마셔서 기관지와 심장이 상했다고 들었습니다. 저도 담당의가 아니라 자세한 상황은 모릅니다만, 많이 힘들 것 같다더군요."

"면회를 가고 싶어도 보호자가 아니라 중환자실은 갈 수가 없어요."

"차 사장이 밤낮으로 지키고 있으니 걱정하지 마십시오."

"하지만 고맙단 인사를 꼭 전하고 싶어서요."

"한번 알아보도록 하죠."

문이 열리는 소리가 났고 두 사람의 인기척이 완전히 사라졌다. 나는 이불을 거둬내고 일어났다. 피부에 닿는 공기가 시원해서 기분 좋았다. 어깨에 퍼지는 뻐근한 고통도 참아줄 만했다.

나는 아까 마시지 못한 코코아를 마시기로 했다. 주머니 속에서 짤랑거리는 동전 소리가 경쾌했다. 이제 곧 세 시였다. 흐흥흥. 나는 콧노래가 절로 나왔다. 내가 제일 좋아하는 문병객이 올 시간이었다.

우리 선생님은 매일 오후 세 시에 날 만나러 온다. 내가 좋아하는 책들과 스케치북, 색연필을 갖고 와서 나와 놀아준다. 열여섯 살이나 먹어서 색칠 공부를 좋아한다고 하면 모지리 취급을 받을 테지만, 좋은 건 좋은 거였다. 색칠 공부를 하면 선생님과 나란히 앉을 수 있기 때문이다. 선생님한테선 좋은 향기가 난다.

자판기에 동전을 집어넣고 '코코아' 버튼을 꾹 눌렀다. 종이컵이 달그락거리며 떨어지고 쪼르르 물 떨어지는 소리도 들렸다. 주변을 둘러보는데, 김 간호사가 데스크 뒤에서 허옇게 분을 바르는 게 보였다.

나는 눈을 가늘게 떴다. 오후 세 시를 기다리는 건 비단 나뿐만이 아니었다. 이 병동에 있는 모든 여자들, 가끔은 남자들까지 우리 선생님을 음흉한 눈초리로 쳐다보았다. 우리 선생님은 우주 대미남이기 때문이다.

내가 콩깍지가 껴서 이러는 게 아니다. 진짜, 진짜 우리 선생님은 엄청나게 잘생겼다. 게다가 서울에 있는 명문대 대학원에서 사회과학을 전공하는 수재였다. 선생님은 방학을 맞아 월산으로 내려와 내 가정교사 노릇을 해주고 있었다. 나는 선천적으로 몸이 약해서 학교도 다니지 못하고 집에서 공부를 했다. 그전에도 선생님이 있었다는데 우리 선생님을 만난 후로는 새까맣게 잊어버렸다. 정말 신기하게도 새까맣게.

멀리 복도 끝에서 훤칠한 미남자가 성큼성큼 걸어오는 게 보였다. 으악! 선생님이다! 왜 이렇게 일찍 오셨지? 거울도 못 봤는데?

나는 코코아도 버려두고, 선생님을 못 본 척하며 도망치듯 병실로 잰걸음을 쳤다. 선생님이 부르는 소리가 들렸다. 으아, 안 돼, 안 돼. 거울 봐야 하는데! 선생님의 긴 다리는 나를 쉽게 따라잡았다.

"나와 있었네."

다정한 목소리가 뒷덜미를 잡았다. 방금 전까지 이불을 뒤집어쓰고 자고 있어서 얼굴이 우스꽝스러울 게 분명했다. 나는 내키지 않는 발걸음을 돌렸다.

"자다 일어났어?"

선생님이 활짝 웃으며 헝클어진 머리카락을 넘겨주었다. 앗, 눈부셔!

"안녕하세요."

나는 성격이 글러 먹었다. 속으론 누구보다 상큼하게 인사를 날리고 싶은데 막상 선생님을 보니 차가운 목소리가 튀어나왔다.

"일찍 오셨네요."

심지어 음침하기까지 하다. 뭐하러 일찍 왔냐고 따지는 말투였다. 나는 왜 이 모양일까?

"내가 너무 빨리 왔나? 보고 싶어서……."

"네?"

"아니야. 못 들은 걸로 해."

선생님이 근사하면서도 어딘가 서글픈 미소를 지었다. 우수에 젖은 눈동자는 선생님의 매력 포인트 중 하나였지만 종종 그 눈빛은 날 가슴이 벅차오르도록 슬프게 했다.

"차무영 씨, 오늘은 세 시 전에 오셨네요?"

김 간호사가 유니폼을 입어도 감출 수 없는 각선미를 뽐내며 다가왔다. 김 간호사는 키가 170센티미터가 훌쩍 넘는 모델 체형을 갖고 있었다. 선생님과 김 간호사가 인사를 나눴다. 나는 괜히 주눅이 들어 땅만 쳐다보다가 말없이 걸음을 옮겼다. 선생님이 급하게 날 따라오는 소리가 들렸다. 나도 모르게 웃음이 났다.

나는 병실에 들어가지 않고 문 앞에서 멈췄다. 김 간호사는 우리 선생님한테 추파 던질 시간은 있으면서 이놈의 이름표를 바꿀 시간은 없나 보다. 내가 만만한가?

"안 들어가고 뭐 해?"

선생님이 다가와 상냥하게 물었다.

"이거요."

또 퉁명스러운 목소리다. 나는 구제불능인 게 분명해.

"예전 환자 이름인가 본데 계속 안 바꿔주잖아요. 내가 여기 온 지

며칠이 지났는데."

"그게 그렇게 화가 났어?"

"헷갈리잖아요."

나는 내 병실 앞에 붙어 있는 이름표를 노려보았다. '정소월'이라고 써져 있었다. 소월이가 뭐야, 소월이가. 촌스럽긴. 나는 속으로 심술을 부렸다.

"이름 세 글자 새로 뽑는 게 그렇게 어려운가? 한연화. 별로 긴 것도 아닌데."

나는 어깨를 으쓱하며 병실 문을 열었다.

"안 들어오세요?"

선생님은 웬일로 내 뒤를 따라오지 않고 멀뚱히 서 있었다. 나는 깜짝 놀랐다.

"선생님, 왜 울어요?"

☾

자칫 비인간적으로 들릴 수 있겠지만, 고해숙은 정소월과 그녀의 주변인들을 관찰하고 치료하는 일련의 과정들을 일종의 '프로젝트'라고 여기고 있었다. 지극히 개인적인 차원의 의미에서 이것은 늙은 심리학자인 고해숙에게 생애 마지막 학문적 성취가 될 것이기 때문이었다.

특히 정소월의 병세에는 주목할 부분이 있었으므로, 고해숙은 순수한 탐구열을 불태우고 있었다. 그녀가 프로젝트 일지에 적어놓은 정소월의 병세에 대한 설명은 다음과 같다.

……보통의 대체 인격은 일정하고 특정한 성격을 가짐으로써 주

인격과 대조적인 성향을 지닌 한 사람으로 그려진다. 그러나 정소월의 대체 인격은 특수한 역할을 가진 기능적 인격으로서, 발현 상황에 따라 성격과 인물 유형이 가지각색이며 소모적이다. 즉, 여러 인격체가 안정적으로 형성되는 다중 인격과 성격이 다르다.

정소월의 주 인격 외의 대체 인격은 '보호자' 혹은 '수호자'의 특수한 역할을 수행한다. 이것은 정소월이 위험한 상황에 처했을 때 발현되어 주 인격이 해결하지 못하는 문제들을 대신 처리하고 사라진다. 이때, 인격의 성격은 문제 상황에 따라 다르게 나타난다. 정소월은 그 문제를 가장 잘 해결할 수 있는 존재로 변하게 되는 것이다.

예를 들면, 유년기 학교 폭력의 위협을 받았을 때에는 만화 속 히어로들로 변하였다. 또한 아동의 옷을 갈아입히고 꾸밈으로써 성적 쾌락을 느끼는 성도착자들에게 잡혀 있었을 때에는 '사탄의 인형'으로 변한 적이 있으며, 월산에 온 이후로는 차혜윤으로 변한 적이 있다. 이로써, 보호 인격이 선택적으로 취하는 인물 유형은 정소월이 처한 상황의 특수성에 영향을 받는다고 볼 수 있다.

정소월은 자신에게 위협을 가하는 인물들이 가장 무서워할 존재로 변하는 경향이 있는 것으로 보인다. 즉, 현재 정소월의 보호 인격이 취하고 있는 '한연화'라는 인물은 정소월의 무의식이 가장 강하다고 간주하는 사람일 확률이 높다…….

정소월의 무의식은 왜 한연화를 선택했을까? 왜 한연화를 가장 강한 사람이라고 인식했을까?

고해숙은 주 인격의 인물 관계에 대한 보호 인격의 조작 및 왜곡이 질문의 답을 찾는 실마리가 되리라 판단하고, 정소월 본인과 그 주변 인물에 대한 특징들을 기록하기 시작하였다.

다음은 고해숙이 남몰래 작성하고 있는 프로젝트 일지의 일부분을 발췌한 것이다.

1) 정소월: 25세. 명문대학원 사회과학 전공 석사 과정. 혜성그룹 정민호 부회장의 셋째 딸. 5세부터 20세 되기 전까지 영국에서 생활함. 차무영과 약혼 관계.

1-1) 한연화: 정소월의 보호 인격이 취하고 있는 인물. 16세. 선천적으로 몸이 약하여 요양을 위해 월산으로 내려옴. 월산을 좋아하지 않음. 아버지는 외국에서 근무 중. 홈스쿨링을 하고 있음.

2) 차무영: 22세. 월산 온천타운 소유주인 차영선 사장의 아들. 어린 시절 겪은 유아퇴행 장애로 인해 제도권 교육을 받지 못함. 정소월과 약혼 관계.

2-1) 차무영: 정소월의 보호 인격이 인지하고 있는 인물. 25세. 명문대학원 사회과학 전공 석사 과정. 유복한 가정에서 행복한 유년 시절을 보내며 성장. 한연화와 사제 관계. 여자친구 없음.

3) 문정수: 정소월의 친모. 혜성그룹 정민호 부회장의 아내. 전직 교사.

3-1) 엄마: 정소월의 보호 인격이 인지하고 있는 인물. 한연화의 친모. 남편이 외국에서 근무 중. 한연화의 요양을 위해 먼 친척이 소유한 월산의 오래된 대저택을 구입. 그 외의 신상에 대한 구체적인 정보 언급된 적 없음.

4) 정해일: 정소월의 이복 오빠. 혜성그룹 정민호 부회장의 둘째
  아들. 명문대학교 경영학 전공 학사 과정.
4-1) 막내 삼촌: 정소월의 보호 인격이 인지하고 있는 인물. 한연
  화의 친모와 나이 차이가 많이 나는 외삼촌. 백수
  건달. 그 외의 신상에 대한 구체적인 정보 언급된
  적 없음.

5) 경희태: 차씨 일가의 집사. 대대로 월산 대지주 일가와 인연이
  깊음. 저택의 전반을 관리. 기혼. 딸 하나 있음.
5-1) 경희태: 정소월의 보호 인격이 인지하고 있는 인물이며 신상
  에 대한 조작이 없음.

6) 차영선: 월산 온천타운의 소유주. 차무영의 친모.
6-1) 아주머니: 정소월의 보호 인격이 인지하고 있는 인물. 한연화
  의 먼 친척 아주머니. 한때는 월산 대지주의 후손
  으로 떵떵거리며 살았으나 방탕한 생활로 인해 재
  산을 탕진하고 대저택을 한연화의 어머니에게 팜.

7) 이우진: 경희태의 처남이자 월산의 집배원. 정소월과 차무영의
  친구.
7-1) 이우진: 정소월의 보호 인격이 인지하고 있는 인물. 한연화의
  동네 친한 오빠이자 차무영의 친구. 그 외의 신상에
  대한 조작 없음.

한연화는 소월의 무의식이 수면 위로 올라와 형상화된 것이나 다름
이 없다. 그러므로 한연화가 구축한 세계 속 인물들의 특징은 정소월

의 무의식 속 소망이 반영된 것이라고 할 수 있었다.

해숙은 되도록 많은 데이터를 얻고 싶었다. 어깨의 총상으로 인해 소월이 두 달 동안이나 입원해 있었으므로 시간은 충분했다. 그러나 늘 같은 사람들만 문병을 왔으므로 새로운 데이터를 얻기엔 한계가 있었다. 더구나 '노천탕 폭발 사건'에 직접적인 관련이 있는 최창규와 박윤미가 사망했으므로, 해숙은 핵심 데이터를 얻을 기회를 영영 잃어버렸다.

그나마 유일한 희망은 또 다른 주요 인물인 한지훈이었는데, 그는 연인인 박윤미의 사망 소식을 듣고 실성해 버리고 말았다. 지훈은 소월이 머문 외과 병동에서 멀리 떨어진 정신과 병동에 입원 중이었다. 무영은 소월을 만나러 오는 오후 세 시 전까진 지훈의 병실에 틀어박혀 정신을 놓은 형을 돌보았다.

보호 인격의 지속 시간이 예상보다 훨씬 길었다. 중간에 한 번쯤은 주 인격이 튀어나오거나 혼돈 현상이 나타날 법도 한데, 한연화는 정소월이 될 기미가 보이지 않았다. 내일이면 소월은 퇴원을 하고 저택으로 돌아갈 터였다.

무영과 희태는 며칠 전부터 메이드들을 혹독하게 훈련시켰다. 메이드들은 이제 '연화 아가씨'라는 말이 입에 뱄다. 메이드 몇 명은 저주받은 달 선녀의 이름을 입에 올리는 것조차 무섭다며 일을 그만두기도 했다. 희태는 단속할 입이 줄어들었다며 애써 웃어 보였다.

해숙은 소월이 퇴원하기 전에 그녀를 직접 상담해 보기로 했다. 그동안은 보호 인격을 자극할까 봐 멀리서 관찰만 했었다. 지난 두 달 동안 보호 인격은 인상적일 정도로 안정적인 상태를 보여줬다. 가끔씩 변덕을 부리거나 센티해지곤 했으나 그것은 평범한 사춘기 소녀의 모습일 뿐이었다. 한연화가 된 소월은 잘 먹고, 잘 자고, 잘 웃었다. 덕분에 육체의 회복도 빨랐다.

"들어오세요."

해숙이 노크를 하자, 병실 안에서 소월의 목소리가 들렸다. 해숙은 심호흡을 한 번 하고 문을 열었다. 소월은 어깨 깁스를 하고서 소파에 앉아 있었다.

"원장 선생님이시죠?"

"어떻게 알았어요?"

"가끔 엄마랑 얘기하시는 거 봤어요."

"정말?"

병실을 들어서자마자 아는 척을 해오는 소월 때문에 해숙은 심장이 철렁 내려앉았다.

"간병하는 게 대놓고 따분한 일이잖아요. 선생님 덕분에 우리 엄마가 덜 심심해했던 것 같아요."

소월은 해숙과 정수가 시답잖은 수다를 떠는 줄로 아는 모양이었다.

"그런데 도대체 무슨 책을 읽으신 거예요?"

"책이라니?"

"맨날 엄마랑 얘기하는 그 소설이요. 어떤 사람을 보호해 주는 이야기였던 거 같은데…… 재밌게 들려서요."

"그걸 다 듣고 있었어요?"

"엿들은 건 아니에요! 어쩌다가 한 번씩 잠결에 들은 거예요. 제대로 들은 것도 없고요. 근데 두 분이 항상 그 이야길 하시니까 엄청 재밌는 소설인가 보다 싶어서요."

소월이 천진하게 웃으며 말했다. 그러나 해숙의 표정은 딱딱하게 굳어 있었다. 가끔 어떤 인격들은 무척 교활하고 지능적이어서, 자신이 대체 인격임을 각성하고도 모른 척하며 의사들을 교란시키기도 했기 때문이다.

"죄송해요. 정말 일부러 들은 건 아니에요."

해숙의 매서운 얼굴을 보며 소월이 풀이 죽어 말했다.

"아니, 잠깐 다른 생각을 하느라 그런 거야. 괜찮아요. 무슨 소설인지 궁금하다는 거지?"

"얘기해 주고 싶지 않으면 안 하셔도 돼요."

소월이 한쪽 손으로 손사래를 쳤으나 해숙은 이미 마음을 굳혔다.

"연화 나이의 학생이 듣기엔 좀 고리타분한 이야기일지도 몰라요. 그래도 듣고 싶어요?"

"해주신다면요. 어차피 오늘은 문병객도 별로 없고 할 일도 없거든요. 내일 퇴원이라 집안사람들은 다 저택에 가서 청소를 하고 있대요."

"그럼 어디 이 늙은이가 이야기보따리 좀 풀어볼까?"

해숙이 인자하게 웃으며 소월의 맞은편에 앉았다. 그녀는 재빠르게 머리를 굴렸다. 소월 본인의 이야기를 어떤 식으로 들려줘야 그녀에게 충격 요법이 될 수 있을까? 무의식 깊은 곳에 잠들어 있을 정소월을 흔들어 깨울 만한 이야기가 무엇이 있을까?

해숙은 미간을 좁히며 고민하다가 이내 정답을 찾았다. 그녀가 자다가도 벌떡 일어날 만큼 걱정하고 있는 사람, 정소월의 온 신경을 곤두서게 하고 관심을 모두 빼앗아 버리는 한 사람, 그 사람의 이야기라면 소월도 눈을 뜨지 않을까.

"그 소설은 한 남자의 사랑 이야기예요."

"사랑 이야기요?"

소월의 눈빛이 반짝거렸다. 열여섯 살의 소녀다운 반응이었다.

"한 남자와 한 여자가 집안의 이익을 위해 억지로 결혼을 하게 되었어요."

"정략결혼 이야기네요! 저도 그런 거 좋아해요."

"그래요?"

"네! 처음엔 서로를 마음에 들지 않아 하면서 티격태격하던 두 사람이 어느 순간부터 사랑에 빠지는 거 아니에요? 그런 거 너무 좋아요!"

"비슷한데 이건 조금 달라요. 남자는 여자를 보고 첫눈에 반해서 줄곧 그 여자를 사랑했거든. 남자는 여자를 사랑하면서도 항상 괴로웠어요."

"왜요?"

순진하게 묻는 소월의 얼굴을 빤히 들여다보며 해숙은 그녀를 지키기 위해 끔찍한 기억과 고통을 끄집어낸 무영을 떠올렸다.

"남자가 생각하기에 자기는 여자보다 못난 게 너무 많았거든."

"어떻게요? 집안끼리 정략결혼이면 둘 다 비슷한 거 아니에요?"

"두 집안 다 부자이긴 했지. 근데 남자의 집안에는 무시무시한 비밀이 숨겨져 있었어요."

이야기를 맛깔나게 하는 할머니들이라면 이 순간에 목소리를 내리깔고 눈알을 부라리며 심상치 않은 분위기를 풍길 것이었다. 그러나 그쪽으론 재주가 없는 해숙의 표정과 목소리는 아주 평온했다. 그런데도 소월의 안색은 파리해졌고, 몸은 경직되었다. 해숙은 그 변화를 놓치지 않았다.

"남자는 살인자의 후손이었거든. 그것도 아내와 아이를 죽인 괴물의 자손이었지."

소월의 몸이 부들부들 떨렸다. 그녀의 눈매가 칼날처럼 날카로워졌다.

"그만 들을래요."

"아직 이야기가 다 안 끝났는데?"

"재미없어요. 딴 얘기 해요."

"그럴까?"

해숙은 일단 물러서기로 했다. 보호 인격이 어떤 돌발 행동을 보일지 몰랐기 때문이다. 비록 한쪽 어깨가 불편하다곤 하지만 소월은 팔팔한 젊은이였고 해숙은 힘없는 늙은이였다. 해숙은 소월의 보호 인격이 외부의 위협에 대해 공격적이라는 걸 알고 있었다. 굳이 그 폭력성을 일깨울 필요가 없었다.

"절 보러 오고 싶다고 하셨다면서요."

"그랬지."

"왜요? 전 정신병이 있는 것도 아닌데?"

"어?"

"알고 있어요. 원장 선생님은 정신과 전문의라는 거요."

"그런 건 어떻게 알았지?"

"두 달 동안 얼마나 할 일이 없었는데요."

"병원을 많이 돌아다녔나 보네."

"그건 아니에요! 사실은……."

소월이 머뭇거리자 해숙이 의아한 표정을 지어 보였다.

"저희 가정교사 선생님이 정신과 병동에서 나오는 걸 본 적이 있거든요. 그래서 거기 기웃거리다가 원장 선생님이 정신과 의사란 걸 안 거예요. 근데요……."

소월은 하고 싶은 말을 쉽게 꺼내지 못하고 말끝을 흐렸다. 해숙은 뭐든 들어줄 것 같은 온화한 표정으로 차분히 그녀의 말을 기다렸다.

"우리 선생님은 왜 정신과 병동에서 나온 거예요?"

"차무영 씨 말하는 거지?"

"네. 우리 선생님 혹시 어디 아파요?"

갈색 눈동자에 성급한 두려움이 맺혔다. 이 정도의 흥분 상태는 조금 유지해도 될 것 같았다. 해숙은 소월을 슬쩍 떠보기 위해 짐짓 안타까운 표정을 지어 보였다.

"환자의 프라이버시를 지켜주는 게 의사의 도리여서 말이지."

"환자요? 우리 선생님이 정말 아파요? 정신과면……. 우리 선생님한 테 우울증 같은 거 있어요?"

"대답해 줄 수 없어서 미안하네요. 차무영 씨에게 직접 물어보는 게 어때요?"

"그런 걸 어떻게 직접 물어봐요. 이상하잖아요."

"왜? 두 사람, 많이 친해 보이던데."

"아니에요. 안 친해요!"

소월이 얼굴을 붉히며 반박했다. 그녀는 오른손으로 뺨을 긁으며 부끄러워했다.

"그냥 스승과 제자 사이거든요. 그리고 선생님은 곧 떠나실 거라 따로 얘기할 시간도 더 없을 거고요."

"차무영 씨가 떠나요? 어디로요?"

"선생님은 서울에서 대학원을 다니잖아요. 다음 주면 벌써 구월이 니까 당연히 서울로 올라가야죠."

해숙은 뒤늦게 소월의 보호 인격이 짜놓은 무영의 설정을 기억해 냈다. 해숙은 이해가 되질 않았다. 소월의 무의식은, 다시 말해, 한연화 는 무영을 좋아하고 있었다. 그런데도 그를 떠나보낼 상황을 만들어냈 다.

"차무영 씨가 가도 괜찮아요?"

"그럼 어떡해요. 선생님은 여기 사람이 아닌데."

"그래요?"

프로젝트 일지 2-1)에 대한 새로운 데이터였다.

"차무영 씨는 월산 사람이 아닌 건가요?"

"모르셨어요? 선생님은 월산에는 아무런 연고가 없잖아요. 월산이 랑 전혀 상관없는 사람이에요. 엄마 지인의 추천으로 방학 동안 잠깐

아르바이트하러 오신 거예요. 결국 저 때문이죠."

"뭐가요?"

"선생님이 월산에서 방학 내내 시간을 낭비한 게요. 휴가도 못 가고."

"월산은 나름 좋은 휴양지 아닌가? 숲도 넓고 산도 멋지고 온천타운도 있잖아요."

"온천타운이요?"

소월이 눈을 가늘게 뜨고 해숙을 미심쩍게 쳐다보았다. 마치 지금 제정신이냐는 듯한 표정이었다.

"선생님, 무슨 말씀이세요. 온천타운은 옛날에 망해서 없어졌잖아요. 여기서 오래 병원 하시지 않으셨어요? 어느 시절 온천타운 이야기를 하시는 거예요."

"아, 내가 깜빡했네. 늙으면 원래 자주 이래요."

해숙이 멋쩍게 웃으며 변명했다.

"내가 기억이 가물가물해서 그런데, 온천타운이 언제 어떻게 망했더라?"

"그 아주머니 있잖아요. 저희 친척 아주머니."

차영선을 가리키는 말이었다. 해숙이 고개를 끄덕였다.

"그 아주머니네 집안이 원래 온천타운 덕분에 엄청 부자였대요. 그런데 그 아주머니네 친척이 나쁜 짓을 많이 저질러서……. 아, 이런 말하고 다니면 엄마한테 혼나는데."

"괜찮아. 우리 둘뿐인데 뭐 어때요."

"우리 엄마한텐 꼭 비밀이에요. 아무리 촌수가 멀어도 친척인데 이렇게 뒤에서 험담한 걸 알면 누워서 침 뱉기라고 혼내실 거란 말이에요."

"알았어요. 계속 얘기해 봐요."

해숙이 부추기자 소월은 다시 입을 열었다.

"그 아주머니네 친척이 총을 맞고 살해당해서 온천타운이 쫄딱 망했잖아요. 소문도 흉흉하고 그래서."

해숙은 무의식적으로 가운 주머니 위를 더듬으며 갖고 온 녹음기가 잘 있는지 확인했다. 혹시나 해서 갖고 온 것인데 수확이 컸다. 소월의 무의식 속에 강용덕에 대한 어떠한 관심 혹은 감정이 자리 잡고 있었다. 보호 인격이 구축한 세계에 등장할 정도면 꽤 크고 강렬한 것인 게 분명했다.

"여튼 월산은 기분 나쁜 곳이에요. 엄마는 왜 하필 여기로 내려왔나 모르겠어요."

소월이 투덜댔다.

"그런데 진짜 절 왜 보자고 하신 거예요?"

"별거 없어요. 오래 입원한 환자들한텐 통상 가벼운 상담을 진행하거든. 병원에 있는 것만으로도 사람은 우울해지니까."

해숙이 대충 둘러대며 말했다. 다행히 소월은 그 말을 썩 잘 믿는 눈치였다.

"맞아요. 게다가 장마도 무진장 길었잖아요. 제가 아는 집배원 오빠가 있는데, 우체국이 잠겨서 난리가 났대요. 물에 젖은 편지들 주인 찾아주느라 탈모 올 것 같다고 그랬어요."

소월은 그 오빠는 귀엽게 생긴 게 유일한 장점이기 때문에 머리카락이 빠지면 망하는 거라며 짓궂게 키득거렸다.

"웃는 걸 보니 연화는 병원 생활도, 지루한 장마도 잘 견뎌낸 모양이네."

"가끔 짜증 나는 게 있긴 하지만 그래도 즐거운 점도 있었으니까요. 희태 아저씨가 맛있는 음식을 잔뜩 만들어주셨고, 아프니까 엄마도 무조건 내 편만 들어줬고, 막내 삼촌도 설설 기었고요. 무영 선생님이랑 오후 시간 보내는 것도 재밌었어요."

소월이 꾸미지 않은 미소를 만면에 가득히 머금었다.

문득 해숙은 이 미소는 정소월이 아닌 한연화만 지을 수 있는 것이란 생각이 들었다. 괴로운 기억들도, 알고 싶지 않은 진실들도, 무방비하게 떠안은 책임감도 다 잊어버리고 싶었던 걸까? 어쩌면 정소월은 한연화로 사는 게 더 나을 수도 있지 않을까. 해숙은 결코 해선 안 될 질문을 결국 던지고 말았다.

"연화야, 넌 지금 행복하니?"

"음."

소월은 눈동자를 굴리며 대답을 고심했다.

"그러고 싶어요."

그녀가 해맑게 웃으며 말했다.

"저는 제가 정말 행복했으면 좋겠어요."

소월의 대답에 해숙은 뒤통수를 맞은 기분이었다. 소월은 다 잊고 자신이 행복해지기 위해 한연화의 탈을 뒤집어쓴 게 아니다. 정소월의 무의식은 '한연화'가 행복해지길 바란다. 행복했었기를 바란다. 한연화가 행복했었더라면 얼마나 좋았을까? 그게, 소월의 보호 인격이 한연화를 선택한 이유였다.

22
총알

처음 저택에 왔을 때도 이곳을 그다지 좋아한 건 아니었다. 나, 엄마, 막내 삼촌뿐인 단출한 우리 식구가 살기엔 대저택은 과분하였다. 과장을 좀 보태어 성벽과도 같은 웅장한 담장은 감옥 같았고, 으리으리한 건물은 날 집어삼킬 것 같았기 때문이다. 그래도 저택의 오랜 관리인인 희태 아저씨와 메이드들이 친절하여 그나마 버틸 만했다. 적어도 내가 입원하기 전까진 말이다.

바보가 아니라면 저택에 떠도는 위화감을 느낄 수밖에 없다. 그리고 나는 바보가 아니다. 내가 입원해 있는 동안 저택에 무슨 일이 생겼던 게 분명하다. 내가 말을 걸면 메이드들은 흠칫 놀란다. 날 부를 때에도 조심스러웠다. 메이드들은 날 '연화 아가씨'라고 부르기 보단 '여, 여, 연화 아가씨'라고 불렀다. 마치 내 이름이 부두교의 주술이라도 되는 것처럼 말이다.

나를 편안하게 대해주는 사람은 우리 식구 외엔 희태 아저씨와 무영 선생님뿐이었다. 그마저도 무영 선생님은 곧 서울로 돌아가야 했으므로 나의 외로움은 배가될 예정이다. 그 생각만으로도 나는 우울해졌다. 선생님이 떠나면 월산의 생활을 버티기가 더 힘들어질 것이다. 하지만 어쩔 수가 없다. 무영 선생님은 더 이상 월산에 있으면 안 된다. 선생님은 월산과 어울리지 않는다.

"아가씨!"

"네?"

"무슨 생각을 그리 골똘히 하고 계십니까?"

정원 의자에 앉아 있는 내게 희태 아저씨가 다가와 물었다. 무영 선생님이 떠나면 무슨 낙으로 살아야 될지 모르겠단 소리를 차마 할 수 없어서, 나는 재빨리 다른 핑곗거리를 찾았다.

"저 뒤에 별채 말이에요."

내가 '별채'를 입에 담자 희태 아저씨의 낯빛이 급속도로 어두워졌다. 이렇게 솔직한 반응을 보이시면 없던 호기심도 생길 수밖에 없다.

"왜 들어가면 안 돼요?"

흐릿한 기억 속에 분명 별채를 드나든 적이 있었던 것 같은데, 퇴원을 하고 오니 엄마는 나에게 별채에 들어가면 안 된다고 못을 박았다. 심지어 별채가 있는 뒤쪽 정원 근처에도 가지 말라고 했다.

"쓰지 않는 건물이니까요."

희태 아저씨가 어색하게 웃으며 말했다. 나는 그게 거짓말이란 걸 안다. 오늘 오전에만 해도 아침 식사 후에 사라졌던 무영 선생님이 별채에서 나오는 걸 똑똑히 봤기 때문이다. 별채에서 나오는 무영 선생님의 얼굴은 슬퍼 보였다. 멀리서도 잘 알 수 있었다. 별채에는 뭐가 있는 걸까?

"왜 안 쓰는데요?"

"본채만으로도 충분하니까요. 텅 비어서 볼 것도 없고요."

"그럼 왜 정원까지 들어가면 안 된다는 거예요?"

"아, 그건……."

아저씨가 난처해하며 말을 잇지 못하였다. 순박한 둥근 얼굴이 곤경에 처하여 힘들어 하는 것을 보자니, 나는 죄책감이 들었다. 아저씨를 구해준 건 갑자기 등장한 무영 선생님이었다.

"뒤쪽 정원에 뱀이 나온다는 소리가 있어서 덫을 쳐놨거든."

무영 선생님이 그럴싸한 구실을 대며 부드럽게 웃었다. 희태 아저씨는 선생님과 눈짓으로 인사를 나누곤 도망치듯 자리를 떴다.

"다리까지 깁스를 하고 싶은 건 아니지?"

선생님의 곱고 긴 손가락 끝이 내 왼쪽 어깨를 톡톡 두드렸다. 상처는 거의 다 아물어서 아프지 않았는데도 나는 얼굴을 찡그렸다.

"아, 미안. 아팠어?"

선생님이 당황해하며 안절부절못하였다. 금방이라도 울 것 같은 표정이었다. 그저 얼굴이 빨개지는 것을 막기 위해 일부러 인상을 쓴 것뿐이었는데, 선생님이 너무 미안해하는 바람에 내가 더 민망하였다.

"안 아파요."

좀 더 길게, 상냥하게 말할 수 있었을 텐데. 나는 왜 어울리지 않게 새침을 떠는 걸까. 내 자신이 싫어져 고개를 푹 숙이고 몸의 방향을 틀었다. 자칫 선생님을 외면하는 것처럼 보일 수도 있었는데, 선생님은 나의 차가운 태도에도 굴하지 않고 곁에 털썩 앉았다.

아무것도 안 하고 둘만 있으면 우리 둘은 둘 다 말이 없다. 나는 부끄러워서 말을 못 하고 선생님은 내 옆모습을 물끄러미 쳐다보기만 하느라 말을 안 한다. 처음엔 선생님이 날 보는 줄 몰랐는데, 우연히 옆을 보다가 알게 되었다. 선생님은 나와 눈이 마주쳐도 여전히 날 바라봤다. 시선을 들킨 건 선생님인데 내가 더 부끄러워졌다. 날 왜 그렇게 봐요? 묻고 싶은 말은 많았지만 입은 떨어지지 않았다. 날 왜 그런 슬픈 눈으로 봐요? 선생님, 또 울어요?

"할 말이 있어."

선생님이 웬일로 입을 열었다.

"뭔데요?"

"나, 서울에 안 가려고."

뜻밖의 선언에 내 두 눈이 동그랗게 커졌다.

"왜요?"

생각보다 날 선 목소리에 스스로 깜짝 놀랐다. 그것은 나의 통제 밖이었다. 그냥 내 속에 있던 다른 누군가의 목소리가 불쑥 튀어나온 것 같았다.

"선생님은 월산 사람도 아니잖아요. 방학이 끝났으면 서울로 가서 마저 공부해야죠. 왜 서울에 안 가요?"

나는 꼭 우리 엄마처럼 잔소리를 늘어놓으며 따져 물었다.

"방학 동안 한 게 없어서."

"뭘요?"

"네 가정교사로 온 건데 너한테 공부를 많이 가르쳐 주지 못했으니까. 휴학하고 여기 더 머물기로 했어."

"공부를 못 한 건 내가 다쳐서 그런 거잖아요. 선생님 잘못이 아닌데 왜 그런 희생을 해요? 그럴 필요 없어요."

나는 이상한 기분이 들었다. 선생님이 떠나지 않는 건 좋은데 동시에 떠나지 않아서 불안했다. 그는 월산에선 행복해질 수 없어. 머릿속 저편에서 나와 똑같은 목소리가 그렇게 속삭였다. 차무영은 월산에선 행복할 수 없어.

"난 선생님한테 배우지 않을 거예요. 선생님은 원래 있던 곳으로 가란 말이에요!"

나는 버럭 화를 내며 자리를 박차고 일어났다. 무영 선생님은 애처

로운 얼굴로 나를 올려다보았다. 선생님의 입술이 달싹거렸다. 뭔가를
말하고 싶은데 말하지 못해서 괴로운 것처럼 보였다. 선생님은 아랫입
술을 꾹 깨물곤 힘겹게 입을 열었다.

"연화야."

선생님의 입에서 나오는 내 이름은 어째서 이토록 절박한 외침처럼
들리는 건지 모르겠다.

"진정하고 내 말 좀 들어봐."

"됐어요!"

말은 그렇게 매정하게 해놓고 나는 선생님에게 잡힌 손목을 뿌리치
지 못했다. 한쪽 어깨가 아파서 그런 거다. 아직 깁스를 풀지 않아서
상체에 힘이 없어서 그런 거다.

"내가 여기에 있는 게 싫어?"

"네."

"왜?"

"선생님은 월산 사람이 아니잖아요!"

"너도 월산 사람이 아니잖아."

"전 있어야 하잖아요."

나는 아픈 게 나을 때까진 월산을 벗어나지 못한다. 어깨의 상처가
아니라 선천적으로 약한 몸이 강해질 때까지 말이다. 차근차근 설명
해 줘도 선생님은 고집을 꺾지 않는다.

"그럼 나도 있어야 해."

"왜요?"

"나도 아프거든."

선생님의 말에 나는 불우한 예감이 들어맞은 충격으로 탄식을 내뱉
었다. 병원의 원장 선생님이 말한 환자가 정말 우리 선생님이 맞았던
거다.

"어디가요?"

"마음이…… 아파."

정말 우울증이 맞나 보다. 아름답게 짓는 미소가 서글퍼 보였던 이유가 있었다. 나는 속으론 엉엉 울고 있었지만 겉으론 제법 침착했다.

"그렇게 아프면 어쩔 수 없죠."

나는 다시 의자에 앉았다. 오후의 햇살이 따사로웠다. 가을이 성큼성큼 다가오고 있었다. 산새들이 가로지르는 새파란 하늘은 까마득히 높았다.

"고마워."

나는 등받이에 기대 몸을 축 늘어뜨리고서 하늘을 보며 선생님의 목소리에 귀를 기울였다. 미지근한 바람이 솔솔 불자 나른한 졸음이 몰려왔다.

"고마워, 곁에 있게 해줘서…… 월아."

꾸벅꾸벅 조느라 선생님의 말을 제대로 듣지 못했다. 자세를 바로잡고 선생님을 보려고 했지만 몸에 힘이 들어가질 않는다. 의식이 희미해지고 있다. 나는 잠꼬대처럼 선생님에게 무언가를 중얼거렸다.

"나도, 무영아."

무슨 말을 했는지는 기억이 나질 않았다. 흐릿한 시야에 선생님의 웃는 얼굴이 가득했을 뿐이었다.

깨어났을 땐 내 방이었다. 회복 기간이라 그런지 나는 자주 피곤했고, 잠이 많았다. 엄마는 그게 좋은 신호라고 했다. 자는 동안 몸이 낫고 있는 거라고 말이다. 하지만 시도 때도 없이 잠에 들다 보면 무척 허기가 졌다. 잠을 자는 것에도 열량이 소모된다. 성공적인 다이어트를 할 만큼은 아니었지만.

비척비척 걸으며 방에서 나왔다. 앞으로도 야밤에 일어나 간식을 먹는 일이 잦아진다면 방을 1층으로 바꿔달라고 해야겠다. 다른 사람들은 모두 잠자리에 든 것 같았다. 나는 발소리를 죽이며 살금살금 걸었다. 가뜩이나 멧돼지로 오인 받아 총을 맞은 처지였는데, 밤마다 뭘 주워 먹으러 다니는 걸 들킨다면 정말 꿀돼지 취급을 받을 거 같았기 때문이다.

나는 2층 중앙 계단 앞에서 발걸음을 멈추었다. 계단 건너편에 있는 방의 불이 켜져 있었다. 내가 알기론 그 방은 비어 있었다. 사실 대저택의 많은 방들은 주인이 없었다. 메이드들은 청소하기가 번거롭다는 이유를 대며, 내게 닫혀 있는 방에는 들어가지 말아달라고 부탁했다. 커다란 저택에 내가 드나들 수 있는 공간은 제한적이었다.

나는 어두운 주위를 두리번거리며 불빛을 향해 걸어갔다. 방의 문은 부주의하게 열려 있었다. 나는 틈새에 바짝 붙어 방 안쪽을 몰래 들여다보았다.

"그만 우세요."

무영 선생님이었다. 선생님은 울고 있는 어떤 여자를 달래주고 있었다. 나는 누가 울고 있는지 궁금했지만 문 때문에 시야를 확보하기가 어려웠다.

"아저씨는 곧 일어나실 거예요. 의사 선생님도 많이 나아지셨다고 했잖아요."

"의사들 말을 믿니? 괜찮다, 나아졌다 한 지가 벌써 두 달이 넘었다. 여태 깨어나질 못하고 있잖니. 숙부가 이팔청춘도 아니고, 나이 든 양반이 불길에 뛰어들어 그 연기를 다 마셨으니……"

여자가 흐느껴 울며 말을 삼켰다. 대화로 짐작해 보건대, 누군가 화재 현장에서 크게 다친 모양이었다.

"아저씨는 나이에 비해 훨씬 건강하시고 몸 상태도 좋으셨잖아요. 꼭 깨어나실 거예요. 제발 진정 좀 하세요. 이러다 먼저 쓰러지시겠어요."

"차라리 쓰러져서 정신이라도 놓고 싶구나. 일을 이 꼬라지로 만든 한지훈은 속 편히 누워 있는데 말이야. 우리 숙부만 불쌍하지."

"형이 자기 편하자고 정신을 놓은 게 아니잖아요. 왜 그렇게 말을 하세요."

"너는 이 상황에서까지 그 작자를 형이랍시고 편을 드는 거니?"

"형의 편을 드는 건 아니에요. 형이 잘했단 것도, 잘못한 게 없단 것도 아니고요. 하지만 형만 잘못한 건 아니잖아요."

"그래, 또 내 탓이라는 게로구나?"

무슨 사정인진 모르겠지만 난 여자가 마음에 들지 않았다. 우느라 코가 막혔는지 비음이 섞인 목소리도 불쾌했고, 기묘하게 과장된 어투가 꾸며내는 듯한 인상을 주었기 때문이다.

"내가 뭘 더 하면 되니, 어? 저택도 내어주고, 네가 하란 대로 가만히 있잖니. 네 아버지는 없는 사람처럼 호텔에 짱 박혀 지내고, 나도 그 연극 놀음에 맞장구 쳐 주고 있잖아."

"그건 당연히 하셔야죠. 그 사람이 그렇게 된 건 우리 집안이랑 엮였기 때문이잖아요."

"그러게 내가 다른 여자랑 선을 보라고 할 때 봤어야지!"

"이미 사랑하게 됐는데 어떻게 그래요? 그러면 애초에 그 사람을 저한테 보내시지 말았어야죠."

무영 선생님한텐 여자친구가 없다고 들었는데 내가 잘못 알았나 보다. 선생님한텐 사랑하는 여자가 있다. 가슴이 터질 것 같아서 저절로 한숨이 새어 나왔다. 나는 입을 틀어막았다.

"두 달 동안 비밀로 하고 있는 것도 기적이다. 정 회장이 언제 알아도 놀랍지가 않아. 아무리 주변 단속을 잘해도 말은 새 나가는 법이다. 그 아이의 상태에 대해 정 회장도 곧 알게 될 거야. 알게 되면 일부러 더 난리를 치겠지. 지금도 그 첫째 손자란 인간이 날 얼마나 들볶고 있는지 아니? 노천탕 폭발 사건의 진상을 언론에 공표하겠다며 내 피를 말리고 있어. 우린 모든 걸 잃게 될 거라고."

"원래부터 우리의 것이 아니었어요. 아시잖아요."

선생님의 나지막한 말에 열변을 토하던 여자는 입을 다물었다. 그러나 아주 찰나였을 뿐, 여자는 또 입을 열었다.

"언제까지 붙잡고 있을 거니?"

"돌아올 때까지요."

"돌아오면, 그 애가 우리 집안의 일을 다 기억하면 그건 어쩔래? 아니지. 그 애가 기억하는 것과는 상관이 없는 일일지도 모르지. 정 회장은 어떻게든 너희 둘을 갈라놓으려고 할 거야. 정 회장은 절대로……"

잠시 방 안에 거칠게 몰아쉬는 숨소리만 들렸다. 선생님은 계속 여자를 진정시켰다.

"우리 집안의 치부를 받아들이지 않을 거다."

"알아요."

무영 선생님의 목소리가 슬펐다. 모든 걸 포기한 남자의 목소리였다.

"제가 감히 꿈꿀 수 없다는 거 알아요."

"그런데도 붙잡고 있는 이유가 뭐니! 그만 보내 버려. 서울엔 병원이 없니? 걔네 집안에 돈이 없어?"

"제대로 보내주고 싶어서 그래요. 나 때문에 겪지 않아도 될 일들을 겪은 사람이에요. 무책임하게 떠나보낼 수 없어요. 그 사람이 돌아오면 제대로 작별 인사를 하고 싶을 뿐이에요."

머리가 깨질 것 같았다. 속이 울렁거리고 토할 것 같았다. 방에서 나오는 빛에 얼굴이 타들어가는 느낌이었다. 나는 쓰러지지 않기 위해 벽에 기대었다. 어둠이 필요하다. 모든 걸 묻어줄 수 있는 차가운 어둠이.

총상을 입은 왼쪽 어깨에서 불쾌한 통증이 느껴졌다. 컨디션이 좋지 않을 때면 아직도 내 어깨에 총알이 박혀 있는 착각이 든다. 나는 멀쩡한 어깨로 벽을 더듬으며 겨우 내 방으로 돌아왔다. 그 짧은 시간 동안 온몸이 땀에 흠뻑 젖어 있었다. 나는 침대에 풀썩 쓰러졌다. 딱딱한 깁스 때문에 가슴이 배겼지만 몸을 뒤집을 여력조차 남아 있질 않았다.

차무영, 차무영, 차무영. 바보 얼간이 같은 차무영. 나한테서 떠날 생각밖에 안 하는 머저리! 모지리! 네 잘못이 아닌데. 네 잘못이 아닌데.

내가 지금 무슨 생각을 한 거지? 머릿속에 이해되지 않는 목소리가 울려 퍼진다. 알아듣질 못하니 그것은 사람의 목소리보단 숫제 소음과도 같았다. 시끄러워. 시끄럽다.

한참 동안 가만히 누워 끙끙 앓다가 잠이 든 것 같았다. 나는 꿈을 꿨다. 꿈에 무영 선생님이 나왔다. 꿈은 반대라더니 꿈속에서 선생님은 나보다 어리고 공부도 못하는 모지리였다. 나는 선생님을 귀찮아하고 부담스러워했다. 그런데도 선생님은 내 뒤만 졸졸 따라왔다. 꼭 갓 태어난 강아지 같았다.

"눈부셔. 햇살 같아."

선생님이 날 보며 말했다. 웃긴 일이었다. 눈이 부신 건 선생님이었는데. 반짝반짝 빛나는 미소를 지으면서 선생님은 나한테 햇살 같다고 했다. 내가 햇살 같다고? 거짓말.

하지만 선생님의 까맣고 맑은 눈동자는 거짓말쟁이의 눈과는 거리가 멀어 보였다. 선생님은 품에 날 가득 안고서 내 이름을 끊임없이 속삭여 주었다. 나는 너무 행복해서 영원히 꿈을 꾸고 싶었다. 그러다가 문득 괴상한 의문이 들었다. 내 이름은 뭐지?

선생님이 내 손을 잡고 흔들었다. 사랑스러운 얼굴이다. 언제나 기

쁘게 웃었으면 좋겠다. 항상 좋은 일만 있었으면 좋겠다. 이렇게 예쁘
게 웃는 당신을 잃고 싶지 않아.

"나랑 숨바꼭질하자."

모지리 같은 무영 선생님이 헤실헤실 웃으며 말했다. 나는 누군가
얼굴에 찬물을 부은 것처럼 순식간에 잠에서 깼다. 꿈에서 들은 마지
막 말은 내게 거부할 수 없는 명령처럼 각인되었다.

아침 새가 지저귀는 소리가 요란했다. 나는 세수도 안 하고, 잠옷도
갈아입지 않은 채 방에서 뛰쳐나와 무영 선생님을 찾아다녔다. 엉망
인 내 꼴을 발견한 메이드들이 덩달아 같이 뛰며 '아가씨, 조심하세
요, 아가씨'를 연신 외쳐 댔다. 선생님은 수척한 얼굴로 부엌에서 희태
아저씨와 대화를 나누는 중이었다. 한창 식사를 준비 중이던 주방장
과 메이드들이 야생마처럼 날뛰는 나를 보며 뒷걸음질을 쳤다.

"선생님!"

나는 선생님의 손을 덥석 잡았다. 손의 감각이 이상했다. 내 손에
또 다른 자아가 있는 것 같았다. 내 손은 선생님의 손을 파고들어 자
연스럽게 깍지까지 꼈다. 익숙한 설렘과 풍부한 만족감이 손끝에서부
터 심장까지 전해졌다. 당황해하며 손을 뺄 줄 알았던 선생님은 아주
당연하다는 듯 내 손을 꽉 잡았다. 하마터면 나는 할 말을 까먹을 뻔
했다. 나는 꿈속에서 선생님이 그랬던 것처럼 잡은 손을 흔들며 말했
다.

"나랑 숨바꼭질해요!"

특별한 목적이 있어서 숨바꼭질을 하자고 한 건 아니다. 단지 꿈속
에서 무영 선생님이 정말 즐거운 얼굴로 숨바꼭질을 하자고 해서, 나
도 오랜만에 추억의 놀이를 하고 싶었을 뿐이었다. 이러한 나의 순수
한 동기는 두 명의 훼방꾼에 의해 변질되고 말았다.

"왜 따라오는 건데!"

내가 목소리를 낮춰 으르렁대자, 막내 삼촌과 우진 오빠가 움찔거리며 몸을 떨었다. 무영 선생님이 첫 번째 술래가 되었다. 나는 숨을 곳을 찾기 위해 선생님이 숫자를 세고 있는 식당으로부터 멀리 달아나고 있던 중이었다. 그런 내 뒤를 두 사람이 쫄레쫄레 쫓아오고 있는 것이다. 두 사람은 예상치 못한 악수였다.

무영 선생님은 숨바꼭질을 하자는 나의 말에 흔쾌히 응했다. 거기까진 완벽했다. 선생님이 아침 식사 자리에서 천진한 얼굴로 '오늘은 연화와 숨바꼭질을 하기로 했어요!'라고 말한 것까지도 나쁘지 않았다. 비록 그 나이에 무슨 숨바꼭질이냐는 비웃음을 살 위험이 있는 공개적 발언이긴 했지만 말이다.

모든 것은 언제나처럼 막내 삼촌에 의해 엉망이 되었다. 게걸스럽게 밥을 퍼먹고 있던 삼촌은 눈치 없이 끼어들며 자기도 숨바꼭질을 하고 싶다고 말했다. 백 번 양보해서 거기까지도 봐줄 만했다. 숨바꼭질은 누군가 한 명을 교묘하게 따돌리기엔 안성맞춤인 게임이기 때문이다. 하지만 그 누군가가 두 명이면 이야기는 달라진다. 삼촌이 집에서 쉬고 있던 우진 오빠까지 굳이 불러들인 순간, 그들에게 베풀 자비는 증발해 버리고 말았다.

"숨바꼭질 어떻게 하는지 몰라? 우르르 따라오면 어쩌자고!"

행여 무영 선생님이 소란을 알아차릴까 봐 나는 소리 없이 발을 구르며 신경질을 냈다.

"숨바꼭질하는 방법이야 우리도 알지."

막내 삼촌이 얄밉게 말했다.

"그렇게 잘 아는 사람이 왜 이러시는데요. 지금 날 물 먹이려고 일부러 그래?"

"이것 봐, 우진아. 내가 그랬잖아. 애 깨어나고부터 나한테 더 함부로 대한다니까? 호칭만 삼촌이지, 삼촌 대접은 하나도 안 해줘."

막내 삼촌이 울상을 지으며 우진 오빠에게 칭얼댔다.

"일단은 열여섯 살이니까요. 한창 반항할 때잖아요. 우리가 이해해
야죠. 저도 사춘기 땐 완전 장난 아니었어요. 오죽하면 아버지가 삭발
까지 시켰다니까요. 물론 전 두상이 예뻐서 패션으로 승화시키긴 했지
만······."

우진 오빠가 같잖은 자랑을 늘어놓았다. 나와 막내 삼촌의 눈빛이
일제히 차갑게 식었다. 아, 예, 됐고요, 하나도 궁금하지 않습니다
만?

"따라오지 마라."

나는 눈썹을 일그러뜨리며 험악하게 말한 뒤 다시 숨을 곳을 찾아
서둘렀다. 또 따라오는 두 사람의 기척이 느껴져, 나는 뒤를 돌아 발
을 쾅쾅 굴렀다.

"이러다가 얘한테 맞겠다. 내가 말해놓을 테니까 우진이 너는 무영
이 따돌리고 있어봐."

삼촌이 말하자, 우진 오빠가 고개를 끄덕이며 자리를 떴다. 도대체
무슨 할 말이 있길래 이러는 건지 알 수가 없었다. 설령 안다고 해도
나는 지금 삼촌이랑 얘기하기 싫었다. 많고 많은 시간 중에 왜 하필 무
영 선생님이랑 놀 때 이러냐고! 나는 삼촌에게 잡히지 않기 위해 정원
을 향해 뛰기 시작했다.

여름과 가을 사이에서 정원수의 잎은 풍성하였고 가지도 울창했다.
정원은 넓었고, 나무와 덤불도 많았다. 정원에 숨으면 무영 선생님은
날 한 번에 찾기가 쉽지 않을 것이다. 선생님이 여기저기를 헤매는 동
안 나는 몰래 저택으로 돌아가 다른 곳에 숨을 작전이었다. 빌어먹을
삼촌만 없었더라면 흠잡을 데가 없는 작전이었다.

"아, 진짜! 삼촌 때문에 들키겠어."

정원수 뒤에 쭈그려 앉은 내 옆으로 삼촌이 엉금엉금 기어왔다. 나는 딱딱한 깁스로 삼촌의 이마를 밀쳐 냈다. 삼촌이 아프다며 엄살을 부렸다.

"짜증 나 죽겠네. 뭔 말이 하고 싶어서 이 난리야?"

얼빵한 얼굴을 보자니 단전에서 화가 치솟았다.

"야, 너도 너다. 할 말이 있다는데 어쩜 이러냐. 동네 똥개가 짖어도 이보단 덜 무시하겠다."

"난 삼촌이랑 할 말 없거든. 숨바꼭질 방해하지 말고 딴 데로 가라고, 쫌!"

"무슨 말인지 들어나 보는 게 좋을 텐데. 지금 안 들으면 후회할 텐데. 나중에 왜 그때 말 안 해줬냐고 울어도 나는 모른 척할 건데."

삼촌이 독이 오른 얼굴로 씩씩대며 말했다. 내가 깁스로 누르고 있는 이마 부분이 빨개졌다. 어떤 쓰잘데기 없는 용무인진 몰라도 삼촌한텐 꽤 중요한 일이긴 한가 보다. 나는 결국 삼촌을 위해 기꺼이 인내심을 발휘해 주기로 했다. 안 그러면 장난감을 뺏긴 꼬마처럼 빼액 소리라도 지를 기세였기 때문이다.

"십 초 준다. 빨리 말해."

"야, 어떻게 십 초 만에……."

"십, 구……."

"아이, 씨. 강용덕 말이야, 강용덕."

나는 뜬금없이 튀어나온 '강용덕'이란 이름에 숫자를 세는 것도 까먹고 삼촌에게 집중했다. 삼촌은 내가 관심을 보이자 아예 느긋하게 자리를 잡고 앉았다. 개미 한 마리가 삼촌의 육중한 엉덩이를 피해 황급히 방향을 틀었다. 개미에게까지 민폐를 끼치다니 대단하다, 정말.

"여기서 강용덕이 왜 나와?"

"너 강용덕에 대해서 알고 싶지 않냐?"

"그게 뭔 귀신 씻나락 까먹는 소리야. 그 사람을 내가 왜 알고 싶어 해."

"어…… 넌 기억이 잘 안 날지 모르겠지만 우리가 내기를 했었거 든."

"내기? 내가 삼촌이랑?"

"응. 우리가 처음 이 저택에 왔을 때 말이야아아."

말끝을 늘이는 삼촌의 얼굴은 혼란스러워 보였다. 나는 저택의 현 관 쪽을 힐끔 쳐다보았다. 메이드 몇 명이 잡일을 하고 있을 뿐 무영 선생님의 모습은 보이지 않았다.

"서울에서 살다가 하루아침에 웬 시골 촌구석으로 유배를 당했으니 너랑 내가 오죽 지루했었겠냐."

즉석에서 말을 지어내 살을 붙이는 것 같다는 의심을 지울 수가 없 었다. 나는 꼬치꼬치 캐물으며 삼촌을 몰아붙였다.

"그래서 내기를 했다고? 근데 그게 강용덕이랑 뭔 상관인데?"

"내기의 내용과 관련이 있으니까! 이 저택의 비밀을 먼저 푸는 사람 이 이기는 내기였거든."

"이 저택에 비밀이 있어?"

"온천타운이 망한 이유는 알지? 우리한테 이 저택을 판 아주머니네 친척 중에 강용덕이란 사람이 망나니짓을 하다가 총에 맞아 죽어서 그 런 거잖아."

"응."

"그 사람의 죽음에 얽힌 비밀을 밝혀내는 게 우리 내기였어."

"어? 잠깐. 나 뭔가 기억이 나는 것 같아."

머릿속에 어떤 단편적인 그림들이 떠올랐다. 내가 우진 오빠에게 강용덕과 그의 여동생에 대해 물어보고 있었다.

"혹시 우진 오빠도 내기에 참여하지 않았어?"

"그래! 우진이가 이것저것 정보를 물어다 줬어. 우린 그걸로 함께 추리를 했었고. 기억나? 강용덕과 강순애라는 사람에 대해?"

"강용덕의 여동생…… 그 친척 아주머니의 엄마랬나?"

"할머니야. 이 저택의 안주인이었던 사람인데, 딴살림을 차렸다는 소문이 있댔어. 기억나?"

내가 고개를 끄덕이자, 삼촌의 얼굴이 상기되었다.

"다른 건? 다른 건 기억나는 거 없어?"

"어떤 거?"

삼촌은 나한테 뭔가 더 바라는 게 있는 것 같았다. 하지만 나는 어쩐지 내키지가 않아서 기억을 더듬는 일을 그만두었다. 강용덕과 강순애를 떠올리는 것으로 충분했다.

"근데 이 얘기를 왜 몰래 하는 거야? 무영 선생님은 알면 안 돼?"

"무영인 이런 얘길 별로 안 좋아하거든. 무서운 살인 이야기는 너의 소녀 감성과 어울리지 않는다면서 말이야. 걔가 좀 과잉보호하는 경향이 있잖아."

하긴, 무영 선생님은 나를 싸고도는 경향이 있었다. 선생님은 내가 움직일 때마다 눈에 불을 켰다. 엄마가 간단한 심부름이라도 시키면 선생님은 조용히 나를 따라왔다. 엄마는 재활 치료를 위해서 일부러 나를 움직이게 하는 거였는데도 선생님은 그것마저 못마땅한 것 같았다. 내가 어디에 있든 날 찾아와 곁에 있어줬다.

나는 선생님이 나를 졸졸 따라다니는 게 좋았다. 귀찮지도, 부담스럽지도 않았다. 그냥 좋았다. 안전하다는 기분, 사랑받고 있다는 기분이 들었다. 선생님이 딱히 다정한 말을 거는 것도, 날 위해 특별히 뭔가를 해주는 것도 아니었는데 말이다. 곁에 있다는 것만으로도 그저 좋았다.

"선생님이 싫어하는 거면 나도 안 할래."

내가 퉁명스럽게 말하자, 삼촌의 얼굴이 잔뜩 구겨졌다.

"그건 아니지! 내기는 내기지. 너 언제부터 이렇게 비겁해졌냐?"

"별게 다 비겁하다."

삼촌과 한심한 내기를 할 것이냐, 무영 선생님의 걱정을 덜어줄 것이냐의 기로에서 후자를 선택하는 것은 지극히 당연했다.

"무영이 때문에 그러는가 본데, 내 말 듣는 게 결국은 무영일 도와주는 거야."

"삼촌이랑 내기를 하는 게 어떻게 선생님을 도와주는 일이 돼? 걱정을 시키면 시켰지."

"아, 진짜 답답하네."

삼촌은 주먹으로 가슴을 두드렸다. 열여섯 먹은 조카랑 그렇게 탐정 놀이를 하고 싶을까? 나는 삼촌한테 여자친구가 없는 이유를 알 것도 같았다. 유치해도 너무 유치했다. 삼촌은 중대한 결정을 두고 괴로워하는 사람처럼 머리카락을 쥐어뜯더니 혼잣말로 어쩔 수 없다고 중얼거렸다.

"무영이가 지금 어떤 걸 포기하려고 하거든. 그게 누군가를 지키기 위한 최선의 방법이라고 착각하면서 말이야."

삼촌은 단어 하나하나를 신중히 고르며 천천히 말했다.

"그게 갑자기 뭔 소리야. 누구를 지키는데? 뭘 포기하고?"

"그건 말할 수 없어. 하지만 나중에 너도 다 알게 될 거다. 진짜야. 그때 되면 넌 나한테 고마워서 어쩔 줄을 모를걸?"

"퍽이나."

내가 코웃음을 치자 삼촌은 '아오, 아오' 거리면서 정원의 흙을 마구 팠다. 어떤 개들은 스트레스를 받으면 땅을 판다던데, 삼촌이 하는 짓이 꼭 궁둥이를 걷어차인 시골 똥개 같았다.

"네가 날 못 미더워하니까 말하는 건데, 이거 병원 원장님이 시키신

일이거든."

"원장 선생님이 우리가 강용덕의 죽음에 대해 조사하길 바라신다고?"

"그래! 조사라기보단 네가 그걸 기억해 내는 게 중요…… 여튼 전문의의 조언이라고."

삼촌이 얼버무리며 말했다. 나는 여전히 이해가 되질 않았다. 강용덕의 죽음을 밝히기로 한 내기와 무영 선생님이 무슨 관련이 있길래 원장 선생님이 개입되어 있다는 걸까. 내가 심각한 표정으로 골똘히 생각에 잠기자 삼촌은 나의 안색을 살피며 다리를 떨었다. 근처에서 자동차가 멈추는 소리가 들리더니 곧이어 대문이 열리는 소리가 들렸다.

"무영 선생님의 우울증 때문에 그런 거구나?"

"뭐? 우울증? 무영이가?"

누가 왔나 보려고 자리에서 일어나던 삼촌이 엉거주춤 서서 멍청하게 되물었다. 삼촌의 흔들리는 동공이 나의 추측이 맞았음을 보여주었다. 어지럽게 흐트러져 있던 퍼즐들이 서서히 들어맞고 있었다.

"내가 모르는 뭔가 있는 거지? 무영 선생님이 월산에 온 건 나를 가르쳐 주기 위해서가 아닌 거지? 어제 2층 방에서 무영 선생님이 어떤 여자랑 같이 있는 걸 봤어. 말하는 걸 들어보니까 무영 선생님의 어머니였던 것 같아."

"두 사람이 하는 얘길 다 들었어?"

삼촌은 내 앞에 무릎을 꿇고서 진지한 얼굴로 물었다.

"듣긴 들었는데 무슨 의미인진 하나도 모르겠어. 누가 아픈 것 같고, 무영 선생님은 어떤 사람이 돌아오길 기다리고 있는 것 같았어."

무영 선생님은 사랑하는 사람을 기다리고 있었다. 하지만 나는 그 말을 입에 담을 수가 없었다. 가슴이 너무 아팠기 때문이다. 다행히 삼촌은 슬픔에 젖은 내 표정을 읽지 못한 것 같았다.

"그래, 무영인 돌아올 누군가를 기다리기 위해 이곳에 남은 거야. 그러다가 애간장이 다 녹아서 병원에 갔던 거고, 의사 선생님은 무영이와 가까운 날 불러서 그 애를 도와달라고 했어. 무영이가 기다리는 어떤 사람이 돌아와야만 무영이가 살 수 있다면서."

삼촌의 눈동자가 유난히 번들거렸다. 삼촌은 손에 묻은 흙을 털지도 않고 내 깁스를 잡았다. 아프진 않았지만 깁스가 더러워져서 나는 미간을 좁혔다.

"그 사람이 돌아와야만 무영이가 살 수 있다고. 알아들어?"

나는 심통이 났다. 그래, 안다. 안다고! 선생님은 사랑하는 사람을 기다리고 있는 거란 거! 나는 바로 여기에 있는데…… 나라면 선생님을 기다리게 하지 않을 텐데. 선생님을 두고 떠나 버린 여자가 원망스러웠다. 천하에 둘도 없는 바보 같으니. 그 사람을 두고 어디로 도망가 버린 거야!

"자, 정리를 해줄게. 너랑 내가 저택에 오고 나서 얼마 후에 무영이가 너의 가정교사로 왔어. 무영인 우리의 좋은 친구가 되어주었어. 그러다가 우린 무영이가 우울증을 앓고 있고, 그게 누군가를 기다리고 있기 때문이란 걸 알았어. 그리고……."

"그 사람이 돌아오려면 강용덕이 어떻게 죽었는지를 알아야 한다, 이거지? 그래서 우리는 누가 먼저 그 진상을 알아내는지 내기를 한 거고?"

"그렇지! 이제 이해가 돼?"

"정말이야? 내가 총상 입은 충격으로 기억이 오락가락한다고 속이는 건 아니지?"

"그럼 뭐 내가 지금 이 자리에서 되는대로 막 이야기를 지어내기라도 했단 거야? 어? 와, 진짜 날 어떻게 보고? 내가 무영일 팔아먹으면서까지 그럴 거 같아? 어? 그렇게 해서 내가 무슨 이익을 얻는데? 어?"

삼촌의 목소리는 잔뜩 격앙돼 있었다.

"아니면 아닌 거지, 왜 이렇게 흥분해. 알았어, 믿어, 믿는다고."

그제야 삼촌의 표정이 풀렸다. 사고뭉치 삼촌이었지만 그래도 나에게 해가 되는 일을 한 적은 없었다……. 아, 어렸을 땐 있었는데 지금은 개과천선해서 다시는 안 그런다. 나는 삼촌을 믿기로 했다. 무엇보다 무영 선생님의 행복이 걸린 일이라고 하니 도저히 외면할 수가 없었다.

"무영이 몰래 해야 돼. 알았지? 무영인 폐 끼치는 걸 싫어하니까."

"알았어. 삼촌이나 말조심해."

계속 쭈그리고 앉았더니 다리가 저렸다. 나는 그냥 땅바닥에 털썩 주저앉았다.

"선생님은 왜 정원에도 안 나오는 거지? 숨바꼭질하는 걸 잊어버리신 건 아니겠지?"

나는 슬슬 따분해져서 선생님의 동향이 궁금해졌다. 삼촌도 나를 따라 의아해하기 시작했다.

"그러게. 우진이가 이렇게까지 잡아놓을 것 같진 않은데."

삼촌이 먼저 일어났다. 그리곤 내가 일어날 수 있도록 부축해 주었다. 우리가 옷에 묻은 흙을 털자, 먼지가 뿌옇게 일었다. 나는 삼촌과 저택으로 향했다. 웬일인지 메이드 한 명이 현관 앞에 가만히 서 있었다. 왜 거기 서 있냐고 물을 필요는 없었다. 그녀는 나를 기다리고 있었다.

"아가씨!"

메이드가 나를 부르며 달려왔다. 삼촌이 자기는 보이지도 않냐며 구시렁댔다.

"저랑 장 보러 가실래요?"

"다음에 가요. 지금은 바빠요."

내가 현관에 들어서려고 하자, 메이드가 앞을 막아섰다.

"그러지 말고 저랑 장 보러 가요, 아가씨."

메이드가 미소를 지으며 말했다. 호를 그리고 있는 입가에 경련이 일어났다. 나는 저택 안에서 심상치 않은 일이 벌어지고 있음을 깨달았다. 메이드를 밀치며 안으로 들어서자, 현관 앞 홀에 선 두 남자의 뒷모습이 보였다. 그들과 마주 선 무영 선생님은 나와 눈이 마주치자 아랫입술을 깨물었다. 등을 보이고 선 두 명의 남자 중에 키가 좀 더 작은 쪽이 뒤를 돌아보았다. 내 바로 옆에 서 있던 삼촌이 낮게 욕지거리를 내뱉었다.

"오랜만이네."

남자가 눈웃음을 지으며 말했다. 얇은 선으로 이뤄진 남자의 얼굴은 중성적이었다. 곱상한 생김새는 전혀 위협적이지 않았는데도 불구하고 나는 기묘한 두려움을 느꼈다. 그의 작위적인 미소가 끔찍하게 느껴질 정도였다.

"누구세요?"

내가 묻자, 남자는 기이하게 얼굴을 찡그리다가 너털웃음을 터뜨렸다.

"진짜네. 난 무영 씨가 날 놀리는 줄 알았지. 근데 아예 기억을 못 하는 사람도 있나 보지? 날 모르나 봐."

남자가 서운한 표정을 지으며 내게 다가왔다. 삼촌이 내 앞을 막아섰다. 무영 선생님은 남자의 어깨를 잡았다가 옆에 있던 다른 키 큰 남자에게 제지를 당했다. 나는 누군가가 무영 선생님에게 함부로 손을 대는 게 싫었다. 기분이 점점 나빠졌다.

"누구신데요?"

나는 삼촌의 팔을 살짝 밀어내며 앞으로 나섰다.

"총에 맞은 충격으로 부분적인 기억상실증에 걸렸어요."

"어깨는 좀 괜찮고?"

남자의 시선이 내가 한 깁스에 닿았다.

"그럭저럭요. 근데 누구세요?"

"정천일."

무영 선생님은 세상이 끝난 것처럼 눈을 질끈 감았고, 삼촌은 짧게 탄식했다. 정천일…… 정천일……. 사람들의 반응을 보면 나와 어떻게든 깊게 관련이 있는 사람인 것 같았는데, 아무런 느낌도 들지 않았다. 머릿속이 새까맸다. 어렸을 때 별명이 천일염이었을 거라는 생각밖에 들지 않았다. 간단히 줄여서 소금이라고 불리지 않았을까.

"정말 모르나 보네."

시답잖은 생각을 하며 멍하게 서 있자, 정천일이란 남자가 아쉬움을 토해냈다. 이쯤 되면 미안한 마음이 들 법도 한데 나는 스스로 느끼기에도 매정할 만큼 무심하기만 했다. 오히려 남자의 갸륵한 표정이 같잖았다.

"제가 꼭 알아야 하는 사람인가요?"

기억이 안 나는 걸 보면 별로 중요한 인물은 아닐 거다. 아니면 기억하고 싶지 않거나.

"나는……."

"정천일!"

삼촌이 큰 소리를 냈다.

"어머니 오시기 전에 그만 가라."

어머니? 또 우리 엄마를 어머니라고 부르는 건가. 나는 어리둥절해하며 고개를 갸웃거렸다. 무영 선생님이 정천일을 밀쳐 내며 내 옆으로 왔다.

"올라가자. 너는 신경 쓸 필요 없어."

선생님이 말했다. 나는 고개를 끄덕였다. 정천일이 누군지 알고 싶지도 않았다. 선생님이 내 오른손을 잡았다. 선생님의 손이 떨리고 있어서 내가 더 힘을 주어 꽉 잡았다. 우리가 야릇한 미소를 짓고 있는 정천일의 옆을 지나칠 때였다.

"차무영 씨가 새로 온 가정교사라면서?"

정천일이 말했다.

"난 예전에 널 가르쳤었어, '연화'야."

정천일은 내 이름을 강조하며 말했다. 나는 무영 선생님을 올려다보았다. 선생님의 얼굴엔 황당함과 안도감이 복잡하게 뒤섞여 있었다.

"아니지. 지금도 네 가정교사지, 내가. 원래 차무영 씨는 방학 때만 맡아주기로 한 거였거든. 넌 기억나지 않겠지만."

"너 지금 무슨 꿍꿍이냐?"

삼촌이 정천일의 멱살을 잡았다. 정천일은 불쾌한 기색도 없이 여유롭게 삼촌의 손을 떼어냈다.

"너희 막내 삼촌은 아직도 버릇이 없구나. 내 까마득한 후배면서 말이야. 선배님이라고 불러야지, 해일아."

해일? 삼촌의 이름이 해일이었나? 나는 순간 현기증을 느끼며 비틀거렸다. 무영 선생님이 내 어깨를 조심스럽게 감싸 안았다.

"난 연화를 도와주려는 거야. 기억이 불완전하다며? 기억을 찾는 걸 도와줘야지. 내가 돌아왔으니까 일이 더 쉬워질 거야. 나는 누구와 달리 유능한 선생님이거든."

내가 정천일을 기억하지 못하는 이유를 알 것 같았다. 밥맛 떨어지는 재수탱이라서 굳이 다시 기억하고 싶지 않았던 거다.

"누구 맘대로 네가 돌아와? 저택에 들어와서 살기라도 하겠다는 거야?"

"당연하지. 가정교사가 무슨 뜻인지도 모르니? 선배님이라고 부르기 싫으면 형이라고 불러."

정천일이 차갑게 쏘아붙이자 삼촌은 찍소리도 못 했다. 탐탁지 않은 삼촌이었지만 막상 남에게 기가 죽는 모습을 보니 마음 한구석이 애잔하게 저며왔다.

"내 짐 싸서 저녁까지 갖고 와."

정천일이 같이 온 키 큰 남자에게 명령했다. 남자는 각 잡힌 자세로 꾸벅 인사를 하곤 밖으로 나갔다. 삼촌은 무슨 속셈으로 여기서 지내려는 거냐며 길길이 날뛰었다. 정천일은 어디서 개가 짖냐는 듯 아무것도 안 들리는 척 우아하게 홀을 둘러보았다. 나는 답답해서 더 이상 참을 수가 없었다.

"저기요, 누구 마음대로 내 가정교사를 해요? 나는 무영 선생님으로도 충분하거든요."

"그건 학부모가 결정할 사안 같은데. 어머니랑은 내가 잘 말해볼게."

"기억도 안 나는 사람한테 뭘 배워요? 됐으니까 그만 가보세요."

"네가 날 모른다고 다른 사람들까지 날 모르는 건 아니잖아? 너희 어머니는 생각이 다를 것 같은데."

어디서 샘솟는 자신감인지 모르겠다. 정천일은 비열하게 웃으면서 무영 선생님에게 방 하나를 내달라고 당당하게 요구했다. 나는 무영 선생님이나 삼촌이 끝까지 강경하게 대응할 줄 알았다. 그러나 두 사람은 모든 것을 체념한 듯 조용했다.

"이 사람 안 내보낼 거예요? 이 사람이 진짜 내 가정교사를 한다고?"

나는 화가 머리끝까지 차올라서 무영 선생님이 날 부르는 것도 무시하며 계단을 쿵쾅쿵쾅 올랐다. 계단참에 서 있던 우진 오빠가 나의 서

슬 퍼런 안색을 보고서 네가 술래인 거냐고 물었다. 우진 오빠는 여태까지 홀로 숨바꼭질을 하며 2층에 숨어 있었나 보다. 나는 헛웃음이 나왔다.

"숨바꼭질은 끝났어."

"근데 너 표정은 왜 그래? 니네 삼촌한테 강용덕 얘기 들어서 그래?"

"몰라. 내려가 봐."

우진 오빠는 눈을 끔뻑끔뻑하다가 계단을 내려갔다. 곧 이어 우진 오빠의 비명 소리가 들렸다. 정천일의 등장이 우진 오빠에게도 꽤나 큰 충격인 모양이었다.

나는 한숨을 내쉬며 계단을 마저 올랐다. 나는 내 방으로 곧장 가지 않고 복도 가운데에 섰다. 정천일 때문인지, 아니면 정천일한테 꼼짝 못하는 사람들 때문인지 나는 심술이 잔뜩 났다. 하지 말라는 걸 하고 싶었다. 들어가지 말라는 곳에 가고 싶었고, 마침 내 호기심을 자극하는 곳이 있었다. 왜 하필 그 방이었을까?

나는 무영 선생님이 그의 어머니로 추정되는 여자와 함께 있던 계단 건너편 방을 노려보았다. 아래층은 다시 소란스러워졌다. 우진 오빠가 정천일을 몰아내 줄 거란 기대는 하지 않았다. 그러나 시간을 벌어줄 순 있을 것이다. 나는 지금이 방 안에 들어갈 절호의 기회라고 생각하며 재빨리 걸음을 옮겼다. 누가 볼까 무서워 숨도 쉬지 않고 방 안으로 쏙 들어왔다.

방은 평범하고 깔끔했다. 침구들도 단정히 정돈되어 있었다. 그러나 나는 이 방이 '주인 없는 방'은 아니란 걸 깨달았다. 주인의 특색을 보여주는 물건들이 방 안 곳곳에 배치되어 있었기 때문이다. 다양한 종류의 서적들은 최신간이 아니라 출판된 지 꽤 된 것들이었다. 책장에서 오래된 종이 특유의 눅눅한 냄새가 났다. 구식 만년필 손잡이 부분의 금박은 약간 떨어져 나가 있었다. 책상 한쪽에는 하얀 새 봉투들이 쌓여 있었다. 요즘 젊은이 중에 낡은 만년필로 편지 쓰기를 즐기는 사람은 흔치 않을 것이다. 여러 특징들을 볼 때 방의 주인은 나이가 지긋하고 품위 있는 사람인 것 같았다.

추측은 곧 확신이 되었다. 나는 장식장 위에 놓인 액자를 집어 들었다. 컬러 사진이었지만 화질도 나쁘고 사진 속 인물들의 모습도 촌스러웠다. 사진 속엔 엄청난 미남자 한 명이 세 살 정도 되는 어린 여자아이를 품에 안고 있었다. 방의 주인은 아마 사진 속의 미남자일 것이다.

나는 웃는 모습이 무영 선생님처럼 근사한 방의 주인에게 흥미를 느꼈다. 이 정도의 미남자라면 늙어서도 기품이 흐를 터였다. 나는 방의 주인이 현재는 어떤 모습인지 궁금해서 견딜 수가 없었다. 무영 선생님의 미래 모습을 조금은 엿볼 수 있지 않을까? 나는 실례인 줄 알면서도 다른 사진을 찾아 방을 샅샅이 뒤지기 시작했다. 하지만 사진은 더 발견되지 않았다. 사실 책상이나 장식장의 서랍들은 거의 다 텅 비어져 있는 거나 다름이 없었다. 자잘한 사무용품 몇 개가 들어 있을 뿐이었다. 그러므로 독특한 모양의 열쇠고리는 내 시선을 단박에 사로잡았다.

그것은 흔히 보는 열쇠고리가 아니었다. 고리조차 보급형인 기성품보다 훨씬 튼튼하고 견고했다. 주문 제작하여 만든 것이 틀림없었다. 고리에는 열쇠 대신 장식품만 두 개나 달려 있었다. 하나는 글씨가 음각으로 새겨진 쇠붙이가 박힌 가죽 조각이었고, 다른 하나는 납작하게 뭉개진 총알이었다. 총알을 보니 또다시 환상 같은 어깨의 통증이 찾아왔다. 나는 어깨를 움직여 뻐근해진 근육을 풀었다. 바깥 복도에서 나를 찾는 사람들의 목소리가 들렸다.

"아가씨는 방에 안 계시는데요."

"2층으로 올라가셨다면서!"

희태 아저씨의 목소리였다.

"이게 웬 날벼락인지, 원. 잠시 자리를 비운 사이에 난데없는 손님이 찾아오질 않나, 아가씨는 없어지질 않나."

아저씨의 히스테리가 심해지기 전에 나가야 했다. 안 그러면 나 때문에 죄 없는 메이드들만 잔소리에 시달릴 게 뻔했다.

나는 손안에 든 열쇠고리를 빤히 내려다보았다. 총에 맞은 적이 있어서인지 총알이 계속 눈에 밟혔다. 누군가 이 총알로 무언가를, 어쩌면 또 다른 누군가를 쏜 적이 있었다. 뭉툭해진 끝이 그 증거였다. 새 총알도 아니고 한 번 사용된 총알을 이 방의 주인은 어디서 얻은 걸까?

나는 의구심이 들어 총알이 신경 쓰였지만 일단 열쇠고리를 제자리에 돌려놓았다. 뭔가 중요한 것이 기억날 듯 말 듯 뇌를 간질였다. 뇌를 긁을 순 없는 노릇이었고, 대신 나는 뒷머리를 박박 긁으며 방을 빠져나왔다.

"네가 왜 거기서 나와?"

망했다. 무영 선생님의 떨리는 눈동자를 보며 나는 생각했다.

23
Who are you

"네가 왜 거기서 나와?"

"여기서 나오면 안 될 이유라도 있어요?"

무영 선생님에겐 한 번도 내본 적 없던 날카로운 목소리였다. 나는 선생님이 날 미워하게 될까 봐 걱정스러우면서도 사뭇 뻔뻔한 심정이었다. 어차피 우리 엄마가 산 저택인데 내가 마음대로 돌아다니지 못할 곳이 어디 있냔 말이다. 생각해 보면 별것도 아닌데 오금이 저릴 정도로 깜짝 놀란 스스로가 한심해서 난 더 버릇없이 굴었다.

"그건 아니지만……."

선생님이 양 눈썹을 축 늘어뜨리면서 말끝을 흐린다. 정천일에게도 꼼짝없이 당하더니 나한테도 별반 다를 게 없다. 오늘따라 선생님의 넓은 어깨가 초라해 보였다. 난 괜스레 화가 났다. 나한테 잘못한 것도 없으면서 선생님은 가끔 죄인처럼 군다. 내 뒤를 졸졸 따라다닐 때도 그렇다. 마치 선생님 때문에 내가 다친 것처럼 군다.

병원에서 막 깨어났을 땐 하루에도 몇십 번씩 미안하단 소리를 들었다. 창문을 열어놔서 미안해, 재채기를 해서 미안해, 늦어서 미안해, 빨리 와서 미안해, 쳐다봐서 미안해, 웃어서 미안해, 미안해, 미안해. 나의 불행이 모두 선생님 때문에 발생한 것처럼, 선생님의 존재 자체가 나에게 폐가 되는 것처럼 말이다.

"엄마는요?"

나는 분위기를 전환하기 위해 화제를 돌렸다. 엄마는 몇 시간 전에 외출을 했다. 어디로 가느냐고 물어도 엄마는 매번 묵묵부답이었다. 그 때문에 나는 엄마가 외국에 있는 아빠를 두고 바람을 피우는 건 아닐까 의심하고 있다. 나갔다 오면 묘하게 밝아지는 엄마의 표정이 결정적인 증거였다. 이래서 기러기 아빠는 하면 안 되는 거다.

"어머님은 아직 안 오셨어. 희태 아저씨 말씀으론 주무시고 올 수도 있다고 해."

"외박을요?"

나의 불쾌한 기색에 무영 선생님은 어쩔 줄을 몰라 했다. 가끔은 나빼고 다른 사람들은 모두 엄마가 어디에 가는지 알고 있는 것 같단 기분이 들었다. 나처럼 의문을 제기하는 사람도, 늦은 귀가나 외박을 걱정하는 이도 없었다.

"그럼 정천일은 오늘 여기서 자는 거예요?"

엄마가 오늘 밤에 돌아오지 않으면 정천일을 쫓아낼 사람이 없었다. 정천일이 화두에 오르자 무영 선생님의 안색이 어두워졌다.

"미안해."

이 말이 나올 줄 알았다.

"뭐가요?"

"싫어하는 사람한테서 지켜주지 못해서."

잘 생각해 보면 이 일도 별게 아니다. 성질 나쁜 인간 하나가 무논

리적인 배짱을 부리는 것뿐이다. 그런데 선생님은 꼭 대마왕의 저주로부터 공주님을 지키지 못한 용사처럼 패배감에 젖어 있었다. 불쌍해서 도저히 더 화를 낼 수가 없었다.

"앞으로 잘하면 되죠. 정천일이 가정교사 자리 내놓으랬다고 선생님 어디 갈 거 아니잖아요. 내 옆에서 지금처럼 같이 있어주면 되잖아요. 정천일이 조금 뭐라고 했다고 쉽게 포기할 생각이었어요?"

말도 안 되는 소리다. 정천일 따위가 뭐라고 나와 무영 선생님 사이를 갈라놓는단 말인가? 나는 알 수 없는 서러움에 북받쳐 눈물을 글썽거렸다.

"포기하면 안 돼요. 포기하지 않을 거죠?"

나는 무영 선생님의 소매를 잡고 애원하듯 말했다.

"선생님만 포기하지 않으면 돼요. 그게 제일 중요해요. 선생님만 도망가지 않으면 돼요."

눈물을 주룩주룩 흘리면서도 나는 내가 바보 같았다. 이게 무슨 큰일이라고 쪽팔리게 질질 짜면서까지 선생님을 붙잡는 걸까. 하지만 나의 마음속 깊은 곳에선 불안이 존재감을 뽐내고 있었고, 나는 그것을 끝내 무시할 수 없었다. 선생님이 날 위한다는 명목으로 날 포기할까 봐 두려웠다. 차무영이 '우리'를 두고 도망칠까 봐 무서웠다.

"울지 마, 응? 울지 마."

차무영은 울지 말라는 말만 되풀이했다. 확답을 바라는 내게 차무영은 포기하지 않겠다고 말해주지 않았다. 나는 눈을 감고 계속 울었다.

눈을 떴을 땐 내 방 침대 위였다. 그새 또 졸았나 보다. 무영 선생님은 내 손에 이마를 댄 채, 침대 아래에서 어정쩡한 자세로 앉아 있었다. 나는 몰래 선생님의 뒤통수를 쓰다듬었다. 서늘하고 매끄러운 머리카락의 감촉이 기분 좋았다.

"일어났어?"

나의 무례한 손버릇을 지적하는 대신 선생님은 부드러운 눈빛으로 나를 바라보았다. 두 뺨이 뜨끈하게 달아오르는 게 느껴졌다. 나는 말 없이 고개를 끄덕였다.

"기분은 좀 나아졌고?"

아니라고 말하면 울 것 같은 얼굴이다. 나는 또 고개를 끄덕였다. 그제야 환하게 웃는다. 미소가 전염되어 나의 입꼬리도 슬그머니 올라갔다. 우리 둘 사이엔 가벼운 침묵이 흘렀다. 나는 선생님에게 잡힌 손을 물끄러미 내려다보고 있었다. 선생님은 아마 언제나처럼 나를 바라보고 있을 것이다.

나는 사실 선생님에게 하고 싶은 말이 많았다. 정확히 말하면 묻고 싶은 것들이었다. 정말로 좋아하는 사람이 있는지, 그 사람은 어디로 간 건지, 얼마나 기다린 건지, 그날 밤에 내가 몰래 엿들은 말들은 무슨 의미였던 건지 말이다.

하지만 근질거리는 혀와 달리 맞물린 입술은 쉽게 떼지지 않았다. 나는 선생님이 누군가를 좋아한다는 이야기를 듣는 게 슬펐고, 나 말고 기다리는 사람이 있는 게 싫었고, 그 사람이 돌아오면 나를 떠나버릴 거라는 게 괴로웠다.

"연화야."

선생님의 나정한 목소리에 부유하던 침묵이 저 멀리로 사라졌다.

"연화는 뭐가 제일 무서워?"

뜻밖의 질문이었다.

"갑자기 그건 왜요?"

"그냥……. 혹시 정천일을 무서워하나 싶어서."

무영 선생님이 조심스럽게 말했다. 선생님의 수려한 눈매는 아주 섬

세하게 움직였다. 순한 모양으로 살짝 접히기도 하고 언뜻 날을 세우기도 했다. 나는 그 눈에 완전히 사로잡혀 버려서 뭔가에 홀린 듯 아무 말이나 지껄였다.

"정천일은 무섭지 않아요. 혐오스러울 뿐이지."

오늘 처음 만난 사람에게 이토록 격렬한 반감을 가질 수 있다는 게 놀라웠다. 전생이 있다면 철천지원수가 아니었을까 싶을 정도였다.

"그러면 뭐가 무서워?"

"소중한 사람을 잃는 거요."

내 입에서 나온 소리지만 참 낯설었다. 평소에 내가 그런 생각을 하고 살았나 싶었다. 하지만 맞는 말이었다. 소중한 사람을 잃는 건 끔찍하고 고통스럽다. 상상만으로도 영혼이 갈기갈기 찢기는 아픔이었다.

"사랑하는 사람의 죽음 같은 거?"

"음...... 그런 것도 있고 다른 경우도 있겠죠."

"어떤 경우?"

"죽음과 비슷한 경우지만 다른 거요."

"그런 게 있나?"

"죽음은 내가 어떻게 할 수 없는 거잖아요. 떠나보낼 수밖에 없는 거잖아요. 떠나는 사람도 원해서 떠나는 게 아니고요. 그런 게 무서워요. 우리 둘 다 아무것도 할 수 없는 그런 이별이요."

사랑 앞에 무능력해지는 게 싫다. 지킬 수 있는 사람이 되고 싶다. 사랑하는 사람을 떠나보내지 않아도 되는 강한 사람이 되고 싶다.

"......화야, 연화야."

잠시 넋을 놓고 있었나 보다. 퍼뜩 정신을 차리고 선생님을 봤다. 어쩐지 선생님의 눈빛엔 염려가 깃들어 있었다.

"선생님은요?"

"응?"

"선생님은 뭐가 제일 무서워요?"

"나는……."

무영 선생님은 말을 할 줄 모르는 사람처럼 입술만 열었다 닫기를 반복했다. 목구멍에 가시라도 걸린 것 같았다.

"사랑하는 사람을 지키지 못하는 게 무서워."

나는 울컥 화가 치밀었다.

"그 여자는 선생님이 지키지 못한 게 아니라 자기가 떠난 거잖아요. 선생님 탓이 아니라고요."

선생님의 얼굴이 딱딱하게 굳었다. 졸지에 선생님의 뒤를 캐고 다니는 스토커가 된 나는 얼굴이 벌게졌다. 나는 변명이랍시고 삼촌이 우진 오빠랑 떠드는 소리를 우연히 들었다고 구차한 거짓말을 했다.

"나 때문에 떠난 거야."

"선생님이 떠나라고 했어요?"

"아니, 그런 건 아닌데."

"괴롭히고 못살게 굴었어요?"

"아니야."

"그러면 선생님 때문에 떠난 게 아니에요."

"상황이 더 복잡해. 나를 만나고 나서 그 사람은 위험해졌고, 스스로를 보호하기 위해 어쩔 수 없이 떠난 거야."

"그 여자, 선생님 사랑하죠?"

나의 건방지기 짝이 없는 질문에 선생님은 미묘한 표정을 지었다. 하지만 다행히 날 꾸중하거나 잔소리를 늘어놓진 않았다. 다만 슬픈 얼굴로 고개를 잘게 여러 번 끄덕였다.

"어떤 상황이었든 간에 선생님과 사랑에 빠진 건 그 여자의 선택이었고, 그로 인해 위험에 처한 건 그 여자가 감당해야 하는 몫이에요.

그 여자가 얼간이가 아닌 이상에야 사랑하지도 않는 남자 때문에 위험에 처하진 않았을 거 아니에요. 도망친 건 썩 마음에 드는 행동은 아니지만……. 여튼, 제가 하고 싶은 말은 두 사람의 사랑에 선생님만 책임을 질 필요가 없다고요. 선생님이 지키지 못해서 그 여자가 떠난 게 아니니까 미안해하지 말고 기다리라고요."

다신 곱씹고 싶지 않은 일장 연설을 끝내고 나는 숨을 몰아쉬었다. 진짜 얼간이는 내가 아닐까? 좋아하는 남자의 사랑을 이토록 열렬하게 응원해 주다니 말이다. 나의 감정은 성질 고약한 고양이가 망가뜨려 놓은 실타래처럼 정신없이 엉켜 있었다.

무영 선생님이 슬픈 건 싫다. 그러니 여자가 돌아오는 것도 나쁘진 않을 것 같다. 하지만 여자가 돌아오면 난 선생님 곁에 있을 수 없게 된다. 뭐가 무서워서 도망쳤는지 몰라도 그렇게 약해 빠진 여자 따위 선생님에게 어울리지 않는데…….

"기다리면, 하염없이 기다리면 그 사람이 정말 돌아와 줄까?"

아무리 사랑해 마지않는 나의 차무영 선생님이라고 해도 이쯤 되면 짝사랑을 하는 입장에선 성질이 난다. 그걸 나한테 물어보면 답이 나오냐고 꽥 소리를 지르고 싶었다. 그러나 소망은 소망일 뿐이었다.

"엄청 멀리 갔나 봐요?"

나는 히스테리 대신 쓸데없는 오지랖을 부렸다.

"멀진 않아."

"여기서 가까워요?"

연적이 근처에 있다니 눈이 번쩍 뜨이는 정보였다.

"가깝지도 않아."

애매한 대답이었다. 멀지도 않고 가깝지도 않다니. 거리감이 둔한 나로서는 어느 지역쯤인지 도통 감을 잡을 수가 없었다.

"네가 기다리라고 했으니까 기다릴게."

그게 무슨? 내가 기다리지 말라고 했으면 안 기다렸을 건가? 무영 선생님은 이해되지 않는 말을 끝으로 멍청한 표정을 지은 날 두고 방을 나가 버렸다.

그날 밤에 엄마는 결국 저택으로 돌아오지 않았다. 정천일이 왔다는 소식에 노발대발하시며 당장 돌아오겠다고 하는 걸 삼촌이 말렸다. 서울에서 월산까지 거리가 머니, 진정하고 천천히 내려오라고 했다. 역시 나만 엄마가 어디에 갔는지 모르고 있었던 거다.

정천일의 따까리는 우리가 저녁 식사를 하고 있을 때 짐을 잔뜩 갖고 돌아왔다. 하필이면 정천일이 눈칫밥을 먹긴 싫다며 밖으로 나갔던 터라 그 많은 짐을 희태 아저씨와 무영 선생님, 막내 삼촌이 나눠 들 수밖에 없었다.

그 꼴을 보자니 속에서 열불이 났다. 나는 열을 식히기 위해 혼자 정원에 나왔다. 이제 가을의 초입이었는데도 부지런히 기어 나온 귀뚜라미들의 노랫소리가 간간이 들렸다. 낮 동안의 무더위를 식힌 대지에서 서늘한 기운이 올라왔다. 밤하늘에는 손톱으로 꾹 눌러 찍어 생긴 자국 같은 달이 떠 있었다.

그러고 보니 얼마 후면 추석이다. 이름에 달이 들어간 월산의 한가위는 어떨지 문득 궁금해졌다. 저번에 메이드들이 하는 말을 들었는데, 월산에선 추석 때 축제를 연다고 했다. 아마 좀 큰 규모의 마을 잔치일 거다. 메이드들은 축제 때 입을 한복에 대해 떠들고 있었다. 깁스를 다음 주쯤에 푼다고 하니, 아마 나도 한복을 입을지 몰랐다. 무슨 색의 한복을 입을까 상상하며 정원을 거닐 때였다.

"정소월."

기분 나쁜 목소리의 주인공은 정천일이었다.

"돌아보네?"

정천일은 뭐가 좋은지 싱글벙글 웃고 있었다.

"정소월이 누군지 알아?"

"무슨 소리세요. 그런 사람 모르는데요."

정천일은 하나부터 열까지 이해할 수 없는, 또 이해하고 싶지 않은 기행만 일삼는다. 만난 지 하루도 안 되어 나는 이 인간에게 완전히 질려 버렸다.

"근데 왜 돌아봤어?"

"갑자기 인기척이 나니까 그랬죠."

더 이상 말을 섞으면 내 기분만 더러워질 게 뻔했다. 나는 정천일을 무시하며 뒤를 돌았다.

"누군지 안 궁금해?"

나는 순간 정천일이 왜 재수 없는지를 깨달았다. 말해주고 싶으면 속 시원하게 말하던가! 아니면 아예 입을 닥치고 있던가! 은근히 떠보는 태도에는 사람을 갖고 놀고 싶은 저열한 속셈이 스며들어 있었다.

"안 궁금한데요."

"궁금할 텐데."

"내가 안 궁금하다는데 왜 그쪽이 난리예요?"

진짜 짜증이 났다. 더 짜증 나는 건, 화를 냄으로써 난 이미 정천일의 페이스에 말려들었다는 거다. 정천일은 사람을 갖고 노는 데에 일가견이 있는 게 분명했다.

"정소월은 차무영과 관련이 있는 사람이거든. 그래도 안 궁금해?"

갑작스럽게 튀어나온 선생님의 이름에 나는 솔깃할 수밖에 없었다. 어두웠지만 정천일의 눈이 사냥감을 발견한 짐승처럼 번뜩였다는 건 가히 짐작할 수 있는 부분이었다.

나는 머뭇거렸다. 내적 갈등이 점점 심해지고 있었다. 자존심이고 뭐고 다 버리고 정소월이 누구냐고 꼬치꼬치 캐묻고 싶은 마음과 나의 품위와 선생님의 사생활을 지키자는 마음이 첨예하게 대립했다.

나는 눈을 질끈 감았다 떴다. 정천일의 수에 넘어가는 건 나에 대한 모욕이 아니라 무영 선생님에 대한 모욕이라고 생각하니 결심이 섰다. 나는 한쪽 손으로나마 귀를 막고 돌아서려고 했다. 비열하게도, 정천일은 나의 고결한 선택에 초를 쳤다.

"정소월은 차무영이 사랑하는 여자야."

깁스 때문에 막지 못한 왼쪽 귀로 정천일의 말이 화살처럼 날아와 박혔다.

"그래서요?"

"너도 아는 사람이잖아."

정천일이 단정 지어 말했다.

"저는 선생님의 여자친구에 관해서 아는 게 없는데요. 만나본 적도 없고요."

"정말 그럴까? 너, 부분적으로 기억상실증에 걸렸다며. 나도 기억 못 하잖아. 그런데 진짜 정소월을 만난 적이 없을까? 나처럼 그 여자도 잊어버린 거면?"

정수리에 못이 박히는 것처럼 머리가 아팠다. 내가 크게 휘청거리자 정천일이 다가와 부축해 주었다. 그의 손이 닿자 온몸에 소름이 끼쳤다. 정천일은 뱀이 쉬쉬거리는 것처럼 낮은 목소리로 내 귓가에 속삭였다.

"정소월."

그 이름 세 글자가 내 몸을 반으로 쪼개는 것 같았다. 설상가상으로 두통에 이어 어깨까지 아프기 시작했다. 나는 고통에 몸부림쳤다. 정천일은 그런 나를 무자비하게 꽉 잡고 있었다. 그의 손아귀에 잡힌 팔뚝이 뜯어질 것처럼 아팠다.

"네가 정소월이잖아."

나는 기절했다.

하루에 몇 번이나 졸도를 하는 걸까. 희미하게 정신이 돌아왔을 때 처음으로 든 생각이었다. 나도 모르는 새에 내 몸과 정신은 많이 병들었나 보다. 내가 아는 건 도대체 뭘까? 우리 엄마가 어디에 가서 뭘 하는지도 모르고, 내가 어디가 아픈지도 모르고, 정소월이 누군지도 모른다. 정신이 끊기기 직전에 정천일이 무슨 말을 했던 것 같은데, 기억이 잘 나지 않았다.

정소월, 그 여자는 도대체 누굴까? 내가 아는 건 무영 선생님이 사랑하는 사람이 정소월이라는 거다. 그리고 그 여자가 떠난 이유가 강용덕의 죽음과 관련이 있다는 것도.

문밖에서 말소리가 들렸다. 나는 얼른 자는 척을 하며 귀를 활짝 열어두었다.

"집사님이 좀 도와주세요."

"저는 잘 모르겠습니다."

희태 아저씨와 막내 삼촌이었다. 삼촌은 희태 아저씨를 설득하기 위해 애를 쓰고 있었다. 희태 아저씨의 따뜻한 손이 내 이마를 짚으며 열을 쟀다. 아저씨는 열이 내려서 다행이라며 안도의 숨을 내쉬었다.

"원장 선생님이 그러셨다니까요. 상담 중에 강용덕을 언급했대요. 집사님도 아시잖아요. 중요하지 않거나 기억하고 싶지 않은 것들은 다 잊어버린 걸요. 그런데 강용덕을 기억하고 있었어요. 저하고 말할 때도 대충 그 사람이 누군지 알고 있었다니까요."

삼촌의 말에는 주어가 빠져 있어서 누구의 이야기인지 확실하지 않았지만, 짐작하기론 나의 기억상실증에 관한 이야기인 것 같았다.

"강용덕을 중요하게 여기고 있는 거예요. 꼭 기억해야 할 사람으로 여기고 있다고요. 강용덕에 대해 접근할수록……."

삼촌이 갑자기 목소리를 낮추는 바람에 나는 그들이 무슨 말을 하는지 제대로 듣지 못했다.

"……돌아올 수 있는 열쇠가 될 거라고 그랬어요, 원장 선생님이."

"그럼 원장 선생님이 제안한 방법이란 말입니까?"

"그래요."

"그런데 왜 도련님께는 비밀로 하시는 겁니까?"

"집사님도 대강 눈치채셨잖아요, 무영이가 무슨 생각하는지."

희태 아저씨는 조용했다.

"더 이상 차씨 일가 일에 휘말리는 걸 원치 않고 있어요. 위험하다면서요."

"도련님 말씀이 맞을 수도 있습니다."

"아, 진짜. 집사님까지 그렇게 답답한 소리만 하실 거예요? 그런다고 소월이가 돌아오면 좋아할 것 같아요?"

"일단 나가서 얘기합시다. 아가씨 깨시겠어요."

나는 재빠르게 머리를 굴려 정황을 파악했다. 그러니까 정천일이 맞았던 거다. 나는 정소월을 알고 있었던 거다. 그래서 내가 강용덕의 죽음에 대해 밝혀야 하는 거고, 그러면 정소월이 돌아오게 되는 거다.

희태 아저씨와 삼촌이 방을 나가는 소리가 들렸다. 내 눈엔 눈물이 고였다. 삼촌이 미웠다. 아무리 내가 구박을 하기로서니, 하나뿐인 조카를 정소월을 찾는 도구로 이용하다니 야박하기 짝이 없었다. 서럽고 억울했다. 정소월이 뭐라고.

한편으론 다행이란 생각도 들었다. 내가 정말 선생님에게 도움이 될 수 있다는 게 그나마 위안이 되었다. 나는 코를 훌쩍거리다가 또 잠이 들었다.

잠이 들기 전에 난 정소월의 이름을 어디서 처음 접했었는지를 기억해 냈다. 내가 퇴원할 때까지 고집스레 바뀌지 않았던 병실 이름표에 적혀 있었던 세 글자도 정소월이었다. 왜 내가 가는 곳마다 너의 그림자가 있는 거야? 정소월, 넌 누구야?

드디어 깁스를 풀었다. 한동안 쓰지 않았던 근육들이 내 것이 아닌
양 부자연스럽게 느껴졌다. 담당의가 어깨에 흉터가 남을 거라고 말하
자, 옆에 서 있던 무영 선생님이 깊은 탄식을 내쉬었다.

"난 괜찮아요. 폼 나잖아요. 영화에 나오는 것 같고."

일부러 더 밝은 목소리로 말했지만 무영 선생님의 참담한 표정은 쉽
게 사라지지 않았다.

"약 타가는 거 잊지 말아요."

담당의가 말했다. 사고의 후유증 때문인지 요새 부쩍 잠이 많아지
고 자주 쓰러진다고 하자, 담당의는 그럴 줄 알았다는 듯 고개를 끄덕
이며 처방전을 써주었다. 무슨 약이냐는 나의 질문에 담당의는 회복
을 도와주는 영양제 같은 것이라고 대충 얼버무렸다. 찝찝한 구석이
없지 않았지만 무영 선생님이 나서서 처방전을 받았기 때문에 별문제
가 없으리라 생각했다.

병원 건물에 붙어 있는 약국에서 약을 산 뒤, 우리는 패스트푸드점
으로 향하였다. 우진 오빠를 만나기 위해서이다.

"햄버거 말고 다른 거 사줄게. 좋은 거 먹어야 얼른 낫지."

"다 나아서 깁스 푼 거잖아요. 햄버거 먹고 싶어요, 햄버거."

내가 어린애처럼 조르자 선생님의 양쪽 광대가 봉긋 솟았다. 깁스
에서 풀려 자유롭게 흔들리는 왼손이 걸을 때마다 선생님의 오른손과
간지럽게 스쳤다. 심장이 지나치게 빨리 뛰었다.

"삼촌도 없는데 우진인 왜 만나? 따로 만나기까지 해야 할 일이 있
어?"

아침 식사 때부터 무영 선생님은 내가 우진 오빠를 만나는 게 영 탐
탁지 않은 모양이었다. 내가 병원에 들렀다가 잠깐 혼자 우진 오빠를

만나겠다고 하자 눈을 동그랗게 뜨곤 '왜?'라고 물었다. 영롱하게 빛나는 눈과 정면으로 마주친 바람에 난 핑곗거리도 찾지 못하고 얼굴만 붉혔다. 얼결에 그냥 보고 싶다는 말이 튀어나왔는데, 무영 선생님이 숟가락을 탁! 소리가 날 만큼 식탁에 내려놓아서 깜짝 놀랐다. 선생님은 손이 미끄러졌다며 사과하고 나에게 우진 오빠를 보러 갈 때 같이 가도 되냐고 물었다. 거절을 용납하지 않으려는 눈빛이었다. 나는 고개를 끄덕일 수밖에 없었다.

"정말 보고 싶어서 만나는 거야?"

내가 아침의 일을 떠올리느라 말이 없자, 선생님이 재차 물었다. 평소처럼 아름다운 얼굴이었는데 묘하게 차가운 기운이 돌았다.

"아뇨. 아니죠. 제가 그 오빠를 왜 보고 싶어 하겠어요."

나는 고개를 도리도리 저으며 삼촌이 서울에 왜 돌아갔는지 말해주려고 만나는 거라고 거짓말을 했다. 삼촌은 며칠 전에 편지 한 통을 받았다. 봉투에는 어떤 대학교의 소인이 찍혀 있었고, 그 안에 빳빳하게 접혀 있던 종이의 내용은 무척 위압적이었다. 내가 잊어버린 기억 중에 하나가 우리 삼촌이 백수건달이 아니라 대학생이었다는 거였다. 얼마나 놀랍던지. 그것도 꽤나 유명한 대학교란다. 편지에는 삼촌의 휴학 신청을 거절하는 내용과 함께 빠른 시일 내에 복학하지 않으면 퇴학을 시키겠다는 협박이 적혀 있었다.

삼촌은 부들대는 손으로 편지를 좍좍 찢어버리더니 날 두고 어떻게 서울로 올라가냐며 고함을 질렀다. 나는 어이가 없었다. 아니, 삼촌이 언제부터 나의 친절한 보모 노릇을 했다고?

소리를 고래고래 지르던 삼촌은 급기야 정천일의 방에 쳐들어가더니 네놈 짓이냐, 네가 그러고도 인간이냐며 행패를 부렸다. 대학교에서 온 통보와 정천일 사이에 무슨 연관이 있는지 알 수 없던 나는 어리둥절할 뿐이었다.

결국 삼촌은 서울로 올라갔고, 주말마다 월산으로 돌아오겠다는 걸 엄마가 뜯어 말렸다. 어차피 곧 추석 연휴이니, 그 전까지만이라도 학업에 열중하라면서 말이다. 내가 '그래, 등록금 아까우니까 공부나 해!'라고 구박하자, 삼촌은 남의 속도 모른다며 붉게 충혈된 눈으로 나를 흘겼다. 울 정도로 학교에 가기 싫다니, 혹시 우리 삼촌은 왕따가 아닐까?

개똥도 약에 쓸라면 없다고, 삼촌이 간 뒤로 강용덕에 대한 조사가 더뎌졌다. 엄마와 무영 선생님이 나의 외출을 철저하게 감시하였기 때문이다. 특히 무영 선생님은 내가 잠깐이나마 혼자 산책하러 나가는 꼴도 못 봤다. 정천일과의 대화 후 내가 쓰러지는 바람에 극성이 더 심해진 것 같았다.

"여기!"

패스트푸드점 2층으로 올라가니, 구석에 있던 우진 오빠가 손을 흔들며 우리를 반겼다. 내가 반사적으로 손을 흔들자, 선생님은 아직은 무리하면 안 된다며 내 손을 잡아 내렸다. 나는 오른손을 흔들었는데 말이다. 깁스를 한 건 왼쪽 어깨였다. 내가 무영 선생님의 방향 감각에 의구심을 품은 동안, 선생님은 내 손을 잡은 채로 우진 오빠에게 다가갔다.

"무영이도 왔네?"

우진 오빠가 난처함을 숨기지 못하며 어정쩡하게 웃었다. 나는 괜히 식은땀이 났다. 친근하기 그지없는 사람들 사이에 오묘한 긴장감이 흐르는 것을 실시간으로 목격하는 건 꽤나 곤욕스러운 경험이었다. 무영 선생님은 우진 오빠의 인사를 무시하고 날 위해 의자를 빼줬다. 나는 고맙다고 말하며 자리에 앉았다. 우리 세 사람은 몇 초간 아무 말도 하지 않았다. 참다못한 내가 먼저 입을 열었다.

"배고파요."

"그치? 배고프지? 아, 뭘 먹는 게 좋을까? 난 여기 치킨버거가 그렇게 맛있더라. 너희는 뭐 먹을래?"

우진 오빠가 호들갑을 떨었다. 오빠도 무영 선생님의 심상치 않은 분위기를 눈치챈 것이다.

"저도 치킨버거요. 선생님은요?"

"너 치킨버거 별로 안 좋아하잖아."

"제가요?"

"응. 소고기 패티밖에 안 먹는데."

가끔 선생님은 나보다 더 나의 취향을 꿰뚫고 있어서 날 당황시킨다. 내가 기억을 잊어버린 것과 상관없이 선생님은 날 너무 세세하게 알고 있는 것이다. 그럴 때마다 난 우리가 스승과 제자 이상의 관계였을지도 모른다는 달콤하고 쓴 망상에 사로잡힌다. 정소월의 존재만 아니었다면 그것은 좀 더 즐거운 취미가 됐을 것이다.

"좋아, 좋아. 그럼 나는 치킨버거, 연화는 소고기버거, 너는?"

"난 아무거나."

"그래? 그럼 메뉴도 볼 겸 네가 주문하러 갔다 와."

우진 오빠가 능숙하게 무영 선생님을 떠밀었다. 무영 선생님의 고운 미간이 좁혀졌다.

"내가 왜?"

"넌 뭐 먹을지 안 정했잖아. 그리고 연화 입맛도 네가 잘 알고 있고. 갔다 와. 기다리고 있을게."

우진 오빠는 반박할 틈도 주지 않고 선생님을 내몰았다. 방긋 웃고 있는 얼굴이 퍽 얄미울 정도였다. 선생님은 가기 싫은 티를 내며 늑장을 부렸다. 지갑도 열었다 닫았다 하고, 메뉴 확인도 몇 번이나 했다.

"선생님, 배고파요."

내가 말하자, 선생님은 마지못해 자리에서 일어났다.

"무영이 쟤 오늘따라 왜 저래?"

선생님이 1층으로 내려가자마자 우진 오빠가 내 쪽으로 상체를 숙이며 속닥거렸다.

"몰라요. 그나저나 빨리 말해요. 선생님 올라오겠어요."

막 점심시간이 시작된 터라 사람들이 몰렸다. 주문이 밀리면 선생님이 오기까지 어느 정도 시간을 벌 수 있을 터였다.

"결론부터 말하자면 네가 저번에 말한 총알이 강용덕을 쏜 총알인지는 확인할 수 없을 것 같아."

저택의 방에서 끝이 뭉개진 총알을 발견하고 난 뒤, 나는 삼촌에게 강용덕의 죽음에 대해 한 번 더 자세히 말해달라고 했었다. 흐릿한 기억 속에 어디선가 강용덕을 쏜 총알을 찾지 못했다는 말을 들은 적이 있었던 것 같았기 때문이다. 나의 짐작대로 강용덕의 얼굴을 쏜 총알이 그의 시체가 버려진 숲에선 발견되지 않았다고 했다.

그 말을 듣자마자 난 소름이 돋았다. 과학적으로 설명할 수 없는 어떤 직감이 내게 열쇠고리에 달려 있던 총알이 강용덕을 쏜 총알이라고 말해주었기 때문이다. 나는 경찰에 인맥이 있다는 우진 오빠에게 총알을 조사해 볼 수 있는지 부탁했었다.

"사건이 너무 오래돼서 총알과 대조해 볼 만한 다른 증거들이 남아 있지 않대. 총알 쪽은 아무래도 포기해야 할 것 같아."

우진 오빠의 말에 나는 앓는 소리를 내며 이마를 짚었다. 그러면 또 제자리다. 강용덕은 여성 편력이 심하다 못해 추행을 일삼은 망나니였다는 것, 강순애가 하나뿐인 오빠의 죽음에 냉정했다는 것, 그녀에게 불륜 의혹이 있었다는 것, 강순애가 강용덕의 사생아를 데려와 키웠다는 것이 우리가 아는 전부였다.

"어쩔 수 없네요. 그럼 일단 강용덕이 남긴 유일한 흔적에서부터 시작해야겠어요."

"그게 뭔데?"

"강순애가 데리고 온 사생아가 있다면서요."

"아…… 그분은……."

"왜요? 돌아가셨어요?"

"돌아가신 건 아닌데 만나기는 좀 그래."

"멀리 사시나 봐요?"

"응, 뭐……."

"그래도 뭔가 나올 것 같으면 가서 만나봐야죠."

나는 갑자기 소극적인 태도를 보이는 우진 오빠가 답답했다.

"근데 내가 조사했을 땐 그분은 딱히 이상한 점이 없었거든. 강용덕 과는 비교가 안 되게 훌륭하신 분인 데다, 엄청 잘생기시고 관리도 잘 하시고……."

"잘생기고 관리 잘한 게 뭔 상관이에요."

"그렇긴 한데……."

우진 오빠의 시선이 불안하게 이곳저곳을 옮겨 다녔다. 나는 한숨 을 푹 쉬고 오빠를 향해 고개를 가까이 숙였다. 남이 들어서 좋을 게 없는 대화였기 때문이다.

"그분 말고 다른 자식은 없어요?"

"응. 그건 확실해."

"이상하네. 그렇게 온갖 여자들한테 치근대고 다녔으면서 자식이 달랑 하나예요? 그 망나니가 피임만큼은 제대로 했다는 게 안 믿기는 데. 그 시대에도 콘돔이 흔했나?"

나의 거침없는 표현에 우진 오빠의 얼굴이 붉어졌다. 너는 여자애가 대낮부터 못하는 말이 없다며 짐짓 보수적인 척 구는 게 웃겼다.

"혹시 몰라서 나도 계속 다른 자식들에 대해 조사해 봤는데, 강용 덕의 아이를 가졌다는 여자들은 수두룩했는데 결국엔 죄송하다고 이

실직고를 하더래."

"자기 자식이 아닌 걸 어떻게 그렇게 잘 알았을까요? 그 시대에는 유전자 검사를 못 했을 텐데."

"그러네. 아예 애를 낳아서 데리고 왔으면 생김새 안 닮은 걸로 우기기라고 할 텐데……. 듣기론 만삭의 임산부도 기세등등하게 왔다가 꼬리를 내리고 내뺐다고 하거든."

우리는 한동안 말없이 강용덕의 피임범과 자식 구별법에 대해 고민했다. 결국 실마리는 유일하게 강용덕의 자식으로 인정받은 사생아뿐이었다.

"그분은 어떻게 월산에 온 거래요? 강용덕이 직접 데리고 왔어요?"

"아니. 그분은 강용덕이 죽은 후에 강순애가 데리고 온 거야."

"그분의 친모는요?"

"한 번도 나타난 적 없대."

"그럼 그분이 강용덕의 자식이라는 건 온전히 강순애의 주장뿐인 거잖아요."

"그렇지."

"그리고 강순애는 딴 집 살림을 차렸다는 소문이 돌았고요. 그렇죠?"

"아!"

우진 오빠는 벼락에 맞은 사람처럼 양손을 흔들어댔다.

"나 진짜 바본가 봐. 맞아. 그 사생아가 강용덕의 자식이라는 말이 있었다고 했지. 내가 말해놓고 새까맣게 잊고 있었다. 너희 결혼식 기사 터지고 나선 정신없이 휘몰아쳤으니까."

"누구 결혼식이요?"

물개처럼 손뼉을 치며 이제 기억났다고 좋아하던 우진 오빠의 안색이 새파래졌다.

"내가 결혼식이라고 했나? 아, 그 걸그룹 있잖아. 스캔들이 터졌었지. 비밀 결혼식, 맞아, 그거야, 그거 때문에 내가 잊고 있었다고."

우진 오빠는 미친 사람처럼 횡설수설했다. 어디 아픈 건 아닌가 싶어 빤히 쳐다보고 있노라니, 정수리 위에서 무뚝뚝한 목소리가 들렸다.

"왜 그렇게 우진일 쳐다보고 있어?"

어느새 돌아온 무영 선생님이 햄버거 세트 세 개가 올려진 트레이를 테이블 위에 내려놓으며 말했다.

"눈에 뭐가 들어갔다고 해서요."

"그래? 어디?"

무영 선생님은 손수 우진 오빠의 얼굴을 잡고 그 눈을 뚫어져라 노려보았다.

"눈빛이 너무 강렬하다, 야."

"있어봐. 눈에 뭐 들어갔다며."

선생님은 우악스러운 손길로 우진 오빠의 눈을 크게 벌리곤 푸우, 푸우 거친 숨을 쏘아댔다.

"야, 눈 시려! 야, 차무영!"

"됐어. 이제 없네."

무영 선생님의 침 몇 방울이 들어간 것 같은데, 우진 오빠의 눈은 정말 괜찮은 걸까? 오빠가 눈병에 걸리면 조사를 하기가 더 힘들어질 텐데……. 내 근심 어린 표정을 보더니 무영 선생님은 입술을 삐죽 내밀었다.

"우진이 그만 보고 이거나 먹어. 배고프다며."

선생님은 햄버거와 감자튀김을 내 앞에 착착 놔주며 불퉁하게 말했다. 탄산음료 뚜껑에 빨대를 꽂아주는 것도 잊지 않았다. 나는 오리 주둥이처럼 툭 튀어나와 있는 무영 선생님의 입술을 보며 뭐가 잘못된 건지를 되짚어보았다. 짚이는 게 없진 않았지만 신빙성이 없는 가정이었다. 선생님이 우진 오빠를 질투할 리가 없잖은가. 햄버거를 먹는 내내 우진 오빠와 무영 선생님이 티격태격하였으므로 나는 내가 햄버거를 먹는 건지 감자튀김을 먹는 건지 계속 헷갈렸다.

"아오, 차무영. 너 내가 불쌍해서 봐준다. 나중에 두고 보자."

우진 오빠는 무영 선생님에게 주먹을 흔들며 같잖은 위협을 하곤 우리와 반대 방향으로 사라졌다. 선생님은 코웃음도 치지 않았다. 버스 정류장으로 걸어가는 동안 나는 내 옆에서 걷는 선생님이 뭐 마려운 똥강아지처럼 안절부절못하는 걸 느낄 수 있었다.

"저한테 할 말 있어요?"

"우진이랑 무슨 얘기 했어?"

내 질문이 끝나기 무섭게 선생님이 되물었다.

"별말 안 했는데요."

"거짓말. 나 따돌리려는 거 모를 줄 알고?"

오늘따라 선생님이 나보다 어린애 같다. 한 세 살 정도 어린애. 나보다 세 살 어리면 열세 살……. 초등학교 6학년처럼 행동하는 것이다! 물론 그게 싫진 않았다. 오히려 귀여웠다. 그저 왜 이러는지 의아할 뿐이다.

"제가 언제 선생님을 따돌려요."

"저택에서도 그렇잖아. 전화 받다가도 내가 다가가면 말도 없이 끊어버리고. 그것도 우진이지?"

이래서 핸드폰이 필요한 거다. 하지만 엄마는 나한테 죽어도 핸드폰을 사주지 않는다.

"우진 오빠 아닌데요."

"그럼 누군데?"

"다른 친구요."

씨알도 안 먹히는 소리다. 나는 순간 우울해졌다. 내가 기억을 못해도 내 친구들은 날 기억할 텐데 찾아오거나 연락하는 사람이 한 명도 없었다. 나는 친구가 없었던 걸까. 선생님은 내가 무슨 생각을 하는지 알아차렸다. 투덜대는 걸 멈추고 다정한 목소리로 미안하다며 사과를 했다.

"나는…… 그냥…… 네가 우진이랑 가깝게 지내니까 조금 서운해서 그랬어."

나는 내 귀를 의심했다. 정말 선생님이 나 때문에 우진 오빠에게 질투를 한다는 건가? 나는 선뜻 기뻐할 수가 없었다. 선생님은 하염없이 기다릴 정도로 사랑하는 여자가 있기 때문이다. 무영 선생님이 줏대 없는 바람둥이라면 난 많이 실망할 것 같았다.

"나랑 제일 친했잖아, 연화는."

뒤늦게 덧붙인 말에 나는 상처받으면서 동시에 안도했다. 그래, 나는 그냥 제일 친한 친구 같은 거지. 선생님의 순애보는 엄청나니까. 그런 선생님이라 내가 이렇게 좋아하는 거지만, 올곧은 애정의 대상이 내가 아니란 건 역시 서글픈 일이었다.

"선생님 여자친구, 예뻐요?"

나는 자학을 즐기는 변태인가 보다. 이런 상황에서 굳이 정소월 얘기를 꺼내니 말이다. 기대하지 말라고, 넘보지 말라고, 선생님의 아름다운 사랑을 지켜주자고, 나는 스스로에게 선을 그었다.

버스 정류장에 도착했다. 우리는 걸음을 멈추었다. 선생님은 두 손으로 내 어깨를 잡고 나와 마주 섰다.

"눈부시게 예뻐. 세상에서 가장 빛나는 사람이야."

눈물이 차올랐다. 선생님은 왜 우냐고 묻지 않았다. 선생님은 내 볼을 타고 흐르는 눈물방울을 손가락으로 살짝 쓸었다. 주책없게 흐른 눈물이 겸연쩍어, 나는 몸의 방향을 틀어 버스가 오는지 살폈다.

멀리서 버스가 오고 있었다. 버스를 놓칠까 봐 교복을 입은 애들이 우르르 달려오고 있었다. 그중에 한 남자애가 내 시선을 잡아끌었다. 너무 열심히 뛰는 탓인지 남자애의 얼굴은 야수처럼 험악했다. 그 애가 내 앞에 서서 날 죽일 듯이 노려보곤 말리는 무영 선생님의 얼굴에 주먹을 날리고 나서야, 나는 남자애가 버스 때문에 뛴 게 아니란 걸 깨달았다.

"너희 때문에 살해당한 거였어! 너희 때문에 우리 예림 쌤이! 우리 예림 쌤이!"

"주호야, 진정하고 내 말 좀 들어봐. 주호야."

무영 선생님의 아랫입술이 터져 피가 흘렀다. 선생님은 피를 닦아내지도 못하고 발버둥 치는 '주호'라는 남자애의 몸을 껴안고 있었다.

"기다리라며! 다 밝히고 나면 알려준다고 그랬잖아! 우리 선생님 억울한 거 풀어준다며! 근데 왜 아무 연락도 안 했어요? 선생님이 살해당한 게 당신들 집안에 얽힌 비밀 때문에 그런 거라서? 당신들 때문에 선생님이 죽은 거라고 말하기 무서워서 그랬어요?"

"아니야, 주호야. 잠깐만 내 얘기 좀 들어봐. 우리한테도 피치 못할 사정이 있었어."

"사정은 무슨! 더 들을 것도 없어요. 교장실에서 말하는 거 다 들었어요. 또 힘 있는 사람들끼리만 쉬쉬하고 넘어가려는 거죠? 그 노천탕에 한연화랑 아이의 시체가 묻혀 있었다면서요!"

내 이름이 저기서 왜 나오는 걸까?

"아니야. 그건 아직 확실한 게 아니라고. 유골도, 누군가의 시체가 묻혀 있던 흔적도 발견되지 않았어!"

"그거야 불이 나서 그런 거잖아요! 사실 다 꾸민 거 아니에요? 박윤미를 납치한 것도, 최창규를 이용해서 불을 낸 것도 다 온천타운 차 사장이 꾸민 거 아니냐고요!"

윤미⋯⋯. 박윤미⋯⋯. 나는 호흡곤란을 일으켰다. 주저앉아서 꺽꺽대며 괴로워하자, 주변 사람들의 웅성거림이 더욱 커졌다. 눈앞이 뿌옇게 변했다. 나는 확실히 깨달았다. 이건 졸려서 잠드는 게 아니다. 누군가 내 의식의 스위치를 억지로 끄고 있었다.

눈을 떴다. 낯익지만 반갑지 않은 병원 특유의 비린내가 코를 찔렀다. 쓰러지고 나서 곧장 병원으로 옮긴 모양이었다. 몸을 뒤척여 일어나 보니 병실엔 나만 있는 게 아니었다.

"일어났구나."

원장 선생님이 온화한 미소를 지으며 말했다. 그녀 옆에는 처음 보는 노신사가 부드럽게 웃고 있었다. 그들은 날 편하게 해주려고 한껏 애쓰고 있었다. 원장 선생님은 정신과 전문의였다. 그녀가 여기 있다는 건 내 뇌에 문제가 있다는 거다.

"영양제가 아니었죠?"

담당의가 처방해 준 약의 정체가 어렴풋이 짐작되었다.

"미안해요. 자극을 주지 않기 위해서 병세에 대해 숨기고 있었거든요. 그래도 약물치료를 안 할 순 없는 노릇이어서⋯⋯."

"제 병이 정확히 뭔데요?"

"그 전에 묻고 싶은 게 있어요."

원장 선생님의 눈빛이 변했다.

"당신은 누구죠?"

"한연화요. 그런 건 왜 물어보세요? 선생님은 저랑 처음 본 게 아니잖아요."

"확인할 게 있었거든요."

그것뿐이었다. 더 이상의 자세한 설명은 없었다.

"어떤 병인지 알고 싶죠?"

"당연하죠."

"그 전에 치료부터 하면 안 될까요?"

"어떤 치료요? 무슨 병인지도 모르는데 어떻게 치료를 받아요."

"눈치챘겠지만 연화는 정신 질환을 앓고 있어요. 정신적인 충격에 아주 민감한 병이고요. 그래서 증상이 악화되기 전에 자극을 주지 않은 상태에서 치료를 하는 게 나을 것 같아요."

"정말 날 치료해 주는 거란 걸 어떻게 믿어요?"

흔한 괴담일지 모르겠지만 멀쩡한 사람이 정신병원에 감금되어 점점 미쳐 간다거나 하는 이야기들이 있었다.

"차무영 군도 같은 방법으로 치료를 받은 적이 있다고 하면 좀 안심이 될까요? 그리고 어머님도 보호자로서 동의하셨고요."

"무영 선생님이 치료받은 적이 있다고요?"

"그래요. 무영 군도 한때 기억을 잃은 적이 있거든요. 치료는 성공적이었고요."

"어떤 치료인데요?"

혹시 전기 충격 같은 걸까 봐 나는 덜컥 겁이 났다. 겁에 질린 나를 보며 노신사가 아이를 어르는 투로 괜찮단 말을 반복했다.

"치료는 내가 아니라 여기 남 박사님께서 하실 겁니다."

"남순주 박사입니다. 난 당신에게 최면을 걸 겁니다. 최면 요법이라고 들어봤죠?"

노신사의 목소리는 품질이 좋은 꿀처럼 진득했다. 감미로우면서도 절로 졸음이 쏟아지는 목소리였다. 최면 치료사로서 이보다 적합한 목소리는 없을 것 같았다.

"병실 밖엔 어머니와 차무영 군이 기다리고 있어요. 걱정할 건 하나도 없습니다."

나는 이미 반쯤 최면에 빠진 사람처럼 몽롱했다.

"정말 무영 선생님도 최면 요법을 받고 건강해졌어요?"

나이 지긋한 두 의사는 동시에 고개를 끄덕였다.

"좋아요. 저도 받을게요."

나의 허락이 떨어지자마자, 남 박사는 침대 옆에 의자를 갖고 와 앉았다. 나는 눈을 감았다. 최면이라면 으레 그래야 할 것 같았다. 남 박사의 부드러운 목소리가 마법의 주문처럼 귓가에 울려 퍼졌다.

산새들이 지저귄다. 정원엔 햇빛이 가득했다. 동화책 속 삽화에 나올 법한 예쁜 별채가 보인다. 차무영이 저벅저벅 걸어서 그 안으로 들어간다.

'뭐가 보이죠?'

눈앞에 보이는 세계 전체에 목소리가 부드럽게 울렸다. 꼭 신의 목소리 같았다. 나는 순종적인 태도로 얌전히 대답할 수밖에 없었다.

'따라가 볼까요?'

말이 떨어지기 무섭게 나는 무영이를 뒤쫓고 있었다. 조바심이 났다. 무영이의 얼굴을 보고 싶다. 왜 여기 있냐고 묻고 싶다. 별채 안엔 '우리'가 있다. 정확히 말하면, 우리의 모습들이 예쁜 액자에 하나씩 걸려 있었다.

처음 만났던 숲, 숨바꼭질을 하는 모습, 해맑게 웃는 무영이와 좋으면서 모르는 척하는 나, 결혼사진, 서울에서 함께 지낸 꿈결 같은 나날들……. 그것들을 둘러보는 것만으로 내 마음속에 행복이 충만했다. 근데 무영인 왜 울고 있을까?

질문의 답을 난 알고 있었다. 날 떠나려고 하기 때문이다. 가득 찼던 행복이 절망으로 바뀌며 내 마음을 부수려고 한다. 무섭다. 온몸이 조각날 것처럼 아프다. 무섭다. 무영이가 날 떠날까 봐 무섭다.

'괜찮아요. 괜찮아.'

신의 목소리가 다정하다. 하지만 쓸모가 없다. 그럴 시간에 저 사람

을 구해줘. 울고 있잖아! 나 말고 차무영을 구해주란 말이야. 무영이
는 아무 잘못이 없어요. 왜 무영이가 불행해야 해요? 그냥 이 집에 태
어난 것뿐이잖아요. 그건 우리가 선택할 수 있는 게 아니란 말이에요.
내가 사생아로 태어난 것도, 무영이가 차강문의 후손으로 태어난 것도
전부 우리 잘못이 아니라고요. 그런데 왜 우리가 불행해야 해요?

아니요, 미안해요. 미안해요. 이기적이라서 미안해요. 하지만 무영
이 좀 봐주세요. 그 사람은 십이 년을 잃어버렸어요. 괴로워하다 십이
년이나 어둠에 갇혀 있었어요. 이제야 겨우 행복해질 수 있단 말이에
요. 나도…… 이제야 저 사람 덕분에 웃을 수 있단 말이에요. 우리 좀
제발 봐주세요.

차강문이 한연화를 불행하게 만들었기 때문에 무영이도 행복하지
못한 거죠. 달 선녀 이야기 같은 거 아예 없었으면……. 한연화가 행복
했었더라면……. 한연화가 행복해하는 모습을 본다면 무영이도 구원
받을 수 있을까? 내가 무영이를 구원해 줄 수 있다면…….

'당신은 누구죠?'

바보 같은 질문 좀 그만해요. 난 정소월이잖아.

'좋아요, 소월 씨. 지금은 뭐가 보이나요?'

내가 구해줄 수 없어서, 날 떠나려고 하는 무영이요. 날 떠날 수밖
에 없어서 울고 있는 차무영이요. 아, 가슴이 너무 아프다. 울고 싶은
데 목구멍에 울음이 걸려서 목이 찢어질 것처럼 아프다.

'괜찮아요. 소월 씨, 침착하고 무영 군에게 가봅시다. 소월 씨는 지
금도 충분히 무영 군을 구해줄 수 있어요.'

나는 용기를 내서 무영이에게 다가갔다. 두 손에 얼굴을 묻고서 무
영인 어깨를 들썩거렸다. 울지 말라고 말하며 그 어깨를 다독여 주었
다. 무영이가 고개를 든다.

'안녕?'

나는 말한 적 없는 인사가 내 입에서 튀어나왔다. 무영이가 말할 때마다 내 입술도 똑같이 움직인다. 무영이가 움직이면 내 몸도 똑같이 움직인다. 거울 같다. 아니, 같은 게 아니라 거울이다. 나는 어느새 거울을 마주 보고 있다. 거울 속에 내 모습은 비춰지지 않는다. 차무영의 얼굴은 한연화로 바뀌고, 다시 차혜윤으로 바뀐다. 그러다가 만화 속에 나오는 용사들로 바뀌기도 하고 무서운 괴물 인형으로 변한다. 수많은 가면을 빠르게 바꿔 쓰는 것 같다.

'난 지쳤어.'

거울이 말한다. 거울엔 이제 아무것도 없다. 흐릿한 얼룩이 크게 맺혀 있을 뿐이다.

'넌 이기적이야. 힘들고 괴로우면 내 뒤로 숨어버리지. 못된 애들의 코뼈를 부러뜨리는 것도, 변태들을 패는 것도, 차무영을 지켜주는 것도 다 내가 할 수밖에 없잖아.'

얼룩은 형태를 갖추기 시작한다. 얼굴이 생기고 목이 생기고 몸이 생긴다. 거울에 비춰지는 건 다름 아닌 나다.

'온갖 노력을 해도 사람들은 다 너만 찾아. 차무영도 너만 사랑해. 다른 건 다 참겠는데 그건 못 참겠어. 나도 차무영을 사랑한단 말이야.'

'너도?'

'그래, 나도. 난 너니까. 네가 사랑하는 건 나도 다 사랑해. 하지만 사랑을 받는 건 항상 니뿐이지. 불공평해. 지겨워. 다 때려치울 거야.'

'어떻게?'

'뭐가 어떻게야. 간단하잖아. 처음으로 돌아가는 거지.'

'처음?'

'그래, 너에게로.'

내가 웃는다.

'하나, 둘, 셋 하면 당신은 눈을 뜹니다.'

신의 목소리가 들린다.

'이젠 네가 다 알아서 하는 거야. 날 불러낼 생각하지 마. 아니, 날 떨어뜨릴 생각하지 마. 어떤 괴로움이 와도 이젠 '우리'가 이겨내는 거야.'

'하나.'

'내가 잘 해낼 수 있을까? 아니, 우리가?'

'둘.'

'안 되도 되게 해야 돼. 그래야 우리가 사랑하는 사람을 지킬 수 있어.'

"셋."

남 박사의 마지막 카운트와 함께 눈이 번쩍 떠졌다. 눈을 깜빡거리자 고여 있던 눈물이 후드득 떨어졌다. 원장 선생님이 내 눈을 들여다보며 천천히 물었다.

"당신은 누구죠?"

나는, 우리는, 아니, 나는……

"정소월이요."

24
그림

정수와 무영은 병실 밖에서 소월의 치료가 끝나기를 초조하게 기다렸다. 고 원장과 남 박사가 들어간 지 두 시간이 넘어가자, 정수는 무영에게 원래 최면 요법이 이렇게 오래 걸리는 거냐고 걱정스레 물었다. 잘 모르겠다고 대답한 무영은 스스로의 무지함과 무능함이 수치스러웠다.

병실의 문이 굳게 닫힌 지 세 시간 가까이가 되었을 무렵이었다. 남 박사가 나왔다. 정수와 무영은 의자에서 벌떡 일어나 남 박사에게 다가섰다. 무영은 살짝 열린 문 틈새로 침대에 앉아 고 원장과 대화를 나누는 소월을 봤다. 소월의 안색은 좋아 보였다. 무영은 일단 한시름을 덜었다.

"최면 요법은 대성공입니다."

남 박사의 말에 정수는 꾹 참던 숨을 토해내듯 앓는 소리를 내더니 곧 감사하다고 연신 중얼거렸다.

그림   171

"소월이로 돌아왔다는 건가요?"

무영이 떨리는 목소리로 물었다. 남 박사가 고개를 끄덕였다. 무영과 정수는 서로의 손을 맞잡았다.

"그뿐만이 아닙니다. 오랜 인격 장애도 치료된 것으로 보입니다. 최면 요법으로 이렇게까지 극단적인 호전을 보이는 경우는 매우 드뭅니다. 저도 아주 놀랐습니다. 특히나……."

남 박사는 한 분야의 권위자답게 총명한 눈빛을 빛내며 말을 이었다.

"소월 씨의 치료 과정이 무척 흥미롭습니다."

"왜요? 무슨 문제라도 있나요?"

정수가 성급하게 물었다.

"아닙니다. 오히려 훌륭할 정도입니다. 최면으로 두 인격의 대면과 소통이 이뤄졌거든요."

"소월이가 보호 인격과 이야기를 나눴다는 겁니까?"

무영이 물었다.

"그렇죠. 심지어 그 내용도 잘 기억하고 있습니다. 보호 인격의 성격, '한연화'라는 인물을 선택한 이유 같은 것들 말입니다."

"저기요, 선생님."

무영은 한껏 뿌듯해하고 있는 남 박사를 조심히 불렀다. 그는 여전히 불안한 눈초리였다.

"혹시…… 보호 인격이 소월이의 주 인격을 삼켜 버렸다거나, 주 인격과 대체 인격이 바뀌었다거나 그런 건 아닌 거죠?"

"좋은 지적입니다. 하지만 우린 좀 더 근원적인 것을 짚어볼 필요가 있어요. 바로 정소월이란 환자의 특이 증상 말이죠. 애초에 소월 씨의 대체 인격은 다른 이중인격들의 모습과 달랐다는 걸요. 저희가 '보호 인격'이라고 임시로 지칭했듯, 그것은 수호자의 역할을 한 기능적 인격이었습니다. 소월 씨에서 파생되어 완전히 다른 또 하나의 주체적 인격을 형성한 게 아니란 거죠. 소월 씨가 감당하지 못하는 것들을 대신 처리해 주는 일시적인 해결사로서 소월 씨의 무의식이 선택한 '강한 존재'들로 연기를 했던 것뿐입니다."

"치료가 대성공이라는 건 그 보호 인격이 더 이상 나타나지 않을 거란 건가요?"

정수가 끼어들며 물었다.

"사실…… 이번이 유독 지속 기간이 길어서 그런 거지, 전 그 보호 인격의 존재를 부정적으로 생각하지만은 않아요."

그녀가 머뭇거리며 고백했다.

"미국에 있을 때 소월이 몰래 상담을 받은 적도 있어요. 그때 거기 닥터는 그러더군요. 일종의 방어기제인 거고, 스스로를 지켜주기 위한 소월이 무의식의 노력이라고요. 보호 인격이 사라지면 앞으로 소월인 누가…… 지켜주죠?"

"그야 당연히……."

남 박사는 무영을 힐끗 쳐다보았다. 스물두 살, 어리다면 어리고 다 컸다면 큰 젊은 남자가 사뭇 비장한 표정을 짓고 있는 게 우스웠다. 예순이 훌쩍 넘은 남 박사에게 무영은 아직 햇병아리인 것이다.

"정소월 본인이죠."

그의 말에 정수는 의아한 표정을 지었고, 무영은 허탈하게 웃었다.

"그 점이 이 치료의 가장 큰 성과입니다. 소월 씨는 최면 상태에서 보호 인격의 일방적인 투정을 받아줬다고 하더군요. 힘들었다느니, 지친다느니 하면서요. 결국은 자기 자신과의 대화였던 거죠. 우리는 소월 씨가 보호 인격 뒤로 숨어버렸다고 생각했지만 결국 보호 인격도 소월 씨인 거죠. 다만 보호 인격의 이름으로 기억과 고통을 주 인격으로부터 분리시키고 봉인했을 뿐입니다. 근데 이젠 소월 씨의 무의식이

그림   173

그러한 대처에 거부반응을 일으킨 겁니다."

정수와 무영의 좁혀진 미간은 그들이 남 박사의 말을 반도 이해하지 못했음을 보여주었다. 남 박사는 헛기침을 했다.

"간단히 말해, 주 인격에서부터 분리되었던 보호 인격이 원래의 자리로 돌아간 겁니다. 소월 씨는 무의식적으로 보다 강하게 성장한 거죠. 굳이 고통의 담당자인 보호 인격을 따로 만들 필요 없어요. 앞으론 소월 씨 자체가 그녀의 수호자이자 고통을 받는 존재로 살아가게 될 겁니다. 물론 고통을 수용하는 법을 배우긴 해야 할 겁니다. 소월 씨의 보호 인격은 경우에 따라 다소 폭력적이고 어린애 같은 경향이 있거든요. 아마 유년기에 발현되어서 그런 걸 겁니다."

"그 말은 소월이의 성격이 변할 거란 말인가요?"

"큰 차이는 없을 겁니다. 보호 인격이 나올 만한 스트레스 상황에서 보호 인격이 나오는 대신 소월 씨 자체가 공격적으로 변할 수 있다는 거죠."

남 박사의 말에 정수는 심각한 얼굴로 한숨을 쉬었다. 그녀는 소월의 보호 인격이 인종차별을 하는 백인 아이들을 패고 다닐 때마다 손이 발이 되도록 빌고 다닌 적이 있었기 때문이다.

"차차 나아질 겁니다. 공격성을 조절하면서 스스로를 지킬 수 있는 방법을 배우게 되겠죠."

남 박사가 정수를 격려했다.

"소월 씨가 어머니를 먼저 만나고 싶어 합니다. 들어가 보시죠. 고 원장이 좀 더 자세한 이야기들을 해줄 겁니다."

"저는요?"

남 박사의 말이 끝나자마자 병실 안으로 들어가는 정수의 뒷모습을 보며 무영이 물었다.

"무영 씨는 조금 있다가 따로 부를 겁니다."

그렇게 말한 남 박사는 의미 모를 심술궂은 미소를 입가에 머금고 있었다. 복도에 서서 담임 선생님의 처벌을 기다리는 학생을 놀리며 지나가는 체육 선생님 같은 표정이었다.

"왜 그렇게 웃으세요?"

"우리 와이프도 나보다 연상이거든요."

동문서답이었다. 남 박사는 갑자기 무영에게 어깨동무를 하고서는 인생 선배의 조언이라며 여자들의 통찰력을 무시하면 큰일 난다고 속삭였다.

"더구나 애인이 연상인 경우는 더하지. 여자들의 육감에 연륜이 더해지면 어떤 거짓말도 통하지 않는다우. 섣부른 거짓말을 했다간 피를 보지. 나만 해도 말 한 번 잘못 놀렸다가 삼십 년 전에 뺏긴 경제권을 이 나이가 되도록 못 찾고 있답니다."

그 후로도 남 박사는 심란해하는 무영을 잡고서 연상의 아내에게 잘 보이는 법에 대해 긴 설교를 늘어놓았다. 고 원장과 정수가 병실에서 나올 때까지 말이다.

"들어가 봐. 힘내고."

병실에서 나온 정수 역시 남 박사와 비슷한 표정을 지으며 무영의 팔뚝을 툭 쳤다. 고 원장도 마찬가지였다. 가뜩이나 혼란스러운 와중에 세 사람이 동시에 겁을 주니 무영은 잔뜩 움츠러들었다. 세 사람이 밥이나 먹자면서 떠나고 난 후, 무영은 병실 문을 잡고 가만히 서 있었다. 그는 소월의 병이 나았다는 게 기뻤으나 한편으론 준비해 온 그녀와의 이별을 시작해야 한다는 게 막막했다.

그렇다. 무영은 소월과 헤어질 생각이었다. 자신 때문에 소월은 총까지 맞았다. 차씨 일가가 숨기고 있던 비밀은 끔찍하고 잔혹했다. 그 비밀 때문에 최예림, 최창규, 박윤미가 죽었다. 한지훈은 미쳤고, 강명인은 혼수상태에 빠졌다.

그림   175

그뿐이랴. 이 비밀을 쥐고 정천일과 정 회장은 차영선의 목을 조를 것이다. 그들은 미우나 고우나 소월의 오빠와 할아버지였다. 무영은 그 사이에서 소월이 상처를 겪고 위험해지는 걸 두고 볼 자신이 없었다.

"언제까지 그러고 있을래?"

문 안쪽에서 소월의 목소리가 들렸다. 건강하고 낭랑한 어조에 무영의 마음이 조금 놓였다.

"가까이 와."

병실에 들어오고도 멀찍이 서 있는 무영에게 소월이 말했다. 소월은 침대 헤드에 기대 앉아 있었다. 무영은 얌전히 그녀의 말을 따랐다.

"주호는?"

소월은 쓰러지기 직전의 일도 다 기억하고 있었다.

"집으로 보냈어."

"알아듣게 차근차근 설명은 해줬고?"

"응."

불같이 화를 내던 주호는 막상 소월이 쓰러지자 자기 때문이냐며 울먹거렸다. 천성이 착하고 어른스러운 애였다. 소월을 입원시키고 정수를 부른 후에 무영은 벌벌 떨고 있던 주호에게 소월의 상태를 말해 주었다. 그들이 어떤 죄책감을 느끼고 있는지, 그로 인해 소월이 어떻게 변했는지를 주호는 조금이나마 이해해 주었다.

"지훈 씨는 좀 어때?"

"형은 아직 치료 중이야."

한지훈은 박윤미가 죽었다는 사실을 받아들이지 못했다. 그는 여전히 박윤미가 최창규에게 납치되어 있다고 믿었고, 자신 역시 그의 손에 죽을 거라는 망상에 사로잡혀 있었다. 때때로 그는 자살을 시도하거나 발작을 일으켰다. 다만, 한지훈은 무영과 함께 있으면 그나마 안

정적인 상태를 보였다. 무영은 지훈을 살게 하기 위해 어쩔 수 없이 계속 거짓말을 했다. 윤미를 구해주겠다고, 형을 구해줄 거라고. 차무영이 최창규의 덫으로 가기 전에 한지훈에게 했던 그 약속들을 되풀이했다.

지훈을 살리기 위해서라지만 가짜 약속을 할 때마다 무영의 영혼도 점점 너덜너덜해져 갔다. 무영은 자신이 언제 또 모지리로 변해도 이상할 게 없다고 느꼈다. 아니, 어쩌면 이번엔 모지리가 아니라 더 심한 상태가 될 수도 있었다. 무영은 자신이 완전히 망가지기 전에 소월과 헤어져야 한다고 생각했다.

"명인 아저씨는?"

"아저씨의 상태는 좋아. 안정적이셔. 깨어나시기만 하면 돼. 그게 제일 중요한 거지만……."

무영이 말끝을 흐렸다. 명인을 생각하면 무영은 미안함과 고마움 때문에 가슴이 먹먹했다. 무영이 불길 속에서 본 은색의 달빛은 명인의 은백색 머리카락이었다. 십이 년 전처럼 명인이 또 무영을 구해준 것이다. 명인은 패닉에 빠진 무영을 정신 차리게 하여 소월을 데리고 노천탕을 빠져나가게 했다. 무영이 숨을 토해내며 소월의 어깨에서 흐르는 피를 손바닥으로 막을 동안, 명인은 윤미를 구해내려고 했다. 그러나 아무리 건강하다고 해도 그는 예순이 훌쩍 넘은 노인이었다. 윤미는 명인과 함께 돌아오지 못했다.

"더 궁금한 건 없어?"

"일단은 됐어."

소월이 무미건조하게 말했다. 무영은 안절부절못했다. 소월은 예전과 다른 것 같았다. 무영을 사랑하지 않는 것 같았다. 헤어질 결심을 굳게 했는데도 불구하고 무영은 소월이 자신에게 매정하게 굴자 가슴이 찢어지는 것 같았다.

그림   177

"소월아."

"우리 헤어지자."

예상치 못한 일격이었다. 소월의 말이 비수가 되어 무영의 심장 정중앙에 파고들었다. 무영은 창백하게 질려서 비틀댔다.

"아파?"

그녀는 믿기지 않을 정도로 침착했다. 이별이 그녀에겐 아무런 영향을 끼치지 않는 것 같았다. 무영은 자신이 그동안 달콤한 꿈을 꾸었던 게 아닌가 싶었다. 어쩌면 정소월이야말로 차무영의 광기가 만들어낸 환상인 것 같았다. 하지만 소월은 실재했다.

"이렇게 아픈 말을 나한테 어떻게 하려고 했어?"

무영은 어안이 벙벙하였다.

"이리 와."

로렐라이의 노래에 홀리는 뱃사람처럼 무영은 소월의 목소리에 순종적으로 움직였다. 무영은 소월이 시키는 대로 그녀의 손이 닿은 침대 위에 걸터앉았다.

"지금 네 표정이 얼마나 불쌍한 줄 알아?"

소월이 말했다. 그녀는 무영의 손을 잡았다.

"손도 차갑고, 입술도 파래. 금방이라도 죽을 사람 같아."

그나마 소월이 잡은 손에는 조금씩 온기가 돌았다. 무영은 아직도 그녀의 말을 알아듣지 못했다. 앞으로 어떻게 사나, 그 걱정뿐이었다.

"네가 헤어지자고 하면 나도 너처럼 아플 텐데, 날 그렇게 괴롭히고 싶어?"

뒤늦게 이해한 무영의 아랫입술이 아래 방향으로 호를 그렸다. 울음을 참느라 힘이 들어간 턱이 호두처럼 울퉁불퉁해졌다. 그녀에게 직접 듣고 나서야, 무영은 자신이 얼마나 어리석었는지를 깨달았다. 소월을 위해서랍시고 자신은 그녀를 반쯤 죽이려고 했던 거다. 그리고 정소월은 차무영의 속내를 다 꿰뚫고 있었다.

"사랑해서 헤어진다는 건 헛소리야. 못 참겠으면 내가 알아서 그만 둬. 네가 잡아도 나부터 살겠다고 도망칠 거야. 날 위해서 헤어진다는 건 비겁한 변명이야. 차라리 네가 견딜 수 없어서, 내가 싫어져서 헤어지자고 해."

"불가능해. 어떻게 너를 사랑하지 않을 수가 있겠어."

무영은 굴복했다. 그는 두 손으로 소월의 손을 꼭 잡고서 고해하듯 말했다.

"내가 잘못했어. 겁쟁이라 그랬어. 너를 잃을까 봐. 너무 무서운 일들이 많이 일어났어. 네가 내 눈앞에서 총을 맞았단 말이야. 피를 흘렸어."

무영은 손바닥으로 소월의 상처를 막았을 때의 느낌을 잊을 수가 없었다. 뜨거운 피가 손바닥에 흥건해질 정도로 흘렀다. 손목을 타고 흐르는 핏방울의 감촉이 선연히 떠올랐다.

"네가 죽는 줄 알았어."

아니, 무영은 그때 소월을 한 번 잃었다고 여겼다. 운이 좋았던 거였다. 자신은 그녀를 구하지 못했다. 소월은 그때 죽은 거다. 그렇게 생각하면 살아 있는 그녀를 떠나보내는 게 조금 덜 아팠다.

"헤어지는 건 괴롭겠지만 그래도 살 순 있으니 된 거라고, 어디선가 숨 쉬고 있을 널 생각하면서 그럭저럭 살아가자고, 그렇게 버티자고 마음먹었었어."

"하지만 겪어보니 상상 이상의 고통이지?"

무영은 동의하며 고개를 끄덕였다.

"너 혼자 월산에 두고서 내가 참 잘 살겠다, 그치?"

소월이 비아냥대자 무영은 더 할 말이 없어졌다.

"죽는 것보단 낫겠다며 죽은 것처럼 살면, 사는 건 도대체 무슨 의

그림 179

미야? 가능성? 괜찮아질 거라는 희망? 차라리 우리 둘 중에 한 명이 죽는 게 낫겠다. 그럼 다시 만날 수 있을 거란 희망 때문에 구질구질하게 살진 않을 거 아니야."

"왜 말을 그렇게 해. 그래도 살아야지."

무영은 불안했다. 소월이 저 때문에 삶을 포기할까 봐 두려워졌다. 그는 스트레스 상황에서 소월의 성격이 조금은 과격하게 변할지 모를 거라던 남 박사의 말을 상기했다.

"너 없인 못 살겠다고, 바보야."

끝내 눈물을 글썽이는 소월이 무영은 못내 사랑스러웠다.

"웃어? 웃음이 나와?"

뜬금없이 웃음을 터뜨린 무영 때문에 소월은 기가 막혔다.

"귀여워서……."

"나 아직 화 안 풀렸거든?"

소월의 말에 무영은 애처롭게 낑낑댔다.

"이미 벌 받았잖아. 아직도 심장이 아파. 자, 만져 봐. 내 심장 뛰고 있긴 해?"

무영이 소월의 손을 왼쪽 가슴께에 얹으며 물었다. 협박성 가짜 이별을 통보한 거나 다름없는 소월은 양심의 가책을 느꼈다.

"미안."

소월의 입술이 달싹거렸다. 무영은 참지 못하고 그녀를 와락 끌어안아 버렸다. 소월이 무영의 허리에 팔을 둘렀다. 마침내 제자리를 찾았다는 안도감이 찾아왔다. 공기마저 달라진 것 같았다. 이제야 제대로 숨을 쉬는 기분에 두 사람은 가슴이 벅차오르도록 한껏 숨을 들이마셨다.

"아무리 힘들어도 헤어지지 말자."

"응. 사랑해."

두 사람은 오랜 포옹 뒤에 남은 이야기들을 마저 했다. 주로 소월의 치료에 대한 것이었다. 무영은 사람들이 왜 저를 안타깝게 쳐다봤는지를 알게 되었다.

"결국 나 때문인 거네."

무영이 시무룩하게 말했다. 소월은 무영이 깎아준 배를 집어 먹느라 그를 위로해 줄 타이밍을 놓쳤다. 무영이 한숨을 푹 쉬자 소월이 뒤늦게 손사래를 쳤다.

"그게 왜 네 탓이야. 아니야."

"내가 헤어지자고 할 걸 눈치채서 네 보호 인격이 튀어나온 거잖아. 넌 나를 잃는 걸 가장 무서워했던 거라서……."

"인과관계를 따지자면 그렇긴 한데, 근본적으론 나한테 그런 병이 있던 게 문제지. 네 탓 아니야. 진짜 원흉은 우리 할아버지지. 망할 놈의 영감탱이 때문에 내 유년기가 엉망진창이 돼서 병이 생긴 거잖아."

무영은 소월이 알아차리지 못할 정도로 미약하게 움찔댔다. 확실히 소월의 표현이 거칠어졌다. 억눌러져 있던 감정들이 해방된 거였으니 긍정적인 변화였다.

"정 회장님 얘기가 나와서 말인데, 앞으로 우리 많이 힘들어질 거야. 노천탕의 비밀을 빌미로 정 회장님이 우리 엄마를 닦달하고 있거든. 온천타운을 팔라면서. 엄마가 너한테 화풀이를 할지도 몰라. 정 회장님도 우릴 갈라놓으려고 할 거고."

"하나도 안 무서워. 사실은 당장 할아버지를 만나고 싶은 심정이야. 그동안 왜 그렇게 억울하게 당하기만 하고 살았을까?"

소월이 씩씩하게 말했다. 무영은 그녀의 머리카락을 만지작거리며 앞으론 더 반항하고 살자고 소곤거렸다. 별안간 병실 문밖에서 큰 소리가 났다. 노크도 없이 문이 벌컥 열렸다.

"방금 깨어난 애한테 무슨 말을 하시려고요!"

그림　181

정수의 목소리에는 노기가 서려 있었다. 무영은 얼른 자리에서 일어났다. 호랑이도 제 말 하면 온다더니, 등을 꼿꼿하게 세운 늙은 호랑이가 시퍼런 기세를 내뿜으며 성큼성큼 걸어 들어왔다. 정수의 앞을 막고 선 양 실장이 난처한 얼굴로 소월과 무영에게 눈인사를 건넸다. 허리를 숙여 인사한 무영을 본 척도 하지 않은 정 회장이 소월에게 다가갔다. 그는 정천일의 보고를 통해 소월이 어떤 사고를 겪었으며, 어떤 병을 숨겨왔었는지 다 알고 있었다.

"꼴이 좋구나."

환자복을 입고 있는 손녀딸을 내려다보며 노인이 거만하게 말했다. 그는 소월을 월산으로 처음 내려 보냈을 때와 조금도 달라져 있지 않았다.

소월은 정 회장과 독대를 하고 싶었다. 정 회장이 그녀를 월산에 심부름 보내기 위해 불러들였을 때처럼 말이다. 정 회장은 몇 달 만에 퍽 당돌해진 소월이 가소로웠다. 소월의 요청은 수용되었다. 정 회장은 양 실장에게 나가서 기다리라고 명령했다. 소월이 눈짓하자 정수도 마지못해 병실을 나갔으나 무영은 아니었다. 그녀를 침대에서 소파까지 부축한 무영은 할 일이 끝났음에도 나가지 않고 묵묵히 자리를 지켰다.

"너 혼자가 아니야."

무영이 말했다. 중의적인 의미였다. 월산에 처음 왔을 때 소월은 혼자였다. 그러나 지금은 아니었다. 차무영이 곁에 있었다. 고독한 전쟁을 치를 필요가 없었다. 또 다른 뜻은, 이 일의 당사자는 소월 혼자만이 아니라는 것이었다. 무영은 자신이 정 회장과의 싸움에 참전할 자격이 있음을 피력했다. 소월은 무영의 뜻을 굽힐 수가 없었다.

두 명의 젊은이와 한 명의 노인은 원목의 티 테이블을 사이에 두고 마주 앉았다. 한 기업의 수장답게 정 회장은 사람을 압도하는 기운을 갖고 있었다. 날카롭게 큰 눈이 시원스럽고 예리했다. 무영은 소월의 눈매가 정 회장을 닮았다고 생각했다. 물론 그 말을 입 밖으로 꺼낼 일은 없을 거다.

"여기까지 몸소 행차하신 이유는 뭔가요? 천일 오빠가 도와달라고 징징대기라도 했어요?"

"제정신이 아니라더니 진짠가 보구나, 말버릇을 보니."

정 회장은 기가 찬 듯 메마른 웃음을 터뜨렸다.

"아뇨. 그 어느 때보다 또렷한데요. 그래도 아쉽긴 하네요. 조금만 더 일찍 오셨으면 할아버지의 작품을 두 눈으로 볼 수 있었을 텐데 말이에요."

"너의 인격 장애가 내 탓이란 것처럼 들리는구나."

잔머리 한 올도 흐트러지지 않은 넓고 반듯한 이마 가운데에는 깊은 일자 주름 하나가 패여 있었다. 자수성가를 했기로 유명한 정 회장의 지난 고생들을 단적으로 보여주는 외모의 특성 중 하나였다.

"당연히 할아버지 때문이죠. 어렸을 때 할아버지에게 받은 학대 때문에 생긴 병인데요."

소월이 직설적으로 말했다.

"그새 버르장머리가 정말 고약해졌구나. 어울리는 것들이 하찮으니 수준이 떨어질 수밖에."

정 회장의 노골적인 시선이 무영에게로 가 박혔다.

"강간, 살인, 시체 유기와 광기로 얼룩진 집안이었다면 널 그렇게 보내지 않았을 거다."

그는 짐짓 좋은 할아버지인 척 변해 버린 소월이 안타깝다는 듯 혀를 끌었다. 무영은 모욕을 당하면서도 호흡 한 번 거칠어지지 않고 조용히 앉아만 있었다. 소월은 가슴이 답답해 터질 것 같았다.

"내 병은 월산에 오기 전부터 있었어요. 할아버지가 날 영국으로

그림 183

유배 보내고 나서 생긴 병이라고요. 거기서 내가 무슨 일들을 당하고 살았는지 알기나 하세요?"

소월이 독기 어린 눈으로 정 회장을 노려보며 말했다.

"아, 맞다. 누구보다 잘 알고 계시겠죠. 할아버지가 심어놓은 감시원들은 어디에나 있었으니까요. 하지만 그 사람들은 한 번도 날 도와주지 않았어요. 철저히 방관하고 버려두었죠, 할아버지처럼!"

"난 내 의무를 다했다. 돈도 없고 능력도 없는 일개 선생 나부랭이인 네 어미가 어떻게 널 영국에서 키울 수 있었겠느냐? 다 내 덕분이지. 네가 받은 최고급 교육과 좋은 집, 음식, 옷 모두 내가 해준 것들이다. 그 은혜를 잊고 아주 건방지게 구는구나."

정 회장의 얼굴에는 노색이 가득했다. 그는 소월의 터무니없는 하극상에 치를 떨었다. 자신이 아니었다면 소월은 누구의 자식으로도 인정받지 못했을 사생아였다. 그는 아들인 정민호에겐 집착 같은 애정을 보여주었으나 손자들에겐 그러질 않았다. 정 회장에게 정민호는 완벽한 피조물이었다. 자신이 고른 여자의 몸을 빌려 낳은, 자신이 직접 만든 생명체였으니 말이다. 정천일과 정해일도 그럭저럭 마음에 들었다. 완벽한 피조물에 어울리는 좋은 짝을 지어주었고, 그 사이에서 제법 훌륭한 결과물들을 얻어냈다. 하지만 정소월은 달랐다. 정 회장은 하나뿐인 손녀딸을 불순물이 섞인 불량품으로 보고 있었다. 완벽주의자이자 원칙주의자인 그에게 하나의 불량품은 아흔아홉 개의 양품 전부를 망치는 것이었다. 정 회장은 소월이 천일과 해일에게 악영향을 미칠까 봐 그녀를 바다 건너 멀리로 보내 버렸다.

"어렸을 때도 그러셨죠. 똑똑히 기억나요. 단 한 번의 통화였죠. 할아버지한테 매달렸어요. 아무것도 필요 없으니까 제발 한국으로 돌아가게 해달라고, 집으로 돌아가게 해달라고요. 하지만 할아버지는 제 애원을 모른 척하셨죠."

"나는 이해할 수 없었을 뿐이다. 네가 돌아올 집은 도대체 어떤 곳이냐? 내 집에서 살 작정이었던 게야? 나는 나를 잘 안다. 난 널 받아줄 수 없어. 넌 나와 살았어도 똑같이 괴로웠을 거다."

"아뇨. 우리 엄마랑 살았겠죠. 엄마의 딸로, 선생님인 엄마를 존경하면서 그렇게 살았겠죠."

"그것도 내 탓이 아니다. 날 원망하는 이유를 정말 모르겠구나. 널 호적에 올려달라며, 너와 법적으로 아무 상관이 없는 사람으로 살아도 된다고 한 건 네 어미다."

"엄마 탓 좀 그만하세요! 어떤 엄마가 자식을 사생아로 만들고 싶어 하는데요? 할아버지가 고집만 안 부리셨어도 우리 가족이 상처받을 일은 없었어요!"

"고집을 부리고 과욕을 부린 건 네 어미라니까!"

정 회장이 참지 못하고 버럭 화를 냈다. 소월의 몸이 떨렸다. 무영은 그녀의 손을 잡아주었다.

"사생아를 사생아가 아니게 해달라고 부탁하는 건 욕심이지. 안 된다고, 넘보지도 말라고 한 내 아들의 씨를 품은 네 어미의 발칙함을 떠올리면 아직도 피가 거꾸로 솟는다. 너를 데리고 오면 내가 받아줄 줄 알았다는 듯 의기양양한 얼굴로 날 이긴 것처럼 굴었지. 감히 나를!"

"그래서, 엄마에 대한 복수심으로 절 월산으로 보내신 거였어요?"

소월이 높아진 목소리를 낮추며 말했다. 그녀는 다시 차분함을 유지하기 위해 애썼다.

"어른이 되어 한국에 돌아온 저를 보니 겁이 나기 시작하시던가요? 제가 본가에 들어오고 아빠가 엄마와 지내는 시간이 많아지는 게 보기 싫으셨던 거예요? 그래서 한 번 더 상기해 주시려고 그런 거예요?"

"그래, 네 말이 맞다. 너희 모녀는 지나치게 기고만장해 있었어. 하

그림   185

지만 나는 관대했지. 너희들을 참아주고 눈감아주었다. 난 내 인내심
에 대한 보상을 받으려고 했을 뿐이다."

"그 보상이 절 월산에 팔아 치우는 거였군요?"

"너는 내가 가진 것 중에 가장 쓸모없는 것이었으니까. 이런 촌구석
에 대충 버려두고 적당히 이용하기 좋았지."

정 회장이 잔인하게 웃었다. 그는 소월이 상처 입고 흔들리는 모습
을 즐겁게 바라보았다.

"너는 태생이 불량품임에도 불구하고 나의 갖은 노력과 재력으로
그럭저럭 봐줄 만하게 자랐다. 솔직히 널 탐내는 다른 좋은 집안들이
많이 있었어. 판이 더 큰 정략결혼을 시킬 수 있었지. 하지만 나는 양
심이 있는 사업가란다. 하자가 있는 물건을 명품을 파는 백화점에 납
품할 순 없지. 그런 것들은 대개 제2, 제3 시장으로 빠져나가는 법이
란다. 네 옆에 앉은 남자의 수준이 딱 그런 거지."

소월의 손이 부들부들 떨렸다. 정 회장은 사람의 자존심을 효과적
으로 뭉개는 법을 알고 있었다. 그는 소월뿐 아니라 무영까지 깎아내
리며 깔봤다. 동요하는 소월을 보며 정 회장은 벌레를 밟아 죽일 때의
속 시원함을 느꼈다. 소월은 분노로 눈물이 날 것 같았다. 그녀가 아
무리 화를 내고, 열변을 토하고, 책임을 물어도 정 회장에겐 말이 통
하지 않았다. 그는 파렴치함의 극치였다. 자신은 잘못한 게 없다고 믿
고 있었다. 벽에게 발길질을 하면 벽을 친 발만 다칠 뿐이었다. 정 회
장이 바로 그 벽이었다.

'보호 인격이었다면 좀 더 나았을까?'

소월이 영양가 없는 가정을 하며 땅을 파기 시작할 즈음이었다.

"정 회장님께서 추진하신 정략결혼은 저나 소월이의 수준과는 상관
이 없는 걸로 알고 있는데요."

침묵을 지키고 있던 무영이 마침내 입을 열었다. 정 회장과 소월은

서로 닮은 눈매를 일그러뜨리며 무영을 바라보았다.

"회장님께서 소월이를 월산에 보낸 진짜 이유를 알고 있습니다."

"진짜 이유?"

소월이 무영의 말을 되풀이했다. 정 회장의 입가에 미세한 경련이 일었다.

"리조트 사업을 위해서 보낸 게 아냐?"

불량품이더라도 소월은 엄연히 혜성그룹 정민호 부회장의 친딸이었고, 적당히 수지 타산이 맞는 집안과 혼인을 시킴으로써 이득을 취할 가치 정도는 있었다. 조건만 맞았다면 월산이 아닌 그 어디라도 상관이 없었을 거라고 소월은 생각하고 있었다. 하지만 무영이 알아낸 바로는 그게 아니었다. 소월은 반드시 월산으로 보내져야 할 이유가 있었다.

"리조트 사업은 핑계일 뿐이야. 우리의 정략결혼은 생각보다 훨씬 큰 그림의 일부였던 거야."

무영이 씁쓸하게 웃으며 말했다. 소월은 여전히 그의 말을 이해하지 못하고 어리둥절한 표정이었다. 반면에 정 회장은 예기치 못하게 허를 찔려 불쾌한 기색이었다. 배운 것도 없는 애송이가 그의 계획을 다 간파했다고 구는 꼴이 볼썽사나웠다.

"예전부터 의문을 품고 있긴 했어요. 소월이를 보러 서울에 갔다 오고 나서 더 확실해졌죠. 회장님이 사생아라고 폄하해도 소월이는 저한테 너무 과분했습니다. 분명히 더 이상적인 혼처가 있었을 거예요. 월산에 리조트를 세우는 것과는 비교도 되지 않는 부를 얻을 수 있었겠죠. 하지만 회장님은 그 기회들을 제쳐 두고 저를, 이 월산을 고르셨습니다."

일자로 굳게 다물린 정 회장의 입술이 파르르 떨렸다.

"십이 년 동안 모지리로 사느라 몰랐는데, 알고 보니 월산이 지역

그림   187

관광의 중심지 이상의 역할을 하고 있더라고요. 어쩐지, 모지리인 저한테 지나치게 좋은 혼담들이 많이 들어온다 싶었어요. 얼마 전까지만 해도 돈이 좋아서 그랬다고 생각했어요. 사실 돈보다 더 결정적인 이유가 있었는데 말이죠."

무영은 정 회장의 서슬 퍼런 눈빛에도 아랑곳하지 않고 또박또박 말을 이었다.

"권력이죠. 돈만으론 살 수 없는 거요."

얼음장 같은 기운을 내뿜는 정 회장과 달리 무영은 봄의 햇살처럼 싱그럽게 웃었다.

"월산은 두 도시인 '만봉'과 '하순' 사이에서 중간 지대 역할을 하고 있어요. 온천타운이 있는 탓에, 월산은 두 도시 가운데에서 이익을 얻는 관광지로 인식되기 쉽죠. 하지만 살짝 시각을 바꿔보면 두 도시와 월산이 하나의 투표 구역으로 묶여 있단 걸 알 수 있어요."

소월은 이제야 조금씩 감이 잡히는 것 같았다. 그들의 정략결혼은 정경유착의 산물이었던 것이다. 그녀가 올려다보자 무영이 고개를 끄덕였다.

"월산을 둘러싼 두 도시는 정치색이 뚜렷해요. 각각 야당과 집권당의 텃밭이라고 할 수 있죠. 중립 지역인 월산의 표심에 따라 이 지역의 색이 바뀌었어요. 별 볼 일 없는 작은 지역에 온갖 관공서와 시설들이 갖춰져 있는 이유기도 하죠. 고작 온천 주인인 저희 어머니가 도시의 권세가들에게 괜히 큰소리를 칠 수 있던 게 아니죠."

"그래. 비록 사생아라도 내 아들의 피가 흐르는 아이다. 더 떨어질 수준이 없다고 해도 우리 집안의 품위는 지키는 내에서 결혼을 시킨 거다."

정 회장이 급하게 변명을 했다. 하지만 무영에겐 통하지 않았다.

"교묘하게 말을 바꾸시네요. 진짜를 숨기시려고 애를 쓰시는 거죠?

딱하십니다."

무영이 얄밉게 말했다. 소월은 정 회장의 이마에 핏대가 서는 것을 봤다. 그에게 대들고 조롱하는 스물두 살짜리를 정 회장은 만나본 적이 없을 것이다.

"결정적인 힌트는 회장님이 직접 주셨어요."

"내가?"

정 회장이 얼결에 반문했다.

"네. 해일 형을 불러들이셨잖아요. 대학에 로비까지 하시면서요. 해일 형이 휴학을 못 할 이유는 전혀 없었거든요. 해일 형이 그러더군요. 회장님께서 손을 쓰신 게 분명하다고요."

"내가 내 손자를 시궁창에서 꺼내오는 게 잘못이란 말이냐? 그 아이는 장차 회사를 이끌어갈 주역이다. 언제까지 이런 곳에서 천한 것들과 어울리며 시간을 낭비해야 하지?"

"그렇게 말하실 줄 알았어요. 하지만 더 중요한 이유가 있었잖아요. 해일 형이 만봉의 시의원 딸과 선을 보게 될까 봐 두려우셨던 거죠?"

소월은 왕마담과 해일을 두고 거래를 한 적이 있었다. 무영의 결혼과 지훈의 상관관계에 대해 알려준 대가로 해일을 선 자리에 내보내기로 한 것이다. 상대는 원래 무영과 선을 보기로 했던 만봉시의원의 딸이었다. 만봉시는 월산의 옆 도시 중 하나로, 현 야당의 정치적 근거지였다. 월산을 사이에 두고 만봉시의 반대편에는 하순시가 있었다. 그곳은 현재 집권당이 득세를 하는 곳이었다.

"상식적으로 보면 해일 형이 만봉시의원의 사위가 되는 것도 이 지역에서 혜성그룹이 영향력을 가질 수 있는 또 다른 방법입니다. 하지만 회장님은 그 기회를 차버리셨어요. 왜냐하면 회장님은 이미 집권당과 손을 잡으셨기 때문이죠. 우리의 정략결혼은 하순시의 정치인들이

그림 189

꾸민 계략이었던 거죠? 소월이가 월산으로 보내진 이유는 제가 만봉 시의원의 딸과 결혼해서는 안 되기 때문이었어요."

만봉시의원은 무영이 모지리라는 걸 알았음에도 불구하고, 월산을 차지하기 위해 차씨 집안과의 혼담을 성사시켰다. 그의 딸도 무영이를 꽤 마음에 들어 했었다. 모지리지만 순수한 면이 매력이라면서 말이다. 두 사람은 함께 피아노도 치면서 제법 그럴싸한 시간을 보내기도 했다. 무영이 발작하여 자해하는 모습을 보고 여자가 도망치지만 않았다면, 소월이 오기 전에 두 사람은 식을 올렸을지도 몰랐다.

하순시의 정치인들은 만봉시의원의 실패를 비웃었지만, 한편으론 월산을 뺏길지도 모른다는 불안감을 떨쳐 낼 수 없었다. 그렇다고 만봉시의원처럼 딸을 모지리에게 시집보낼 엄두는 내지 못했다. 딸의 미래를 위해서라기보단 모지리 사위를 얻으면 격이 떨어진다고 생각했기 때문이다. 그들은 머리를 맞대고 고민하다가 집권당과 긴밀한 관계를 맺고 있는 혜성그룹 정 회장에게 눈엣가시 같은 손녀가 있다는 걸 기억해 냈다.

"제가 생각한 것보다 할아버지는 더 최악이시네요. 제가 할아버지의 사업을 위해서 이곳에 온 거였다면 차라리 영광이었겠어요. 혜성그룹의 수장이 정치인들의 끄나풀 노릇을 하고 계셨던 거예요?"

소월이 분개하며 말했다.

"충격적이네요. 적어도 할아버지에게 자존심은 있을 줄 알았어요. 그 잘난 천일 오빠도 이걸 알아요? 왕처럼 군림하는 할아버지가 사실은 집권당의 개라는 걸요?"

"너처럼 작은 그릇이 내 큰 뜻을 품을 수 있으리란 건 기대도 하지 않는다. 더 중요한 것을 위해 가끔은 사소한 것들을 버려야 할 때도 있는 법이란 걸 말이다."

우아하게 말했지만 정 회장은 끝내 어금니를 꽉 깨물며 입매가 비틀어지려고 하는 것을 겨우 참아냈다. 정 회장은 천일을 정계로 진출시킬 계획이었다. 월산을 차지해 집권당에게 갖다 바치기만 하면 그들은 천일에게 요직을 주기로 약속했다. 그것을 시작으로 천일은 대권을 향해 차근차근 나아갈 수 있을 터였다.

"어찌 됐든 월산은 내 것이 될 거다."

정 회장은 자리에서 일어났다. 늙은이의 몸은 기이할 정도로 큰 그림자를 갖고 있었다. 그는 원대한 포부를 가진 악인이었다.

"네가 내 속을 꿰뚫었다고 해서, 그게 내 앞길을 막을 수 있다는 뜻은 아니지."

정 회장이 무영을 내려다보며 위엄 있게 말했다. 무영에게 젊음의 패기가 있다면 정 회장에겐 연륜과 권력이 있었다. 소월과 무영은 거대한 파도 앞에 쓰러지지 않으려는 나무처럼 두 손을 꼭 맞잡고 버텼다.

"애처롭구나."

마지막 말을 남기고 정 회장은 병실을 나갔다. 병실 밖에서 떠들썩한 소리가 한 번 났다가 이내 잠잠해졌다. 정수는 병실에 들어오지 않았다. 정 회장은 정수와 2차전을 벌이려는 모양이었다.

"어때?"

고요한 와중에 소월이 입을 열었다.

"네가 학을 떼고 싫어할 만하다."

무영이 용케 알아듣고 대답했다.

"재수 없는 영감탱이."

소월이 우스꽝스러운 목소리로 중얼거리자 무영이 웃음을 터뜨렸다.

"그래도 네가 있어서 덜 열 받았어. 대단해! 어떻게 그런 걸 알아낸 거야?"

그림   191

소월이 무영을 자랑스러워하며 물었다. 무영은 그녀의 칭찬에 얼굴을 붉히고 수줍게 말했다.

"너희 할아버지가 우리 엄마를 끈질기게 협박하고 있거든. 혜성그룹의 회장님이 왜 이렇게까지 시골 온천에 집착하는 걸까 싶더라고."

"우리 결혼에 그런 뒷이야기가 있었을 줄이야……. 차 사장님도 다 알고 계셔?"

"아니. 우리 엄마가 의외로 정치 쪽엔 문외한이셔서……. 큰 그림은 전혀 파악하시지 못한 것 같아. 선거철에 월산이 중요한 공략지라는 정도만 알고 계셔. 그 이상은 나도 말씀드리지 않았어. 괜히 사고 치실까 봐."

"잘했어. 아직은 때가 아니야."

소월의 말에 무영이 고개를 끄덕였다. 만반의 준비를 하고 공격해야 반격을 당해도 끄떡없을 터였다. 그들은 정 회장에게 월산을 뺏기지 않을 작정이었다. 발길질 정도로 흠집도 낼 수 없는 벽이라면 무너뜨리면 되는 것이다.

하지만 방법이 문제였다. 무영은 어떻게 하면 정 회장으로부터 월산을 지켜낼 수 있을지 곰곰이 생각해 보았으나 마땅히 떠오르는 묘수가 없었다. 무턱대고 만봉시의원에게 도움을 청하기엔 위험 부담이 있었다. 대립하고 있긴 하나 만봉시와 하순시는 공생 관계이기도 했기 때문이다.

"결자해지란 말이 괜히 있는 게 아니야."

소월이 침울해 있는 무영을 다독거리며 밝게 말했다.

"모든 건 차강문과 강용덕의 악행으로부터 시작되었어. 그 두 사람이 실마리가 될 수 있을 거야."

소월은 한 가지 가설을 세우고 있었다. 그녀는 그것을 증명해 줄 사람들을 만날 필요가 있었다.

"만나야 될 사람들이 있어."

"누구?"

"너희 어머니, 그리고 왕마담."

그림   193

25
뚜쟁이

　왕마담은 여든이 넘어도 정정하였다. 어떤 노인들은 치매에 걸려 자식 며느리도 못 알아본다던데, 왕마담은 오히려 그 총기가 나날이 신기에 가까워지고 있었다. 그녀의 뒤를 잇는 월산의 중매쟁이들은 대선배이자 경쟁자인 왕마담의 명성을 존경하면서도 저 늙은이는 언제쯤 은퇴를 하려나 항시 전전긍긍하였다. 왕마담의 경력은 어디 내놔도 꿇리지 않을 만큼 인상적이었다.
　그중에도 으뜸은 역시 차강문과 강순애의 미친 여식인 차혜윤에게 짝을 지어준 일이었다. 혜윤에게 장가를 들겠다는 이는 생각보다 많았다. 비록 광인이긴 하나 외모도 출중하였고 무엇보다 부와 권력이 있는 차씨 가문의 상속녀였기 때문이다. 그러나 차강문은 저절로 찾아오는 구혼자들을 모두 거절하고 굳이 중매쟁이를 끌어들였다. 그의 조건은 퍽 까다로웠다. 혜윤의 남편이 되는 이는 데릴사위로서 아예 처가에 호적을 올리게 되는 것이었다. 당시 풍조로서는 꽤 파격적인 조건이었다.

왕마담은 가문이랄 게 남아 있지 않은 몰락한 선비 집안 출신의 신랑감 후보들을 몇 명 추려냈다. 그중에 누가 차강문의 마음에 쏙 들 것인가. 밤낮으로 고심하던 왕마담은 그녀의 아버지를 찾아갔다. 왕마담의 아버지 '월산 왕도령'은 박수무당이었다. 무당 애비에 뚜쟁이 딸년이라며 어떤 사람들은 뒤에서 우스갯소리로 수군거렸지만 대개는 그 집안에 대대로 전해지는 신묘한 기운을 은밀히 경이로워 했다.

왕도령은 저의 일을 거들지 않고 중매 놀음을 하겠다며 집을 나간 딸을 못마땅해했다. 그러면서도 왕마담이 조언을 구하러 오면 곱게 분단장을 한 얼굴로 눈에 주름을 지으면서 딸을 맞았다. 결국엔 딸의 부탁대로 신부와 신랑의 사주와 궁합을 봐줄 거였으면서, 왕도령은 하나의 절차인 양 잔소리를 퍼부어댔다. 관상을 배우라는 것이었다.

"기껏 귀한 눈깔을 물려줬더니 제대로 써먹지도 못하니?"

자식한텐 복채를 받는 게 아니라는 저만의 규칙에 따라, 그에 상응하는 선물 꾸러미를 들고 오는 왕마담을 앉혀두고서 왕도령은 어린애처럼 투덜거렸다. 모시는 신을 닮아, 왕도령은 지긋한 나이에도 불구하고 사춘기도 겪지 않은 소년처럼 앳된 분위기가 있었다.

"그 소린 됐고, 이 중에 누가 차강문이의 사위 자리에 적합할 것 같소?"

왕마담이 앉은뱅이 상 위에다가 신랑감 후보들과 혜윤의 사주를 적은 종이와 사진을 늘어놓으며 말했다.

"아이고, 산 아래 소문이 맞았구나. 기어이 그 사람 잡아먹은 집안에 줄을 대는 게야?"

"사람을 잡아먹긴."

"벌써 몇이더냐. 한연화랑 애기, 차석윤이도 있고, 저번엔 강용덕이도 대가리가 날려 죽었다드만."

"수련하러 산에 올라왔다더니 속세 사정에 빠삭하십니다. 이 혼사만 잘 풀리면 내 앞길도 풀리는 거라고 생각하고 좀 잘 봐주소."

왕마담이 재촉하자 왕도령이 마지못해 눈을 가늘게 뜨며 그녀가 가져온 것들을 훑어보았다.

"이 이마 넓은 자는 차강문 사위 할 팔자고, 이 곱상한 자는 이 여자의 남편 할 팔자네."

"그게 당최 뭔 소리랍니까?"

"사주만 보면 이 이마 넓은 놈이 좋아. 장인 될 자리와 합이 괜찮아. 욕심도 많고 똑똑하네. 분명히 아들을 낳을 거야. 왜냐면 차강문을 만족시킬 때까지 아들을 낳기 위해 여자를 달달 볶을 거거든."

"으."

왕마담은 저도 모르게 몸서리를 쳤다. 자기가 누군지도 모르는 미친 여자에게 아들을 낳게 하기 위해 끈덕지게 달라붙을 남자의 모습이 상상되었기 때문이다.

"그럼 이 곱상한 사람이 낫겠네."

"근데 그럼 남자가 일찍 죽을 사주야. 전형적인 남토여목이거든. 사주로는 아주 상극이지."

"어쩌란 거요!"

"대신 관상이 어울려. 여자가 남자를 좋아해. 둘이 애틋하긴 할 거다. 아들은 못 낳겠지만."

그러고서 왕도령은 더 말을 하지 않았다. 언제부턴가 그는 왕마담의 호기심을 자극할 요량으로 자세한 풀이는 해주지 않았다. 정 궁금하거든 직접 관상을 배우란 거였다.

왕마담은 괜한 오기가 발동하여 흥, 콧방귀를 뀌고선, 갖고 온 보리굴비 상자를 안쪽으로 쓱 밀어놓곤 인사를 하는 둥 마는 둥 하며 자리를 떴다.

차혜윤이 곱상한 얼굴의 남자와 결혼하고 난 뒤, 왕도령은 왕마담에게 왜 그 남자를 골라갔느냐고 물었다. 왕마담은 똥한 얼굴로 그딴 거 알아서 뭐할 거냐며, 관상 보는 법이나 가르쳐 달라고 말을 돌렸다.

어차피 남자는 오래 살지 못할 처지였다. 건강이 좋지 않다는 말을 그 측근으로부터 몰래 전해 들은 터였다. 그렇다면 가엾은 두 인생이 만나 잠시라도 애틋한 게 낫지 않을까 싶었다. 물론 왕마담은 이러한 감성적인 이유를 입 밖에 낼 생각이 없었다.

하여간, 그 혼인을 계기로 왕마담은 차강문의 입김을 타고 승승장구하였다. 몇십 년 후엔 차영선과 염동진을 이어주기도 했다. 그동안 갈고 닦은 관상술에 힘입어 왕마담은 영선의 짝을 금방 찾아냈다.

어미인 혜윤으로부터 지독한 애정결핍을 앓고 있는 영선은 자신이 늘 중심에 서야 직성이 풀리는 여자였다. 월산의 공주님으로 군림하는 그녀에게 필요한 건 왕자님이 아니라 기사님이었다. 눈에 띄지도 않고, 그저 배경처럼 그녀를 돋보이게 하면서 훗날 월산의 여왕이 될 차영선을 보필할 남자 말이다. 염동진은 속물이자 한량으로서 차영선의 남편이 되기에 딱 알맞았다. 둘은 금슬도 좋은 편이었다. 염동진은 제 처지에 만족했고, 아름답고 야망이 넘치는 아내를 귀여워했다.

이렇듯 왕마담의 뚜쟁이 인생은 제법 평탄했다. 왕도령이 세상을 뜨기 전에 딸에게 마지막 조언을 한답시고 말년에 재수가 좀 꼬이겠다고 악담을 퍼부었을 땐 조금 걱정스러웠지만, 나이가 일흔이 넘었을 때에도 그녀는 건재했다. 왕도령이 말한 말년이란 게 꼬부랑할망구가 된 은퇴 직전의 일일 줄은 꿈에도 몰랐던 것이다. 왕마담은 진작 이 일을 때려치웠어야 했다며 후회를 했다.

"내가 분명 유종의 미를 거두고 싶다지 않았나?"

지난날의 회상에서 빠져나온 왕마담이 울분을 삭히며 힘겹게 입을 열었다. 화석처럼 변해 버린 노파 앞에서 소월과 무영은 죄인처럼 고개를 숙이며 앉아 있었다.

"노천탕에서 그런 일이 있고, 아가씨가 크게 다쳤다 그래서 내가 최대한 시간을 끌었네. 내 신용이 있었기 때문에 시의원 쪽에서도 믿고 기다려 줬던 거야. 그런데 선을 볼 해일 군이 훌쩍 서울로 떠나 버린 걸세. 그뿐이면 나도 이렇게 싫은 소리를 안 하네. 근데 그 아가씨네 할아버지라는 회장 나으리께서 무슨 소리를 하고 다닌 건지…… . 상대 쪽에서도 난리가 났어. 재벌이면 단가? 어? 사람을 우습게 알아도 유분수지."

불독 같은 왕마담의 얼굴이 붉으락푸르락하였다.

"면목 없습니다."

무영이 더욱 머리를 조아리며 사과했다. 함께 고개를 숙이고 있던 소월은 왕마담이 헛기침을 하자 슬그머니 얼굴을 들었다. 두 여자의 눈이 마주쳤다.

"사과를 하러 온 게 아니구만!"

왕마담이 기가 차서 말했다.

"사과도 하러 온 거예요!"

소월이 재빨리 말했다. 그러나 왕마담의 얼굴은 여전히 불만으로 울퉁불퉁하였다.

"그냥 곁다리겠지! 눈빛이 번쩍번쩍한 게 물어볼 게 있어서 온 거구만, 뭘."

왕마담이 정곡을 찌르자 두 사람은 무안해졌다. 하지만 곧, 이왕 속셈을 들켰으니 얼굴에 철판을 깔자는 심정이 되었다. 늙은이 앞에서 찰싹 붙어 앉아 쌍으로 눈을 반짝거리는 두 사람을 보자니, 왕마담은 이 대담한 젊은 연인이 진심으로 성가셔졌다.

"당신들같이 젊은 사람들을 오래 상대하기엔 난 너무 늙었어. 그래, 또 뭘 물어보러 온 건데?"

그녀는 빨리 이 만남을 끝내고 싶은 마음뿐이었다. 찰떡궁합을 자랑하는 관상의 두 사람은 함께 있을 때 기운이 더욱 좋아진다. 그러므로 이 둘 앞에선 버텨봐야 아무 소용이 없다는 허무한 깨달음이 밀려왔던 것이다.

'파도에 부는 바람이고, 기름진 토양에 자란 새싹이로군. 함께일 때 비로소 해일이 되고 거목이 되는구나.'

평생을 누군가의 짝을 찾아주며 살아온 왕마담이었다. 그녀에겐 나름의 소명 의식이 있었다. 아름다운 한 쌍을 축복해 주는 것이었다. 왕마담은 두 사람을 조금 더 봐주기로 했다.

"저번에 무영이 관상을 보셨을 때요."

소월이 왕마담의 분위기를 살피며 조심스럽게 운을 뗐다.

"그때, 무영이한텐 비뇨기과 검사를 받아보라고 하셨다면서요. 그런데 저희 오빠한텐 안 그러셨다고……. 무영이만 받으면 된다고 하셨다던데 그게 무슨 특별한 뜻이 있어서 그러신 건가요?"

"눈치를 보니 답을 이미 내린 것 같은데, 나한텐 확인을 받으러 온 건가?"

"확실한 게 좋으니까요. 저도 막연한 추측에 지나지 않아서요."

"어떤 추측을 하고 있는데?"

"강용덕 씨와 관련된 거예요."

소월이 말했다. 애를 가졌다면서 찾아온 여자가 한둘이 아닐 정도로 문란한 짓을 일삼던 강용덕이었다. 그러나 '모든' 여자들은 끝내 자신의 거짓을 인정하며 돌아서야 했다. 강용덕이 죽고 난 뒤 강순애가 데리고 온 사생아 강명인만 빼고서 말이다.

"무영이에게만 검사를 요구했던 게 혹시 유전적인 요인을 걱정해서가 아닐까 싶었어요. 문득 두 가지 생각이 결합되더라고요. 그 시대에 완벽하게 피임을 했다던 강용덕은 사실……."

"고자였지."

왕마담이 말을 가로챘다.

"용케 알아차렸군. 맞아. 혹시나 하는 노파심이었지. 불임이란 게 요즘 세상에도 그 원인이 다 밝혀지지 않아서 말이야. 그 와중에 집안에 고자도 있었고."

"강용덕이 고자였다고요?"

아무것도 몰랐던 무영이 경악하며 말했다. 소월은 왕마담의 집으로 오는 동안에도 무엇을 물어볼 것인지 말해주지 않았던 것이다.

"괜찮아. 너는 아무 문제 없댔잖아."

소월이 무영의 손을 잡아주며 부드럽게 말했다.

"그래도……. 가족 내력에 성불구자가 있다는 건…… 유전병이 뒤늦게 생긴다거나……."

무영의 동공이 불안하게 흔들렸다. 이래서 소월이 무영에게 강용덕에 대한 추측을 함구했던 거다.

"널 닮은 토끼 같은 딸내미들도 낳아야 하는데…… 물론 네가 원하면……. 근데 우리가 원해도 내가 안 되면 어떡해?"

이미 불임 판정을 받은 것처럼 무영이 망연자실하자 소월은 그의 등을 토닥이며 난 너만 있으면 된다고 달래주었다. 왕마담은 눈꼴 시려 못 보겠단 듯 한껏 인상을 쓰고 있었다.

"물어볼 거 다 물어본 거면 그만 가게나."

왕마담이 불편한 기색을 피력하였다. 너만 있으면 된다는 소월의 말에 무영의 눈빛이 과하게 달콤해진 까닭이었다. 눈에서 물 대신 꿀을 떨어뜨릴 기세였다.

"아뇨, 아뇨. 좀 더 자세한 정황을 알고 싶어요. 어떻게 알게 되신 건지, 이걸 또 알고 있는 사람들은 누구인지 같은 거요."

소월이 가까스로 무영에게서 시선을 돌리며 말했다.

"그걸 말해주면 지체 없이 떠날 거지?"

"네. 더 이상 귀찮게 하지 않을게요."

그녀의 간절한 말에 왕마담은 한숨을 내쉬며 오래된 기억을 더듬었다.

왕마담이 한창 차혜윤의 혼사로 차씨 집안을 들락거릴 때였다. 차혜윤이 스물이 된 해였다. 차석윤이 자살한 지 오 년이 지난 후였고, 강용덕이 살해당한 지도 오 년째였다. 혜윤이 미친 것 또한 마찬가지였다. 한마디로 오 년 전, 석윤이 목을 맨 뒤로 차씨 일가에는 저주가 내린 것처럼 불행이 잇따랐던 것이다. 한씨 일가 때부터 살아온 집터가 차씨에겐 맞지 않는 것 같다는 웬 돌팔이 풍수지리사의 말에 따라, 차강문은 아랫마을에다가 새로 으리으리한 서양식 대저택을 지었다.

왕마담은 궁궐 같은 저택에 출입할 때마다 눈을 어디부터 둬야 할지 몰랐다. 그날은 유독 요상한 탐구심이 피어올랐었다. 늘 1층 응접실에서 차강문과 강순애를 기다리던 왕마담은 불현듯 저택의 2층은 어떻게 생겼을지 궁금해졌다. 마침 하인들과 행랑어멈도 그날따라 유독 바빠서, 익숙한 얼굴인 왕마담을 별 의심 없이 혼자 두었다.

왕마담은 화장실에 가는 척하며 몰래 2층으로 가는 계단을 살금살금 올랐다. 그녀가 2층의 중앙 발코니에서 정원을 내려다보며 감탄을 하고 있을 때였다. 계단 아래에서 쿵쾅거리는 성난 발소리가 들렸다.

남의 집 구경을 한답시고 주인의 허락도 없이 기웃거리는 꼴이 얼마나 우스울까! 가뜩이나 무당 애비를 가진 뚜쟁이라며 차강문은 은연중에 왕마담을 괄시하고 있었다. 우스운 일이었다. 박수무당의 피가 흐르니 보는 눈이 다를 거라고 왕마담을 중매쟁이로 고른 건 차강문이었기 때문이다. 차강문의 이중적인 교만한 태도는 사람을 질리게 하였다. 하여간, 왕마담은 차강문에게 모욕을 당하고 싶지 않아 서둘러 가까이 있던 빈 방 안으로 몸을 숨겼다.

"이미 다 끝난 이야기요."

차강문이 낮고 엄격한 목소리로 말했다. 그를 뒤따라 올라온 강순애는 여자치곤 키가 훌쩍 크고 호리호리하였다. 풍채가 남달랐던 강용덕의 여동생다웠다. 그럼에도 차강문 곁에서는 여전히 작았다. 차강문은 남성성의 집합체라고 할 수 있었다. 크고 다부진 체격과 유난히 짙은 검은 머리카락, 쌍꺼풀이 없는데도 부리부리하게 큰 눈이 사람을 압도하였다. 신분 차이만 아니었다면, 겉모습만 봐선 차강문만큼 한연화의 짝으로 손색없는 이가 없었을 정도로 준수한 생김새였다. 그 탓에 정신머리가 나간 몇몇 양아치들은 한연화가 강간을 당했든 말든 두 사람을 좋은 한 쌍이라고 추켜세우기도 했었다.

"끝나긴요. 지금이라도 중매쟁이한테 그만두라고 하면 되잖아요. 아직 혼담이 오간 것도 아니고 신랑감들 사진이나 본 건데요."

순애가 강경하게 말했다. 그녀의 어조는 분명하였으나 미세한 떨림은 숨겨지지 않았다. 순애는 남편을 사랑했지만 동시에 두려워했다.

"이제 겨우 스물이잖아요. 아니, 나이가 중요한가요? 혜윤이를 어떻게 시집보낼 생각을 하세요? 우리가 평생 품고 있어도 모자란 아이예요. 우리 혜윤이가 어떻게 누군가의 아내가 되고 엄마가 될 수 있겠어요."

그렇게 말하는 순애의 가슴은 천 갈래 만 갈래로 찢어지는 것 같았다. 부모를 잘못 만나 그 어린것이 대신 죗값을 치르는 걸 보면 심장을 칼로 쑤시는 것 같은 아픔이 일었다.

"그럼 가문의 대를 끊겠다는 말이오?"

고함을 치려는 걸 간신히 참아내며 강문이 이를 악물고 말했다. 흡사 짐승이 으르렁거리는 것 같았다. 살짝 열린 문 틈새로 두 사람을 훔쳐보고 있던 왕마담은 강문의 기에 눌려 몸을 떨었다. 들키면 죽는 게 아닐까, 한연화는 도망친 게 아니라 사실 차강문에게 살해당했다는 뒷소문도 있던데, 나도 그 짝이 되는 건 아닐까, 왕마담은 별의별 걱정을 다 했다.

"아이를 하나 더 낳으면 되잖아요."

순애가 굽히지 않고 말했다. 왕마담조차 그녀가 거짓말을 하고 있다는 걸 눈치챘는데, 코앞에 있는 차강문이 그것을 모를 리가 없었다.

"가소로운 말을 지껄이는군."

차강문이 코웃음을 치며 말했다.

"당신이 온갖 수를 써서 임신을 피하고 있는 걸 모를 줄 알고?"

"여보!"

"내가 당신을 얼마나 봐주고 있는 줄 알아!"

결국 천둥 같은 고함이 쳐졌다. 순애는 물론 왕마담도 몸을 움찔거렸다. 차강문이 솥뚜껑 같은 두 손으로 순애의 어깨를 잡고 그녀의 몸을 마구 흔들어댔다. 왕마담은 순애가 죽기라도 할까 봐 안절부절못했다.

"명인이, 정말 용덕이 아들이 맞아? 어?"

"그게 무슨 소리세요."

안색은 파리하게 질렸지만 순애는 차강문의 눈을 똑바로 쳐다보았다.

"명인이는 오빠의 아들이에요."

순애는 고집스레 말했다. 점점 심각해지는 분위기에 왕마담은 평소와 달리 설쳐 대어 이 꼴이 된 자신을 증오하였다.

"그러면 왜 용덕이가 죽은 뒤에야 애를 데리고 왔어? 열여덟 살이 될 때까지 숨기고 있을 이유가 없잖아!"

"오빠가 알면 애한테 해를 끼칠까 봐 그랬죠! 처조카를 돌보는 게 그렇게 아니꼬우셨어요? 그래서 일부러 멀리 있는 기숙학교로 보냈잖아요. 근데도 그렇게 명인이가 싫으셔서……."

순애는 말을 마치지 못했다. 차강문이 그녀의 뺨을 내려쳤기 때문이다. 순애의 몸이 크게 휘청거렸다.

"뻔뻔하게 거짓말을 하는구나. 용덕이가 자식을 못 낳는 걸 내가 모를 줄 알아? 그런데 어떻게 명인이를 낳느냐 말이야, 어?"

왕마담은 등줄기에 소름이 돋았다. 월산의 남자들에게 전설처럼 내려오는 강용덕의 피임 비법이 이런 것이었다니! 들어선 안 될 것을 듣고 말았으니 걸리면 정말로 죽을지도 모른다고 생각했다.

"말해. 명인인 누구 애야? 어? 누구 애냐고!"

"명인이는 오빠의 아들이에요."

순애는 물러서지 않았다. 차강문의 눈에 광기가 스치는 순간이었다. 왕마담의 눈이 저절로 질끈 감겼다. 그러나 그녀가 예상했던 과격한 마찰음은 들리지 않았다. 대신 천연덕스러운 노랫소리가 들려왔다. 왕마담이 눈을 떠보니 어느새 나타난 혜윤이 강문과 순애 주위를 돌며 노래를 부르고 있었다.

그때였을 거다. 왕마담이 혜윤의 짝으로 차강문의 사위가 될 사람이 아니라 그녀의 남편이 될 사람을 고른 것은. 까마득히 먼 예전의 일들을 떠올린 왕마담은 기진맥진하였다.

"차강문이 무서워서 강용덕에 대해 입을 연 적은 한 번도 없었어. 나 혼자 알고 있던 거지. 말할 필요도 없었고."

"명인 아저씨는 강순애의 자식인 건가요?"

"그건 나도 모른다. 강순애가 월산 밖을 자주 나갔다 오긴 했지. 그것 때문에 구설수도 많았어. 차강문하고 결혼했을 때도 시끄러웠지."

왕마담은 몇십 년이 지난 지금도 순애의 얼굴을 선명하게 기억하고 있었다.

"강순애는…… 차강문을 사랑했지. 결혼하기 전에 이미 차혜윤을 가진 상태였어. 차강문은 그때 한씨 집안에 대한 예의로 나름 삼년상이란 걸 치르고 있었는데 말이야. 한창 차강문에게 줄을 타고 있던 마을 사람들은 죄다 강순애만 욕했어. 차강문을 꼬드겨 냈다면서. 강순애의 짝사랑은 꽤 유명했었거든."

차강문에게 맞아 볼이 새빨갛게 부었는데도 강순애는 눈물 한 방울 흘리지 않았다. 게다가 그 눈에는 공포와 증오만 있는 게 아니었다. 그 너머에 깊은 애정과 연민이 동반되어 있었다. 어떻게 그런 남자를 그토록 사랑할 수 있었을까?

"이제 그만 가줬으면 좋겠다."

왕마담이 지친 목소리로 말했다. 그녀는 더 이상 어떠한 말도 듣지 않고, 하지 않겠다는 듯 눈을 감고 소파에 등을 기댔다.

26
Carnival

당장 이번 주말로 다가온 월산의 한가위 맞이 축제 때문에 온천타운이 있는 윗마을부터 시내까지 떠들썩하지 않은 곳이 없었다. 비단 월산뿐 아니라 만봉시와 하순시에서도 지역 관광 경제의 활성화를 위하여 축제 홍보에 열을 올리고 있었다.

그 노력들은 심지어 유난스러워 보일 정도였다. 탈주범이 도망을 치다 못해 선량한 마을 사람을 납치하고, 온천타운에 방화까지 저지른 희대의 사건으로 인해 월산의 분위기가 흉흉하였기 때문이다. 축제는 월산에 활기를 불어넣을 수 있는 기회일지 몰랐다.

월산은 관광객의 발길이 뚝 끊긴 것은 물론이요, 마을 사람들 사이에서도 온갖 소문이 나돌았다. 최창규가 납치한 박윤미를 구하러 간 게 차무영이었다는 이유로, 소문의 대부분은 황당한 치정 싸움에 관한 것이었다.

저택의 도련님이 파혼을 당하고 폐인처럼 지낼 때, 서울로 가버린 약혼녀와 친하게 지내던 윤미가 그를 위로하다 눈이 맞았다는 걸로 이야기는 시작되곤 했다. 그들과 나이 차이가 훌쩍 나는 최창규가 또 다른 남자 주인공이라는 게 의아스럽긴 했다. 그러나 아무 친분이 없을 줄 알았던 박윤미와 최창규가 함께 있는 모습을 봤다는 뒤늦은 목격담들이 곳곳에서 속출하였으므로, 허무맹랑한 소문은 힘을 얻었다.

상상력이 뛰어난 일부 사람들은 최창규가 박윤미의 키다리 아저씨였을 수도 있다며 소문을 각색했다. 서울에서 재벌 아가씨가 오기 전부터 박윤미와 차무영은 특별한 사이였고, 그래서 최창규가 차무영의 신혼여행을 망친 게 아니냐는 거였다.

이러나저러나 조금만 파고들면 허점투성이인 이야기들이었다. 당연했다. 단편적인 현상만 보고 짜깁기한 루머였으니 말이다. 하지만 가십을 즐기는 사람들에게 진위 여부 따위 알 바가 아니었다. 그들은 자극적인 요소들을 중독자들처럼 탐닉했다.

평소 남 뒷담화 하는 것을 한심하게 여기는 김민혁은 월산에 오고 나서부터 듣게 되는 여러 소문들에 완전히 지쳐 있었다. 남들처럼 가벼이 흘러들어도 된다면 그 역시 소문을 좋아했을지 몰랐다. 하지만 소문은 민혁에게 직업이었다. 같은 활동이라도 취미일 땐 즐겁고 일이 되면 고통스러운 법이다.

그나마 이번 일은 업무의 강도가 무척 낮았다. 그를 고용한 재벌가 도련님은 고상한 말투로 '따라만 다닐 것, 터치하지 말 것, 누구를 만나서 무슨 이야기를 하는지만 보고할 것'을 요구했다. 게다가 민혁이 미행하게 된 정소월과 차무영은 나름 월산의 유명 인사들이어서, 가만히 있어도 정보들이 알아서 귀로 들어왔다. 가령, 소월과 무영이 들어가는 식당에 민혁도 태연하게 들어간다. 그들에게서 적당히 떨어진 자리에 앉아 있기만 해도, 그의 뒷자리나 옆자리에서 사람들의 수군거림이 자연스럽게 들려오는 것이다.

여기저기 빨빨거리며 잘 돌아다니는 소월과 무영을 따라다니는 일은 단순하고 지루했다. 민혁은 늘어지게 하품을 하며 심드렁한 얼굴로 건들거리기 일쑤였다.

"언제까지 따라다녀야 된다고 했죠?"

민혁이 남자에게 물었다. 남자는 고작 며칠 새에 따분해 죽으려고 하는 민혁을 보며 혀를 찼다. 남자는 정소월이 월산에 처음 왔을 때부터 따라 내려와, 아예 온천타운에 위장 취업까지 했었다고 한다. 편의대로라면 남자가 정소월과 차무영을 따라다니는 게 낫겠지만, 그는 두 사람에게 얼굴과 신분이 노출되어 있었다. 결국 정천일은 월산 출신의 건달 한 명을 고용해야 했고, 그게 김민혁이었다. 민혁은 월산에서 태어나 자랐지만 지난 삼 년간은 다른 도시에서 흥신소 일을 하고 있었다.

비록 배운 게 없어 사냥꾼들 뒤치다꺼리나 하고, 불륜 남녀들의 사진이나 찍고 다니지만 민혁은 의리 있는 사나이였다. 월산에 흥신소를 차리면 언젠간 지인의 뒤를 캐고 다녀야 할 수도 있었기 때문에 그는 굳이 멀리에 작업장을 차렸던 거다.

"김민혁 씨가 그런 말할 처지입니까? 제대로 알아온 것도 없잖아요. 따라다니기만 한다고 되는 게 아니지 않습니까. 지불한 만큼 몫을 하셔야죠."

남자가 매정하게 핀잔을 주었다. 정천일이 시키는 대로 얌전히 따라다니기만 했는데 뭐가 문제냐고 따지고 싶었으나, 통장에 입금된 돈을 떠올리며 민혁은 입을 다물었다.

"이게 답니까?"

삐딱하게 서 있는 민혁에게 남자는 보고서를 건네며 물었다. 불과 몇십 초 전에 민혁이 그에게 준 것이었다. 민혁은 내키지 않은 손길로 보고서를 다시 받았다.

"이게 왜요?"

"그걸 지금 보고서라고 쓴 겁니까?"

남자의 말투는 꼭 모의고사 성적이 엉망인 반 아이들 때문에 원형 탈모에 걸린 담임 선생님 같았다. 민혁은 자신의 수험 시절을 회상하며 그때 담임 선생님의 머리숱을 떠올렸다.

"김민혁 씨! 사람을 앞에 두고 딴생각을 하는 겁니까?"

"아, 죄송합니다."

변명이라도 아니라고 말하지 않는 민혁 때문에 남자의 얼굴이 붉어졌다. 민혁은 그의 시선을 무시하며 자기가 쓴 보고서를 내려다보았다. 보고서라고 칭하기도 부끄러운 빈약한 A4 용지 한 장에는 다섯 줄 남짓의 글이 적혀 있었다.

"글씨체가 마음에 안 드시나요?"

꼴에 공공 기관에서 일하는 친구 놈 얘길 들어보면 꼰대들은 글씨체로도 트집을 잡는다던데, 남자도 그러한 연유로 화가 났나 싶었다.

'하긴 걔도 사무직이 아니라 몸빵을 하니까…….'

민혁은 친구가 가르쳐 준 글씨체가 문제라고 확정 짓곤, 잘못된 조언을 해준 친구를 원망했다.

"글씨체가 문제가 아니잖아요!"

"그럼 뭐가 문제죠?"

"내용이 없잖아요, 내용이!"

남자가 버럭 화를 내자, 민혁의 미간이 좁아졌다. 남자는 민혁의 구겨진 얼굴을 보고 살짝 긴장했다. 민혁은 우락부락한 타입은 아니었으나 묘하게 인상이 더러웠다. 친구들 말로는 웃으면서 배때지에다 칼빵을 놓을 타입처럼 생겼다고 했다. 쭉 찢어진 눈매와 서늘한 눈빛 때문인 것 같았다.

"눈이 나쁘세요?"

민혁이 진지하게 물었다. 악의 없는 순수한 염려였지만 남자에겐 눈깔이 삐었냐는 조롱으로 들렸다.

"여기 내용 있잖아요."

성의를 보인답시고 가운데 정렬로 맞춘 다섯 줄의 글을 손가락으로 가리키며 민혁이 상냥하게 말했다.

"며칠 동안 따라다녔으면서 이게 다란 말입니까?"

"노 터치라면서요. 웬만하면 증거도 남기지 말라고 그랬고. 중요한 사람 만나는 거 아니면 사진도 찍지 말라면서요. 하는 거라곤 정말 지들끼리 데이트밖에 없는데 어쩝니까?"

민혁의 말에 가시가 돋쳤다. 그렇잖아도 민혁은 하루 종일 닭살 커플의 애정 행각을 강제로 쳐다봐야 하는 고문을 당하고 있었다.

"노 터치라고 듣긴 들었는데, 한 번만 어깨빵 하면 안 됩니까?"

"어, 어깨빵이라니요? 폭력은 안 됩니다. 미행을 지시하긴 했어도 여자분은 저희 부회장님의 따님이시고……."

"아니, 폭력이랄 것도 없고 그냥 길 막지 말라고 어깨 한 번만 치고 갈게요. 화딱지가 나 죽겠다니까요?"

일교차가 심해지고 있다고 해도 낮엔 가을 햇살이 따가웠다. 그런데도 두 사람의 몸 한쪽 측면은 반드시 상대방에게 껌딱지처럼 들러붙어 있었다.

"딴 게 풍기 문란인가? 사람들 안 지나다니는 골목 구석에서 뽀뽀하면 뭐합니까? 나처럼 몰래 미행하고 감시하는 사람이 있는데? 감시하는 사람 입장도 생각해 줘야지 말이야. 한두 번 봐야 귀엽다고 하고 말지, 시도 때도 없이 보니까 속이 메슥거릴 지경이라고요. 이거 근무 환경이 너무 척박한 거 아닙니까?"

"아니, 불륜 저지르는 사람들 뒤도 잘 밟고 다니시는 분이 난데없이 무슨 그런 불만을……."

"그런 족속들한텐 쌍욕이라도 하지! 아오, 이건 욕을 할 수도 없고."

민혁이 은근슬쩍 반말을 해도 남자는 지적할 생각을 하지 못했다.

"남의 연애 훔쳐보는 기분이 아주 엿같다고요. 그걸 다 참아내고 만든 결과물인데 내용이 없다고 하면 제가 섭하죠. 안 그렇습니까?"

"서운하게 하려고 한 말은 아니었습니다."

"정말 별게 없었습니다. 요주 인물이라고 알려준 왕마담을 만난 것 빼고는 이렇게 놀러만 다닙니다."

민혁이 불퉁하게 말했다. 따라다니래서 따라다녔고, 눈에 보이는 대로 보고하래서 했을 뿐이다. 아니, 미행을 어떻게 더 창의적이고 열정적으로 할 수 있냔 말이다. 애초에 뒤가 켕기는 인간들의 지저분한 흔적들을 줍는 것과 아무 잘못 없는 사람들의 일상에서 꼬투리를 잡는 것에는 엄청난 차이가 있었다.

"둘이 불륜도 아니고, 미성년자 성매매도 아니고, 가출한 것도 아니고. 뭐, 여기서 내가 뭘 더 찾아요?"

"시의원들을 만나냐, 안 만나냐 그걸 알아내 달라는 거죠."

남자가 훨씬 고분해진 목소리로 민혁을 달랬다. 차무영이 정 회장의 정치적 술수를 용케도 간파한 바람에 일은 좀 더 복잡해졌다. 정 회장은 소월과 무영이 만봉시와 하순시의 의원들을 만나 뒤에서 공작을 펼칠까 봐 두려워졌고, 천일을 시켜 그들을 주시하도록 했다. 그러나 정 회장의 우려와 달리 소월과 무영은 평범한 나날들을 보내고 있는 모양이었다.

"월산 밖으로 나간 건 딱 한 번 하순시에 있는 액세서리 가게에 갔을 때뿐이었습니다. 시의원은커녕 한의원도 안 만났어요. 그냥 머리핀 같은 거 몇 개를 샀을 뿐이에요."

소월과 무영은 마니아들에게 유명한 수제 액세서리 브랜드숍에서 머리 장식을 샀다. 곧 다가오는 한가위 축제를 위해 차무영이 정소월에게 선물을 한 것이다. 그 외에는 병원에 가서 소월의 예후를 살피거나 강명인과 한지훈의 문병을 갔다는 게 민혁이 보고한 내용의 전부였다.

"다른 건 정말 없었습니까?"

"정 못 믿겠으면 거기 적혀 있는 가게 번호로 전화해 보시든가요."

민혁은 그렇게 믿지도 못할 거면서 일은 어떻게 맡긴 거냐며 씩씩댔다.

"알았습니다."

남자는 민혁의 손에서 보고서를 도로 빼앗았다.

"축제 지나면 민혁 씨의 일도 끝납니다. 그때까지 좀 더 분발해 주시길 바랍니다."

"네에, 네에."

민혁이 장난조로 말하자, 남자는 손에 든 종이를 구기며 주먹을 쥐었다.

"장난하는 거 아닙니다. 민혁 씨도 알고 있죠, 이번 축제 때 상무님께서 월산 유지들 앞에서 축하 연설 하시는 거?"

"아, 그래요?"

민혁이 맹하게 반문했다. 남자는 속에서 열불이 났지만 결국은 김민혁을 고용한 자기 탓이려니 하면서 분을 삭였다.

'차라리 내가 변장을 하고 쫓아다니는 게 나았지. 가벼운 미행이라고 아무에게나 급히 맡기는 게 아니었어.'

그러면서 남자는 은근히 정 회장을 탓했다. 소월과 대화를 하고 온 정 회장이 빨리 사람을 붙이라며 정천일을 닦달했기 때문이다. 소월과 무영이 뒤통수를 칠까 봐 초조해하는 정 회장을 보며, 정천일은 우리 노인네도 예전 같지 않다며 비웃음을 터뜨렸다.

"근데 혜성그룹 사람이 무슨 명목으로 월산 축제에서 축하 인사를 한답니까? 온천타운 차 사장네랑도 파혼 때문에 사이가 안 좋잖아요."

"지역 경제 활성화를 위한 유명 기업의 투자 유치를 위해 하순시에서 특별히 요청한 겁니다."

근엄하게 말하는 남자의 태도에서 우쭐댐이 느껴졌다.

"그 자리에서 상무님이 이번에 아주 중요한 발표를 하실 예정입니다."

"아, 네, 그러세요."

민혁이 다른 관심을 보이지 않자 남자는 괜히 더 말을 길게 늘어놓았다.

"월산에 혁신적인 변화를 가져올 중대한 발표가 될 겁니다. 그러니 그 자리에 차질이 안 생기도록 민혁 씨가 잘해주셔야 합니다. 아시겠어요?"

그렇게 대단한 일이면 돈이라도 더 주던가. 민혁이 일부러 큰 소리로 혼잣말을 하며 갑자기 거드름을 피워댔다.

"뭡니까?"

남자가 예리하게 물었다. 민혁은 썩은 고기의 냄새를 음미하는 하이에나처럼 두 손을 마주 비볐다.

"저희 회사가 일인 기업이긴 하지만 사훈이란 게 있거든요. 기브 앤 데이크. 받은 만큼만 보고, 듣고, 말하자."

민혁이 비열하게 웃으며 말했다. 남자의 입술이 비틀어지자 민혁이 짐짓 안타까운 표정을 지었다.

"너무 억울해하지 마세요. 원래 기업 방침입니다."

민혁은 불륜 남녀들의 사진을 거래할 때에도 수위별로 요금을 달리 받았다. 스킨십 장면은 정도에 따라 만 원 단위에서 몇십만 원까지,

모텔이나 호텔의 출입 장면은 기본이 백이었고, 가끔 야외에서 스릴을 즐기는 커플의 경우는 제대로 찍히기만 하면 부르는 게 값이었다.

"더 알아낸 게 있다는 겁니까? 그게 뭡니까? 뭔지를 알려줘야 금액을 결정할 수 있습니다."

"이 바닥에서 몇 년 구르다 보면 눈치코치만 남게 되거든요. 아무리 삼 년간 타지 생활을 했다 쳐도 월산이 어떻게 돌아가는지 알아내는 건 일도 아니죠."

민혁은 때때로 월산의 생리를 그가 좋아하는 포도 맛 아이스크림에 비유하곤 했다. 원통형 종이에 포도 맛 시럽에 절인 얼음이 들어 있는 빙과류 제품이었다. 위쪽에 있는 흐릿한 포도 향의 밍밍한 얼음들을 아그작아그작 깨 먹으면, 아래쪽에 고여 있던 포도 시럽의 엑기스들이 혀를 즐겁게 해준다.

월산도 그렇다. 월산을 둘러싼 풍성한 소문의 90퍼센트는 진짜를 모사한 싱거운 맛보기에 불과하다. 10퍼센트의 엑기스는 저 밑에 납작 엎드려 있는 것이다. 그리고 엑기스를 맛볼 수 있는 건 늘 특권을 가진 사람들뿐이다.

"지나가는 초등학생도 알 수 있는 소문과 돈 있는 사람들만 아는 소문은 내용이 전혀 다르죠. 박윤미를 사이에 둔 차무영과 최창규의 우스운 삼류 치정극을 진짜라고 믿는 사람들이 딱할 뿐입니다."

"무슨 소리를 하고 싶은 겁니까? 단도직입적으로 말하세요."

"소위 월산의 미래를 결정한다는 윗분들 말입니다. 그분들한텐 차강문이 죽인 한연화와 아기의 시체가 노천탕에 묻혀 있다는 소문이 기정사실화되어 있다죠?"

남자는 침묵을 지킴으로써 민혁의 말을 부정하지 않았다.

"정 상무님께서 축하 연설을 할 때 참고할 만한 물건이 있습니다."

민혁이 씩 웃으며 말했다. 남자는 뜸 들이지 말라며 그를 채근했다.

"두 사람이 한지훈의 병문안을 갔을 때의 일입니다. 웬일인지 차영선도 두 사람과 함께 한지훈의 병실에 들어가더군요. 낌새가 이상하다 싶어서 병실을 헷갈린 척하고 문을 살짝 열었더니, 아주 낡아 보이는 공책 하나를 펼쳐 놓고 차석윤이 한연화의 죽음에 대해 이렇게 적어놨을 줄 몰랐다고 말하고 있었습니다."

"차석윤이 한연화의 죽음에 대해 적어놓은 공책이 있다고요?"

"네, 분명히 그렇게 들었습니다."

민혁이 고개를 끄덕이며 말했다.

"고, 공책은, 공책은 지금 어디에 있습니까?"

남자가 흥분해서 말까지 더듬으며 물었다. 이거야말로 월척이었다. 안 그래도 정 회장과 정천일은 노천탕에서 시체를 찾지 못해 안달이 나 있었다. 최창규에게 받아놓은 증언들을 이용하여 영선에게 자백을 받아낼 수도 있었지만, 그러자면 정천일이 최창규와 연관되어 있다는 걸 드러낼 수밖에 없었다. 그런 와중에 차강문이 한연화를 살해했다는 또 다른 증거가 나타난 것이다. 그것도 당시의 유일한 목격자인 차석윤이 직접 쓴 증거가 말이다.

"제 눈이 잘못된 게 아니라면 차 사장 모자와 정소월은 셋 다 빈손으로 들어가서 빈손으로 나왔습니다."

"그렇다면……."

민혁의 말뜻을 이해한 남자의 눈빛이 음흉하게 반짝였다. 공책은 한지훈의 병실에 있는 것이다.

"이 정도면 얼마로 쳐줄 겁니까?"

"입금한 금액의 반을 더 주도록 하겠습니다."

"너무 짠 거 아닙니까?"

"공책이 진짜인지 확인된 것도 아니고 말뿐이잖습니까. 사진도 없는 단순 정보 제공에 이 이상을 주는 건 힘듭니다."

"있으신 분들이 더한다더니만."

민혁은 고개를 절레절레 저으며 재벌가의 인색함에 혀를 내둘렀다.

"입금한 금액의 두 배."

"안 된다고 말하지……."

"물건을 드리죠."

민혁이 남자의 말허리를 싹둑 잘랐다. 남자는 믿을 수 없단 표정을 지었다. 기쁜 것 같으면서도 동시에 자신이 처리할 수 있는 일에 헛돈을 쓰게 되어 낭패라는 얼굴이었다. 남자가 갑작스러운 전개에 어찌할 바를 모르고 어정쩡하게 서 있는 동안, 민혁은 갖고 온 가방 안에서 낡은 회색 공책 한 권을 꺼내 들었다. 남자가 민혁의 곁에 가까이 다가와, 공책 위로 고개를 들이밀었다.

겉표지에는 어린아이의 비뚤비뚤한 글씨로 '차석윤' 이름 세 글자가 오른쪽 하단 구석에 조그마한 크기로 적혀 있었다. 이름을 쓰고 싶지 않았는데 마지못해 쓴 것 같았다. 민혁이 한 장, 한 장 종이를 넘길 때마다 남자는 이것의 주인이 차석윤이라고 확신했다. 그것은 차석윤의 고백록이었다. 그가 느낀 죄의식과 고뇌는 무서우리만큼 처절한 것이었다. 민혁과 남자는 어느새 숨을 죽이고 책장을 넘겼다.

넘기는 텀은 처음을 빼곤 길지 않았다. 그들은 군이 새로운 장의 내용들을 눈여겨 읽을 필요가 없었다. 차석윤은 첫 장에 쓴 같은 내용의 고백을 공책 전체에 걸쳐 계속 반복해서 썼기 때문이다. 다음 장에 무슨 내용이 나올 줄 알면서도 민혁과 남자는 마지막 장까지 공책에서 눈을 떼지 못했다. 그것은 공포와 광기에 사로잡힌 차석윤이 부들거리는 손으로 적은 끔찍한 기억의 기록이었다.

아이가 자라면서 글씨는 정돈되고 깔끔해졌지만 내용은 똑같았다. 차석윤의 고백록은 그가 잊어선 안 되는 기억을 스스로의 영혼에 각인시키려 한 흔적이었다.

아버지가 어머니와 아우를 죽였습니다. 나는 두 사람을 구하지 못했습니다.
아버지가 어머니와 아우를 죽였습니다. 나는 두 사람을 구하지 못했습니다.
아버지가 어머니와 아우를 죽였습니다. 나는 두 사람을 구하지 못했습니다.
아버지가 어머니와 아우를 죽였습니다. 나는 두 사람을 구하지 못했습니다.
아버지가 어머니와 아우를 죽였습니다. 나는 두 사람을 구하지 못했습니다.
아버지가 어머니와 아우를 죽였습니다. 나는 두 사람을 구하지 못했습니다.
아버지가 어머니와 아우를 죽였습니다. 나는 두 사람을 구하지 못했습니다.
아버지가 어머니와 아우를 죽였습니다. 나는 두 사람을 구하지 못했습니다.
아버지가 어머니와 아우를 죽였습니다. 나는 두 사람을 구하지 못했습니다.
아버지가 어머니와 아우를 죽였습니다. 나는 두 사람을 구하지 못했습니다.
아버지가 어머니와 아우를 죽였습니다. 나는 두 사람을 구하지 못했습니다.
아버지가 어머니와 아우를 죽였습니다. 나는 두 사람을 구하지 못했습니다.

☾

"몇 시지?"

정천일이 짐짓 나른한 목소리로 물었다. 그는 무방비한 자세로 가죽 소파에 늘어져 있었다.

"몇 시냐고."

그의 손목에 채워진, 광택을 발하고 있는 명품 시계의 존재가 무색했다. 천일은 정말로 시간을 묻고 있는 게 아니었다. 감히 자신과의 약속에 늦은 상대에 대한 불만을 애꿎은 비서에게 풀고 있을 뿐이었다.

"면목이 없습니다. 죄송합니다. 지금 당장 연락을……."

"광대라고 했나?"

천일이 비서의 말을 자르며 말했다.

"정확히 말하면 남사당패의 대표라고 합니다."

"남사당놀이라는 게 광대 짓거리잖아. 아니야?"

"맞습니다."

비서가 쩔쩔매며 천일의 비위를 맞췄다.

"요즘 세상에도 그런 게 있다니 신기해."

천일이 순진무구한 표정을 지어내며 말했다. 비서는 돌연 유순해진 그의 태도에도 여전히 긴장을 늦추지 못하고 있었다.

"얼마나 할 짓이 없었으면 시대에 뒤떨어지는 그런 일을 하는 걸까? 고아들이나 거렁뱅이의 자식들을 모아놓은 건가? 그런 천한 것들한테 일을 맡겨도 되겠어?"

"하지만 이 아이디어를 떠올리신 건 상무님이셨는데……."

"내가 실수를 하면 옆에 있는 당신 같은 사람들이 제대로 보좌해서 고쳐야 하는 거 아냐? 이것 봐. 내 귀중한 시간이 낭비되고 있잖아, 당신 때문에."

"죄송합니다. 시정하겠습니다."

비서는 천일의 히스테리가 억지라는 생각도 하지 못했다. 그저 쓸데없이 말대꾸를 한 스스로를 탓했다. 그는 정천일의 훌륭한 인형으로 훈련되어 있었다.

"소월이네 미행은 어떻게 되고 있어?"

"김민혁 씨의 보고에 의하면 아직까지 눈여겨볼 만한 행동을 하고 있진 않는 것 같습니다."

"진짜 짜증 나. 할아버지만 아니었으면 그런 시정잡배한테 돈을 뜯기는 일도 없었을 텐데."

천일이 어린애처럼 투정을 부렸다. 비서는 천일의 눈치를 보며 입을 굳게 다물었다. 정천일은 요즘 기분이 좋지 않다. 정 회장이 그를 관리하고 있기 때문이다.

최창규가 노천탕을 폭파시킨 건 천일에게도 예상 밖의 일이었다. 윤미를 미끼로 무영을 유인하고, 무영에게 차씨 가문의 치부를 낱낱이 알려주어 그를 협박하고자 한 것이 천일의 계획이었다. 총이나 몇 발 허공에 쏘면서 겁을 주겠거니 싶었다. 그런데 폭탄이라니! 이래서 근본이 없는 것들과는 손을 잡으면 안 된다며 천일은 치를 떨었다.

온천타운의 화재로 인해 최창규와 박윤미가 죽었다. 일은 애초에 천일이 계획했던 것보다 훨씬 복잡해졌다. 정 회장은 천일이 최창규의 배후에 있었다는 사실이 알려질까 봐 노심초사하였다.

정 회장은 천일이 데리고 온 부하들을 불러다가 각서를 쓰게 하고 전부 서울로 돌려보냈다. 한 명만 빼고서 말이다. 그 남자는 월산에서의 일에 너무 깊이 개입되어 있었다. 최창규와 정천일이 공범이라는 것을 아는 유일한 인물이기도 했다.

그의 입은 각서 한 장과 돈다발로는 닫을 수 없었다. 그럴 땐 아예 사건의 당사자로 만드는 게 편했다. 자신의 죄를 먼저 고해바치진 않을 테니 말이다. 정 회장은 그를 천일의 전속비서로 승진시켰다. 부지불식간에 공범이 된 줄도 모르고 남자는 자신의 충심을 알아준 정 회장과 천일에게 고마워했다.

"그래도 김민혁 씨가 차석윤의 공책을 갖고 온 덕분에 일이 좀 더 수월하게 풀리기도 했으니 좀만 더 기다려 보시는 게 어떨지……."

비서는 어떻게 말을 끝맺어야 천일을 가르치려는 뉘앙스가 아닐지 고민하다가 결국 뒷말을 대충 얼버무렸다. 그러나 정작 천일은 그의 말에 귀를 기울이고 있지 않았다. 문을 두드리는 둔탁한 소리가 났기 때문이다.

"들어오세요."

비서가 재빨리 말했다. 방 안의 분위기를 탐색하듯 문은 아주 천천히 열렸다. 손님이 왔는데도 천일은 소파에서 일어나질 않았다. 그는 심통이 난 어린애처럼 유치하게 굴었다. 뚱한 얼굴로 거대한 창밖의 경치를 바라볼 뿐이었다. 최고층에 위치한 스위트룸답게 하순시의 시가지가 한눈에 보였다.

"늦어서 미안합니다."

또랑또랑한 목소리에 천일은 채신머리없이 고개를 휙 돌렸다.

"여자였어?"

"서단주라고 합니다. 정천일 상무님 맞으시죠?"

단주는 잠옷 같은 차림새로 소파에 기대어 있는 천일을 미심쩍게 내려다보았다.

"재벌들은 원래 비즈니스 자리에 이러고 있나 보죠?"

"십오 분이나 늦은 사람이 비즈니스를 운운할 처지는 아닌 것 같은데."

"제가 몇 분이나 늦었는지 세는 것보다 옷을 갈아입는 게 더 효율적이었을 것 같은데요."

단주가 지지 않고 당돌하게 말했다. 비서는 두 사람 사이에 껴 있기가 버거워 마실 것을 내오겠다며 황급히 자리를 피했다. 천일이 그럴 필요 없다고 신경질적으로 말하려던 찰나에 단주가 호쾌한 목소리로 냉수 한 잔을 부탁했다. 발성 좋은 목소리는 힘이 넘쳤다.

"미안합니다. 오전에 선약이 잡혀 있어서 어쩔 수 없었습니다. 이야기가 조금 길어지는 바람에……. 아이고, 고맙습니다."

얼음이 동동 떠 있는 시원한 물 한 잔을 단주는 벌컥벌컥 마셨다. 가벼워 보이는 몸에 고운 이목구비를 가진 것과 달리 단주의 행동거지는 흡사 괄괄한 사내 같았다. 기이한 몸가짐과 순간순간 번득이는 눈빛 때문에 그녀는 예사 사람이 아닌 것처럼 보였다. 비서는 속으로 단주가 풍기는 아우라의 출처가 그녀의 직업은 아닐까 생각했다.

"남사당패의 우두머리라고 들었는데, 당신은 왜 여자지?"

"여자로 태어났으니까 여자죠."

단주가 퉁명스럽게 말했다. 천일이 하는 질문의 요지가 무엇인 줄은 알았으나 곱게 말이 나가질 않았다. 비즈니스 자리에서 반말을 지껄이는 천일의 태도가 못마땅했기 때문이다. 더구나 천일과 단주는 비슷한 연배로 보였다. 그녀가 무례한 반말을 들을 이유는 어디에도 없었다.

"남사당패는 남자들만 있는 거 아닌가?"

천일이 인내심을 갖고 물었다.

"대부분 남자죠. 하지만 무동들은 여자애들도 많습니다."

"당신은 아이가 아니잖아."

"하, 이 양반 거참 몰라도 너무 모르시네. 바우덕이 모릅니까, 바우덕이?"

바우덕이는 열다섯 살의 나이에 남사당패의 우두머리가 된 소녀로, 전설적인 인물이었다. 단주는 정통 계승자는 아니었으나, 바우덕이의 정신을 본받고자 노력하며 남사당패를 이끌고 있었다.

"저 옛날에 천출들이 모여 만든 놀이패인데, 그 안에서 또 무슨 남녀를 가릅니까. 실력이 곧 서열이고, 힘이지."

"당신이 그 패거리에서 제일 잘났다는 거야?"

"제가 줄을 좀 탑니다."

단주가 자랑스럽게 말했다. 천일은 그녀의 우쭐거리는 면상이 마음에 들지 않았다. 그는 단주의 자부심이 같잖았다. 그의 얼굴에 오만한 빛이 서렸다. 천일이 콧김을 뿜으며 노골적으로 비웃자 단주의 눈매가 날카로워졌다.

"일 얘기나 하죠."

자신의 세계만이 진짜고, 현실이고, 가치가 있는 것이라고 생각하는 우물 안 개구리 따위에게 굳이 그녀의 귀한 꿈에 대해 떠들 필요가 없었다. 단주는 결단력이 있었고, 사소한 것에 얽매이지도 않았다.

"월산 축제에 당신네 남사당패가 들어간다지?"

천일이 웃음기를 지우고 말했다. 단주가 고개를 끄덕였다.

"당신네 공연이 끝나면 대미를 장식하는 불꽃놀이가 이어져. 그리고 그 사이에 나의 축하 연설이 있지."

"알고 있습니다."

"나는 우리가 유기적인 메시지를 전하면 어떨까 싶은데."

"우리? 우리라면?"

"당신네 공연과 나의 연설 말이야."

"무슨 말씀을 하시는 건지 잘 모르겠는데요."

단주가 굳은 얼굴로 말했다.

"당신네들 공연에 연극 같은 게 있다고 들었어."

"덧뵈기라고 탈을 쓰고 하는 가면극이 있습니다. 제가 줄을 탈 때에도 어릿광대와 재담을 나누기도 하고요."

"좋아. 그때 해줬으면 하는 이야기가 있어."

"공연 내용을 상무님이 원하는 대로 바꾸란 말입니까? 안 됩니다."

용건을 다 꺼내기도 전에 튀어나온 거절에 천일은 인상을 찌푸렸다. 그러거나 말거나 단주는 단호하게 말을 이었다.

"축제가 코앞인데 이제 와서 새로 공연을 짤 순 없습니다. 완성도가 떨어질 위험을 감수하고 싶진 않거든요. 게다가 저희 레퍼토리를 기대하시는 관객분들도 계실 거고요."

"재정 상태가 그리 좋지 않다고 들었는데."

유구한 정통성을 가진 남사당패들은 현대에 이르러서는 특정 장소에 공연장을 마련하여 머물며, 그 지역의 문화유산 혹은 관광지가 된다. 그러나 단주의 남사당패는 기존의 패거리에 속해 있던 이단아들이 한데 모여 만들어진 것이었기 때문에 역사나 근거지가 없었다. 그들은 옛 남사당패들처럼 말 그대로 떠돌아다니며 여러 지역들의 축제를 기웃거렸다. 재정 상태가 나쁠 수밖에 없는 상황이었다.

"빚이 있다고 들었는데 내가 대신 탕감해 주지. 공연비도 월산에서 준 거에 세 배를 주겠어."

천일이 교활하게 웃으며 말했다. 자본주의 시대에 돈으로 안 되는 건 없었다. 천일은 단주가 어떤 유형의 인간인지 대략 감을 잡았다. 젊고 혈기가 넘치는 우두머리에겐 책임질 아랫사람들도 많을 터였다. 꿈은 크지만 현실은 녹록지 않을 것이다. 그런 치들은 때론 돈의 유혹 앞에서 속수무책으로 무너졌다. 천일에겐 그 영혼의 타락을 보는 것이 더할 나위 없이 큰 즐거움이었다.

"어떤 이야기를 하고 싶은 건데요?"

오랜 침묵 끝에 단주가 굴복의 뜻을 내비치자, 천일은 열 손가락의 끝이 짜릿하였다.

"걱정하지 마. 당신네들이 원래 하려던 이야기보다 훨씬 재밌고 흥미진진한 거니까."

단주는 모든 걸 체념한 듯 이젠 딴죽을 걸지도 않았다.

"월산의 유명한 '달 선녀 이야기'를 알고 있나?"

"저희 패거리의 초대 꼭두쇠 어른 때부터 월산 축제에서 공연을 했습니다. 모를 리가 없죠. 그 이야기의 주인공인 차강문 어른이 처음으로 저희를 부르셨다고 들었습니다."

"그래? 그건 몰랐군."

천일이 무심하게 말했다. 단주네 패거리의 시시콜콜한 사연 따위 알 바가 아니었다.

"근데 그 이야기는 왜요?"

"내가 공연에 넣고 싶어 하는 게 바로 그 이야기의 진실이거든."

"진실이요?"

"그래. 한연화의 죽음에 대해서 말이야."

천일의 말이 끝나기가 무섭게 단주가 깊은 한숨을 내쉬었다. 뭇사람들 눈에야 남사당놀이가 단순한 전통 놀이 중에 하나인 것처럼 보이겠지만, 단주는 자신들이 무엇을 하는 것인지 잊지 않고 있었다. 그것은 일종의 사명감이요, 소명 의식이었다.

"죽은 이들을 화나게 하는 일이라면 넣어두십시오."

단주가 낮은 목소리로 진중히 말했다.

"남사당패의 시작이 뭔 줄 아십니까? 풍물패가 앞을 잡고 떠들썩하게 마을에 들어섭니다. 그리고 당산과 우물, 마을의 집집을 돌아다닙니다. 그걸 '지신밟기'라고 합니다. 그 땅의 토착신에게 이제 축제가 시작되니 잠시간 이곳은 현실과 다른 세계가 됨을 알리며 잘 봐달라고 인사를 하는 거죠. 더불어 마을에 붙은 잡귀와 악신들을 쫓아내고요."

"그게 뭐 어쨌는데?"

"축제가 열리는 동안 마을은 평상시와는 완전히 다른 곳이 됩니다. 이승의 것, 저승의 것이 한데 어울려 신나게 난장판을 벌이고 묵은 한을 승화시키는 거란 말입니다."

자세한 설명에도 천일은 시큰둥한 얼굴로 그래서 뭐 어쩌라는 듯이 앉아 있었다. 단주는 답답하여 한 번 더 한숨을 푹 내쉬었다.

"차강문 어르신이 월산 축제에 남사당패를 부르기 시작한 이유는 한씨 집안의 원한을 달래기 위해서라고요. 거참 말귀 한번 더럽게 어둡네."

"한연화의 귀신이 무서워서 당신네들을 불렀단 말이야?"

천일의 입가가 야비하게 씰룩거렸다.

"한연화의 귀신까지는 모르겠고, 차강문 어르신의 장인 장모 때문에 그랬다고 들었습니다. 나도 패거리의 노인들한테 알음알음 들은 거라 잘은 몰라요."

"그래서 결론이 뭔데? 죽은 한연화가 무서워서 달 선녀 이야기는 올리지 못하겠다는 거야?"

"고인을 욕보이는 공연이라면 하지 않겠다는 뜻입니다."

"그런 거라면 오히려 내 말대로 하는 게 훨씬 고인을 위한 길일걸?"

그의 자신만만한 태도 때문인지 단주는 솔깃해하며 천일의 이야기에 관심을 보였다.

"무슨 말이 하고 싶은 겁니까?"

"내가 말했잖아. 한연화 죽음의 진실을 말하자고. 달 선녀의 한을 풀어주게 되는 거지."

천일이 오른손을 들어 검지를 까딱거렸다. 비서에게 물건을 갖고 오라는 신호였다. 단주는 그의 행동을 보며 지랄을 떤다고 속으로 욕을 퍼부었다. 한편으론 그가 무슨 말을 해줄지 기대가 되었다. 그녀의 시선이 저절로 비서에게 따라붙었다. 비서는 낡은 공책 한 권을 고대 유물이라도 되는 양 조심스럽게 운반해 왔다. 비서가 티 테이블 위에 공책을 내려놓자마자 단주는 공책 하단 구석에 써진 '차석윤' 세 글자를 발견했다. 그녀는 차석윤이 누구인지 잘 알고 있었다.

"이건?"

"한연화가 월산에서 종적을 감춘 그날, 차석윤도 그 자리에 있었다는 걸 알고 있지? 이건 차석윤이 그날의 일을 적어놓은 기록이야."

"제가 봐도?"

천일이 거드름을 피우며 고개를 까딱거렸다. 단주는 떨리는 손으로 공책을 열었다. 떨림은 커졌고, 책장을 넘기는 속도도 빨라졌다. 천일은 단주의 반응을 지켜보는 게 재미있었다. 그녀는 무서워하는 것 같았다.

"어때? 내 말이 맞지? 난 한연화의 원혼을 구원해 주려고 하는 거라니까."

천일이 소름 끼치게 웃었다. 충직한 비서조차 그를 께름칙해할 정도였다. 단주는 천일과 눈도 마주치지 않고 공책만 뚫어져라 내려다보았다.

"좋아요. 상무님 뜻대로 하겠습니다. 구체적인 이야기와 가이드라인을 말해주세요. 극화를 시키는 건 저희가 알아서 하겠습니다. 하지만 완성도는 장담 못 합니다."

단주가 가방에서 노트와 필기구를 꺼내며 말했다.

"말이 잘 통하니 좋군."

천일이 남자답지 않게 요사스러운 눈웃음을 흘리며 말했다. 그리고 약 한 시간 후에 단주는 그의 스위트룸을 떠났다.

계획이 차근차근 진행되고 있었다. 승리의 기운이 공기 중에도 만연하였다. 천일은 숨을 한껏 들이마시며 폐부에 차오르는 압박을 즐겼다.

"소월이가 보고 싶어."

"네?"

"내 동생이 보고 싶다고."

비서의 멍청한 되물음에도 또다시 친절하게 말해줄 만큼 천일은 기분이 좋았다.

"그 미행하는 사람한테 전화해서 물어봐. 우리 소월이 지금 어디에 있냐고."

'우리 소월이'라는 다정한 호칭에도 비서는 악의를 느낄 수가 있었다. 천일이 활짝 웃고 있었는데도 말이다. 그는 웃는 낯으로 사람의 피를 말리는 법을 잘 알고 있었다. 비서는 즉각 민혁에게 전화를 걸었다.

"월산 시내에 있는 은혜병원에 계시다고 합니다."

"그래? 차석윤의 공책을 찾으려고 병원을 들쑤시고 있나 보네."

천일이 웃음을 터뜨렸다. 그는 콧노래를 부르며 옷을 갈아입기 시작했다. 소월과 무영의 절망에 빠진 얼굴을 어서 빨리 보고 싶어 애가 탈 지경이었다. 차에 타고 나서 그는 말에게 채찍질을 하듯 비서를 재촉했고, 그들은 곧 은혜병원에 도착했다.

천일은 망설이지 않고 한지훈의 병실로 향했다. 소월과 무영은 병실 밖 복도에 있는 길쭉한 의자에 앉아 심각한 얼굴로 대화를 나누고 있었다.

"뭐 해?"

마치 같은 반 친구의 책상을 기웃거리며 같이 놀자고 말하려는 아이 같은 말투였다. 천연덕스러운 목소리가 낯설어서 그런지 소월과 무영은 천일을 보고도 화들짝 놀라질 않았다. 어안이 벙벙해 보일 뿐이었다.

"오빠가 여기 왜 있어요?"

소월은 의외로 차분했다. 눈을 홉뜨며 시비를 거는 여동생을 상상했던 천일은 맥이 빠졌다. 홀로 들뜬 게 겸연쩍어 자신의 예상만큼 적의를 보이지 않는 소월이 야속하기까지 했다.

"그냥, 여기저기 둘러보고 있었지. 너도 알다시피 내가 월산 축제에서 연설을 할 예정이잖아?"

"병원 시설에 대해 일장 연설이라도 늘어놓을 셈인가 보죠?"

소월이 비꼬며 말했다. 그러나 천일에겐 아직 부족했다. 더, 더 분노로 날뛰는 소월의 모습이 보고 싶었던 것이다. 당장에라도 자신이 뭘 꾸미고 있는지 말해주며 소월을 약 올리고 싶었으나, 그러다간 일을 그르칠 게 뻔했다. 천일은 아쉬워하며 입맛을 다시다가 공허한 얼굴로 벽만 쳐다보는 무영에게 눈길을 돌렸다.

"차무영 씨는 안 좋은 일이라도 있나?"

"네? 아뇨. 왜요?"

멍하게 있던 무영이 무기력하게 물었다. 차석윤의 공책을 잃고 차무영은 또 모지리가 된 것만 같았다. 천일은 이런 애송이에게 당하고서 마음을 졸이는 할아버지가 우스웠다.

"축제가 얼마 남지도 않았는데 둘 다 왜 이렇게 기운이 없어? 축제가 시작되면 더 힘이 들 텐데."

남사당패들은 차씨 일가의 치부를 적나라하게 폭로하며 그들을 조롱거리로 만들 것이다. 차무영은 고개도 들지 못할 것이고, 정소월은 패배감과 무력함에 좌절할 것이다. 그 순간을 머릿속에 그리는 것만으로 천일은 웃음이 비죽비죽 나왔다. 한 가지 아쉬운 점이 있다면 소월과 무영이 벌써부터 진이 빠져 있다는 것이다. 두 사람이 잔뜩 독이 올라서 천일에게 대들수록 그들이 망가지는 걸 보는 게 배로 재미있을 터였다.

'좀 봐주면서 놀걸. 상대도 안 되는 것들을 갖고 내가 너무 진지했군.'

천일은 반성했다. 한편으론 이게 다 지레 겁을 먹고 자신을 귀찮게 한 할아버지 때문이라는 생각을 했다. 그는 슬슬 월산에서의 유흥이 지겨워질 참이었다. 복도 끝에서 빠르게 걸어오는 고해숙이 그의 권태에 박차를 가해주었다.

"둘 다 여기 있었군요. 방금 들었어요, 강명인 씨가……."

"원장 선생님! 이쪽은 저희 큰오빠예요."

소월이 다급히 해숙의 말을 막으며 천일의 존재를 알렸다. 천일은 대충 목례를 했다. 그는 흥미로운 눈으로 소월을 바라보았다.

"출장 갔다 오셨다면서요. 잘하고 오셨죠? 축제 준비로 시끄러워서 그런지 병원에 환자가 없네요. 저희 큰오빠는 이번 축제에서 연설을 하기로 되어 있어요. 그래서 병원을 둘러본대요."

소월은 되는대로 지껄이며 천일의 관심을 다른 곳으로 돌리기 위해 애썼다. 그녀가 노력할수록 천일은 확신할 수 있었다. 강명인이 죽었다. 차 사장의 버팀목이자, 차무영의 은인인 강명인이 마침내 숨을 거둔 것이다.

'잔뜩 주눅이 들어 있던 이유가 도둑맞은 차석윤의 공책 때문이 아니라, 강명인의 죽음 때문이었나 보군.'

소월과 무영의 위태로움이 어디에서 기인하는 것인지를 눈치채자 천일은 퍽 애잔한 심정이 들었다. 정신적으로 약해져 있다는 걸 들키지 않기 위한 그들의 노력이 가상했다. 천일은 눈물이 날 것 같았다. 하품을 삼켰기 때문이다.

'시시해.'

이렇게 순식간에 따분해지다니, 그동안의 유희까지 허무해졌다.

"난 이만 가볼게. 축제 때 보자."

천일이 무덤덤하게 말하며 망설임 없이 뒤를 돌았다. 멀찍이 서서 그들을 지켜보던 비서가 얼른 천일에게 따라붙었다. 복도에 남은 세 사람은 천일이 복도 끝에서 완전히 사라질 때까지 미동도 하지 않았다. 수심에 잠긴 무영의 모습이 처량하기 짝이 없었다.

"들켰을까?"

무영이 초조해하며 물었다.

"너 연기 진짜 못하더라."

소월이 무영을 놀렸다. 그녀는 입술을 벌리고서 눈을 흐리멍덩하게 뜨고 무영이 짓던 표정을 따라 했다.

"하지 마, 하지 마아."

무영이 소녀처럼 비명을 지르며 소월을 말렸다. 그녀가 아랑곳하지 않자, 무영은 소월의 얼굴을 밀가루 반죽처럼 마구 주물럭거렸다. 두 사람이 시시덕거리며 둘만의 세계에 빠져들자, 해숙은 못 볼 꼴을 봤다는 듯 고개를 내저으며 잠시 자리를 피하기로 했다. 명인의 일을 어떻게 마무리할지에 대해서는 나중에 물을 셈이었다.

"웃어, 웃으라고."

무영이 엄지로 소월의 입매 끝을 눌러 올리며 말했다.

"이제 다 왔어. 조금만 더 참으면 돼."

호를 그리고 있는 입술 위에 무영의 입술이 살짝 닿았다, 떨어졌다.

"항상 웃게 만들어줄게."

무영이 소월의 얼굴에서 손을 뗐다. 그런데도 여전히 소월의 입술은 사랑스러운 호를 그리고 있었다. 그 미소가 무영을 겨우 안심시켰다. 다가오는 축제도 두렵지 않았다. 오히려 그날이 기대되기 시작했다.

모두가 간절히 기다리던 '월산 달맞이제'의 아침은 희망과 기대를 씻어내는 굵은 빗줄기와 함께 시작되었다. 원래대로라면 오전 아홉 시쯤에는 윗마을에 노점상들이 하나둘씩 장사판을 깔아야 했다. 그러나 오전 열 시가 넘을 때까지 온천타운 근처에 마련된 광대한 공터에는 생쥐 한 마리도 보이질 않았다. 온천타운 내부에 임시로 차려놓은 축제 관리위원회의 사무소에는 전화들이 빗발쳤다. 그칠 줄 모르는 비 때문에 장사를 할 수 없다는 통보들이었다.

정오가 훌쩍 넘어서까지도 비는 멈추질 않았다. 하늘을 쪼개놓을 듯 요란하게 치는 천둥과 번개는 비에 쫄딱 젖은 월산의 몰골을 더욱 기괴하게 만들었다. 연달아 발생한 흉사들과 그 소문들로 인해 가뜩이나 예상되는 방문 관광객 수가 적었는데, 이젠 그마저도 아예 제로로 마감될지도 몰랐다. 점심 장사까지 놓친 축제는 사실상 취소된 거나 다름이 없었다.

을씨년스러운 분위기 속에 온천타운 바로 앞 공터에 설치된 거대한 천막만이 고집스럽게 불을 밝히고 있었다. 그것은 전날 도착한 남사당패의 공연장이었다. 억수로 쏟아지는 비를 곧이곧대로 맞으며 놀이패의 장정들이 천막을 정비하고 있었다.

"이런 니미럴."

천막의 주름진 부분을 막대기로 펴고 있던 농악대의 김 씨가 쏟아진 물벼락을 맞고 욕설을 내질렀다. 심각한 표정으로 밧줄을 묶고 있던 묵호가 김 씨의 욕을 듣곤 실없는 웃음을 터뜨렸다. 김 씨는 패거리들 중에서도 그나마 점잖은 축에 속했기 때문이다.

"단주 걔는 생각머리가 있는 거야, 없는 거야?"

일을 마치고 천막 안에 들어서며 김 씨는 연신 투덜거렸다. 묵호는 그와 나란히 걸으며 말없이 소맷자락을 쥐어짜고 있었다. 바닥으로 물이 좌르륵 떨어졌다.

"내가 이럴 줄 알았지. 자살이 하나, 불타 죽은 게 둘. 한가위고 뭐고 올해 월산은 글렀어. 난 처음부터 이번엔 다른 지역으로 가자고 몇 번이나 말했다고. 원한 많은 혼이 셋이나 구천을 떠도는데 토착신이 어디 힘이나 쓸 수 있겠냐고. 가만있어도 정신이 산만할 지경인데 축제는 뭔 놈의 축제야. 뜨내기 잡귀들만 우글거리게 생겼지."

"사연 많은 우리 땅에 잡귀 없는 곳이 어디 있겠어요. 새삼스레 유별 떨지 맙시다, 형님."

묵호가 결국 차분히 한 소리를 했다. 사십대 중반인 김 씨보다 열 살이나 어렸지만 묵호는 특유의 카리스마로 남사당패 남자들을 이끄는 실세였다. 김 씨는 더 이상 왈가왈부하지 않고 옷이나 갈아입으러 가야겠다며 천막 안쪽에 있는 대기실로 향하였다. 그와 함께 발걸음을 옮기던 묵호는 공연장 구석에 옹기종기 모여 앉아 있는 무동들을 발견했다.

"요 녀석들! 공연 준비는 안 하고 여기 다들 모여 뭘 하고 있는 거야?"

평상시와 다름없는 다정하고 장난기 묻은 말투였는데도 아이들은 묵호의 등장에 소스라치게 놀랐다. 몇 명은 그대로 흙바닥에 엉덩방아를 찧고 울상을 짓기도 했다.

"묵호 삼촌!"

무동들 중에 연장자인 정연이 묵호의 젖은 옷깃을 부여잡았다.

"우리 오늘도 공연해요?"

"그럼 안 해?"

"저렇게 비가 쏟아지는데 누가 와서 본다고요?"

"언제는 손님들 많이 오는 날만 공연했어? 넘치는 날도 있는 거고, 없는 날도 있는 거지."

"그래도 이건 좀 아닌 것 같아요."

영리하게 생긴 정연의 눈동자에는 불신이 가득했다. 묵호는 오늘따라 애고, 어른이고 왜 이렇게 애를 먹이는지 모르겠다며 속으로 한탄했다.

"왜? 뭐가 아닌데?"

"사람이 또 죽었대요!"

쉽게 말문을 열지 못하는 정연을 대신하여 까까머리 남자애 하나가 용기 있게 소리쳤다. 다른 아이들이 짜기라도 한 듯 동시에 앓는 소리를 내며 오들오들 몸을 떨었다.

"벌써 넷이라고요, 넷!"

"무슨 소리를 하는 거야? 누가 또 죽어? 쓰읍! 하라는 연습은 안 하고 싸돌아다니면서 이상한 얘기나 주워듣고 말이야. 손님이 많이 와도 문제네. 너희들의 형편없는 실력을 보여주면 창피할 테니까."

묵호가 꾸짖자 아이들은 억울한 얼굴로 자기들이 들은 이야기를 너도 나도 두서없이 쏟아내기 시작했다.

"여기 온천타운의 지배인 할아버지래요! 저번에 저희 왔을 때 선물로 한우 세트를 사주셨던 그 멋쟁이 할아버지요!"

"그 할아버지는 온몸에 화상을 입어서 피부가 벗겨지고 피고름이 줄줄 샜대요."

"불쌍한 할아버지……. 우린 그 할아버질 좋아했는데. 그치?"

"맞아, 맞아."

아이들이 입을 모아 슬프게 말했다. 묵호는 헛웃음을 지으며 고개를 내저었다. 그도 명인이 당한 사고를 들은 바가 있었다. 어디서 또 진실을 각색해서 소문을 낸 모양이다. 묵호가 알기론 명인은 화상을 입진 않았다. 다만 고령의 나이에 유독가스를 너무 많이 마셔서 중태에 빠진 것이라고 들었다.

"이봐요, 아가님들. 할아버지는 돌아가시지 않았어요."

"하지만 뇌사라는 게 기계를 써서 억지로 심장을 뛰게 하는 거지, 결국은 죽은 거나 다름이 없다던데요? 전선을 뽑자마자 할아버지는 돌아가실 거래요."

정연이 울먹거리면서도 똑소리 나게 말했다.

"도대체 그런 얘기는 어디서 들은 거야?"

"그냥 지나가다가 우연히 여기저기서요."

고자질하는 걸 좋아하지 않는 정연이었다. 아이는 묵호의 눈을 슬쩍 피하며 자긴 진짜 그런 이야기를 들었다고 중얼거렸다.

"정말 오늘 공연해요?"

정연이 한 번 더 물었다. 다른 아이들도 동그란 눈에 공포와 근심을 가득 채우고서 묵호를 올려다보았다.

"너무 무서워요."

"뭐가 그렇게 무서운데?"

"진주가 그랬어요. 원귀가 너무 많으면 지신을 밟아도 소용이 없대요. 우리가 치는 꽹과리 소리에 잡귀들이 몰려올 수도 있대요."

"진주가?"

묵호의 표정이 조금 진지해졌다. 진주는 남사당패의 우두머리인 서단주가 지리산 근처에서 공연을 할 때 주워 온 업둥이었다. 진주는 이제 겨우 열한 살이라, 단주는 아이를 동생보단 딸처럼 키우고 있었다. 신기가 있어 친부모에게 버려진 진주를 딱하게 여긴 까닭이었다.

"진주가 기분 안 좋다고 하면 공연 안 하잖아요. 이번에도 하지 마요, 네?"

"진주가 공연하지 말래? 난 들은 게 없는데."

"그건 아니지만……. 귀신 얘길 한 거 보면 하지 말란 거 아니에요?"

"공연을 할지, 안 할지는 우리 대장님이 결정해야지."

묵호가 정연의 머리를 부드럽게 쓰다듬으며 말했다. 그는 아이들을 달래어 대기실에 들어가 있도록 하였다. 무동들은 서로의 손을 꼭 잡고서 병아리 새끼들처럼 무리를 지어 떠났다. 그 모습을 잠시 흐뭇하게 지켜보다가, 묵호는 단주가 있는 회의실로 향하였다. 젖은 옷을 갈아입는 것보다 그녀와 말을 하는 게 중요했다. 그가 회의실에 들어섰을 때, 단주는 손가락으로 양쪽 귀를 틀어막고서 대본을 빠르게 읽고 있었다.

"진주한테 뭔 얘기 못 들었어?"

"언제 들어왔어?"

단주가 귀에서 손을 떼며 물었다. 이번 공연의 대본은 만들어진 지 얼마 되지 않아 새로 외워야 할 것이 많았다. 그녀는 다른 곳에 신경 쓸 겨를이 없었다.

"무동 애들이 잔뜩 겁에 질려 있어. 진주한테서 뭔 얘길 들었다나 봐."

"무슨 얘기? 진주는 별말이 없었는데. 그나저나 비는 아직도 들이 퍼붓나 보구나?"

단주가 비에 젖어 추레한 묵호의 행색을 눈여겨보며 말했다.

"더 심해졌어. 노점상들은 하나도 안 들어선대. 망한 축제에 남사당놀이가 다 뭐야. 차 사장 쪽에선 연락 없어?"

"없어. 우리 공연은 취소 아니야."

"진주가 좀 불길한 소리를 했나 봐."

"그게 하루 이틀이야?"

단주가 대수로워하지 않으며 다시 대본에 집중하려고 했다. 묵호는 속이 타들어갔다. 진주처럼 영험한 건 아니었으나 그에게도 나름의 눈칫밥, 짬밥이라는 게 있었다. 축축한 습기가 피부에 진득하게 달라붙었다. 음습한 기운이 산자락에서 피어오르고 있었다.

"공연 접자."

"안 돼."

단주가 짧게 말했다.

"대체 돈을 얼마나 받았기에 이래?"

"내 꿈을 이룰 수 있는 만큼."

"뭐?"

묵호가 눈을 크게 떴다. 단주의 꿈은 곧 묵호의 꿈이었다.

"그게 거래 조건이었어."

"정말? 진짜로?"

"그래. 그러니까 이번엔 무슨 일이 있어도 해야 돼."

이쯤 되자 묵호도 할 말이 없어졌다. 그러나 한편으론 끝내 불안감을 떨칠 수가 없었다.

"우리가 취소하는 게 아니라 관광객들이 안 와서 취소가 되는 거면 어쩔 수 없는 거잖아."

"애초에 이번 공연을 봐야 할 사람들은 관광객들이 아니야."

단주는 피곤한지 손가락으로 눈 주위를 꾹꾹 눌렀다.

"그게 무슨 말이야? 너 우리한테 숨기는 게 있지? 줄타기부터 후반부 공연들 대본이 싹 바뀌었다던데, 그 내용도 비밀로 부쳐 두고 있잖아. 왜 갑자기 안 하던 짓을 해? 공연 한 번에 우리 꿈이 이뤄지는 게 어떻게 가능하냐고."

"묵호야, 나 머리 아파. 그만하고 나 좀 믿어주라. 이번만 잘 넘기면 우리 완전 봉 잡는 거야."

한숨 쉬듯 말하는 그녀의 목소리에는 지친 기색이 역력했다. 단주는 한동안 말이 없었다. 골똘히 생각에 잠겨 있던 그녀가 마침내 입을 열었다.

"네 말이 맞아. 오늘 무동들의 곡예는 공연에서 빼도록 하자. 그 어린것들이 제대로 집중할 리가 없어. 어제 마을 들어오면서 풍물패를 이끌었으니 본 공연에선 생략해도 될 거야."

"그렇게 막 바꿔도 돼?"

"네 말대로 오늘 공연 볼 사람들 별로 없어. 일반 관객들은…… 끽해야 마을 사람들이겠지. 이번 공연의 '진짜 관객'들은 어차피 우리가 뭘 하는지 관심도 없을 거야. 중요한 건 우리가 뭘 말하느냐지."

"아까부터 네가 무슨 말을 하는 건지 도통 모르겠다."

묵호는 단주에게 두 손, 두 발을 다 들었다. 그는 단념한 듯 무표정한 얼굴이었으나, 속으론 어제 지신밟기를 좀 더 요란하게 하지 못한 것을 후회하였다.

'토착신이 화를 내거나 놀라지 않으면 좋겠는데.'

굳이 부정 탈 생각을 하고 싶진 않았으나 묵호는 여전히 석연치가 않았다. 그는 고개를 세차게 저으며 머릿속으로 해야 할 일들을 정리하려 애썼다. 풍물이 생략되면 놀이는 '버나'부터 시작된다. 각종 길이의 앵두나무 막대기 위에 다양한 크기의 대접을 올려 돌리는 것이다.

"그럼 난 가서 공연 순서 바뀐 걸 알릴게."

묵호가 회의실을 막 빠져나가려던 참이었다. 묵호야, 하고 단주가
그를 불러 세웠다.

"너도 오늘은 쉬어라."

"뭐?"

"오늘 같은 날에 '살판'을 하는 건 위험한 것 같아. 너는 기도 약하
고."

남사당패의 남자들을 주무르는 묵호에게 기가 약하다고 말할 수 있
는 사람은 서단주뿐일 것이다. 묵호는 자신을 정신적으로 제압하는
단주에게 형용할 수 없는 매력을 느끼면서도 자존심이 상하는 건 어
쩔 수가 없었다.

"너나 줄 조심해서 타라."

한마디를 툭 던져 놓고, 묵호는 밖으로 나왔다. 농악대와 버나꾼들
이 있는 대기실을 가기 위해 공연장을 가로지르던 묵호는 천막의 입구
와 관객석 사이에 우두커니 서 있는 남녀를 보았다. 묵호는 그들에게
다가가 아직 공연 시간이 아니니 나중에 오라고 말하려고 했다. 그러
나 그는 한 걸음도 뗄 수가 없었다.

젊은 남자와 여자는 썩 잘 어울리는 한 쌍이었다. 두 사람은 현대식
으로 개량된 캐주얼한 한복을 입고 있었다. 하늘색 치마가 여자의 종
아리까지 내려왔다. 백옥과 자개로 만든 장식이 여자의 머리에서 반짝
거렸다. 남자는 여자의 머리 장식을 조심스럽게 만졌다가, 그녀의 두
손을 가슴께까지 잡아 올렸다. 여자가 살짝 고개를 숙여 자신의 손을
부여잡은 남자의 손에 입을 대었다. 남자는 그녀의 머리에 이마를 대
었다. 그들은 성스러운 의식을 치르는 듯 경건한 자세로 한참을 그러
고 있었다. 마치 기도를 하는 것 같았다. 어쩐지 묵호는 그들의 인상
이 지독히도 강렬하여 시선을 뗄 수가 없었다. 묵호가 정신을 차렸을
땐 두 사람이 홀연히 자취를 감춘 후였다.

'내가 벌써 뭐에 홀린 건가?'

묵호는 얼떨떨한 기분을 지워내기 위해 힘차게 뛰었다. 몇 시간 후면 폭우 속에서 놀이패의 공연이 시작될 것이다.

"잘하면 살 판이요, 못하면 죽을 판!"

"얼쑤!"

버나 공연이 무사히 끝나고, 우렁찬 외침과 함께 두 명의 살판쇠가 무대로 달려 나왔다. 그중에는 묵호도 포함되어 있었다. 묵호는 관객석을 둘러보며 '살판'이 뭔지를 설명했다.

"이것은 일명 '땅재주'라 하여 현대에서 말하는 텀블링이라는 것과 비슷한 묘기입니다. 위험하니 어린이들은 절대로 따라 하면 안 됩니다, 알았죠?"

늘 하던 대로 튀어나온 인사말이 민망하게도, 관객석엔 어린아이는 한 명도 보이질 않았다. 그는 뒤늦게 단주의 말뜻을 깨달았다. 관객석에는 월산의 유지들과 만봉, 하순시의 정치인들, 축제를 후원한 기업인들과 지역신문 기자들이 앉아 있었다. 아마도 억지로 동원되었을 마을 사람 몇십 명이 상기된 얼굴로 묵호의 말에 호응을 해주었다.

"이것은 살 판인가, 죽을 판인가! 자, 뛰어보자!"

묵호와 또 다른 살판쇠 하나가 땅에서 높이 뛰어올라 공중에서 재주넘기를 하였다. 둘 사이가 얼마나 가깝던지 관객석에서 탄성이 터져 나왔다. 두 남자가 안전히 착지하자, 박수갈채가 쏟아졌다. 살판쇠 박씨가 묵호에게 슬쩍 다가와 재빠르게 귓속말을 속삭였다.

"정신을 어디다 두는 거야?"

관객들이 숙련된 묘기라고 여긴 것과 달리, 둘은 방금 허공에서 충돌할 뻔했던 것이다. 묵호는 미안하다고 말하였으나 그의 눈빛은 이미 탁해져 있었다. 그는 원인을 알 수 없는 심란함으로 좀처럼 집중을 할 수가 없었다.

"살려고 하는 놈은 죽고, 죽으려고 하는 놈은 살겠구나!"

박 씨가 다시 구호를 외쳤다. 숭어뜀을 할 차례였다. 묵호의 몸이 동작을 기억하며 손을 땅에 짚고 연달아 거꾸로 뛰어넘었다. 그와 아슬아슬하게 교차하며 박 씨까지 곡예를 했다. 또다시 우레와 같은 박수 소리가 들렸다. 어쩌면 정말로 밖에서 천둥이 친 걸 수도?

박 씨가 다른 구호를 크게 소리쳤다. 그러나 묵호는 그의 말이 잘 들리질 않았다.

"……살 판이…… 하면…… 죽는다……."

묵호가 무대 중앙을 향해 전속력으로 뛰었다. 높은 도약, 화려한 구르기, 또한 묵호는 봤다. 관객들 사이에 서 있던, 두 눈이 있어야 할 자리에 검은 구멍이 뚫린 기묘하게 생긴 남자를. 그리고 묵호의 착지는 없었다.

"묵호야!"

박 씨의 다급한 부름 뒤로 날카로운 외마디 비명이 들렸다. 공중에서 추락한 묵호의 다리는 괴상한 형태로 꺾여 있었다. 희한하게도 묵호는 아무런 고통을 느끼질 못했다. 자신이 본 게 인간인지, 잡귀인지, 토착신인지 그것만이 궁금할 뿐이었다.

대기실로 옮겨진 묵호를 두고 사람들의 말소리가 시끄러웠다. 응급차를 부르는 전화 소리, 무동들이 우는 소리, 화를 내며 싸우는 소리가 정신 사나웠다. 그중에는 처음 듣는 젊은 남자의 목소리도 섞여 있었다. 묵호는 누운 채로 고개만 돌려 남자를 봤다. 공연 전에 본 그 남자다. 옆에는 그 여자도 있었다. 가까이서 보니 두 사람은 창백해진 낯빛에도 불구하고 묘하게 아름다웠다.

'정말 홀렸구나. 월산에 홀렸어.'

묵호는 생각했다.

"중지하는 게 나을 것 같아요."

남자가 말했다.

"아니요. 진행할 겁니다. 바로 줄타기로 넘어가죠."

"사고가 났는데 무슨 공연이에요. 여기서 멈춰요."

"그래서 더 멈추면 안 됩니다. 모든 노력을 물거품으로 만들 순 없어요. 반드시 성공합니다."

"그렇게 하지 않아도 약속은 지키겠습니다. 제발, 누군가가 또 다치는 걸 볼 순 없어요."

"안 다칩니다."

애원조에 가까운 남자의 설득에도 단주는 흔들림이 없었다.

"단순히 우리의 거래 때문만은 아닙니다. 내가 말했죠, 남사당패가 왜 이곳에 처음 왔었는지? 그들을 위로해 줘야 합니다."

서서히 다리의 통증이 느껴지는 와중에도 묵호는 단주의 강단에 감탄했다.

'그래야 내가 선택한 우리의 우두머리답지.'

그렇게 생각하니 사사로운 서운함과 고통이 조금은 사그라졌다. 묵호는 입가에 미소를 띠운 채로 혼절했다. 곧 응급차가 왔지만 공연은 중단되지 않았다. 천막 안에 설치된 스피커에서 공연의 속행을 알리는 안내 방송이 흘러나왔다. 우왕좌왕하던 관객들이 마지못해 다시 자리에 앉았다. 이번엔 단주의 줄타기 차례였다. 농악대의 장정들이 서둘러 무대 중앙에 줄을 설치하고 사라졌다.

찌그러진 갓을 쓰고 도포 자락을 휘날리며 난쟁이 어릿광대가 무대 위에 등장했다. 그는 줄꾼과 재담을 나누는 '매호씨'였다. 뒤뚱뒤뚱 걷는 우스꽝스러운 폼에 사람들이 웃음을 터뜨렸다.

"어휴, 술 냄새. 매호씨야, 너 또 어디서 술독에 빠졌다 온 게로구나."

줄 위에 걸터앉아 있던 단주가 코를 막는 시늉을 하며 말했다.

"아니, 이게 누구야! 너는 천하제일의 미녀 줄꾼인 단이로구나! 월산의 인심이 워낙 좋아서 말이지. 한 집에 들어가면 술을 주고, 두 집에 들어가면 떡을 주고, 세 집에 들어가면 계집까지 주더라!"

매호씨가 아랫도리를 앞뒤로 연방 흔들며 음담패설을 했다. 단주는 치를 떠는 흉내를 내더니 주정뱅이는 상대할 시간이 없다며 슬슬 줄을 튕겼다. 단주는 매호씨와 농을 주고받으며 줄에서 재주를 넘었다. 한 번 사고를 목격한 관객들의 입에서 감탄과 우려가 한꺼번에 섞여 나왔다.

"이 야밤에 뭐가 그리 바빠서 꽁지 맞은 노루처럼 폴짝폴짝 뛰니?"

매호씨가 물었다. 외줄 위를 빠르게 오가던 단주가 매호씨를 내려다보았다.

"너 월산의 연화를 아니?"

그녀가 말을 마치자 장내가 술렁거렸다. 가장 좋은 관객석에 앉아 있던 천일이 눈을 빛내며 단주를 노려보았다.

"연화? 어디 보자, 연화라. 운영이도 아니고 홍진이도 아니고 연화라, 연화……. 아! 월산 대지주 한씨 가문의 딸, 한연화!"

"그래, 그 연화 말이다!"

단주의 말이 끝나자 매호씨가 마구잡이로 가사를 붙인 노래를 부르며 덩실덩실 춤을 추었다.

"알고말고, 알다마다. 보물처럼 귀한 이씨, 고이 길러 키웠더니, 짐승 같은 차강문이 덥석 물어 훔쳤구나. 그 연화 아씨가 왜?"

"연화를 보러 갈 거다."

"연화는 지금 아기씨를 데리고서 꿈나라에 가 있을 텐데, 네 주제에 어떻게 연화를 본단 말이냐!"

"꿈나라는 무슨! 내 방금 저어어어기 월산의 작은 온천으로 연화가 뛰어가는 걸 봤는데! 그 온천만 지나서 숲을 건너 산을 넘으면 월산 밖이다!"

"뭐야? 연화가 도망을 치고 있다고?"

매호씨가 박수를 치며 발을 굴렀다.

"거, 잘됐구나, 잘됐어. 산적 같은 차강문이 기세등등한 게 꼴 뵈기 싫었는데! 아이고, 그런데 연화의 토끼 같은 아들들은 어찌 되려나."

"걱정마라. 연화가 안고 갔다."

"둘이나?"

"하나!"

"뭐? 하나?"

"큰아들은 안기지 않고 제 발로 열심히 어미를 따라가고 있다."

"그럼 그렇지. 연화가 첫아이를 얼마나 예뻐하는데! 근데 네가 그 사람들을 뭐하러 따라가느냐? 소문 내지 말고 그냥 보내주자."

매호씨가 아양을 떨며 졸랐다. 줄 위에 앉아 공중으로 높이 날아오르던 단주가 묘기를 멈추고 침울한 목소리로 말했다.

"차강문이도 연화를 쫓아가고 있단 말이다! 아이고, 내가 이럴 때가 아니지. 차강문이 또 사고를 치기 전에 얼른 가서 말려야겠다."

단주가 양반다리로 앉아 줄을 튕기며 일어서는 재주를 반복했다. 그러곤 갖은 곡예를 부리며 줄을 탔다. 그 모습이 마치 산을 훌쩍 넘고, 강을 건너 연화에게 달려가는 것처럼 보였다. 그 밑에서 매호씨는 짧은 다리로 빠르게 뛰며 '나도, 나도 연화를 구할래!'라고 외쳤다. 그리고 무대는 암전되었다.

예상치 못한 곳에서 월산의 달 선녀 이야기를 마주한 사람들은 어둠 속에서 낮은 목소리로 웅성거렸다. 차가운 암흑 속에 천막을 두드리는 빗소리가 크게 들렸다. 사람들의 불안한 수군거림이 커질 즘이었다. 기둥에 설치된 조명이 무대 한쪽에 초점을 맞추고 빛을 쏘았다.

각시탈을 쓴 여자가 짚으로 된 아기 인형을 품에 꼭 안고서 뛰어 들어왔다. '덧뵈기'인 탈놀이가 시작된 것이다.

"어머니, 어머니, 같이 가요, 어머니."

주름 모양이 없는 하얀 달걀 같은 탈을 쓴 아이가 곧이어 나타났다. 매호씨를 한 난쟁이가 한연화의 첫째 아들 역할도 맡은 것이었다.

"누가 네 어머니니!"

연화가 달라붙은 석윤을 밀쳐 냈다.

"내 아이는 여기 있는데. 그렇지, 우리 아가? 예쁜 아이, 달의 아이. 내가 낳은 나만의 아이."

연화가 광기 어린 웃음을 터뜨리자, 관객석에서 탄식이 새어 나왔다. 어린 석윤은 바닥을 구르면서 연화의 발에 매달렸다.

"어머니, 달의 아이는 저예요. 어머니의 아이는 저라고요. 제발 저 좀 알아봐 주세요, 어머니."

"떨어져라, 떨어져. 너 때문에 잡히게 생겼다, 너 때문에 잡히게 생겼다!"

미친 연화는 자신의 아들도 못 알아보고서 사정없이 짓밟았다. 석윤이 '어이쿠, 어이쿠, 어머니, 어머니' 하며 우는 소리를 냈다.

"연화야!"

양반탈을 쓰고 백정의 옷을 입은 풍채 좋은 남자가 등장했다. 차강문이었다. 연화가 둘째 아들을 품에 안고서 부들부들 떨었다. 그녀는 내달리려고 했으나 그만 엎어져 있던 석윤에게 발이 걸려 넘어지고 말았다.

"연화야!"

"어머니!"

애타는 목소리로 부자가 달려들었다. 연화는 둘째 아들을 끌어안고 발광을 하였다.

"살려줘라, 살려줘! 살려줘라, 살려줘! 달님, 달님, 저를 거두소서. 저와 달님의 아이를 거둬주소서."

"그만하거라, 그만해."

차강문이 연화를 와락 끌어안았다. 연화는 목이 찢어지는 비명을 질렀다. 석윤은 어미의 곡성을 듣곤 미쳐 바닥을 데굴데굴 굴렀다. 어린 아들의 모습이 심상치 않자, 강문은 연화에게서 떨어져 석윤에게로 갔다. 그 기회를 놓치지 않고 연화는 벌떡 일어나 둘째 아이를 데리고 숲 속으로 달아났다.

"윤아, 석윤아, 아가, 정신 차리거라, 석윤아."

"아버지가, 아버지가, 아버지가, 아버지가."

눈앞에서 저를 버린 어미를 목격한 석윤은 그 충격으로 광증이 심해져 헛소리를 빠르게 중얼거렸다.

"아버지가 어머니를 죽였다, 아버지가 어머니와 아우를 죽였다, 아버지가 어머니와 아우를 죽였다, 나는 두 사람을 구하지 못했습니다. 아버지가 어머니와 아우를 죽였습니다. 나는 두 사람을 구하지 못했습니다."

"아아, 석윤아, 아아."

차강문이 석윤을 안고 목 놓아 울었다. 그게 꼭 수탉의 울음처럼 들렸다. 다시 암전. 전과 같은 어둠 속에서 이번엔 그 어떤 수군거림도 들리지 않았다. 사람들은 바짝 언 채로 숨을 죽이고 있었다. 정천일이 그 침묵을 깼다. 그는 한낱 계집 광대 따위에게 농락당했다는 사실에 분노를 참지 못했다.

"내용이 다르잖아! 한연화는 차강문에게 살해를 당했다고! 한연화와 둘째 아이가 차강문에게 살해당한 걸 차석윤이 본 거라고! 그 시체가 노천탕에 묻어 있는 걸 차영선이 숨기고 있었던 거란 말이야!"

그의 괴성을 기점으로 관객석에서 참았던 소리들이 터져 나왔다.

이게 도대체 무슨 일이냐며, 저 연극이 진짜냐며, 혜성그룹의 정천일 상무는 또 왜 저러는 거냐며 한바탕 시끌시끌했다. 소란을 잠재운 건 하얀 천막을 스크린 삼아 쏘아진 영상이었다. 그 영상에는 남사당놀이의 대미를 장식하는 '덜미', 즉 꼭두각시놀음의 인형들이 나오고 있었다.

"저 병신 같은 건 또 뭐야."

천일이 험악하게 말했다. 단주는 그에게 꼭두각시놀음이 있다는 건 아예 말해주지도 않았던 것이다. 매호씨의 형상을 한 인형이 단주의 형상을 한 인형에게 바짝 붙어 호들갑을 떨었다.

"어쩜 좋니, 어쩜 좋아. 어린 석윤이가 연화가 저를 두고 가서 완전히 미쳐 버렸구나. 얼마나 배신감이 컸으면 차라리 제 아비가 어미를 죽였다고 믿는 게 속이 편했을꼬."

짧은 헝겊 팔을 얼굴까지 들어 올리며 매호씨의 인형이 엉엉 울었다. 옆에 있던 단주의 인형은 미쳐 버린 연화와 아기가 무사할 수 있을지 걱정이라며 울었다. 두 인형이 서로를 부둥켜안고 울 때였다. 무대가 다시 밝아지고 아이를 안은 연화가 나타났다.

"에구, 저게 누구야! 안 돼, 연화야! 안 돼! 얼른 뛰어라, 얼른!"

무대에는 뒷모습만 보이는 한 사람이 연화에게 천천히 다가가고 있었다. 연화는 그것도 모르고 아이에게 젖을 물렸다. 두 인형이 소란을 피워도 연화는 천하태평이었다. 낯선 이가 연화에게 손을 내밀자, 연화는 얼른 그 손을 잡았다.

"아니, 아니, 저 사람은!"

단주의 인형이 경악했다. 뒷모습만 보이던 낯선 이가 연화의 손을 잡고 드디어 관객석을 향해 몸을 돌렸다. 또 다른 각시탈이다. 두 명의 여자가 한 명의 아기를 데리고서 무대에서 사라진다. 연화에게 저주나 다름없던 월산을 빠져나간다. 인형들은 놀라움과 환희에 몸을 떨며 소리를 지른다.

"강순애가 한연화와 아이를 데리고 도망을 쳤구나!"

정천일이 고함을 쥐어짜며 말도 안 된다고 악을 썼으나, 바로 들어오는 농악대의 꽹과리 소리에 금세 묻혀 버렸다.

27
Behind

　훗날 월산에 커다란 변화를 갖고 온 남사당패의 기념비적인 공연은 숱한 의문과 새로운 소문을 남긴 채 막을 내렸다. 그리고 이 시점에서, 우리는 전설이 될 공연의 비하인드 스토리를 살펴볼 필요가 있다. 그것은 소월과 무영이 왕마담을 만나러 갔을 때부터 시작하는 게 좋겠다.

　두 사람이 왕마담의 한옥 사랑채에서 강용덕의 애잔스러운 성 기능과 그에 얽힌 차강문과 강순애의 갈등에 대해 듣고 있을 때였다.

　김민혁은 마당 구석에 있는 개집 앞에 쭈그려 앉아 소월과 무영을 기다리고 있었다. 왕마담의 부엌살림을 돕는 고용인 한 명이 민혁에게 유리컵을 내밀었다. 얼음이 든 붉은 오미자차의 빛깔이 고왔다.

　"더운데 들어가 계시지 않고요."

　딱 봐도 건달 같았으나 그래도 손님으로 온 사람이었다. 마당에 세워두고 한여름의 볕을 받게 하기가 영 민망하였다. 눈부신 햇살에 미간을 좁힐 때마다 민혁의 인상은 더욱 흉악스러워졌다.

"신경 쓰지 마세요. 이게 사정이 좀 있어서 그렇습니다."

오미자차를 물처럼 벌컥벌컥 마신 민혁이 빈 컵을 건네며 말했다. 시큼한 맛이 입안에 돌자 그는 온몸을 부르르 떨었다. 고용인은 쭈뼛거리며 물러났다.

'안에 있는 두 사람을 미행 중이라고 말하기엔 모양이 우습겠지.'

그도 그럴 것이 민혁은 무영과 두런두런 수다를 떨며 왕마담네 앞마당에 들어섰기 때문이다. 굳이 책임을 돌리자면 온종일 따라다니기만 하는 게 지루하기도 했고, 하필이면 왕마담네 개가 너무 귀여운 탓이었다. 뭐 어떠냐며 무영이 옷을 잡아끄는 바람에 민혁은 마당에서 시간을 때우게 되었다.

시늉을 내는 것뿐이긴 하나, 일단 김민혁은 정천일의 사주를 받아 그의 누이를 미행하는 중이었다. 혹시라도 정천일이 또 다른 감시자를 붙였을 경우를 대비해, 민혁은 나름대로 혼신의 연기를 하려 노력하고 있었다. 그러나 정작 소월과 무영은 태평하였다. 온천타운 사건 이후 정 회장이 정천일의 수족을 잘라냈다는 정보 덕분이었다.

"걱정하지 마요, 형. 알아보니까 정말 형만 붙여놓은 거래요. 양 실장님? 그분이 그랬지? 그치?"

무영이 물어보자 소월이 살짝 굳은 얼굴로 고개를 끄덕였다. 넉살 좋게 '형' 소리를 하는 무영과 달리, 소월은 아직 민혁을 경계했다. 새삼스러울 것도 없었다. 민혁은 자타 공인 더러운 인상의 소유자였으니 말이다. 오히려 금세 살갑게 구는 무영이 보기 드문 경우였다.

"우진 형의 형님이면 저한테도 형님이시죠. 게다가 형이 의리를 지켜주신 덕분에 저희도 함정에 빠지지 않을 수 있었던 거잖아요."

그렇게 말하는 무영의 눈에 민혁에 대한 존경심이 가득했다. 김민혁은 한껏 쪼들리는 경제 상황에서도 돈보다 의리를 택한 사나이 중에 사나이였기 때문이다.

월산을 떠나 하순시에서 흥신소를 차린 민혁의 사업은 내리막길을 걷고 있었다. 음지의 업종일수록 업계 바닥은 좁은 법이다. 그가 뛰어든 사업의 시장은 이미 레드 오션이었다. 의뢰인의 수는 한정되었고, 몸집이 큰 경쟁사들 사이에서 혈혈단신인 민혁은 힘을 쓰질 못했다. 간신히 입에 풀칠만 하며 오늘내일하고 있을 때, 소개 업체를 통해 정천일의 비서가 찾아왔다.

급전이 필요해서 뭐든 닥치는 대로 할 수 있는 사람, 뒷말이 새 나가지 않게 혼자 일하는 사람, 월산의 지리에 대해 훤히 꿰뚫고 있는 사람, 정천일이 찾는 조건의 바로 그 사람, 그게 김민혁이었다.

정천일은 눈이 휘둥그레지는 액수의 계약금을 제시했다. 심지어 업무도 단순한 미행이었다. 민혁이 고사할 이유가 전혀 없었다. 정천일의 비서가 '요주의 인물 리스트'라는 것이 적힌 종이 한 장을 주기 전까지만 해도 그랬다.

'이 새끼 이름이 왜 여기에 적혀 있는 걸까?'

흔한 이름이었다. 동명이인일 수도 있었다. 하지만 '이우진'이란 이름 옆에는 스물다섯 살이라는 나이와 함께 월산의 집배원이란 간략한 설명이 덧붙여 있었다. 현실을 도피할 순 없었다. 의뢰인이 요주의 인물이라고 못 박은 이우진은 민혁의 친구가 맞았다. 월산 토박이의 깡패와 타지에서 흘러들어 온 우체국 직원 사이의 연결 고리는 다름 아닌 오토바이였다. 둘 다 모터사이클 마니아였던 것이다.

민혁이 잠시 흔들리지 않았다면 거짓말일 것이다. 그만큼 업무 강도에 비해 페이가 엄청나게 좋았다. 하지만 그렇다고 친구를 팔 순 없는 노릇이었다. 어쩌면 우진이 위험에 처해 있을지도 몰랐다. 결국 민혁은 정천일의 비서 몰래 우진에게 그가 의뢰받은 일에 대해 털어놓게 되었고, 역으로 정소월과 차무영에게 고용되어 버린 것이다.

아무리 친구의 부탁이긴 하나, 이중 계약은 업계의 상도덕을 무시하는 행위였으므로 민혁은 내내 마음을 졸였다. 더군다나, 시시때때로 다가와 시원한 거라도 마시면서 미행하라며 음료수를 주는 무영 때문에 민혁은 당황스러운 적이 한두 번이 아니었다.

　"형, 얘기 다 끝났어요."

　무영이 개의 배를 긁어주고 있던 민혁에게 다가와 말했다. 민혁은 깜짝 놀라 앉은 자세로 뒷걸음질을 쳤다. 그는 무영이 준 딸기 주스가 맛있었다는 생각을 하고 있었다. 혼자 차무영을 떠올리고 있던 게 괜스레 남세스러워 민혁은 헛기침을 했다.

　"이제 어디로 갈 거야?"

　먼저 차를 향해 가고 있는 소월을 보며 민혁이 물었다.

　"오늘은 이만 저택으로 돌아가려고요."

　"다른 덴 안 들리고?"

　"네. 형도 들어가서 쉬세요. 미행하시느라 힘드시죠?"

　무영이 슬쩍 민혁의 눈치를 보며 말했다. 조심해야겠다고 마음먹으면서도 무영은 민혁의 존재를 종종 잊어버릴 때가 있다. 소월이 빨대로 커피를 마실 때, 멍하니 하늘을 쳐다볼 때, 재채기나 기침을 할 때, 웃을 때, 인상을 쓸 때, 기쁠 때, 슬플 때……. 다시 말하면, 소월과 함께 있는 모든 순간에 그랬다.

　"그래. 알면 조절 좀 해라. 민망하다."

　이 소리까진 안 하려고 했는데, 당사자가 알아서 양심에 찔려 하니 민혁도 겸사겸사 주의를 줬다. 물론 무영을 이해하지 못하는 것은 아니다. 두 사람의 러브 스토리는 우진에게도 대강 들었거니와, 그들을 따라다니면서 주워들은 소문들로 가히 짐작할 수가 있었다.

　'그렇게나 좋을까?'

　제대로 따라다닌 지는 이제 겨우 첫날이었지만 민혁은 두 사람을 보면서 수십 번도 더 생각했다. 정소월을 볼 때 차무영의 눈빛을 표현할 단어를 민혁은 알지 못한다. 사랑에 빠진 시인이라면 얼추 묘사할 수 있으려나? 두 사람을 보며 민혁은 자신은 누군가를 저렇게 바라봐 본 적이 있었던가를 고심하곤 했다.

"많이 티 나요?"

"티가 나냐, 안 나냐의 차원은 넘어섰지. 대놓고 쪽쪽거리고 다니잖아, 너."

민혁이 심드렁한 목소리로 투덜댔다. 커플의 염장을 가까이서 지켜보는 것만큼 곤욕스러운 일은 없다. 뒤늦게나마 민혁의 존재를 깨달은 무영이 은밀한 사죄의 표시로 뇌물이랍시고 먹을 것들을 갖다 바치는 것도 이골이 났다.

"죄송해요, 형. 내일부턴 더 조심하겠습니다."

무영이 머리까지 조아리며 말했다. 멀리서 소월이 부리부리한 눈으로 거기서 뭐 하냐며 소리를 쳤다. 소월의 눈에는 건달인 민혁이 남자친구를 겁주는 걸로 보였을지도 모른다. 잘 훈련된 강아지처럼 주인을 향해 달려가는 무영의 뒷모습을 보자니, 민혁은 배가 고파졌다. 정신적 공복감이었다. 옆구리가 시리고 마음이 쓸쓸해졌다.

'더럽고 치사해서 나도 연애할 거다.'

마음속으로 굳게 다짐하며 민혁은 자신의 차에 올랐다. 피곤해서 그런지 앞서가는 소월의 차가 만들어내는 흙먼지가 하트 모양으로 보였다. 민혁은 손등으로 눈을 비볐다.

'내일은 또 얼마나 긴 하루가 될까?'

민혁이 음울하게 고독을 곱씹는 사이, 두 대의 차는 저택에 가까워졌다. 그는 적당한 간격을 두고서 차를 세웠다. 그리곤 무영에게 한 시간 정도만 감시하는 척하다가 떠날 테니 신경 쓰지 말라고 문자를 보냈다. 사적인 감정을 담은 추신을 쓰는 것도 잊지 않았다.

"민혁이 형이 우리보고 닭살이래."

부지런히 중앙 계단을 오르던 소월의 발이 멈추었다. 뒤를 돌아 무영을 내려다보는 그녀의 표정이 뜨악하게 굳어져 있었다.

"언제 봤다고 그렇게 무례한 말을 해?"

"오늘 하루 종일 봤잖아."

무영이 순진하게 대답했다. 그는 생글생글 웃으며 민혁에게 답장을 보내는 중이었다. 소월의 위치에선 무영이 보내는 메시지의 내용이 잘 보였다.

"차무영."

"응?"

"닭살이란 건 칭찬이 아니야."

고맙다며 하트 모양 이모티콘까지 넣어 보내는 무영을 보며 소월이 말했다.

"응. 알아."

"근데 왜 고맙다고 했어?"

"우릴 잘 모르는 사람도 내가 널 많이 사랑하는 걸 한 번에 알아봐 주잖아."

핸드폰을 주머니에 집어넣은 무영이 소월을 올려다보며 말했다. 진실을 파헤치러 다니느라 수척해진 얼굴이 가련했다. 소월이 넌 내 남자친구이긴 하지만 남이 보면 정말 재수 없는 커플일 거라며 구시렁거리는 동안, 무영은 긴 다리로 그녀가 서 있는 곳까지 단번에 성큼 올라와 섰다.

"너는 올려다볼 땐 예쁘고, 내려다볼 땐 아름다워."

무영이 손가락으로 소월의 속눈썹을 부드럽게 건드리며 화제를 돌렸다. 소월은 또 이런다며 혼잣말을 중얼거리면서도 자연스럽게 눈을 감았다.

"얼마나 피곤할까, 이 안에 사는 별님은."

소월은 눈두덩이 위에 닿는 무영의 손길을 느낄 수가 있었다.

"내가 많이 부족해서, 나 때문에 별님이 고생이 많아. 오늘도 수고 많았어요."

총명하게 빛나는 소월의 눈이 차씨 가문의 비밀을 밝히기 위해 기민하게 움직이는 걸 보는 게 무영은 가슴 아팠다. 그저 가만히 떠 있기만 해도 아름다운 별인데, 자꾸 고생만 시키는 것 같아서 미안했다.

"그럼 별님한테 쉬는 시간을 줘야지."

소월이 말했다. 눈을 감고 있어도 무영의 표정을 알 수 있었다. 별님을 쉬게 할 수만 있다면 무엇이든지 다 할 거란 비장한 얼굴일 게다.

"자, 별님 쉬는 시간."

소월이 무영의 허리를 끌어안으며 눈을 떴다. 무영은 그녀의 얼굴을 보려고 고개를 숙였다. 소월은 그런 무영의 얼굴을 빤히 들여다보았다.

"별님 뭐 해?"

"쉬는 중."

"내 얼굴 보는 게 쉬는 거야?"

무영의 입술이 흐뭇한 미소를 숨기지 못하고 계속 씰룩거렸다. 그 모습이 어쩌나 사랑스러운지 소월은 바보처럼 헤헤 웃고 말았다.

"우리가 이래서 닭살 소리를 듣나 봐."

소월은 끝내 인정할 수밖에 없었다. 하지만 남들에게 미움 좀 받으면 어떠랴 싶었다. 눈앞에 있는 이 남자에게만 차고 넘치는 애정을 받는다면야, 세상의 모든 미움이 두렵지 않았다.

"하지만 역시 미행하라고 시킨 사람 앞에서 이러는 건 좀 민폐인 것 같아."

소월이 그나마 어른스럽게 말했다.

"누가 우릴 보고 있지 않을 때도 그래. 너, 너무 자주 해."

무영이 소월에게 입술을 들이대는 빈도를 표현하자면, 그야말로 '시도 때도 없이'라는 말이 적합했다. 심지어 소월조차 '지금?'이라고 의아해한 순간도 있었다.

"내가 너한테 키스하는 데 이유가 필요해?"

무영의 얼굴이 점점 더 소월의 영역을 깊이 파고들었다. 소월이 무영의 허리에서 팔을 풀러 두 손으로 그의 어깨를 지그시 밀어냈다. 그러나 고집 센 어깨는 꿈쩍도 하지 않았다. 소월은 벌써 그의 품에 갇힌 상태였다. 1층에서 올라오는 발자국 소리가 들렸다가 사라졌다. 메이드 중에 하나가 둘이 붙어 있는 걸 보고 학을 떼며 발길을 돌렸을 거다.

"이유는 몰라도 무드는 필요하지."

"무드?"

"그래. 키스할 분위기, 타이밍 뭐 그런 거."

"그런 거 따로 잡아야 하는 거야?"

"보통은 그렇지."

"난 항상 준비되어 있는걸."

무영은 여전히 이해가 안 된다는 얼굴이다.

"단 한 순간도 널 원하지 않는 때가 없어. 난 언제든 할 수 있다고."

속삭이는 목소리는 어린애의 투정 같으면서도 농염했다. 아찔하게 닿는 숨결에 소월의 귓바퀴에 소름이 돋았다. 느릿하고 집요한 입맞춤은 길었다. 차라리 집어삼킬 것처럼 격렬한 게 나았다. 입술과 혀끝을 녹여 없애 버릴 것만 같은 지독한 애무는 소월을 못 견디게 만들었다. 정신이 아득해지고, 차무영 말고는 아무것도 생각할 수 없게 된다.

앞으로 해야 할 일들을 정리할 수 있을 만큼 소월의 이성이 돌아왔을 땐 그녀는 이미 목욕도 하고 옷도 갈아입은 상태였다. 소월과 무영은 메이드들을 깨우지 않고 알아서 야식을 챙겨 먹기로 했다. 무영은 네모난 식빵 밖으로 튀어나오지 않도록 양상추의 끝부분을 공들여 잘랐다. 그리고 그 위에 얇은 햄을 세 겹이나 쌓고 토마토도 얹었다. 소스까지 듬뿍 뿌려 식빵 뚜껑을 닫은 샌드위치는 소월의 앞에 놓여졌다.

"나 살찌라고?"

소월은 투덜대면서도 두툼한 샌드위치를 크게 베어 물었다. 무영은 그 모습을 보며 만족스러운 미소를 짓다가 이내 두 번째 샌드위치 만들기에 몰두했다. 그것 또한 소월의 차지가 될 예정이었다. 소월도 질세라 거대한 샌드위치를 만들어 무영의 입안으로 쑤셔 넣었다. 서로 한 입이라도 더 먹이려고 기를 쓰던 두 사람이 부엌을 빠져나온 건 자정이 훌쩍 넘어서였다.

저택에 있는 다른 이들의 잠자리를 방해하지 않기 위해 두 사람의 걸음걸이는 조심스러웠다. 그들이 향한 곳은 다름 아닌 명인의 방이었다. 어떻게 보면 지금까지 모든 실마리들은 다 강명인에게로 이어져 있었다. 생사가 불분명한 한연화의 둘째 아들과 누구의 자식인지 알 수 없는 강명인의 연배는 비슷했다. 차강문을 사랑하고 그의 죄를 가여워했다는 강순애가 데리고 온 아이, 그 아이의 방에는 한 번 써서 뭉개진 총알이 있었다.

막연한 추측, 어렴풋이 잡히는 직감은 소월과 무영의 입을 무겁게 했다. 하지만 그들의 발걸음은 조용하면서도 거침없었다. 두 사람은 답을 알고 있었다. 묵묵히 받아들여야 하는 숙명처럼 그것은 두 사람에게 확실해지고 있었다. 다만, 그들은 보다 구체적인 설명이 필요할 뿐이었다. 어째서 그런 일이 벌어진 것인지, 무슨 의미인지, 왜 밝히지 않았던 것인지 많은 대답들이 생략되어 있었다. 강명인에게 물음을 던진 이가 없었기 때문이다. 그리고 이제는 질문을 가진 두 사람의 젊은이가 나타났으나, 기다려 온 노인이 깊은 잠에 빠져 버리고 말았다. 그는 이대로 영영 깨어나지 못할 수도 있었다. 그러므로 소월과 무영은 그들만의 힘으로 강명인의 숨겨진 삶을 발견해야만 했다.

명인의 방은 지난번에 소월이 홀로 숨어들었을 때와 크게 달라진 점이 없었다. 무영이 명인의 방을 꼼꼼히 둘러보는 동안 소월은 곧장 장식장의 서랍을 열어 총알이 달린 열쇠고리를 찾아냈다.

"찾았어, 무영아."

소월의 부름에 무영이 조르르 다가왔다. 그는 우아하고도 날렵한 손놀림으로 열쇠고리를 찬찬히 살펴보았다.

"이 총알이 강용덕을 죽인 것일 수도 있단 거지?"

"너무 오래된 사건이라 조사는 불가능하대. 하지만 나는 거의 확신하고 있어. 강용덕이 총에 맞아 죽었고, 총알은 없어졌어. 그리고 강용덕이 죽은 후에 나타난 그의 사생아는 사용된 적이 있는 총알을 갖고 있지. 우연치곤 너무 절묘하잖아."

"소월이 넌 명인 아저씨가 강용덕을 죽였다고 생각하는 거야? 아저씨 그때 고작 열여덟 살이었어."

"알아. 나도 거기까지 생각하는 건 아니야. 강용덕의 죽음에 지배인님이 관련되어 있을 거라고 추측하는 것뿐이야."

소월이 차분히 말했다. 무영은 어두운 얼굴로 고개를 끄덕이며 다시 열쇠고리를 들여다봤다.

"네 말대로 기성품은 아닌 것 같아. 여기 새겨진 거는 무슨 뜻이지? 만든 사람의 서명 같은 건가?"

무영이 총알 말고 열쇠고리에 달린 또 하나의 장식품을 가리키며 말했다. 음각으로 새겨진 문양은 꼭 사다리를 잘못 그린 것처럼 생겼다.

"이게 주문 제작으로 만들어진 거라면 지배인님이 원하는 모양을 부탁해서 새긴 걸 수도 있어. 서명이라면 이걸 만든 사람을 찾는 단서가 될 수 있겠다."

소월이 문양을 잘 보기 위해 열쇠고리를 이리저리 움직이며 빛을 반사시켰다.

"서명이면 글씬가?"

"글씨라……."

두 사람이 머리를 맞대고 고민에 빠졌다.

"이거 소문자 'h' 같지 않아?"

"이 부분, 모음 중에 'ㅔ'처럼 보여."

소월과 무영이 동시에 말했다. 두 사람의 말을 종합해 보면 문양은 'hㅔ'라는 글씨였다. 의미도 불분명하고 읽을 수도 없는 글자가 나타나자 소월과 무영은 의기소침해졌다.

"알파벳과 한글의 조합이라니 이게 그렇게 어려운 암호일까?"

무영이 울상을 지으며 말했다. 아무리 생각해도 명인이 그렇게까지 일을 복잡하게 만들진 않을 것 같았다.

"초심으로 돌아가 보자. 나는 이쪽을 맡을게."

무영이 애써 씩씩하게 말했다. 소월도 고개를 끄덕이며 서랍장들을 뒤지기 시작했다. 예전에 보호 인격이 무심코 지나쳤던 것들이 지금의 소월에겐 결정적인 단서일 수도 있었다.

"저번에 봤을 땐 이게 누군가 했는데."

소월이 장식장 위에 놓인 액자를 집어 들며 말했다. 책장에서 오래된 책들을 하나하나 꺼내 펴보던 무영이 호기심을 보이며 다가왔다.

"명인 아저씨랑 우리 엄마 어렸을 때구나."

"지배인님은 차 사장님을 정말 많이 아끼고 사랑하셨나 봐. 이 방에 있는 유일한 사진이야."

어린 차영선을 안고 있는 젊은 강명인의 모습은 근사하고 듬직했다. 품에 안은 소녀를 영원히 지켜주리라 미소로 맹세하는 기사님 같았다.

"아저씨가 한연화의 둘째 아들이라면 우린 정말 괴상한 악연이다."

조악한 컬러 사진 속에서 한연화의 둘째 아들이 차강문의 손녀를 안고서 누구보다 행복하게 웃고 있는 것이다.

"글세……. 악연이 아닐지도 모르지."

소월이 무영의 어깨를 꽉 잡았다 놓았다. 별말이 오가지 않았지만 무영은 그녀의 위로를 느낄 수 있었다. 정소월만이 가능한 일이었다. 그녀야말로 누구보다도 간절하게 차무영이 달 선녀의 저주로부터 자유로워지길 바라며 애쓴 사람이기 때문이다. 소월은 달 선녀의 저주 자체가 없어지길 소망하고 있었다. 한 사람이라도 사실은 행복했다면, 그래서 이 엉켜진 증오의 실타래가 풀릴 일말의 여지가 존재한다면 얼마나 좋을까? 소월은 그 행복을 한연화가 누렸길 기도하고 있었다.

'한연화의 둘째 아들이 지배인님이라면, 한연화는 그때 죽지 않고 도망을 쳤던 거야. 그리고 어디선가 살아 있었겠지.'

소월이 찾고 있는 건 비단 강명인의 감춰진 삶만이 아니었다. 그녀가 찾고 있는 건 한연화의 삶이었다.

'달 선녀의 이야기는 정말로 다시 이어질 수 있어. 한연화의 이야기로, 그 여자의 진짜 삶의 흔적으로!'

소월이 마음을 다잡고서 예리한 눈빛으로 온 방 안을 샅샅이 관찰했다. 그녀는 책상 한쪽에 쌓여 있는 새 봉투들을 만지작거렸다. 경조금 봉투를 상비한 것치곤 양도 많았고, 언제라도 쓸 수 있도록 손이 쉽게 닿는 위치에 놓여 있었다.

"무영아, 지배인님은 누구한테 편지를 쓰셨어?"

"편지? 글쎄, 내가 알기론 명인 아저씨는 그럴 만한 친구가 없으신데."

"하지만 이것 봐. 편지 봉투가 이렇게 많잖아. 근데 왜 받은 편지는 하나도 없는 거지?"

두 사람의 눈이 허공에서 마주쳤다. 강명인은 누군가와 편지를 주고받은 사실을 숨기고 있었다. 그 편지들을 찾아야 했다. 책상과 서랍장을 다 뒤집어봤지만 쓰지 않은 새 편지지 몇 장만이 나올 뿐이었다. 무영은 초조하게 방 안을 돌아다니다가 가지런히 정돈된 침대에 시선을 던졌다. 따로 생각할 틈도 없이 무영은 침대 위에서 이불들을 치워내고 매트리스를 들어 올렸다.

"찾았다."

안도의 숨을 내쉬며 무영이 말했다. 매트리스 아래에는 수백 장의 편지가 종이 노끈으로 묶여 차곡차곡 쌓여 있었다. 무영이 매트리스를 들고 있는 동안 소월이 편지들을 죄다 꺼냈다. 두 사람은 바닥에 앉아 편지 한 장씩을 들고 빠르게 읽어 내려갔다. 소월의 뺨이 살짝 붉어졌다.

"헛다리를 거하게 짚어버렸네."

"넌 영국에서 오래 살았으니까 알파벳으로 보였을 수도 있지. 이분이 시옷을 특이하게 쓰시는 편이기도 하고."

무영이 소월을 다독이며 말했다. 편지가 마무리되는 부분에는 열쇠고리 장식에 새겨진 것과 똑같은 'ㅐ' 문양이 끝인사 뒤에 날인되어 있었다. 두 사람의 손에 든 편지, 그리고 바닥에 쌓인 수백 장의 편지들은 모두 한 사람에게서 온 것이었다.

만나길 고대하며, 세황.

아프지 않길, 세황.

그리움을 담아, 세흔.

🌙

미행 둘째 날, 김민혁은 차무영으로부터 월산을 벗어나 하순시에 갈 예정이라는 메시지를 받았다. 정천일이 묵고 있는 호텔이 하순시에 있었으므로 민혁은 무영에게 오늘만큼은 절대 아는 체를 하지 말라고 신신당부했다. 무영은 알겠다며 수고하시라고 답장을 보냈다. 별 모양의 이모티콘을 붙이는 것도 잊지 않았다.

민혁은 사내자식이 애교도 많다며 싱겁게 웃었다가 곧 진하게 한숨을 내쉬었다. 월산의 몇 배가 될 정도로 넓다곤 하나, 하순시는 정천일이 있는 호랑이 굴이었다. 어디서 정천일이 튀어나올지 몰랐으므로 민혁은 미행하는 척하면서 동시에 소월과 무영을 보호해야 했다. 어린애들의 보모가 된 기분이 들어 일을 시작하기도 전부터 피로감이 몰려왔다.

민혁이 소월과 무영을 따라 도착한 곳은 하순시에 있는 액세서리 가게 앞이었다. 간판을 보니 수제 장식품들을 파는 곳 같았다. 제법 장사가 되는 모양인지 통유리 너머로 보이는 가게 안은 손님들로 붐비고 있었다. 민혁은 바로 옆 카페로 가, 적당히 자리를 잡고 소월과 무영을 주시했다. 두 사람은 인파 속에서 서로를 잃어버리기라도 할까 봐 손을 꼭 잡고 있었다.

"소월아, 이거 봐."

"응, 나중에."

소월의 성의 없는 반응에 무영이 시무룩해졌다. 소월은 가게 안쪽으로 가기 위해 길목을 막고 있는 손님들 사이를 비집느라 애를 먹고 있었다. 그 와중에 한쪽 손을 잡고 있는 무영이 꼼짝도 하지 않자, 소월의 눈살이 절로 찌푸려졌다. 무영은 연약한 생명체처럼 기구한 표정을 짓고서 소월의 이름을 낮게 불렀다.

"뭔데?"

갈 길이 바빴지만 어쩌겠는가, 연하의 귀여운 애인이 풀 죽은 모습으로 조심스럽게 떼를 쓰는 것을. 소월은 마지못해 무영이 가리키는 것에 관심을 주었다.

"깃털?"

"아니지. 새잖아, 작은 새."

무영이 그것도 못 알아보냐며 소월을 장난조로 꾸짖었다. 그러나 소월도 물러서지 않고 이것은 깃털이라고 주장했다. 실제로 백옥의 모양은 작은 새의 옆모습 같기도 하고 깃털 같기도 했다.

두 사람이 옥신각신 언성을 높이자 다른 손님들까지 가세해 이것은 새다, 깃털이다 논쟁을 벌이기 시작했다. 주위가 소란스러워지자 무영은 얼굴이 벌게져선 그게 중요한 게 아니라며 소리를 쳤다. 그다지 큰 소리는 아니었지만 이목이 집중되기엔 충분했다. 순간 모두가 입을 다물었고, 정적이 흘렀다.

"새든 깃털이든 상관없어! 너한테 선물해 주고 싶단 말이야! 네 고운 피부랑 반짝이는 머리카락에 정말 잘 어울릴 테니까."

고요 속에 무영의 목소리만이 또렷하게 들렸다. 주변에 있던 손님들의 표정이 싸늘해졌다. 그러나 그는 계속 눈치 없이 굴며 말을 이었다.

"네 말을 들으니까 깃털처럼 보이기도 해. 하지만 나는 작은 새라고 생각하고 싶어. 작은 새라서 마음에 든 거란 말이야. 작은 새여야 너랑 더 잘 어울릴 거 같다고."

대다수의 손님들이 질린다는 얼굴로 두 사람에게 등을 돌렸지만 몇몇은 무영이 작은 새에 집착하는 이유가 궁금해 여전히 귀를 기울이고 있었다.

"내가 말했잖아, 네 손은 작은 아기 새 같다고. 너랑 손을 잡고 있으면 하늘을 훨훨 날던 아기 새가 내 손에서 잠시 쉬는 것처럼 느껴져."

작고 여린 생명이 온전히 의지해 올 때의 그 경이로운 충만감과 희열, 샘솟는 애정을 무영은 매 순간 소월에게서 느끼고 있었다.

"한마디로 말하면, 넌 귀여우니까 이게 어울려!"

무영이 판결을 내리는 재판관처럼 엄숙하게 말했다. 그는 어느새 머리 장식을 진열대에서 꺼내 손에 들고 있었다. 쓸데없는 호기심 때문에 남의 절절한 사랑 고백을 듣게 된 손님 몇 명은 일진이 사납다고 생각하며 가게를 빠져나갔다.

"이걸 어떻게 해야 고치지? 아니, 고쳐야 할 필요까진 없는 건가?"

소월이 혼잣말을 했다. 무영의 판단력이나 추론 능력이 무척 뛰어나서 종종 까먹곤 했으나, 그는 한때 트라우마에 의해 모지리였었다. 간혹 예상치 못한 구석에서 사회성이 떨어지는 모습을 보여주곤 했는데, 특히 소월에게 애정을 표현할 때 그랬다.

"하긴 생각해 보면 외국에선 이 정도는 흔하지. 한국 사회의 통상적인 분위기에만 맞지 않을 뿐이잖아? 그래, 우리만 좋으면 됐지."

"뭘 그렇게 진지하게 중얼거려?"

무영이 소월에게 눈높이를 맞추며 물었다. 소월이 눈을 깜빡거리자 무영은 또 불시에 그녀의 콧잔등에 입을 맞췄다. 소월의 뒤쪽에서 누군가가 요즘 젊은것들은 보는 눈 무서운 줄도 모른다며 혀를 차는 소리가 들렸다. 소월은 어깨를 으쓱한 뒤 무영의 뺨에 입을 맞춤으로써 자신의 결심을 굳혔다.

'뽀뽀 좀 한다고 돌을 맞진 않겠지.'

그녀가 건성으로 생각했다. 융단 폭격처럼 퍼부어지는 무영의 애정 표현이 내심 좋은 까닭이다.

"선물 정말 고마워, 무영아. 근데 우리 여기 놀러만 온 거 아니잖아. 이거 계산하면서 점원한테 물어보자."

소월의 말에 무영이 순종적으로 고개를 끄덕였다. 두 사람은 가게 안쪽에 있는 카운터로 갔다. 젊은 점원이 환하게 웃으며 그들을 맞았다. 한눈에 봐도 그녀가 명인에게 편지를 보낸 '세황'이란 사람은 아닌 것 같았다.

무영은 일단 계산을 했다. 그동안 소월은 카운터 뒤쪽에 있는 문을 쳐다보았다. 살짝 열린 문 안쪽에는 작업실 같은 공간이 보였고, 인기척이 느껴졌다.

"혹시 이걸 만드신 분이 여기서 일하고 계신가요?"

무영이 계산을 마치자, 소월이 가방에서 명인의 열쇠고리를 꺼내 점원에게 보여주었다. 점원은 가죽 장식에 새겨진 서명을 한눈에 알아보았다.

"네, 저희 사장님 시그니처를 보니 맞는 것 같네요."

그녀의 호쾌한 말투에서 자랑스러움이 묻어났다.

"사장님을 뵐 수 있을까요? 이 열쇠고리에 대해 여쭤보고 싶은 게 있거든요."

"지금요?"

갑작스러운 부탁에 점원은 다소 당황한 기색이었다. 소월과 무영 뒤에 서서 순서를 재촉하는 다른 손님들의 존재는 그녀를 더욱 곤란하게 만들었다.

"일단 이쪽으로 들어오세요."

점원은 계산을 기다리는 손님들에게 양해를 구한 뒤 소월과 무영을 가게에 달린 작업실로 데리고 갔다. 그 안에는 소월이 몰래 훔쳐본 대로 한 남자가 공예에 열중하고 있었다.

"사장님, 손님들이 찾아오셨는데요."

"응? 뭐라고?"

남자는 가죽으로 만든 지갑의 단면을 마감하기 위해 한창 기리메를 칠하고 있는 중이었다. 밖에서 사람을 찾는 소리가 들렸다. 점원은 마냥 꾸물거리고 있을 수가 없어 소월과 무영을 두고 가게로 돌아가 버렸다. 그녀는 문밖으로 나가면서 '사장님, 손님이요, 손님!'이라고 한 번 더 짧게 외쳤다.

"저를 찾아오셨다고요?"

작업을 마친 남자가 마침내 소월과 무영을 바라보며 말했다. 덥수룩하게 난 수염이 지저분해 보이기보단 예술가의 개성처럼 느껴졌다. 그러나 남자는 예술가 특유의 몽상적인 눈빛이나 예민한 기운을 갖고 있진 않았다. 오히려 수더분하니 친근한 이웃 같은 인상이었다. 소월은 점원에게 했던 것처럼 그에게도 열쇠고리를 보여주었다.

"똑같은 제품으로 주문하고 싶어서 오신 건가요?"

남자가 넘겨짚으며 물었다. 그런 경우가 왕왕 있었기 때문이다. 남자의 태도로 보아하니 그는 명인의 열쇠고리를 알아보지 못하는 것 같았다.

"이걸 기억하지 못하시나 봐요?"

무영이 조심스럽게 입을 열었다.

"제가 만들었다면 기억했을 겁니다. 하지만 이건 제가 만든 게 아니네요."

"하지만 방금 나간 여자분께서 이게 사장님의 시그니처라고 했는데요."

"가업과 함께 물려받은 겁니다. 원래는 저희 아버지의 서명이고요."

낯선 남녀의 밑도 끝도 없는 질문에도 남자는 친절하게 설명을 해줬다. 소월과 무영은 서로를 바라보며 눈빛을 교환했다. 남자에게 어디까지 말해야 할지 판단이 서지 않았기 때문이다. 명인처럼 세황도 두 사람의 왕래를 숨기고 있었을 확률이 높았다.

"물건을 주문하러 오신 게 아닌가요?"

침묵이 이어지자 남자가 재차 물었다.

"네, 맞습니다. 똑같은 모양으로 하나 더 갖고 싶어서요. 만드신 분을 직접 뵐 수 있을까요?"

의심이 피어오르는 남자의 얼굴을 보며 무영이 서둘러 말했다.

"저한테 말하세요. 어차피 제가 만들 거니까요."

"아니, 저희는 아버님을 꼭 뵙고 싶은데요."

"품질은 걱정하지 않으셔도 됩니다. 아버지한테 직접 배운 기술이거든요."

자존심이 상한 듯 남자의 얼굴이 조금 경직되었다. 무영은 그의 실력을 못 믿어서 그러는 게 아니라며 황급히 손사래를 쳤다. 수가 틀려 남자에게서 실마리가 끊기면 여기까지 온 보람이 없어지게 될 것이다.

"저희 할아버지께서 지금 많이 위독하세요."

소월이 구원투수로 나섰다. 그녀는 열쇠고리를 손가락으로 만지작거리며 담담히 말을 이었다.

"이 열쇠고리를 무척이나 아끼셨어요. 추억이 많은 물건이라고 늘 말씀하셨죠. 만드신 분과 대화를 나누면 할아버지께 기운이 나실 만한 옛이야기를 전해 드릴 수 있지 않을까 해서 온 거예요."

"저런, 마음이 많이 안 좋으시겠습니다."

남자는 소월의 말을 전적으로 믿는 눈치였다. 하지만 그의 굳은 표정은 풀릴 기미가 보이질 않았다.

"그런 사연까지 갖고 먼 길을 오셨는데 이를 어쩌죠."

침울한 목소리가 불길함을 자아냈다. 소월과 무영은 코앞에서 단서를 놓칠까 봐 애가 탔다.

"아버진 납골당에 계십니다."

남자의 말에 소월은 맥이 풀린 듯 가볍게 비틀거렸다. 무영이 그녀의 어깨를 감싸 안았다. 괜찮다고 낮게 읊조리는 목소리는 실제로는 전혀 괜찮게 들리질 않았다. 무영도 크게 실망을 한 게 분명했다.

"돌아오시려면 몇 시간 더 걸릴 겁니다. 기다리시긴 좀 그렇죠?"

"네? 돌아오신다고요? 돌아가신 게 아니라요?"

소월이 기함하며 물었다. 남자는 잠시 얼빠진 표정을 짓다가 뒤늦게 자신의 표현에 오해의 소지가 다분했음을 깨달았다. 그는 너털웃음을 터뜨렸다.

"제가 헷갈리게 말을 했군요. 미안합니다. 아버지께선 말 그대로 납골당에 가셨습니다. 언제 오실지 몰라서 마냥 기다리라고 하기가 난처했던 겁니다."

"정확한 위치가 어디죠?"

소월이 전투적으로 물었다. 무영의 눈에도 다시 생기가 돌았다. 두 사람은 남자에게서 납골당의 주소가 적힌 종이를 받자마자 쏜살같이 가게를 빠져나왔다. 카페에서 그들이 나오기만을 기다리고 있던 민혁도 덜 마신 음료수를 남겨두고 미련 없이 자리에서 일어났다.

납골당은 차로 한 시간 정도 걸리는 교외에 위치해 있었다. 세련된 현대식 건물 앞에는 주차장을 겸한 공터가 널찍했다. 곳곳에 심어진 나무들이 가을 햇살을 머금고 완숙한 초록을 과시했다. 붉은 단풍까지 어우러져 건물의 전경은 퍽 활력이 넘쳐 보였다. 다가오는 추석을 맞아, 부모를 따라 미리 성묘를 온 아이들의 웃음소리가 여기저기서 들렸다. 평소라면 적막했을 망자들의 공간이 산 사람들의 에너지로 가득 채워졌다.

소월과 무영은 민혁에게 주차장에서 기다려 달라는 신호를 은밀히 보낸 후에 단둘이 건물 안으로 들어왔다. 고급스러운 대리석으로 만들어진 로비는 탁 트여 있어서 여러 홀로 가는 길이 사방으로 뚫려 있었다. 중앙에는 안내 데스크와 함께 방문객들이 앉을 수 있는 의자들이 줄지어 있었다. 그중 하나에 앉아 있던 남자가 소월과 무영을 향해 반갑게 손을 흔들었다.

"황세황 씨?"

무영이 묻자 남자가 잇몸을 드러내며 웃었다. 나이답지 않은 천진한 미소였다. 그는 명인의 또래로 보이는 중키의 정정한 노인이었다.

"저희를 어떻게 알아보시고?"

"네가 무영이구나."

세황은 계속 함박 미소를 짓고 있었다.

"가게에서 젊은 사람들이 날 만나러 온단 전화를 받았다. 어쩌면 너일 수도 있다고 생각했지. 어렸을 때와 아주 판박이로구나."

"저를 아세요?"

"알다마다. 명인이가 네 사진을 얼마나 많이 보여줬는데. 이 아가씨가 너랑 결혼할 그 아가씨니? 만나서 반가워요."

세황이 다짜고짜 손부터 내밀자 소월이 얼떨떨해하며 그와 악수했다. 굳은살이 많이 박인 손은 거칠고 투박했지만 따뜻했다. 그는 오랜만에 장성한 조카를 만난 삼촌처럼 들떠 있었다.

"명인이 없이 날 찾아올 줄은 몰랐다. 어쩌면 이대로 만날 일이 없을지도 모른다고 생각했지. 그래도 명인이가 너한테는 죄다 털어놓긴 했나 보구나. 다행이다. 그 비밀을 혼자 안고선 편히 눈을 감을 수도 없을 테니까."

쉴 새 없이 떠들어대던 그가 잠시 헛기침을 했다. 소월은 세황의 눈에 눈물이 고인 걸 봤지만 못 본 척하며 딴청을 피웠다.

"서로 늘 농담 반, 진담 반으로 말하곤 했지, 답장이 안 오면 죽은 걸로 알라고……. 그렇게 고약한 뉴스를 볼 줄은 꿈에도 몰랐다."

"아저씨의 사고를 뉴스를 보고 아신 거예요?"

"그래. 다른 사람들은 우리가 몇십년지기인 걸 모르거든. 둘 중 하나가 죽으면 연락도 끊겨 버리는 거지."

"왜 그렇게까지 하신 건데요? 두 분이 친구 사이인 걸 왜 숨기시는 거예요?"

"명인이가 알려줘서 이곳에 온 게 아니구나."

세황의 얼굴에서 인자한 웃음이 싹 사라졌다. 그는 믿을 수 없다는 표정으로 소월과 무영을 번갈아 보더니 말도 안 된다며 손바닥으로 입가를 쓸었다.

"어떻게 알고 나를 찾아온 거냐?"

흡사 죄인을 문초하는 듯 매서운 말투였다. 근엄한 연장자의 호통 앞에서 소월과 무영은 오금이 저려 서로에게 찰싹 붙었다.

"이 열쇠고리를 찾았어요."

무영이 명인의 열쇠고리를 건네자, 세황이 오만상을 찌푸렸다.

"명인이가 누워 있는 틈에 방이라도 뒤진 건가?"

그가 아는 강명인은 결코 이 열쇠고리를 함부로 밖에 둘 위인이 아니었다. 정곡을 찔린 소월과 무영은 서툰 변명을 하는 대신에 얌전히 입을 다물고서 세황의 불호령이 떨어지길 기다렸다. 그러나 세황은 오히려 점점 침착함을 되찾고 있었다.

"명인이가 말한 것보다 훨씬 똑똑하구나. 이 열쇠고리에 비밀이 숨겨져 있다고 생각했으니 날 찾아온 거겠지."

"총알 때문에요."

인내심이 바닥을 드러낸 소월이 빠르게 말했다.

"그 총알로 강용덕이 살해당한 게 맞는 거죠? 지배인님, 그러니까 명인 아저씨는 강용덕의 사생아가 아니라 한연화의 둘째 아들인 거죠?"

소월이 거침없이 물었다. 모든 걸 다 알고 있는 것처럼 보이는 황세황 앞에서 굳이 틈을 들일 필요가 없었다. 더 이상 시간을 낭비하고 싶지 않았다. 이 순간에도 정천일은 월산을 집어삼키기 위해 무영의 집안을 몰락시킬 소문을 퍼뜨리고 있을지 몰랐다. 유일한 희망은 한연화의 둘째 아들이 살아 있다는, 그게 강명인이라는 추측뿐이었다. 강명인의 진짜 정체가 증명되기만 한다면 정 회장의 사악한 꿈을 막을 수 있었다.

"이 열쇠고리를 보고서 이상한 점을 느낀 게 없니?"

세황이 소월의 질문을 들은 체도 하지 않고 엉뚱한 소리를 했다.

"열쇠고리란 건 본디 열쇠를 달라고 만든 건데 말이야."

그러고 보니 명인의 열쇠고리에는 세황의 서명이 새겨진 가죽 장식과 총알만이 달려 있을 뿐, 정작 열쇠는 없었다.

"따라오게."

아리송한 말들만 늘어놓으며 세황이 앞장을 섰다. 소월과 무영은 그에게 바짝 따라붙었다. 그들은 로비를 가로질러 유골함을 모셔놓은 봉안실로 향하고 있었다.

"올봄이었지. 명인이한테서 온 편지에 동봉되어 있었어. 이번에 온 신붓감은 정말로 훌륭한 아가씨라 좋은 예감이 든다고 했지. 무영이 너랑도 아주 잘 어울린다고, 그래서 꼭 지켜주고 싶다면서 한동안은 정신이 없을 것 같다더군. 새색시를 노리는 수상한 놈들이 있는 것 같다면서 말이야."

세황은 조곤조곤한 목소리로 주절주절 이야기를 풀어놓았다. 그러는 동안 세 사람은 천장 중앙에 동그랗고 거대한 채광창이 있는 홀에 들어서게 되었다. 벽에는 넓은 직사각형으로 구획된 책장 같은 납골당이 빼곡히 들어차 있었다. 칸마다 있는 강화 유리문 안쪽에는 유골을 넣어놓은 단지가 있었고, 그 주변에는 고인을 기릴 만한 다양한 물건들이 넣어져 있었다.

"바쁜 일들이 마무리되면 열쇠를 찾으러 갈 테니, 그때까진 내가 갖고 있으면서 종종 어머니를 만나러 와달라고 부탁했어."

세황은 주머니에 손을 넣어 열쇠를 꺼냈다. 원래는 명인의 열쇠고리에 달려 있던 것이었다. 세황은 그것을 옆에 선 무영의 손에 쥐어주었다.

"준비가 되어 있으면 좋겠군."

다 들리는 혼잣말을 중얼거리며 세황이 무거운 걸음을 옮겼다. 무영의 심장이 아플 만큼 빨리 뛰었다. 무영의 손안에 있는 명인의 열쇠가 불에 달궈지기라도 한 듯 뜨거웠다. 물론 무영의 착각이었다. 무영은 정신이 혼미했다. 그는 아직 준비가 되지 않았을지 모른다.

"괜찮아."

겁 없는 작은 아기 새가 창공을 누비다 무영의 손에 날아든다. 하늘의 청량함을 가득 품고서 그의 손을 식혀주고, 보듬어준다.

"내가 옆에 있잖아."

지켜주고 싶은 아기 새라고 여겼는데, 사실은 그 작은 날개에 자신이 기대고 있던 건 아니었을까. 손에 닿는 소월의 체온을 느끼며 무영은 생각했다. 두 사람은 손을 꼭 잡고서 그들을 기다리고 있는 세황에게로, 그리고 연화에게로 천천히 걸어갔다.

"어머니 혼자 외로우실지 모른다고 아주 지극정성으로 꾸며놨지."

세황이 서글픈 미소를 지으며 말했다. '한연화'의 이름이 써진 하얀 유골함이 들어 있는 납골당의 내부에는 수많은 사진들이 붙어 있었다. 어린 명인을 씻기고 있는 연화, 나란히 앉아 함께 책을 읽는 모자, 연화의 손을 잡고 공원을 걷는 명인 등 생전에 행복했던 연화의 모습들이 낡은 사진 속에 그대로 담겨 있었다.

"다행이다."

무영이 고개를 푹 숙이며 말했다.

"정말 다행이야."

대리석 바닥 위로 그의 눈물방울들이 뚝뚝 떨어졌다. 소월은 무영의 얼굴을 끌어안아 주었다. 그녀는 눈물을 참느라 미간을 좁히긴 했지만 울진 않았다. 대신 아랫입술을 깨물며 환하게 웃었다. 한연화는 결코 불행하지만은 않았던 것이다. 달 선녀 이야기를 들은 이래 처음으로 소월은 마음이 조금 가벼워졌다.

'그런데 저 사진들은 누가 다 찍어준 거지?'

무영의 등을 쓸어주던 소월이 문득 생각했다. 어느 정도 진정이 된 무영 또한 소월과 같은 걸 궁금해했다. 두 사람은 납골당에 가까이 붙어 다시 천천히 안을 둘러보았다. 붙어 있는 사진들 외에 액자도 몇 개 있었다.

"이분이 왜?"

액자 하나를 가리키는 소월의 손가락이 떨렸다. 소월은 그녀의 얼굴을 알고 있었다. 윤미가 보여준 저택의 웨딩드레스 컬렉션에서 다른 신부들보다 유독 슬픈 표정을 짓고 있던 그녀를 기억하고 있었다. 그러나 한연화의 유골함 바로 옆에 있는 낡은 컬러 사진 속에서 강순애는 그 어두운 신부라곤 생각할 수 없을 정도로 밝게 웃고 있었다. 나란히 놓인 두 개의 의자에 앉아 있는 연화와 순애 뒤에는 키가 훌쩍 자란 소년 명인이 듬직하게 서 있었다.

"명인이가 제일 좋아하는 사진이란다. 얼마 없는 가족사진이라면서."

세황이 말했다. 그는 소월과 무영이 충격에 빠져 핼쑥해진 것도 못 알아차린 채 수다를 이어갔다.

"그리고 이건 우리 둘이 학생일 때 교복을 입고서 찍은 거지. 돌아가신 어머니한테 친구를 소개시켜 드리고 싶대서……"

"잠깐, 잠깐만요. 지금 저희 아무것도 이해가 안 되거든요."

소월이 세황의 말 중간에 끼어들며 말했다.

"도대체 아저씨는 어떻게 명인 아저씨의 일에 대해 속속들이 알고 계신 거죠? 강순애가 왜⋯⋯. 아니, 그럼 강용덕은 누가 죽인 거고, 한연화는 어떻게 여기에⋯⋯."

"그 이야기들을 하자면 내가 명인이를 처음 만났을 때부터⋯⋯."

"거기서부터요?"

"그렇지, 그러니까 그게 내가 아버지 때문에 강제로 직업전문학교에 입학했을 때니까 우리가 열일곱, 아니지 명인이는 학교를 일 년 늦게 들어왔으니까 열여덟⋯⋯."

소월은 그런 건 대충 넘어가고 빨리 중요한 것들만 얘기하라고 닦달하고 싶었으나, 세황은 이미 옛 추억에 흠뻑 빠져 그녀의 따가운 눈총을 느끼질 못했다.

"명인이는 한 학기를 놓치고서 입학을 했는데도 전교에서 가장 똑똑한 놈이었지. 얼마나 독하게 공부를 하던지⋯⋯."

몇십 년이 흘렀는데도 그때의 일들이 또렷했다. 세황은 눈을 감고 회상에 잠겼다.

나는 어려서부터 손재주가 좋았다. 옷고름 하나를 매도 누이보다 솜씨가 좋아서 어머니는 아들딸이 바꿔 태어났다며 우스갯소리를 하셨다. 그럴 때마다 가부장적인 아버지는 장손한테 못 하는 말이 없다며 메마른 성을 내시곤 했다. 그러면서도 아버지는 꼬물거리는 내 두 손에서 새로운 가능성을 탐지하셨던 것 같다. 내가 자라자 대뜸 기술을 배우라고 말씀하셨던 걸 보면 말이다.

"세황이 너는 애비처럼 남의 땅을 빌어먹지 말구, 기술을 배워라. 네가 배운 기술을 누가 훔쳐 가는 것도 아니니 얼마나 요긴하게 쓰겠느냐."

평생을 농사꾼으로 살며 소작이나 해먹던 아버지였으므로 내게 주어진 사명은 무척 의외의 것이었다. 조상 대대로 그랬듯이 농사나 짓는 게 하늘의 뜻인 줄로만 알았던 당시 촌부들의 사상과 비교해 보면 놀라운 깨우침이자 도박이었다. 마침 농사일에는 영 흥미가 동하지 않던 나는 얼씨구나 하고 아버지의 뜻을 따랐다. 나는 열일곱 살이 되던 해에 직업전문학교에 입학하여 기숙사 생활을 하게 되었다.

곡괭이가 들기 싫어 도망치긴 했으나, 학교에서도 나는 배움의 즐거움을 누리진 못하였다. 납땜을 하거나 볼트와 너트를 갈아 끼우는 일들은 내겐 맞지 않았다. 거창하게 들릴지 모르겠지만, 나는 기술보다는 예술 쪽이었다. 그러나 아버지에 의해 강제적으로 공업기술과에 지원한 나는 미용이나 의상, 공예 쪽 수업을 들을 수가 없었다.

다행히도, 나의 문제를 눈치챈 선생님이 한 분 계셨다. 그분은 내게 전과를 권했으나, 우리 아버지 성격에 아들이 계집애 같은 짓을 하는 꼴은 죽어도 못 보실 게 뻔했다. 결국 선생님은 임시방편으로 내게 갖가지 낡은 비품들을 모아놓은 구관의 실습실을 알려주었다. 창고로 쓰고 있기 때문에 사람들이 지나다니지 않으니 그곳에서라도 하고 싶은 일을 하라는 거였다. 나는 감사하다고 몇 번이나 고개 숙여 인사를 하면서도 내가 얼마나 죽을상을 하고 다녔기에 선생님이 이런 호의를 베푸시는 걸까 비참해했다.

그날도 나는 정규 수업이 파하자마자 옛 실습실로 향하였다. 그쯤엔 한창 재봉틀로 자수를 두고 있던 중이었다. 여동생의 생일이 다가오고 있었고, 나는 꽃을 수놓은 손수건을 선물해 줄 생각이었다. 몇달 동안 나 말고는 아무도 찾아온 적이 없었기에 나는 한껏 마음을 놓고 실습실의 문을 드르륵 열었다. 고즈넉한 실습실에는 군데군데 흠집이 난 책걸상들과 구식이 된 각종 기계들이 여기저기 놓여 있었다. 어느덧 익숙해진 먼지 냄새를 폐부 깊이 들이마실 때면 나는 위안을 얻곤 했다.

실습실 정중앙에는 작업대가 있었다. 나는 의자를 끌어와 앉아, 콧노래를 흥얼거리며 미싱을 돌리기 시작했다. 꽃잎을 보라색 실로 메우는데 정신이 팔린 나는 금세 숨을 죽이며 집중하게 되었고, 갑자기 머리 위로 그늘이 진 이유를 깨닫지도 못했다.

"제비꽃이네."

"으악!"

정수리 위로 들리는 음색은 꽤 감미로웠지만 나는 귀신의 흐느끼는 울음을 들은 것처럼 소스라치게 놀랐다. 누군가 실습실에 있으리라곤 상상도 하지 못했기 때문이다. 게다가 그 누군가가 강명인일 줄이야.

"꽃잎이 일그러졌어."

나는 놀란 가슴을 진정시키지 못하고 혼자 헐떡대고 있었는데, 강명인이 여유작작한 말을 지껄였다.

"나 때문에 놀라서 그런 거지? 미안하다."

강명인이 사과했다. 나는 그때까지 강명인과 대화를 나눠본 적이 없었기 때문에 무슨 말을 해야 할지 몰라 입을 다물고만 있었다. 그 바람에 강명인은 내가 단단히 화가 난 줄 알고는, 주절주절 변명을 늘어놓았다.

"저기 창가 밑에서 자고 있었어. 여기라면 아무도 오지 않을 거라고 생각해서 잠깐 쉬러 온 거야. 다른 애들은 구관을 무서워하거든. 살짝 잠들었는데 재봉틀 돌아가는 소리가 들려서 귀신이라도 나타난 줄 알았어. 애들이 그러더라, 여기서 재봉틀을 돌리는 귀신이 있……. 그게 너였구나."

뒤늦게 깨달음을 얻은 강명인의 표정은 다소 얼간이 같았지만 그럼에도 분할 정도로 잘생겼었다. 나는 강명인이 왜 사람 없는 구관까지 기어들어 와 휴식을 취해야만 했는지 어렴풋이 짐작되었다. 강명인이야말로 우리 학교의 왕자님이었기 때문이다. 참고로 말하자면, 우리 학교는 남학교였다. 그런데도 강명인은 왕자님이었다.

우리 세대에 그런 장신은 흔치 않았다. 키만 크고 볼품이 없었으면 꺽다리라고 놀림감이 되기라도 했을 텐데 강명인은 그저 멋졌다. 뛰어난 미모는 남자들 사이에서도 권력이 된다. 철없는 십대 시절에는 더 그렇다. 누구든 강명인과 친구가 되려고 기를 썼다. 외모만으로도 충분히 유별났는데 강명인은 남들 보다 반년이나 늦게 학교에 들어와서 등장부터 화제 만발이었다. 보통 그러면 차라리 일 년 늦게 입학을 할 텐데, 강명인은 이미 열여덟 살이라 더 늦출 수가 없었다고 했다.

워낙 눈에 띄는 외양에다가 학교까지 늦게 들어왔으므로 초기에는 강명인을 둘러싼 악의적인 억측이 난무했다. 사내새끼가 유독 희고 키도 훌쩍 큰 걸 보니 '튀기'일 거다, 사실은 머저리라 한글을 이제 뗐다더라, 학교를 세운 이사장의 사생아다, 지독한 망나니라 다른 학교에서 애들을 팼다더라.

"뭔 생각을 그렇게 해?"

강명인이 나의 안색을 살피며 물었다. 강명인은 늘 친절했다. 아직 아이들이 강명인을 따르지 않았을 때에도 녀석은 항상 웃고 다녔었다. 곧은 자세로 우아하게 걸었고, 말투도 나긋나긋했다. 강명인에 대한 인식 변화의 바람은 녀석이 소속된 관광직업과에서부터 불어왔다. 미남인 데다 신사이기까지 한 강명인이, 치르는 과제 평가마다 일등을 차지했기 때문이다. 같은 학년이지만 나이는 한 살 위인 강명인을 '명인 형'이라고 부르는 놈들이 늘어났다.

"너는 딴생각을 잘하나 보구나."

내가 한참 동안 반응이 없자 강명인이 발랄하게 말했다. 무안을 주는 말의 내용과 달리 어조는 꼭 칭찬을 하는 것처럼 다정했다.

"다른 애들이 싫어?"

지금 생각해도 왜 그런 말이 튀어나왔는지 모르겠다. 무례하기 짝이 없는 질문이라 스스로도 참 부끄러웠다. 마치 강명인의 속마음을 다 알고 있다는 듯이, 꿰뚫어 보고 있단 듯 구는 게 밥맛없는 말투였을 거다. 실상은 멀리서 녀석을 힐끔거리는, 강명인을 동경하는 평범한 남자애 중 하나에 불과했으면서 말이다.

"싫은 건 아니고 귀찮지."

예상외로 솔직한 대답에 나는 약간 당황했다. 입술은 빙그레 웃고 있었지만 눈에는 피로와 미세한 경멸이 서려 있었다.

"하지만 이것도 다 훈련의 일부라고 생각하면 버틸 수 있어. 호텔에는 항상 좋은 손님만 오는 게 아니거든. 짜증 나고 역겨운 인간들도 돈을 내면 받아줘야 하는 거니까."

"그렇게 다 말해도 돼?"

"뭘?"

"네 친구들한테 내가 다 말하면 어떡해? 강명인은 사실 너희를 징그러운 손님이라고 생각하고 있다고."

"네가 말할 것 같지도 않지만, 네 말을 다른 애들이 믿어줄 것 같지도 않은데."

강명인이 나른하게 말했다.

"왜, 왜 그렇게 생각하는데?"

나는 발끈했다.

"친구가 있는 애들은 보통 이 시간에 혼자 이런 델 안 올 것 같거든. 넌 우리 과도 아닌 것 같고. 친구도 별로 없는 타과생의 말을 걔네가 믿어주겠어?"

"너도 지금 여기 있잖아! 너한테 친구가 있으면 나한테도……."

"난 친구 없어. 그러니까 이 시간에 혼자 이런 데에서 자고 있었지."

강명인의 말에 나는 말문이 막혀 버렸다. 강명인은 자수를 망치게 해서 미안하다고 한 번 더 사과하더니 떠날 채비를 했다. 나는 듣기 우스울 정도로 다급하게 강명인을 불러 세웠다.

"가려고?"

"너한테 방해가 될 순 없잖아."

역시 상냥했다. 나는 굼뜬 말투로 괜찮다고, 상관없으니 있고 싶은 대로 있어도 된다고 했다. 말해놓고 보니 꼭 실습실의 주인이 된 것처럼 오만하게 들려서 얼굴이 벌게졌다.

"고맙다, 황세황."

내 명찰을 내려다보며 강명인이 말했다.

"앞으로도 잘 부탁해."

"뭐? 또 오려고?"

"네가 여기 전세 낸 건 아니잖아."

부드럽게 웃으면서 말하는데 은근히 재수가 없었다. 명성이 자자한 왕자님과의 첫 대화는 내게 형용할 수 없는 아리송한 인상을 남겨주었다.

앞으로도 잘 부탁한다는 인사가 빈말은 아니었던지 강명인은 그 후에도 실습실을 자주 찾았다. 그렇다고 우리가 갑자기 친구가 된 것은 아니었다. 나는 뭔가를 만드느라 바빴고, 강명인은 책상 몇 개를 붙여놓고 그 위에 시체처럼 누워만 있었다. 녀석은 자거나 자는 척을 했다. 내가 그것을 구분할 수 있었던 건, 자고 있지 않을 때 강명인은 끊임없이 손을 꼼지락댔기 때문이다.

'손바닥에 벌레라도 물린 건가?'

나는 그런 시시껄렁한 생각을 하면서 우레탄 줄에 구슬을 꿰거나 천으로 인형을 만들었다. 그러다가 우연한 계기로 나는 그 손장난의 정체를 알게 되었다.

그해 겨울은 이례적으로 첫눈이 빨리 내렸다. 아침에 일어나 보니 교정이 온통 하얗게 물들어 있었고, 나는 잠깐 설레다가 이내 다른 아이들과 마찬가지로 한숨을 내쉬었다. 기숙사 안마당과 교정의 눈을 치우는 건 1학년 학생들의 몫이었기 때문이다. 하필이면 첫눈이 폭설이었다. 삽질을 하느라 땀을 뻘뻘 흘리면서도 우리의 코끝은 추위 때문에 빨갛게 얼어 있었다. 이른 오전부터 개고생을 한 우리들은 너 나할 것 없이 하루 종일 피곤해했다.

실습실에 도착했을 때 강명인은 이제 막 책상 위에 누울 준비를 하고 있었다. 우리는 건성으로 눈인사를 나눴고 바로 각자의 할 일에 몰두했다. 나는 만들고 싶은 장신구의 모양을 종이에 그리면서 틈틈이 강명인을 곁눈질했다. 잠이 들지 않았는지 강명인은 또 손을 꼼지락거리고 있었다. 그러다가 평소와 답지 않게 돌연 곯아떨어지고 말았다. 눈을 치우느라 고단했던 모양이었다. 꽃봉오리째 떨어지는 동백처럼 강명인의 손이 툭 떨어졌고, 그 안에서 마치 열매 같은 뭔가가 튀어나와 나무로 된 바닥을 또르르 굴렀다.

그것은 총알이었다. 나는 쪼그리고 앉아 찌그러진 총알을 구경했다. 강명인은 왜 이런 걸 갖고 놀고 있었던 걸까? 어디에 쓰인 총알인 걸까? 무릎이 시큰해질 때쯤 머리 위로 그늘이 졌다. 언젠가와 똑같은 상황이었다. 그러나 이번에 난 놀라지 않았다.

"그거 내 건데."

강명인이 말했다. 얕은 잠을 자다 깨서 그런지 목소리가 갈라져 나왔다.

"네 손에서 떨어졌더라."

나는 무심한 척, 궁금하지 않은 척하려 애쓰며 총알이 든 손바닥을 내보였다. 강명인은 고맙다고 말하며 독수리가 먹이를 낚아채듯 신속하게 총알을 집어갔다. 이게 뭔지 물어보면 죽일 것처럼 흉흉한 분위기를 풍기기에 나는 모른 척 내 자리로 돌아가 하던 일을 마저 했다. 그때까지만 해도 그 총알이 강명인에게 무슨 의미인지 알 수 있으리란 기대는 손톱만큼도 하지 않았었다. 다시는 볼 일이 없겠거니 싶었다.

그로부터 며칠 뒤, 강명인이 2학년 선배에게 주먹을 날리는 사건이 발생했다. 그 선배로 말할 것 같으면 1학년 애들의 민심을 꽉 잡고 있는 강명인을 질투하기로 유명한 좀생이었다. 평소에도 걸핏하면 강명인을 찾아와 나이도 많은 게 어린애들 데리고 왕 노릇을 한다며 시비를 거는 한심한 작자였다. 그러나 강명인은 항상 고상하고 품위 있는 태도로 선배에게 예의를 다했고 무시했다. 강명인이 했던 표현에 빗대어보면, 그 선배야말로 호텔을 찾아오는 최악의 진상 손님의 모델이 아니었을까 싶다.

강명인이 난데없이 폭력을 휘두르다니, 소식은 삽시간에 퍼져 나갔다. 과장을 조금 보태어 거의 전교생이 모두 그 자리에 모였다. 나는 인파에 갇혀 이도 저도 못하고 복도 한가운데에 서 있었다. 강명인과 선배가 다투고 있다는 교실 안에서 고성이 오갔다. 나는 교실 안쪽을 보기 위해 까치발을 디뎠지만 무의미한 수고였다.

"애미도 모르는 후레자식이 건방을 떨기는! 니네 애비 죽기 전까지 꽁꽁 숨어 살았다며? 하긴, 강용덕이라면 그럴 만해. 온갖 여자들 다 따먹고도 제 자식은……."

선배는 말을 끝맺지 못했고 대신 우당탕탕 기물들이 쓰러지는 소리와 함께 비명이 들렸다. 보진 못하고 듣기만 하니 나는 더욱 끔찍한 상황을 상상하게 되었다. 피칠갑을 하고 반쯤 죽어 있는 선배와 눈이 뒤집혀 횡포를 부리는 강명인의 모습이 머릿속을 가득 채웠다. 물론 실제로 그 정도는 아니었다. 강명인의 주먹맛을 한 번 본 선배가 지레 겁

을 먹고 뒷걸음질을 치다가 책상에 걸려 자빠진 거라고 했다. 그럼에
도 당시에는 상황이 무척 긴박하게 돌아가고 있었다. 교감이 호루라기
를 불며 나타났고 학생들은 긴장된 얼굴로 길을 터주었다. 나는 어쩐
지 강명인이 교감에게 깨지는 게 보고 싶지 않아, 길이 만들어진 틈을
타 얼른 그 자리를 피했다.

그날은 실습실에 가지 말까 싶다가 그냥 가기로 했다. 그때 가지 않
았더라면 내 인생에 강명인이 차지하는 비중은 많이 줄어들었을 것이
다. 여느 때처럼 드르륵 실습실 문을 열었는데, 거기서 강명인이 울고
있었다. 넓은 등을 잔뜩 구부리고 두 주먹으로 번갈아 눈물을 닦아내
면서 엉엉 울고 있었다. 새삼 강명인이 고작 열여덟 살이란 걸 깨달은
순간이었다.

"야, 뭐 그런 걸로 우냐. 싸울 수도 있는 거지. 네가 맞은 것도 아니
면서."

그러고 보니 눈두덩에 시퍼런 멍이 든 건 선배였는데, 강명인은 꼭
자기가 흠씬 두들겨 맞은 것처럼 서럽게 울었다.

"그 새끼가, 나보고, 강용덕 아들……."

숨넘어갈 듯 우느라 강명인의 말은 제대로 이어지질 않았지만 나는
선배 놈이 한 말을 떠올릴 수 있었다. 나는 강명인이 아버지의 욕을
듣고 화가 난 줄 알았다. 그래서 섣부르게 위로를 했다.

"그런 이상한 선배가 하는 말에 뭘 그렇게 화를 내. 너희 아버지가
어떤 분이신지는 네가 더 잘 알잖아."

"아들 아니라고!"

강명인이 사자후를 토해냈다. 나는 귀청이 떨어지는 줄 알았다. 뭐
가 그렇게 분한지 강명인은 어울리지 않게 씩씩거리며 나를 노려보았
다.

"알지도 못하면서 함부로 지껄이지 마."

나는 얼결에 고개를 끄덕였다. 강명인은 소매로 젖은 얼굴을 거칠게 닦아내곤 갑자기 바닥을 기기 시작했다. 나는 조금 무서웠다. 사람이 너무 화가 나면 실성을 할 수도 있는 걸까? 강명인의 기행이 나를 소름 돋게 만들었다.

"야, 황세황."

퉁명스러운 목소리가 날 불렀다. 더러운 바닥을 온몸으로 쓸고 다니느라 먼지를 뒤집어쓴 강명인이 나를 멋쩍게 쳐다보았다. 괜히 나한테 화풀이를 해놓고 말을 붙이기가 민망한 기색이었다.

"왜?"

"너 혹시 내 총알 못 봤냐."

강명인은 초조하고 간절해 보였다. 나는 불현듯 강명인이 평정심을 잃고 날뛴 이유가 총알을 분실하고 예민해졌기 때문인 것 같다는 생각이 들었다.

"저번에 네가 주워 준 거 있잖아. 이만하고, 끝에 찌그러진 거."

사슴 같은 눈망울에 눈물이 그렁그렁 고여 있었다. 나는 덩달아 가슴이 아파져 내가 총알의 행방을 알았으면 얼마나 좋을까 싶었다. 모른다고 말할 수밖에 없는 스스로가 한없이 무능력하게 느껴졌다.

"같이 찾아줄게."

내 말에 강명인의 얼굴이 아주 조금 밝아졌다. 우리는 실습실을 이 잡듯이 뒤졌고, 구관의 복도와 화장실도 몇 시간이나 수색했다. 그러나 성과는 없었다. 하지만 강명인은 진심으로 고마워했다. 울어서 퉁퉁 부은 얼굴을 한 주제에 날 보며 환하게 웃었다. 그게 내가 처음으로 본 강명인의 진짜 웃는 얼굴이었다.

그 후로 우리는 조금 친해졌다. 교정에서 마주치면 아는 척을 하기도 했다. 그러나 강명인은 여전히 총알을 찾지 못한 상태였고, 두 번째로 눈이 내렸을 때까지도 그랬다. 1학년 마지막 전체 고사가 코앞이었고, 시험이 끝나면 크리스마스 그리고 방학이었다. 모두가 분주한 시기였지만 나는 특히 눈코 뜰 새 없이 바빴다.

'필요도 없을 것 같은데 이딴 걸 왜 만드는 거야.'

옛 실습실에서 쇠붙이를 다듬고 가죽을 자르며 작업을 할 때마다 드는 생각이었다. 이런 걸 할 시간에 시험공부를 하는 게 더 나을 거라는 마음의 소리가 쉼 없이 들렸다. 이래놓고 아예 주지도 못할 수 있었다. 강명인은 시험 기간 내내 실습실엔 코빼기도 비추질 않았기 때문이다.

드디어 시험이 끝났다. 성적표가 나오고 방학식을 할 때까지 우리는 학교에서 크리스마스를 보내게 되었다. 그래봤자 그때까지만 해도 낯선 서양 명절을 진지하게 챙기는 사람은 없었다. 성탄절의 유래에 대한 읽을거리가 나눠졌고, 저녁 식사에 생강으로 만든 과자가 나왔을 뿐이었다. 그마저도 근처에 있는 미군 기지에서 유통기한이 코앞인 걸 싼 값에 얻어온 낌새가 물씬 풍겼다. 눅눅하고 심지어 곰팡이 냄새도 나는 것 같았지만 나는 이국적인 생김새에 이끌려 미련스레 과자를 다 씹어 먹었다.

식사를 마치고 나는 혹시나 하는 심정으로 실습실로 향했다. 창고처럼 쓰이는 버려진 공간이니 난방이 될 리가 없었다. 바늘 같은 냉기가 얇은 실내화의 천을 뚫었다. 나는 외투 주머니에 양손을 꽂고 종종걸음을 쳤다. 손가락 끝에서 달그락거리는 게 만져졌다. 그저께 겨우 완성한 것이었다.

"올 줄 알았어."

실습실 문을 여니 강명인이 날 기다리고 있었다.

"곧 방학이니까 실습실에 한 번쯤 더 올 것 같았거든. 애네한테 인사해야 하잖아."

강명인이 재봉틀을 쓰다듬으며 순수하게 말했다. 그럴 생각은 전혀 하지 못했던 나는 대꾸할 말을 찾지 못하고 가만히 있었다.

"나는 널 기다리고 있었어."

"날? 왜?"

"저번에 총알 찾는 거, 같이 해줬잖아. 그러니 너도 알아야 할 것 같아서 말이야. 딴 애들 보는 데에서 총알 얘기를 하긴 좀 그렇고."

나는 강명인이 무슨 말을 하려는지 알 것 같았다.

"찾았어, 총알."

강명인이 총알을 보여주며 말했다.

"어디에 있었는데?"

"침대 매트리스 밑에……."

강명인의 귀가 새빨갛게 달아올랐다.

"저번처럼 또 만지작거리다가 나도 모르게 잠들었나 봐. 내 침대 틀이 살짝 벌어져 있거든. 그 사이로 들어갔을 줄은 몰랐어. 매트리스 밑은 웬만해선 안 들추니까……."

"찾았으니 다행이다. 많이 좋아하는 물건인가 봐. 자기 전에도 갖고 노는 걸 보면."

"좋아하는 거 아니야. 갖고 노는 것도 아니고."

허무하게 찾은 총알 때문에 쑥스러워하던 강명인이 다시 본연의 태도로 돌아와 차분히 말했다. 아니, 차분하다는 말로는 부족한, 그것은 차가움이었다. 강명인이 차갑게 말했다.

"이건 내가 잊어버려선 안 되는 죄의 상징이야."

강명인이 총알을 뚫어져라 쳐다보았다. 그 눈빛이 혼란스러워, 녀석을 보는 나까지도 마음이 복잡해졌다.

"난 씻을 수 없는 죄를 지었어. 근데 가끔은 억울할 때가 있거든. 그래서 계속 갖고 있는 거야. 내가 죄인인 걸 잊지 않기 위해서."

나는 강명인이 무슨 얘길 하는 건지 알 수 없었다. 그렇다고 자세히 물어볼 용기가 있는 것도 아니었다. 내가 물어본다고 강명인이 말해줄 것 같지도 않았다. 다만, 나는 그날 읽은 크리스마스의 유래와 의미에 대해 알고 있었다. 그리고 곧 있으면 크리스마스였고, 내 주머니엔 강명인에게 줄 것이 있었다.

"오늘 선생님들이 나눠준 거 읽었어? 크리스마스에 관한 거."

나의 뜬금없는 말에 강명인의 표정이 오묘해졌다. 나는 예수님이 누구고, 누구 아들인데 어떻게 태어났고, 무슨 일을 한 사람이며, 얼마나 훌륭한지에 대해 두서없이 떠들었다.

"너 전도하냐?"

"아니 내 말은, 이해해 주는 사람도 있다고."

사실 나도 내가 무슨 말을 하는지 몰랐다. 나는 예수님처럼 대단하지도 않았고, 강명인을 잘 알지도 못했으니 말이다. 근데도 뭐든 그럴싸한 말을 해야 주머니 안에 든 걸 줄 때 폼이 더 날 것 같았다.

"뭘 이해해 주는데?"

나의 노력에 비해 강명인은 한없이 삐딱했다.

"네가 죄를 지을 수밖에 없던 거? 힘들어 하는 거? 음…… 노력하는 거?"

"왜 이해해 주는데?"

"몰라, 나도. 예수님은 원래 그러신 분이래. 사람들의 죄를 대신 짊어주신다 그러던데……. 같이 짊어주시는 건가……."

나는 되는대로 지껄였다. 이젠 선생님이 준 종이에 뭐가 적혀 있었는지도 헷갈렸다.

"네가 하고 싶은 말이 뭐야?"

"내가 하고 싶은 말은……."

나는 눈을 질끈 감고 에라 모르겠단 심정으로 주머니에서 열쇠고리를 꺼내 강명인에게 내밀었다.

"메리 크리스마스."

한쪽 눈부터 슬쩍 떠보니 강명인은 인상을 쓴 채로 내 손바닥을 내려 보고 있었다.

"선물이야, 크리스마스 선물. 딴 건 모르겠고 그건 확실히 알겠더라. 선물 주는 날이래."

"나한테 주는 거라고? 이걸?"

"총알 달고 다니면 좋을 것 같아서……. 달기 힘들면 내가 달아줄게. 총알에 구멍을 뚫어야 하겠지만……."

"나한테 왜 주는 건데?"

연속된 질문에 나는 끝내 폭발하고 말았다. 주면 주는 대로 받을 것이지, 고맙단 인사는커녕 꼬치꼬치 캐묻기만 하는 게 짜증이 났기 때문이다.

"그거 잃어버렸다고 질질 짰던 게 불쌍해서 만들었다! 선물 준다는데 얌전히 좀 받아라."

"네가 이걸 직접 만들었어?"

"그래! 왜! 마음에…… 안 드냐?"

나의 말끝이 자신감 없이 흐려졌다.

"대단해서."

"뭐?"

"신기하잖아. 이런 걸 만들 줄 알다니. 파는 것보다 훨씬 좋아 보여."

가족이 아닌 타인에게 내가 만든 걸 보여준 것도 처음이었고, 잘한다고 인정을 받은 것도 처음이었다. 나는 가슴이 벅차오르다 못해 속이 메슥거릴 지경이었다. 그게 감동을 받아서가 아니라 저녁에 먹은 상한 생강 과자 때문이었다는 걸, 나는 강명인 앞에서 위 속에 있던 내용물을 다 게워냈을 때야 깨달았다.

강명인은 크리스마스 선물을 받은 답례로 내가 뱉어낸 오물들을 치워주었다. 나는 수치심과 복통 때문에 창백하게 질린 채로 꼼짝도 할 수 없었다. 주둥이만 나불댈 뿐이었다.

"호텔에 술 취한 손님이 와서 추태를 부릴 경우를 예습하는 거라고 생각하고 있어?"

바닥을 말끔히 치우는 강명인의 꼼꼼한 손놀림에 감탄하며 내가 물었다. 프로가 되기 위한 그의 열정이 존경스러웠다.

"아니."

강명인이 덤덤히 말했다.

"친구가 아프니까 치워주는 건데."

나는 순간 식중독에 걸리면 환청도 들리는 줄 알았다. 그게 진짜 강명인이 한 말이라는 걸 받아들이기까지는 몇 분의 시간이 걸렸다. 그동안 강명인은 화장실에 가서 손을 씻고 돌아왔다.

"왜?"

내가 물었다. 우리가 왜 친구지?

"시험공부도 못 할 정도로 정성스럽게 만든 선물을 받았는데 친구가 아니라고 하면 난 예의 없는 사람이 되는 거니까."

강명인다운 대답이었다.

"그리고 아주 마음에 들거든."

명인이 말했다. 나는 만사를 제쳐 놓고 열쇠고리를 만들길 잘했다고 생각했다. 그러나 먼 훗날 둘이서 이날을 회상할 때 명인이 그랬다. 그때 마음에 들었다고 한 건 열쇠고리를 뜻한 게 아니라 날 뜻하는 거였다고. 내가 마음에 들었었던 거라고 말이다.

그 후로 우리는 서로에게 단 하나뿐인 친구가 되었다. 나는 겨우 열쇠고리 하나를 준 것치곤 명인에게 지나치게 헌신적인 우정을 받았다. 3학년이 되기 전에 아버지가 돌아가시자 가세가 급속도로 기울었고,

어머니 혼자서는 내 학비를 마련하시질 못했다. 그때 나서준 게 명인이었다. 명인은 자신의 학비를 내게 주고 고모에게는 학비를 잃어버렸다고 거짓말을 했다.

"신경 쓰지 마. 월산의 차씨 집안이 내 학비 한 번 더 내준다고 망하진 않으니까."

명인은 고모인 강순애를 지극히 사랑했으면서도 그녀가 시집간 차씨 집안에 대해서는 증오를 숨기지 않았다. 그 집안과 연관된 일이라도 생기면 명인은 하루 종일 내가 준 열쇠고리를 달그락거리며 다녔다. 거기에 달린 총알을 노려보면서 말이다. 나는 명인이 지은 죄라는 게 차씨 집안과 관련이 있으리라 추측할 수 있었다. 그러나 굳이 우정을 빌미로 고해를 강요하진 않았다.

학교를 졸업하고 몇 년 뒤에 우리는 허름한 선술집에서 술잔을 기울이고 있었다. 크리스마스가 다가오는 겨울이었고, 답지 않게 술에 진탕 취한 명인이 난데없이 내게 고맙다고 했다.

"네가 그런 말을 해주기 전까진 이건 그냥 날 통제하는 거에 지나지 않았어."

명인이 테이블 위에 놓은 열쇠고리를 손가락으로 질질 끌며 말했다.

"난 억울하기도 했거든. 난 죄인이었지만 그전에 피해자였으니까. 희생양이었고."

나는 의미를 알 수 없는 이야기를 묵묵히 듣고 있기만 했다.

"근데 네가 누군가는 날 이해해 줄 거라고 했지. 어머니가 생각났어. 어머니는 날 이해해 주실 거야. 화나고 슬프고 서러운 거 전부 어머니는 알아주실 거야. 그러니까 투정 그만 부리고 속죄하며 살자. 억울해하지 말자고. 내가 받은 고통이랑 내가 지은 죄는 분리해야 한다고 말이야."

그렇게 말하는 명인의 눈가가 붉게 달아올라 있었다.

"생각해 보면 내 고통은 이미 보상받은 건지도 몰라. 그러니 내 차례가 된 거겠지."

그날따라 명인의 술주정이 요란스러웠다. 명인은 입안으로 술을 연거푸 들이붓더니 분위기가 완전히 바뀌어서는 집에 가야 한다고 고래고래 소리를 질렀다.

"우리 영선이가 벌써 요만해졌다니까. 날 엄청 좋아한다고."

명인은 사촌이 낳은 여자아이를 딸처럼 아꼈다. 명인의 사촌인 차혜윤이 광인인 까닭에 더 그러는 것 같기도 했다. 차혜윤은 자기 딸도 못 알아봐서 조부모인 차강문과 강순애가 영선을 키우는 거나 다름이 없다고 했다.

"그 작고 예쁜 것이 얼마나 가여운지 몰라. 엄마 품에서 살아야 하는 나이인데."

영선을 생각하는 것만으로 명인은 눈물을 찔끔댔다. 동창들이 본다면 우리들의 명인 형이 이럴 리 없다며 기함을 할 노릇이었다. 명인은 날 끌고 밤거리를 돌아다니며 영선에게 줄 크리스마스 선물을 잔뜩 샀다.

'친척 꼬맹이한테 이 정도인데 제 자식을 낳으면 얼마나 예뻐할까.'

나는 속으로 흐뭇하게 상상하곤 했다. 그러나 내가 연애를 하고 장가를 들고 자식을 낳을 때에도 강명인은 줄곧 혼자였다. 강명인의 인생은 돌이킬 수 없이 비틀어져 있었다. 총알, 그 총알이 문제였다.

모든 진실을 알게 된 건 또 오랜 시간이 흐른 뒤였다. 우리는 아날로그 감성을 핑계 삼아 주로 편지로 연락을 취하고 있었다. 나는 명인이 월산에서 사생활을 철저하게 숨긴다는 걸 눈치채고 있었지만 이유를 추궁하진 않았다.

평소보다 두툼하다 싶던 봉투 안에는 죄를 고백하는 장문의 편지가 여러 장 들어 있었다. 편지에는 월산의 달 선녀 이야기와 명인의 관계, 돌아가셨다는 그의 어머니가 누구인지, 모자의 삶을 구원해 준 강순애에 대한 절절한 고마움과 애정, 그리고 피비린내 나는 강용덕의 죽음까지 전부 적혀 있었다.

명인은 내게 미안하다고도 했다. 친구라는 이유로 무거운 짐을 함께 들게 해서 말이다. 하지만 홀로 감당하기엔 지켜야 할 사람이 늘어서 조금 버겁다고 했다. 기쁜 만큼 슬프다고 했다. 차영선이 아이를 낳은 직후였다. 동시에 차강문은 죽어서나마 그토록 바라던 손자를 얻었다. 차무영의 탄생은 명인에겐 절망을 수반한 행복이었다.

일반적으로 가족이란 건 엄마, 아빠, 아이로 구성된다. 하지만 명인의 세계에서 가족이란 엄마와 아이 그리고 또 한 명의 엄마로 이뤄져 있었다. 명인은 저를 낳아준 한연화는 '엄마'라고 불렀고, 한연화와 저를 돌봐주는 강순애는 '어머니'라고 불렀다.

갓난아기였을 때라 명인은 월산에서의 극적인 도주를 기억하지 못했다. 그건 정신을 놓은 연화도 마찬가지였다. 연화는 월산에서의 슬픈 일을 모두 잊어버리고 나서야 그나마 정상적인 생활을 할 수 있게 되었다. 연화는 명인을 달빛으로 잉태하여 낳은 소중한 아이라고 생각했고, 저와 순애는 명인을 지켜주는 존재라고 여겼다.

연화와 명인은 순애의 도움을 받아 만봉시와 하순시의 이곳저곳을 옮겨 다니며 살았다. 월산에서 아예 멀리 떨어져 살 수는 없었다. 순애가 들락거려야 했기 때문이다. 순애는 연화와 명인을 두고 월산으로 돌아갈 때마다 발걸음이 떨어지지 않아 몇 번이고 뒤를 돌아보곤 했다. 그러면 연화는 비장한 표정을 지으면서 걱정하지 말라고 했다.

"내가 잘 지키고 있을게."

연화는 달의 아이인 명인의 정체를 숨기기 위해 필사적이었다. 광기가 창조해 낸 집념은 역설적으로 연화에게 남들처럼 살 수 있는 능력을 주었다. 연화는 살림도 알뜰하게 하고 명인도 잘 키웠다. 대지주의 딸이었던 과거를 잊어버렸을지언정 가르침은 몸이 기억하고 있었다. 연화의 교육 덕분에 명인은 바르고 총명한 아이로 자랄 수 있었다.

명인은 열여덟 살이 될 때까지 학교를 다니지 않았다. 그의 신분을 증명할 수 있는 게 없었기 때문이다. 연화는 달의 아이인 너를 지키기 위해서라고 말했고, 순애는 사정이 있으니 조금만 이해해 달라고 부탁했다.

명인은 집에서 독학하며 책을 많이 읽었다. 어느새 소년이 된 그는 자신의 '엄마'가 남들과 다르다는 걸 깨달았다. 그리고 '어머니'를 난처하게 만들지 않기 위해 떼를 쓰거나 욕심을 부리지 않았다. 연화의 사명과 순애의 속죄는 각박한 환경에서도 훌륭하게 성장하고 있는 중이었다.

이 특별한 가족의 위기는 뜻하지 않은 때에 월산에서부터 시작되었다. 수 년 전에 집을 나갔던 차석윤이 돌아온 것이다. 석윤과 명인은 형제였으나 그들에게 느끼는 순애의 감정은 판이했다. 순애는 아기였을 때부터 돌봐온 명인을 사랑했지만 석윤에게서는 두려움을 느꼈다. 순애야말로 모든 진실을 알고 있는 사람이었다. 한연화와 둘째 아이는 살아 있다. 그들은 월산의 그림자에서 벗어나 소소한 행복을 누리며 살고 있었다. 그런데 차석윤은 아비인 차강문은 살인자이고 연화와 동생은 죽었다는 끔찍한 망상에 사로잡혀 있었던 것이다. 자라고 나서는 그런 말을 입 밖으로 뱉진 않았으나, 순애는 자신이 차강문과 결혼할 때 열 살짜리였던 석윤이 해준 말을 잊지 못했다.

"당신도 살해당할 거예요. 우리 엄마랑 내 동생처럼 아버지가 당신을 죽일 거야. 그러니까 얼른 도망치세요. 안 그럼 죽어."

아이의 가슴께에서부터 피어난 광증이 스멀스멀 올라와 그 눈마저 잠식해 버리고 말았다. 순애는 죄를 짓고 있다는 걸 알면서도 석윤만큼은 받아들일 수가 없었다. 혹시라도 석윤이 배 속에 있는 아이에게 해가 되진 않을까 하는 걱정뿐이었다.

스무 살이 된 석윤이 종적을 감췄을 때 순애는 차라리 잘됐다며 안도했다. 연화와 명인처럼 석윤도 월산에서 제대로 된 삶을 살 수 없다고 믿었기 때문이다. 다만, 연화가 마음에 걸렸다. 순애는 석윤이 누군지도 기억하지 못하는 연화의 손을 잡고서 밤새도록 미안하다는 말을 되풀이했다. 그리고 어디선가 석윤도 잘 살고 있기를 기도했다. 명인은 그때까지도 저에게 형이 있을 줄은 꿈에도 몰랐다.

그러나 오 년 뒤 석윤은 돌아왔고, 피를 토했다. 여행객들로 먹고사는 지역이었고, 그곳에서도 제일 유명한 온천타운을 소유한 가문이었다. 그런 집안에 폐병 환자가 있다는 소문이 돌면 어느 누가 온천에 놀러 오겠는가. 차강문은 석윤을 가둔 채 외면해 버렸고, 순애는 혜윤을 보호하는 데에 급급했다. 석윤의 광증이 그의 목숨을 앗아갈 정도로 깊어졌다는 걸 알아챌 경황이 없었다. 석윤이 하필이면 노천탕에서 자살하자 순애는 다 자신 때문이라는 걸 깨달았다. 연화와 명인을 도망시켰을 때 어떻게 해서든 석윤도 함께 보냈어야 했다. 석윤은 버림받았다는 상처 때문에 미친 것이다.

"며칠 동안 절에 좀 다녀올게요."

이미 챙겨놓은 짐을 손에 들고서 순애가 통보했다. 방문 앞을 막고 선 강문은 마치 장승처럼 크고 위압적이었다.

"상 치른 지 얼마 안 돼서 집안이 어수선한데 어딜 갔다 오겠다는 거야."

차강문은 순애의 사랑을 믿어 의심치 않았지만, 그럼에도 귀에 들어오는 소문까지 무시할 수 있을 만큼 관대하진 못했다.

"한동안은 집에 있도록 해."

"아뇨. 갔다 올게요."

"혜윤이가 저 지경인데 어딜 가겠다고!"

차혜윤은 석윤의 죽음 이후 넋이 나가 있었다. 차라리 대성통곡을 하던가, 패악이라도 부렸으면 좋으련만 말없이 앉아 있기만 했다. 며칠째 밥을 새 모이만큼만 먹는다며 행랑어멈은 울상을 짓고 있었다.

"그렇게 따르던 오빠가 죽었는데 괜찮으면 더 이상한 거죠."

순애의 부릅뜬 눈이 충혈되어 있었다. 강문은 아내의 눈빛이 자신에게 석윤의 죽음에 대한 책임을 추궁하는 것 같다고 느꼈다.

"당신이 마음을 쓰고 있다니 의외군. 석윤이를 싫어하는 줄 알았는데 말이야."

"그래서 절에 갔다 오려는 거예요."

강문의 도발에 흔들리지 않으며 순애가 꿋꿋이 말했다.

"불공이라도 드리려고요."

"얄팍한 위선이군. 그런 식으로 마음의 짐을 덜려는 건가."

"아뇨. 내 딸을 위해서 하는 거예요. 달 선녀가 혜윤이한테까지 저주를 내리게 할 순 없잖아요."

순애가 잔인하게 말했다. 강문의 얼굴은 금세 달아올랐다. 분을 이기지 못한 그의 콧구멍에서 뜨거운 김이 나왔다. 가방의 손잡이를 꽉 쥔 순애의 손가락이 하얗게 질렸다.

"갔다 와."

악문 이에서 나온 목소리는 위협적이었다. 순애가 주저 없이 차강문의 곁을 지나치려는 때였다. 강문이 순애의 손목을 턱 잡았다. 순애는 심장이 덜컥 내려앉는 것 같았다.

"다시는."

살기 띤 목소리였다.

"내 앞에서 그 여자에 대해 떠들지 마."

강문이 잡은 손목이 부러질 것처럼 아팠지만 순애는 아랫입술을 깨물며 신음을 참았다. 순애는 다녀오겠다는 말을 가까스로 내뱉으며 방을 빠져나왔다. 손목의 뼈가 욱신거렸고 그보다 더 순애의 가슴이 미어졌다.

"매제한테 잘하라고 누누이 말했지, 내가."

이번엔 강용덕이었다. 용덕은 제 누이가 나올 때까지 밖에서 기다리고 있었다. 그의 시선이 순애가 든 가방에 닿았다.

"또 나가냐?"

"오빠가 알 바 아니야."

"알 바가 아니긴. 너 때문에 동네 사람들 볼 낯이 없는데."

"낯? 오빠한테 그런 게 남아 있기나 해?"

월산 최악의 망나니이자 호색한인 주제에 감히 누구에게 조신한 처신을 운운하는지 모를 일이었다. 강문과의 다툼으로 날이 선 순애는 강용덕이 눈엣가시 같았다.

"사내놈이랑 계집년이랑 같냐? 게다가 넌 애 딸린 부인이잖아. 그것도 월산 대지주 차강문의 아내. 나야 자식도 없고, 자유를 즐기든 말든 남의 눈을 신경 쓸 게 아니지만 넌 다르지."

강용덕이 엄한 표정으로 훈계했다. 순애는 코웃음이 났다.

"자유를 즐기고 싶어서 그러는 게 아니잖아?"

순애가 저열하게 웃으며 말했다. 용덕의 미간이 좁혀지는 걸 보니 속이 후련해지는 기분이 들었다.

"뭔 소리를 하고 싶은 거냐?"

"말은 제대로 해야지. 자식을 못 낳는 거잖아. 얼마나 화가 치밀고 스스로가 수치스럽길래 온갖 여자들한테 화풀이를 하고 다니는 거야? 여자들을 때리고 겁주고 인생을 망쳐 놓으면 비참한 오빠 인생이 보상받는 기분이라도 들어?"

강용덕은 젊었을 때 사냥을 하다가 멧돼지에게 고간을 들이받혀 성기능을 상실했다. 그때 지나가던 차강문이 그를 구해준 것이 인연이 되어, 용덕은 강문에게 충성을 바치고 있었다. 그러나 한편으론 차강문에게 지독한 열등감을 갖고 있어서, 자신이 고자라는 사실만은 그에게조차 비밀로 해두고 있었다. 그걸 아는 건 오직 순애뿐이었다.

"동생이라고 봐주는 것도 한계가 있어. 네년이 엉덩이를 가볍게 놀리고 다니는 바람에 사람들이 뭐라고 하고 다니는 줄 알아?"

"알 게 뭐야? 이 집을 두고 떠도는 소문이 어디 한두 개야? 오빠도 달 선녀 이야기에 등장하는 주요 인물이잖아. 안 그래?"

"너 정말 끝도 모르고 까부는구나."

"오빠나 까불지 마. 하늘이 무섭지도 않아?"

순애는 용덕을 쏘아보곤 그의 어깨를 밀치며 자리를 떴다. 그녀는 더럽고 끔찍하다는 듯이 뒤도 돌아보지 않았다. 한 번쯤 뒤를 돌아보고 주위를 살폈다면 미래는 조금 달라졌을까? 순애는 악에 받친 강용덕이 그녀를 미행하는 줄은 상상도 하지 못했다. 그녀는 한연화와 명인이 있는 곳으로 강용덕을 안내하게 된 셈이었다.

순애가 연화의 집에서 머문 지 이틀이 지날 때까진 별다른 일이 없었다. 명인은 오랜만에 온 가족이 모였다며 들떠 있었다. 순애가 도와주려고 해도 연화와 명인은 절대 안 된다고, 편안히 쉬기만 하라며 유난을 피웠다.

"어머니 얼굴이 너무 야위셨어요. 저랑 엄마가 이번에 엄청 맛있는 새 요리를 만들었거든요. 금방 되니까 조금만 기다리세요."

"맞아, 맞아. 진짜 맛있어. 그지? 순애도 좋아할 거야."

연화가 해맑은 얼굴로 맞장구를 쳤다. 체격이 큰 명인이 작은 부엌에서 연화와 복닥거리는 모습은 꽤나 우습고도 흐뭇한 장면이었다. 순애는 그들로부터 안식을 얻으면서 동시에 목을 죄는 죄책감에 괴로워했다.

'연화야, 네 첫째 아들이 죽었어. 명인이의 형이 죽었어. 내 탓이야. 내가, 내가 그 아이도 보듬어줬어야 했는데.'

순애가 눈물을 흘렸다. 명인은 양파랑 파 냄새 때문인 줄 알고 창문을 열며 환기를 시켰다. 그러다가 그는 창밖에서 어떤 남자가 저의 집을 처다보는 걸 발견했다. 풍채가 좋은 중년의 남자였다. 그는 명인과 눈이 마주치자 미소를 지었다. 비틀어진 입술 때문에 호감을 주는 인상은 아니었다. 명인은 급하게 커튼을 쳤다. 불길한 기분이 들었지만 별일 아닐 거라고 생각했다. 그렇게 믿고 싶었다.

'어머니에게 안 좋은 일이 있는 것 같은데 나까지 근심을 더해 드릴 순 없지.'

창가에서 멀어지며 명인이 생각했다. 뒤를 돌아보니 연화가 간을 봐달라며 순애에게 숟가락을 내밀었고, 순애는 국물이 뜨겁다며 엄살을 피우고 있었다. 명인은 평화로운 시간을 망치고 싶지 않았다. 그의 바람대로 세 사람은 즐거운 저녁을 보냈다. 잠자리에 들 때에도 웃음이 끊이질 않았다. 앞으로도 이런 순간들이 자주 있기를, 서로가 조금 더 행복해지기를 같은 마음으로 기도하며 세 사람은 잠이 들었다.

유리가 깨지는 날카로운 소리에 명인이 눈을 뜬 건 한밤중이었다. 오후에 느꼈던 불안감 때문인지 명인은 일말의 망설임도 없이 일어나 방을 나섰다. 연화와 순애가 자고 있는 방에서 낯선 인기척이 들렸다. 방의 불이 켜졌다. 네가 왜 여기 있냐는 순애의 떨리는 목소리가 들리는가 싶더니 연화가 비명을 질렀다. 문을 열어젖히며 명인이 들이닥쳤다. 거대한 남자가 뒤를 돌아보았다. 아까 그 남자다. 명인은 남자의 손에 들린 총을 보곤 급히 숨을 들이마셨다.

"이거 봐라? 둘째 놈이 살아 있었구먼."

강용덕이 숨을 푸우, 푸우 내쉬며 말했다. 그에게서 술 냄새가 진동했다. 명인은 재빨리 연화와 순애를 살폈다. 연화는 사시나무처럼 몸을 덜덜 떨고 있었고, 순애는 그녀를 끌어안고서 망연자실한 표정으로 명인을 바라보았다. 명인은 직감적으로 눈앞에 선 괴한이 순애와 관련된 사람이라는 걸 알 수 있었다.

"많이 컸네. 진짜 많이 컸어. 석윤이 그놈은 강문이를 별로 닮지 않고 제 어미만 빼다 박았었는데, 이놈은 그래도 강문이가 많이 보이는군. 잘생겼구나. 아주 잘 컸어."

명인은 혼란스러웠다. 용덕이 하는 말에 나오는 이름들을 알지도 못했고, 위험해 보이는 행색과 달리 용덕의 말투가 퍽 친근했기 때문이다.

"죽은 줄 알았는데……. 죽은 줄 알았는데……."

술기운이 번들거리는 눈에 벌겋게 핏발이 섰다.

"강문이가 죽인 게 아니었구먼. 순애 네가 몰래 빼돌린 거였어. 그런 거였구먼. 몰래 빼돌린 거였어. 강문이가 죽인 게 아니었어."

강용덕은 했던 말을 계속 반복했다. 비틀거리면서도 손에 든 총은 놓질 않아서 명인의 입안이 바짝 타들어갔다.

"네 이름이 뭐니?"

용덕이 눈을 끔벅거리며 명인에게 물었다. 명인은 어찌할 줄 몰라 순애를 쳐다봤다. 순애는 눈을 질끈 감고 고개를 끄덕였다.

"명인이요."

"밝을 명에 사람 인인가?"

"네."

달의 아이이니 밝은 사람이 될 거라며 연화가 손수 지은 이름이었다.

"차명인이라……."

"아뇨. 한명인인데요."

"푸하!"

노골적인 비웃음에 명인의 눈빛이 서늘해졌다.

"애는 지 씨가 어디서 온 건 줄 모르나 보네. 두 계집년들이 작정을 하고 숨겼구나."

"저희 엄마랑 어머니를 그렇게 부르지 마세요." ·

"어머니? 엄마? 강순애, 너 딴살림을 차렸다더니 여기서 한연화랑 소꿉놀이를 하고 있었냐? 차강문이 아주 거하게 한 방 먹었군."

"그런 식으로 말하지 마시라고 했잖아요."

명인이 윽박질렀다. 젊은 패기에 놀라 강용덕이 움찔 몸을 떨었다.

"씨도둑은 못한다고 강문이처럼 기운이 좋구나. 정말 큰일인걸."

용덕은 의미를 알 수 없는 말을 중얼거리며 총을 만지작거리기 시작했다.

"병신 같은 새끼들이 어디서 달 선녀 이야기니 저주니 지껄여서……. 멀쩡히 살아 있는 년이 무슨 저주를……. 어찌 됐든 요걸 쓸 일이 생기긴 했으니……."

내색은 안 했으나 강용덕은 누구보다 달 선녀 이야기를 무서워하고 있었다. 악몽을 꾸는 일도 잦았고, 그때마다 마구잡이로 여자들을 건드리고 다녔다. 용덕에게 상처를 입은 여자들은 그에게 저주의 말을 퍼부었고, 그건 달 선녀에 대한 공포로 환원되었다. 악순환이었다. 용덕은 남몰래 총을 개조해 소음기를 달고서 머리맡에 놓고 잤다. 그래야만 잠이 들 수 있었다.

"명인아."

용덕이 히죽거리며 손가락을 쫙 폈다가 오므리길 반복했다. 순애의 동공이 격하게 흔들렸다. 그녀는 오빠의 총을 쏘기 전 버릇을 알고 있었다. 순애는 팔의 힘을 풀고 연화를 살짝 낚다.

"네 형이 얼마 전에 뒈졌거든. 그게 뭔 뜻인 줄 아냐?"

명인은 대답을 하지 않았다.

"차강문한테 남은 아들이 너 하나라는 소리지. 팔푼이 같은 내 동생은 딸을 낳았거든."

용덕이 손 운동을 멈추고 총을 고쳐 잡았다.

"형한테 인사 전해줘라."

입술이 비틀어지는 비열한 미소를 지은 용덕의 총구가 명인을 향했다. 별안간 순애가 몸을 날렸다.

"강순애!"

용덕이 몸을 흔들며 고함을 쳤다. 순애는 그의 총에 매달려 안간힘을 쓰고 있었다.

"이것들이 살아 있어봤자 너는 첩년만 되는 거야, 알아?"

"이 사람들 죽으면 나도 죽어!"

순애가 악다구니를 썼다. 남매는 엎치락뒤치락 뒤엉켜 싸웠다. 명인은 연화를 끌어안고서 구석에서 벌벌 떨었다. 도망을 치고 싶어도 순애를 두고 갈 수가 없었다. 망치로 내려치는 것 같은 둔탁한 총성이 났다. 남매는 동시에 쓰러졌다. 순애는 육중한 용덕의 몸에 깔려 있었다. 순애의 얼굴은 피투성이였지만 그녀의 피가 아니었다. 얼굴이 반쯤 날아간 용덕의 시신은 처참했다. 명인은 헛구역질을 했다. 순애는 입을 굳게 다물고서 자신이 죽인 오빠의 피가 저를 적시도록 놔두었다.

"순애."

연화가 핏물이 고인 방바닥을 엉금엉금 기어서 순애에게 다가갔다. 그녀는 있는 힘껏 강용덕의 시신을 밀어내고 순애를 일으켜 앉혔다.

"순애야."

연화가 손으로 순애의 두 뺨을 감쌌다. 하얀 손에 검붉은 피가 묻었다.

"석윤이가 죽었어?"

순애의 얼굴을 잡은 연화의 손이 약하게 떨렸다. 핏방울이 튄 고운 선녀 같은 얼굴에 눈물이 줄줄 흘렀다.

"아가, 내 아가, 아가."

연화는 순애의 어깨를 잡고서 엉엉 울었다. 피로 물들어 새빨개진 순애의 뺨 위로 눈물이 흘렀지만 그새 굳은 피는 쉽게 씻겨 내려가질 않았다.

연화가 울다 지쳐 탈진한 후, 순애와 명인은 강용덕의 시신을 처리했다. 마침 그때 살던 집은 월산의 넓은 숲과 이어진 만봉시의 외곽에 위치해 있었다. 두 사람은 손수레에 강용덕의 시신을 싣고 밤새 걸었다. 순애는 말이 없는 명인에게 그간의 일들을 전부 털어놓았다. 명인은 별 반응을 보이지 않았다. 순애는 혹시나 명인마저 미쳐 버리는 건 아닐까 조마조마하였다. 명인이 입을 뗀 건 두 사람이 적당한 장소에 강용덕의 시신을 던져 놓고 나서였다.

"왜 우릴 도망가게 도와줬어요?"

명인이 물었다.

"너희 아버지를 정말로 사랑했거든."

순애가 우울하게 말했다. 눈 먼 사랑이 결국은 석윤과 용덕을 죽게 만들었다.

"그 사람은 숨기고 있었지만 나는 눈치채고 있었어. 연화가 미쳐 가고 있다는 걸. 나는 그 사람 옆에 있고 싶었지만, 연화는 그 사람 옆에선 행복해질 수 없었지."

"그 후는요? 왜 우릴 버리지 않았어요?"

"처음에는 의무감이었어. 속죄하는 거라고 생각했지. 연화의 것을 다 빼앗은 차강문을 나는 사랑했고, 옆에서 그 모든 것들을 누렸으니까."

순애는 잠시 말을 멈추고 명인을 바라보았다. 숲의 어둠 때문에 그녀가 사랑하는 소년의 얼굴이 보이질 않았다.

"네가 크고 연화를 돌볼 수 있게 되면 그만둘 생각이었어. 하지만 그럴 수가 없었단다. 너는 나를 어머니라고 불렀고, 연화는 나를 소중히 대해주었잖니."

순애는 한연화와 명인을 깊이 사랑하고 있었다. 자신의 오빠를 죽여놓고도 오히려 연화와 명인이 무사해서 다행이라고 여길 정도로 말이다.

'무슨 일이 있어도 끝까지 지키겠어.'

순애는 다짐했다. 그게 강용덕의 죽음이 헛되지 않는 길이라고 생각했다.

두 사람이 집에 도착했을 때, 연화는 온 집 안을 깨끗이 청소하고 밥까지 해놓고서 그들을 기다리고 있었다. 순애와 명인은 몹시 놀랬지만 정작 연화는 아무렇지 않은 것처럼 행동했다. 그녀는 어느 때보다 밝게 웃었으나 순애와 명인은 연화의 병이 깊어지고 있다는 걸 알 수 있었다. 연화는 청소를 하다 주웠다며 반들반들하게 닦아놓은 찌그러진 총알을 보여주었다. 그녀는 그것을 명인에게 주었다.

몇 주 후, 순애가 용덕의 장례와 살인 사건에 대한 수사를 대충 수습하고 돌아왔을 때 연화는 죽어가고 있었다. 마음의 병은 그 어떠한 것으로도 고칠 수가 없었다. 홀로 연화의 간호를 해왔던 명인은 많이 수척해져 있었다.

"때마침 오셔서 다행이에요. 어머닐 기다리고 계셨거든요."

명인이 말했다. 그는 엄마의 죽음을 받아들일 준비를 하고 있었다. 결코 쉽지 않았지만 연화가 해준 이야기들이 위안이 되었다. 지난 며칠간 연화는 명인에게 자신의 삶에 대해 말해주었다. 너희 할아버지랑 할머니는 이러이러하게 좋은 분들이셨다, 엄마의 첫사랑은 수줍음이 많은 분이었다, 네 형은 너처럼 착하고 잘생긴 아이였단다.

"엄마는 이제 멀쩡해지셨어요. 그래서 더 이상 버틸 수 없으신가 봐요."

누군가가 목구멍을 솜으로 틀어막은 것처럼 아파서 순애는 숨을 쉴 수가 없었다. 앞이 뿌옇게 흐려졌다. 잘 걷지 못하는 순애를 명인이 부축하며 연화의 곁으로 데려가 주었다.

"순애."

"연화 아가씨."

눈물이 쏟아졌다. 순애는 무릎을 꿇고 고개를 푹 숙였다. 연화는 손을 뻗어 순애의 손을 잡았다.

"날 구해줘서 고마워."

연화의 목소리는 숨결처럼 가벼웠다.

"석윤이가 보고 싶어."

그리고 연화는 눈을 감았다.

🌙

납골당 건물로 들어간 소월과 무영이 꽤 오랫동안 나오지 않았기 때문에 민혁은 차 안에서 깜빡 잠이 들고 말았다. 현대식으로 깔끔하게 지었다곤 해도 본질은 공동묘지였다. 은연중에 그것을 의식하고 있었는지 민혁은 자면서 가위를 눌렀다. 가위눌림이란 게 으레 그렇듯, 그는 악몽을 꿨다.

민혁은 꿈속에서도 미행을 하고 있었다. 두 사람의 뒷모습을 보며 열심히 거리를 걷고 있었는데, 문득 길 옆에 앉아 있는 걸인이 눈에 밟혔다. 그렇다고 딱히 적선을 베푼 것은 아니었고 그저 그 걸인을 힐끔 봤을 뿐이었다. 남자인지 여자인지 알 수 없는 빼빼 마른 몸 위에 누더기가 걸쳐 있었고, 길고 까만 머리카락 때문에 얼굴도 보이지 않았다.

'기분 나쁜 거지다.'

꿈속에서 민혁은 그렇게 생각했다. 민혁은 소월과 무영을 놓칠세라 다시 정면을 쳐다보았다. 없다. 두 사람이 감쪽같이 사라졌다. 민혁은 당황하여 주위를 두리번거렸다. 그러다가 뒤를 돌아봤다.

'젠장.'

걸인이 서 있다.

'쫓아올 거 같다.'

민혁이 생각하자, 걸인이 움직이기 시작했다. 사실 꿈은 무의식의 반영이기 때문에 꿈의 전개는 전적으로 민혁에 의한 것이었다. 민혁이 쫓아올 거라고 지레 겁을 먹지 않았더라면 귀신일 게 분명한 걸인에게 쫓기는 일도 없었을 것이다. 그러나 민혁은 자신이 꿈을 꾼다는 자각이 없었으므로 애꿎은 귀신에게 쌍욕을 하며 도망을 쳤다.

'뒤를 돌아보면 죽는다. 뒤를 돌아보면 안 돼.'

어디서 본 건 있어가지고, 민혁은 금세 금기를 만들어냈고 스스로 연출해 낸 상황에 갇혀 식은땀을 흘렸다. 거지꼴을 한 귀신의 모습이 흰 소복을 입은 여인으로 변하였다. 굳이 돌아보지도 않고서도 민혁은 알 수 있었다. 그건 한연화일 게 분명했다. 달 선녀가 월산에 원한을 품고 사람들을 죄다 죽이러 돌아온 것이다. 민혁은 발바닥이 뜨겁도록 내달렸다. 그러나 누군가 업혀 있는 것처럼 몸이 무거워서 속도가 나질 않았다. 제자리에서 발버둥을 칠수록 뱀 같은 머리카락이 그의 숨통을 조여왔다.

'잘못했습니다. 잘못했습니다.'

민혁이 울면서 빌었다. 뭘 잘못했냐고 한다면 달 선녀 이야기를 떠들며 살아온 것에 대한 사죄였다. 월산에서 최소한의 양심을 갖고 있는 사람이라면 누구나 한 번쯤은 달 선녀에 대한 악몽을 꿨다. 보통은 그 이야기를 듣고 자란, 실제로는 한연화에 대해 아무것도 모르는 세대의 아이들이 그녀와 관련된 무섭거나 슬픈 꿈을 꿨다. 한창 감수성이 예민하고, 사색에 잠기기 쉬우면서 동시에 학업과 교우 관계 때문에 스트레스가 많은 십대 시절에 말이다.

달 선녀 이야기는 월산의 아이들이 가장 흔히 접할 수 있는 괴담이었고, 미신이면서 비극적인 실화였다. 어렸을 땐 고작 옛날이야기라고 무시했던 것이 여전히 월산 곳곳에 영향을 미치고 있다는 걸 자라면서 깨닫는다. 그리곤 불현듯 두려워지는 것이다. 달 선녀 한연화가 죽어서도 수치를 당하는 이 모욕적인 이야기의 순회에 제 자신도 한몫 거들고 있음을 말이다. 그 죄의식은 꿈으로 구현되지만 잠에서 깨면 그들은 대개 기억하지 못하거나 서서히 잊는다. 그리고 술을 마시거나 흥에 취하면 달 선녀 이야기를 주섬주섬 꺼내며 또다시 업보를 쌓았다.

민혁은 꿈속에서 일어난 지진 때문에 잠에서 깼다. 일어나 보니 차무영이 차창을 두드리고 차체를 흔들며 소란을 피우고 있었다. 민혁은 비몽사몽한 채로 차 문을 열었다.

"민혁이 형, 괜찮아요?"

무영이 민혁에게로 껴안을 듯 몸을 숙였다. 그리곤 민혁을 죄고 있던 안전벨트를 풀어주었다. 자동차 밖에는 소월뿐 아니라 지나가던 사람들까지도 멈춰 서서 민혁을 걱정스럽게 들여다보고 있었다.

"괜찮아."

민혁이 얼굴을 붉히며 마지못해 말했다. 자다가 가위를 눌린 걸로 구경거리가 된 게 쥐구멍에라도 들어가고 싶을 만큼 창피했다. 무영이 소월과 사람들에게 괜찮은 것 같다고 말을 하는 동안 민혁은 괜히 차키를 꽂았다 빼며 딴청을 피웠다.

"진짜 괜찮죠?"

사람들이 흩어지고 소월마저 그녀의 차로 가자, 무영이 한 번 더 물었다. 민혁은 그제야 무영의 얼굴을 제대로 볼 수 있었다. 그는 경악했다.

"너야말로 괜찮냐?"

사람들은 어쩌면 민혁이 아니라 무영 때문에 모여 있었던 걸지도 모르겠다. 그 잘생긴 미모를 알아볼 수 없을 만큼 무영의 얼굴은 땡땡 부어 있었다. 특히 눈은 새빨갛게 짓물려 있어서 당장 얼음 팩으로 마사지를 해줘야 할 것 같았다.

"소월 씨한테 차이기라도 했어? 얼굴 상태가 왜……?"

"차였으면 이 정도로 끝나진 않았겠죠."

무영이 민망해하면서도 장난스럽게 말했다. 그러나 진짜로 운 이유는 끝내 말해주지 않았다. 민혁도 구태여 더 캐묻진 않았다.

"이제 어디로 갈 거야?"

"저택으로요."

"그래, 넌 가서 좀 쉬는 게 낫겠다."

민혁이 고개를 끄덕이며 말했다. 무영은 민혁에게 오늘의 미행을 보고할 때 납골당에 온 것은 빼달라고 부탁하였다. 무영의 엉망이 된 얼굴을 보고서 이미 이곳에 뭔가가 있음을 직감한 민혁은 그러겠노라고 쉬이 대답했다. 무심을 가장했지만 실은 배려심이 깊은 민혁을 보며 무영은 미소를 지었다. 소월의 차가 앞서 떠나고 민혁은 일정한 거리를 유지하기 위해 잠시 뜸을 들였다. 그는 소월의 차를 향해 손을 흔드는 한 노신사를 발견했지만 모른 척하며 핸들을 고쳐 잡았다.

소월과 무영이 저택에 도착했다. 민혁은 지난번과 마찬가지로 감시하는 흉내를 내기 위해 저택 근처에 차를 세워두고 한동안 시간을 때

왔다. 핸드폰으로 오토바이 게임을 하고 있던 민혁이 막 다음 스테이지로 넘어가려던 참이었다. 번쩍이는 검은색 차체에 붉은 노을이 반사되는 대형 세단 한 대가 저택을 향해 오고 있었다. 차영선의 자가용이었다. 민혁이 알기로 차영선은 강명인의 간호와 축제 준비로 바쁜 나날을 보내고 있었다. 그런 차영선이 이 시간에 귀가하다니, 민혁은 무영이 그녀를 불렀을지도 모른다고 추측했다.

'도대체 뭐가 어떻게 돌아가는 거야.'

민혁은 궁금증이 일었으나 이내 머리를 털었다. 벌써 희미해지긴 했으나 오후에 꾼 악몽의 내용이 차씨 가문과 관련이 있다는 것만은 기억하고 있었다. 여기서 더 깊이 개입해 봐야 좋을 것이 없는 남의 집안 사정이었다. 민혁은 차의 시동을 걸었다. 어둠이 깔리기 전에 저택을 떠나고 싶은 마음뿐이었다. 두 대의 차가 서로 반대 방향으로 엇갈려 나아갔다. 하늘에도 해와 달이 한쪽은 지고, 한쪽은 뜨고 있었다.

"무영인?"

"소월 아가씨와 방금 도착하셨습니다."

희태가 영선의 안색을 살피며 말했다. 명인에 대한 걱정과 천일이 주는 압박, 다가오는 축제의 성공에 대한 부담감으로 영선은 바짝 독이 올라 있었다.

"소월이 걘 제정신으로 돌아오고 나서도 이 집 주인처럼 드나드네."

"엄밀히 말하면 도련님과 결혼을 약속한 사이니까요. 한땐 정말 안주인 노릇을 하셨고……."

"이랬다가 저랬다가 자기들 마음대로죠. 정천일이 우리 집안을 망하게 하려고 기를 쓰고 있는데 무슨 수로 둘이 결혼을 해요?"

영선이 빈정거리며 신경질적으로 손가락을 까딱거려 메이드를 불렀다. 그녀는 얼룩이 묻은 손가방을 메이드의 품에 던지며 수선해 놓으라고 짧게 명령했다.

"어쩌다가?"

희태가 묻자, 영선은 실수로 음료수를 쏟았다고 말했다. 희태의 눈매가 가늘어졌다. 머리카락을 넘기는 영선의 손이 미세하게 떨리고 있었다. 흠잡을 데 없이 완벽하게 발라져 있던 매니큐어가 드문드문 벗겨져 있어 보기 추했다.

"차 사장님, 요즘 컨디션은 괜찮으십니까? 어디 편찮으신 곳은 없고요?"

"잘 시간도 없이 바빠 죽겠는데 컨디션이 좋겠어요? 그래도 어디 아픈 덴 없어요. 내 걱정은 우리 집사님만 해주네, 역시."

영선의 말끝이 씁쓸했다. 그녀는 자신에게 수전증이 생긴지도 모르는 눈치였다. 차영선이 조금씩 무너지고 있었다.

"먼저 씻고 식사라도 하시겠습니까?"

희태가 일단은 내색하지 않으며 물었다.

"됐어요. 병원으로 가봐야 돼요. 둘은 어디 있어요? 바쁜 사람 불러내 놓고 왜 코빼기도 안 보여?"

"두 분은 사장님의 서재에 계십니다."

"내 서재요?"

영선의 눈에 불꽃이 튀었다. 그녀는 무시무시한 표정을 지으며 중앙 계단을 뛰어올랐다. 큰 사달이라도 날까 싶어 메이드들이 발을 동동 굴렀다. 희태는 메이드들을 차분히 진정시키면서도 속으론 모쪼록 별일이 없길 기도했다.

영선은 노크도 없이 서재의 문을 벌컥 열었다. 소월과 무영은 그녀의 갑작스러운 등장에도 일절 놀라지 않았다. 영선이 정원을 가로지르는 걸 창문을 통해 지켜보고 있었기 때문이었다. 당황한 건 영선이었다. 그녀의 낯빛은 찰나 동안 몇 번이나 바뀌었다. 황달이 걸린 것처럼 누렇게 뜨더니 곧 목이 졸린 것처럼 빨개졌고 끝에는 시체처럼 창백해졌다.

"이 꼴이 뭐니?"

파랗게 질린 입술에서 얼음장 같은 목소리가 흘러나왔다. 책상 위에는 영선이 한지훈을 양육하는 데에 쓴 비용과 그 내용들이 적힌 서류들이 어지럽게 놓여 있었다.

"어머니가 십이 년 전에 지훈 형의 정체를 알았다는 증거들이에요."

무영이 침착하게 말했다. 운 자국이 선명한 얼굴 때문인지 평소와 같은 목소리도 서글프게 들렸다. 소월은 무영이 속에서 탈이 날까 전전긍긍했다. 납골당에서 명인의 과거를 들은 무영은 현기증이 나 비틀거릴 때까지 선 자리에서 고개를 숙이고 울었다. 소월은 그에게 조금 쉬라고 권했으나 무영은 이번에야말로 담판을 지을 셈이었다.

"십이 년 전에 아신 거죠? 지훈 형이 차석윤의 손자라는 거요. 형이야말로 온천타운과 이 저택의 진짜 주인이란 거 말이에요."

"그 소리 좀 그만할 순 없니?"

영선이 독기를 품고 소리를 질렀다.

"그놈의 진짜 주인이니 뭐니, 원래부터 우리의 것이 아니라느니 지겨워 죽겠구나. 한지훈이 차석윤의 손자인 게 뭐가 어떻다고? 나는 차혜윤의 딸이야. 차혜윤도 차석윤도 다 차강문의 자식이었다고. 그중에 진짜고 가짜고 할 건 없단 말이야."

"아뇨. 중요한 건 차강문이 아니잖아요. 한연화의 자식이냐 아니냐가 중요한 거죠."

무영의 말에 분을 참지 못한 영선의 얼굴에 경련이 일어났다. 그녀는 크게 심호흡을 했다.

"그래. 한연화⋯⋯. 늘 그랬듯이 그 여자가 내 발목을 잡지. 근데 나는 네가 왜 또 이러는 건지 모르겠구나. 폭발 사건 이후 우리끼린다 얘기가 된 거 아니었어? 한지훈의 정체, 내가 그 애랑 한 계약, 심지어는 나랑 한지훈이 어떻게든 숨기려고 했던 그 추악한 진실까지도 전부 말이야. 그 바람에 내가 정천일한테 온갖 괄시를 받고 있는데 왜 너까지 날 괴롭히지 못해서 안달인 거니? 어? 이것들을 새삼스레 다 꺼내서 뭐 어쩌자고. 한지훈은 정신이 나가서 누워 있고, 나는 모든 걸 잃게 생겼는데!"

"십이 년 전에 정확히 무슨 일이 있었는지 알고 싶어요. 엄마랑 지훈 형은 어째서 노천탕에 한연화와 둘째 아이의 시신이 있다고 확신……."

무영은 말을 잇지 못했다. 영선이 비명을 지르며 미친 사람처럼 머리카락을 헤집고 제 팔뚝을 손톱으로 긁어댔기 때문이다. 그녀는 자신이 지닌 맹독을 감당할 수가 없었다.

"엄마, 엄마! 그만하세요. 엄마! 엄마!"

무영이 쓰러진 영선의 몸을 끌어안고서 울먹거렸다. 소월은 재빨리 복도로 나가 화장실에서 물을 떠왔다. 영선은 소월이 뿌린 찬물을 맞고서 겨우 정신을 차렸다.

"정말이지 지겨워."

영선이 힘겹게 말했다. 물에 젖어 축축해진 그녀의 얼굴은 고단해 보였다. 무영은 자신의 어머니가 언제 이렇게 늙었나 싶어 마음이 편치 않았다.

"내가 왜 네 아빠랑 결혼한 줄 아니?"

뜬금없는 질문에 무영이 울상을 지으며 소월을 바라보았다. 정말로 영선까지 미치기라도 할까 봐 두려웠던 것이다. 하지만 영선은 아랑곳하지 않으며 말을 이어갔다.

"중매로 들어온 신랑감 후보들을 만나면서 같은 걸 물어봤어. 밤에 잠을 잘 자냐고."

영선이 흐릿하게 미소를 지으며 말했다. 그 병적인 미소는 무영의 불안감을 가중시켰다.

"다들 자기는 건강하다면서 잠을 잘 잔다고 했지. 그런데 네 아빠는 달랐어. 맥없이 웃는 얼굴로 자긴 잠자리가 예민하다고 했지. 그러면서도 내 비위를 맞추려고 깼다가도 다시 조용히 잠이 드니 걱정할 건 없다고 했어. 그래서 네 아빠를 골랐어."

무영은 어떻게 대꾸를 해야 할지 몰라 어항 속의 금붕어처럼 입만 벙긋거렸다.

"악몽을 자주 꾼단다."

영선이 맥락 없이 말했다.

"어렸을 때부터 한연화가 나오는 꿈을 꿨어. 달 선녀 이야기를 귀에 못이 박히도록 들었으니까 그럴 수밖에 없었지. 사람들이 뒤에서 수군대는 소리도 들었어. 한씨 가문을 말아먹은 도둑놈의 핏줄, 도둑년, 가짜, 저주받은 아이. 너희 할머니가 미쳐 버려서 사람들은 나도 미칠 거라고 생각했어. 아니, 기대했지. 미쳐라, 미쳐라, 너도 저주를 받아라."

무영은 후회로 눈앞이 깜깜해졌다. 차강문이랑 하는 짓이 똑같고, 월산을 쥐락펴락하는 안하무인의 여왕님이란 이유로 그는 자신의 어미가 가진 상처는 등한시했다. 악당처럼 물리쳐야 하는 존재로만 여겼지, 차영선의 삶에 따뜻한 관심을 가져본 적은 없었다.

"십이 년 전 그날 이후론 비슷한 꿈을 자주 꿔. 하늘을 가득 채운 커다란 만월이 떠 있고, 나는 폐쇄된 노천탕 안에 있지. 연기가 피어오르는 연못 위에 엄마가 둥둥 떠다니고 나는 엄마를 꺼내려고 팔을 허우적대는 거야. 좀만 뻗으면 엄마를 꺼낼 수 있어. 좀만, 좀만 더. 그리고 그때 땅에서 기어 나온 한연화가 내 발목을 잡아. 날 질질 끌고서 느릿느릿 걸어. 몸이 뒤집힌 내 눈에는 온통 달밖에 보이지 않아. 날 짓누르는 하얗고 거대한 달에 숨이 막힐 때쯤 목소리가 들린단다.

아버지가 어머니와 아우를 죽였다고 말하는 차석윤의 울음소리……."

영선의 눈빛이 몽롱하였다. 소월은 한 번 더 찬물을 영선의 얼굴에 뿌렸다.

"악몽을 꾸고 잠을 설치면 네 아빠가 일어나서 날 깨워줬어."

그녀의 눈빛이 또렷해졌다.

"십이 년 전의 일을 하나도 빠짐없이 이야기해 주마."

영선이 떨리는 손으로 얼굴에 있는 물기를 쓸어 닦으며 말했다. 그녀는 무영의 품에서 빠져나와 자세를 고쳐 앉았다.

"너희 할머니는 비밀이 많은 미치광이였지."

영선이 표독스럽게 말했다. 그녀는 잊고 싶지만 잊을 수 없는, 달선녀의 악몽보다 더 지독한 그날 밤의 일을 떠올려 보았다.

그날 낮에는 영선이 또 혜윤과 한바탕 씨름을 했었다. 싸움의 시작은 언제나처럼 한지훈이었다. 고등학교에 진학한 열일곱 살의 한지훈이 진로 상담 때 정신과 의사가 되고 싶다고 한 것이 어찌어찌하여 영선의 귀에 들어왔다. 그녀에게 말을 전한 사람이 눈치도 없이 지훈을 칭찬했다. 똑똑해서 공부도 잘하는데 심성도 고와서 자기를 거둬준 혜윤을 위해 의사가 되려는 게 기특하다면서 말이다.

틀린 말이 하나 없었으나, 영선은 배알이 뒤틀렸다. 한지훈에 대한 제 어미의 애착은 그녀가 가진 열등감의 원인이었다. 며칠 전에는 술에 진탕 취해서 말귀도 못 알아듣는 혜윤에게 엉엉 울며 투정을 부렸었다. 그러나 꼼짝도 하지 않는 혜윤 때문에 영선은 더 큰 상처를 받았었다.

영선은 네 학비는 누가 대줄 줄 알고 의사를 하겠다고 설치는 거냐며 지훈을 혼냈는데, 그걸 본 혜윤이 발광을 했다. 영선은 혜윤에게 걷어차여 정강이에 피멍이 들었다. 딸이 다치든 말든 단단히 뿔이 난 혜윤은 온천에 가고 싶다고 성을 냈다. 미치광이의 행동은 종잡을 수가 없는 것이었다.

영선은 혜윤과 무영, 지훈까지 데리고서 온천타운에 갔다. 그날은 손님이 덜한 비수기의 평일이어서 영선은 사장의 권한으로 온천타운을 일찍 닫게 했다. 대신 불만을 가질 손님들을 위해 호텔 식당에서 무료 파티를 열었다. 혜윤이 편하게 온천욕을 즐길 수 있도록 하기 위해서였다. 어린 무영은 직원과 숨바꼭질을 하며 놀았고, 혼자 놔둬도 어차피 온천타운 안이었으니 걱정할 게 없었다. 무영인 또래보다 훨씬 영리했으니 위험한 짓은 안 할 터였다.

영선은 즉흥적으로 연 파티의 호스트를 하느라 저녁 내내 바쁘게 지냈다. 파티가 끝나고 늦은 밤이 되어서야 영선은 가족들을 챙길 여유가 생겼다.

손님들을 내보낸 온천타운은 적막했다. 곳곳에 있는 휴게실 어딘가에 있을 혜윤을 찾으려면 시간이 꽤 걸릴 것 같았다. 그래도 영선은 참을성 있게 혜윤을 찾아다녔다. 그녀가 혜윤을 발견한 곳은 노천탕이었다. 그리고 혜윤은 혼자가 아니었다. 한지훈이 곁에 있었다.

"여기 묻으면 뭐가 달라져요?"

한지훈이 냉랭하게 말했다. 무례하고 건방진 말투가 영선의 심기를 거슬렀다. 그러나 영선은 섣불리 나설 수가 없었다. 혜윤과 지훈을 둘러싼 공기가 묘했다. 혜윤의 옷은 흙투성이였다.

"제발 이리 다오."

혜윤은 지훈과 눈도 마주치지 못하면서 떨리는 손을 계속 내밀고 있었다. 그녀가 원하는 것은 지훈이 들고 있는 낡은 공책이었다.

"이걸 숨기고 있던 것도 모자라서 이젠 아예 태워서 묻으려고요? 나 데리고 올 때 그랬잖아요. 나한테 다 되돌려 줄 거라고. 근데 이걸 없애면 어떻게 그럴 건데요? 할머니, 나한테 거짓말한 거예요?"

"지훈아, 지훈아. 어떻게든 내가, 내가 잘 해볼 테니까."

"뭘 잘 해보려고요? 사람들은 다 할머니를 미친 걸로 아는데, 할머니가 하는 말을 믿어줄 것 같아요? 내가 한연화의 핏줄이라는 걸 어떻게 증명할 건데요?"

영선은 한지훈이 한연화의 핏줄이라는 것보다 차혜윤이 미치지 않았다는 사실에 큰 충격을 받았다.

'미치지 않았다고? 미치지 않고서 딸인 나한테 어떻게 그럴 수가 있어?'

두 사람이 저를 속이고, 뭔가를 숨기고 꾸미고 있었다는 사실에 이전과는 비교할 수 없는 큰 배신감이 밀려왔다.

'엄마 딸은 난데!'

무엇보다 자신이 아닌 한지훈과 그런 비밀을 공유하고 있었다는 게 영선의 심장을 도려냈다. 도저히 참을 수가 없었다. 죽은 한연화의 그림자가 제 가족을 집어삼키는 것을 두고 볼 수가 없었다. 영선은 지훈에게 달려들었다.

"그놈의 한연화! 제 자식도 버리고 도망친 여자가 무슨 대수라고!"

영선이 지훈을 향해 악다구니를 썼다. 혜윤은 난데없이 등장한 영선에게 놀랄 새도 없이 그녀의 등을 내려치며 어디서 그런 말을 하냐고 혼을 냈다.

"왜요! 내가 말 못 할 건 뭔데! 엄마는 어쩜 이래요? 어떻게 미친 척을 해요? 나한테 왜 그랬는데요, 왜!"

"당신 엄마가 뭘 숨기는 줄 알아요?"

그러지 말라고 흐느끼기만 하는 혜윤을 제쳐 두고 지훈이 말했다. 고작 열일곱 살의 소년이었음에도 지훈의 눈은 살의로 퍼렇게 빛났다.

"이 공책에 뭐가 쓰여 있는 줄 알아요? 당신이 방금 그랬죠. 한연화가 자식을 버리고 도망을 쳤다고. 그건 거짓이에요. 한연화가 어떻게 됐냐면요."

"안 된다. 지훈아, 그건 안 돼!"

혜윤이 지훈을 막으려 몸을 날렸다. 지훈은 성가시다는 듯 혜윤을 살짝 밀쳤다. 힘이 거의 들어가지 않은 정도의 미약한 밀침이었다. 그러나 하필이면 혜윤이 짚고 선 바닥은 이끼가 낀 바위로 이뤄져 있었다.

크게 휘청거리는 혜윤의 몸을 지훈과 영선은 무기력하게 바라볼 수밖에 없었다. 그녀가 넘어져 돌부리에 머리를 찧기도 전에 영선은 끔찍한 미래를 예감하며 비명을 질렀다.

혜윤은 울부짖는 딸의 얼굴을 보며 모든 걸 포기했다. 허공에 머문 짧은 시간 동안 혜윤은 미친 척하는 저를 마냥 사랑해 준 속없던 남편과, 둘 다 딸을 낳으면 각자 영란과 영선으로 이름을 짓자고 약속했을 때 석윤의 얼굴을 떠올렸다. 영선의 기억 속에 남은 혜윤의 마지막 표정은 기묘하리만치 평온했다.

"엄마가 숨을 쉬지 않는 걸 확인하고 나서, 나는 한지훈이 갖고 있던 공책에 쓰여 있는 걸 봤다. 내 할아버지인 차강문이 한연화와 둘째 아들을 죽였다는 차석윤의 고백록이었어."

고통스러운 기억을 더듬으며 영선이 말했다. 무영은 자신에게 깊은 트라우마로 각인된 사건의 진상을 들으면서도 의외로 무덤덤했다. 그가 봤던 것과 많이 다르면서도 또 많이 다르지 않았다. 한지훈은 할머니를 직접적으로 살해했다곤 볼 수 없었으나 그렇다고 죽음에 대한 책임에서 완전히 자유로울 수는 없었다. 누구에게도 면죄부가 될 수 없는 진실은 무영을 답답하게만 했다.

"한지훈은 자신이 한 행동에 겁을 먹고 있었고, 난 그걸 이용할 만큼 간악한 어른이었지. 난 한지훈에게 정체를 밝히지 않는다면 이 사건을 사고로 위장시켜 줄 거고, 앞으로도 널 최선을 다해 키워주겠다고 반협박을 했어. 한지훈은 그러겠다고 고개를 끄덕였고, 난 그게 끝인 줄로만 알았다."

영선이 아랫입술을 깨물었다.

"구 년 전에 한지훈이 나에게 새로운 거래를 제안했어. 그새 머리 좀 굵어졌다고 날 아주 갖고 놀려고 하더구나. 모지리가 된 너를 들먹였지. 정통 후계자로서 자신은 온천타운이 쇠퇴하는 꼴을 보고만 있을 순 없다면서 말이야. 나에게 딱 십 년의 기한을 준다고 하더구나. 큰 관용을 베푸는 것처럼 굴었지. 그래서 난 유언장을 썼고, 그게 네가 아는 그 계약이야. 주치의인 척 딱 붙어서는 네가 제정신으로 돌아올 수 없게 뒤에선 널 괴롭혀 댔지."

그런 것도 모르면서 모지리였던 무영은 지훈을 졸졸 따라다녔다. 정작 그를 지키려고 혈안이 된 영선은 알아보지도 못했으면서 말이다. 혜윤에게 소외받았던 것이 무영에게서도 되풀이되어 영선의 히스테리는 나날이 심해질 수밖에 없었다.

"그 공책은 어디에 있어요? 저 금고에 들어 있나요?"

무영이 물었다. 영선은 이상한 낌새를 느꼈다. 거짓이라고 믿고 싶은 가문의 치부를 증명할 수 있는, 당시 목격자의 기록이 있다는데도 무영은 흔들림이 없었다. 마치 뭔가를 초월한 것처럼 의연했고, 다만 슬퍼 보일 뿐이었다.

"아니. 저 금고엔 대외용으로 쓰인 내 유언장과 함께 모든 내용이 상세히 적힌 계약서가 들어 있어. 공책은 한지훈이 갖고 있고."

무영은 지훈이 입원했을 때에도 손에서 놓지 않던 캐리어를 떠올렸다. 윤미와 도망치기 위해 싸놓은 것이었으니 절대 잃어버려선 안 되는 중요한 물건들이 들어 있을 터였다.

"엄마, 이 얘길 명인 아저씨한테도 한 적 있어요?"

"아니. 이건 나와 한지훈만의 비밀이야. 숙부에게도 말한 적 없어."

"그럼 명인 아저씨는 지훈 형이 누구인지도 모르시는 거네요?"

"당연하지. 숙부 성격에 그 애가 누군 줄 알았으면 아무리 나랑 한지훈이 사이가 안 좋았다고 해도 그렇게 야박하게 구시지 못했을 거야. 숙부의 아버지가 우리 할아버지의 죄를 도와주었으니까."

영선의 말에 무영과 소월이 동시에 한숨을 내쉬었다.

"명인 아저씨의 어머니가 누군지 아세요?"

무영이 비애에 젖은 얼굴로 물었다. 영선은 영문을 모르겠다는 듯고개를 저었다. 소월은 무영과 마찬가지로 속이 얹힌 것처럼 답답하고 가슴이 터질 것 같았다. 가장 가까운 서로를 곁에 두고서 알아볼 수 없었던 명인과 지훈의 기구한 운명이 소월과 무영을 슬프게 했다.

"아저씨는 한연화의 둘째 아들이에요."

"말도 안 돼."

신음 같은 말을 가까스로 흘린 영선은 까무룩 기절하고 말았다.

⏾

정신병동의 환자들은 일종의 공동체를 형성한다. 통원 치료만으로 부족하여 입원을 할 정도의 중증 정신병을 앓고 있다 보면 퇴원 시기가 불투명하여 대부분 장기 입원을 하기 마련이었고, 그러다 보니 인지능력을 아예 상실한 상태가 아니고서는 서로 구면이 될 수밖에 없다. 게다가 집단 심리 치료라는 것이 있어서, 환자들은 주기적으로 모여 사회성 훈련을 했으므로 적어도 건너 건너는 다 아는 사이가 되고만다.

"그 환자는 불참인가요?"

환자들 중에는 아직 의료진들과 신뢰 관계를 형성하지 못한 이들도 있었다. 심각한 망상으로 인한 공포증, 대인기피증 등을 앓고 있는 환자들은 병실 밖으로 나오길 거부하기도 했다.

"온천타운 폭발 사건 관련자라고 했죠? 저번에 차트에서 본 것 같은 데……."

"차트를 정리하다 누락되었나 봐요. 다시 자료 정리해서 갖다 드리겠습니다."

"그래요? 그럼 일단 다른 환자들하고만 치료 시작해야겠네요."

"네? 다른 환자들하고만요?"

여의사가 투명한 유리문 너머로 보이는 남녀를 곁눈질하며 난처한 얼굴로 물었다. 한지훈은 상태가 무척 불안정했으므로 변동 사항이 많을수록 위험 요소가 컸다. 증상이 또 악화될 수 있었다. 여의사는 되도록 일정하고 안전한 방법으로 그를 케어하고 싶었다.

"어쩔 수 없잖습니까. 환자 한 명 때문에 다른 환자들까지 집단 치료의 사이클을 깰 순 없으니까요. 그 환자는 따로 검진 시간을 빼놓도록 하죠."

여의사는 낭패스러워하면서도 어쩔 수 없이 고개를 끄덕였다. 그녀는 마뜩잖은 표정을 짓고서 머뭇머뭇 유리문을 열었다.

"아, 선생님. 제가 잠시 헷갈려서 그러는데 치료 전에 환자들 증상 좀 체크해도 될까요?"

여의사는 요새 잔업 양이 장난이 아니라 차트를 외울 여유도 없다며 앓는 소리를 냈다. 다소 큰 목소리가 치료실 안을 울렸다.

"환자들 앞에서요?"

"여기서 잠깐만 확인하겠습니다. 어차피 저희 쪽엔 관심도 없어 보이는 걸요."

그리고 보니 두 명의 환자는 자기들끼리 머리를 맞대고서 뭔가를 속닥거리며 놀고 있었다. 성가시다는 기색이 역력한 한숨과 함께 차트를 넘기는 소리가 들렸다. 여의사는 까치발을 들고서 다른 이의 손에 든 차트의 한쪽을 짚었다.

"여기 있네요! 여자 환자는 순행성 기억상실증을 앓고 있군요. 오 년 전에 급성위염으로 입원했다가 문병을 온 친척에게 성폭행을 당하고 바로 자살을 시도했네요. 그때 입은 뇌손상과 트라우마로 인해 새로운 기억을 형성하지 못하고 과거의 기억마저 점차 조작되고 있는 거죠? 현재는 성폭행 당하기 하루 전의 기억을 반복하며 살고 있으니 유의해야겠네요."

스물세 살인 그녀는 자신이 여전히 입시 스트레스로 속병이 난 고등학생이라고 생각하고 있었다. 밥을 먹고 삼십 분 뒤에는 간호사가 준 영양제를 위염 치료제인 줄 알고 한 알씩 삼킨다. 상황에 따라 하루의 일과는 오 년 전의 그날과 조금씩 달라지지만, 변하지 않는 것이 하나 있다. 저녁쯤이 되면 그녀는 내일 친척 오빠가 문병을 온다며 발랄하게 자랑을 한다. 그리고 잠이 들고 다음 날 눈을 뜨면 또다시 어제를 산다. 내일은 친척 오빠가 문병을 온다며 즐거워하면서.

"그렇게 꼭 소리 내서 읽어야 합니까?"

"죄송합니다. 그래야 암기가 잘 돼서요."

여의사가 쩔쩔매며 차트를 뒤적거렸다. '여고생'의 옆에 앉아 있는 환자는 키가 크고 마른 남자였다.

"극심한 다이어트에 따른 강박 관념으로 신체화 증상이 있는 남자 환자군요."

신체화 증상은 정신적인 이유 때문에 실제로 육체가 원인 모를 고통에 시달리는 병이었다.

"위가 더부룩하다면서 습관적으로 구토를 하네요. 몸에서 악취가 난다고 생각해서 대인기피증도 있고, 우울증도 있습니다."

지난 상담 치료로 알아낸 바에 따르면, 그는 한때 통통했다고 한다. 심각하게 놀림을 받을 정도는 아니었으나 하필이면 그의 계모가 못된 여편네였다. 네 엄마가 떠난 건 네가 돼지 같아서 창피했기 때문이라며 아이를 구박했다. 머저리 같은 친부는 아이가 우는데도 그게 웃긴 농담이라며 낄낄댔다. 자존감이 바닥으로 떨어진 '홀쭉이'에게 '여고생'은 꽤나 훌륭한 대인 관계 모델이었다. 그녀는 '홀쭉이'에게 첫눈에 반해서 그에게 무한한 애정 공세를 펼쳤기 때문이다.

"이제 됐습니까?"

"네, 감사합니다. 요령껏 알아듣길 바라야죠."

"누가 말입니까?"

"누구긴요. 제 두뇌죠. 잊지 않았으면 좋겠다고요."

여의사가 눈치를 보며 횡설수설했다. '여고생'과 '홀쭉이'가 이쪽을 빤히 쳐다보고 있었다.

"의사 선생님?"

'여고생'이 조심스럽게 입을 열었다. 그녀는 혼란스러워 보였다.

"기다리게 해서 미안해요. 오늘 기분은 어때요?"

남자 의사가 여의사를 대할 때와는 딴판인 다정한 목소리로 물었다. '홀쭉이'는 인상을 찡그렸다가 울음을 참기라도 하듯이 입술을 안쪽으로 말아 물었다. 남자 의사의 번듯한 생김새와 어른스러운 태도가 그의 콤플렉스를 자극한 모양이었다. 그는 자꾸 '여고생'을 힐끔거렸다.

'여자를 많이 의식하는군.'

남자 의사는 생각했다. '여고생'은 어딘가 불편한 얼굴로 우물쭈물하며 컨디션을 묻는 간단한 질문에도 대답을 하지 못했다.

"두 분이 재밌게 놀고 있는 걸 내가 방해해서 화가 난 건가요?"

"아니요, 아니요. 그렇지 않아요."

의외로 '홀쭉이'가 나서서 말했다. 그는 제법 대담한 시선으로 남자 의사와 눈을 맞췄다. 대인기피증이 있는 환자에게 이것은 엄청난 진일 보였다.

"의사 선생님, 밥은 드셨어요?"

심지어 먼저 상대에게 관심을 갖고 질문까지 하는 '홀쭉이'를 보며 남자 의사는 이게 도대체 무슨 일인지 의아해했다. 여의사에게 그새 특이 사항이 발생한 게 있냐고 물으려 했으나, 그녀는 딴전을 보며 주의 산만하게 굴 뿐이었다.

"아뇨. 아직 안 먹었습니다."

"밥은 꼭 챙겨 드시고 다녀야죠. 많이 마르셨잖아요."

'홀쭉이'가 침울한 얼굴로 말했다.

"누군가의 몸매 변화에 민감한 편인가요?"

"그것보단 선생님은 정말 마르셨잖아요. 전에는 저보다 안 말랐는데, 지금은 저보다 말랐어요."

"혹시 그게 부러워서 그런 거예요? 지금도 아주 보기 좋습니다. 꼭 남보다 마를 필요가 없어요."

남자 의사가 상냥하게 말했다. 조금 진전이 있나 싶었는데, 다이어트에 대한 강박증은 여전한 것 같았다. 그는 '홀쭉이'와 '여고생'의 관계성을 이용하기로 했다.

"그렇죠? 지금도 아주 멋지지 않나요?"

남자 의사가 '여고생'에게 동의를 구하며 물었다. '여고생'은 눈에 띄게 당황해했다. 남자 의사가 저에게 관심을 주는 게 황송한 얼굴이었다.

"음…… 맞아요. 엄청 잘생겼어요."

첫눈에 반한 것치곤 건조한 칭찬이었다. 남자 의사는 저를 도와주지 않는 '여고생'이 야속할 지경이었다. 그는 화제를 전환하기로 했다. 무슨 주제를 꺼낼까 고심하던 중에 '여고생'이 재차 입을 열었다.

"의사 선생님은 요즘 어떠세요?"

"저요?"

"저희 얘기만 하는 건 재미없어서요. 선생님이 궁금해요."

타인에 대한 건전한 관심은 나쁘지 않은 징조였다. 약간의 사생활을 공유하는 것은 환자로 하여금 친밀감을 느끼게 하고, 환자가 의사에게 마음을 열면 그들은 의사가 말해주는 현실을 좀 더 수월하게 받아들일 수가 있게 된다.

"저는 요즘에……."

선뜻 말문을 연 것에 비해 남자 의사는 곧 꿀 먹은 벙어리가 되었다. 머릿속이 엉망진창으로 뒤죽박죽이었다. 지친 기분이다. 일이 너무 많은 걸까? 그런 것 같기도 하다. 지쳤다는 느낌밖엔 아무것도 떠오르질 않았다.

"저기, 선생님?"

여의사가 한 손으로 남자 의사의 어깨를 가볍게 쥐고 말했다. 두 손으로 머리를 감싸고 있던 남자 의사가 언제 그랬냐는 듯 온화한 얼굴로 평정을 가장했다.

"오늘 치료에 불참한 환자 말인데요. 지금 가보셔야 할 것 같아요. 긴급 호출이 왔습니다."

"그래요? 이런."

돌발 상황으로 인해 일정이 틀어지자 남자 의사는 노골적으로 싫은 티를 냈다. 마치 그 환자를 혐오하는 것처럼 보일 정도였다. 남자 의사는 저에게 시선을 고정한 두 환자에게 양해를 구한 뒤 치료를 끝냈다.

"무슨 일이래요?"

남자 의사의 말을 여의사는 못 들은 척하며 잰걸음을 걸었다. 남자 의사는 오늘따라 일 처리가 신통치 않은 여의사가 못마땅하였다. 그는 시시한 경쟁심을 불태우며 발을 빨리 놀렸다. 남자 의사는 여의사를 추월하는 데에 정신이 팔려 '여고생'과 '홀쭉이'가 제 뒤를 살금살금 따라오는 것도 몰랐다.

'한지훈'이란 이름이 써져 있는 병실은 은혜병원의 정신병동에서 가장 훌륭한 일인실이었다. 남자 의사는 병실의 문을 노크도 없이 거칠게 열었다. 여의사는 열린 문 밖에서 멀뚱히 서 있기만 했다. 남자 의사는 가운을 벗어 소파 위에 아무렇게나 던져 놓곤 침대 위로 올랐다. 하얀 가운 안에 있던 환자복이 모습을 드러내자 남자 의사는 사라져 버렸다.

"검진할 시간인가요?"

침대에 자리를 잡은 지훈이 문밖에 선 자신의 주치의를 보며 물었다. 초췌한 얼굴에 핏기가 없다. 주치의는 조금만 기다려 달라고 말한 뒤 문을 닫았다. 병실 앞까지 온 소월과 무영이 절망적인 얼굴로 지훈의 주치의를 쳐다보았다. 말하지 않아도 그들이 무엇을 묻는지는 충분히 짐작할 수 있었다.

"이런 증상을 보인 지는 얼마 되지 않았어요. 병실을 나서는 순간부터는 스스로를 이 병원의 의사라고 생각합니다. 지훈 씨 직업이 실제로도 정신과 의사다 보니 망상이 더 정교하고요."

"저희를 못 알아보는 건요?"

무영이 다급하게 물었다. 그와 소월은 영선에게 십이 년 전의 일을 들은 다음 날, 지훈의 상태를 살피고 석윤의 공책을 찾으러 병원에 온 거였다. 마침 병실을 나선 지훈이 또 망상중을 보여 주치의가 그를 상대해 주고 있던 와중에, 그들은 휴게실에 있던 소월과 무영을 만나게 되었다. 그러나 지훈은 두 사람을 알아보지 못했고, 주치의는 기지를 발휘하여 소월과 무영이 차트에 있는 다른 환자들인 척하도록 유도했던 것이다.

"지훈 씨를 관찰해 보니 병실에 있을 때와 밖에 있을 때 행동 양상이 완전히 다릅니다. 병실에서 본다면 알아볼 수 있을지 몰라요."

"병실에서의 상태는 제가 마지막으로 봤을 때와 똑같은 건가요?"

무영이 알기론, 지훈은 윤미가 최창규에게 납치된 시점부터 앞으로 나아가지 못하고 있었다. 그녀의 죽음을 받아들이지 못한 채, 윤미를 구할 수 있다는 미약한 희망이 있던 순간을 반복해서 살고 있었다.

"조금 달라졌어요. 그래서 차도가 있는 줄 알았는데……."

주치의 씁쓸하게 말을 이었다.

"윤미 씨의 죽음을 받아들이진 못한 것 같아요. 회피적인 성향이 강합니다. 극복 과정이 생략되다 못해 윤미 씨에 대한 기억이 통째로 없어진 것 같아요. 병실 밖에서 의사 노릇을 하는 건 일상으로 복귀하고 싶은 욕구일지도 모릅니다."

"그럼 지금 안에 있는 형은 뭘 알고 있는 건가요?"

"무영 씨가 아닌 자신이 온천타운 폭발 사건의 현장에 있었다고 생각합니다. 하지만 왜 그곳에 있었는지는 설명하지 못해요. 다만, 무영 씨를 기다리고 있다고 하더군요."

"저를요?"

"네. 그런데 무영 씨를 불러주길 원하냐고 했을 땐 아니라고 했어요. 무영 씨가 올 때를 기다린다면서요."

"지금이 그때겠군요."

무영이 비장하게 말했다. 주치의는 문밖에 있을 테니 무슨 일이 생기면 부르라고 말하며 병실의 문을 열어주었다.

"형."

창밖을 내다보던 지훈이 무영의 부름에 고개를 돌렸다.

"왔구나."

그는 무영을 향해 희미하게 미소 짓더니 소월에게 눈길을 줬다.

"소월 씨도 왔네요."

지훈은 두 사람을 제대로 알아보고 있었다. 소월과 무영은 지훈이 어떠한 상태인지 몰라 잔뜩 긴장한 채로 입을 다물고 있었다. 무턱대고 말을 꺼냈다가 그의 한없이 연약해진 정신을 공격해선 안 되었기 때문이다.

"올 줄 알았어."

지훈은 초연했다. 그의 눈엔 반가움의 감정까지 깃들어 있었다. 불과 몇 분 전까지 휴게실에서 대화를 했었는데, 지훈은 그런 것 따위는 기억조차 하지 못하고서 드디어 저를 찾아온 동생을 보며 기뻐하고 있었다.

"기다렸지? 늦게 와서 미안."

시큰해진 콧잔등을 문지르며 무영이 말했다. 가까이 오라는 지훈의 손짓에 소월과 무영이 발걸음을 옮겼다.

"우리 할아버지의 공책을 찾으러 온 거지?"

전혀 예상 밖의 질문이었다.

"형이 그걸 어떻게 알았어?"

"내가 여기 이렇게 있으니까 당연한 수순이겠지."

지훈이 도통 못 알아들을 소리를 당연하다는 듯이 했다.

"내가 노천탕을 폭파시켰잖아."

권태로울 정도로 고저가 없는 지훈의 목소리는 강렬한 파장이 되어 무영과 소월의 정신을 마비시켰다. 두 사람은 너무도 막연하고 아득한 고통의 세계를 도저히 헤아릴 수가 없어서 그만 눈을 감아버렸다. 누가 먼저랄 것도 없이 무영과 소월은 서로의 손을 잡았다. 지훈의 고뇌가 만든 혼돈에 떠내려가지 않기 위해서였다.

"우리 엄마는 차석윤의 딸, 차영란이야. 엄마가 가장 좋아하는 소설은 '키다리 아저씨'였어. 왜냐하면 그건 엄마의 이야기였으니까. 엄마한텐 태어났을 때부터 키다리 아저씨가 있었어."

지훈은 황홀한 우수에 젖어 어린 시절의 기억을 더듬었다. 저택에 오기 훨씬 전의 일이었다.

"우리 엄마는 홀어머니 밑에서 자라서 항상 가난하고 힘들었는데, 아주 곤란할 때마다 도움을 주는 분이 계셨대. 엄마의 어머니가 돌아가셨을 때에도, 엄마가 엄마처럼 가난한 우리 아빠를 만나 결혼을 했을 때에도, 아빠가 일찍 돌아가셨을 때에도 키다리 아저씨는 멈추지 않고 엄마를 도와줬댔어."

무영과 소월은 그 키다리 아저씨의 정체가 누구인지 이미 알고 있었으나, 재촉하지 않고 지훈의 이야기를 들어주었다.

"하지만 죽음에게서 엄마를 지켜주진 못했어. 나중에 안 사실인데 우리 할아버지도 폐병으로 돌아가셨다더라. 그 병은 유전이 아닌데도 운명이 대물림된 건지, 엄마도 할아버지와 같은 병으로 돌아가셨어. 병상에 누워서 기침을 하던 회색빛의 얼굴이 기억나. 돌아가시기 며칠 전이었지. 나한테 심부름을 시키셨어. 편지를 부치라면서 말이야."

그 편지는 월산으로 보내는 것이었다. 차영란의 키다리 아저씨는 차혜윤이었다. 혜윤은 석윤이 죽고 난 후에도 그의 임신한 아내를 잊지 않았다. 혜윤은 광인인 척하면서도 줄곧 조카인 영란과 영란의 아들인 지훈을 돌보았다. 영란이 일찍 세상을 뜨고서는 손수 지훈을 데리고 왔다.

"혜윤 할머니와 만난 건 엄마가 돌아가신 직후였어. 할머니는 나한테 내가 누구의 아들인지 말해줬지. 나한테도 차강문의 피가 흐르는 건 중요한 게 아니었어. 중요한 건 내가 한연화의 후손이라는 거였지. 나는 우리 아빠의 성을 버렸어. 내가 누군지 잊지 않기 위해 한연화의 성을 따르기로 했어. 이 월산은, 차강문이 도둑질한 모든 건 전부 한씨 가문의 것이니까."

지훈이 숨을 몰아쉬었다. 사춘기에 접어들 무렵에 알게 된 자신의 뿌리는 지훈의 숨겨진 열망을 발굴해 냈고, 차영선의 오만함은 빼앗긴 것을 되찾겠다는 그의 욕망에 불을 지폈다.

"혜윤 할머니는 그랬어. 제때가 되면, 내가 어른이 되면 모든 걸 밝혀줄 거라고. 나한테 다 돌려줄 테니까 조금만 기다려 달라고. 할머니는 딸인데도 차영선을 싫어했기 때문에 난 그 말을 철석같이 믿었지. 하지만 결국 할머니도 끝내 핏줄을 부정할 순 없었던 거야. 결정적인 증거가 될 수 있는 우리 할아버지, 차석윤의 공책을 몰래 없애려고 했거든."

지훈은 십이 년 전 그날을 떠올렸다. 불우한 모자가 사랑한 키다리 아저씨였던 차혜윤이 죽어버린 잔혹한 밤이었다.

"그 후의 이야기는 차 사장님께 들었겠지?"

그는 차마 차혜윤을 누가 죽게 만들었는지 제 입으로 말할 수가 없었다.

"내가 왜 노천탕을 폭파했는지 말이야. 그러니까 공책을 확인하러 온 거고."

무영이 긍정의 뜻으로 고개를 끄덕였다.

"십이 년 전 그걸 처음 본 후로 난 저주에 걸린 것처럼 완전히 사로잡혔어."

석윤의 공책 가득 쓰인, 차강문이 한연화와 둘째 아들을 죽였다는 고백.

"내 몸 안에는 살인자의 피와 희생자의 피가 함께 흐르고 있어."

그는 억울했다. 온전히 살인자의 피만으로 이뤄진 차영선이 월산의 주인인 양 구는 것이 꼴 보기 싫었다. 징그럽도록 싫었다.

"그래서 노천탕을 폭파시킨 거야. 차씨든 한씨든 결국 우린 차강문의 자손들이잖아? 그걸 깨달으니까 견딜 수가 없더라고. 그래서…… 다 같이 자멸하고 싶었던 거야. 그렇지? 그래서…… 그런 거겠지?"

폭파의 명분은 쉽게 찾을 수 있었다. 한연화의 피와 차강문의 피가 함께 흐르는 것처럼 월산을 수복하겠다는 욕망과 모든 걸 없애고 싶다는 욕망은 항상 공존했다. 하지만 그럼에도 그 결정적인 기억만은 찾을 수가 없었다. 폭발의 충격이 너무 컸던 걸까? 왜 그 순간의 일이 기억나질 않지? 정말 나는 그곳에 있었던 게 맞나?

"맞아요. 한지훈 씨가 노천탕을 폭파시켰어요."

소월이 단호하게 말했다. 그녀의 손을 잡고 있던 무영의 손에 힘이 들어갔다. 그러나 소월은 개의치 않았다.

"한지훈 씨가 그런 거예요."

복잡하게 얽혀 있던 지훈의 표정이 한결 풀어졌다. 반면에 무영의 얼굴은 점점 살벌해졌다. 결국 그는 지훈에게 잠깐만 기다려 달라고 한 뒤 소월을 데리고 병실을 빠져나올 수밖에 없었다.

"왜 거짓말을 해? 형이 그런 게 아니잖아."

소월이 하는 짓은 명백한 기억의 조작이었다. 그녀의 확인으로 굳어진 가짜 기억이 지훈에게 어떤 영향을 줄지 미지수였다. 위험한 행동이었다.

"도망치고 싶어 하잖아. 방향을 알려줬을 뿐이야."

"소월아."

무영은 화를 참고 있었다.

"그렇게 도망치면 어떻게 되는지 너도, 나도 잘 알고 있잖아."

"넌 십이 년 동안 모지리가 됐고, 난 보호 인격을 만들어냈지."

"알면서 어떻게 형한테 그럴 수가 있어?"

무영은 처음으로 소월을 원망했다. 무영은 지훈에게 책임감을 느끼고 있었다. 지훈이 하는 말이 다 맞았다. 전부 지훈의 것이었다. 차강문의 후손이라도 저와 지훈은 달랐다. 그에겐 희생자인 한연화의 피가 흐르고 있었다. 무영이 평생 죄를 갚아야 할 사람이 둘 있었다. 명인과 지훈. 그중에 명인은 생사의 갈림길에 서 있었고, 지훈은 석윤처럼 미치려고 한다.

"형한테 무슨 일이 생기면 난 못 버틸 것 같아. 너무 미안해서 그 죄의 무게에 질식해 버릴지도 몰라."

"내가 있잖아."

소월이 흔들리는 무영의 눈동자에 자신의 눈빛을 박아 넣었다.

"내가 같이 버틸 거고, 같이 견뎌낼 거야."

"그러다 너까지 지치면? 네가 날 사랑하지 않게 되면, 그럼 난……."

"어휴, 진짜."

소월이 무영의 볼을 세게 꼬집고 흔들었다. 얼얼해진 볼 때문에 무영이 눈물을 찔끔 흘렸다.

"모지리여서 그런 건 줄 알았는데 그냥 어리광을 잘 부리는 성격이잖아."

"아파."

볼이 잡힌 채라 무영의 발음이 샜다. 옆에서 숨을 죽이고 둘의 실랑이를 지켜보던 주치의가 코웃음을 쳤다. 그제야 그녀의 존재를 깨달은 소월과 무영이 새빨개진 얼굴로 추태를 보여 죄송하다고 사과를 했다.

"여기 있던 내가 잘못이죠, 뭐."

덩달아 민망해진 주치의가 헛기침을 하며 말했다.

"대충 들어보니 무슨 상황인지는 알겠어요. 전문의로서 소견을 말하자면 일단은 소월 씨의 의견에 동의해요."

"형이 망상을 하도록 놔두라고요?"

"일단은요. 때때로 트라우마에 의한 망상은 정신의 방어기제이기도 해요. 충격을 받아들일 준비도 없이 그것을 무너뜨리기만 하면 최악의 상황으로 이어질 수 있어요."

무영은 최악의 상황이 뭔지 굳이 되물을 필요가 없었다.

"망상에 빠져 있을지언정 먼저 살아가게 하는 게 최우선이니까요."

주치의가 말했다.

"하지만 그 후에는? 언제까지 정신병을 앓고 있게 할 수는 없잖아요."

"살아 있으면."

소월이 끼어들었다.

"살아만 있으면 가능성은 생길 수 있는 거니까. 좋은 일이 생길 수도 있다고 믿어. 나한테 너라는 기회가 찾아온 것처럼."

"정소월."

무영의 눈이 촉촉해지자, 주치의는 슬그머니 자리를 피했다.

"나한테 너라는 기회가 찾아온 것처럼."

무영이 소월의 말을 되풀이하며 말했다. 소월이 말없이 고개를 끄덕였다. 무영과 소월이 서로를 끌어안았다.

"너는 이미 나와 버텨주고, 견뎌주고 있어. 그리고 지치지 않고 더 사랑해 주고 있어."

"응. 더 사랑해 주고 있어."

두 사람은 한동안 서로의 체온을 고스란히 느끼며 차분히 숨을 쉬었다. '너'를 제대로 사랑하고 싶다, 네 앞에 진정한 '나'이고 싶다, '우리'를 지키고 싶다는 마음이 두 사람을 구원해 줬다.

사랑하는 사람을 잃은 지훈에게는 좀 더 버거운 일일지도 모른다. 하지만 언젠가 또 다른 누군가가, 아니면 윤미에 대한 변치 않는 마음이 그를 구해줄 수도 있었다. 서두르지 말자. 상처 입은 한지훈을 당장 돌아오라고 몰아붙이지 말자.

소월과 무영은 그를 지켜봐 주기로 다짐했다. 두 사람은 모든 일이 끝나면 윤미를 보러 가자고 약속했다.

"윤미에게 부끄럽지 않으려면 마무리를 잘해야 돼."

소월이 결연하게 말했다. 일자로 굳세게 다물어진 무영의 입은 동조의 소리를 뱉지 않았으나 두 사람의 의지가 통한 것은 말할 것도 없었다. 무영이 병실의 문고리를 잡아 돌리려던 참이었다. 자리를 비켜줬던 지훈의 주치의가 헐레벌떡 뛰어왔다.

"깨어나셨어요!"

주어가 불분명한 외침에도 소월과 무영의 가슴은 쿵쾅쿵쾅 뛰었다. 병원 천장에 매달린 백색 형광등의 불빛이 낭자한 여명처럼 찬란하게 느껴졌다.

☾

뙤약볕이 심하게 기승을 부리는 여름날의 오후였다. 저택 일을 거드는 하녀들이 관자놀이에 흐르는 비지땀을 훔치며 이불이 잘 마를 것 같다고 흐뭇해했다. 별채의 정원까지 젖은 이불을 들고 오느라 그녀들의 등에는 땀자국이 선명했다. 본채의 정원은 외부인들도 드나들기 때문에 미관상 바지랑대를 설치해 놓을 수가 없었다. 대신 빨래들은 이렇게 별채의 정원에 널리곤 했다.

"오늘은 혜윤 아씨가 얌전하시네."

입이 유별나게 작은 하녀가 심심풀이로 말을 꺼냈다. 별채 정원을 맨발로 뛰어다니고 있어야 할 혜윤이 보이지 않았다.

"서방님이 출타 중이셔서 풀이 죽으셨나 봐."

"참말로 신통방통도 하지. 제 딸도 못 알아보는 광인이 남편하고는 죽고 못 산다니."

"그러니까 애도 낳은 거겠지. 그 딸까지 보듬기엔 정신에 한계가 있으니 미치광이인 거고. 아님 정상인이게?"

복코를 가진 하녀가 나름의 논리를 내세워 똘똘하게 말하였다. 저택의 2층 창문에서 그들보다 지위가 높은 하녀가 고개를 내밀며 소리를 질렀다. 그만 시시덕거리고 올라와서 청소를 도우라는 거였다. 하녀들은 군말 없이 바구니를 들어 옆구리에 이었다.

"가만있어도 푹푹 찌는데 저리 역성을 내고 싶을까."

반항할 기력도 없는 고약한 더위였다. 그녀들은 터벅터벅 별채의 정원을 빠져나갔다. 빨랫줄에 널린 이불들마저 더위를 먹고 맥이 빠진 것 같았다. 습기와 열기가 빼곡히 들어찬 공기가 무거워서 세상 만물의 어깨가 축 처졌다. 오직 단 한 명, 개구쟁이 소녀만이 더위를 뚫고서 정원을 들쑤시고 다녔다. 혜윤의 딸, 차영선이었다.

월산 제일의 부잣집 손녀라는 사회적 지위가 무색할 만큼 영선은 빼빼 말랐다. 조부모인 차강문과 강순애는 물론이요, 오촌 숙부인 명인까지 온갖 맛있는 산해진미는 죄다 갖다 바치는 데도 도통 살이 오르질 않았다. 사람들은 이를 두고 어미의 정을 타질 못해서 그런 거라고 수군거렸다.

근 열 달을 배에 품고 있었다는 게 믿기지 않을 정도로 혜윤은 영선을 알아보지 못했다. 남의 자식 취급하다 못하여 어쩔 땐 철천지원수라도 되는 듯이 굴어, 보는 이를 안타깝게 하였다. 영선이 혜윤에게 엉겨 붙을 때면 유독 그랬다. 그걸 보는 저택 사람들의 마음이 어찌나 애달프던지, 혜윤을 뺀 다른 모든 이들이 영선을 공주님처럼 받들었다.

그러나 영선이 원하는 것은 혜윤의 관심이었다. 그쯤 되면 포기할 법도 한데 영선은 어린아이답지 않은 끈기로 제 어미의 사랑을 갈구하였다.

영선은 날렵한 몸놀림으로 여기저기를 수색하고 다녔다. 혜윤은 종종 손님용으로 쓰고 있는 별채에 기어들어 가 시간을 보내곤 했다. 영선은 그걸 잘 알고 있었다. 소녀는 도둑고양이처럼 조심조심 별채의 문을 열었다. 적막함 속에 사람의 온기는 없었다. 허탕이다. 영선의 입술이 새의 부리처럼 뾰족해졌다. 엄마는 어디에 있을까? 다른 아이들 같으면 씩씩한 목소리로 '엄마아아!' 하고 외쳤을 테지만 영선은 그럴 수가 없다. 대신 몸을 움직여 직접 찾아 나서기로 한다. 영선에게 살이 붙지 않는 건 어른인 혜윤의 행동반경을 따라다니느라 그런 건지도 몰랐다.

다행히 혜윤은 밖으로까지 나가진 않았다. 그녀는 본채의 정원에 있는 평상 위에서 낮잠을 즐기고 있었다. 가지가 사방으로 뻗은 느티나무가 넓은 그늘을 만들어주고 있었다. 영선은 엄마를 찾은 것보다 그녀가 잠들어 있다는 사실에 함박 미소를 지었다.

소녀는 혜윤에게 살금살금 다가가 소리 없이 평상 위에 올랐다. 서늘한 나무 바닥에 배를 깔고 누워 팔뚝에 턱을 괴고서 제 어미를 본다. 보기만 해도 좋으니 그저 볼 수 있게만 해주면 얼마나 좋을까? 매번 내쳐지기만 하는 신세라 영선에겐 이 소소한 시간이 마냥 감격스럽기만 했다.

더위 속에 여기저기 싸돌아다닌 아이는 금세 잠이 들었다. 민소매옷을 입은 영선의 까맣게 탄 팔 위에 작은 날벌레 한 마리가 날아와 앉았다.

혜윤은 딸이 완전히 잠든 것을 확인하곤 손으로 날벌레를 쫓아냈다. 손가락 끝에 닿은 살결이 보드랍다. 절로 손이 뻗어진다. 자는 영선의 눈치를 살피면서 슬쩍 팔뚝을 쓰다듬는다. 저도 모르게 미소가 지어졌다.

'안 돼!'

머릿속에서 경고음이 울렸다. 혜윤은 역병에 걸린 환자라도 만진 양 재빠르게 손을 거뒀다. 그녀의 딸은 세상모르는 깊은 단잠에 빠져 있었다.

'영란이는 어떻게 생겼을까?'

꾸역꾸역 억누르고 외면하는 모성애가 삐죽 흘러나올 때마다 혜윤은 석윤의 딸인 영란을 떠올렸다. 첫 조카는 고모를 닮기도 한다는데 저를 닮았을까, 아니면 오라버니처럼 달덩어리 같을까, 늘 하는 공상이었다.

'영선이랑도 닮았을까?'

석윤이 생전에 혜윤과 한 약속대로 사촌 자매는 같은 돌림자를 썼다. 석윤이 말하던 것처럼 그의 아내는 착하고 좋은 사람이라, 딸을 낳으면 이름을 '영란'으로 지어달라는 혜윤의 부탁을 들어주었다. 속된 말로 남편을 잡아먹은 시댁에서 염치없는 시누이가 하는 부탁을 용케도 말이다. 그러면서도 혜윤의 또 다른 부탁은 끝내 들어주질 않았다.

석윤이 자살한 뒤 혜윤은 그가 감금된 거나 다름없이 지내던 별채에서 몇 가지 물건들을 발견했다. 석윤의 단출한 소지품들이었다. 그 중에는 아내에게 보내려고 봉투에 주소까지 다 써놓은 편지 한 장도 있었다.

혜윤은 그 안에다가 자신의 편지도 넣어 행랑어멈을 시켜 우편에 부쳤다. 석윤의 죽음을 알리고 그의 아내에게 월산으로 와서 살라고 하기 위함이었다. 혜윤은 오라비의 아내와 아이를 자신이 책임져야 한다고 생각했던 것이다.

그러나 몇 주 후에 온 답장에는 간곡한 거절의 의사가 담겨 있었다. 월산에 가면 자신과 아이는 꼼짝없이 죽게 될 것이라면서 말이다. 그리고 자세한 설명을 위해 동봉한다며 공책 한 권을 소포로 보냈다. 석윤이 쓴 고백록이었고, 혜윤은 비로소 제 아비의 진정한 죄악을 마주하게 되었다.

'아버지가 석윤 오라버니의 어머니와 동생을 죽였고, 오라버니의 영혼마저 죽였다.'

죽은 영혼을 살아 있는 육체가 버틸 수 없었던 거라고, 그래서 석윤이 자살한 거라고 혜윤은 생각했다. 차강문의 딸이라는 죄책감보다 더 강렬한 감정은 복수심이었다. 아버지가 가증스러워서 참을 수 없었다. 유별나게 사이가 안 좋아도 가족이라고 믿었다. 가부장적이고 완고한 아버지와 마음이 여려 그 기대에 부응하지 못하는 장남의 갈등은 제법 흔한 것이었다. 언젠가 서로를 이해할 거라고 막연한 기대에 부풀어 있었다. 불행히도, 밝혀진 진실은 그들이 가족이 아니라 원수라는 걸 말하고 있었다.

'아버지는 한연화와 두 아들의 죽음에 대한 대가를 치러야 한다.'

혜윤은 오라버니의 원수를 갚기로 했다. 그러나 혜윤은 자신의 힘으론 차강문을 파멸로 이끌 수 없다는 걸 잘 알고 있었다. 그래서 달 선녀의 이름을 빌기로 했다. 달 선녀의 저주를 완성시키는 것이다. 몇몇 사람들의 입에서 형체 없이 떠다니는 미신들, 언젠가 차강문이 몰락하길 바라서 나오는 기원들은 하나의 이름으로 뭉뚱그려졌다. 달 선녀의 저주. 그러나 실질적으로 차강문이 입은 타격은 없었기에 항상 '저주는 무슨!'이라며 비웃음을 사곤 했다. 하지만 차강문의 하나뿐인 딸이 미쳐 버린다면 저주는 진짜가 될 것이었다.

그렇게 혜윤은 광인 행세를 하기 시작했다. 그로 인해 혜윤은 많은 걸 잃었다. 공부도 할 수 없었고, 학교도 못 가서 친구도 잃었다. 나중에 정신과 의사가 된 옛 친구인 고해숙을 다시 만났지만 미친 척을 해야 했으므로 우정을 쌓을 순 없었다.

혜윤은 외로웠다. 그녀의 복수는 자학적이었다. 그러나 효과도 좋았다. 차강문은 하나뿐인 딸을 잃을까 봐, 기껏 일궈놓은 차씨 가문의 부와 명예의 대가 끊길까 봐 전전긍긍하였다. 그리곤 기어이 혜윤을 결혼시켰고, 그의 손녀를 낳게 만들었다.

'방해물.'

혜윤이 잠든 영선을 노려보았다. 차씨 가문의 더러운 피는 저에게서 끝났어야 옳았다. 그게 혜윤이 할 수 있는 최고의 복수였다. 영선이 태어나고 그간의 노력은 모두 물거품이 되었다. 밉다. 미워서 꼴도 보기 싫다. 하지만 시선이 간다. 마음이 간다.

남편은 그런 혜윤의 고뇌를 다 알고 있었다. 집 안에서 책만 읽어서 그런 건지, 타고난 머리가 좋은 건지 혜윤의 남편은 통찰력이 뛰어났다. 부모도 몰라본 혜윤의 연기를 대번에 간파했다. 살을 맞대고 사는 부부라서 그런 것도 같았다. 자신의 속내를 알아봐 줘서 남편을 사랑하게 된 건지, 아니면 처음부터 좋아한 바람에 남편이 저의 속임수를 쉽게 알아차린 건지 혜윤은 알 수가 없었다.

남편은 좋은 공범이었다. 그는 노쇠해진 행랑어멈을 대신하여 석윤의 아내에게 혜윤의 편지와 돈을 전해주었다. 애초에 혼인과 함께 혜윤네 부부 앞으로 주어진 유산의 일부였으므로 돈의 융통에는 문제가 없었다.

다만, 차강문 귀에 들어가는 것은 어쩔 도리가 없었다. 그러나 차강문은 돈이 새 나가는 걸 보고도 모른 척하였다. 그는 혜윤의 남편이 꼴에 사내라고 밖에다 살림을 차린 줄로 알았고, 기꺼이 눈감아주었다. 미친 딸을 억지로 시집보낸 업보라고 생각했다. 혜윤의 남편은 장인의 오해와 멸시를 받으면서도 혜윤에게 아무것도 묻지 않았다.

"정말로 궁금하지 않아요? 그 돈을 다 누가 받고 있는지?"

"필요한 사람에게 주었겠지요."

"내가 우리 딸을 막 괴롭히는 연유도 알고 싶지 않고요?"

"색시 대신 내가 더 예뻐해 주고, 온 집안사람들이 귀여워해 주니 괜찮소."

"도대체 왜 그렇게까지 해주시는 건데요!"

혜윤이 왈가닥 천성을 숨기지 못하고 앉은 자리에서 엉덩이를 들썩들썩하면 남편은 웃으며 말했다.

"좋아서 그러오. 좋아해 주고 싶기만 하니까 그러오. 색시가 좋아하는 일만 해주기에도 시간이 너무 짧으니까."

당시에는 그게 무슨 소린가 싶었으나, 훗날 남편이 요절하고서 혜윤은 그 뜻을 헤아릴 수 있었다. 남편은 결혼 전에 이미 자신이 오래 살지 못할 걸 알고 있었던 모양이다. 그런 몸으로 장가를 든 게 미안하기도 하고, 남겨두고 갈 색시에게 한과 비밀이 많으니 지켜주기만 해도 모자라다고 생각했을 것이다.

혜윤은 물끄러미 바라보던 영선의 얼굴에서 생채기 하나를 발견했다. 일전에 자신이 밀어서 넘어진 탓에 생긴 거였다.

'예쁜 얼굴에 흉이 지면 안 되는데.'

혜윤은 영선의 얼굴을 바라보느라 자신이 무슨 생각을 하는지도 의식하지 못하였다. 그때였다. 저택의 현관문이 열리는 소리가 났다. 혜윤은 화들짝 놀라며 얼른 평상 위로 쓰러져 자는 척을 했다. 발소리가 가까워지더니 지척에서 인기척이 느껴졌다.

"웬일로 모녀가 나란히 누워 낮잠을 자네."

순애가 말했다. 목소리에는 의아함과 함께 경미한 기쁨이 배어 있다.

"이렇게 있으니 얼마나 보기 좋아."

하나뿐인 딸과 손녀의 단란한 모습은 무척 희귀한 것이었다. 순애는 혼자 보기 아깝단 생각까지 했다. 그녀는 혜윤의 머리맡에 앉아 한숨을 내쉬었다.

"제 딸도 못 알아보고, 이 천치 같은 것아."

절절한 애정이 담긴 타박이었다. 순애는 손가락으로 정성스레 혜윤의 머리카락을 넘겨주었다. 더위를 달래주는 산들바람이 느티나무의 여린 가지들을 흔들어주었다. 나뭇잎들이 서로 부대끼는 소리가 평화로웠다.

"다 내 죄지."

나이가 들어서 그런가, 순애는 주책없게 눈물이 났다. 혜윤의 광증을 두고 사람들은 달 선녀의 저주를 운운한다. 그러나 순애는 누구보다 달 선녀를 잘 알고 있었다. 한연화와 저주라니, 당치도 않는 조합이다. 순애는 경험을 통해 광기는 영혼의 손상에서 발생하는 것임을 알았다. 차강문에게 강간당한 충격으로 연화가 미쳤고, 연화에게 버림받은 충격으로 차석윤이 미쳤듯이 혜윤이 미친 것은 석윤의 죽음을 감당하질 못해서라고 말이다.

"내가, 석윤이를 더 잘 챙겨줬어야 했는데……. 내가 비겁해서……. 다 내 죄다."

순애는 마른 울음을 삼켰다. 혜윤은 모로 누워서 눈을 동그랗게 뜨고 있었다. 그녀의 눈동자에는 냉소만이 담겨 있었다.

'맞아요. 어머니랑 아버지 탓이에요. 왜 아버지를 좋아하셨어요?'

아무리 사랑이 대단한 거라지만 그런 사랑은 죄라고, 용서받지 못할 거라고 혜윤은 악에 받쳐 소리 지르고 싶었다. 어머니도 아버지와 똑같다고, 한연화의 것을 다 빼앗은 거라고, 한연화는 어머니를 미워할 거라고 독설을 퍼붓고 싶었다. 그러나 광인을 흉내 내는 그녀에게 허락된 건 발광뿐이었다.

"혜윤아, 아가, 혜윤아! 혜윤아!"

갑자기 일어나 정체불명의 고성을 내지르고 사지를 떠는 혜윤을 순애가 말렸다. 곤히 자다가 혜윤에게 걷어차인 영선까지 울음보를 터뜨려 그야말로 아비규환이 따로 없었다.

"혜윤아, 진정해라, 아가, 아가."

순애는 딸을 끌어안고 말리느라 손녀가 땅바닥에서 서럽게 우는 줄도 몰랐다.

"웃차. 우리 영선이, 또 흙장난을 하고 있었구나."

어느새 나타난 명인이 영선을 번쩍 안아 들며 말했다. 그제야 순애는 흙투성이가 된 영선을 보고 안색이 하얗게 질렸다. 명인은 어린 영선의 작은 몸을 품에 가득 안고서 순애에게 괜찮다고 눈짓을 보냈다. 혜윤이나 잘 진정시키라는 뜻이었다.

"우리 영선이 자다 깨서 놀랐어요?"

"숙부우, 숙부우."

울음이 묻은 목소리가 길게 늘어진다. 아이의 칭얼거림도 명인은 사랑스럽고 불쌍하기만 했다.

"숙부우, 숙부우."

이렇게 예쁜 딸을 왜 몰라보는 걸까? 정말 엄마가 하늘에서 저주라도 내리고 계시는 걸까? 명인은 혜윤의 광기를 목격할 때마다 혼란스러웠다. 혜윤의 광증은 정체를 숨기기로 한 명인의 결심을 굳건하게 해주었다. 애먼 혜윤이 죗값을 치른 것 같았기 때문이다.

그 앞에 자신이 구태여 나타나 누군가를 심판할 필요가 있을까? 아니, 자격이 있는 걸까? 어떤 살인자에 대한 저주와 복수이고, 누구의 속죄란 말인가. 결국 자신도 강용덕을 죽인 거나 다름이 없는데 말이다.

'이 작은 아이는 무슨 죄라고? 속죄는 모두 내게서 끝나면 그뿐인 것을.'

명인이 눈을 감고서 영선을 달랬다.

"숙부우, 숙부우."

그래, 숙부가 여기 있단다.

"숙부, 숙부!"

명인은 눈을 떴다. 아주 오래 낮잠을 잔 것처럼 머릿속이 먹먹하였
다.

"숙부, 괜찮아요? 나 알아보겠어요?"

못 알아볼 리가 없었다. 영선이다. 꿈속에서 본 것보다 많이 늙었지
만 명인이 딸처럼 키운 그 소녀다. 아기였을 때부터 봐온 한 사람이 자
라고, 늙는 것을 보는 기분은 묘한 일이었다. 그래도 영선은 동안인
편이라 늙는 티가 덜 났는데, 어쩐 일인지 명인이 잠시 눈을 붙인 사이
에 주름이 많이 늘어나 있었다.

'왜 그렇게 우니?'

명인은 말하고 싶었으나 입이 떨어지질 않았다. 그러고 보니 온몸에
뭔가 주렁주렁 달려 있었다.

'병원이구나.'

그는 뒤늦게 깨달았다. 낮잠을 잔 건 아닌 모양이다.

"명인 아저씨 깨어나셨다면서요!"

명인의 시야에 무영이 들어왔다. 그제야 명인은 눈을 감기 전 마지
막 기억을 떠올릴 수 있었다. 최창규가 떠들어대며 무영을 괴롭히던
노천탕의 비밀. 어디서 그런 헛소리를 주워듣고 와서 조용히 눈을 감
은 제 어미와 멀쩡히 살아 있는 자신을 욕보이는 걸까 싶었다. 그러라
고 정체를 숨긴 게 아니었다. 영선의 목을 죄기 위함이 아니었다.

명인이 손을 들어 산소호흡기를 빼달라고 했다. 영선은 호흡기를
떼면 명인의 숨이 넘어가기라도 할 것처럼 조바심을 냈다. 그러나 의
사는 괜찮을 거라며 명인의 청을 들어주었다.

"한연화……."

오래 말하지 않아 목이 잠겨 있었다. 좁은 목구멍을 겨우 비집어 나
온 목소리는 틈새로 부는 바람처럼 들렸다.

"나는 한연화의 아들이다."

명인이 힘겹게 내뱉었다.

"차강문의 아들이기도 하고."

"알고 있어요."

무영이 침착하게 말했다. 그 옆엔 소월도 있다. 명인은 무영을 빤히 쳐다보았다. 눈시울이 붉었지만 무영은 울진 않았다. 모지리 도련님이 어엿한 남자가 되어 있었다.

'영선이만 늙은 게 아니라 무영이도 어른이 된 거였구나.'

어떻게 알았냐는 질문은 별로 하고 싶지 않았다. 이 순간을 온전히 느끼고만 싶었다. 몇 세대를 지나 드디어 모든 게 제자리로 돌아왔다.

"다행이다."

명인은 눈을 감았다.

"안 돼요, 숙부! 안 돼!"

영선이 절규했다. 무영과 소월의 표정도 급박하게 변하였다.

"잠깐 쉬게 해주렴. 오랜만에 빛을 봐서 눈이 아프단다."

명인이 훨씬 또렷해진 목소리로 말했다. 영선은 나오다 만 절규를 입에 물고 얼빠진 표정을 지었다. 명인의 얼굴에는 점차 생기가 차오르고 있었다.

"이야기는 차차 들으면 되겠지."

명인이 다시 눈을 감았다.

무영과 소월은 지훈의 병실로 돌아갔다. 그새 지훈은 의사 노릇을 하러 돌아다니느라 병실에 없었다. 하지만 차석윤의 공책은 그의 침대 위에 놓여 있었다. 지훈은 정신이 오락가락하는 와중에도 자신이 뭘 해야 하는지 정확히 알고 있었다.

"형 말이야."

무영이 석윤의 공책을 들고서 입을 열었다.

"혹시 우리 할머니처럼 미친 척 시늉을 하는 건 아닐까?"

"글쎄……."

소월은 무영이 바라는 답을 쉬이 내주지 않았다. 혹시라도 지훈이 진짜로 미친 거라면 무영이 크게 실망할 게 뻔했으므로 실속 없는 기대감을 심어주고 싶지 않았다. 지훈이 광증을 연기하는 거라면 그것은 또 한지훈의 선택이었다. 그가 선택한 길을 막아서고 싶지 않았다. 어찌 됐든, 지훈이 사랑하는 사람을 잃고 큰 실의에 빠진 것은 사실이었기 때문이다. 그는 한동안 헤매게 될 것이다.

"다짐했잖아, 천천히 지켜보기로. 지훈 씨는 일단 휴식을 취하게 하고, 우리는 당장 마무리 지을 일에만 집중하자."

소월의 말에 무영이 고개를 끄덕였다. 두 사람은 공책을 갖고서 영선이 기다리고 있는 휴게실로 향하였다. 공책을 어떻게 이용할지 의논하기 위해서였다. 그들이 막 복도의 코너를 돌 참이었다. 자판기 앞에서 어슬렁거리던 민혁이 그들과 마주쳤다. 민혁이 소스라치게 놀라는 바람에 무영과 소월도 덩달아 깜짝 놀랐다.

"민혁 형, 어디 가요!"

서둘러 자리를 피하는 민혁을 무영이 불러 세웠다. 민혁은 사색이 되어 주위를 둘러보았다. 다행히 인적이 드물어서 그들을 보는 이가 없었다.

"이래 봬도 미행 중인데 아는 척을 하면 어떡해!"

"그래도 귀신 본 것처럼 놀랄 필요까진 없잖아요."

무영이 싱글벙글 웃으며 말했다. 지훈의 상태가 마음에 걸리긴 했지만 명인이 깨어난 덕분에 무영은 기분이 좋았다. 무영의 화사한 미소 앞에 민혁은 속수무책으로 얼굴이 빨개졌다.

'예전부터 느꼈는데 차무영 저거, 묘하게 여자보다 남자한테 잘 먹힌단 말이야.'

소월이 심드렁한 표정을 지으며 생각했다. 그러고 보니 월산에 온 지 얼마 안 되어 한지훈을 처음 봤을 때도 차무영과 한지훈이 그렇고 그런 사이가 아닌가 하는 오해를 할 뻔했었다.

'그때만 해도 일이 이렇게까지 될 줄은 몰랐는데.'

문득 지난날을 떠올리니 소월은 새삼 감회가 남달랐다. 소월이 처음 봤을 때 한지훈과 차무영의 상태가 지금은 완전히 뒤바뀌어져 있었다. 한지훈이 트라우마에 갇히게 되었고, 차무영은 누구보다 당당하게 서 있게 되었다. 정말 한 치 앞도 알 수 없는 인생사다. 소월이 운명이 부리는 변덕에 대해 고찰하고 있을 즈음이었다.

"정소월! 내 말 듣고 있냐고!"

무영이 소월을 흔들며 말했다.

"뭐?"

"이 공책으로 함정을 파자고."

"그 공책으로?"

"그래. 정천일은 노천탕에서 시신을 못 찾아 발을 동동 굴리고 있잖아. 새로운 증거가 나타났다고 하면 앞뒤 안 가리고 덤벼들지 않을까?"

"좋은 생각인데, 그럼 함정은 어떻게 파려고?"

"사실 이건 우리 민혁 형의 아이디언데 말이야. 형이 직접 미끼가 되어주시겠대."

무영이 자랑스러워하는 얼굴로 민혁을 바라보았다.

"가짜 증거를 흘리는 건 이 바닥에서 종종 쓰는 수법이거든요. 쌍방으로 불륜을 저지르는 부부나, 이혼할 건덕지를 만들고 싶은 놈팡이들이 함정을 파는 거죠. 가짜로 조작된 불륜 증거를 흘리고 배우자가 그걸 덥석 물면 역으로 미행 및 도청 등으로 이혼 사유를 때리는 거예요."

"와, 정말 구질구질하고 치사한 방법이네요."

소월이 학을 떼며 말했다.

"쿨하고 도덕적인 일을 하려고 했으면 나도 여기 안 있겠죠."

민혁이 어깨를 으쓱해하곤 말을 이었다.

"방금 얘기 들어보니까 이 공책이 그런 증거가 될 수 있다면서요. 내가 미행 보고하러 가서 이걸 정천일 쪽에 넘길게요."

"정천일은 자기가 폭탄을 갖고 있는 줄도 모르고 그걸 터뜨리려고 할 거야. 우린 그때를 노려서 역공을 하면 되고. 어때?"

무영이 민혁의 말을 이어받아 끝맺었다.

"괜찮은 아이디어 같아."

소월이 대답했다.

"그렇지? 민혁이 형, 정말 대단해요. 존경스럽습니다. 진짜로 만능 해결사신가 봐요."

무영의 눈이 반짝반짝 빛났다. 민혁은 비행기 태우지 말라며 멀미 난다고 능청을 떨었다.

'둘이 잘 논다.'

소월은 생각했다. 급기야 둘은 서로 손뼉을 마주치며 사춘기 고등학생들처럼 팔짝팔짝 뛰었다. 미행하는 척은 안중에도 없어진 모양이다. 소월은 남들이 볼까 무서워 주위를 두리번거렸다. 그러나 그건 거짓 미행이 들킬까 봐서가 아니라, 두 남자가 창피해서였다.

다음 날 저녁, 소월과 무영은 희태가 양념을 여러 번 발라 구워준 장어를 먹다가 민혁으로부터 문자 한 통을 받았다.

〈미끼 물었음. 축제 때 정천일이 연설을 한다고 함. 그때 폭탄 터뜨릴 것 같음.〉

"축제라면 그럴 법하군요. 월산의 유지들뿐 아니라 만봉시와 하순시의 권세가들도 찾아오거든요. 그 연설이란 건 아마 불꽃놀이 전에 하는 걸 겁니다. 남사당패 놀이가 끝나고 나서요."

무영이 읽어준 문자의 내용을 들은 희태가 말했다.

"남사당패요?"

"네, 월산 축제의 오랜 전통이죠. 아가씨는 외국에 살다 오셔서 보신 적이 없을지 모르겠습니다."

"아뇨. 있어요. 과제 때문에 보러 갔었거든요."

"아, 아가씨가 사회과학을 전공하셨다고 했죠."

"네. 민속학 강의를 들은 적이 있어요."

소월이 그때 배웠던 것들에 대해 주절주절 떠들자 흥미롭게 경청하는 희태와 달리 무영은 치, 입술을 삐죽이며 애꿎은 장어를 조각내었다.

'나도 학교 다니고 싶다. 대학교 다녀서 소월이랑 저런 얘기 하고 싶어. 근데 내가 소월이네 학교에 들어갈 수 있을까? 엄청 좋은 학교 같았는데.'

무영은 남몰래 한숨을 쉬었다. 그의 암담한 심정을 알지 못하는 희태와 소월의 대화는 점점 더 무르익어 갔다. 두 사람은 잔뜩 상기한 얼굴로 무영을 불렀다.

"도련님!"

"무영아!"

잡념에 빠져 있던 무영이 어리둥절해하며 두 눈을 깜빡거렸다.

"잘못 전해진 달 선녀 이야기를 제대로 보여줄 때가 된 것 같아."

소월이 득의양양하게 말했다. 희태는 이번에 들어오기로 한 놀이패 우두머리의 전화번호를 찾아오겠다며 자리에서 일어났다.

"놀이패?"

"응. 남사당패! 성공한다면 이건 전설이 될 거야."

비장한 표정으로 소월이 답지 않게 허세를 부렸다. 무영은 아직도

뭐가 어떻게 돌아가는 건지 잘 몰랐지만 소월의 표정이 귀엽고 웃겨서
실없이 웃기만 했다. 가슴이 두근거리는 저녁이었고, 훗날 월산에 커
다란 변화를 갖고 온 기념비적인 공연이 기획되는 순간이었다.

28
발표

　월산의 달맞이제는 축제 당일보다 그 후가 더욱 요란하였다. 정천일의 연설을 듣기 위해 폭우 속에도 자리를 지켰던 사람들은 남사당패의 공연이 끝난 후 한참 동안 침묵을 유지했다. 정천일이 분을 참지 못하고 씩씩거렸으므로 섣불리 입을 열 수 없었던 것이다.

　정천일의 얼굴은 보랏빛이 돌 정도로 피가 몰렸다. 개중 이제 막 수습 딱지를 뗀 지역신문의 혈기 넘치는 기자 한 명이 용기를 냈다. 그는 정천일이 쓰러지기라도 할까 봐 걱정이 됐지만 동시에 누구보다 빨리 특종을 따내고 싶었다.

　"정 상무님, 오늘 공연이 끝나고 중대 발표를 하신다고 들었는데요. 발표의 내용이 방금 끝난 공연과 관련이 있는 겁니까?"

　신출내기 기자가 포문을 열자, 질문과 질타가 쏟아졌다.

　"이봐요, 정천일 상무. 이게 지금 무슨 수작입니까? 바쁜 사람 불러다가 이게 뭐 하는 짓이에요?"

"상무님, 최근에 있던 노천탕 폭발 사건에 관심을 보이신다는 소문이 있던데 그게 사실입니까? 들리는 소문에 의하면……."

"혜성그룹의 월산 진출 실패 원인이 온천타운 차영선 사장님의 방해 때문이라던데 정말인가요?"

"정 상무, 그렇게 안 봤는데 일을 허투루 하는군. 정 회장님께도 실망이 크네."

만봉, 하순시의 의원들이 불쾌감을 노골적으로 표명하며 수행인들을 데리고 하나둘 공연장을 빠져나갔다. 그들을 잡아 세우기엔 천일에게 붙은 기자가 너무 많았다. 결국 천일도 부랴부랴 자리를 피할 수밖에 없었다.

그러나 천일이 호텔로 돌아온 뒤에도 기자들의 괴롭힘은 끊이질 않았다. 그가 묵묵부답으로 일관하며 취재에 응해주지 않자, 기자들은 어떻게든 알아낼 거라며 협박처럼 말하곤 뒤를 돌았다. 삼 일 뒤, 천일은 지역신문들의 헤드라인을 보며 이를 갈았다.

「월산 달맞이제, 달 선녀 이야기의 진실을 밝히다.」
「월산 진출 실패? 혜성그룹 정천일 상무 '중대 발표는 나중에'.」
「달맞이제 남사당놀이, 실화 바탕의 파격적인 공연 선보여…….」
「하순시의회 재계 로비 의혹……. '터무니없다' 일축.」

어디선가 정보가 새어 나가는 게 분명한 기사 제목들이 눈에 띄었다. 천일은 테이블 위에 던져 놓다시피 한 차석윤의 공책을 노려보았다. 비장의 무기를 손에 넣었다고 생각했는데 그것은 착각이었다.

'애초에 그런 멍청한 새끼의 말을 듣는 게 아니었는데.'

김민혁은 자신도 공책의 내용이 거짓인 줄은 꿈에도 몰랐다며, 시킨 대로 정소월을 미행했고 수상한 물건이 있기에 훔쳐 온 것뿐이라고 발뺌을 했다.

"노천탕에 한연화와 아이의 시체가 있을 거란 소문이 파다했으니 나도 진짜인 줄 알았죠."

민혁이 뻔뻔한 얼굴로 말했다. 그 소문이 퍼지는 것에 일조한 장본인이 자신이었으므로 정천일은 뭐라고 더 책임을 추궁할 수가 없었다. 게다가 김민혁은 실수를 인정하면서 공책값으로 받은 돈을 순순히 뱉어냈다. 기자들의 눈이 여기저기 붙어 있는 상황에 김민혁 같은 인간이 호텔 방에 드나드는 건 썩 보기 좋은 그림이 아니었으므로, 천일은 그와의 계약 관계를 신속하고 깔끔하게 끝내 버렸다. 무엇보다 피라미를 상대하고 있기엔 시간이 아까웠다. 잘못된 공책을 가져다준 김민혁보다 괘씸한 인간이 있었다.

"서단주는 어떻게 됐어?"

천일이 소파에서 일어나 창밖을 노려보며 말했다.

"축제가 끝난 뒤로 남사당패 전부 차 사장네 저택에 머물고 있습니다. 미리 준다고 했는데도 공연이 끝나고 돈을 달라고 한 걸 보면 이곳에 오기 전에 이미 소월 아가씨 쪽에 붙었던 모양입니다."

"감히 날 기다리게 했을 때부터 예감이 안 좋았지."

천일이 단주와 거래를 한 날을 떠올리며 이를 악물었다.

"겁도 없이 날 갖고 논 대가를 치르게 해주겠어."

"어떻게 할 생각이십니까? 법적으로 책임을 묻기에는 저희가 감당할 리스크가……. 그럴 가치가 있는 일은 아닌 것 같습니다만."

"이번 일이 마무리되면 그쪽 놀이패에 사람 하나 붙여놔. 월산 일만 끝나면 될 줄 알았나 보지? 그 떠돌이들, 다른 지역엔 발도 못 붙이게 해주겠어."

남사당패가 공연하러 갈 지역마다 혜성그룹의 이름으로 훼방을 놓을 생각이었다. 돈과 권력이 있으면 그쯤이야 아주 간단했다. 그저 축제를 주관하는 책임자의 양복 안주머니에 두툼한 봉투 한 장을 꽂아주면서 혜성그룹이 축제를 후원할 테니 이 놀이패는 쓰지 말라고 하면 될 뿐이었다.

"서단주 같은 성격에 자기 몸 하나 다치는 것보다야 제 사람들 밥줄 끊기는 게 더 고통스러운 일이겠지."

천일이 야비하게 웃었다. 비서는 알겠노라고 말했다. 똑똑똑, 돌연한 노크 소리에 천일과 비서가 흠칫 놀랐다.

"또 기잔가?"

"제가 보고 오겠습니다."

기자들 중에는 심지어 정천일조차도 질려 할 만한 또라이 독종들이 있었다. 어떻게 호텔 직원들의 눈을 피해서 올라오는 건지, 밤새 문을 두드리며 인터뷰 하나만 하자고 졸라대는 통에 천일과 비서는 잠도 자질 못했다. 비서가 방문자를 확인하는 사이 천일은 침대에 벌러덩 누워 손등으로 눈가를 가렸다.

"위기를 어떻게 타파할지 머리를 싸매고 있을 줄 알았더니 한가하게 잠이나 자고 있구나."

정 회장의 목소리에 정천일이 벌떡 일어났다.

"언제 오셨어요?"

정 회장은 천일의 질문을 무시한 채 소파에 앉았다. 그의 시선이 차석윤의 공책에 닿았다.

"어쩌면 네가 애비보다 더 나을 줄 알았다. 강하고 총명하다고 생각했어. 그래서 널 키우려고 한 거였는데, 이제 보니 야망만 크고 그걸 담을 그릇은 못 되는 것 같구나."

"실망했다는 말을 길게도 하시네요."

천일이 불손하게 말했다.

"할아버지가 제 손발을 자르지만 않으셨어도 머저리 같은 놈한테 일을 맡길 필요는 없었을 겁니다."

"과거에서 교훈을 얻지 못한 건 네 잘못이지. 최창규와 손을 잡아서 일을 크게 벌여놓고, 또 그런 하찮은 인간들에게 의존을 하려고 했던 게냐?"

"의존이라뇨. 저는 그 인간들을 이용하려던 겁니다. 그것들은 내 인형 같은……."

"주인의 통제를 벗어나는 인형들이 어디 있단 말이냐? 주인의 손놀림이 얼마나 형편이 없었으면."

정 회장이 한심해하며 혀를 찼다. 천일은 반박도 하지 못하고 아랫입술만 꽉 깨물었다.

"절 혼내려고 오신 거면 타이밍이 좋지 않네요. 기자들이 할아버지 얼굴을 모를 리가 없잖아요."

천일이 신문 하나를 집어 들어 정 회장에게 보여줬다.

"할아버지가 하순시와 관련이 있다는 걸 누가 흘린 모양이에요. 아마 차무영이겠죠. 아직은 추측이고 의혹에 불과하지만 할아버지가 월산까지 내려온 게 알려지면 정말 뭔가가 있다고 생각할 거예요."

"보여줄 필요 없다. 다 알고 내려온 거니까."

정 회장이 천일의 손을 매정하게 쳐 내며 말했다. 천일의 얼굴이 신문지의 귀퉁이처럼 구겨졌다.

"어쩌시려고요? 제 계획은 물거품이 됐어요. 공연의 내용이 진짜라면 한연화의 시체를 찾을 수 없을 거고, 검찰을 움직일 수도 없을 거예요."

천일의 의뢰대로 남사당놀이가 진행되었다면, 그는 공연이 끝난 후 월산 유지들과 만봉, 하순시의 정치인들 앞에서 차씨 가문의 비리를 수사해야 한다고 주장할 예정이었다. 차강문이 한연화를 살해했다는 게 진짜라는 것과, 그 사실을 숨기기 위해 차씨 일가가 대대로 경찰

권력을 이용했다고 발표할 셈이었던 것이다.

"그래도 계획을 무대포로 진행시킬 건 아닌 것 같으니 다행이구나."

"절 얼마나 과소평가하시는 거예요? 저도 물불 가릴 줄은 안다고요. 소월이네도 믿는 구석이 있을 테니 저런 쇼를 꾸몄겠죠."

천일은 울컥했다. 그동안 천일을 싸고돌았던 건 순수한 애정이 아니라 그가 보여줬던 착실한 행적들에 대한 보상이었다는 듯, 천일이 못마땅해질수록 정 회장의 태도는 차가워졌다. 마치 양품에서 뒤늦게 흠집을 찾아낸 것처럼 말이다. 알고 보니 너도 정소월처럼 불량품이었구나. 천일은 정 회장의 속마음이 들리는 것 같았다.

"하순시의회 쪽에서 연락을 받았다. 너에 대한 신뢰가 떨어진 건 비단 나뿐만이 아니다."

정 회장은 최대한 건조하게 말했으나 그의 미간엔 깊은 주름이 졌다. 남에게서 손자의 흉을 들은 것보단 자신의 안목이 틀렸음을 지적받은 게 그의 속을 쓰리게 했다.

"전 할아버지를 이해할 수 없어요. 우리가 뭐가 아쉬워서 정치인들의 눈치를 봐야 하는 건데요? 할아버지가 원하는 자리도 돈으로 사면 되는 거잖아요."

"내가 바라는 건 네가 그들과 같은 집단에 소속되는 거다. 정치 경력 하나 없는 널 끌어줄 인맥과 입김이 필요해. 그걸 해줄 수 있는 인간들이 우리에게 바라는 건 돈이 아니다. 그래서 일이 이렇게 꼬이는 거고. 그 인간들한테 돈을 줄 수 있는 게 우리뿐만이 아니니, 넌 새로운 경쟁력을 가질 필요가 있었던 거다."

"그러면 앞으로 어찌시려고요?"

천일이 답지 않게 머뭇거리며 물었다. 그로서는 아무리 생각해도 답이 떠오르질 않았다.

"처음으로 돌아가려고 한다."

정 회장이 엄숙하게 말했다.

"처음이라면? 설마 소월이와 차무영을 결혼시키려고요? 그건 두 사람도 바라는 거잖아요. 두 사람이 이어지는 건 절대 두고 보지 않으실 거라면서요."

"일단 여론을 환기시킬 필요가 있다. 노천탕 사건이 차무영의 약점이 될 수 있었을 땐 우리가 이용할 수 있었지. 하지만 지금은 반대가 된 상황이다. 노천탕에 아무것도 묻혀 있지 않다면, 확실한 건 노천탕이 폭발했다는 것뿐이지. 그리고 폭파범의 배후에는 네가 있잖니. 이제 그 사건은 우리의 약점이 된 거다. 달 선녀니 뭐니, 온천타운과 관련한 일들에서 사람들의 관심을 멀어지게 해야 한다."

파혼했던 두 유력가 집안의 남녀가 재결합을 한다는 것만큼 남의 입에 오르내리기 좋은 화제는 없을 것이다.

"그렇다고 내가 그 둘의 사이를 인정한 건 아니다. 한 번 깨진 혼담이 두 번 깨지지 말란 법은 없지."

그러니까, 정 회장은 우선 결혼을 미끼로 다시 차 사장을 꼬여낼 생각이었다. 소월과 무영에게도 휴전을 제안하고서 시간을 벌 작정이었다.

"시간을 벌면 뭐가 달라집니까?"

"또 다른 약점을 찾아내야지. 이 좁은 지역에서 몇십 년간 부를 축적하고 권력을 행사한 집안이다. 꼬투리를 잡을 수 있을 거야. 그게 네가 해야 할 일이고."

"만에 하나, 아무것도 나오지 않으면요?"

"그러면 손녀의 덕을 좀 봐야겠지. 어찌 됐든 차무영은 온천타운의 상속자니까."

정 회장의 말에 천일은 내심 낙담하였다. 최후의 보루가 결국은 정소월과 차무영의 결혼이라니 뜻한 바가 성공하더라도 결코 개운치 못

할 터였다.

"두 사람을 축복해 줘야 하다니 끔찍해요."

"축복이라, 그다지 어울리는 표현이 아니구나."

정 회장이 소름 끼치는 어조로 말했다.

"하나뿐인 여동생이 미망인이 된다면 그건 애도할 일이지."

"그 말씀은……."

"우리한테 필요한 건 차무영의 상속권뿐이라는 걸 잊지 말아라."

잔인한 미소조차 정 회장의 입가엔 오래 걸리지 않았다. 그는 감쪽같이 감정을 갈무리한 뒤에 떠날 채비를 했다. 하지만 정 회장은 호텔 방 문을 나설 수조차 없었다. 그가 밖에 세워놓은 천일의 비서가 허겁지겁 문을 열고 들어왔기 때문이다.

"회장님, 상무님!"

"들어오란 소리도 없었는데, 이게 무슨 무례한 짓인가?"

"죄송합니다, 회장님. 급한 일인 것 같아서요."

비서가 식은땀을 흘리며 말했다. 그의 안색이 심상치 않음을 알아본 천일이 무슨 일인지를 물었다.

"밖에 계신 경호팀장님께서 목이 마르신 것 같아서요. 호텔 밖으로 나가서 음료수를 사오다가 우연히 기자 한 명의 전화 통화를 들었습니다."

비서는 천일을 흘깃거렸다. 그는 자신이 꺼낼 말 때문에 엄한 불똥이 튈까 두려운 눈치였다. 그러나 언제까지 정 회장을 세워두고 우물쭈물댈 순 없는 노릇이었다.

"차무영이 한 시간 후에 온천타운 호텔에서 기자회견을 열겠다고 했답니다."

비서의 말이 끝나자마자, 정 회장은 눈을 질끈 감았다.

'한발 늦었다.'

정소월과 차무영이 그를 앞지르고 있었다. 정천일의 핸드폰에서 메시지 도착을 알리는 전자음이 났다. 그는 정 회장의 눈치를 살피며 핸드폰을 봤다. 아니나 다를까, 소월에게서 온 메시지였다.

〈한 시간 후, 온천타운 호텔.〉

소월은 자신이 보낸 메시지를 뚫어져라 쳐다보았다.

"너무해. 나 좀 봐달라니까 핸드폰만 보고 있네."

전신 거울 앞에 선 무영이 부루퉁한 얼굴로 투덜댔다. 옆에서 그를 도와주고 있던 희태가 이제는 사물에게까지 샘을 내냐며 우스갯소리를 했다.

"천일 오빠한테 메시지 보냈어."

"답장이라도 왔어?"

"그럴 리가."

소월이 코웃음을 치며 몸을 돌려 무영을 봤다. 무영은 기자회견을 위해 희태가 골라준 정장들을 하나씩 입어보고 있었다.

"그거 입으려고?"

"왜요? 아가씨가 보기엔 별로인가요?"

무영보다 희태가 더 민감하게 굴며 소월의 반응을 살폈다. 중요한 자리가 있을 때 무영의 코디는 전적으로 희태의 몫이었기 때문이다.

"아뇨. 마음에 들어요. 집사님 보는 눈은 항상 정확하잖아요."

"과찬입니다."

희태가 소녀처럼 수줍어하며 가볍게 몸을 좌우로 흔들었다가, 잠시나마 오붓한 시간을 보내라며 슬쩍 방을 빠져나갔다.

"소월이 넌 안 갈아입어?"

"나도?"

"당연하지. 내 옆에 앉아 있어야 하잖아."

"우리 둘 중엔 네가 대표로 하면 되지 않아?"

"전국구로 따지면 나보단 네가 더 유명하지 않을까요, 혜성그룹의 영애님?"

"그런 말은 어디서 배우는 거야? 나 몰래 사전이라도 읽어?"

소월의 지레짐작이 정확히 맞은 탓에 무영은 퍽 당황해했다.

"정말? 사전을 왜?"

"요새 이것저것 바빠서 책을 읽기에는 짬이 안 났잖아."

"그래서 사전을 읽었다고? 뭐하러 그렇게까지……."

순간 떠오르는 것이 있어 소월은 말을 잇지 못했다. 무영은 봉숭아처럼 달아오른 뺨을 손톱으로 긁적거렸다.

"근사한 말을 쓰면 네가 덜 창피하지 않을까 해서."

"네가 말을 못해서 내가 널 창피해하는 것 같아?"

"아니, 아니지. 넌 안 그러지. 그냥 내가 그래. 너에 비해 많이 모자란 거 아니까 조금이라도 나아 보이고 싶어서."

"네가 하는 말들은 지금도 충분히 근사해."

소월이 무영의 앞에 섰다. 무영은 조심스러운 몸짓으로 서툰 아이처럼 그녀의 손을 잡았다.

"내가 더 멋진 사람이 됐으면 좋겠어."

무영이 진지하게 말했다.

"더 똑똑한 사람이 됐으면 좋겠어. 세상에 있는 모든 사전을 다 읽으면 그렇게 될까?"

"그럼 나보다 먼저 박사님이 될 수 있을 거야."

소월이 격려했다. 무영은 그럴 리는 없다며 고개를 도리도리 저었다.

"넌 엄청나게 똑똑하잖아. 내가 봤어. 대학생들 시험도 감독하고 무지 멋졌어."

"별것도 아닌데 뭐."

"아냐. 내 눈엔 진짜 특별해 보였어. 그때 한 번 더 반했던 것 같아."

무영이 소월의 눈을 들여다보며 말했다. 일렁이는 눈동자를 물끄러미 바라보던 무영이 곤란한 표정을 지었다.

"사전을 다 뒤져 봐도 널 표현할 완벽한 단어를 찾을 수가 없어."

그의 말에 소월이 살짝 인상을 썼다.

"시옷 부분은 아직 못 읽었어? 시옷 부분 초반에 나오는 단어가 있을 텐데, 사랑이라고 들어는 봤나 모르겠네."

소월이 너스레를 떨었다. 그러나 무영은 여전히 심각한 얼굴이었다.

"가끔은 사랑이라는 말로도 부족한 것 같아서."

무영은 문득 서글퍼졌다. 하나도 빠뜨리지 않고 전해주고 싶은 마음이 혹여 닿지 못할까 봐, 소월에게 다 주지 못할까 봐 말이다.

"사랑해, 소월아."

무영이 대뜸 말했다. 그것도 셀 수 없을 만큼 여러 번. 초조해 보일 만큼 사랑을 노래하는 무영의 목소리를 소월은 느긋한 자세로 들어주었다.

"사랑해, 사랑해, 사랑해."

마지막으로 세 번 더 사랑한다고 말하고 나서야 무영은 사랑한다는 말을 멈추었다.

"자주 말하면 부족한 느낌이 덜해질까?"

"설마 매일 이러려고?"

"응."

"그건 너무 효율이 떨어지는 것 같아. 대신 이러기로 하자. 사랑한다고 열 번 말하는 대신에 포옹 한 번을 하는 거야."

소월의 말이 끝나기 무섭게 무영이 그녀를 와락 끌어안았다. 사랑한다고 열 번 고백하는 중.

"사랑해 스무 번은 뽀뽀 한 번."

무영은 실행력이 무척 높았다. 이마에 대고 사랑해 스무 번, 오른쪽 눈에도 사랑해 스무 번, 코끝에도 사랑해 스무 번, 입술에도 사랑해 스무, 아니 예순 번.

"사랑해 오십 번은 키스 한 번."

"시간은 상관없는 거지?"

"뭐? 시간?"

다가오는 무영의 입술 때문에 소월의 눈은 댕그랗게 커졌다가 이내 감겼다. 무영은 사랑한다는 말 오십 번을 아주 오랫동안 느리게 했다. 소월의 숨이 차오를 때까지.

입술이 조금 부어오른 바람에 소월은 기자회견이 열리기 전까지 차가운 물이 담긴 유리컵을 입에 대고 있어야 했다. 식당에서 간식을 먹고 있던 남사당패의 무동들이 소월이 하는 짓을 흥미롭게 쳐다보았다.

"언니는 왜 물을 안 마시고 컵에 뽀뽀를 하고 있어요?"

"누나 입술에 벌레 물렸어요?"

궁금한 게 많은 장난꾸러기들이 순진무구한 얼굴로 참견을 해오자 소월은 괜스레 죄책감이 들었다. 그나마 나이가 많은 정연이 신세를 지는 저택의 주인 아가씨를 귀찮게 하지 말라며 동생들을 나무랐다.

"소월아, 그만 가자."

무영이 식당 안으로 들어오자 아이들이 달려들었다. 아이들은 무영을 유독 좋아했다. 한참 떡을 집어 먹고 있었던 터라 아이들의 손에는 고소한 기름이 묻어 있었다.

'기껏 정장 입혀놨는데 기름이 묻겠군.'

입술에 컵을 댄 채로 소월이 생각했다. 그러나 아이들을 말릴 의지는 없었다.

"형, 발표하러 가는 거야?"

"응. 잘하고 올게."

무영이 아이들의 머리를 차례로 쓰다듬어 주며 인사했다. 아이들은 현관까지 우르르 몰려와서 손을 흔들었다.

"좀 붐비긴 해도 저택에 사람들이 가득 차니까 활기가 넘친다."

소월이 말했다. 정원 곳곳에서 공연 연습을 하거나 희태가 부탁한 심부름을 하는 놀이패 사람들이 보였다.

"훨씬 조화로운 그림 같아."

무영이 동의하며 말했다. 그는 차에 오르기 전에 저택을 한 번 뒤돌아봤다. 태어나면서부터 쭉 살아온 저택이 새삼스레 낯설어 보였다. 그러나 싫진 않은 느낌이었다. 때맞춰 신선한 바람이 불어왔다. 변화의 바람이었다.

온천타운의 호텔은 소식을 듣고 몰려온 기자들로 떠들썩했다. 타지에서 온 손님들은 기자들을 보고 연예인이라도 온 줄 알고 연회장 앞을 기웃거렸다.

"저택이 아주 난장판이 되었다며?"

대기실에서 물로 입안을 축이는 무영에게 영선이 다가와 물었다. 그녀는 병원에서 명인을 돌보고 오는 중이었다.

"어머니도 허락하신 일이잖아요."

"그땐 내가 제정신이 아니었지. 숙부가 깨어난 게 좋아가지고."

영선은 꼭 사기를 당한 사람처럼 굴었다. 발표할 내용의 상당한 부분은 차영선의 희생이 요구되었기 때문에, 어찌 보면 당연했다. 그러나 예전과 달리 영선의 불평은 참을 수 있는 수준에서 그쳤다. 명인이 자신과 강순애, 한연화의 삶에 대해 이야기를 해준 후로 영선은 조금 달라졌다. 여전히 지훈과는 만나볼 엄두를 내지 못했지만 말이다.

"무영아, 이제 나가봐야 할 시간이야. 새아가도."

동진이 대기실의 문을 열며 말했다. 그는 아내인 영선의 어깨를 감싸 안았다. 영선만큼 많은 걸 잃게 될 동진이었지만 그는 꽤 의연했다. 무영이 따로 의중을 묻자, 그는 음흉하게 웃으며 네 엄마랑 같이 곱게 늙어 죽을 돈은 넉넉히 빼돌려 놨다고 말했다. 야심이 없다고 해도 제 밥그릇을 넋 놓고 뺏길 위인은 아니었다.

연회장 앞에는 단상이 마련되어 있었고, 그 위에는 텔레비전에서 볼 법한 회견용 테이블이 길게 놓여 있었다. 소월과 무영뿐 아니라 차 사장 내외도 단상 위로 오르자, 지역신문의 기자들이 카메라 셔터를 누르는 소리가 몹시 야단스러웠다.

"혹시 혜성그룹 정민호 부회장의 셋째 따님 아니신가요?"

네 사람이 앉자마자 한 기자가 소월을 향해 성급하게 질문을 던졌다. 그러자 여기저기서 두서없이 질문들이 터져 나왔다.

"오늘 하실 중대 발표가 뭡니까? 혜성그룹 정 상무가 하려던 발표와 관련이 있는 겁니까?"

"소월 씨와는 파혼을 한 걸로 알고 있는데요. 저택에서 무영 씨와 동거를 한다는 제보가 있었습니다. 사실인가요?"

"남사당놀이가 보여준 달 선녀 이야기의 전말이 진짭니까?"

"차영선 사장님, 노천탕과 관련한 루머에 대해 한 말씀 해주십시오!"

질문들은 귀청을 찢는 날카로운 기계음 때문에 뚝 끊겼다. 마이크를 잘못 만진 무영이 죄송하다고 연신 사과를 했다. 행사 진행에 익숙한 호텔 직원이 뛰어나와 무영의 마이크를 고쳐 주었다.

"아, 아, 마이크 테스트, 아, 아, 원 투 쓰리."

어디서 본 건 있는 무영이 마이크에 대고 말하자, 기자들 몇 명이 키득거리며 웃었다. 분위기는 순식간에 진정됐다. 무영은 얼굴이 빨개진 채로 계속 죄송하다는 말만 되풀이했다. 영선은 아들만큼 얼굴이 빨개져서는 고개를 푹 숙였다.

"안녕하십니까, 저는 여기 계신 차영선 사장님의 외동아들인 차무영이라고 합니다."

무영이 일어나서 꾸벅 인사를 했다.

"그리고 이쪽은 아까 어떤 기자분이 말씀하셨던 대로 혜성그룹의 정소월 씨이며, 저희가 이렇게 기자회견을 연 것은……."

무영이 말을 멈췄다. 연회장의 문을 열고 정진건 회장과 정천일이 들어왔기 때문이다. 무영의 시선을 따라간 기자들이 예상치 못한 거물의 등장에 웅성거리기 시작했다. 정 회장은 꼿꼿하고 위엄 있는 태도로 기자들이 있는 곳에서 조금 떨어진 곳에 섰다. 그의 수행원들이 순식간에 의자를 가져와 정 회장이 앉을 자리를 만들었다. 천일은 그 옆에 동상처럼 서 있었다. 기자들이 정 회장을 찍으려고 하자, 경호팀장이 매서운 목소리로 외쳤다. 한마디로 회장님의 사진을 찍어서 기사에 쓰면 초상권 침해로 고소를 하겠다는 거였다. 기자회견을 요청한건 정 회장이 아니었으므로 기자들은 입맛을 다시며 카메라를 내렸다.

"회장님이 직접 오실 줄은 몰랐습니다."

무영의 차분한 목소리가 마이크를 통해 연회장에 울렸다. 기자들의 관심이 다시 무영에게로 쏠렸다.

"얼굴을 뵙고 말씀드릴 수 있게 되어서 기쁩니다. 오늘 이렇게 기자회견을 열게 된 이유는 중대 발표를 하기 위해섭니다."

무영이 정 회장을 똑바로 쳐다보며 말했다. 그는 옆에 앉은 소월을 봤다. 네가 말할래? 소월은 고개를 끄덕였다.

"차무영 씨와 저는 어제부로 법적인 부부가 되었습니다."

소월이 거침없이 말했다. 장내가 소란스러워졌다.

"혼인신고를 했다는 뜻입니까?"

"그렇습니다."

"혜성그룹의 정 회장님도 허락하신 건가요?"

기자들이 뒤쪽에서 존재감을 뽐내는 정 회장을 돌아봤다.

"저희는 다 큰 성인입니다. 누구의 허락을 받을 필요도 없습니다. 진심 어린 축하라면 기쁘게 받을 테지만요."

누가 봐도 소월은 정 회장을 농락하고 있었다. 서울 쪽에 인맥이 있는 기자들은 벌써부터 메이저 신문사에 전화를 걸어 혜성그룹에 흥미로운 집안일이 터졌다고 떠들어댔다.

천일은 눈썹을 일그러뜨리고는 소월과 정 회장을 번갈아 바라보았다. 정 회장은 바위처럼 꼼짝도 하지 않았다. 그는 낮은 목소리로 명을 재촉한다고 음산하게 말했다. 그래, 어차피 잘된 거였다. 손에 피를 묻히고 싶진 않았지만 죽여달라고 난리를 피우니 어쩔 수가 없었다. 차무영이 죽으면 상속권은 정소월에게 갈 것이다. 이미 십오 년 동안 소월의 인생을 쥐락펴락했던 정 회장이었다. 또 그러지 못하라는 법이 없었다. 하지만 소월 다음으로 이번엔 무영이 예상치 못한 일격을 날렸다.

"그리고 저, 차무영은 지금 이 순간부터 온천타운의 후계자 자리와 관련된 모든 상속권을 포기하겠습니다."

정 회장의 시선은 소월도 무영도 아닌 차영선에게로 가 꽂혔다. 차영선이 그럴 리가 없다. 차영선이 그런 걸 허락할 리가 없었다. 그녀를 잘 아는 기자들도 같은 생각인가 보다. 그들은 정 회장의 싸늘한 반응과 같은 것을 기대하고서 영선에게 질문했다. 사실입니까? 차 사장님 허락하셨나요?

"사실입니다. 제 아들은 오늘부터 온천타운의 후계자가 아닙니다."

차영선이 또박또박 말했다. 영선은 이왕 이렇게 된 거 이 순간을 즐기기로 결심했다.

"요즘이 어떤 세상인데 촌스럽게 사업을 물려줘요. 안 그래요?"

그녀가 만개한 꽃처럼 활짝 웃으며 세련되게 말했다. 포토 타임이다. 셔터 소리가 이어지는 동안 영선은 갖은 우아한 표정을 지어 보였다. 정 회장은 아릿한 편두통을 느끼며 자리에서 일어났다. 차영선이 어찌나 다채롭게 포즈를 취하던지, 기자들은 사진을 찍느라 거물의 쓸쓸한 퇴장을 차마 알아차리지 못하였다. 홀로 남은 천일이 멋쩍게 웃고 있는 소월을 노려보았다.

'순순히 해피엔딩을 만들어줄 순 없지.'

그는 질린 인형을 얌전히 버린 적이 없었다. 팔다리를 망가뜨려야만 직성이 풀렸다.

29
저주

"아저씨도 여기서 살 거예요?"

"아저씨는 이름이 뭐예요?"

"아저씨, 이거 가질래요?"

응접실 안락의자에 앉아 있는 해일의 양팔에는 호기심으로 무장한 꼬마들이 나무의 열매처럼 주렁주렁 매달려 있었다.

"아냐. 잠깐 놀러 온 거야. '오빠'는 서울에 있는 대학교에 다니거든. 그리고 '형' 이름은 정해일이란다. 저기 무섭게 생긴 누나 있지? 저 누나의 오빠야. 그러니까 아저씨 말고 형, 오빠라고 불러. 음…… 그건 마음만 고맙게 받을게."

남사당패의 무동들에게 차례로 꼬박꼬박 대답을 해주던 해일이 저에게 흙 묻은 솔방울을 내미는 남자아이를 보며 난처하게 말했다.

"무영 형이랑 주운 건데, 이게 제일 큰 거예요."

이렇게 세상 귀한 게 또 있을 줄 아냐는 듯, 어마어마한 호의를 베푸는 내가 고맙지도 않냐는 듯 아이는 엄중하게 말했다. 해일은 울며 겨자 먹기로 아이에게서 솔방울을 건네받았다.

"너희 연습 시간이래. 얼른 나가봐."

무영이 아이들을 응접실 밖으로 내몰았다. 숙련된 보더 콜리가 양 떼들을 모는 것 같았다. 소월은 그 모습을 흐뭇한 눈초리로 쳐다보고 있었다. 해일은 도대체 이게 무슨 조화인지 어리둥절하였다. 저택을 점령한 남사당패뿐 아니라 월산에서의 일들이 모두 그랬다.

정 회장에 의해 서울로 강제 소환된 후부터 해일은 희태와 우진의 전화로 월산의 일들을 드문드문 들었다. 소월의 정신이 돌아왔다는 거나, 정 회장이 월산에 내려와 무영과 한바탕했다는 것, 정천일이 뭔가를 꾸미는 것 같다는 것, 소월과 무영이 남사당패를 이용해서 정천일과 정 회장에게 보기 좋게 한 방을 날렸다는 것 등을 말이다. 대강의 전개를 나름 소상히 전해 듣긴 하였으나 실제의 변화를 목도하는 것은 완전히 이질적인 일이었다.

"정말 남사당패한테 온천타운이랑 저택을 다 넘긴다고?"

속물처럼 보이지 않으려 애쓰고 싶었으나 해일은 아까워 죽겠다는 표정을 감추지 못하였다.

"신문 제대로 안 읽었어? 넘기는 게 아니고 후원하는 거야."

소월이 해일의 말을 고쳐 주었다.

"온천타운의 부지 일부에다가 남사당패 공연장을 무료로 지어주고 저택에서 재워주기까지 하면서? 차 사장님이 그걸 허락하셨어?"

"어머님은 명인 아저씨가 하자는 건 다 좋다고 하셨어."

소월은 이제 영선을 곧잘 어머님이라고 불렀다. 무영과 엄연한 부부가 되었으니 호칭을 바로 잡는 것이 지당한 일이었으나, 두 여자의 지난 관계를 잘 아는 해일은 소월의 입에서 물 흐르듯 나오는 어머님 소리가 소름 끼쳤다.

"잠깐, 정리 좀 해보자."

해일이 미간을 찌푸리며 말했다. 변경된 수많은 정보를 한꺼번에 받아들이느라 머릿속이 엉망이었다.

"그러니까, 그 호텔 총지배인님이 사실은 차강문과 한연화의 둘째 아들이어서 차 사장님이랑 공동으로 온천타운의 소유주가 되었다 이거지?"

해일의 질문에 소월이 고개를 끄덕였다. 무영은 두 사람의 대화를 경청하다가 자신까지 거들 필요는 없다고 판단하곤 책을 집어 들었다.

"근데 우진이한테 듣기론 지배인님이 많이 편찮으시다고 했던 것 같은데? 뇌사 상태라고. 그런데 공동 소유주가 될 수 있어?"

"그건 우리가 혹시 몰라서 거짓 소문을 퍼뜨린 거야. 명인 아저씨도 노천탕 폭발 사건 현장에 있던 사람이라 최창규의 배후가 누구인지 알 수 있었잖아. 그래서 혹시 천일 오빠가 아저씨한테까지 나쁜 짓을 저지를까 봐 그랬지. 경황이 없어서 우진이한테도 제대로 설명해 주질 못했어."

"지금은 괜찮으신 거고?"

"응."

소월의 대답이 명료했다.

"그렇다면……."

해일의 눈매가 가늘어졌다. 그는 독서에 몰두한 무영의 말간 얼굴을 안쓰럽게 바라보았다.

"무영인 빈털터리 거지가 된 건가?"

"내가요?"

책장을 넘기던 무영이 제 귀를 의심하며 해일에게 반문했다.

"온천타운 후계자 자리도 포기했다면서. 너한테서 그걸 빼면 뭐가 남냐."

해일이 악의 없이 무심하게 무영의 약점을 건드렸다. 무영이 뼈아픈 표정으로 울상을 짓다가 중얼중얼 그 정도는 아니라고 스스로를 변호했다.

"온천타운의 후계와 관련된 상속권은 포기하지만 이 저택은 제 앞으로 주신다고 했다고요. 그렇게 거지는 아니에요. 물론 그래도 여전히 소월이한텐 턱없이 부족하긴 하지만요."

"아니, 딱히 소월이랑 비교해서 한 말은 아니었는데."

해일이 얄밉게 말했다. 소월의 눈빛이 매서워졌다. 무영을 심란하게 한 죄로 해일은 등짝을 얻어맞았다.

"그럼 남사당패가 여기 있는 건 순전히 무영이 네 의견이야?"

"저와 소월이 의견이죠. 내 거는 모두 소월이 거니까."

무영에겐 공기처럼 자연스러운 애정 표현이었으나 해일에겐 찰나의 무중력을 느끼게 해주었다. 해일은 잉꼬부부의 달달한 사랑 냄새에 질식할 것 같았다.

'징그러운 것들.'

해일이 몸을 부르르 떨었다.

"굳이 남사당패를 여기에 두는 건 뭐야? 보니까 메이드들도 몇 명 빼곤 다 떠난 것 같은데."

"메이드들은 대부분 온천타운 호텔로 이직했어요. 희태 아저씨를 도와서 주요 살림을 맡아주실 분들은 빼고요. 잡일 같은 건 놀이패 사람들이 도와주면 되니까 일손이 그렇게 많이 필요하지 않게 됐거든요. 절대 무전취식하는 게 아니에요."

무영이 남사당패를 두둔하며 말했다.

"아무리 그래도 집안일 좀 도와주는 걸로 이 대저택에서 사는 거면 네 쪽에서 손해 보는 장사인걸."

누가 경영대생 아니랄까 봐 해일이 재빠르게 계산기를 두드리며 말했다.

"정당한 거래의 결과야. 우리가 먼저 제안한 거고. 달 선녀 이야기를 극화해 주고 천일 오빠를 잡을 함정을 파주는 대신에 그들에게 터전을 제공하기로 약속했어."

소월이 말했다. 그녀는 대뜸 무영에게 자랑스러운 눈빛을 보냈다. 이 조건을 생각해 낸 건 다름 아닌 무영이었다. 다른 놀이패들과 달리 근거지 없이 떠돌아다니는 그들의 한과 오랜 숙원을 정확히 파악한 것이다. 고작 돈 몇 푼을 제안한 정천일과는 비교할 수가 없었다.

"새삼 느낀 게, 우리 무영이가 공감 능력이 참 좋아. 그래서 남들이 원하는 걸 더 잘 알 수 있는 거 같아."

"그래, 네 눈에 뭘들 모자라겠냐."

해일이 건성으로 맞장구를 쳤다. 무영에게 옮기라도 한 건지 소월도 팔불출 짓이 점점 노골적이 되었다. 눈꼴이 시려서 못 볼 지경이었다.

"한지훈은 어떻게 됐고? 정신병원에 있다고 들었는데."

"나아지는 것 같기도 하고, 심각해지는 것 같기도 하고."

소월이 어울리지 않게 자신 없는 목소리로 말하였다. 한지훈에게 대놓고 도피처로의 도망을 종용한 게 그녀였기 때문이다.

"지금은 아예 다 까먹어 버렸어."

명인과의 만남이 결정적인 계기가 되었다. 어린 시절부터 한지훈을 지배했던 홀로 살아남은 자의 고독과, 빼앗긴 것을 되찾고자 하는 복수 의지는 한명인의 존재로 인하여 소멸되어 버렸다. 그는 혼자가 아니라 명인이 있었고, 제일 당사자인 명인이 아무것도 되찾으려고 하지 않았기 때문에 한지훈의 동기도 시들해졌다. 또 다른 삶의 이유였던 윤미조차 더 이상 곁에 없었다.

한지훈은 오랜 번뇌에서 해방된 동시에 공허해졌다. 그의 속은 텅 비어버렸다. 무영은 순서가 잘못되었다고 생각했다. 윤미의 죽음 전에 명인의 정체를 알았다면 한지훈은 평화를 얻고 행복해졌을 것이다. 그러나 서로의 엇갈림에 대한 책임을 누구 한 사람에게 묻기엔 모두가 너무 바보 같았고, 불쌍했다.

"자신의 기억이 온전치 못하다는 것 자체를 인식하지 못하는 모양이야. 개념만 안다고 해야 하나. 사람들은 다 알아봐. 품고 있는 감정도 다 달라. 명인 아저씨를 부쩍 따르게 되었어. 왜 그런지는 자신도 설명하지 못해. 그냥 좋아졌대. 어머님하고는 어색해하고, 무영이나 나한텐 호의적인 편이야. 예전 이야기 같은 건 절대 안 꺼내. 눈앞에 보이는 것들, 내일 할 일 같은 것에만 집중하고."

"여전히 병원에 있어?"

"명인 아저씨랑 온천타운 호텔에서 지내고 있어. 여긴 애들 때문에 시끄러우니까."

"앞으론 어쩔 거래?"

"난 좀 더 상태를 지켜봤으면 하는데……."

"아저씨랑 같이 외국으로 갈 수도 있어요."

소월의 말 중턱을 잘라먹으며 무영이 말했다. 그러자 소월이 무영을 노려보았다. 해일은 소월이 무영을 그런 식으로도 볼 수 있단 거에 깜짝 놀랐다. 두 사람도 싸울 때가 있긴 한가 보다 싶었다.

"회복기인데 어떻게 외국에 가? 명인 아저씨도 힘드실 거야. 나이도 많으신데."

"충분히 쉰 다음에 가면 되잖아. 아저씨는 벌써 많이 건강해지셨고, 또 아직 끄떡없으셔. 외국에 있는 좋은 병원에 가면 형도 더 괜찮아질 수 있다잖아."

고해숙 원장의 소견이었다. 소월은 반대했고, 무영은 찬성했다. 소월은 지훈의 망상에 힘을 실어줬다는 일말의 죄책감 때문에 그에게 더 안 좋은 일이 생길까 봐 전전긍긍하였다. 위험한 일은 피하고 싶었다. 그러나 무영은 달랐다. 무영은 지훈의 젊음을 아까워했다.

"형은 꼭 나아서 온천타운의 후계자가 될 거야."

무엇보다 그는 지훈이 반드시 괜찮아질 거라는 믿음을 갖고 있었다.

"온천타운은 한지훈이 갖게 되는 거야? 내가 악감정이 있어서가 아니라, 냉정히 말하면 치료가 그렇게 쉬운 일이 아닐 텐데."

"어머님도 아직 젊으시고 시간은 많으니까 괜찮아."

소월이 말했다. 그녀는 솔직히 무영만큼 한지훈의 미래에 대해 낙관적이지 않았다. 그러나 무영이 그렇게 소망했기 때문에 함께 희망을 갖기로 했다. 대신 좀 더 안전한 방법을 지향할 뿐이었다.

"만약에 몇십 년 후에도 그대로면? 그땐 다시 무영이한테 상속권이 생기나?"

"아뇨. 저는 월산에 터를 잡을 생각이 없어요. 온천타운의 주인이 되고 싶지도 않고요. 지훈 형이 안 된다면 온천타운은 정당한 절차에 따라 전문 경영인에게 넘어갈 거예요."

무영이 강경하게 말했다. 해일은 공연히 아쉬운 마음이 들어 입맛을 다셨다.

"거지는 아니어도 실속이 있는 건 아니구나. 너 하는 거 보니까 저택도 결국은 남사당패한테 줄 거 같은데."

"안 그래도 실속 만들려고 노력 중이에요."

무영이 읽고 있던 책을 들어 보이며 발랄하게 말했다.

"검정고시 보려고?"

책의 제목을 본 해일의 눈이 동그래졌다. 무영이 하도 멀쩡하게 생활을 해서 종종 그가 정규 교육을 받지 못했다는 걸 잊곤 했다. 아,

그랬지. 너 모지리였지. 해일의 말에 무영은 잠시 주춤했다가 부드럽지만 견고한 목소리로 말을 꺼냈다.

"검정고시도 보고 수능도 볼 거예요. 소월이가 대학원 졸업하기 전에 같이 캠퍼스를 거닐고 싶어요."

얼마나 해사하게 미소를 지으면서 말하던지 해일은 무영의 얼굴에서 빛이 나는 착각이 들었다.

"시작한 지 얼마 안 돼서 아직은 혼자 공부하기 어렵진 않은데 수능 공부는 어려울 것 같아요. 그래서 과외를 할까 하는데, 혹시 잘 아는 선생님⋯⋯."

"내가 해준다니까?"

소월이 끼어들었다.

"내가 과외 해줄게."

"넌 영어밖에 못 하잖아. 그것도 수능 영어도 아니고."

무영은 최대한 덤덤하게 말했지만 소월의 시선을 피하기 위해 애를 쓰고 있었다. 그는 소월이 재외국민 특별전형으로 대학에 들어간 걸 알고 있었다.

"언제는 대학생들 시험 감독도 한다고 엄청 똑똑하다며."

소월이 눈웃음을 치며 말했다. 그러나 해일은 그게 진짜 웃는 게 아니란 걸 잘 알았다.

"그거랑 수능은 다르지, 소월아."

무영도 지지 않았다.

"언어랑 외국어랑 사회탐구 정도는 봐줄 수 있어."

소월도 고집을 꺾지 않았다. 그래도 양심은 있는 터라 차마 수리 공부를 봐준단 소리는 하지 않았다.

"오, 그럼 수리 영역은 내가 가르쳐 줄까?"

해일이 눈치 없이 발을 담갔다. 무영이 절박한 얼굴로 그럴 필요 없다고 고개를 저었지만 해일은 이미 김칫국을 퍼마시고 있었다. 언제쯤 수능 공부를 시작할 수 있냐며, 요즘 회사도 뒤숭숭한데 이참에 진로를 바꾸는 게 나을 수도 있겠다며 실없는 소리를 지껄였다.

"맞다. 말 나온 김에 오빠나 본가 얘기 좀 해봐."

소월이 의도치 않게 화제를 돌리자 무영의 안색이 눈에 띄게 밝아졌다. 그는 옆에서 추임새를 넣으며 신문에 난 게 진짜냐고 물었다. 메이저 언론사들이 앞다퉈 혜성그룹 정진건 회장의 정경유착에 대해 떠들었던 것이다.

"말도 마. 그것 때문에 지금 아버지 정신이 하나도 없으셔. 어머니도 덩달아 여기저기 바쁘시고."

"할아버지는?"

"그 양반이야 처음엔 발뺌을 했지. 근데 기사들이 쏟아지더라고. 너희 기자회견 때 나타난 거부터 해서 월산에 왜 그렇게 집착하는지, 하순시의회 정치인들이랑 회동이 잦았다던데 그 이유가 뭔지 온갖 의혹들이 마구 터져 나오더라. 무영이 네가 찔러 넣은 게 분명하다면서 어떻게 그런 원수를 사위로 보내냐고 아버지한테 너희 이혼시키라고 난리셨어."

"난 그런 적 없는데요!"

무영이 억울해하며 말했다. 정 회장이야 그렇다 쳐도, 소월의 아버지에게까지 미움을 받고 싶진 않았다.

"걱정 마. 너 아닌 거 다 알아. 네가 추측한 것 정도로는 알 수 없는 자세한 로비 정황들까지 나와 버렸거든. 내부 고발자가 있었단 거지."

"내부 고발자? 할아버지쪽에서 배신자가 있었단 거야?"

"그래. 너도 알고 나도 아는 사람이야. 양기명 실장님."

"와우."

소월이 감탄했다. 잊고 있었던 예상외의 인물이긴 했지만 생각해 보면 양 실장만큼 내부 고발자에 어울리는 사람이 없었다.

"할아버지한테 쌓인 게 많았던 모양이야. 게다가 월산 돌아가는 꼴을 보아하니 너희 때문에 아버지와 할아버지 사이는 더 나빠질 게 뻔하고. 그러면 아버지한테 붙어 있어도 메리트가 없잖아. 할아버지한텐 이미 찍혀서 출셋길이 막혔는데."

"그래서 한탕 하고 회사를 떠난 거야?"

"경쟁사 쪽에 붙은 거 같아."

해일이 한숨을 크게 내쉬었다.

"노인네 하는 짓이 마음에 들진 않지만 그래도 어쩌냐. 우리 그룹의 수장인 걸. 뒷수습하느라 아버지만 고생이시지. 그나마 이게 그룹 차원의 일은 아니고 할아버지의 개인적인 비리라 회사는 그럭저럭 돌아가고 있어."

"다행이네, 그래도."

소월이 차분히 말했다. 입가와 눈동자에는 야릇한 기쁨의 기운이 피어올랐다. 해일은 그녀가 회사의 이미지가 어떻게 되든 상관없이 정 회장이 위기에 처했다는 것만으로 즐거워한다는 걸 알 수 있었다. 하지만 소월을 철없다고 비난할 순 없었다. 그녀가 정 회장 때문에 어떻게 살아왔는지를 잘 알고 있었기 때문이다.

"아, 뭐 그렇게 됐다고. 사실 본가가 하도 시끄러워서 여기로 도망쳐 온 거야. 끽해야 인턴 나부랭이 짓만 했던 나는 별로 도움도 안 되고. 문제는 정천일 그 자식이지. 할아버지랑 뭐든 짜고 쳤을 텐데 어디 짱박혀 있는지 코빼기도 안 보여."

"천일 오빠가 연락이 안 돼?"

"그래. 할아버지는 너희 기자회견 하고 바로 올라오셨는데 정천일은 그 후로 쭉 잠적이다. 어디에서 술이나 처마시고 있을 거 같긴 한데."

소월의 얼굴이 굳어지자 해일이 대수롭지 않은 척 말했다. 원래 가끔 그런다고, 바라는 대로 일이 안 풀리면 음습한 바에서 며칠씩이나 잠수를 탄다면서 말이다.

"그랬으면 좋겠네. 괜히 남한테 피해 주면서 다니지 말고."

"그 인간 성격 알잖아. 게으른 건지, 고약한 건지 자기 손으로 직접 뭘 하진 않는 거. 누군가를 조종해서 사고를 칠 텐데, 가깝게 두던 비서도 할아버지가 데리고 가서 손발이 묶여 있을 거야."

해일은 걱정하지 말라며 소월을 다독거렸다. 그녀의 근심이 전염되어 무영의 낯까지 어두워지자 해일은 분위기를 띄우기 위해 대화의 주제를 바꿨다.

"야, 근데 너희 말하는 거 보니까 아직도 서로 무영이, 소월이 하냐?"

"그럼 뭐라고 해?"

"부부잖아. 서로 애칭 없어? 여보야, 자기야, 이런 상투적인 거라도."

"낯간지러워. 그런 거 없어도 돼."

"네 남편은 아닌 거 같은데."

해일의 손가락이 가리키는 곳엔 무영이 두 뺨을 발그레 물들이고선 다 들리는 혼잣말로 여보랑 자기 중에 뭐가 더 나을지 고심하고 있었다.

"여보랑 자기 둘 다 싫어."

"왜?"

무영이 서운해하며 물었다. 소월은 어떤 부분이 서운한 건지 도저히 이해가 되질 않았다. 그저 의기소침해하는 무영의 모습이 귀여울 뿐이었다.

"그럼 '애기야'는?"

"어우, 내가 너보다 세 살 많거든."

"나이는 상관없는데…… '강아지'는 어때?"

"나보다 네가 더 강아지 같아."

두 사람이 주거니 받거니 말씨름을 하는데, 해일은 가만히 앉아 있을 수가 없었다. 딱히 민망한 수위는 아니었으나 듣고 있기만 해도 괴로웠다. 두 사람은 멀쩡한데 해일의 몸이 배배 꼬였다. 여기 있다간 꽈배기가 되든지 장이 꼬이든지 할 것 같아서 해일은 짐을 푼다며 자리에서 일어났다. 그가 떠난 뒤에도 소월과 무영의 실랑이는 계속되었다.

"특별한 애칭이 갖고 싶어서 그래?"

"웬만해선 세상에 있는 몇십 억의 커플들이 다 쓰고 있을 거야. 포기해."

소월이 무뚝뚝하게 말했다. 그럴수록 무영은 더 애칭을 만들고 싶었다. 처음엔 저도 반쯤 장난으로 시작한 거였는데 소월의 태도가 하도 뻣뻣하니 어떻게든 애칭을 부르고 싶다는 오기가 생겼다.

"이 세상에 단 하나밖에 없는 애칭을 만들고야 말겠어."

무영이 그러거나 말거나 소월은 딴생각에 빠져 있었다.

"대충 일도 마무리된 것 같으니까 윤미 보러 갔다 올까?"

알고 있는 모든 달콤하고 사랑스러운 말들을 죄다 동원하여 애칭을 쥐어짜고 있던 무영이 소월의 말에 퍼뜩 정신을 차렸다.

"그래, 그러자."

두 사람은 더 미룰 거 없이 당장 내일 윤미의 묘소를 찾기로 했다. 소월은 아무 말도 하지 않았지만 무영은 다가가서 그녀를 꼭 안아주었다. 소월은 무영의 품에 얼굴을 묻고서 오래도록 가만히 있었다. 그녀는 말하지 않아도 자신을 위로해 주는 무영이 고마웠다. 애칭 같은 게 무슨 소용인가 싶었다. 정소월과 차무영, 서로의 이름을 조곤조곤히 불러주는 것만으로 완벽하게 황홀했다.

그날 밤, 두 사람은 일찍 잠자리에 들기로 했다. 윤미를 보러 가는 길에 번잡을 떨거나 서두르고 싶지 않았다. 두 사람을 따라가기로 한 해일도 얼결에 일찍 잠을 청하게 되었다. 저택의 사람들은 어른, 아이 할 거 없이 좋은 꿈을 꾸라며 밤 인사를 나눴다. 해일은 신혼부부에게 응큼한 농담을 던지려다가, 소월과 무영이 서로 다른 방에 들어가려는 걸 보곤 벌써 각방을 쓰냐며 기함을 했다.

"떳떳한 남편이 될 때까지 기다려 달래. 혼자서 아무것도 이뤄본 게 없는 상태로는 누군가의 반려자가 될 자격이 없다면서."

"근데 말이야. 그게 꼭 반려자여야만 가능한 건 아니지 않나?"

"그렇지."

소월이 게슴츠레한 눈으로 무영을 쳐다보았다. 무영이 팔로 엑스 자를 만들며 가슴을 가렸다. 그리곤 '소월이는 바보야! 음란쟁이!'라면서 방으로 뛰어 들어갔다.

"모지리였던 구석이 남아 있는 것 같아."

소월이 침울하게 말했다.

"설마 '음란쟁이'가 애칭인 건 아니겠지."

그녀는 찝찝한 얼굴을 하고서 해일의 비웃음을 무시하며 제 방으로 들어갔다. 침대에 누워서는 금방 잠이 들었다. 요새는 눕기만 하면 잠이 든다. 놀이패의 아이들을 상대해 주는 게 꽤나 체력을 소모하는 일이었기 때문이다.

소월은 꿈을 꿨다. 너무 생생해서 꿈이란 걸 깨닫기가 힘들었다. 아주 일상적인 공간에서 평범한 순간을 보내는 꿈이었기 때문이다. 그녀가 이게 꿈이란 걸 자각한 건 다소 어이없는 이유에서였다. 식사를 준비하는 사람이 희태가 아니라 자신이었던 것이다. 심지어 요리도 직접 하고 있었다. 무영은 소월을 거들고 있었다. 두 사람은 부엌을 왔다 갔다 하며 화기애애한 시간을 보냈다. 행복한 한때였다.

'내가 바라던 신혼 생활의 모습인 건가?'

소월은 꿈속에서 칼로 채소를 손질하며 그렇게 생각했다. 칼을 들고 있을 땐 훨씬 조심했어야 했는데. 정신을 딴 데 판 까닭일까? 칼자루가 빠졌다. 두 동강이 난 칼과 자루의 모습이 어딘가 기괴했다.

'잘라야 할 건 못 자르고 자기가 잘렸네.'

제 기능을 상실하다 못해 모순된 끝을 맞이한 칼이 우스웠다.

'이거 봐.'

소월은 뒤를 돌아 무영을 찾았다가 온몸이 얼어붙었다. 처음 보는 여자였다. 한 번도 본 적이 없는 그런 여자, 봐서는 안 되는 여자였다. 생판 모르는 여자였는데도 소월은 알 수 있었다. 저런 건 만나선 안 돼. 온통 새빨간 옷을 입은, 새까만 긴 머리카락의 여자가 무영의 곁에 서 있었다. 무영은 낯선 여자를 전혀 알아차리지 못한 것 같았다. 해맑은 얼굴로 소월을 보며 말했다.

'나 불렀어?'

유난히 크고 뾰족한 이가 많은 여자의 입이 소리 없이 무영의 말을 따라 한다. 소월은 덜컥 겁이 났다. 여자가 무영에게 해코지라도 하게 될까 봐 두려워 견딜 수가 없었다. 소월은 본능적으로 무영의 이름을 불러선 안 된다고 생각했다.

'왜 그래?'

무영이 걱정스러운 얼굴로 말한다. 여자의 입술이 또 똑같이 움직인다. 무영은 그릇에 정성스럽게 담은 쌀밥을 테이블 위에 놓았다. 그의 행동, 꿈의 전경이 지극히도 평범해서 여자의 존재감은 더욱 강렬했다. 무영이 소월에게 다가왔다.

다행히 여자는 소월에게 다가오지 않았다. 다만, 그녀는 빨간 치맛자락을 질질 끌면서 무영이 차려놓은 밥상 앞으로 갔다. 숟가락 하나를 든다. 그리고 둥글게 담은 하얀 밥 위에 숟가락을 수직으로 꽂았다. 큰 입이 웃는다. 그 순간 소월은 눈을 번쩍 떴다.

목구멍이 따가울 정도로 목이 말랐다. 어둠 속에서 눈앞이 핑핑 돌았다. 아직도 꿈이라서 새빨간 옷을 입은 여자가 방구석에 서 있을까 봐 무서웠다.

소월은 침대에서 구르듯이 내려와 다급히 방 안의 불을 켰다. 아무도 없다. 소월은 뺨을 세게 내려쳤다. 아프다. 점점 의식이 또렷해졌다. 그러면 무의식의 잔상인 꿈은 흐려져야 하는데 어찌 된 일인지 더욱 선명해졌다.

소월은 먼저 물을 마시기로 하고 1층으로 내려갔다. 물을 마시고 싶다는 일념 때문에 내려오긴 했으나, 생각해 보니 꿈속에서 그녀는 부엌에 있었다. 꿈에서 깨어났는데도 선뜻 발이 떨어지질 않았다.

"여기서 뭐 해?"

소월은 하마터면 비명을 지를 뻔했다. 그녀는 엉덩방아를 찧고서 제 앞에 선 아이를 올려다보았다. 서진주다. 놀이패의 우두머리인 서단주가 지리산에서 데려온 업둥이, 무언가가 보인다는 아이.

"진주구나."

아이가 뭘 보든 소월은 한 번도 개의치 않았다. 진주는 또래보다 성숙하고 얌전한 아이였다. 버려진 자신을 거둬준 단주에게 폐를 끼치고 싶지 않아서다.

"물 갖다 줄까?"

"응, 제발 그래주라."

어떤 사람들은 아이답지 않게 기민한 진주가 께름칙하다고 했지만 소월은 그래서 좋았다. 똑똑하고 영리하고 살아갈 방법을 터득한 아이. 어렸을 때의 자신과 닮아서 마음이 기우는 것도 같았다. 진주가 유리컵에 물을 한가득 따라서 갖고 나왔다. 소월은 고맙다고 한 뒤 물을 벌컥벌컥 마셨다.

"언니는 귀신 믿어?"

물기가 묻은 입술을 닦는 소월을 보며 진주가 물었다. 엉뚱하지만 소월의 현재 상황과 미묘하게 맞물리는 질문이었다. 이 아이가 나한테서 뭘 보는 걸까? 소월은 두려우면서도 동그란 뺨이 덜 여문 아이를 무섭다며 피할 수가 없었다.

"잘 모르겠어. 하지만 너는 보인다며. 그러면 나한테 안 보이는 무언가가 있을 수도 있다고 생각해. 네 세계를 부정하고 싶진 않으니까. 진주는 거짓말쟁이가 아니잖아."

소월이 진주의 머리를 쓰다듬으며 말했다. 진주는 말이 너무 어렵다고 인상을 썼다. 영락없는 어린애였다. 소월은 미소를 머금고서 너를 믿는다는 뜻이라고 말해줬다. 그러다가 문득 마음에 걸리는 게 있었다.

"근데 진주는 안 자고 새벽에 왜 나와 있었어?"

"언니를 기다리고 있었어."

"나를?"

진주는 조심스러운 눈빛으로 소월을 탐색하듯 천천히 보았다. 상처받은 짐승이 손을 내미는 상대에게 머뭇거리며 다가가는 것 같았다.

"언니는 우릴 여기서 살게 해주고 나한테 친절하게 대해주니까 도와주고 싶거든."

"날 도와주고 싶다고?"

"응. 언니가 안 죽었으면 좋겠어."

소월은 등골이 오싹하여 안색이 파리해졌다. 단주조차 때론 저를 두려워하곤 했으므로 진주는 소월의 반응이 아무렇지도 않았다. 중요한 건 두려워하는 게 아니다. 그럼에도 불구하고 다가와 줄 수 있는가이다. 소월은 충분히 손을 내밀어주었다.

"오늘 해가 뜨고 저택을 나서면 그때부턴 한마디도 해선 안 돼."

"한마디도?"

"응. 다른 사람들한테 말해서 도와달라고 해도 돼. 하지만 저택을 나서는 순간부턴 절대 말하면 안 돼. 알았지?"

소월은 왜냐고 묻지 않은 채 고개를 끄덕였다. 아예 저택을 나가지 않는 건 어떨지 생각해 보았으나 그래선 안 될 것 같았다. 이미 무엇인가가 시작된 느낌이 강하게 들었다. 도망치면 끝이 나지도 않을 것이다. 진주는 온화한 미소를 지으며 쭈그려 앉은 소월을 꼭 끌어안아 주었다.

"우리가 지켜줄게."

어느새부턴가 가을은 시월 한 달에게만 허락된 것 같았다. 태풍의 영향으로 인한 폭우와 한차례의 몰염치한 더위가 지나자, 축복받은 시월이 왔다. 구름 한 점 끼지 않은 하늘은 말 그대로 새파랬고, 햇살이 따갑게 느껴질 때쯤이면 선선한 기운을 품은 바람이 때때로 불어와 주었다.

서단주의 놀이패가 자리를 잡은 이후로 저택의 아침은 떠들썩해졌다. 무동들이 일어나 가지각색의 목소리를 만들어냈기 때문이다. 게으른 아이의 잠투정에서부터 말썽꾸러기들의 오늘은 뭐 하고 놀 것인가에 대한 작당까지 다양했다. 그러나 소월이 윤미의 묘를 찾아가기로 한 날의 아침은 하룻밤 새에 놀이패들이 싹 사라지기라도 한 것처럼 저택이 고요하였다.

"애들이 바짝 쫄아 있어서요."

무영이 보이지 않는 아이들은 찾자, 묵호가 말했다. 묵호는 무영보다 열 살가량 나이가 더 많았지만 계속 존대를 하였다. 무영이 말을 놓으라고 해도 편할 때 그러겠다며 끝내 사양을 했다. 떠돌이 출신이라 개방적이고 호탕할 줄로 알았는데 의외로 더 마음의 벽이 높았다. 알게 모르게 천대를 받고 다니면서 제 소속 집단끼리만 똘똘 뭉쳤기 때문이리라.

"애들은 진주 말이라면 끔뻑 죽거든요. 워낙 신통해서 말이죠."

묵호가 콩나물국에 밥 한 숟가락을 크게 말며 말했다. 그가 국밥을 맛깔나게 한 입 후루룩 먹자, 무영도 식욕이 돌았다. 마침 희태가 무영에게 아침 식사는 어떻게 할 것인지 물었고, 무영은 묵호처럼 한식을 먹겠다고 했다.

소월의 아침 식사는 따로 부탁하지 않는 한 기본적으로 빵과 홍차였다. 평소에는 딱히 이국적인 취향을 드러내지 않는 소월이었으나, 그녀의 아침 식단만큼은 달랐다. 희태는 무영에게도 묵호와 같은 콩나물국과 쌀밥, 밑반찬들을 갖다주었다. 그리곤 부지런히 다시 부엌으로 가서 쟁반 위에 찻주전자와 찻잔, 수란과 구운 토마토를 얹은 잉글리시 머핀, 꿀을 넣은 뮤즐리 한 그릇을 갖고 돌아왔다.

'재벌 아가씨는 다르군.'

소월의 조식 메뉴를 볼 때마다 묵호가 반사적으로 하는 생각이었다. 암만 봐도 희태가 만들어준 콩나물국에 비하면 음식 같지도 않은 것이었는데 말이다. 고급 입맛이라는 건 따로 있는 걸까.

묵호는 공연 중에 다친 다리 때문에 병원 신세를 지느라 다른 놀이패들보다 늦게 저택에 들어왔다. 그래서일까? 아무렇지 않게 저택 사람들과 말을 섞는 동료들이 신기할 지경이었다. 묵호는 그 안에 있는 기묘한 계급 차이에 위화감을 느꼈다. 아무리 무영이 친한 척을 해와도 마음이 쉽게 열리지 않는 건 그 때문이었다. 그래도 아이들은 무영을 잘만 따랐다. 그 모습을 보자면 무영의 호의를 있는 그대로 받아들이지 못하는 자신이 치졸하게 느껴지면서도, 그럴 수밖에 없도록 살아온 지난날이 떠올라 그저 복잡한 한숨만이 새어 나왔다.

"진주가 무슨 말을 했는데요?"

밥을 먹다 말고 허공을 멍하게 응시하는 묵호에게 무영이 물었다.

"당사자한테 듣는 게 나을 것 같군요."

당사자가 누구를 지칭하는 것인지는 묵호의 시선을 따라가니 알 수 있었다. 그는 이제 막 식당으로 들어선 소월을 보고 있었다. 두 사람은 가볍게 아침 인사를 나눴다. 소월은 밤새 잠을 못 잤는지 해쓱한 얼굴로 비척거리며 무영의 옆에 앉았다.

"잠 못 잤어?"

"응."

소월이 숨기지 않고 말했다. 무영은 애간장이 녹는 것 같은 표정을 지으며 소월을 바라보았다. 윤미의 죽음에 대한 소월의 어수선한 심정을 짐작하였기 때문이다. 그러나 소월의 불면은 그보다는 다른 것에서 기인하였다. 묵호가 먼저 말을 꺼냈다.

"어린애 말이라고 한 귀로 흘려듣지 않는 게 좋아요. 우리는 진주가 공연하지 말라고 하면 안 할 정도거든요."

"안 흘려들어요. 오히려 너무 담아둬서 탈이죠."

소월의 말끝에 하품이 걸렸다. 그녀의 눈가가 그렁그렁해졌다.

"저기, 나만 모르는 뭔가가 있는 거야?"

대화의 내용을 따라가지 못하자 무영이 혼란스러운 얼굴로 물었다. 소월은 졸음을 쫓기 위해 홍차를 진하게 우려내고 우유도 섞지 않았다. 밤을 지새운 탓에 감각이 둔해진 소월이 무영의 질문에 제때 반응하지 못했다가 한 박자 늦게 대답을 했다.

"진주가 오늘은 저택 밖에서는 한마디 말도 하지 말래."

"그게 무슨 소리야?"

무영은 선뜻 이해가 되질 않아 고개를 갸웃거렸다. 소월은 뜨거운 홍차를 한 모금 마시고서 말을 이었다.

"내가 기분 나쁜 악몽을 꾸고 새벽에 1층으로 내려왔었거든. 근데 진주가 날 기다리고 있었어, 도와주고 싶다면서. 날 살리고 싶다면서 저택을 나서면 말을 하지 말래."

피곤함이 두려움을 잊게 한 탓인지 소월은 자신의 곤경을 남 얘기하듯 심드렁하게 털어놓았다. 정신이 번쩍 든 건 무영이었다.

"그럼 오늘은 저택에서 나가지 말자."

저택에 나선 순간부터 말을 하면 안 된다고 하는 걸 보면 진주가 점친 불운은 아마 저택을 나서면서부터 발생할 터였다. 그렇다면 저택을 안 나가면 될 일이었다.

"안 돼. 오늘 윤미 보러 가기로 했잖아."

"윤미 누나는 다음에 보러 가도 돼. 진주는 특별한 아이잖아. 정말 안 좋은 일이 생기면 어쩌려고."

"일어날 일은 어떻게든 반드시 일어나게 되어 있어. 시작이 없으면 끝도 없는 법이야. 무슨 일이 벌어지고 있는지도 모르는 상황에 피하는 것만이 정답은 아니야."

"넌 정말……."

무영은 순간 울컥하였다. 가만 보면 소월은 제 신변의 안전에 관해서는 무모한 경우가 많았다. 하긴 그랬으니 애초에 월산에 남아 정략결혼을 할 작정을 한 거겠지만 말이다.

"지훈 형한테 하는 거랑은 다르네. 형한텐 안전제일을 우선시하고 있잖아."

싸울 일이 거의 없는 두 사람 사이에서 최근의 유일한 불화는 한지훈의 향후 거처에 관한 것이었다. 외국으로 보내 치료를 받게 하자는 무영과 월산에서 더 안정을 취해야 한다는 소월의 의견은 엇갈리고 있었다.

"여기서 그게 왜 나와?"

가뜩이나 졸려 죽겠는데 상관없는 화제를 끌고 오는 무영 때문에 소월은 정신이 사나웠다.

"난 네가 스스로에게도 안전제일을 우선시했으면 좋겠어. 무리하게 강행하지 말고."

"그런 논리면 너도 지훈 씨에게 하는 것처럼 이럴 땐 과감하게 돌파하자고 하는 게 어때?"

소월이 신경질적으로 반격했다. 커플의 맞은편에서 밥을 먹고 있던 묵호는 가시방석에 앉은 기분이 들었다. 그는 두 사람의 눈치를 보며 슬그머니 자리에서 일어났다. 마침 식당을 향해 오고 있던 희태가 묵호의 밥상을 치워주었다. 묵호는 고맙다 인사하곤 깁스한 다리를 절뚝거리며 희태와 함께 자리를 떴다.

"상황이 다르잖아. 형은 치료를 하러 가기 위해서고, 너는 무슨 일이 벌어질지도 모르는데 무작정 뛰어든다는 거고."

"무작정이라니. 저택에 박혀 있어서 될 일이었으면 진주가 벌써 나가지 말라고 했겠지."

"진주 말은 듣고 내 말은 안 듣고?"

"얘기가 왜 또 그렇게 튀어? 차무영, 너 정말 애처럼 굴래?"

"그래, 나 애 같다! 걱정돼서 죽겠는데 어떡하라고!"

자신이 한 말이 너무 유치해서 무영의 뒷목에 뜨끈히 열이 올랐다.

"진주가 그랬다며, 살리고 싶다고. 살리고 싶다는 건 죽을 만큼 위험한 일이라는 거 아니야? 그런데 어떻게 내가 마냥 어른스러울 수 있겠어. 네가 위험하다는데."

두 뺨이 화끈거렸지만 무영은 소월의 눈을 피하지 않고 똑바로 의사를 전달했다.

"너랑 같이 가잖아."

소월이 달래는 투로 말했다. 그녀는 무영의 긴 속눈썹이 흔들리는 걸 넋이 나간 사람처럼 보았다.

"나한텐 네가 있으니까 괜찮아. 네가 날 지켜줄 거니까. 그렇지?"

마지못해 잘못을 인정하는 아이처럼 무영이 고개를 끄덕였다. 그의 눈빛에 결의가 차올라 반짝거렸다. 무슨 일이 있어도 정소월은 내가 지켜. 난 정소월의 남편이니까. 뭘 다짐하는지 눈빛에 그대로 드러나서 소월은 속으로 웃었다.

"그게 나와 지훈 씨의 차이야. 그래서 다를 수밖에 없어."

목숨을 바쳐서라도 지켜주는 사람, 사랑하는 사람, 차무영이란 남자가 소월의 곁에 있었다. 무영이 곁에 있다면 무슨 일이 닥쳐도 소월은 괜찮았다.

"그렇게까지 말한다면 어쩔 수 없지. 진짜로, 완전, 엄청 조심해야 돼."

무영은 소월에게 거듭 당부하였다. 소월은 괜한 걱정이라며 코웃음을 쳤다.

"인종차별 받으면서 학교 다닐 때에는 하루 종일 말 안 하는 건 일도 아니었어. 그 짓을 몇 년을 했다."

소월은 한없이 가벼운 어조로 흘러가듯 말했지만 무영은 충격에 빠져 버렸다.

"어떻게 그럴 수가……. 애기 소월이가 너무 불쌍해."

무영은 눈앞에 있는 소월이 바로 어제 따돌림을 당하고 온 것처럼 가슴 아파했다.

"커서는 괜찮아졌어. 철들고 사과한 애들도 있었고."

"그래도."

무영은 소월을 훨씬 일찍 만났으면 좋았을 것 같다는 생각을 했다. 어쩔 땐 연인이 되지 못해도 좋으니 그저 이 여자를 처음부터 지켜줄 수 있는 존재로 태어났다면 얼마나 좋았을까 상상하곤 했다. 그 어떤 상처도 받지 않게 해줬을 텐데, 무한한 사랑으로 지켜주었을 텐데.

그러지 않아도 된다는 만류에도 불구하고 무영은 소월의 식사 시중을 들었다. 홍차도 우아하게 따라주고 빵과 토마토도 먹기 좋게 썰어주었다. 소월은 익숙한 자세로 입을 벌려 아기 새처럼 음식을 받아먹었다.

제일 늦게 일어나 식당에 들어온 해일이 그 모습을 보고 아침부터 저게 뭔 염장이냐며 토하는 시늉을 했다. 그러나 몇 시간 후 저택을 나설 때에는 무영만큼이나 험악한 얼굴로 소월의 곁에 붙어 있었다.

"조심히 다녀와, 언니."

진주가 정원의 대문에 서서 소월을 배웅했다. 이제 겨우 저택을 벗어났을 뿐인데도 무영과 해일은 정찰을 나온 독수리처럼 소월의 주변을 두리번거렸다. 소월은 진주를 보며 손가락으로 오케이 사인을 만들었다. 무영은 오빠가 있으니 언니는 괜찮을 거라며 진주의 머리를 쓰다듬었다. 진주가 오빠만 믿는다며 의미심장하게 웃었다.

보통 미혼의 젊은이가 사고로 일찍 세상을 뜨면 납골을 하는 게 흔한 경우였지만 윤미의 가족은 불에 타 죽은 그녀를 차마 한 번 더 화장을 시킬 수가 없었다. 친척이 소개해 준 무당이 시신에 화기가 남아 있으면 저승에서도 불지옥에 간다고 하였기에 더욱 그랬다. 그래서 그들은 월산에서 서울로 가는 길에 있는 공원묘지에 자리를 얻어 시신을 매장하였다. 월산과 꽤 멀었지만 오히려 그게 나을 거라고 생각했다.

운전대는 해일이 잡았다. 소월은 뒷좌석에, 무영은 보조석에 앉았다. 무영은 소월과 함께 뒷좌석에 앉고 싶어 했으나 소월이 고개를 저었다. 그녀는 핸드폰으로 글자를 찍어 무영에게 보여주었다.

〈운전해 주는 사람 옆에 앉는 게 매너야. 나는 잠이나 잘게.〉

소월이 느리게 눈을 감았다 떴다. 졸음이 몰려왔다. 앞에 나란히 앉은 해일과 무영은 두런두런 이야기를 나누었다.

"진주 걔는 신기가 있는 거야?"

해일이 물었다. 눈을 감은 소월은 해일의 목소리에 공포가 배어 있다는 걸 알 수 있었다. 생각해 보니 해일은 겁도 많고 기도 약했다. 그런데도 여동생을 지켜준답시고 따라나서는 걸 보면 야박한 소월이라도 더 이상 그에게 이복 남매를 운운할 순 없을 것 같다. 처음 월산에 오기 전에 내뱉은, 제대로 된 오빠 노릇을 하겠다던 해일의 포부가 실현된 것이다.

"그런 것 같아요. 이런 식으로 직접 말한 건 저택에 들어와서는 처음이지만요."

"꼬맹이가 살짝…… 음……."

해일이 운전대를 돌리며 말을 멈추었다. 그는 신중히 단어를 고르는 중이었다.

"정신의학적으로 살펴볼 필요가 있는 상태는 아니고?"

"멀쩡해요. 오히려 또래보다 많이 똑똑하고요. 얌전하고 애들하고도 잘 놀아요."

"그러면 애가 남다른 걸 어떻게 알았대?"

"놀이패가 지리산 아랫마을에서 공연할 때였대요. 무동들이 놀다가 마을 성황당에 뭐가 있다고 난리를 피우더래요. 가봤더니 진주가 그 안에서 살면서 마을 어른들이 가끔 성황신에게 바치는 공물을 훔쳐 먹고 있었다고 해요."

"어린애 혼자?"

해일이 경악했다. 무영은 해일에게 운전 조심하라고 주의를 주며 말을 이었다.

"오랫동안은 아니고 한 일주일 됐었나 봐요. 다른 마을 사람인 부모가 거기에 버리고 간 모양이에요. 자식을 버리려면 차라리 고아원 앞에다 두던가 하지 성황당이 뭐냐며 단주 누나가 화를 냈는데, 진주가 자기한텐 어떤 신이 붙어 있어서 그런 거라고 말했대요."

"그걸 곧이곧대로 믿은 거래?"

"애가 하도 총기가 넘치니까 반신반의하긴 했대요. 그러다 나중에 몇 번 신통한 일들이 있었고요."

한번은 바닷가 근처에서 놀이판을 벌리게 되었는데, 이틀 전에 대뜸 공연을 취소하는 게 낫겠다는 거란다. 왜 그러는지 연유를 물었더니 곡소리를 내는데 옆에서 풍악을 울리면 되겠냐는 거다. 아니나 다를까. 며칠 전에 조업을 나갔다던, 그 어촌에서 가장 큰 배가 해상에서 뒤집어졌다는 비보가 다음 날 전해졌다. 그런 영험한 예언들이 수시로 들어맞자 남사당패들은 진주의 말을 허투루 넘기지 않게 되었다.

"괜히 물어봤다."

해일이 한숨을 내쉬었다. 막상 들으면 별게 아닐 줄 기대했었던 모양이다. 무영은 고개를 돌려 뒷자리에 앉아 있는 소월을 살폈다. 그녀는 옆자리에 놓은 꽃다발이 상할까 봐 문 쪽에 붙어 불편한 자세로 잠이 들어 있었다. 무영은 해일에겐 미안하지만 역시 뒷좌석에 앉았어야 했다며 후회했다. 그랬다면 소월에게 어깨와 품을 빌려줄 수 있었을 테니 말이다.

알 수 없는 중압감 때문에 차 안은 조용했다. 미신이라고 치부했던 것이 현실이 되자 이전까진 부정하거나 무시했던 현상들에 대한 끝없는 의문이 꼬리에 꼬리를 물었다. 귀신은 정말 있는 걸까? 운명은 이미 그려져 있는 걸까? 무슨 일이 일어나려는 걸까, 막을 수는 있을까? 이런저런 생각에 잠긴 지 몇 시간이 지나고 차는 목적지에 도착했다. 그때까지도 소월은 한 번도 깨질 않고 깊은 잠에 빠져 있었다.

"소월아, 다 왔어. 내려야지. 소월아?"

소월이 쉽게 눈을 뜨지 못하자 무영은 순간 심장이 마비되는 것 같았다. 수마에게서 반쯤 벗어난 소월이 무의식적으로 입을 열려고 했다. 무영이 손바닥으로 그녀의 입을 황급히 막았다. 소월의 눈이 번쩍 떠졌다. 빠르게 깜빡이는 눈을 보니 그녀도 적잖이 놀란 것 같았다. 오늘은 하루 종일 이렇게 안절부절못할 것 같다는 예감이 들었다. 무영은 소월을 거의 안은 자세로 차 안에서 꺼냈다.

'인어 공주 같다.'

무영이 소월을 끌어안으며 생각했다. 목소리를 잃은 인어 공주처럼 소월도 물거품이 되어서 사라지면 어쩌나, 설핏 고개를 드는 노파심에 무영은 눈을 질끈 감았다. 소월이 손가락으로 무영의 등을 톡톡 건드렸다. 그만 놔달라는 신호였다.

"웬만하면 소월이한텐 말을 걸면 안 되겠다."

해일이 차에서 꽃다발을 꺼내며 말했다. 세 사람은 공원묘지 입구로 향했다. 소월이 아니면 말을 걸고 싶은 의향이 없는 건지, 음울한 분위기에 기운을 잃은 건지 무영마저 입을 굳게 다물었다. 해일도 수다를 떨 기분이 아니어서 세 사람은 침묵을 지켰다.

낮은 산을 넓은 층계처럼 깎아 만든 공원묘지에는 성묘객들이 몇 명 보였다. 윤미의 자리는 그녀의 아버지인 루니 박에게 부탁하여 알 수 있었다. 처음에는 거절을 하더니 나중에는 생각이 바뀌었다며 먼저 연락을 해왔다. 그는 딸을 잃은 슬픔에서 헤어 나오지 못하고 있었다.

"어? 아저씨도 와 계셨네요."

윤미의 묘 앞에는 그녀의 아버지인 루니 박, 박충식이 서 있었다.

"도련님이 오신다니 정리도 좀 하고 예쁘게 해놔야 할 것 같아서요."

저택과의 거래를 끊었는데도 충식은 무영에게 깍듯이 대하였다. 외려 무영이 면구스러워하며 그러지 마시라고 해도 버릇이 돼서 이게 더 편하다고 했다. 윤미의 이름이 새겨진 비석 앞에는 꽃다발이 놓여 있었다.

"오늘은 윤미가 좋아하는 꽃이 많네요."

무영이 갖고 온 꽃다발을 내려놓자 충식이 싱글벙글 웃으며 말했다. 소월은 주먹을 쥐고서 어찌할 바를 몰라 했다. 하필이면 이럴 때 말을 못 하는 처지라니 스스로가 한심했다. 윤미의 아버지에게 인사조차 드릴 수 없다니 최악이었다.

"아가씨도 오랜만입니다. 윤미 장례식을 할 즈음엔 많이 아팠다고 들었습니다. 이젠 괜찮습니까?"

충식이 먼저 소월에게 안부를 물었다. 소월은 부끄러워 얼굴을 붉히며 고개를 끄덕였다. 무영이 재빨리 나서서 소월이 심한 목감기에 걸렸다며 말을 둘러댔다. 그리곤 해일을 소개했다. 서로 어색한 인사말이 오갔다.

"진짜로 부부가 되었단 얘길 들었습니다. 늦었지만 축하합니다."

"감사합니다."

무영이 말했다. 옆에 선 소월도 최대한 밝은 표정을 지으며 고개를 끄덕였다. 충식은 입가에 쓸쓸한 미소를 띠고 윤미의 묘를 내려다보았다.

"아 참, 내 정신 좀 보게. 이걸 전해주려고 했는데."

충식이 땅바닥에 내려놓은 가방을 집어 들어 그 안을 뒤적거렸다. 그가 꺼낸 것은 다름 아닌 손바닥만 한 액자였다.

"윤미 물건을 정리하다가 발견했습니다. 두 분 결혼식 때 찍은 것 같더군요."

웨딩드레스를 입은 소월이 햇살 때문에 눈을 감은 찰나를 찍은 사진이었다. 부케를 들고 눈을 감은 모습이 성스러울 정도로 아름다웠다. 충식의 눈가에 눈물이 맺혔다.

"액자는 제가 했습니다. 윤미도 꼭 선물해 주고 싶었을 겁니다."

충식이 소월을 향해 액자를 내밀었다. 소월은 도저히 입을 다물고 있을 수가 없었다. 딸을 잃은 아버지에게 이런 선물을 받고서 고맙다고 말 한마디 못 한다면 윤미에게도 큰 실례가 될 것 같았다.

"와, 진짜 예쁘게 나왔네. 고맙습니다."

중간에 어정쩡하게 있던 해일이 소월을 대신하여 액자를 받았다.

"저는 얘 결혼한 것도 몰랐거든요. 웨딩드레스도 윤미 씨가 만들어 준 거라면서요? 대단히 실력 있는 디자이너였나 봐요."

해일이 액자 속 사진을 보며 나불거렸다. 무영도 맞장구를 치고 나섰다. 윤미의 칭찬을 듣고 기분이 좋아져서인지 충식의 웃는 얼굴이 벌겠다. 소월은 남자들이 대화를 나누는 동안 윤미의 비석을 보며 영원히 잠든 친구의 명복을 빌었다. 윤미는 소월을 속였고, 소월은 그녀와 쌓은 우정의 진의를 확인하지 못했지만 상관없었다. 소월은 윤미의 진심을 잘 전해 받았다.

'넌 정말 좋은 친구야. 사진 고마워.'

어디선가 고운 바람이 살랑거리며 불어왔다. 윤미가 곁에 있는 것 같은 묘한 기분이 들었다. 마음이 편해졌다. 진주가 무엇을 본 것이든 그게 윤미의 원한은 아닐 거라는 확신이 생겼다.

무영이 식사를 대접하겠다고 했지만 충식은 묘지에 좀 더 머물겠다고 하였다. 어쩔 수 없이 세 사람은 충식을 남겨놓고 윤미에게 작별 인사를 한 뒤 묘지에서 내려왔다.

"별일 안 생길 거 같은데. 이제 집에만 가면 되잖아."

해일이 씩씩하게 말했다. 저택으로 돌아가기만 하면 되어서 그런지 해일은 콧노래를 불렀다. 화창한 대낮이었지만 묘지라는 공간에는 썩 어울리지 않는 멜로디였다. 소월이 말을 할 수 있었으면 분명 구박을 했을 것이다. 올 때처럼 해일이 운전대를 잡았고, 무영이 조수석에 앉았다.

소월은 이번엔 잠들지 않았다. 태평한 해일과 달리 정체를 알 수 없는 불안감이 그녀를 엄습했다. 콧노래에 이어 휘파람을 부르는 해일에게 짜증이 치밀었다. 소월이 핸드폰에 휘파람 좀 그만 부르라고 글자를 입력할 때였다.

"형, 앞을 봐야죠!"

무영의 외침은 위협적인 경적 소리에 묻혔다. 차가 갑작스레 방향을 틀었다. 안전벨트를 했는데도 소월의 몸이 크게 휘청거렸다. 손에서 떨어진 핸드폰이 카 시트 위를 굴렀다. 아슬아슬한 차이로 마주 오던 덤프트럭 한 대가 그들이 탄 차 옆을 지났다. 무영이 핸들을 돌렸기에 망정이지 아니었으면 큰 사고가 날 뻔했다. 차는 갓길에 세워졌다. 놀란 가슴을 진정시키며 숨을 몰아쉬던 무영이 절박하게 소월을 찾았다.

"소월아, 괜찮아?"

소월이 무영과 눈을 맞췄다. 괜찮아. 소리 없는 입 모양을 읽은 무영이 마른세수를 했다.

"미안, 미안. 잠깐 딴생각을 하느라. 소월이 괜찮니?"

백미러를 통해 해일의 눈이 보였다. 미간을 좁히고선 걱정스러운 눈빛으로 소월의 안색을 살폈다.

"안 되겠다. 소월이 네가 운전해. 형 너무 피곤한 것 같아."

무영의 갑작스러운 제안에 소월과 해일이 어리둥절해했다.

"아냐, 나 괜찮은데?"

"아니에요, 형. 아까도 꾸벅꾸벅 졸았잖아요. 소월인 올 때 잤으니까 괜찮을 거예요. 우린 뒷좌석에서 눈 좀 붙여요. 어서요, 빨리!"

답지 않게 재촉하는 무영 때문에 소월과 해일은 얼결에 자리를 바꿔 앉았다. 소월은 약간 서운하였지만 무영의 말에도 일리가 있어서 순순히 운전대를 잡았다. 무영까지 정말로 뒷좌석에 가 앉자, 소월은 저도 모르게 입술을 삐죽 내밀었다.

"소월아, 안전 운전 부탁해."

그러곤 무영은 해일에게 찰싹 붙어서 팔짱까지 끼고 잠을 청했다. 소월뿐 아니라 해일도 무영의 태도가 당황스러운지 인상을 팍 썼다. 해일은 콧노래와 휘파람도 부르지 않았다. 그게 소월의 유일한 위안거리였다.

저택에 가까워졌을 때까지 무영은 해일에게서 떨어질 줄을 몰랐다. 잠깐 핸드폰을 만질 때에도 불편을 감수하고서 한 손을 쓸 정도였다. 평소 자신과 무영을 보는 사람들의 심정이 이런 것일까? 소월은 속이 쓰리고 왈칵 짜증이 났다. 저택에 들어서서 묵언의 봉인이 풀리면 무영에게 있는 힘껏 심술을 부려주리라 마음먹었다.

공원묘지에만 갔다 왔는데도 원체 거리가 먼 탓에 어느덧 석양이 내려앉고 있었다. 노을이 흩뿌려진 피처럼 붉었다. 아름다움을 느끼기에 앞서 압도되고 마는 대자연의 색채였다.

차에서 내린 소월이 하늘을 가만히 올려다보는데, 무영이 그녀의 손을 낚아채서 정원으로 뛰어 들어갔다. 그러더니 예고도 없이 소월을 확 껴안았다. 그러자 누군가 거대한 천으로 그들을 덮어 꽁꽁 싸버렸다. 소월이 발버둥을 쳤지만 무영의 품에 갇혀 있어서 움직임은 미미했다. 어디선가 연기 냄새가 났다. 불이 난 줄 알고 소월은 다시 몸부림을 쳤다. 무영은 그녀를 놓아주지 않았다.

"날 믿어, 소월아."

무영이 낮은 목소리로 빠르게 말했다. 그가 소월을 안은 팔에 더욱 힘을 주었다. 소월은 잠잠해졌다.

"둘 다 어디 갔어?"

해일이 정원을 거닐며 두리번거렸다. 그는 천에 감싸져 땅바닥에 누워 있는 무영과 소월에겐 눈길조차 주지 않았다.

"어떤 잡것이 고추씨를 태우는 거야."

해일의 입에서 나온 말이었지만 목소리는 해일의 것이 아니었다. 높이 꾸며낸 목소리가 섬뜩하였다.

"소월아, 어디 있어?"

다시 해일의 목소리다.

"방금 들어갔는데 이년이 어디로 간 거지?"

여자는 약이 올라 죽겠다는 듯 발로 땅을 퍽퍽 찼다. 바로 그 옆에 쓰러져 있는 무영과 소월의 몸이 긴장으로 경직되었다.

그때였다. 어디선가 둥둥둥 북소리가 울리더니 나무 위에 있던 놀이패들이 땅바닥으로 뛰어내렸다. 거세어지는 북소리를 신호 삼아 놀이패의 장정들이 기합을 넣으며 해일에게로 일시에 달려들었다.

"이게 뭣들 하는 짓이야!"

해일이 발을 구르며 화를 냈다. 남자들은 아랑곳하지 않고 오방색의 기다란 천으로 해일을 나무에 대고 꽁꽁 묶었다. 황색 천을 잡은 몸이 날랜 살판꾼이 옆에서 지켜보고 있던 묵호의 도움을 받아 해일의 머리 위에 있는 굵은 나뭇가지로 훌쩍 뛰어올랐다. 그 순간 다른 네 가지 색의 천을 잡은 남자들이 동서남북 사방으로 흩어졌다. 오방진에 갇힌 해일의 입안에서 귀곡성이 터져 나왔다. 바깥 상황을 전혀 모르는 소월과 무영은 서로를 부둥켜안고 해일이 무사하기만을 기도했다.

"네 이름이 무엇이냐?"

진주의 앳된 목소리가 근엄한 말투와 부조화를 이루었다.

"이 쥐방울 같은 년이!"

해일이 여자 목소리를 흉내 내며 온갖 욕설을 퍼부어댔다. 진주의 곁에 선 단주가 버드나무로 만든 몽둥이로 해일의 몸을 사정없이 때렸다. 나 죽는다는 곡소리가 시끄러웠다. 진주가 다시 묻자, 해일이 훌쩍이며 낯선 여자의 이름 석 자를 뱉어냈다.

"왜 인연도 없는 몸에 들어와서 사람을 잡으려는 것이냐?"

해일이 고집스럽게 입을 다물고 있자 단주가 다시 몽둥이질을 했다. 울음과 함께 여자의 목소리가 튀어나왔다.

"나는 원래 돌팔이 무당한테 붙어 지내는 잡귀다. 졸음운전을 한 애인 놈 때문에 트럭에 깔려 죽었다."

예쁘게 보이려고 산 치마가 피에 흠뻑 젖어 꼴이 우스워지는 바람에 애인을 따라 저승으로 가지도 못하고 구천을 떠돈다며 잡귀가 투덜댔다.

"몇 번 도와줬더니 이 무당이 공물도 주고 그래서 제삿밥 삼아 챙겨 먹었는데, 그게 소문이 나서 나보다 더 악독한 귀신놈이 들어앉아 버렸다. 나를 쫓아내려고 계속 괴롭혔다. 어찌나 달달 볶던지 죽은 몸인데도 한 번 더 죽는 줄 알았다. 그러다가 어느 날 무당한테 한 남자가 찾아왔는데, 사람 죽이는 것에 재미가 들린 악귀 놈이 나보고 일을 처리하라고 협박을 했다."

"그 남자가 무슨 일을 사주했느냐?"

"정소월한테 저주를 내리고 싶다고 했다. 악귀 놈이 저주를 성공시키고 오면 안 괴롭히겠다고 해서 이리 온 거다."

"저주를 수행하는 것도 모자라 한낱 미물 주제에 산 육체에 멋대로 들러붙어?"

진주가 성을 내자 단주가 기다렸다는 듯 몽둥이를 휘둘렀다. 해일의 얼굴에서 눈물이 주룩주룩 흘렀다.

"아이고, 귀신 잡네, 귀신 잡아! 나는 분명히 고맙단 인사까지 받고 들어온 거라고!"

"인사까지 받았다고?"

"그래! 이놈 옷 안주머니를 봐라. 분명 물건을 받았지."

억울해하며 악을 쓰는 잡귀의 목소리가 소월의 귀에도 똑똑히 들렸다. 묵호가 다가가 해일의 재킷 안주머니를 뒤졌다. 그의 손에 잡힌 것은 웨딩드레스를 입은 소월의 사진이 담긴 액자였다. 해일이 소월 대신 충식에게 받아 챙겨놓은 것이었다. 묵호는 액자를 분리하여 그 안에서 붉은 글씨가 써진 노란 부적 한 장을 꺼냈다.

"태워요."

진주가 일말의 망설임도 없이 말했다. 묵호는 고추씨를 태우고 있는 불에다가 부적을 집어넣었다. 부적은 재도 남기지 않고 순식간에 불탔다. 그와 동시에 해일이 단말마의 비명을 지르며 검은 피를 토했다. 진주가 신호를 보내자 남자들이 해일의 몸을 풀어주었다. 묵호는 소월과 무영의 몸을 숨긴 천을 걷어냈다.

"어떻게 된 거야? 그 잡귀는 사라졌어?"

기절한 해일에게 달려온 소월이 진주에게 물었다.

"아니, 난 반푼이라 그런 건 못 해."

"그럼 아직도 오빠 안에 귀신이 있는 거야?"

"아니야. 저주는 실패했으니 해일 아저씨는 무사해. 다만……."

"다만?"

"실패한 저주는 튕겨져 나가. 잡귀여도 단단히 독이 올랐으니 이 일을 사주한 남자는 분명히 죽을 거야."

진주가 서글픈 미소를 지으며 말했다.

기절한 해일은 바로 정신을 차리지 못했다. 소월이 오빠를 애타게 찾으며 밤새 간호를 하였는데도 죽은 듯이 내리 잠만 잤다.

"빙의에서 빠져나오면 원래 이래요?"

소월이 단주에게 물었다. 그녀는 심지어 울먹거리기까지 했다. 옆에 있던 무영은 이런 소월의 모습을 놓친 해일을 안타까워하며 얼른 깨어나라고 속으로 재촉하였다.

"하나의 몸에는 하나의 영혼이어야 하는데, 생판 모르는 이질적인 것이 강제로 들어왔다 나갔으니 체력 소모가 클 거야."

단주가 말했다. 그녀는 소월의 눈가에 맺힌 눈물을 슬쩍 외면했다. 온몸에 피멍이 든 채 누워 있는 해일을 내려다보며 단주는 양심의 가책을 느꼈다. 해일이 깨어나지 못하는 건 빙의 때문이 아니라 단주가 버드나무 몽둥이로 사정없이 두드려 팼기 때문이었다. 해일은 몸이 축나서 기절한 것이다. 단주는 소월의 어깨를 몇 번 토닥거리다가 도망치듯 해일의 방을 빠져나왔다.

다행히 해일은 다음 날 늦은 아침에 눈을 떴다, 째지는 비명과 함께.

"으악, 아파! 아파! 아파! 아프다고!"

해일이 손발을 버둥거렸다. 소월은 빙의의 영향으로 해일이 미치기라도 한 줄 알았다. 월산은 광기에 사로잡히기 좋은 마을이었으니 괜한 우려는 아니었다.

"뭐지? 나는 분명히 나무에 묶여서 복날 개처럼 처맞고 있었는데?"

해일이 멍청한 표정으로 기억을 더듬으며 중얼거렸다.

"아무것도 기억 안 납니까?"

비명을 듣고 달려온 단주가 조심스레 물었다. 그녀의 말투는 퍽 평온한 것처럼 들렸으나 묵호처럼 가까운 사람이라면 그 덤덤한 어조에서 묘한 긴장감을 찾을 수 있었다.

"당신이 날 쥐팼잖아!"

해일이 다른 건 몰라도 그것만은 똑똑히 기억난다며 삿대질을 했다. 단주는 남모르게 '젠장'이라며 낮게 말했다.

"오빠! 생명의 은인한테 무슨 소리야. 단주 언니네가 안 도와줬으면 오빠는 잡귀한테 꼼짝없이 당할 뻔했다고."

"그래도 정도가 있지! 그 몽둥이 진짜 아팠단 말이야. 엄청 두꺼웠어. 한 대 칠 때마다 살점이 떨어져 나가는 줄 알았어."

실제로 해일의 몸은 멍투성이였기 때문에 그의 감상을 과하다고 여기는 사람은 없었다. 소월마저 그렇게 아팠냐며 안쓰러워해 주었으므로 해일은 기세가 등등해져서 작정하고 환자 노릇을 했다. 그러나 소월의 자비는 그리 오래가지 않았다. 해일이 환자치곤 너무 씩씩했기 때문이다. 특히 걸신들린 사람처럼 무지막지하게 밥을 먹었다.

"아직 잡귀가 안에 있는 건 아닐까? 귀신 들리면 엄청 먹어댄다잖아."

고봉밥을 두 그릇째 뚝딱 해치우고도 치즈 케이크를 숟가락으로 퍼먹기 시작한 해일을 보며 소월이 진지하게 말했다. 그녀는 해일의 숟가락을 뺏으며 우진이가 다 같이 나눠 먹으라고 사온 건데 왜 혼자 먹냐며 잔소리를 했다.

"그냥 둬, 언니. 빙의는 몸이 힘든 일이니까 많이 배고플 거야."

진주가 어른스럽게 말했다. 소월이 뺏어가기 전에 볼 한쪽에 황급히 케이크를 쑤셔 넣은 해일이 진주의 말에 동조했다. 먹는 거 갖고 구박하는 것만큼 치사한 게 없다며 서러워하는 그의 한쪽 볼이 터질 것처럼 빵빵했다.

"내가 무슨 구박을 했다고."

소월이 멋쩍어 하며 시선을 다른 곳으로 돌렸다. 그녀가 쳐다보는 것만으로도 해일이 체할 것 같다며 엄살을 피웠기 때문이다. 소월은 창밖을 내려다보았다. 정원에서 무영이 아이들과 숨바꼭질을 하고 있었다.

'윤미네 아버지는 괜찮으신 걸까?'

실패한 저주는 튕겨져 나가 보낸 이의 생명을 위협한다고 했다. 정신을 잃은 해일을 방으로 옮긴 직후, 무영은 재빨리 충식에게 연락했다. 그러나 전원이 꺼져 있어 음성 사서함으로 넘어간다는 자동 응답기 소리만 들려올 뿐이었다. 윤미의 다른 가족들의 행방도 묘연했다. 그들에게 무슨 일이 생겼는지 알 방도가 없어 소월과 무영은 발을 동동 굴렸다. 진주에게 답을 구하는 눈빛을 넌지시 보내도 아이는 조용히 미소만 지을 뿐이었다. 진주라고 모든 걸 다 볼 수 있는 건 아니라고 했다.

월산의 집배원 아니랄까 봐 충식의 소식은 우진이 물고 왔다. 해일의 피멍들이 보랏빛으로 바뀔 때쯤이었다. 우진은 동네 반찬 가게 사내에게 세금 고지서를 갖다주러 갔다가 충식과 그의 가족들이 어디에 있는지 알았다. 사내는 예전부터 충식과 형님, 아우 하며 지내던 사이였다. 땅이 꺼져라 한숨을 쉬는 사내를 뒤로하고 우진은 부리나케 저택으로 달려왔다.

박충식은 음독자살을 시도했다고 한다. 윤미의 묘 옆에서 다른 성묘객들에 의해 발견되었다고 하니, 정황상 소월네를 보내고 난 직후에 사달이 벌어진 것 같았다. 충식은 공원묘지 인근 병원으로 옮겨졌고, 가족들도 다 그곳에 있다고 했다. 소월과 무영은 즉시 병원으로 갈 채비를 하였다.

"나도 갈래."

진주가 소월의 손을 잡으며 말했다.

"너도?"

"내가 도움이 될 수도 있잖아."

이미 진주의 도움을 받아 해일을 구한 전적이 있었기 때문에 소월은 안 된다고 말할 수가 없었다. 그리고 진주와 함께라면 든든한 기분이 들기도 했다. 진주의 보호자로 단주도 따라나섰다. 소월과 무영, 진주와 단주 네 사람은 저주의 마지막 실마리를 풀기 위해 저택을 나섰다.

 안내 데스크에서 알려준 병실은 여섯 명이 같이 쓰는 일반 병실이었다. 중환자실에서 사경을 헤맬 줄 알았던 충식은 다행히 빠르게 회복 중이었다. 운이 좋았다. 그가 마신 농약은 제조업자들이 희석액을 속여 판 것이었다. 게다가 발견도 빨랐기 때문에 충식은 목숨을 구할 수 있었다.
 꽉 찬 육인실엔 방문객이 많아서 문이 아예 활짝 열려 있었다. 충식은 가장 안쪽 침대에 누워 눈을 감고 있었고, 그의 옆에는 두 딸이 간이 의자를 가져다가 앉아 있었다. 첫째는 벽 위쪽에 달린 텔레비전을 감흥 없이 올려다보고 있었고 둘째는 핸드폰으로 게임을 하고 있었다. 윤미의 두 언니들이었다.
 "아이씨, 또 죽었어."
 둘째가 신경질적으로 발을 구르며 말했다. 다른 환자와 가족들이 그녀를 힐끔 쳐다보았다.
 "좀 조용히 해."
 첫째가 주의를 주었다. 둘째는 인상을 찡그리며 여기서 더 어떻게 조용히 하냐며 성을 냈다.
 "엄마는 언제 와? 나 배고픈데."
 "은행 볼일 보러 가셨잖아. 기다리면 오시겠지."
 둘째는 계속 불평을 늘어놓았고 첫째는 무기력하게 대답했다. 윤미가 떠난 후로 둘만 남은 자매의 대화는 항상 이런 식이다. 돌이켜 보면 윤미가 꼴에 막내랍시고 상성이 안 맞는 자매 사이에서 윤활제 역할을 했던 것도 같다. 막내가 죽고 나서 두 언니들은 급속도로 사이가 데면

데면해졌다. 마치 상대가 자신의 죄를 알고 있으면서도 모른 척하는 것처럼, 최소한의 예의를 지키면서도 경계를 늦추지 않았다. 모두 윤미에 대한 죄책감 때문이었다. 자신들과 똑같은 꿈을 키우며 애를 쓰는 막내를 냉정한 언니들은 홀대하기만 했었다.

둘째가 독설로 괴롭히면 첫째는 방관했다. 공공의 약자를 괴롭히면서 둘 사이에는 기묘한 동지애가 형성되었다. 그러나 약자가 죽어버리자, 자신의 악행을 알고 있는 상대방이 못 견디게 불편해진 것이다. 악행이라 봤자 성질 나쁜 언니들이 순한 막내를 무시하는 수준이긴 했지만, 사랑하는 막내의 갑작스러운 죽음은 모두를 죄인으로 만들었다. 더 잘해줄걸, 이럴 줄 알았으면 더 잘해줄걸, 나는 못된 언니였는데.

그래서인지 딸들은 아버지의 자살 시도가 놀랍지 않았다. 그들의 죄책감은 공유되는 것이었다. 더 잘해줄걸, 이럴 줄 알았으면 더 잘해줄걸, 나는 못된 아빠였는데.

"아빠는 운도 없지."

둘째는 이렇게 평가하였다.

"돈은 돈대로 날려, 죽는 건 성공도 못 해. 이게 뭐야. 신문에서나 보던 가짜 농약이 진짜로 있을 줄 누가 알았겠어."

"입 좀 가만히 있어. 다른 사람들 보기가 창피하지도 않아?"

"알 사람은 다 아는데 뭐가 창피해. 요즘 세상에 자살이 뭐 흉이야? 아, 시도에 그친 건 좀 창피하긴 하다."

"너랑 말을 말아야지."

첫째가 고개를 절레절레 저었다.

"이렇게 어려운데 걘 어쩜 그렇게 쉽게 갔을까?"

둘째가 낮게 읊조렸다. 텔레비전을 보느라 고개를 젖힌 첫째의 눈동자가 번들거렸다.

"난 산책이나 하고 올래."

"맘대로 해."

같이 있어봤자 세 자매가 둘이 되어버렸다는 결핍만이 여실히 느껴질 뿐이었다. 둘째는 병실의 좁은 통로를 막고 선 문객들에게 잠시만요, 지나갈게요, 라고 말하며 길을 뚫었다.

"뭔 날인가. 왜 한꺼번에 들이닥쳤대."

남이 듣든 말든 큰 소리로 불만을 토로하며, 둘째는 병실 쪽을 살짝 노려보았다. 그녀는 새침한 태도로 고개의 방향을 틀었다. 그리곤 저를 보며 우뚝 서 있는 한 남자와 여자를 마주하게 되었다.

"당신들이 여긴 어떻게 알고 왔어?"

적의가 담긴 목소리는 칼날 같았다. 소월과 무영은 당황했다.

"저, 윤미 누나의 아버님이 편찮으시단 소리를 들었는데요."

"감히 누구 이름을 입에 담아?"

소월이 말릴 새도 없이 둘째는 무영에게 달려들었다. 박수 소리와 비슷하지만 보다 둔탁한 마찰음이 복도를 울렸다. 지나가던 사람들은 물론, 충식의 병실에 있던 사람들까지 열린 문을 통해 소리의 진원지를 찾아 얼굴을 내밀었다. 그중엔 하나 남은 동생의 분개 어린 목소리를 듣고 달려온 첫째도 있었다.

"너 미쳤니?"

첫째가 둘째의 한쪽 어깨를 강하게 움켜잡으며 말했다.

"내가?"

둘째가 눈썹을 찡그리며 반문했다.

"미친 건 차무영이지. 지가 감히 어디라고 여길 기어와? 누구 때문에 우리 집이 이 꼴이 됐는데?"

"그만해. 아버지 깨시겠다."

"아버지가 약 먹은 것도 얘네 때문인 거잖아, 결국은!"

"조용히 하라고 했지!"

첫째는 단아한 생김새와 어울리지 않는 우악스러운 손길로 둘째를 잡고 복도 끝에 있는 비상구로 향했다. 소월은 부어오른 무영의 뺨을 어루만졌다.

"괜찮아?"

"일단 따라가 보자."

이럴 시간이 없다는 듯 무영이 소월의 손을 잡아 내리며 말했다. 두 사람은 비상구로 향했다. 진주가 차에서 기다리고 있는 게 천만다행이었다. 어린애가 보기에 썩 건전한 장면은 아니었다.

"저 새끼가 우리 윤미 갖고 놀지만 않았어도 이런 일은 없었잖아! 그 계집애 데리고 온 거 봤어? 어쩜 그래?"

소월과 무영이 비상문을 열자 계단 위쪽에서 둘째의 목소리가 쩌렁쩌렁 울렸다. 가만히 듣고 있기엔 너무 억울하여 무영이 계단을 한 번에 두세 칸씩 뛰어올랐다.

"여기까지 따라왔어? 한 대 더 맞고 싶나 보지?"

비상 통로에 둘째의 목소리가 메아리처럼 울렸다. 소월은 소리의 감옥에 갇힌 것만 같아 현기증이 일었다. 그녀는 난간을 꽉 잡고서 계단을 하나씩 올랐다. 그동안 무영은 도대체 무슨 소리들을 하는 거냐며 따지고 있었다. 아무리 무영이라도 뺨까지 얻어맞고서 친절함을 유지하기란 쉽지 않았다.

"시치미를 떼시겠다! 우리는 귀가 장식으로 달린 줄 알아? 어?"

"그만 좀 해! 시비만 걸면 어쩌자는 거야. 대화가 안 되잖아."

첫째가 결국 화를 내고 말았다. 둘째는 씩씩거리긴 했지만 기운을 누그러뜨리며 얌전해졌다.

"동생은 차무영 씨가 우리 윤미를 배신했다고 생각해요."

"언니는 안 그래? 왜 나만 그렇다는 듯이 말해?"

"제가요? 제가 윤미 누나를요?"

무영은 자신이 찝찝한 악몽을 꾸나 싶었다. 그러나 발뺌하지 말라며 악을 쓰는 둘째의 목소리 때문에 귀청이 아픈 걸 보니 확실히 꿈은 아니었다.

"이 좁아터진 동네에서 뭘 숨겨? 온천타운과 저택에 관해서 빠삭한 사람들이 얼마나 많은 줄 알아? 두 사람이 연인 관계였다는 건 이미 소문이 나 있는……."

"웃기네."

무영이 저도 모르게 냉소적인 반응을 보였다. 억울하고 답답하여 어쩔 줄 몰라 하던 얼굴이 싹 사라지고 차가운 도련님의 고고한 분위기가 훅 풍겼다.

"나도 월산 토박이지만 정말 월산 사람들은 남 얘길 이상하게 퍼뜨리는 재주가 있어요."

"그 소문을 부정하는 건가요?"

날뛰려는 둘째를 뒤로 잡아당기면서 첫째가 침착하게 물었다.

"당연하죠. 어디서 그런 소문이……."

무영은 순간 입을 다물었다. 너무 허황되어서 한 귀로 듣고 한 귀로 흘렸던 헛소문이 있었다.

"이거 봐. 결국 할 말 없어지잖아. 이 사기꾼아. 네가 모지리였을 때 우리 윤미가 귀여워해 줬더니 정신이 들자마자 재벌 딸내미랑 눈이 맞아? 너 때문에 윤미가 최창규 같은 변태 스토커한테 걸려든 거 아니야!"

둘째가 그것 보라며 맹렬히 떠들어댔다. 무영이 비웃으며 넘긴 소문은 노천탕 폭발 사건 후에 발생한 것이었다. 그것은 왜 그 자리에 최창규와 박윤미, 차무영이 함께 있었냐는 의문에서 시작되었다. 남녀라면 나이를 불문하고 엮어보려는 음험한 족속들 때문에 의문은 어느새

삼류 치정극으로 변해 있었다.

"말해봐. 일부러 안 구한 거지? 재벌 딸이랑 결혼하는 데 방해되니까 윤미가 죽었으면 싶었던 거지! 최창규한테서 구해낼 수 있었는데 구하는 척하면서 너만 살아남은……!"

둘째는 더 이상 말을 잇지 못했다. 그녀의 목소리는 뚝 끊겼고 대신 어마어마하게 큰 따귀 때리는 소리가 왕왕 울렸다. 소월에게 뺨을 맞은 둘째는 거의 쓰러질 뻔했다가 첫째가 부축해 주어 간신히 서 있을 수 있었다.

"무영이는 윤미를 구하려고 함정에 제 발로 들어갔어. 윤미를 구하려고 얼마나 노력했는지 알아? 당신이 뭘 안다고 떠들어?"

"그럼 너는 뭘 얼마나 안다고 지랄이야!"

"나도 그 자리에 있었어!"

대다수의 사람들에겐 알려지지 않은 이야기였다. 사건의 전말은 대강 탈옥범인 최창규와 박윤미, 차무영이 노천탕에 있었으며 폭발이 났다는 것만 알려졌다. 화재로 직원들이 다쳤다더라, 지배인도 다쳤다더라, 누가 있었다더라, 몇몇 이야기들도 나돌았지만 그중에 정소월은 없었다. 사고 후에 소월의 보호 인격이 발동하였기 때문이다.

고해숙 원장은 소월의 정신병을 숨기기 위해 그녀의 입원에 대해서조차 최대한 함구하도록 은혜병원 직원들에게 입단속을 철저히 시켰다. 그러나 이것 역시 고급 정보로써 왕마담이나 정천일 같은 소수의 기득권에겐 적게나마 흘러들어 가긴 했다.

"네가 거기 있었다고?"

"그래. 나도 다 봤어. 눈앞에서 친구를 구하지 못한 무영이 심정이 어떤 줄 알아? 우리도 윤미를 잃은 사람들이라고. 가족인 당신의 슬픔에는 비할 수 없는 거 당연해. 하지만 말도 안 되는 억측으로 무영일 매도하는 건 참을 수 없어. 난 이 사람 아내니까."

소월이 강단 있게 말했다. 그녀가 뱉은 마지막 문장이 둘째의 내장을 뒤틀리게 했다.

"친구의 남자를 뺏어놓고 아내라고?"

"그게 다 헛소문이란 걸 아직도 모르겠어?"

"사고 전날, 윤미가 자취를 감췄을 때 마지막 목격자가 그랬어. 윤미는 짐을 잔뜩 갖고서 저택으로 향했다고. 윤미가 그랬겠지. 정략결혼의 희생양이 될 필요 없다, 나랑 떠나자. 하지만 차무영은 이미 돈에 눈이 멀었던 거야. 그래서……. 설마 그래서 최창규랑 둘이 짜고 윤미를?"

"한 대 더 맞고 싶어?"

소월이 사나운 짐승처럼 으르렁대며 말했다. 그 기세에 둘째는 살짝 물러섰다. 소월의 손맛이 아직도 볼에 남아 따끔거렸다. 분명 멍이 들 터였다.

"지금부터 하는 얘기는 윤미의 명예를 위해 당신들만 알고 있어야 해."

무영과 달리 소월은 노천탕을 둘러싼 헛소문을 무시한 게 아니었다. 그녀는 일부러 방임했다. 자기들끼리 알아서 상상의 나래를 펼치는 게 오히려 나았다. 윤미가 최창규의 인질이 될 수밖에 없었던 진짜 이유를 말하느니 말이다.

"최창규의 동생, 최예림은 자살한 게 아니야. 윤미가…… 자살하게 만들었어."

소월은 윤미가 무슨 일을 했는지를 다 말해주었다. 무영과의 결혼을 방해하기 위해 소월에게 달 선녀 이야기를 흘렸던 것, 놀이공원에서 교묘하게 겁을 줬던 것, 일련의 검은 괴한 사건들을 차 사장의 소행이라고 믿게끔 말을 흘렸던 것, 최예림을 속여 자살 위장 쇼를 벌이려다 정말 죽게 만든 것 등에 대해서 말이다.

"어째서? 우리 윤미가 왜 그런 짓을?"

둘째의 얼굴이 창백해져서 소월이 때린 뺨의 상처가 두드러졌다. 첫째는 심호흡을 하듯 천천히 숨을 쉬고 있었다.

"윤미는 한지훈을 사랑했기 때문이야. 두 사람은 연인이었고, 윤미는 한지훈이 온천타운의 후계자가 될 수 있도록 돕고 있었어."

한지훈이 어떻게 온천타운의 후계자가 될 수 있는지, 그의 정체가 무엇인지는 밝히지 않았다. 월산에 한연화의 후손으로 밝혀진 건 명인뿐이었다. 지훈의 정신이 불안정했기 때문이다. 소월과 무영은 누군가 그에게 한연화의 이름을 빌미로 혼란을 주는 것을 원치 않았다. 한지훈은 여전히 차혜윤이 데리고 온 업둥이로 알려져 있었다. 다행히 윤미의 언니들은 더 깊이 캐묻지 않았다. 그녀들은 단지 윤미가 사랑 때문에 한 여자를 죽게 만들었다는 것에 충격을 받았다.

"이럴 수가. 아버진…… 아버진 그것도 모르고 차무영을 원망했어. 두 사람이 축제 후에 결혼 발표를 하고 나서는 더 실의에 빠져 있었다고. 미신에 집착하기까지 하고……"

"뭐라고요?"

무영이 둘째의 말을 가로막았다.

"미신이요?"

"친척이 소개해 준 무당이 한 명 있었어요. 윤미 묏자리도 알아봐 주고 해서 아버지가 의지를 많이 하셨죠."

첫째가 대답하였다. 그녀는 둘째보다 상황을 의연하게 받아들이는 것 같았다.

"당신 얘길 많이 했어요."

첫째의 목소리에 살짝 물기가 묻어 있었다. 그녀는 소월을 보고 있었다.

"좀 냉랭한 서울깍쟁인데 그래도 착하다고. 친구가 되어서 좋다고

그랬어요. 그래서 난 그 소문이 이상하다고 생각했죠. 무엇보다 좋은
디자이너는 결과물로 말하는 법이거든요."

첫째는 목이 메어 침을 꿀꺽 삼키고 말을 이었다.

"윤미가 만든 당신의 웨딩드레스는 정말 아름다웠잖아요. 그렇죠?"

"맞아요. 세상에서 가장 아름다웠어요."

윤미가 오직 소월만을 위하여 정성껏 만든 드레스였다. 우정을 싹
트게 한 연민은 결코 거짓이 아니었다. 윤미는 소월이 불쌍했다. 지훈
과 차 사장의 알력 다툼에 낀 가련한 희생양. 이런 식으로 웨딩드레스
를 입고 싶진 않았을 텐데.

"윤미는 좋은 디자이너였어요."

그리고 좋은 친구였다. 그녀가 처음 접근했던 의도가 무엇이든, 중
간에 뭘 했든 소월에게 윤미는 끝까지 친구였다. 외로운 신부의 처량
한 결혼식을 빛내준 단 한 명의 다정한 하객이었다.

첫째와 달리 둘째는 소월의 말을 다 믿는 것 같진 않았다. 그러나
믿지 않는 것도 아니었다. 인정하기가 힘들었을 뿐, 그녀가 진실을 말
하고 있다는 것은 전해졌다.

"아저씨에겐 윤미가 제 친구라서 납치된 거였다고 말해주세요. 절
끌어들이려고 윤미를 납치한 거고, 저 대신 무영이가 간 거였다고요."

"하지만 그것도 여전히 당신들한테 책임을 돌리는 거잖아요."

"귀여운 막내딸에 대한 추억을 지켜 드리고 싶어요. 무영이하고 아
무 관계가 아니었단 거만 밝혀져도 충분해요."

소월이 말했다. 윤미의 언니들은 고개를 끄덕였다. 둘째는 소월과
무영에게 쭈뼛거리며 다가와 미안하다고 사과했다. 두 사람은 기꺼이
사과를 받아주었다. 그러나 소월은 둘째의 뺨을 때린 것에 대해서는
사과하지 않았다.

윤미의 언니들은 소월의 청에 따라 충식이 믿고 의지했던 무당의

집이 어디에 있는지를 자세하게 알려주었다. 네 사람은 인사를 나눴다. 언제 또 볼지 모르겠지만 서로 잘 지내란 말을 했다. 오늘 처음 본 사이였지만 그들에겐 공통된 상실이 있었다. 그건 큰 유대감을 만들어주었다. 잘 지내라는 말은 잘 이겨내란 말이었다. 슬픔을 잘 극복하란 말이었다. 그래야 윤미도 편히 눈을 감을 터였다. 자매는 들어왔던 비상문으로 다시 나갔고, 소월과 무영은 1층까지 쭉 계단을 내려갔다.

"손바닥 괜찮아?"

무영이 소월의 오른손을 잡았다. 손바닥은 멀쩡했다.

"손바닥이 아플 정도로 때렸으면 난 윤미네 언니한테 고소당했을걸."

"진짜 소리 엄청나더라."

날렵한 몸놀림으로 따귀를 날리던 소월을 떠올리며 무영이 감탄했다.

"좀 멋지던데, 정소월."

"상대가 여자여도 맞고 다니지 마. 피하면 되잖아. 손목을 잡든가."

"너무 순식간이라서 그랬지. 아, 아직도 아파."

"봐봐."

소월이 제자리에서 멈췄다. 그녀보다 두 계단 더 내려가 있던 무영이 걸음을 멈추고 소월에게 볼을 내밀었다.

"이게 뭐야, 속상하게."

부어서 다른 한쪽과 비대칭을 이루는 뺨을 보며 소월이 칭얼댔다.

"차무영."

"응."

"난 내 남편이 맞고 다니는 건 절대 못 참아."

"응."

"널 때리는 건 날 때리는 거야."

"응, 다시는 절대로 누가 널 때리게 하지 않을게."

"많이 아파?"

예쁜 얼굴이 못생겨졌다며 소월이 장난스럽게 말했다. 그러나 의기
소침하게 꼬리가 내려간 입매가 소월의 마음을 대변해 주었다.

"사랑한다고 육십 번만 말해봐."

무영이 뺨을 내밀며 말했다. 무영의 붉은 뺨 위에 소월의 입맞춤이
조심스럽게 세 번 내려앉았다. 사랑해, 사랑해, 사랑해, 사랑해…….

소월의 사랑 고백이 부드럽게 닿은 살결에 더 이상의 아픔은 없었
다. 무영은 고맙다고 말하며 소월을 안고서 그녀의 등을 다독거렸다.

"많이 놀랐지?"

소월이 말하지 않아도 무영은 다 안다. 소월은 무영의 품을 파고들
었다. 두 사람은 단주에게서 전화가 올 때까지 잠시 서로에게 기대어
쉬었다.

"저주는? 그 아저씨한테 간 거야? 하도 안 나와서 뭔 일 난 줄 알았
잖아."

소월과 무영이 차에 타자마자 단주가 정신없이 물었다. 그녀의 팔에
기대 잠들었던 진주가 눈을 비비며 일어났다.

"역시 아닌 것 같아요. 회복하는 중이라고 들었어요. 아저씨는 운
반책에 불과했던 것 같아요."

무영이 대답했다. 어느 정도는 예상하고 있었다. 저주가 튕겨져 나
간 것보다 충식이 묘지에서 농약을 마신 게 시간상 더 앞섰기 때문이
다. 그래도 혹시나 다른 화가 있진 않은지, 부적을 써준 게 누군지를
알기 위해 겸사겸사 온 것이었다.

"지금 가는 곳에선 나도 언니랑 오빠 따라서 내릴래."

진주가 말했다. 신비한 힘을 지닌 소녀는 그들이 어디로 가는지도

이미 다 알고 있는 것 같았다.

"도착하면 깨워줘."

"또 자게?"

단주는 평소보다 유난히 잠을 자는 진주가 걱정스러웠다.

"그 할머니한테 도와달라고 해야 할지도 모르니까."

차 안에 있는 어른들은 그 할머니가 누구인지 궁금했지만 물을 수가 없었다. 개구리처럼 입을 벌리며 하품한 진주가 까무룩 잠이 들었기 때문이다.

☾

작두 타는 꽃도령이라고 명성이 자자한 태현민은 실상은 무당이 되다 만 어중이였다. 내림굿을 하던 중에 그의 신어머니가 급사했기 때문이다.

어떤 이는 현민을 보고 신어미도 잡아먹을 정도로 어마어마한 것을 속에 둔 물건 중에 물건이라고 했고, 또 어떤 이는 그 안에 뭐가 있든지 간에 아주 흉악스러운 것이 틀림없다며 혀를 찼다. 왈가왈부하는 사람들의 입 모양이 다르듯 그 말들도 다 달랐지만 이면에 깔린 공통적인 정서는 경외심이었다. 허여멀건 하고 계집같이 생긴 어린 박수무당에겐 대단한 뭔가가 있을 것이라는 믿음이 있었다.

그러나 정작 당사자인 현민은 이 모든 걸 순전히 사나운 팔자와 불운의 결합일 뿐이라고 치부하고 있었다. 왜냐하면 그는 내림굿이 실패한 이후 제 안에 있는 무언가를 느껴본 적이 없기 때문이다. 그는 자신이 받들었어야 할 신의 정체를 영영 알지 못하게 되었다.

사람들의 추측은 진실과 완전히 달랐다. 그가 신어미를 잡아먹은 게 아니라, 신어미의 우연적인 죽음에 꼽사리를 낀 것뿐이었다. 내림굿을 하기 며칠 전부터 신어미는 전번에 한 일의 뒤처리가 영 개운치 않다며 찝찝해하였다. 아마 그 일의 여파로 신어미는 생사를 달리 했으리라.

그럼에도 불구하고 현민이 이름을 날리게 된 것은 그가 비록 신은 놓쳤으나 영안이 트였기 때문이다. 현민은 확실히 남들과는 다른 세계를 보고 있었다. 내림굿은 받았으나 영안이 트이지 않은 허깨비 무당들은 그런 현민을 선망하였다. 그러나 사실 현민은 무척 위험한 처지에 놓여 있었다. 다른 세계를 본다는 것은 곧 다른 세계에서 산다는 뜻이다. 그 말은 즉, 현민만이 '그들'을 본다는 게 아니라 '그들' 역시 현민을 볼 수 있다는 뜻이다. 그래서 영안이 트인 사람일수록 반드시 신을 모셔야 하는 법인데, 현민은 그 과정에서 부정이 타 신이 떠났으니 한마디로 빈집 신세였다.

구천을 떠도는 억울한 혼들은 싱싱한 데다 영적인 기운이 충만한 현민의 몸을 호시탐탐 노렸다. 다행히 몇 년 동안은 자기들끼리 싸우고 지지고 볶느라 현민의 신변이 보장되었다. 그러다 작년에 웬 시뻘건 처녀 귀신이 나타나 단숨에 현민에게 찰싹 달라붙은 것이다. 아니, 현민이 그녀를 받아들였다는 게 더 옳은 표현이었다. 처녀 귀신의 감언이설에 홀라당 속아 넘어간 게다.

'얘야, 내가 이 꼴로는 저승을 가지 못한다.'

현민의 머릿속에 처녀 귀신의 말이 울렸다. 처녀 귀신은 피로 물든 옷을 손으로 들어 올리며 미간을 찡그렸다. 그녀가 울상을 지을 때마다 어디에 찢겼는지 옆으로 죽 찢어진 입이 피범벅이 된 잇몸을 드러내는 게 매우 괴기스러웠다.

'너한테 붙어 지내게 해주면 내가 이것저것 좋은 것들을 알려주마.'

그런 식으로 두 사람의 위험한 공존이 시작되었다. 한동안은 꽤 괜찮은 날들이 이어졌다. 손님이 찾아오면 현민이 영안으로 그들의 문제를 짚어내고, 대충 그럴싸한 행동 지침을 일러주면 처녀 귀신이 뒤에서 문제를 해결해 주었다.

그들은 환상의 콤비였다. 처녀 귀신이 빙의되어 작두도 탔다. 고작 잡귀와 손을 잡은 걸로는 웬만한 무당들은 어림없을 터였으나, 현민이 영안을 가진 자였기에 가능했다. 처녀 귀신은 현민을 자신이 없으면 아무것도 못하는 돌팔이라고 구박을 하면서도 그가 시키는 일을 곧잘 수행해 주었다. 그 악귀가 나타나기 전까지 제법 평탄한 일상의 연속이었다.

'찾았다. 네가 그 무당의 신아들이냐?'

악귀는 현민의 신어머니를 죽인 원흉이었다. 그것만으로 현민은 악귀의 기에 바짝 눌려 버렸다.

'식은 밥을 주며 잡귀를 부리는 가짜 무당이 있다더니 역시 너였구나. 나도 그 식은 밥 좀 얻어먹어 볼까?'

그러곤 악귀도 처녀 귀신과 마찬가지로 현민에게 붙어버린 것이다. 게다가 두 원혼들은 곧 치고받고 싸우기 시작했다. 엄밀히 말하면 악귀가 일방적으로 처녀 귀신을 못살게 굴었다.

고래 싸움에 새우 등이 터진다고 했다. 영이 탁한 두 원귀의 다툼에 현민의 심신이 닳고 있었다. 이러다간 정말 기를 다 빨려 산송장이 될 것 같았다. 현민은 제발 싸움만이라도 멈춰달라고 빌 지경이 되었다. 그즈음에 그 남자가 찾아온 것이다.

"정천일."

현민이 남자의 이름을 떠올리며 말했다. 그의 이야기를 경청하고 있던 소월과 무영이 낯익은 이름에 움찔 몸을 떨었다. 이미 예상하고 있던 바이긴 했으나 그렇다고 기분이 덜 나빠지진 않았다.

"그 인간은 나랑 전생에 무슨 원수를 진 걸까?"

소월이 이를 악물었다. 현민은 남의 전생까지 거슬러 볼 정도의 능력을 가진 것은 아니었으나 이 이복 남매가 뱀과 돼지처럼 상극인 것은 충분히 알아볼 수 있었다.

"그래서 정천일이 뭐라고 하던가요?"

소월이 물었다.

"누군가를 저주할 수도 있는지 물었습니다. 기본적으로 저주는 이쪽 업계에서도 드러내지 않고 쉬쉬하는 분야이고, 금기시하는 경향이 있습니다만…….."

"다만?"

"말씀드렸다시피 제가 당시 상황이 녹록지가 않아서요."

젊은 박수무당이 난처한 표정을 지으며 볼을 붉힌다. 그는 젊다는 말로도 부족하다. 어렸다. 소월과 무영은 그를 보고 깜짝 놀랐다. 태현민은 올해로 열여덟이 된 소년 무당이었던 것이다. 점집에 들어서는 소월과 무영이 누구인지 알아차리곤 안색이 파리해지는 남자애를 보고 있자니, 두 사람은 전의를 상실해 버리고 말았다.

"악귀가 제안을 했어요. 정천일의 부탁을 들어주고 저주에 성공하면 처녀 귀신과의 다툼을 멈추고 절 괴롭히지도 않을 거라고요."

현민이 우물거리며 말했다. 아직 성인이 안 되었고, 다소 특이한 환경에서 살고 있다곤 하나 이성적인 판단을 할 수 있는 나이였다. 결국 현민은 제 몸이 편하자고 누군가를 죽이는 일에 동참한 꼴이었다. 그는 푹 숙인 고개를 쉬이 들지 못했다.

"처녀 귀신도 그러자고 하도 졸라대서 정천일의 일을 맡기로 했어요. 하지만 저주가 통할 거란 생각은 하지 못했습니다. 저는 완전한 무당도 아니고 그때까지 부적을 써본 적도 없었거든요. 그래서 나중에 제가 쓴 게 무슨 부적인지, 악귀가 어떤 수를 쓴 건지 알고는 많이 놀라고 또 자책했습니다."

"악귀가 쓴 게 무슨 부적인데?"

"그 부적에 귀신을 씌우고, 부적을 받은 사람의 몸에 귀신이 쉽게 빙의되도록 하는 것이었습니다. 악귀는 부적에다가 처녀 귀신을 태워 보내 빙의된 사람이 자살하도록 만들려던 거였어요. 그러면 괴롭혀서 죽이는 것보다 더 확실하고 빠르니까요."

"그래서 해일 오빠가……."

"정말 죄송합니다. 죄송합니다."

현민이 머리를 조아리며 사죄했다. 소월은 따끔하게 한 소리 하려다가 입을 다물었다. 그녀의 시선이 저절로 방 안을 돌아다녔다. 현민의 점집은 오피스텔 원룸에다 차린 것이었다. 한쪽 벽에는 나름 구색을 맞추기 위해 병풍이 펼쳐져 있었고, 동양화도 몇 점 붙어 있었다. 그밖에도 도금된 향로와 방울, 부채 같은 소품들이 여러 개 있었다. 이처럼 제법 무당집스러운 인테리어의 반대쪽은 또 영 딴판으로 꾸며져 있었다.

사실은 꾸며졌다는 말이 무색하리만큼 허접한 자취방의 모습이었다. 어디서 주워 온 것 같은 철제 침대에는 이불이 난잡하게 접혀 있었다. 구석에 있는 화장실 옆에는 부엌으로 쓰는 싱크대가 있었다. 그 위에는 찌그러진 양은냄비 한 개, 컵 하나, 밥그릇이자 국그릇인 작은 대접 하나가 덩그러니 있었다. 라면 봉지가 굴러다니는 건 덤이었다. 소월이 한숨을 내쉬었다.

"악귀는 어떻게 됐어? 이렇게 다 말해도 돼?"

"저주가 실패하고 나서 악귀도 어딘가로 사라져 버렸어요."

"그래?"

진주가 말해준 실패한 저주의 부작용이 귀신에게도 해당되는 거였을까? 소월은 의아해했다.

"정천일은 어떻게 된 줄 알아? 그 처녀 귀신, 돌아왔어?"

"아뇨."

현민이 침울하게 말했다.

"정천일한테 가 있으려나."

"아마도요. 저주가 실패했으니까요."

"저주가 튕겨져 나가면 무조건 죽는 거야?"

"저주의 크기에 따라 달라요. 이 경우엔 아마 죽음뿐일 거예요."

달리 말하면, 그 말은 정천일이 정소월을 정말 죽이려고 했다는 거였다. 소월은 입안이 썼다.

"부적을 쓸 때 경면주사액에다가 그분의 피를 섞었거든요. 실패한 저주는 분명히 주인에게로 돌아갔을 거예요."

현민의 말에 무영이 소월의 손을 꽉 잡았다. 소월은 괜찮다는 표시로 무영의 손등을 가볍게 두드렸다. 그러나 무영은 그녀의 손끝이 차갑다는 걸 알았다. 정천일의 죽음은 예정되어 있는 것이다. 그건 그리 멀지 않은 미래일 게다. 소월은 복잡한 심경으로 생각에 잠겼다. 그녀를 대신하여 무영이 질문을 이었다.

"우리한테 부적을 준 사람은? 그분에겐 아무 문제 없는 거고?"

박충식의 자살 기도는 순전히 그의 의지인 것 같긴 하였으나 그래도 확답을 듣고 싶었다. 충식에게까지 저주의 여파가 미친다면 소월은 더 견디기 힘들 것이었다.

"충식 아저씨 말씀하시는 거죠?"

현민 또한 충식을 잘 알고 있었다. 정천일보다 먼저 알던 사이였다. 개인적으로 현민은 충식을 딱하게 여기고 있었다. 큰아버지뻘은 되는 어른이 딸의 극락왕생을 빌며 현민에게 꼬박꼬박 선생님, 도령님이라고 불렀다. 그래서 진심을 다해 좋은 묏자리를 알아봐 주고 이것저것 위안이 될 만한 말도 해주었다.

정천일은 박충식의 사연을 세세하게 알고 있었다. 월산에서도 떠들썩하게 소문이 돈다고 했다. 그 때문에 충식이 괴로워하는 걸 알아차리고 일부러 현민을 찾아온 것이라고 했다. 충식과 인연이 있는 현민이라면 정소월의 죄가 얼마나 큰 것인지를 공감해 줄 거 같았다나.

실제로 현민은 정천일이 살의를 품은 대상이 충식의 딸을 죽게 만들었다는 이야기를 들었을 때 마음이 편해지기도 했다. 저주를 받는 건 다 그 사람의 업보라고 자기 합리화를 한 것이다.

"아저씨는 중간에서 부적을 옮기시기만 한 거니까 별일 없을 거예요."

"다행이다. 그렇지, 소월아?"

무영이 애써 밝은 얼굴로 소월의 어깨를 두드렸다. 그러자 소월의 입가에 겨우 희미한 미소가 걸렸다. 아직도 정천일을 생각하고 있는 모양이었다.

"튕겨진 저주를 피할 방법은 없을까?"

한참 뜸을 들이던 소월이 어렵게 말을 꺼냈다. 무영의 눈이 동그래졌다. 그런 방법이 있었더라면 진주가 벌써 말해줬을 것이다. 설령 방법이 있다고 해도 진주가 말하지 않았다면 정당한 것이 아닐 확률이 높았다.

"소월아."

무영이 그녀의 이름을 나지막이 불렀다. 말을 덧붙이지 않아도 소월은 그가 어떤 걱정을 하는지 잘 알고 있었다. 하지만 마음이 흔들리는 것을 어쩔 수가 없었다.

"방법이 하나 있긴 해요."

현민이 작지만 또렷한 목소리로 말했다.

"이 방법이 성공하려면 필요한 게 있어요."

"그게 뭔데?"

소월은 자신이 할 수 있는 거라면 뭐든 다 해줄 것 같았다. 무영은 답답했다. 소월의 마음을 이해하지 못하는 건 아니었으나 상식적으로 봤을 때 태현민과는 더 이상 엮이지 않는 게 좋았다.

"당신의 머리카락이요."

"내 머리카락? 겨우 그게 다야?"

"안 돼."

희망에 들뜬 소월과 달리 무영이 단호하게 말했다.

"왜 그래, 무영아. 머리카락은 별거 아니잖아."

"정소월, 냉정하게 생각해. 우리가 지금 어디에 있는지 몰라서 그래?"

그들이 있는 공간, 그들이 처한 사건의 본질은 이성적 사고나 논리와는 동떨어져 있었다. 직접 겪은 사람들이 아니고서야 다른 누군가에게 말을 꺼내봤자 허풍쟁이나 사기꾼 소리를 들을 법한 일들이 일어나고 있었다.

"네 몸에 손끝 하나도 못 건드리게 할 거야."

무영이 매섭게 말했다.

"그게 너라도 안 돼."

"내 몸은 내 거잖아. 내가 몇 가닥 뽑아서 주는 건데 그게 그렇게 대수야?"

"네가 아까 병원에서 그랬잖아. 날 때리는 건 널 때리는 거라고. 우린 부부니까 이제 한 몸이나 다름 없어. 내가 용납 못 해. 어디에 쓰일지도 모르는데 어떻게 머리카락을 줘. 속눈썹 한 올도 줄 수 없어."

"하지만……."

소월은 평소답지 않았다. 사이 나쁜 이복 오빠여도 일단은 가족 구성원 중 하나였다. 그런 사람의 다가오는 죽음을 예언받아 놓고서 평정심을 유지하기란 어려운 일이었다. 소월은 두려웠다.

'죽기까지 바란 건 아니야. 정천일이 밉지만 저주받아 죽길 바란 건 아니라고.'

비록 정천일은 소월의 죽음을 염원했더라도 말이다.

"충식 아저씨한테 별일 없을 거란 건 확인했으니 그만 가자. 이럴 시간에 정천일이 어디 있는지 직접 찾는 게 낫겠어."

무영이 소월의 몸을 일으켜 세웠다.

"가시게요?"

현민이 머뭇거리며 물었다. 대놓고 의심하는 무영 때문에 현민은 잔뜩 주눅이 들었다. 그 모습이 소월의 발길을 붙잡았다.

"악귀가 사라졌다고 했잖아. 어떻게 보면 얘도 피해자야. 날 속일 것 같진 않아."

그러니까 그 방법이 뭔지나 한번 들어보자며 소월이 답지 않게 미련한 고집을 부렸다.

"이러다 정말 천일 오빠가 죽으면 어떡해? 오빠가 죽을 걸 알면서도 아무것도 하지 않을 수는 없어."

소월이 무영의 옷깃을 잡고 매달렸다.

"아빠를 볼 낯이 없잖아."

정천일은 소월에게 좋은 오빠가 아니었으나, 소월의 아버지에겐 미우나 고우나 자식이었다. 자식을 먼저 보낸 부모는 자식을 가슴에 묻는다고 했다. 윤미의 아버지를 보니 그 말이 더 현실로 다가왔다. 소월은 제 아버지에게 그런 짐을 지게 할 수 없었다.

"지금 당장 결정하시지 않아도 돼요. 여기 제 연락처예요. 필요하면 연락 주세요."

현민이 빳빳한 명함 한 장을 내밀었다. 소월은 무영의 눈치를 보면서 현민이 건네는 명함에 손을 뻗었다. 그때였다. 무영의 눈이 예리하게 빛났다.

"안 돼!"

무영이 재빨리 소월의 손을 쳐 냈다. 현민은 눈을 부라리며 명함 밑에 숨긴 바늘을 고쳐 잡고 소월에게 달려들었다. 그 사이를 무영이 파고들면서 두 남자의 난투극이 시작되었다. 의자와 테이블이 넘어지고 그 위로 무영과 현민이 나뒹굴었다.

뒤늦게 사태를 파악한 소월이 양은냄비를 집어 들어 현민의 머리를 내려쳤다. 댕댕거리는 소리가 크게 나는데도 현민은 꿈쩍도 하질 않았다. 소월보다 조금 더 큰 키에, 남자는커녕 여자치고도 가냘픈 몸에서 어찌 그런 힘이 나오는지 무영을 깔아뭉개고 있었다. 무영은 현민의 손에 든 바늘을 피하는 것만으로도 힘에 부쳐 했다.

"사악한 것이 분수도 모르고 날뛰는구나."

문이 벌컥 열리더니 밖에서 기다리겠다던 진주와 단주가 방으로 잽싸게 들어왔다. 언제 갈아입은 건지 진주는 오색 저고리에 붉은 치마를 입고 있었다.

"생전에도 사람을 그렇게 죽이더니 제 버릇을 못 버렸구나, 이놈!"

오금이 저리는 날벼락 같은 호통과 달리 진주의 걸음걸이는 사뿐사뿐하였다. 꽃잎 위에 살짝 앉았다 가는 나비 같았다. 리듬감 있는 걸음은 곧 덩실덩실 춤사위로 바뀌었다. 조그만 여자애가 다가오는 것이 뭐가 그리 무서운지 현민은 무영에게서 떨어져 뒷걸음질을 쳤다. 무영은 황급히 일어나 소월에게로 달려갔다.

"당신이 왜 여기 있어? 당신이 왜 여기 있어?"

현민이 똑같은 말을 반복하였다.

"네 까짓 게 그걸 알아 뭐하누."

진주가 낄낄댔다. 아이는 장난을 치는 것처럼 현민의 주위를 빙글빙글 돌았다. 진주에게서 도망을 치느라 현민은 바로 뒤에 단주가 있는 줄도 몰랐다. 단주는 오방색의 천을 감은 몽둥이를 들고 있었다. 해일을 괴롭혔던 그 버드나무 몽둥이였다. 단주가 몽둥이로 현민의 뒷목을 힘껏 쳤다.

"악!"

현민의 입에서 짧고 굵은 비명이 토해졌다. 단주는 이번에는 가슴을 쳤다. 그동안에 진주는 어디서 갖고 왔는지 모를 방울을 흔들며 방안을 계속 빙빙 돌고 있었다. 아이가 방울을 흔들 때마다 방에 있던 방울들도 덩달아 딸랑거렸다. 해일이 빙의되었을 때에는 소리로만 들었던 진풍경을 실제로 보니 소월과 무영은 몸이 저절로 오들오들 떨렸다.

진주는 신명 나게 춤을 추다가 단주가 패고 있는 현민 앞에 우뚝 섰다. 아이의 입에서 어떤 이름 세 글자가 툭 튀어나왔다. 악귀의 이름이었다. 소월과 무영은 모르는 사람이었다.

"날 어떻게 알지? 어떻게 알지?"

"네놈이 죽인 그 무당을 내 일곱 번째 아들이 돌보고 있었거든. 네놈이 누구인지는 훤히 알지. 이런 데에서 아들의 빚을 갚을 줄은 몰랐구나. 이것도 다 인연이란 게지."

진주의 작은 몸에서 '아들'이라는 이질적인 단어가 나오자 소월의 팔뚝에 소름이 돋았다.

"저세상으로 가거든 내가 보내서 왔다고 하거라. 그러면 지옥 하나는 덜 수 있을지 누가 아느냐."

그 말이 끝나기 무섭게 단주가 몽둥이로 현민의 정수리를 내려쳤다. 몽둥이가 우지끈 부러지는 소리와 함께 현민의 눈과 코와 입과 귀에서 검붉은 피가 주르륵 흘렀다. 진주는 쓰러진 현민의 옆에 털썩 주저앉더니 목 놓아 울기 시작했다. 가만 들어보니 어떤 가락이었고, 나중에 무영이 단주에게 물어보니 그건 상여 노래라고 했다.

"어휴, 아가가 또 몸살이 나겠네."

곡을 그친 진주가 퉁퉁 부운 눈을 비비며 말했다.

"단주야, 진주 잘 챙겨라. 귀한 몸이 상할라."

"네, 바리 어르신."

단주가 진주를 향해 공손히 말하였다.

"너희가 소월이랑 무영이지? 애들한테 집을 만들어줘서 고맙다. 역마살은 안 좋은 거라."

"진주야?"

소월이 어리둥절하여 진주의 이름을 불렀다. 그러자 진주가 호탕하게 웃었다.

"나는 진주 지켜주는 할머니다. 보는 건 처음이지? 반갑구마."

진주가 소월과 무영에게 차례로 악수를 청했다. 얼결에 악수를 한 두 사람은 신기한 경험을 했다. 분명 진주의 손을 잡았는데 주름진 노인의 손을 만지는 것 같은 기분이 들었던 것이다. 주름지고 마르지만 생명력이 넘치는 손이었다. 소월과 무영은 알 수 없는 기운이 솟았다.

"저 남자애는 죽은 겁니까?"

무영이 물었다.

"아니지. 악귀만 저승으로 보내 버린 거다. 원래는 오구굿을 제대로 해야 하는데, 운이 좋았지. 그놈도 실패한 저주 때문에 약해져 있었거든. 오늘내일하는 것이 독만 올라서는 또 이 아가씨를 잡으려고 수를 쓴 게야."

진주가 손등으로 땀을 훔치며 말했다. 단주가 다가와 손수건으로 이마의 땀을 닦아주었다.

"그 악귀는 생전에 애들을 잡아다가 죽인 놈이었어. 그런데도 잡힌 적이 없었지. 그놈한테 쌍둥이를 다 잃은 부모가 있었다. 그 어린애들 입에 양말을 쑤셔놓았었지. 근데 이게 그놈의 것은 분명한데 지문이니 뭐니 그런 건 하나도 안 나온 거야. 그로부터 몇십 년이 흘렀지. 죽은 자식이 어디 가나? 부모 가슴에 맺혀 있지. 어렵사리 그 양말을 구한 쌍둥이 부모가 용하다는 무당을 찾아갔어. 그리고 그 양말 주인에게 저주를 해달라고 부탁을 했지. 그런데 하필 때가 좋지 않았어. 살인자는 벌써 죽어서 잡귀가 되어 있었거든. 산 사람한테 거는 저주는 죽은 사람한텐 안 통해. 오히려 화만 돋는 셈이지. 그래서 무당은 급살을 맞은 게야."

"그 무당이 태현민의 신어머니였던 거군요."

진주가 고개를 끄덕끄덕하였다.

"내 부탁을 하나 함세. 저 아이도 저택에서 살게 해주게나. 영안만 뜨고 모실 신은 잃어서 앞으로도 잡귀가 계속 꼬일 게야. 놀이패의 일원이 되어 진주 곁에 있으면 훨씬 안전할 걸세."

"마음대로 하셔도 됩니다."

무영이 말했다. 진주가 인자하게 웃으며 고맙다고 연신 말하였다.

"아니지, 이게 말로만 이럴 게 아니라 내가 보답으로 약속을 하나 하지."

"어떤 약속이요?"

소월의 눈이 기대감으로 반짝거렸다. 어쩌면 천일을 살릴 수 있는 방법을 알려줄 것도 같았기 때문이다.

"정천일이 죽으면 그 혼을 구해주겠네. 구천을 떠돌지 않게 말이야."

"어떻게든 결국 죽는단 건가요?"

소월은 허탈하였다.

"이번 일 말고도 업보가 많아서 어쩔 수가 없단다. 그나마 구천을 떠돌며 악귀가 되지 않게 하는 게 최선이야. 약속하마. 바리데기의 약속은 영원불멸이란다."

"알겠어요. 그게 최선이라면 부탁드려요."

"좋다."

진주가 호쾌하게 말했다. 그러고는 갑자기 콘센트가 빠진 전자 제

품처럼 예고도 없이 픽 정신을 잃었다. 다행히 단주가 익숙하다는 듯 진주의 몸을 받쳐 들었다.

"우리가 할 수 있는 일은 다 한 거야."

단주가 말했다.

"언니, 어떻게 알고 들어온 거예요? 진주가 입은 한복은 뭐고, 방울은 또……."

"진주가 설마 아무 준비도 없이 너희를 따라가겠다고 했겠어? 트렁크에 넣어왔지."

"나랑 무영이한텐 한마디도 안 했잖아요."

"악귀가 본색을 드러내길 기다려야 했는데, 그러려면 너희가 아무것도 모르는 순진한 얼굴로 있어야 했거든. 미리 말해주지 않아서 미안해."

"미안할 건 없죠. 덕분에 살았는걸요."

소월이 시원시원하게 말했다. 그러나 말투와 달리 표정은 여전히 어두웠다. 무영이 소월의 손을 잡았다.

"일단 정천일을 찾아보자. 우리가 할 수 있는 건 모두 다 해보자."

"고마워, 무영아. 너한텐 더 용서할 수 없는 사람일 텐데."

"용서할 수 없는 거랑 죽길 바라는 건 다른 일이기도 하니까."

무영이 흐트러진 소월의 머리카락을 정리해 주며 말했다.

"그리고 네가 마음을 쓰고 있으니까 나도 보태야지. 그러라고 있는 남편이잖아. 네가 가는 방향으로 함께 걸을게. 외롭게 만들지 않을 거야."

소월이 무영의 품을 파고들었다. 단주는 진주를 침대 위에 눕혀놓고 현민의 상태를 살피느라 두 사람 쪽으론 눈길도 주지 않았다. 소월은 무영을 꼭 안고 그의 체취를 깊게 들이마셨다.

'기적이 일어나길.'

소월이 기도했다. 그러나 안타깝게도 기적은 일어나지 않았다. 시월
이 일주일 정도 남은 어느 화창한 가을날, 소월은 정천일의 사망 소식
을 듣게 되었다.

30
끝과 시작

　태현민이 월산에 온 지 거의 이 주일이 넘게 지났다. 시월은 고작 일 주일만 남아 있었다. 그동안 소월과 무영뿐 아니라 혜성그룹 쪽에서도 천일의 행방을 수소문하였으나 어디 하나 소식이 들려오는 곳이 없었다.

　본가로 돌아간 해일이 이틀에 한 번꼴로 전화를 했는데, 그럴 때마다 현민은 사람들이 흘리는 말에 귀를 쫑긋거렸다. 정천일이 무사히 돌아왔다는 소식을 들었으면 하는 바람에서였다. 그러면 죄책감이 덜어질 것 같았기 때문이다. 저택에 있는 누구도 싫은 소리를 한 적이 없건만 현민은 스스로 눈칫밥을 지어 먹고 있었다. 악귀에게 놀아나 저지른 짓이라고 해도 자신이 소월의 목숨을 위협한 것은 사실이었다. 게다가 그 연쇄 작용으로 정천일이 꼼짝없이 죽게 생겼으니 소월의 시댁인 월산의 저택에 머물기가 염치없던 것이다.

　"새벽 기도 하고 오는 거야?"

이른 아침부터 정원을 산책하고 있던 무영이 저택의 대문에 들어서는 현민을 보며 물었다. 현민은 열흘째 월산에 올라 정천일이 돌아오게 해달라고 치성을 드리고 있었다.

"네."

현민이 멋쩍은 듯 얼굴을 붉히며 짧게 대답했다.

"소월이가 고맙다고 하더라."

"소월이 누나가요?"

"응. 그리고 매일 그럴 필요는 없대. 푹 자야 키도 크지. 아직 성장기잖아."

"이게 마음이 편해요."

현민은 소월이 그런 말을 했다는 게 기쁘면서도 한편으론 직접 대화를 하지 못해 아쉬웠다. 소월에게 미안하다고 하고 싶은데 항상 기회를 놓쳤다. 소월이 바빠 보이기도 했고 선뜻 용기가 나지도 않았다.

"저기, 무영 형."

"응?"

"형은 왜 절 받아주신 거예요?"

악귀에게 몸을 뺏기고선 기억이 나질 않았다. 물에 빠진 것처럼 답답하여 허우적거리며 몸부림을 친 것 같긴 했다. 어느 순간 머리가 맑아지는 느낌이 들더니 그대로 잠이 들었고, 일어나 보니 난생처음 보는 으리으리한 저택에 와 있었다.

"단주 누님이 말해주셨어요. 진주가, 아니, 바리 어르신이 부탁했을 때 형이 망설이지도 않고 그러라고 했다고요."

차무영은 정소월의 남편이었다. 상대를 끔찍이도 아끼는 금슬 좋은 부부였다. 둘은 더할 나위 없는 서로의 배필이다. 그런 차무영이라면 정소월을 위험하게 만든 태현민을 곱게 봐줄 리 없는 게 당연했다.

"음……."

무영이 노골적으로 당혹스러워했다.

"살짝 분위기에 휩쓸린 건데."

"뭐라고요?"

그의 엉뚱한 대답에 현민이 얼빠진 표정을 지었다.

"넌 기절해서 모르겠지만 그때 분위기랑 진주 말하는 게 엄청……."

무영이 입을 조금 벌린 채로 말을 잠시 멈추었다.

"……거절하면 부정 탈 것 같고, 소월이한테 더 안 좋을 것 같고 그랬거든. 논리적으론 설명할 수 없지만 말이야. 묵직한 압박이 느껴졌다고 해야 하나."

무영이 손가락으로 볼을 긁으며 말했다. 아침 햇살이 서서히 강해지고 있었다. 그 아래에 선 차무영은 까닭 없이 순수해 보였다. 무영은 올봄까지만 해도 모지리였다고 했다. 현민은 문득 그 사실을 상기했다.

"그래도 널 미워하거나 그런 건 아니야. 소월이도 그래. 네 상황도 나름대로 절박했고 넌 의지할 곳도 없었잖아. 너무 미안해할 필요는 없어."

어른스럽고 책임감이 있으면서도 동시에 순진한 구석이 있는 남자였다. 선량한 사람이었다. 다른 사람들보다 더 오래 천진한 아이로 살았기 때문일까? 남사당패의 아이들이 왜 무영을 유독 따르는지 알 것도 같았다.

"그리고 소월이를 위험하게 만든 걸로 따지자면 일단 나도 당당할 처지는 아니거든. 소월이가 아무 상관도 없는 월산에 오게 된 이유가 나라서……. 우리 엄마도 그렇고, 우리 형도……."

길고 곧은 손가락으로 과거의 위험인물들을 한 명씩 꼽을 때마다 무영의 낯빛이 어두워졌다. 그러다가 내면에서 각성이라도 일어난 것처럼 곧 다부진 표정을 지어 보였다.

"내가 소월이한테 평생 잘해야지!"

자신만의 결론을 지은 무영이 해사하게 웃었다. 새벽이슬이 채 사라지지 않은 아침의 서늘한 공기와 어울리는 싱그러운 미소였다. 현민은 젊은 공처가의 포부 당당한 모습에 설핏 웃음이 났다. 정소월이 차무영을 꽉 잡고 있다고 하던데, 굳이 소월이 잡고 있지 않아도 차무영이 찰싹 달라붙어 떨어지지 않을 게 분명했다.

"과외 공부는 잘 돼가요?"

최근에 무영은 소월에게 과외를 받기 시작했다. 사람들을 시켜 정천일을 찾게 하는 동안 소월과 무영은 마냥 앉아서 시간을 죽일 수가 없었다. 월산에 드리워졌던 실체 없는 달 선녀의 저주는 옅어지고 있었다.

소월과 무영도 새로운 미래를 향해 나아가야 했고, 그 첫걸음이 무영의 검정고시였다. 무영은 전문 과외 강사를 붙여달라고 했으나, 소월은 검정고시는 자신이 가르칠 수 있다고 버텼다.

"운전 연습도 애인이 가르쳐 주면 싸움 난다잖아!"

"그런 건 또 누가 가르쳐 줬어? 네가 운전면허 따봤어? 성급한 일반화의 오류야, 그런 건."

"희태 아저씨, 우진 형, 묵호 형, 아버지, 명인 아저씨까지 그렇게 말했거든!"

"다 남자들이네. 난 남자가 아니잖아. 참을성 있고 끈기 있게 가르쳐 줄 수 있으니 걱정하지 마."

"참을성? 끈기?"

무영의 머릿속에서 영선과 사사건건 충돌을 일으키는 날카로운 소월의 모습들이 주마등처럼 스쳐 지나갔다.

"무엇보다 운전이랑 공부는 완전 다르지. 운전은 옆자리에 앉은 사람의 생명을 위협하는 거지만 공부는 내가 죽는 건 아니잖아."

"묘하게 나는 죽을 수도 있다는 것처럼 들린다."

"넌 죽지 않지, 당연히! 날 과부로 만들 셈이야? 하지만 너와 상관없이 입시 스트레스로 해마다 아까운 청춘들이 삶을 포기하고 있는 건 사실이거든."

그러면서 소월은 불합리한 입시 제도와 교육 비리에 대해 일장 연설을 늘어놓았다. 무영이 '그러는 너는 재외국민 전형이면서!'라고 딴죽을 걸 때까진 말이다. 소월이 지지 않고 재외국민 전형 무시하냐며, 그렇다면 내가 실력을 보여주겠다고 으름장을 놓는 바람에 소월은 무영의 과외 선생님이 되었다.

"형, 괜찮아요?"

현민이 어깨를 흔들자, 무영이 회상에서 빠져나왔다.

"아, 잠깐 다른 생각 좀 하느라."

"소월이 누나 생각이요?"

"어떻게 알았어?"

"형 얼굴 보면 다 알겠어요."

"그럴 리가 없는데."

결국 소월에게 굴복하고야 만 굴욕적인 순간을 떠올리고 있었던 무영이었다. 좋기만 한 표정은 아니었을 텐데 어떻게 안 걸까? 무영은 의아해했다. 그러다가 이내 현민에겐 특별한 눈이 있다고 했으니 그런가 보다 하고 말았다.

"그만 들어가자. 아침 먹고 영어 단어 외워야 돼."

오늘은 지난 일주일간 배운 단어들을 총 정리하여 쪽지시험을 보는 날이었다. 현민이 고개를 가볍게 끄덕였다. 두 사람이 식당에 도착했을 땐 이미 만석이었다. 부지런한 무동들이 어느새 식탁 앞에 자리를 잡고 밥을 먹는 중이었기 때문이다.

"오늘도 늦었군."

쓸쓸해하는 무영에게 희태가 식사가 든 쟁반을 들려주었다.

"부엌에 있는 테이블도 꽉 찼습니다. 응접실로 가시는 게 나을 것 같군요."

"식당 확장 공사는 언제쯤 해요?"

"다음 주쯤에 할 것 같습니다. 좀만 참으세요. 작은 마님도 차 사장님과 함께 응접실에 계십니다."

"둘만요?"

"염 선생님과 지배인님은 부엌 자리를 차지하셨거든요."

"아니, 왜 이렇게들 부지런을 떤대요?"

무영이 툴툴댔다. 옆에서 자기 몫의 쟁반을 들고 선 현민이 무영에게 슬쩍 눈짓을 했다. 응접실에 있다는 두 여자는 현민이 가장 껄끄러워하는 상대들이었다. 두 남자는 털레털레 걸었다.

"늦잠 잤어?"

홍차에 뜨거운 우유를 넣고 있던 소월이 응접실로 들어온 무영을 향해 물었다. 부가적인 말이 첨가되진 않았지만 쪽지시험을 코앞에 둔 무영에겐 하라는 공부는 안 하고 잠만 자냐는 지적처럼 들렸다. 머리를 맑게 하기 위해 아침 조깅을 했다고 무영이 변명처럼 늘어놓았다.

"그럼 더 일찍 일어나야지. 명인 아저씨랑 너희 아버지 보렴. 두 양반은 아침 산책을 하고도 부엌에서 밥을 먹잖니."

영선이 웬일로 소월의 말을 거들며 무영에게 잔소리를 했다. 언제부턴가 저택에선 식사 시간에 어디에서 밥을 먹느냐에 따라 식당, 부엌, 응접실 순으로 성실함의 등급이 나뉘는 것 같았다.

"어머니랑 소월이도 응접실에 있잖아요."

무영이 쟁반을 테이블에 내려놓으며 삐딱하게 말했다. 같은 게으름뱅이끼리 남 말 할 형편이냐는 투였다.

"나는 누구랑 달리 오늘 아침에 볼 쪽지시험이 없어서 여유롭거든. 시험지는 진작 만들어놨고."

"미녀는 잠꾸러기란다. 엄마 나이 정도 되면 수면 시간이 얼마나 중요한지 아니?"

두 여자가 능숙하게 무영의 반박을 받아쳐 냈다. 무영이 오리 주둥이처럼 입술을 내밀곤 삐죽거렸다. 삐진 얼굴을 하고서도 소월의 옆에 붙어 앉는 무영을 보며, 현민은 무영이 저 상황을 즐기고 있는 건 아닐까 진지하게 의문을 가졌다.

"말이 나온 김에, 요즘 공부는 어떠니?"

"그럭저럭 잘 되고 있어요."

"그럭저럭?"

영선의 질문에 소월이 대답했고, 무영이 꼬투리를 잡았다.

"그럭저럭보단 잘하고 있는 것 같은데. 진도도 엄청 빠르잖아."

무영은 서운한 티를 숨기지 못했다. 현민은 가급적 세 사람의 관심을 끌지 않기 위해 조용히 수저를 놀렸다. 그러면서도 귀로는 그들이 하는 이야기를 열심히 듣고 있었다.

"진도야 선생님의 재량이지. 학생이 얼마나 잘 따라왔는지는 시험 결과로 증명되는 거고."

소월이 냉정하게 말했다. 그러면서도 자신의 접시에 있던 수란을 무영에게로 옮겨주었다.

"됐어. 너 먹어."

무영이 사양했다. 수란은 소월의 접시 위에 있던 유일한 단백질 공급원이었다.

"공부하면 열량 소모 심해. 네가 먹어."

"그럼 너는 풀떼기만 먹잖아. 너 먹어."

"난 다이어트 중이야. 너 먹으라고."

"네가 뺄 살이 어디 있어. 괜찮다니까."

지루한 실랑이가 치열한 랠리처럼 제법 길게 이어졌다. 참다못한 영선이 언성을 높였다.

"누가 보면 월산 차씨 가문 망한 줄 알겠다. 계란 하나 갖고 둘이 뭐하니?"

현민은 속이 다 시원했다.

"어머니가 그럼 무영이 보약 한 제 해주세요."

소월이 뻔뻔하게 말했다. 안 그래도 그럴 생각이었는데 막상 얄미운 며느리가 맡겨놓은 짐 내놓으란 식으로 말하니 영선은 그럴 기분이 싹 사라졌다.

"대혜성그룹 셋째 따님인 며늘아기께서 하지, 왜?"

"무영이 보약 지을 돈 보내달라고 하기엔 친정 분위기가 험악해서요."

"아, 정 회장님이 그랬지, 참."

영선의 입가에 미소가 번졌다. 요 근래 혜성그룹이 겪고 있는 혼란은 비단 정천일의 실종뿐만이 아니었다. 정 회장에 대한 검찰 수사가 본격화될 것이라는 전망이 나왔기 때문이다. 소월의 아버지가 뒤에서 어떻게든 수습을 해보려고 했으나 양기명 실장의 내부 고발이 결정적인 모양이었다.

"호랑이도 늙으면 이빨이 빠지긴 하는구나. 내가 직접 정 회장님을 만나서 위로의 말씀이라도 드려야 하는데."

"어머님이 그럴 시간이 있으시겠어요? 지훈 씨 보러 갈 시간도 없으실 정도로 바쁘시잖아요."

소월이 빙그레 웃으며 비아냥댔다. 정진건이 최악의 할아버지일지언정 까도 내가 까고, 욕도 내가 한다는 심정이었다.

소월이 약점을 건드리자 영선이 헛기침을 하더니 오늘 반찬은 간이 좀 짜다고 말을 돌렸다. 영선은 명인의 권유에도 불구하고 지훈에게 다가가질 못하고 있었다. 명인이 함께 병문안을 가자고 할 때마다 이런저런 핑계로 도망을 치곤 했다.

"부담 갖지 말고 가보세요. 지훈 형이야말로 어머니랑 가장 비슷한 입장인 사람이잖아요."

반쪽짜리 진실만을 알고 있던 명인과 혜윤의 선한 의지가 엇갈려 지키고자 한 사람들이 영선과 지훈이었다. 일이 꼬이지 않았더라면 영선은 지훈의 엄마인 영란과 애틋한 사촌 자매가 되었을지도 모른다.

"제대로 기억하는 게 없잖니."

영선이 답지 않게 자신 없는 목소리로 말했다.

"내가 말실수라도 하면 어떡해."

그녀는 아침부터 머리 아픈 이야기는 하기 싫다며 화제를 돌렸다. 소월과 무영은 눈빛을 교환했다. 영선과 지훈에겐 조금 더 시간이 필요한 것 같았다. 불편한 주제의 대화를 벗어나기 위해 영선은 현민을 타깃으로 삼았다.

"현민 학생도 검정고시 봐야 하지 않아? 이참에 무영이랑 같이 하지?"

"네? 전……."

현민이 저도 모르게 소월을 힐끔 쳐다보았다. 두 사람의 눈이 마주쳤다.

"그럴래?"

소월이 물었다. 그리고 현민은 물어본 소월이 무안해할 만큼 격렬하게 고개를 저었다.

"나한테 저주 날린 것 때문에 미안해서 그런 거라면 신경 쓰지 마. 애초에 정천일이 사주한 건데, 뭘."

"아니요. 그것 때문이 아니라 지금은 공부보단 쉬고 싶어서요. 놀이패 기술들을 배우고 싶기도 하고요."

"그래? 알아서 해, 그럼."

소월이 어깨를 으쓱하며 물러났다. 현민은 몰래 안도의 한숨을 내쉬었다. 남편인 무영도 간신히 견디고 있는 소월의 스파르타식 교육을 감당할 자신이 없었다. 소월과의 과외가 시작된 이후로 무영은 얼굴이 반쪽이 되었던 것이다. 소월이 괜히 보약 타령을 한 게 아니었다.

현민은 쟁반에 코를 박을 기세로 맹렬히 밥을 먹었다. 영선은 식사를 끝냈다며 일어서는 참이었고, 무영과 소월은 시답잖은 주제로 티격태격하고 있었다.

"쪽지시험 다 맞으면 애칭으로 부르게 해줘."

"또 그 소리야? 애칭도 못 정했으면서 무슨."

"몰라. 그냥 내가 좋아하는 걸로 다 부를 거야. 우리 반짝이, 새콤이달콤이, 루비, 다이아몬드, 토깽이, 솜사탕, 젤리, 꽃님이, 별님이, 해님이, 워리워리, 소소……."

"소소?"

한껏 토할 것 같단 표정을 짓던 소월이 의외로 마지막 말에 반응을 보였다.

"일차원적인 걸 좋아하는구나."

무영이 같잖고 귀엽단 듯 소월을 내려다보며 말했다.

"너는 소소, 나는 무무."

"젠장."

'무무' 소리에 입꼬리가 올라간 소월이 자존심이 상하여 미간을 구겼다.

"은근히 마음에 들어서 짜증 난다."

"우리 소소, 단순한 거 좋아하는구나. 그랬소소? 마음에 들었소소?"

"어미에 응용하지 마! 현민이 보기 부끄럽지도 않니?"

할 말 다 해놓고 이제 와서 예의를 차리는 소월이었다. 현민은 심드렁하게 괜찮다고, 밥 다 먹었으니 먼저 일어나겠다고 했다. 안 그래도 된다며 두 사람이 말렸으나 현민은 속이 더부룩해서 계속 앉아 있을 수가 없었다. 현민이 쟁반을 들고 응접실의 문을 열려고 했다. 그의 손이 닿기도 전에 문이 열리고 희태가 급히 들어왔다.

"해일 도련님으로부터 전화가 왔습니다. 두 분하고는 통화가 안 된다고 하시면서……."

소월과 무영은 핸드폰을 갖고 있지 않았다.

"하여간 지금 당장 서울로 갈 채비를 하셔야겠습니다."

"천일 오빠를 찾았대요?"

"네, 그런데……."

희태가 말을 잇지 못하고 문 옆에 선 현민을 곁눈질하였다. 현민은 알아서 자리를 피하면서도 끝내 저주의 업보가 실현되었음을 직감하였다. 현민이 응접실을 나가자마자 소월이 크게 숨을 들이마셨다. 무영은 그녀의 손을 꽉 잡았다.

"어떻게? 어디서?"

"자세한 건 듣지 못했습니다만, 교통사고라고 합니다."

"알았어요. 가는 길에 해일 오빠랑 통화해 볼게요."

"운전은 제가 하겠습니다."

희태가 소월의 상태를 살피며 말했다. 소월은 고맙다고 말하며 간단히 짐을 꾸리러 무영과 함께 응접실을 빠져나가려고 했다. 희태가 그들을 불러 세웠다.

"작은 마님."

"네?"

"정 회장께서 무영 도련님이 오는 건 안 된다고 말씀하셨답니다."

희태의 말에 소월이 아랫입술을 깨물었다. 정 회장이 준 모욕 때문에 소월의 얼굴이 창백하게 질렸다.

"무영인 제 남편이에요. 내 친정에 무슨 일이 생기면 무영이도 참석할 권리가 있다고요."

무영이 잡은 소월의 손이 부들부들 떨렸다.

"참아, 소월. 다른 사람도 아니고 정천일의 장례식이잖아."

"그게 뭐? 네가 천일 오빠 장례식에 가는 건 오빠한테도 좋은 거 아니야? 우리한테 그렇게 몹쓸 짓을 한 사람을 추모해 주러 가는 건데. 우리한테 용서를 받으면 좋은 게 아니냐고."

"정 회장님은, 어쩌면 정천일도 우리의 용서를 바라지 않을 수도 있어. 죽어서도 말이야."

무영의 침착한 말에 소월은 뒤통수를 맞은 것 같았다. 죽음이라는 불가사의한 영역 앞에서, 인간이라면 누구나 지난 삶에 대한 회한에 젖어 속죄를 꿈꿀 줄 알았다. 정천일도, 그를 곁에 가까이 뒀던 정 회장도 일말의 양심과 두려움이 있다면 그래야만 했다. 하지만 그들은 소월의 예상보다 훨씬 파렴치했던 것이다.

"적반하장도 유분수지."

천일을 찾는 동안 그의 예견된 죽음을 받아들이고 있던 탓일까. 소월은 천일의 죽음에 대한 충격보다 무영을 인정하지 않는 정 회장의 태도에 염증을 느꼈다. 모든 것이 악인에 대한 심판을 상징하고 있었음에도 불구하고 정 회장은 여전히 오만한 아집에 사로잡혀 잘못을 시인할 생각이 없는 것이다. 잘못한 게 없다고 여기니, 용서를 구할 일도 없을 터였다.

"정천일의 혼이 구천을 떠돌든 말든 상관 안 하는 거였는데. 정천일이 평온하길 바랐다니 내가 미쳤지. 어쩜 이렇게 끝까지 실망스러울 수가 있지?"

소월이 분을 참지 못하고 씩씩댔다. 무영은 뜨겁게 끓고 있는 소월을 차분하게 안아주었다.

"난 괜찮아. 차라리 잘됐어. 내 마음도 편해질 거야. 용서하기 싫었는데 잘됐다."

"정천일 때문에 넌 노천탕에서 죽을 뻔했잖아. 그 후에는 날 죽이려고 저주까지 했고."

"그래, 그러니까 나도 용서 안 하는 게 더 좋아."

무영이 소월의 등을 부드럽게 다독이며 말했다. 소월은 무영의 품에서 자그마한 목소리로 '거짓말'이라고 말했다. 무영은 말없이 그녀의 머리카락을 쓰다듬어 주기만 했다.

"가서 영정을 노려보면서 비웃어줄 거야. 할아버지 앞에서 정천일한테 잘 죽었다, 못된 놈이라고 욕해주고 올 거야."

소월이 신랄하게 말했다. 무영은 그녀의 머리에 뺨을 대고서 자그마한 목소리로 말했다. 거짓말.

"조심히 잘 다녀와."

"응."

"아버님 잘 위로해 드려."

"응."

"회장님이랑 싸우지 말고."

"몰라."

소월이 무영의 품에서 빠져나오며 고집 있게 말했다. 두 사람이 대화를 나누는 동안 슬그머니 나가 있던 희태가 응접실의 문을 두드렸다. 다시 월산을 떠날 시간이었다.

☾

일주일 후면 벌써 십이월이다. 가을의 정수가 담긴 짧은 시월이 지나고 겨울이 성급하게 차가운 몸을 들이댔다. 떠나보낸 새파란 하늘을 그리워할 틈도 없이 다가올 연말의 축제 분위기를 기대하느라 십일월은 어수선하였다. 사람들은 십일월의 하루하루를 살면서도 매일 십이월에 대한 이야기뿐이다. 벌써 일 년도 다 지나갔네, 한 달이 남았네, 크리스마스에 뭐 할까? 송년회는 여기가 좋겠다. 우수수 떨어지는 낙엽의 정취와 코끝을 아리게 하는 초겨울의 바람까지 맞물려 십일월은 참 외로운 계절이다. 그마저도 딱 일주일 남았다.

"빨리 좀 먹어라. 이러다 갑자기 튀어나오면 어쩌려고 그러냐?"

그런 일이 생기면 전부 네 책임이니 알아서 하라는 협박이 깔린 여자의 재촉에, 운전석에서 햄버거를 먹고 있던 남자의 움직임이 빨라졌다. 두 사람은 그다지 유명하지 않은 월간지의 기자들이었다. 여자가 삼 년 선배였고, 남자는 이제 막 경력을 시작한 수습이었다.

"대충 단팥빵이나 먹고 말라니까 햄버거는 무슨……."

이왕 먹게 된 거 그러려니 하면 좋으련만, 황 기자는 구박을 쉬지 않았다. 임 기자는 햄버거를 우걱우걱 씹어 삼키면서 속으로는 단팥빵이라니 정말 쌍팔년도 구닥다리 감성이 아니냐며 촌스러운 선배를 비웃었다.

"저거 뭐냐?"

그들이 잠복을 하고 있던 혜성그룹 정민호 회장의 자택 앞에 택시 한 대가 섰다.

"택시 같은데요."

양상추를 오물거리며 임 기자가 대답하였다.

"그걸 몰라서 물어? 왜 택시가 저 집 앞에……. 뭐야? 저거 정소월 아냐? 뭐 해! 어서 시동 걸지 않고!"

황 기자가 버럭 고함을 지르며 손바닥으로 팔뚝을 때리자, 임 기자는 깜짝 놀라 햄버거를 떨어뜨렸다. 허벅지 위에 쏟아진 햄버거를 반사적으로 주워 담느라 그의 손에 양념이 잔뜩 묻었다. 정소월을 태운 콜택시가 점점 멀어질수록 황 기자의 닦달도 절정을 향해 치닫고 있었다. 그러나 마요네즈가 묻은 임 기자의 손이 자꾸 미끄러져 차 키가 돌아가질 않았다. 임 기자는 속이 울렁거렸다. 소화되지 않은 햄버거들이 위장에서 요동치는 것 같았다.

"이 화상아!"

황 기자가 주먹으로 가슴을 두드리며 짜증을 냈다. 소월을 태운 택시는 벌써 따라잡을 수 없을 정도로 멀리 갔을 터였다. 임 기자가 무뚝뚝한 표정으로 죄송하다고 말했다.

"편집장님은 뭔 생각으로 너 같은 초짜를 나한테 붙여준 거야. 이게 얼마나 중요한 일인데."

연말 특별 호에는 '정소월 밀착 취재'가 실려야만 했다. 그러려면 오늘까진 반드시 정소월의 인터뷰를 따야만 했다. 마감 기한이 코앞이었기 때문이다.

"선배님은 운전하면 안 되니까 저보고 대신 운전하라고 붙이신 거잖아요."

"그걸 내가 몰라서 묻니?"

불같은 성미를 가진 황 기자가 취재 중 목숨을 건 레이싱을 하는 바람에, 몇 달 전에 운전면허가 취소되었던 것이다.

"어디로 갈까요?"

손에 묻은 마요네즈를 닦아낸 임 기자가 천연덕스럽게 물었다.

"그걸 내가 아니? 정소월한테 위치 추적기라도 달렸대? 어디로 튈지 모르니까 이 앞에서 밤낮없이 기다린 거 아니야."

"학교에 갔을 확률이 높지 않을까요?"

"괜히 갔다가 허탕 치는 것보단 여기서 기다리는 게 나아. 학교에 떴으면 연락이 올 거고."

황 기자가 히스테리를 부리며 카 시트에 뒤통수를 비볐다.

"이러다 진짜 특집 기획 다 엎어질 수도 있다고."

"박 선배님 계시잖아요."

박 기자는 황 기자의 라이벌이자 동기로, 지금은 월산에 있었다.

"말도 마라. 부부가 칩거하기로 약속이라도 했는지 차무영도 저택에서 꼼짝도 않는단다. 그나마 움직이는 게 정소월이라 나한테 희망이 있는 건데 방금 너 때문에 물거품이 됐다."

"죄송합니다."

성의 없는 사과가 반복되었다. 황 기자는 대놓고 뺀질대는 임 기자가 마음에 들지 않았다. 그는 딱히 기자로서의 열정이 있지도 않았다. 한번은 술자리에서 왜 이런 허접한 잡지사의 기자가 된 거냐고 물었더니 하는 말이, 기본 형식으로 작성하여 임의로 넣은 이력서를 보고 연락 온 곳이 여기뿐이라고 했었다. 심지어 제목을 수정하는 것도 까먹어서 '제목 없음'이라고 뜨는 이력서였는데도 말이다.

이 쥐꼬리만 한 잡지사 사장의 운영 마인드란 게 그랬다. 어차피 기자라는 게 막 굴려서 살아남은 놈들이 최고다, 스펙이니 열정이니 대가리 굵은 것보단 꼴통들이 나을 수도 있다. 그 말을 들은 황 기자는 속이 터졌다. 그녀야말로 열정적인 기자의 표본이었기 때문이다. 경력을 쌓기 위해서라면 가십 전문지의 기자직도 마다하지 않았다.

"정 안 되면 다른 기사를 쓰면 되지 않나요? 꼭 정소월이어야 해요?"

"너 아이템 회의 시간에 졸았냐?"

임 기자는 아니라고 변명하지도 않았다. 뭔가 회의 같은 걸 한 적이 있는 것도 같은데, 기억이 가물가물하였다. 아마 언제나처럼 눈을 뜨고 졸았으리라. 두꺼비 같이 툭 튀어나온 눈을 깜빡이는 후배를 보며 황 기자가 한숨을 내쉬었다.

"우리 잡지의 주요 타깃은 중산층 주부들이잖아. 특히 사춘기가 온 자식들은 물론이요, 진작 권태기에 접어든 남편과도 데면데면해서 삶이 무료하고 지루한 여성들 말이야. 유일한 즐거움은 같은 처지의 동네 친구들과 수다를 떠는 건데, 이때 우리 잡지를 같이 돌려 읽는 거지."

임 기자가 기계적으로 고개를 끄덕였다. 네, 그 정도는 알고 있다고요.

"정소월은 요즘 핫이슈 중에 하나야. 비단 가십거리로만 그런 것도 아니지. 너도 알잖아, 한 달 전에 있던 혜성그룹 사건."

"정민호 회장의 첫째 아들이 죽은 거요?"

"그래. 그것도 그 남자와 긴밀히 연관된 검찰 수사가 시작되기 직전에 말이야."

정확히 말하면, 정천일을 집권당의 주력 인사로 키우기 위해 정경유착의 비리를 저지른 정진건 전(前) 회장에 대한 검찰 수사였다.

정천일은 교통사고로 죽었다. 현장을 취재한 다른 언론사 기자들 말에 의하면 무척 참혹한 광경이었다고 했다. 정천일은 마주 오는 덤프트럭과 충돌하여 즉사했다. 그나마 다행이었다. 몸이 납작해질 때까지 정신이 남아 있었다면 그건 더 처참한 죽음이었을 테니 말이다.

덤프트럭 운전기사의 진술과 차량 블랙박스 확인 결과, 정천일의 운전 미숙이 원인이었다. 정천일의 차는 계속 차선을 넘나들었고 격렬하게 좌우로 움직였다. 마치 차에 붙은 뭔가를 떼어내고 싶기라도 한 것처럼…….

"수사는 정천일의 장례식 이후로 미뤄졌고, 그사이에 정진건은 혜성그룹의 회장직에서 사퇴했지."

"손자의 죽음에 충격을 먹어서 그런 걸까요? 정천일을 대선 후보로 키우고 싶어서 집권당 정치인들한테 로비 엄청 했다면서요."

"정 회장은 성취 지향적인 완벽주의자거든. 여생의 모든 걸 완벽하게 그려놨었겠지. 혜성그룹과 정천일, 이 둘은 그가 만든 최고의 피조물로서 이상적인 대칭을 이루게 되는 거였을 거야. 하지만 한쪽이 복구 불가능하게 무너져 버렸고, 정 회장은 나머지 하나까지 몰락하는 건 볼 수 없었겠지."

정진건의 회장직 사퇴는 순식간에 처리되었다. 대주주들과 임직원 대표들의 만장일치 의견에 따라 정민호 부회장이 새로운 수장이 되었다. 아들의 장례식이 끝난 지 이틀 후였다. 회장이 된 후 그가 가장 먼저 한 일은 제 아버지의 비리는 지극히 개인적인 차원의 일이며, 혜성그룹과는 별개라고 선을 긋는 성명을 발표한 것이었다.

"혜성그룹 권력의 세대교체가 단숨에 이뤄진 거지. 정천일과 정민호를 중심으로 분열되었던 그룹 내 세력들도 한 번에 통합되었고. 어떻게 보면 정민호 회장은 무혈 입성하여 왕좌를 차지한 거야."

"아들이 그렇게 죽었는데 어떻게 무혈 입성이에요."

"적어도 자기 손에 피를 묻힌 건 아니니까."

황 기자가 냉혹하게 말했다.

"근데 혜성그룹의 주인이 바뀐 거랑 정소월이 우리 잡지 특집 기사 아이템인 게 무슨 상관인 거죠?"

"정소월의 친모인 문정수가 뭐라고 불리는지 알아?"

"뭔데요?"

"음지의 신데렐라."

"아, 손발이 오그라드는 표현이네요."

임 기자가 치를 떨며 말했다. 황 기자는 그의 반응 따위는 신경도 쓰지 않았다.

"올해는 문정수한테 대운이 드는 해였던 게 틀림없어. 근 이십오 년

만에 정민호 회장과 정식으로 혼인신고도 한 데다, 눈엣가시 같던 정진건과 정천일도 한꺼번에 처리됐잖아."

"그분을 잘 아는 건 아니지만 선배처럼 매정하게 생각할 것 같진 않은데요."

"객관적인 사실을 말하는 것뿐이야. 이번 일로 가장 큰 이득을 얻는 게 바로 그 모녀거든."

"그럼 왜 문정수는 취재하지 않는 거예요?"

"문정수는 이미 지난 이십오 년 동안 숱하게 다뤄졌어. 그리고 이젠 왕비의 자리에 올랐지. 그에 비해 정소월은 상대적으로 알려진 게 없을뿐더러, 사람들은 원래 왕비보단 공주에 더 흥미를 보이는 법이니까."

정민호가 회장이 된 뒤에 혜성그룹 승계의 형세도 격변하였다. 둘째 아들인 정해일이 있긴 하였으나, 그는 문정수의 아들은 아니었기 때문이다. 천덕꾸러기 사생아 취급을 받던 정소월이 한순간에 유일한 적통이 되어버린 것이다.

"비록 까마득한 재벌 세계의 일이지만 그 안에서도 대중들은 언더독에게 관심과 애정을 갖게 되지."

"언더 독(Under Dog)이요?"

"승산이 적은 약자를 응원하게 되는 현상을 '언더 독 효과'라고 해. 독재자 같은 재벌 회장 할아버지 때문에 사생아로 살아온 여자가 누구보다 빛나는 공주님이 되는 이야기를 누가 싫어하겠어?"

"저요."

"넌 우리 잡지의 독자가 아니잖아. 그리고 누워서 침 뱉는 것도 작작 해라. 이쯤 되면 네 자존감의 문제 아니니?"

황 기자가 쏘아붙였다. 쥐뿔도 없는 주제에 가십 전문지라고 덮어놓고 천박해하는 게 꼴사나웠다. 다른 사람이면 몰라도 그 삼류 잡지를 만들어서 돈을 버는 놈이 할 소린 아니었단 말이다.

"하여간, 정소월에게는 러브 스토리까지 있으니 완벽하지. 정략결혼으로 시작된 만남, 할아버지에 대한 반발심 때문에 남자를 밀어내지만 마음은 흔들리지. 그러나 결국 파혼을 감행하고, 그러다 다시 극적으로 결합! 분노한 할아버지에게 생애 처음으로 반항하며 사랑을 쟁취하는 거야."

"선배는 기자 말고 소설가를 해도 좋을 것 같아요."

"심지어 그 남자가 무지 잘생겼거든."

임 기자의 비아냥거림을 깡그리 무시하며 황 기자가 말했다.

"그래서 박 선배가 월산에 간 거예요?"

임 기자가 의미심장한 미소를 지으며 짓궂게 말했다. 박 기자가 게이라는 건 알 만한 사람들은 다 아는 암묵적인 비밀이었다. 황 기자는 경멸 어린 눈초리로 철없는 후배를 흘겨보았다. 좀이 쑤셔 스트레칭이라도 할 요량으로 그녀가 차 밖으로 나가려고 할 때였다. 핸드폰 벨소리가 울렸다.

"야, 정소월 학교 간 거 맞댄다."

통화를 끝낸 황 기자가 말했다. 정보원으로 포섭해 놓은 정소월의 대학원 동기가 연락을 준 것이다. 임 기자가 그럴 줄 알았다며 재빨리 시동을 걸었다.

"오늘 안으로 인터뷰 못 따면 끝장이다. '올해의 핫키워드 부문별 랭킹 20' 같은 거 우려먹기 싫으면 무조건 오늘 쇼부 봐야 돼."

황 기자가 비장하게 말했다. 그녀의 눈에서 특종에 대한 열의가 불꽃처럼 튀어 오르는 것 같았다.

'남의 사생활 캐는 것보단 그게 더 건전한 정보 같은데.'

임 기자가 심드렁하게 생각했다. 이놈의 삼류 잡지사, 월급이라도 밀렸으면 당장 때려치웠을 텐데. 그러나 막상 또 이력서를 돌릴 생각을 하면 여기라도 붙어 있는 게 어딘가 싶었다.

미리 입수된 정보에 의하면 정소월은 담당 교수의 재량으로 연속해서 휴학 중이었다. 그런데도 그녀는 종종 학교에 들러 담당 교수를 만났다. 무슨 용무인지는 파악된 바가 없으나, 정소월이 집 밖으로 나와 어딘가를 돌아다닌다는 것만으로도 감지덕지였다.

"여기서도 잠복입니까?"

"그럼 어떡해. 공식적으론 모든 언론 접촉 거부인 걸. 이럴 땐 그냥 기습해서 불도저처럼 밀어버려야 뭐라도 툭 떨어지는 거야."

"그러다 고소라도 당하면 어쩌려고요."

"이 시점에 기자랑 마찰 일으켜서 좋을 게 뭐가 있겠냐."

"그럼에도 불구하고 다른 기자들은 이 정도까지 안 하는 걸 보면 결국 선배가 엄청……."

임 기자는 말을 끝내지 못했다. 황 기자가 눈을 부라리며 '그래, 나 미친년이다!'라고 자조적으로 말했기 때문이다.

"오늘이 지나면 끝이야. 마감을 못 맞출 거라고."

황 기자가 손톱을 물어뜯으며 초조하게 말했다. 박 기자에게서도 이렇다 할 연락이 없었다. 월산도 서울과 별반 다를 게 없단 뜻이었다. 부부는 일심동체라더니 둘이 하는 짓이 똑같았다.

"안 되겠다. 교수실 근처에서 있는 게 나을 것 같다. 출입구가 너무 많아."

두 기자는 파란색 경차에서 내려 황급히 건물 안으로 들어갔다. 오후 다섯 시가 넘은 시간이라 마지막 시간대의 강의들이 한창 진행 중이었다. 한산한 복도에는 그들 말고는 한두 명의 학생들이 있을 뿐이었다.

"선배! 근데 정소월이 있는 교수실이 어디예요?"

임 기자가 떨어져서 전화를 걸고 있는 황 기자를 부르며 물었다. 황 기자가 득달같이 달려와 후배의 입을 틀어막았다.

"취재하러 왔다고 동네방네 소문 낼 일 있냐?"

"여기 누가 있다고 그래요."

"그래도 조심 좀 해!"

"교수실은 어디래요?"

"몰라. 전화 안 받아."

수업 중인지 정보원의 핸드폰은 꺼져 있었다.

"사회과학 전공한다고 했으니까 그쪽 전공 교수들 모여 있는 층이 있을 텐데."

사람들이 많이 모여 있는 곳에서는 소란이 일어날 수도 있었기 때문에 줄곧 정소월이 혼자 있는 타이밍을 노렸다. 그러다 보니 학교 건물 안까지는 따라 들어올 일이 없었다. 황 기자가 안내 표지판을 찾아 여기저기 기웃거릴 때였다.

"시간도 없다면서 태평하긴."

임 기자가 혀를 차며 근처에 있던 남학생에게 성큼성큼 다가갔다. 감기에 걸렸는지 마스크를 쓴 채로 콜록거리고 있는 모습이 안쓰러워 보였다.

"저기요. 혹시 여기 사회과학부 교수들 사무실이 어디 있는지 알아요?"

"사회과학부요?"

털모자를 눈썹까지 눌러쓴 남학생의 눈동자가 의아함으로 물들었다.

"사회과학부는 여기 아니에요."

"네? 하지만 분명히 저번에……. 선배! 여기 사회과학부 교수실 없다는데요!"

"뭐?"

황 기자가 달려왔다. 그녀의 저돌적인 기세에 남학생이 흠칫하며 뒷걸음질을 쳤다.

"이전했어요. 여기 아니고 저기 도서관 언덕 지나서 반대쪽으로요."

"젠장, 시간 없어 죽겠는데!"

황 기자가 아연실색하였다. 교수실은 몇 층쯤에 있냐는 그녀의 말에 남학생은 마침 자기도 그쪽으로 간다며 안내를 해주겠다고 하였다.

"야, 임 기자! 가서 차 끌고 와!"

"그쪽 건물은 차량 출입하려면 더 빙 돌아서 지하 주차장 가야 해요. 급하신 거면 걸어가는 게 빠를걸요? 제가 지름길 알거든요."

"그래요? 고맙습니다. 그럼 부탁 좀 할게요."

두 기자가 허리를 숙이며 연신 고맙다고 인사를 했다. 남자는 손사래를 치다가 앞서 걷기 시작했다. 두 기자는 얼른 남자의 옆에 따라붙었다.

"두 분 다 기자세요?"

"어떻게 알았어요?"

황 기자가 경계하며 물었다.

"아까 '임 기자'라고 부르셨잖아요. 취재하러 오셨어요?"

"네, 요즘 취업난에 대해 교수님들 인터뷰 좀 하려고요."

황 기자가 대충 둘러댔다. 남자는 도서관이 있는 언덕을 올랐다. 경사가 꽤 가팔라서 운동 부족인 임 기자가 헉헉거렸다. 마스크를 낀 남자의 표정은 보이지 않아, 그가 힘들어 하는지 아닌지 알 수 없었다.

"여기 학교 학생이세요?"

직업병이 발동한 황 기자가 저도 모르게 습관적으로 질문을 던졌다.

"아뇨. 저도 외부인이에요. 그래도 걱정 마세요. 여자친구가 여기 학생이라 캠퍼스 위치는 잘 알고 있거든요."

"아, 여자친구 만나러 가시는구나."

"네, 오랜만에요."

"오랜만이요?"

"한동안 떨어져 지냈거든요. 깜짝 놀래주려고 몰래 왔어요. 조심하세요. 낙엽이 젖어서 미끄러워요."

발을 헛디딘 임 기자의 손목을 잡아주며 남자가 말했다. 그는 도서관 뒤쪽에 있는 야산으로 그들을 데리고 가고 있었다. 임 기자는 이럴 줄 알았으면 코트를 안 입고 오는 거였다며 투덜댔다.

"제대로 된 길 맞아요?"

임 기자가 콧잔등에 맺힌 땀을 닦으며 물었다.

"지름길이라 그래요. 이 산만 넘으면 바로 나와요."

남자가 태연하게 말했다. 황 기자는 그런 체력으로 어떻게 기자를 할 거냐며 후배에게 면박을 주었다. 두 기자가 티격태격하는 동안 그들은 내리막길로 접어드는 꼭대기에 도착하였다. 한숨을 좀 돌리려는 순간, 남자의 주머니에서 핸드폰 벨소리가 울렸다. 남자는 양해를 구하며 전화를 받았다.

"응, 소소야."

무영의 목소리에 장난기가 배어 있었다.

'여자친구인가 보네. 소소? 외국인인가?'

황 기자가 생각했다.

"숨소리가 거칠다고? 에이, 무슨 생각을 한 거야. 엉큼하게."

생판 모르는 커플의 낯 뜨거운 대화를 엿듣고 싶지 않았기 때문에 황 기자는 후배의 소매를 잡아끌며 걸음을 빨리했다.

"진주네랑 놀아주느라 힘들어서 그래. 너는? 아, 또? 이상한 사람들이네, 진짜. 싫다는데 계속 귀찮게 굴고. 나? 나는 잘 해결했지. 민혁 형님이 도와줬어."

무영이 통화 때문에 뒤로 처지자 황 기자가 주춤거리며 그를 쳐다봤다. 무영은 핸드폰을 귀에 댄 채 입 모양과 손짓으로 앞으로 쭉 내려가면 된다고 알려주었다. 황 기자가 고개를 끄덕이며 작별을 고했다. 무영이 엉뚱한 방향을 알려준 것도 모르고 두 기자는 부지런히 산을 내려갔다. 그동안 무영은 꽁지 빠져라 왔던 길을 되돌아갔다. 소월을 놓치지 않기 위해서였다. 그녀를 따라다닌 건 기자들뿐만이 아니었던 것이다.

"소소는 나 안 보고 싶어? 언제 올 거야?"

정천일의 장례를 치르러 소월이 월산을 떠난 지가 벌써 한 달째였다.

"쪽지시험 어쩔 거야. 배운 거 다 까먹겠어. 뭐? 아니, 말이 그렇다는 거야. 진짜 까먹었겠어? 내가 바보야? 아직도 모지린 줄 아나 봐."

무영은 통화를 하며 뛰었다. 우리 예쁜 토끼 같은 마누라, 얼른 채가서 숨겨놔야지. 당장에라도 뒤에서 화가 난 기자들이 달려들까 봐 무영은 조마조마하였다.

"너무 보고 싶어서 그래."

숨이 찬 목소리를 알아차린 소월이 뛰고 있는 거냐고 묻자, 무영이 능청을 떨었다.

"보고 싶어서 숨이 막혀서 그래."

핸드폰 너머로 소월이 호탕하게 웃는 소리가 들렸다. 무영도 절로 웃음이 났다.

"나만 소소라고 불러? 나도 무무라고 해줘."

소월이 있는 교수실 건물에 들어선 무영이 숨을 고르며 투정을 부렸다. 지나가는 사람들이 해괴망측하다는 표정을 지어도 무영은 핸드폰을 붙잡고서 '무무라고 불러보라니까, 무무!'라는 말만 되풀이했다.
그러나 소월은 요지부동이었고, 무영도 마냥 칭얼대고 있을 수만은 없
었다. 기자들이 돌아오기 전에 소월을 찾아서 도망을 쳐야 했다.

"볼일 다 끝났어? 응. 그래, 조심히 들어가고. 응. 사랑해, 많이."

통화가 끝났다. 소월은 내려가는 엘리베이터를 기다리고 있다고 했
다. 방금 말했으니 이번에 내려오는 엘리베이터에 소월이 타고 있을 터
였다.

'문이 열리면 날 보고 무진장 놀라겠지? 인사는 천천히 하고 손부터
잡고 뛰어야지.'

그가 알려준 길이 엉터리라는 걸 기자들이 슬슬 눈치챘을 것이다.
어쩌면 벌써 도서관 언덕을 내려오고 있을지도 몰랐다. 그러면 캠퍼스
를 빠져나갈 시간이 빠듯했다.

1층의 엘리베이터 앞에서 무영은 발을 동동 구르며 소월이 내려오
길 기다렸다. 이제 4층. 누가 타는지 시간이 지연되고 있었다. 아래를
향하는 화살표 표시가 느릿하게 깜빡거렸다. 3층. 어서, 어서 와, 소
월아.

"완전히 속을 뻔했네."

무영의 어깨를 쥔 손의 악력이 제법이었다. 무영은 심장이 쿵 하고
떨어지는 것 같았다.

"거짓말을 너무 잘하는 거 아닙니까?"

엘리베이터는 2층에서 멈췄다. 무영이 하얗게 질린 얼굴로 천천히
뒤를 돌아보았다.

"거짓말쟁이 무무 씨."

소월이 활짝 웃는 얼굴로 무영을 놀렸다.

"내가 같은 수법에 두 번 속을 줄 알았어?"

"어, 어떻게 알았어?"

예상치 못한 상황에 무영이 말까지 더듬었다. 소월이 키득거리며 무영에게 팔짱을 꼈다. 무영은 아직도 얼떨떨한 표정이었다.

"요새 스토커 같은 기자들한테 시달리느라 예민해져 있었거든. 그런데 눈에 익은 길쭉한 남자가 여기저기서 보이는데 그걸 못 알아차리겠어? 내가 널 못 알아봐?"

"나름 위장도 한 건데."

"마스크 쓰는 걸로?"

"모자도 썼잖아."

"손톱 모양만 봐도 너라는 걸 알 수 있어."

"과장이 심하시네요, 소소 양."

무영이 짐짓 엄격한 태도로 말했다. 소월이 웃음을 터뜨렸다.

"일단 여기서 벗어나자. 그 끈질긴 기자들 이 근처에 있어. 내가 다른 곳으로 유인하긴 했는데 돌아올 때 됐어."

무영이 소월의 손을 잡고서 복도를 내달렸다. 기자들이 쫓아온다고 하는데도 뭐가 그렇게 좋은지 소월은 실없는 사람처럼 계속 웃었다.

"웃지만 말고 제대로 뛰어!"

혼자 다급한 무영을 두고 소월은 아예 걸음을 멈추었다. 그러더니 무영의 마스크를 벗겨내곤, 폴짝 뛰어 그의 목에 팔을 두르고 입술을 쪽 맞추는 것이다. 무영의 눈이 동그랗게 커졌다.

"학교에서 이러는 거 싫어했잖아."

"뭐가 어때."

소월이 대범하게 말했다. 지난 초여름에 무영이 처음 이곳에 왔을 때하고는 완전 딴판이었다. 소월은 명화를 감상하듯 무영의 얼굴을 차근차근 눈에 담았다.

"보니까 좋아. 이렇게 좋을 줄 몰랐어. 너 보니까 정말 좋아."

무영에게 매달려 안긴 채 소월이 행복한 목소리로 중얼거렸다.

"이젠 영원히 안 떨어질래. 항상 같이 있을 거야. 딱 붙어 있을 거야."

산타클로스에게 받고 싶은 선물 목록을 수줍게 고백하는 착한 아이처럼 소월이 달콤하게 말했다.

"나도 안 놔줄 거야. 어디에도 안 보낼게. 네가 가는 곳에 나도 함께 갈 거야. 누구도 우리를 떨어뜨리지 못해, 다시는."

무영도 소월의 허리를 꽉 끌어안으며 화답했다. 정천일의 장례를 치르는 동안 소월이 했을 마음고생을 생각하면 가슴이 아릿하게 저려왔다. 무영은 소월을 안은 채로 제자리에서 빙그르르 한 바퀴를 돌았다. 소월이 물색없이 재미있다며 까르르 웃었다. 무영은 복도 끝에서 임 기자의 코트 자락이 펄럭이는 것을 보았다.

"선배, 저기 있어요! 둘이 같이 있어요!"

임 기자가 소월과 무영을 향해 무례하게 삿대질을 하였다. 누가 먼저랄 것도 없이 무영과 소월이 서로의 손을 급히 잡았다.

"정소월 씨, 차무영 씨! 인터뷰 하나만 부탁드립니다!"

체면이고 나발이고 모든 걸 내려놓은 황 기자가 고래고래 소리를 질렀다. 동시에 수업이 끝난 강의실에서 학생들이 우르르 쏟아져 나왔다.

"잠깐만요, 지나갈게요, 잠깐만요!"

황 기자가 울상을 지으며 간절하게 외쳤다. 불과 몇십 미터 앞에서 특종을 놓치게 생겼다. 두 기자가 가고자 하는 길은 학생들이 밀물처럼 밀려와 혼잡하였는데, 소월과 무영의 앞길은 훤히 뚫려 있었다. 두 사람은 지체 없이 건물을 빠져나왔다.

"봤어? 봤어?"

무영은 깊은 감명을 받았다.

"뭐가?"

소월은 무영이 어느 시점에서 감동을 받았는지 전혀 갈피를 잡지 못하고 있었다.

"꼭 하늘이 우리를 축복해 주는 것 같잖아. 우리 앞에는 사람이 한 명도 없었는데 기자들 앞에는……."

"그거야 내가 그 시간대에 사용되지 않는 강의실이 어딘지를 대강 다 아니까 그렇지. 일부러 그런 강의실 앞으로만 골라서 온 건데."

"그랬어? 난 그런 것도 모르고……."

소월의 말에 무영은 호들갑을 떤 것이 쑥스러워 뒷목에 후끈 열이 올랐다. 소월은 귀여운 연하 남편의 기를 살려주기로 했다.

"우리 두 사람이 만난 것만으로도 이미 큰 하늘의 축복이야."

"소소."

무영이 눈을 반짝이며 소월을 나지막이 불렀다. 은하수가 흐르는 것 같은 시선에는 너도 어서 장단을 맞추라는 강렬한 호소가 깃들어 있었다.

"응, 무무."

소월이 마지못해 작은 목소리로 대답을 했다. 무영의 얼굴이 기쁨으로 상기되었다. 이게 뭐 대수라고 그렇게 좋을까? 세상을 다 가진 것처럼 뿌듯해하는 무영 때문에 소월은 실소를 금치 못했다. 그러나 그것은 곧 무영의 못 말리는 애정에 감화되어 세상에 둘도 없는 사랑스러운 미소로 변하였다.

"돌아가자, 월산으로."

"응. 이번엔 둘이서 함께 가자."

"그리고 다시는 헤어지지도 떨어지지도 말자."

"그러자."

두 사람은 손을 깍지 껴, 잡았다. 원래 한 몸이었던 것처럼 두 사람의 손가락들이 자연스럽게 엮인다. 외로운 십일월도 곧 저문다. 끝의 달인 십이월이 온다. 그러나 소월과 무영은 이제야 두 사람의 진짜 결혼 생활이 시작된다는 걸 어렴풋이 느낄 수 있었다.

31
일상

-그녀의 일상

#1. 과외 학생

　나에게 주어진 시간은 일주일에 세 번, 두 시간씩뿐이다. 월요일, 수요일, 금요일 오후 한 시부터 세 시까지. 원래 나의 계획대로였다면 매일 몇 시간씩도 가능했을 거다. 문제를 푸느라 내리깐 풍성한 속눈썹과 머리카락이 빽빽하여 빈틈이 보이지 않는 정수리를 보면서, 탈모 걱정은 하지 않아도 될 우리의 2세들을 상상하는 일을 말이다.

　내 교육의 전문성에 의문을 제기하며 과목별로 각기 다른 과외 강사를 초빙해 온 사람은 다름 아닌 우리 주니어들의 친할머니 될 사람이었다. 나의 남편이자 미래 자식들의 아빠인 차무영은 아쉬운 척하면서도 나에게서 수학을 배우지 않아도 된다는 사실에 안도하는 듯 보였다. 애석하기 그지없는 일이었다. 그러나 나 역시 수학 교과서에 도

454　나의 달은 그림자가 없다

형이 등장하면서부터 슬슬 위기감을 느꼈기 때문에 한편으론 다행이라고 생각했다. 물론 차무영에겐 비밀이다.

"삼 분 남았어."

무영인 내가 손수 만든 시험지를 풀고 있었다. 시간을 슬쩍 말해주자 흠칫거리는 몸이 귀엽고 웃겼다. 전엔 몰랐는데 차무영이랑 연애하면서 깨달은 게, 나는 좀 못된 것 같다. 무영이가 당황해하는 게 좋다. 왜냐면 귀여우니까. 덩치만 컸지, 무해하고 순진한 강아지들에게 장난을 칠 때의 만족감과 비슷한 종류였다.

일부러 마지막 문제는 차무영이 절대 풀 수 없는 난이도로 만들었다. 의자에 꼼짝 않고 앉아 있는 몸과 달리 무영이 잡은 펜은 시험지 위에서 허둥댄다. 그러면서도 포기하지 않고 끝까지 집중한다. 사랑스럽다. 약간의 죄책감이 들었다.

"시간 끝."

"아."

짧고 낮은 탄식이 새어 나온다. 상기된 얼굴은 분홍빛이 탐스럽게 도는 백도 같다.

"어려웠어?"

"마지막 문제가 조금."

다 풀지 못해 아쉽고 분하단 듯 입이 일자로 굳게 다물린다. 평소에는 자존심을 내세우지 않는데, 공부를 할 때만큼은 승부욕이 있다. 그런 차무영이 섹시해서 나는 또 죄책감을 느낀다. 학구열에 불타는 학생을 앞에 두고 나는 가끔 얼토당토않은 야한 공상에 빠지는 것이다. 변명을 하자면 우리는 눈만 마주쳐도 불꽃이 튄다는 신혼이었고, 그럼에도 금욕적인 생활을 하고 있었으니 내 마음이 애타는 건 어쩔 수가 없었다.

"하나 빼고 다 맞았네. 잘했어."

겉으로는 점잖은 선생님인 척하며 태연하게 말했다. 무영인 만점을 놓쳐 안타까워하면서도 나의 제법 인색한 칭찬에 기뻐했다.

"오늘 공부는 끝이야?"

"할 건 다 했으니까."

십 분 정도가 남아 있었지만 시험도 봤으니 좀 일찍 끝내주기로 했다. 무영인 자리에서 일어나 쪼르르 내 옆으로 와 앉았다. 팔짱을 끼더니 불편한 자세를 감수하면서까지 낮은 내 어깨에 머리를 기댄다. 심장이 두근거린다.

"나 문제 풀 때 넌 뭐 해?"

정곡을 찔린 질문에 선뜻 입이 떨어지질 않았다.

"아무 생각 안 하는데?"

"무슨 생각 하냐고 물어본 거 아닌데."

무영이 팔짱을 풀고서 얄미운 표정을 지으며 내게 얼굴을 들이댄다.

"뭔 생각을 하긴 하나 봐요, 선생님?"

"안 한다고."

손바닥으로 얼굴을 밀어냈다. 밀리지 않는다. 오히려 손을 잡히고 말았다.

"얼굴 빨개졌어. 무슨 생각을 하시길래?"

알면서도 묻는 건지, 진짜 모르는 건지 아리송한 눈빛으로 내게 대답을 종용한다. 요 순진한 연하 남편이 내가 품은 이런저런 낯부끄러운 욕망을 감당할 수 있을 것인가. 문득 무영이가 모지리였을 때 성교육을 잘 받았는지 걱정하며 스스로 혼란스러워했던 순간이 떠올랐다. 그때에 비하면 지금은 장족의 발전이었다.

"내가 널 보면서 무슨 생각을 하냐면 말이지."

나는 무영의 귀에 대고 그에겐 아마 생소할 말들을 거침없이 지껄였다. 몇몇 단어를 알아듣지 못해도 메시지는 전달되었을 것이다. 잘 익은 자두처럼 새빨개진 무영의 얼굴이 그 증거였다.

"나는 열심히 공부하는데 어떻게 넌 그런, 그런……!"

무영인 차마 말을 잇지 못하였다. 난 나의 과외 학생을 볼 면목이 없어 고개를 숙였다.

"그런데 소월아."

떨리는 목소리가 귓가에 가까이 다가왔다. 우리 둘뿐인 서재 안에는 바람 소리가 섞인 귓속말이 불분명하게 들렸다. 나도 너랑 야한 거 하고 싶어.

"그런데 아까 말한 그건 무슨 뜻이야?"

수업을 시작한 이래 가장 초롱초롱하게 눈을 빛내며 무영이 물었다. 내 귀여운 과외 학생의 학구열은 정말이지 뜨겁다.

#2. 신부 수업

서울 친정에 있는 엄마가 전화로 거한 잔소리를 했다. 발단은 망할 우리 오빠인 정해일 때문이었다. 지난 주말에 놀러 왔던 해일 오빠가 나의 신혼 생활에 대해 보고를 올렸던 것이다.

소월인 과외 선생 노릇을 한다는 핑계로 완전히 손님 대접을 받고 있다, 시댁 어른들이 바깥 사업에 열중하느라 신경을 못 쓰는 덕에 저택 살림을 죄다 집사님에게만 맡기고 있다, 결혼을 하기 전이랑 후랑 달라진 게 전혀 없다는 게 보고의 요지였다.

엄마는 누가 너보고 진짜 살림을 하라고 했느냐, 그래도 거기 가족의 일원이 됐으면 저택 돌아가는 건 어떤지 알아야 할 것 아니냐며 일장 연설을 했다. 그래서 난 결심했다. 뒤늦게나마 신부 수업을 받기로!

"신부 수업요?"

희태 아저씨가 믿을 수 없단 표정을 지으며 되물었다. 내일 지구가 멸망할지도 모른다는 소리를 들은 것처럼 너무 경악스러워하셔서 나는 괜히 지난날의 내 모습들을 돌아보게 되었다. 엄마와의 통화 내용을 대충 전해 드리니 아저씨는 사람 좋게 웃으며 그럴 필요 없다고 손사래까지 쳤다. 그러나 나도 물러서지 않았다. 결국 아저씨는 나의 신부 수업을 도와주기로 하였다.

"그럼 어떤 것부터 가르쳐 드릴까요?"

"도시락 싸는 거요."

새색시라면 역시 사랑과 정성이 담긴 도시락을 만들어봐야 하지 않을까! 엄마가 설교했던 저택 안주인으로서의 역할은 분명 '도시락 싸기'와는 거리가 멀 테지만 아무려면 어떠랴. 남편에게 삼단 도시락을 싸주는 거야말로 나의 은밀한 로망이었다.

"도시락 갖고 소풍 갈 거예요."

"지금요?"

희태 아저씨가 창밖을 흘낏거리며 말했다. 오후 다섯 시가 조금 넘었는데 성급한 겨울 해는 벌써 저물고 있었다.

"무영이 수업 끝나면 저녁으로 먹으려고요."

남편의 역사 수업은 여섯 시 반쯤에 끝이 난다. 시계를 본 희태 아저씨의 얼굴이 금세 변한다.

"좀 더 일찍 말해주지 그러셨어요! 메뉴 정하고 장 봐오려면 시간이 없는데."

"그렇게 거창할 필요 없어요. 그리고 냉장고에 웬만한 거 다 있잖아요. 옆에서 좀 거들어주기만 하세요. 이래 봬도 요리 몇 개는 할 줄 안다고요."

"작은 마님이요?"

그 짧은 반문만으로 희태 아저씨의 염려와 의심이 절실히 느껴졌다. 집안일을 하는 데에 있어, 나는 이토록 신뢰받지 못하고 있었던 건가.

엄마가 지적했던 게 이런 거였을까? 나는 오기가 발동하였다.

"아저씨는 도시락 케이스가 어디에 있는지만 알려주세요. 나머진 제가 다 알아서 하겠어요."

"그러지 않으셔도 되는데……."

"아뇨. 제 실력을 보여줄 거예요."

희태 아저씨의 입술이 달싹거렸다. 하고 싶은 말씀이 있는 모양인데 끝내 입을 열지 않으셨다. 대신 고개를 끄덕이기만 했다.

대가족을 먹여 살리다 보니 냉장고에는 언제든 사용할 수 있는 기본 채소들과 간식용 과일, 오래 먹는 밑반찬들이 많이 있었다. 상온에 보관하는 식재료들도 풍족했다. 다만 모자란 건 나의 요리 실력뿐……. 희태 아저씨가 삼단 도시락 케이스를 어디선가 꺼내왔다. 내 생각보다 훨씬 넓고 깊었다.

"정말 혼자 괜찮으시겠습니까? 도와드릴 수 있는데요."

희태 아저씨가 말했다. 혀끝까지 차올랐던 도와달라는 말이 막상 도와주겠단 소리를 들으니 다시 목구멍 안으로 쏙 들어가 버렸다. 내 겐 못된 청개구리 심보가 있는 걸까. 아저씨가 떠나고 홀로 남은 부엌 에서 나는 잠시 머리를 싸매고 괴로워했다. 이제라도 늦지 않았다. 아 저씨에게 구조 요청을 하자. 내가 막 부엌 문을 나서려는 찰나였다.

"진짜 도시락 싸줄 거야?"

갑자기 튀어나온 무영이 기대에 찬 눈으로 말했다.

"너 수업 중 아니었어?"

"화장실 가려고 잠깐 나왔다가 물 마시려고 내려왔어. 근데 진짜 야, 도시락?"

희태 아저씨한테 그새 주워들었나 보다. 빼도 박도 못하게 혼자 도 시락을 싸야 했다.

"그래. 바쁘니까 방해하지 말고 얼른 가 있어."

"우리 소소가 싸주는 도시락이라니 믿기지 않아."

"그렇게 감동이야?"

"아니, 먹을 수는 있는 걸까 싶어서……."

연하 남편 주제에 제법 현실적인 걱정을 하고 있다.

"어떻게든 꽉꽉 채울게. 다 먹어야 돼."

내가 억지로 눈웃음을 지으며 말했다. 알겠다고 말하는 무영의 얼굴이 창백해 보이는 건 기분 탓이겠지. 나는 이제 그만 나가라며 무영의 등을 떠밀었다.

먼저 메뉴를 정하자, 메뉴. 나는 재빨리 머리를 굴렸다. 내가 할 수 있는 요리가…… 그래! 일단 계란 샌드위치를 하자. 영국에 있을 때 엄마가 없으면 간식으로 자주 해 먹었었다. 한 칸은 샌드위치로 때우고. 또 뭐가 있더라. 그래 계란말이! 도시락의 꽃은 계란말이지. 계란말이 옆에 볶음밥을 담고, 마지막 칸에는 과일을 잔뜩 넣자!

계획을 세우고 나자, 그 후에는 일사천리였다. 원래도 할 줄 아는 요리들이었기 때문에 어려울 게 없었다. 뭐야, 도시락 싸는 거 꽤 쉽잖아? 물론 케이스가 커서 샌드위치도 생각보다 많이 만들었고, 계란말이도 잔뜩 부쳤다. 어느새 조리대 한구석에 달걀 껍데기들이 수북이 쌓이고 있었다.

남편이 너무 배고파 했고, 나도 기진맥진하였기 때문에 우리의 소풍 장소는 저택 2층의 테라스로 결정되었다. 정원이 한눈에 보이기 때문에 경치는 끝내줬다. 우리는 대리석 바닥 위에 희태 아저씨가 가져다 준 온열 매트와 담요를 깔고 앉았다. 마침 저택이 한산한 때라 타이밍이 좋았다. 놀이패 사람들은 특별 의뢰를 받아 다른 마을로 공연을 떠났기 때문이다.

"기대된다."

무영이 손바닥을 마주 비비며 경망스럽게 말했다. 나는 콧대를 세우며 도시락 케이스를 남편 앞으로 쓱 밀었다. 열어봐라!

"저기 소월아."

세 개의 도시락 케이스를 분리하여 쫙 늘어놓은 무영이 다소 어두운 목소리로 나를 불렀다.

"닭이랑 싸웠어?"

무영이 웃는 건지 우는 건지 알 수 없는 애매한 표정으로 날 보고 있었다. 나는 그게 뭔 소린가 싶어서 새삼스레 내가 만든 작품들을 내려다보았는데……. 온통 노랬다. 계란 샌드위치, 계란말이, 계란 볶음밥. 과일 빼고는 온통 계란, 계란, 계란이었다. 어쩐지 달걀 껍데기가 무진장 많이 나오더라.

"완, 완전식품이잖아. 수험생들한테 엄청 좋아, 계란."

나도 모르게 말을 더듬었으나 곧 침착함을 유지했다. 무영은 내가 계란 요리밖에 할 줄 몰라 어쩔 수 없이 이런 건지, 아니면 일부러 장난 반 진담 반으로 이런 건지 알 수가 없어 날 놀리지 못했다. 천만다행이었다.

"드셔보세요, 서방님."

내가 샌드위치 한 쪽을 집어 들어 무영의 입에 댔다. 내 눈과 샌드위치를 번갈아 보는 시선에서 경계심이 느껴졌다.

"먹으라고."

식빵 모서리로 입술을 푹 찍자, 입이 동그랗게 열린다. 마지못해 우물우물 씹는가 싶더니 안색이 밝아졌다.

"맛있네?"

종결 어미가 의문사로 끝나는 것이 마뜩지 않았으나 그래도 칭찬은 칭찬이었다. 나는 어깨가 으쓱해졌다.

"이제 보니 이건 하트 모양이구나."

알아서 계란말이까지 집어 먹으며 무영이 볶음밥 위에 케첩으로 그려진 하트를 가리켰다.

"내 마음이야."

내가 뻔뻔하게 말했다.

"네 사랑을 남길 순 없지!"

무영이 말했다. 그리곤 숟가락을 들고 볶음밥에 달려들어 공격적으로 퍼먹기 시작했다. 내 남편은 참으로 단순하다. 요리하면서 냄새에 질리는 바람에 나는 음식을 많이 먹질 못했다. 그래서 그 많은 게 전부 차무영 차지가 되었다.

"배부르면 그만 먹어도 돼."

"네 사랑을 남길 순 없어!"

처음으로 만들어준 도시락이 어지간히 마음에 들었나 보다. 아니면 혹시 이게 내가 만들어주는 마지막 도시락이라고 생각하는 걸까? 그래서 이렇게 필사적인가. 무영인 내가 서툰 솜씨로 깎아놓은 과일까지 남기지 않고 싹 다 먹어치웠다.

"맛있었어. 최고야."

빵빵해진 배를 부여잡고 무영이 엄지를 척 들어 올렸다. 그리고 그날 밤에 차무영은 배탈이 나서 끙끙 앓았다. 나는 밤새 미련한 내 남편 곁에서 그를 간호했다. 내가 너무 많이 먹어서 그래, 네 요리 때문에 그런 거 아니야, 정말 맛있었어. 바보 같은 남편 때문에 나는 또 마음을 졸이면서도 행복해서 견딜 수가 없었다.

#3. 크리스마스 선물

크리스마스가 내일이다. 그리고 난 차무영과 싸웠다. 어제 싸웠는데 아직까지 화해를 하지 않았으니 싸움 이틀째 냉전 중이다. 우리가 싸우면 남사당패 무동들은 얌전해진다. 아이들은 아무것도 모를 것 같으면서도 사실은 모든 걸 알고 있다. 보송보송한 솜털들이 공기 중에 퍼진 날 선 긴장감에 민감히 반응하는 건지도 몰랐다. 아이들 앞에서 유치하게 이러지 말아야지 하면서도 남편 얼굴만 보면 표정이 굳는다. 차무영도 나만 보면 눈빛이 차가워진다. 방금 전까진 아이들이랑 까르르 웃고 놀았으면서.

"요즘 부쩍 사소한 걸로 다투는 것 같아요."

내가 한숨을 쉬며 단주 언니에게 말했다. 월산에 돌아오고 나서부터 나는 부쩍 단주 언니를 따르게 되었다. 언니는 능력 있는 알파 여성인 데다, 리더십도 뛰어나고, 여러모로 배울 게 많은 사람이었다.

"예전에는 안 그랬는데 이상하죠. 그렇다고 무영이를 사랑하지 않는 건 아닌데, 어쩐지 뭔가가 달라졌어요."

무영과 함께 월산으로 돌아온 지 이제 한 달이었다. 그 짧은 기간 동안 우리는 사소한 것들로 티격태격하곤 했다. 이번처럼 대놓고 싸운 건 처음이었지만 말이다.

"그전에도 부딪친 적이 없진 않았지만 보통 그 자리에서 화해했거든요. 싸운 것도 아니었어요. 그냥 의견 충돌이었고 그 이면에는 상대가 안전하길 바라는 마음 때문에 그런 거라 결국은 서로 이해했거든요. 근데 요새는 정말 이기심 때문에 싸우는 것 같아요."

"예를 들면?"

"말하기 부끄러울 정도로 별것도 아니에요. 음…… 저번에 우진이가 놀러 왔을 땐요. 제가 분명히 다음 날 수업에 지장 가지 않을 정도로만 놀라고 했는데 둘이 게임하느라 밤을 샜다니까요. 그래서 수업 시간에 졸고요."

"아, 그 우체국에서 일하는 친구? 순경이랑 사귄댔나."

단주 언니는 핸드폰을 만지작거리면서도 내 이야기에 적극적으로 반응해 주었다.

"맞아요. 그 여자친구랑 싸워서 무영이한테 위로해 달라고 온 거였어요. 술 마시러 나가자고 하는 걸 무영이가 달래서 게임하면서 스트레스를 풀었대요. 같이 술 마셔주지 못한 게 미안해서 밤새 옆에서 위로해 줄 수밖에 없었다고. 지금 생각하면 이해 못 할 게 아니었는데 당시에는 저랑 약속을 깬 게 너무 화가 나더라고요."

"그럴 수도 있지. 친구를 위로해 주고 싶었던 무영이도 이해되고, 책임감을 중시한 너도 화낼 만해."

"그래도 예전에는 서로를 더 생각했던 것 같은데 요새는 왜 이럴까요?"

나는 우울했다. 여전히 무영일 세상에서 가장 사랑했지만 뭔가가 변하긴 했다. 우리 두 사람이 변한 걸까?

"나는 오히려 당연한 변화라고 보는데."

단주 언니가 말했다. 나는 언니의 말에 귀를 기울였다.

"너희가 만난 지 구 개월 정도 되긴 했지만 안전한 일상을 공유한 건 이제 한 달 된 거잖아. 공공의 적이 있었고, 위험이 도사렸을 때와 평화로울 때의 결속력은 차이가 나는 법이지. 예전과 비교해서 달라졌다고 생각하기보단 여러 다른 상황에서 너희 두 사람의 관계가 어떤 모습을 갖고 있는지 경험한다고 생각해 봐. 내가 보기엔 둘 다 변한 거 없어. 상황이 변한 거지."

언니가 내게 핸드폰 화면을 보여주며 말을 이었다.

"그리고 둘이 천생연분인 건 확실한 것 같다. 네 남편도 묵호한테 똑같은 고민 상담하나 본데. 묵호가 닭살 떠는 방법도 가지가지라고 화낸다."

묵호 오빠의 불평이 가득한 메시지를 눈으로 읽으면서 나는 얼굴이 빨개졌다.

"그래서 이번엔 왜 싸운 건데?"

"그건 비밀이에요!"

나는 조언해 줘서 고맙다고 꾸벅 인사를 한 뒤, 언니의 방을 빠져나왔다. 어서 가서 차무영을 말려야 한다. 우리가 이번에 왜 싸웠는지만큼은 누구에게도 알려주고 싶지 않았다.

"무영아!"

묵호 오빠의 방문을 확 열어젖혔다. 남편이 깜짝 놀라 여길 어떻게 알았냐고 묻는다. 묵호 오빠는 다 알겠다는 표정을 지으며 우리에게서 시선을 거두었다. 묵호 오빠는 커플이 붙어 있는 모습에 유독 면역력이 없었다. 단주 언니에게 연애를 거는 게 신통치 못해서 그런 걸까. 그의 오랜 짝사랑은 이제 겨우 친해진 나조차도 눈치챌 정도로 강렬했다. 나는 다짜고짜 무영의 손을 잡아끌었다. 우리는 무영의 방으로 갔다.

"너 묵호 오빠한테 우리 싸운 거 얘기했어?"

"아니, 안 했어."

무영이 고개를 도리도리 저으며 말했다. 그는 조심스럽게 내 표정을 살폈다.

"아직도 화났어?"

의기소침하게 물어보는 태도가 가여웠다. 그저 안아주고 싶었다.

"네가 그렇게까지 싫으면 소소라고 안 부를게. 무무라고 불러달라고도 안 할게."

나보다 키가 훌쩍 큰 무영이 고개를 푹 숙이면 속눈썹이 부채춤을 추는 것처럼 가지런히 펼쳐진다. 참 잘생기고 예쁜 내 남편. 남들은 뭐래도 나는 차무영의 얼굴로 먹고살 수 있을 것이다. 굳이 애칭을 지어야 한다면 나는 차무영을 굴비라고 부르고 싶다. 얼굴 한 번 보고, 맨밥 한 번 먹고. 그래도 배가 부를걸. 그러면 무영인 날 자린고비라고 불러야겠지. '소소와 무무' 하고는 비교도 안 될 뜨악한 네이밍 센스다. 그러니 내가 차무영에게 낯간지러운 애칭을 남들 앞에서 큰 소리로 부른다고 화를 낼 처지는 못 된다. 그러나 무영이가 스스로 애칭을 포기하겠단 말을 했는데 그걸 굳이 마다할 필요는 없었다.

"난 네 이름이 제일 좋아서 그래. 네 목소리로 내 이름을 듣는 게 좋고."

"응. 나도 사실은 그게 제일 좋아."

무영이 수줍게 웃으며 말했다. 더 이상 참을 수가 없어 남편에게 와락 달려들었다. 무영이 내 몸을 든든하게 끌어안는다. 우리는 몸을 겹친 채로 침대 위에 풀썩 쓰러졌다. 나는 꼼지락거리며 위로 올라와 무영과 얼굴을 마주 보며 누웠다.

"너무 슬펐어."

여전히 슬픔이 남아 있는지 남편의 눈매가 축 처진다.

"크리스마스이브에 너랑 싸우고 있어서."

"크리스마스가 오기 전에 화해했으니까 다행이다, 그렇지?"

"응."

무영이 이마를 맞댔다. 코끝도 맞닿는다. 우리는 서로의 두 손을 가슴께에 올려놓고 엇갈려서 꼭 잡고 있다. 왼손이 오른손을, 오른손이 왼손을. 작은 짐승들의 인사처럼 비벼지는 코끝이 간지럽다. 입술이 스친다. 가슴이 터질 것 같은 감각이다. 발가락들이 오므라진다. 차무영은 내게 바다 같고, 하늘 같고, 우주 같다. 심해의 깊이와 쾌청한 창공과 소리조차 없는 상태는 내게 극도의 평온함을 준다. 동시에 언제 삼켜질지 모르는 파도와 태풍과 중력을 갖고 있다. 온기를 찾아 날 잡아먹을 것 같은 야수의 품을 파고드는 기분이다.

긴 키스가 끝난 뒤에 차무영은 내 머리를 가슴에 끌어안고서 거친 숨을 몰아쉬는 버릇이 있다. 참고 있다는 게 느껴진다. 안 그래도 되는데. 한 명의 성인 남자로서 떳떳해질 수 있도록 뭔가를 스스로 이루고야 말겠다는 자신과의 약속을 지키기 위해서다. 무영의 숨소리가 차즘 가라앉는다. 그러나 내 발가락들은 여전히 펴질 줄을 모른다. 차무영보다 내가 더 참을성이 없다. 그래도 순수한 남편의 의지를 응원해줘야겠지.

"크리스마스 선물을 준비했는데……."

무영의 낮은 목소리 끝이 갈라졌다. 당장에라도 삼켜지고 싶지만 꾹 참았다.

"안 좋아할 것 같아."

"무조건 좋아할게."

"정말?"

"응. 무조건."

그제야 마음이 놓이나 보다. 어린애처럼 해맑게 웃는다. 나도 함께 미소를 지었다. 도대체 뭘 준비했기에 이렇게 걱정을 하는 걸까? 궁금증이 일었다. 그게 뭐가 됐든 마냥 기뻐해 주리라 다짐했다.

크리스마스의 아침이 밝았다. 저택에 아이들이 많았기 때문에 어른들은 열흘 전부터 말을 맞춰놨다. 산타 할아버지는 선물을 문밖에 놓을 거니까 이름이 써진 빨갛고 커다란 양말을 준비해 놓으라고 말이다. 물론 보따리 같은 양말을 만드는 것도 어른들의 몫이었다.

"산타 할아버지가 이렇게 큰 양말을 보면 놀라겠다, 그치?"

우리는 시치미를 떼고서 이름표를 붙인 빨간 양말들을 만들었다. 아이들은 문 앞에 일렬로 양말들을 놓았고, 새벽에 어른들은 그 안에다가 선물을 넣었다. 그리고 어른들끼리도 서로에게 선물을 그런 식으로 주기로 했다.

저택의 제일 어른인 명인 아저씨의 문 앞에도 빨간 양말이 놓여 있었다. 나는 특별히 주문한 고급 만년필을 선물해 드렸다. 명인 아저씨의 오랜 친우이자 우릴 도와주셨던 황세황 아저씨에게도 같은 선물을 보냈다. 시부모님께는 고급 빈티지 와인을 선물했다. 시어머니는 나와 무영에게 보약 한 제씩을 해주었다. 갖가지 선물이 오갔다. 오후에는 선물을 갖고서 다 같이 지훈 씨의 병문안을 갈 예정이었다.

지훈 씨의 상태는 많이 좋아졌다. 착란과 망상이 많이 줄었다. 여전히 기억상실증과 몽유병을 앓고 있긴 했지만 새해가 되면 저택으로 돌아올 수 있을 것이다.

"선물 준다며."

시끌벅적한 아침 식사를 끝내고 나와 무영은 정원을 산책하는 중이었다. 나의 빨간 양말에는 무영의 선물이 들어 있지 않았다. 무영의 손목에는 내가 선물한 시계가 반짝이고 있었다.

"내 선물 어디 있어?"

"직접 주는 게 좋을 것 같아서."

무영이 쑥스러워하며 말했다. 나의 궁금증이 더욱더 커져 갔다.

"뭔데, 뭔데."

"이렇게 평범하게 줘도 되나."

"뭔데, 뭔데."

크리스마스 다 지나가겠다. 얼른 줘! 나의 과장 섞인 닦달에 무영이 코트 안주머니에서 작은 케이스를 주섬주섬 꺼냈다. 한눈에 봐도 뭔지 알 수 있었다. 반지다.

"부부인데 왼쪽 약지가 허전하잖아, 우리."

우리의 결혼반지는 원수 같은 할아버지가 해준 거였다. 게다가 너무 휘황찬란해서 평소에 끼고 있기엔 부담스러웠다. 나는 액세서리를 잘 하는 타입이 아니라 반지를 딱히 신경 쓰고 있지 않았는데 남편은 아니었나 보다. 귀엽긴.

"멋진 선물인데 왜 내가 안 좋아할 것 같다는 거야?"

"디자인이 좀……."

"괜찮아. 괜찮아."

나는 자신 없어 하는 무영을 독려하며 왼손을 내밀었다. 끼워달라는 신호였다. 무영인 짧게 숨을 뱉더니 심기일전하며 케이스를 열었다. 또 프러포즈를 하는 것처럼 떨려 했다. 무영은 눈까지 질끈 감고서 내 손가락에 반지를 끼웠다. 나도 남은 반지를 무영의 손에 끼워주었다.

"이래서 불안해한 거구나."

손가락에 끼고서야 반지의 모양을 제대로 볼 수 있었다. 언뜻 보기엔 어떤 보석도 박히지 않은 평범한 플래티넘 반지였다. 그러나 가까이서 보니 레터링 반지였다. 하얗게 빛나는 반지의 표면에는 'SOSO'와 'MUMU'가 새겨져 있었던 것이다. '소소'와 '무무'를 커플링에까지 새길 정도로 좋아하고 있을 줄은 몰라서 마음이 짠해졌다. 그런 애칭을 부르지 말라고 화를 냈으니 무영이가 많이 서운하긴 했을 것이다. 하지만 아이들에게까지 소소 언니라고 불리고 싶진 않다는 마음은 변함이 없다.

"독특한 필기체로 써서 뭔 글씨인지 모르겠지? 이 정도면 끼고 다녀도 되지 않을까?"

무영이 내 눈치를 보며 말했다.

"애칭 안 부르는 대신에 반지 낀다고 생각하면 안 돼? 응? 껴주라, 소월아."

"마음에 들어."

"어?"

나의 깔끔한 감상에 무영은 당황한 것 같았다.

"예뻐. 항상 끼고 다닐게. 고마워, 무영아."

"내가 더 고마워."

선물을 준 사람에게서 고맙다는 말을 들으니 기분이 이상했다. 나는 하늘에 대고 왼손을 쫙 펴보았다. 약지에 있는 하얀 반지가 달빛처럼 찬란하게 빛났다. 그 반지에는 무영의 애칭이 새겨져 있었다. 무영의 반지에는 내 애칭이 새겨져 있었다. 이건 우리가 서로 합의하에 붙여놓은 이름표다. 차무영은 정소월의, 정소월은 차무영의 소유라는 표식이다. 달콤한 속박이다. 나는 이제 너라는 바다와 하늘과 우주에서 자유롭게 유영한다. 그래, 이건 속박이 아니라 새로운 자유다. 나의 세계가 너의 세계와 합쳐졌다. 그건 우리의 신세계다.

"사랑해."

이 한마디와 함께 우리의 세계가 펼쳐진다, 아득하고도 멀리.

-그의 일상

#1. 소원

새해가 밝았다. 초등학교 중퇴인 상태로 나이만 또 먹은 것 같아서 우울해졌다. 나는 올봄에 초등 검정고시를, 여름엔 중등 검정고시를 치를 거다. 그래도 아직 고등 과정이 남아 있었다. 내년 봄에 고등 검정고시를 치르고 곧바로 수능을 봐서 명문대에 입학하는 게 나의 목표다. 소월이와 같은 캠퍼스를 걷기 위해 나는 열심히 노력하고 있다. 그런데 해일 형은 입시가 그렇게 쉬운 줄 아냐며, 나보고 지나치게 낙관적이라고 했다. 심지어 우진 형까지 그랬다.

"나는 삼 년 동안 고등학교를 다녔는데도 수능을 죽 쒔다구! 소월이네 학교는 들어가기도 어렵구. 너무 기대하지 마. 천천히 해, 천천히."

나름 현실적인 조언을 해준 건 고마웠지만 기운이 나진 않았다. 시간은 나에게서만 흐르는 게 아니다. 소월이의 시간도 흐른다. 소월이는 나 때문에 대학원 공부도 못 하고 월산에 콕 박혀 있었다. 미안해 죽을 것 같았다.

"너는 삼 년 동안 양아치 짓만 하고 다녔다며. 실제로 공부한 건 한 달도 안 될 거면서 무영이랑 비교하면 안 되지."

소월이가 내 편을 들어줬다. 우진 형은 이것저것 주워들은 것만 삼 년이라며, 삼 년이면 서당 개도 풍월을 읊는다고 항변했다.

"우진 형이 나 도와주려고 한 말인데 뭐. 괜찮아, 괜찮아."

어린애들처럼 말다툼을 하는 두 사람을 중재했다. 하지만 속으론 소월이한테 또 반해 있었다. 우리 소월이가 최고다. 우진 형이 떠나고 나서도 소월이는 나를 달래줬다.

"누가 우리 남편 기를 죽였어, 누가."

가끔 소월이 입에서 '남편'이란 말이 나오는데 그럴 때마다 손발이 오그라든다. '무무'보다 훨씬 낯간지러운 말 아닌가? 하지만 기분은 좋다. 나도 어서 소월이를 '여보'라고 부를 수 있는 용기가 생겼으면 좋겠다. 소월이도 '여보'라고 부르는 건 뭐라고 하지 않겠지. 소월이는 한참 동안 날 격려해 주곤 대뜸 소원을 말해보라고 했다.

"새해도 됐으니까 소원 들어줄게."

까다로운 요구다. 지금 이 순간이 가장 행복해서 더 이상 바랄 게 없는 사람에게 소원을 묻다니. 나는 바로 대답하지 못하고 일단 소원 말하기를 보류했다.

뭐가 좋을까? 소월이한테 뭘 해달라고 하지? 옆에도 있어주고 연애도 해주고 결혼까지 해줬는데 소월이한테 뭘 더 바라야 하지. 난 소원을 다 이뤘는데! 그러다 문득 생각난 것이 있었다.

"나랑 어디 좀 같이 가주라."

"어디?"

"누구 만나러."

"누구?"

대화가 끝이 나질 않았다. 나는 머뭇거렸다. 어디 가서 누굴 만나자고 하는 건지 알면 소월이가 거절할 것 같았기 때문이다.

"소원이잖아. 그냥 들어주면 안 돼?"

"그래, 그럼."

소월이가 시원하게 대답했다. 가끔 이럴 땐 소월이가 연상이란 게 느껴진다.

"네가 날 어디 이상한 데로 데리고 가진 않겠지."

나는 덜컥 겁이 났다. 나한텐 안 이상한 곳인데 소월이한테는 어쩌면……. 그래도 소원은 소원이다. 기대도 안 했는데 소월이랑 같이 가게 되어서 기분이 좋아졌다. 적절한 타이밍에 소원을 들어주겠다고 하다니 소월이는 정말 나와 운명인 게 틀림없어.

그로부터 며칠 후, 우린 시내에 있는 서점에 왔다. 서점에서는 월산이 낳은 유명 작가의 팬 사인회가 열리고 있었다.

「101가지 시리즈의 작가, 배재환 특별 초청 사인회」

커다란 현수막이 서점 한가운데에 걸렸고, 그 밑에 마련된 자리에 배 작가님이 앉아 계셨다. 많은 사람들이 사인을 받기 위해 줄지어 서 있었고, 나도 그중에 한 명이었다. 나는 품 안에 그분의 최신작인 『연상연하 커플의 101가지 사랑 지침서』를 소중히 껴안고 있었다.

"너도 참 일관성이 있어."

내 옆에 선 소월이 말했다. 역시 표정이 밝지 않다. 하긴, 예전부터 소월인 내가 이 시리즈를 읽는 걸 탐탁지 않아 했다. 내가 모지리였을 때 이 책을 읽으면서 소월이를 곤란하게 했기 때문이다. 불쾌한 첫인상으로 인한 편견만 없어진다면 소월이도 이 시리즈가 얼마나 훌륭한지 알 수 있을 텐데.

"소월아, 생각해 봐. 어떤 사람이 유사한 주제를 갖고 매번 새로운 백한 가지의 조언을 해줄 수 있다는 건 정말 대단한 거야."

"사골 국물처럼 우려내는 게 아니고?"

"아니야. 읽어보면 알겠지만 정말 그때, 그때 다르다고. 연상의 연인과 함께하는 연애부터 결혼, 육아, 인생살이에 대한 조언이 현실적이고도 위트 있게 담겨져 있단 말이야."

내가 열변을 토하자 소월이가 코웃음을 쳤다. 기분이 나쁘진 않았다. 비웃은 게 아니라 내가 귀여워서 웃는 거니까. 소월이는 모르겠지만 난 다 알고 있다. 소월이가 날 엄청 귀여워한다는 걸.

그리고 배 작가님의 조언에 따르면 연하남들의 치명적인 실수가 바로 여기에 있었다. 누나가 절 너무 귀여워해요. 여자친구가 절 애 취급하는데 어쩌죠? 이런 고민들은 그야말로 자아 성찰의 부족에서 나오는 것이라고 했다. 연하남들의 최대 장점이 그 귀여움이기 때문이다! 귀여워해 주면 마음껏 귀여움 받고, 나도 귀여워해 주면 된다. 소월이가 귀여워해 준다고 내 남성성이 사라지는 건 아니니까.

한마디로 쓸데없는 데에 자존심을 내세우지 말란 거다. 한때는 나도 소월이가 날 여전히 모지리로 보는 건 아닐까, 섹시해하지 않으면 어쩌지 고민했었다. 그러나 배 작가님의 조언이 나의 시야를 넓혀주었다.

"이 책 홍보대사도 너만큼 열정적이진 않을 거야."

"시켜만 주면 누구보다 잘할 수 있지."

내가 의욕적으로 말하였다.

"네가 하도 그러니까 나도 한번 읽어봐야겠단 생각이 드네."

소월이가 진지하게 말했다.

"진짜? 이왕이면 순서대로 보는 게 좋아. 내 방에 책 다 있는데 빌려줄까?"

"그렇게 좋아?"

"내가 좋아하는 걸 너도 좋아해 주겠다고 하니까 당연히 좋지. 특히 너랑 얘기하고 싶은 게 많단 말이야. 작가님의 아내분도 연상이신데 두 분은 연애할 때……."

나의 말이 끊겼다. 내 차례가 왔기 때문이다. 코앞에 배 작가님이 계셨다. 너무 떨려서 나도 모르게 소월이의 손을 잡았다. 말문이 막혀 버렸다. 존경하고 선망하는 인생 멘토를 만나게 되다니 감격스러웠다.

"남편이 많이 긴장한 것 같아요. 작가님의 열렬한 팬이거든요."

내가 어버버거리며 헛되이 시간을 낭비하자 소월이 나서줬다. 소월이가 내 품에서 책을 꺼내 배 작가님께 내밀었다. 작가님은 지적인 미소를 지으면서 첫 장에 근사한 사인을 해주셨다.

"두 분 다 젊어 보이는데 벌써 결혼했나 봐요."

작가님의 말에 내 입이 뚫렸다.

"작가님의 책이 저희 결혼 생활의 길잡이가 되어주고 있습니다. 저는 연애할 때부터 이 시리즈를 전부 다 봤거든요. 연하남의 애환, 실수, 고뇌와 역경 등에 정말 구구절절 공감하고 있습니다. 특히 연상의 연인이 철벽을 칠 때에도 포기하지 않고 꿋꿋해질 수 있도록 도움을 주는 명상과 요가가 많은 도움이 되었고요."

옆에 있던 소월이가 '너 명상이랑 요가도 했어?'라며 신기해했다. 소월이에게 나의 숨은 노력들을 피력하고 싶었지만 당장은 눈앞에 있는 작가님께 고맙단 말을 전하는 게 중요했다.

"정말 고맙습니다. 덕분에 결혼할 수 있었어요."

소월이가 옆에서 '결혼은 내가 해줬으니까 한 거지'라고 소심하게 따졌다. 나는 작가님의 눈치를 보면서 재빨리 귓속말을 했다. 나한테 도움이 된 부분에서 이 책의 공헌도가 7퍼센트 정도는 돼. 그러자 소월이도 마지못해 고개를 끄덕였다.

"맞아요. 덕분에 저희 남편이 많은 용기를 얻었어요."

소월이까지 맞장구를 쳐 주자 나의 진정성이 통했는지 작가님이 활짝 웃으셨다.

"두 분이 사랑하니까 결혼한 거죠. 제 책이 얼마나 영향력이 있겠습니까. 그래도 이렇게 좋아해 주시니 저도 흐뭇하군요."

작가님은 나와 소월이의 이름을 묻곤 사인 위에다가 '소월 씨와 무영 씨의 백년해로를 기원합니다!'라고 써주셨다. 우리의 결혼이 축복받은 것 같았다. 나는 흡사 성스러운 기운이 감도는 것 같은 책을 조심스럽게 건네받았다. 마지막으로 작가님께 꾸벅 인사를 하고 우리는 줄에서 빠져나왔다.

"그렇게 좋아?"

"꿈만 같아."

"꿈 아니니까 정신 차리고 밥 먹어."

나는 책을 껴안고 있느라 식사에는 손도 대지 않고 있었다. 보다 못한 소월이 내 옆으로 자리를 옮겨와 직접 떠먹여 주었다. 소월이까지 밥을 못 먹으면 안 되니까 나는 마음을 추스렸다.

내가 밥을 먹는 동안 소월인 옆에서 작가님의 책을 읽었다. 소월이의 감상이 궁금해서 나는 철판 볶음밥이 입으로 들어가는지 코로 들어가는지도 몰랐다.

저택에 돌아오고 나서 소월인 시리즈의 전권을 정독하기 시작했다. 나는 심사를 기다리는 사람처럼 초조해하다가 잠이 들었다.

"대박이야."

날 깨운 건 아침을 여는 겨울새의 지저귐과 내 배 위에 올라탄 소월이의 무게감이었다.

"배 작가님은 천재야. 어떻게 이럴 수가 있지? 가장 놀라운 건 배 작가님이 연하남인데도 불구하고 연상녀의 입장도 잘 이해하고 있단 점이야. 아내분이랑 정말 사이가 좋으신 것 같아. 특히 육아 부분은 나중에 우리가 애기를 갖게 될 때를 대비해서 통째로 외워둬야 하는 수준이야."

나는 두 손을 깍지 껴서 베개처럼 베며 내 위에 있는 소월이를 느긋하게 바라보았다. 좋아하는 사람이 내가 좋아하는 걸 함께 좋아해 주는 건 세상에서 가장 뿌듯한 일들 중 하나인 게 틀림없다. 예쁜 입술로 조잘조잘 끝없는 감상을 늘어놓는 소월이가 정말 사랑스럽다. 이런 사람이 내 인생의 반려라니 오늘도 가슴이 벅차오른다. 소월이와 함께하는 내 삶은 경이로운 기적의 연속이다.

#2. 1주년

소월이가 월산에 와서 나와 처음으로 만난 지 딱 일 년이 되었다. 일 년 전, 도시보다 빨리 찾아오는 월산의 봄을 타고서 소월이가 왔다. 이제 와서 하는 말이지만 소월이의 첫인상은 정말 다이내믹했다. 나는 머릿속이 열 살짜리 모지리였을 때의 일도 다 기억하기 때문에 그때의 감정도 또렷하게 남아 있었다.

어떤 여자가 험상궂은 사냥꾼들이랑 실랑이를 벌이고 있었다. 주눅이 든 태도는 아니었지만 상황이 상황이다 보니 나는 그 여자가 불쌍했다. 궁지에 몰려서도 떨지 않으려고 애를 쓰는 게 눈에 보였다. 그래서 돌을 던졌다. 잘못해서 몇 개는 소월이를 맞췄는데 그럴 때마다 제대로 던지라고 화를 냈다. 보기보다 씩씩했다. 굳이 내가 안 도와줘도 됐을 것 같다는 생각이 들 즈음엔 사냥꾼들이 이미 도망을 친 뒤였다.

소월이는 나를 공포와 혐오가 섞인 눈빛으로 보더니 급하게 차에 올라탔다. 고맙단 인사를 바라고 한 일은 아니었지만 기분이 좋진 않았다. 그러나 모지리였을 때 그런 대우를 받는 건 일상다반사였기 때문에 난 개의치 않고 내 갈 길을 가려고 했다. 소월이의 차가 낭떠러지로 향하지만 않았어도 그랬을 것이다.

기껏 구해줬더니 왜 죽으려고 하는 걸까? 아니다! 저 여자는 이 길을 모르는구나! 그걸 깨닫자마자 나는 소월이의 차에 달려들어 창문을 두드렸다. 매정한 정소월은 내 속도 모르고 차를 출발시켜서 나는 엉덩방아를 찧었다. 죽든 말든 그냥 놔둘까 싶은 나쁜 마음도 들었다. 엉덩이가 너무 아팠기 때문이다. 하지만 어쩐지 파랗게 질린 정소월의 얼굴을 떨쳐 낼 수가 없었다.

나는 달렸다. 넘어져서 다리를 절뚝거리면서도 끝까지 쫓아갔다. 야, 너 거기로 가면 죽어! 숨이 차올라 아픈 목구멍에서 쇳소리가 나왔다. 차 안에 있던 소월인 내 간절한 외침을 듣지 못했을 거다. 그래도 어떻게 소월인 내게 돌아와 줬다.

"괜찮아요?"

다친 발을 부여잡느라 소월이의 얼굴을 보진 못했지만 목소리만으로도 그 애가 많이 무서워한다는 걸 알 수 있었다. 당당하고 거침없이 말했지만 목소리 끝이 미세하게 떨렸다. 지금 생각해 보면 그때 본능적으로 안 것 같다. 강해 보이려고 안간힘을 쓰는 한 여자애가 사실은 나처럼 외로운 겁쟁이라는 걸.

그 순간부터 정소월이 괜스레 마음에 들었다. 못 미더워하면서도 다친 나를 부축해 주고, 차에도 태워주고, 슬리퍼도 찾아주었다. 화를 잘 내긴 하지만 다정한 사람이라는 걸 알 수 있었다. 그래서 소월이가 우리 집인 저택으로 가려는 걸 알았을 때 기분이 엄청 좋아졌다. 그리고 소월이가 환하게 웃었을 땐 햇살이 쏟아지는 것 같아서 눈이 따가울 지경이었다. 나는 그 미소를 떠올리며 그때처럼 눈을 깜빡거렸다.

"졸려?"

소월이가 물었다. 나이트 램프의 빛이 은은했다. 소월이의 얼굴 윤곽이 겨우 확인될 정도였다. 우리는 숲 속 별장의 다락에서 나란히 앉아 별을 보고 있었다. 다락의 천장은 커다란 유리창이 있어 밤하늘을 보기 좋았다.

"아니, 안 졸려."

"그럼 눈에 뭐 들어갔어?"

어둠 속에서도 용케 내 눈을 보고 있었던 모양이다.

"아니야. 뭐 좀 생각하느라."

"뭘?"

"우리 처음 만났을 때."

나의 말에 소월이는 금세 반응하지 않았다. 잠시 침묵이 이어졌다. 나는 바닥에 떨어진 두꺼운 담요를 집어서 소월이와 내 어깨에 걸쳤다. 양털 카펫 위에 온열 매트까지 깔아서 엉덩이는 따뜻했지만 공기는 차가웠다. 코끝이 살짝 시렸다. 나는 머그잔을 들어 핫 초콜릿을 한 모금 마셨다.

"왜 말이 없어?"

"그냥……. 네 말 들으니까 나도 우리 처음 만났을 때 생각나서."

나는 또 핫 초콜릿을 마셨다. 소월이가 엉덩이를 움직여 내 옆으로 더 가까이 붙었다.

"월산에 와서 다행이야."

소월이의 말을 듣자마자 내 입가에 절로 미소가 지어졌다. 소월이의 생각이 어떤 식으로 꼬리를 물고 이어졌는지 알 것 같았다. 우리의 첫 만남을 회상했을 거고, 월산에 오게 된 원인을 떠올렸을 거다. 결과가 좋았다고 해서 그 시작까지 미화될 순 없었다. 그럼에도 선뜻 다행이라고 말해주는 소월이가 고마웠다.

"나도 너라서 다행이야."

소월이가 아닌 다른 사람이었다면 나는 아직도 어두운 과거의 터널을 헤매고 있을 것이다. 다른 누구도 소월이만큼 날 구원해 줄 수가 없다. 겪지 않아도 알 수 있다. 소월이라서 가능한 거다. 소월이니까 내 곁을 지켜준 거다.

"벌써 일 년이라니. 정말 많은 일들이 있었는데."

소월이가 내게 몸을 기대며 말했다.

"이제 와서 하는 소리지만 그때 진짜 힘들었어."

"어떤 때?"

월산에서 소월이가 힘들었던 순간이 한두 개가 아니라서 나는 어떤 때를 말하는 건지 쉬이 짐작할 수 없었다.

"모지리 차무영이 한순간에 사라지더니 네가 날 까맣게 잊어버렸을 때."

나는 꿀 먹은 벙어리가 되었다.

"그래도 걱정했던 것보다 빨리 기억을 되찾았지. 아, 물론 네가 기억이 돌아온 걸 숨긴 기간은 빼고."

"그땐 그러는 게 최선이라고 생각해서……."

내가 서둘러 변명을 했다. 그때의 선택을 지금도 후회하진 않는다. 나와 소월이를 위협하는 적이 누군지 알지 못하는 상태에서 나만 모든 패를 보여줄 순 없었으니까. 다만 몸서리치게 싫은 건, 잠시 동안이었을지라도 내가 정소월을 잊어버렸다는 것이다.

"누나라고 부르면서 엄청 들이댔지. 까불면서."

그때의 나를 통째로 부정하고 싶진 않았지만 완전한 나도 아니었다. 지금 생각하면 온몸이 배배 꼬이는 방식으로 소월이에게 수작을 걸었었다. 본인인 나도 그런데 소월이는 오죽했을까.

"지금은 익숙해졌지만."

소월이가 새침하게 말했다.

"그 말은 지금도 그렇다는 뜻이야?"

"너 닭살 멘트 하는 걸로 악명이 자자하잖아. 몰랐어?"

"내가?"

나는 믿기 힘들어서 재차 물었다. 애초에 작업 걸 때 능글거리는 것과 사랑하는 연인에게 다정하게 대하는 건 엄연히 다르다.

"괜찮아. 익숙해졌다니까. '소소'와 '무무'를 겪고 나니까 웬만한 건 다 평범하게 느껴져."

"내가 창피해?"

유치하고 자존심 상해서 이런 식으로 묻고 싶진 않았지만 결국 튀어나와 버렸다.

"그래서 '소소'랑 '무무'도 싫어했던 거지? 내가 창피해서."

"아니야. 창피하기보다는 미안해서 그러지."

"누구한테?"

"우릴 보고 듣는 다른 사람들한테. 나야 좋지만 그 사람들은 거북할 수 있으니까. 그리고 '소소'랑 '무무'는 사실……."

소월이가 숨을 한 번 들이쉬었다.

"애들 때문에……."

"애들?"

"애들 앞에서 네가 계속 '무무'라고 불러달라고 하니까 나중엔 놀이패 애들이 너한테 '무무 형', '무무 오빠' 이렇게 불렀잖아."

"근데?"

소월이는 대답하지 못하고 공연히 담요를 만지작거렸다. 그러더니 갑자기 날 껴안으며 품으로 파고들었다. 얼굴을 숨기려는 속셈이다.

"나 말고 다른 사람이 널 그렇게 부르는 게 싫었어. 그런데 어떻게 애들한테 그래. 무무 형은 내 거야. 나만 무무라고 부를 수 있어. 우리 둘만 부르는 애칭이야. 어떻게 이렇게 말해."

"그래서 사람들 앞에서 애칭 부르지 말자고 한 거였어?"

"응. 우리 둘만 간직하고 싶었단 말이야."

보이지 않는 소월이의 얼굴은 분명히 붉게 달아올랐을 거다. 예뻐 죽겠다. 귀여워. 아이들에게 사소한 질투를 하는 모습조차 정말 사랑스럽다.

"이젠 정말 우리 둘만 간직하게 돼서 다행이다. 그치?"

담요 아래를 더듬거리며 소월이의 손을 찾았다. 왼손 약지의 반지가 만져졌다. 지난 크리스마스에 내가 준 이후로 소월인 손가락에서 한 번도 반지를 뺀 적이 없었다. 나도 마찬가지였다. 소월이의 손가락들이 내 손을 건반처럼 두드렸다. 우리 둘 사이에서만 흐르는 멜로디를 타고 소월이의 고운 목소리가 '무무'라고 노래했다. 여긴 우리 둘뿐이니까, 하늘의 별들은 말이 없으니까 우리의 속삭임을 따라 하지 못할 거다.

#3. 몸살

나는 소월이한테 칭찬 듣는 게 좋다. 그래서 공부도 열심히 하고 초중등 검정고시도 다 통과해 버렸다.

"어이구, 우리 무영이 이제 초졸이네."

초등 검정고시 합격 발표가 났을 때 소월이가 그랬다.

"벌써 중졸이 됐어? 우리 남편 천재, 만재네!"

중등 검정고시 합격 발표가 났을 때 소월이가 그랬다. 활짝 웃으면서, 가끔은 손을 위로 뻗어 내 머리를 쓰다듬으면서 잘했다고 칭찬해 주면, 나는 세상을 다 얻은 것 같은 기분이 든다. 내년 봄에 고등 검정고시를 합격하고 수능도 잘 보면 소월이가 더 큰 칭찬을 해주겠지! 벌써부터 기대가 된다.

올해에 볼 검정고시도 다 봤겠다, 여유가 조금 생겨서 여름휴가를 가기로 했다. 놀러 가는 거라면 빠지지 않는 해일 형까지 월산에 내려왔다. 그런데 휴가 가기 전날 소월이가 몸살이 나버렸다.

"여름 감기는 개도 안 걸린다는데 네 면역 체계는 개만도 못한 거 아냐?"

열 때문에 앓느라 말할 기운도 없는 소월이를 두고 해일 형이 입을 나불댔다. 나도 모르게 평소 소월이처럼 해일 형의 등짝을 찰싹 소리가 나도록 때렸다. 형이 차 서방이 형님도 못 알아본다고 서러워하는 동안 소월이는 내 뺨을 어루만지며 잘했다고 말해줬다. 나는 소월이의 손에 얼굴을 묻고 칭찬을 음미하면서 동시에 얼른 우리 색시가 낫길 기도했다. 그러나 하룻밤 새에 감기가 떨어지지 않아서 결국 나와 소월이는 휴가를 못 가게 되었다.

대대적인 휴가 계획이었던 터라, 저택은 나와 소월이만 빼고서 텅 비게 되었다. 희태 아저씨가 남아서 도와주겠다고 했지만 아저씨 가정의 행복을 위해 극구 사양했다. 저택엔 소월이와 나, 단둘뿐이었다.

"나 때문에 휴가 못 가서 어떡해."

"너 없이 가면 그게 휴가야? 지옥이지."

내 말에 소월이가 기운 없이 키득거리다가 기침을 했다. 가슴이 찢어질 것 같다. 그냥 감기 몸살이니까 푹 쉬기만 하면 된다고 의사 선생님은 말했지만 내 눈엔 소월이가 '마지막 잎새'의 주인공 소녀처럼 보였다.

"소월아, 죽 먹을래? 내가 쒀줄까? 아니다. 내가 하는 건 맛없으니까 가서 사올까? 아냐. 널 혼자 두고 갈 순 없지. 배달시켜야겠다. 오다가 식진 않겠지?"

안절부절못하며 방 안을 서성이자 소월이가 정신없다며 일단 가만히 있으라고 했다. 나는 방 한가운데에 우뚝 서서 망부석처럼 조용히 있었다.

"돌처럼 굳어 있진 말고."

"그럼?"

"움직여도 돼. 앉아서 좀 쉬어, 너도."

"네가 이렇게 아픈데 내가 어떻게 쉬어."

나도 모르게 눈물이 차올랐다. 소월이가 감기에 걸린 건 처음 봤다. 식은땀도 흘리고 입술도 다 부르트고 목도 잔뜩 쉬었다.

"내가 대신 아팠으면 좋겠어."

내 말에 소월이가 미약하게 웃었다.

"왜 웃어?"

"너라면 그렇게 말할 줄 알았거든."

"사랑하는 사람이 아프면 누구라도 이럴 거야. 속상해 죽겠다."

어떻게든 밥을 먹여야 했다. 그래야 약을 먹을 수 있을 테니까. 그러나 소월이가 고집을 부렸다. 입맛이 없다면서 죽은 먹기 싫다는 거다.

"죽까지 먹으면 진짜 환자 된 기분일 것 같아서 싫어."

"진짜 환자면서 무슨 소릴 하는 거야!"

"감기 몸살인데 뭐. 한숨 자면 된다잖아."

그러고선 눈을 스르륵 감는 것이다. 나는 1층으로 후다닥 내려가 부엌을 샅샅이 뒤졌다. 이렇게 굶기면서 재울 순 없다. 약을 먹여야 했다. 죽이 싫다면 뭘 먹이지? 밥은 소화가 안 될 텐데. 그러다가 가끔 소월이가 간단한 아침 메뉴로 부탁하곤 했던 인스턴트 수프 분말이 눈에 띄었다. 이거라면 평소에도 잘 먹었던 음식이니 소월이도 마다하지 않을 것 같았다.

나는 2층을 향해 소리를 질렀다. 소월아, 자지 마! 기다려! 사람이 없어서 그런지 저택에 내 목소리가 유독 쩌렁쩌렁 울렸다.

"소월아, 일어나 봐. 응? 일어나서 이거 조금만 먹자."

앓느라 지쳐 잠든 소월이를 조심스럽게 깨웠다. 부서질까 봐 겁이 났다. 이렇게 연약했구나. 네가 이렇게 작았구나. 눈물이 왈칵 치솟았다. 더 소중히 아껴줬어야 했는데, 내가 그러지 못해서 소월이가 아픈 것 같아 가슴이 미어졌다.

"이거 한 입만 먹자."

겨우 일어나 앉은 소월이를 어르고 달랬다. 잠에 취한 소월이 투정을 부렸다. 아프다고 낑낑댔다. 심장이 쪼그라드는 것 같다.

"많이 아파? 구급차 부를까?"

"그냥 잘래."

"딱 한 입만 먹고 약 먹고 자자."

"네가 만들었어?"

눈살을 찌푸리며 괴로워하던 소월이가 마침내 눈을 제대로 뜨고 말했다. 이때가 기회다. 나는 한껏 애처롭고 가련한 표정을 지었다. 내가 이런 표정을 지을 때면 소월이는 마냥 부드러워진다.

"너 주려고 이렇게 만들었어. 그런데도 안 먹을 거야? 너 안 먹으면 나도 계속 굶을 거야."

환자를 상대로 협박을 하는 것이 못내 양심에 찔렸지만 어쩔 수가 없었다. 소월이는 마침내 일어나 앉았다. 나는 얼른 숟가락으로 수프를 떠서 호호 불어 소월의 입에 대주었다.

"옳지, 잘 먹는다. 한 입만 더 먹자."

거부할세라 급하게 한 숟가락을 더 뜬다. 호호 불어서 입안에 쏙 넣어준다. 소월이는 미간을 구긴 채로 한 입씩 받아먹었다.

"이제 정말 그만 먹을래."

소월이가 내 손을 저지하며 말했다. 그래도 얼추 반은 비운 것 같았다. 마음이 한결 가벼워졌다.

"잘했어, 우리 소월이. 약 먹고 자자."

나는 수프 그릇이 든 쟁반을 치우고 물과 약을 가져왔다. 소월인 약은 곧잘 먹었다. 나는 소화가 잘 되게 하기 위해 소월이를 끌어안고서 손바닥으로 등을 여러 번 쓸어주었다. 소월이는 몸을 축 늘어뜨린 채로 내게 얌전히 안겼다. 잠이 들었는지 새근새근하는 숨소리가 들렸다.

"우리 소월이 아픈 거 나한테 다 와라. 우리 소월인 아프지 말고 나한테 다 와라."

소월이를 침대에 바로 뉘인 후에도 난 자장가처럼, 주문처럼 계속 중얼거렸다. 그 밤엔 잠을 한숨도 자질 않았다. 소월이가 열이 치솟았기 때문이다. 밤새 물수건을 갈고 소월이의 땀을 닦아냈다. 열이 올라 힘들어 하면서도 소월인 잠꼬대처럼 내 이름을 불렀다. 나는 소월이의 손을 꼭 잡고서 끊임없이 기도했다. 제가 대신 아프게 해주세요. 소월이 아픈 거, 저한테 다 오게 해주세요. 동이 틀 때쯤, 소월이의 체온도 정상으로 돌아왔다. 숨소리와 표정도 안정적으로 변했다.

"안 자고 여기 있었어?"

잠에서 깬 소월이가 걱정스러운 눈으로 날 바라보았다. 열 때문에 발갛게 익었던 뺨과 눈가가 원래대로 돌아왔다.

"다행이다."

이 말을 하나 남기고서 나는 기절하듯 잠이 들었다. 일어났을 땐 소월이가 침대에 없었다. 깜짝 놀라 허겁지겁 내려가니 부엌에서 계란 볶음밥을 만들고 있었다.

"배고프지? 난 엄청 배고픈데."

거의 다 나았는지 식욕이 도는 모양이었다. 나는 기쁨을 주체하지 못하고 앞치마를 하고 있는 소월이의 허리를 껴안았다.

"어제 수프 맛있더라. 잘했어, 우리 무영이. 간호도 잘하던데. 네 덕분에 감기 몸살 싹 사라졌어. 우리 남편 최고."

소월이가 내 엉덩이를 툭툭 두드리며 말했다.

"근데 나 대신 네가 아픈 건 안 돼. 절대 아프지 마. 알았지?"

내 기도를 다 듣고 있었나 보다. 나는 격렬하게 고개를 끄덕였다. 응, 네가 하라는 대로 할게. 네 말대로 할게. 그러니까 너는 아프지 말고 건강하기만 하면 돼.

"내가 아프면 너까지 아플 것 같아서 무서워서 못 아프겠다."

소월이가 우스갯소리로 말했다. 어찌나 웃기던지 하늘이 노래질 정도였다. 나는 손바닥을 치며 좋아하다가 순간 휘청거렸다. 내가 쓰러지려고 하자, 소월이의 안색이 파랗게 질렸다.

"내가 못 살아. 열 좀 봐."

"나 열 있어?"

"불덩이다, 불덩이."

"열 있으면 안 되는데, 소월이한테 혼나는데, 아프면 안 되는데."

"아우, 이 똥강아지!"

소월이는 내가 말을 안 들으면 칭찬을 안 해주고 대신 '똥강아지'라고 부른다. 굴욕적인 표현이라 소월이도 남들 앞에선 절대 말하지 않는 거다.

"똥강아지 싫어……."

"그게 듣기 싫으면 아프지 말든가!"

우리의 상황은 하룻밤 만에 역전되었다. 나는 침대에 누워 낑낑댔고, 소월인 근심 어린 얼굴로 날 간호했다. 혹여 또 내 병이 옮을까 봐 간호받길 거부했다가 소월이에게 꿀밤을 맞았다. 그다지 아프지 않은 강도였는데도 머리가 띵 하고 울렸다.

"아파."

울상을 지었더니 소월이가 깜짝 놀라 내 이마를 쓰다듬어 준다. 부드러운 손길이다. 아프지 마, 바보야. 가슴 아프잖아. 소월이가 말한다. 나는 진짜 못된 똥강아지인가 보다. 날 걱정해 주는 소월이의 상냥한 목소리가 좋다. 자장가를 듣는 것처럼 눈이 저절로 감긴다.

"무영아, 무영아."

"응, 소월아."

너무 걱정하지 않아도 된다는 표시로 소월이의 손을 잡아주었다. 나는 진짜 아무것도 안 먹어도 될 것 같다. 소월이의 목소리를 듣고, 소월이의 꿈을 꾸면서 푹 자고 나면 다 나을 거다. 확실했다. 소월이가 손으로 이마를 만져 주었다. 벌써 안 아프다. 다 나은 것 같다. 역시 차무영한텐 정소월이 최고다.

-우물가의 일상

#1. 우물가의 어느 날

차강문과 혼인을 하고서도 한연화는 때때로 우물가를 찾아왔다. 집 안에는 차강문이 있고, 집 밖에는 마을 사람들이 있다. 그러나 숲 속의 우물가만큼은 인적이 없었다. 이곳은 한연화의 비밀 장소였다.

제정신을 잃었어도 연화는 이 장소의 애틋한 느낌을 기억하고 있던 것 같다. 풋풋하고 비릿한 풀과 물의 냄새, 미묘하게 따스한 공기의 온도, 바람이 스치는 감각 같은 것들 말이다. 나 또한 좋아하는 것들이었다.

"저기요."

연화의 얼굴에 당혹감이 스친다. 언뜻 배신감이 엿보이기도 하다. 늘 변함없던 우물가에 처음 보는 낯선 남녀가 잠들어 있으니 그럴 만도 하다. 깨어나지 않는 남녀를 보며 연화는 곤란해한다. 연화의 입에서 뽀얀 입김이 나왔다. 우물가의 공기가 비교적 따뜻했다곤 하나 겨울 날씨를 당해낼 순 없었다.

"여기서 자면 감기 걸려요."

연화가 용기를 내, 정소월의 어깨를 흔들며 말했다. 정소월은 아주 느릿하게 눈을 뜨더니 몽롱한 눈빛으로 연화의 얼굴을 뚫어져라 쳐다보았다.

"내가 꿈을 꾸나."

정소월은 손으로 거칠게 눈두덩을 문질렀다. 나는 웃음이 터져 나왔다. 얼빠진 얼굴이 볼만했다.

"어디 아픈가요?"

연화의 아름다운 얼굴이 근심으로 물들었다. 정소월은 말이 없었다. 사진으로만 보던 한연화를 실제로 보니 말문이 막히는 모양이었다. 정소월은 저도 모르게 손을 뻗어 연화의 얼굴을 만졌다. 연화는 화들짝 놀라며 뒤로 물러섰다. 그 모습을 지켜보는 나의 입가에 미소가 걸렸다.

"아, 미안해요. 잠깐요. 가지 말아요."

멀찍이 떨어진 연화에게 정소월이 외쳤다. 자리를 뜰 생각은 없는지 연화는 적정 거리를 유지한 채 꼼짝도 하지 않았다. 그사이 정소월은 서둘러 차무영을 깨웠다.

"무영아, 무영아, 일어나 봐."

뒤늦게 눈을 뜬 차무영이 어리둥절한 얼굴로 왜 내가 잠들어 있던 거냐며 혼잣말을 중얼거렸다. 나는 또 배를 잡고 깔깔 웃었다.

"무영아, 나 지금 꿈꾸고 있어? 잠깐, 너도 내 꿈속 사람인가? 이걸 뭘 어떻게 확인해야 하지."

"무슨 말이야?"

"너 왜 이렇게 진짜 같아?"

정소월은 믿을 수 없단 듯이 차무영의 얼굴을 마구 주물럭댔다. 차무영의 얼굴이 우스꽝스럽게 구겨졌다. 나는 웃음이 멈추질 않았다. 바람이 불어대자 연화가 몸을 부르르 떨었다. 이런, 일부러 그런 건 아니었는데. 난 웃음을 참기 위해 애를 썼다.

"아까부터 무슨 소리를 하는 거야, 정소월."

"이건 내 꿈인데, 넌 내 꿈속의 무영인데."

"소월아, 잠 덜 깼어? 너도 나처럼 갑자기 잠든 거야? 우리 왜 여기서 자고 있었지?"

두 사람은 서로를 바라보면서도 각자 딴 이야기를 했다. 이건 분명 꿈이라고 생각하는 정소월과 이제 막 잠에서 깼다고 여기는 차무영의 의견 사이엔 접점이 없었다.

"아니야. 우린 아직도 잠들어 있는 거야. 우린 지금 꿈속이라고. 근데 두 사람이 동시에 같은 꿈을 꿀 수 있나?"

"진짜 잠 덜 깼나 보네."

"저길 봐."

정소월의 손가락이 가리키는 곳으로 차무영의 시선이 옮겨졌다.

"말도 안 돼."

차무영이 경악했다. 정소월은 차무영의 온몸을 만지작거리면서 '꿈인데 왜 이렇게 생생하냐고'라며 초조해하고 있었다.

"비슷하게 생긴 사람일 수도 있잖아. 안 그래?"

차무영의 새로운 의견에 정소월도 솔깃했다.

"한연화?"

정소월이 확인을 위해 연화의 이름을 불렀다.

"어떻게 내 이름을 알아요?"

연화가 재깍 대답했다. 그녀는 단단한 나무에 매미처럼 찰싹 붙어 있었다.

"정말 한연화예요? 월산 대지주의 딸인 한연화?"

정소월이 망연자실하여 재차 물었다.

"맞아요. 내가 그 한연환데요. 날 어떻게 알아요?"

연화는 겁이 나면서도 특유의 호기심이 발동하였다. 광증이 발병하여 제 모습을 잃어도 광인들에겐 저마다 특색이 있다. 유독 멀쩡해 보이는 사람, 걸핏하면 울고 고함을 치는 사람, 점잔을 빼며 조용히 미친 짓을 하는 사람, 전부 가지각색이다. 미쳐 버렸어도 갖고 태어난 천성은 사라지지 않아서 그런 게 아닐까.

한연화의 경우에는 말 그대로 곱게 미쳤다. 그녀의 광증을 눈치챈 사람이 손에 꼽을 정도였다. 한연화의 부모, 차강문, 강순애 정도였다. 하여간 연화는 그다지 위협적이지 않은 광인이었다. 다만 감정의 기복이 심하고 그때그때의 일들을 잘 잊곤 했다. 이번에도 연화는 돌연 눈물을 흘리기 시작했다.

"비켜주면 안 돼요? 그 우물 앞에서 만날 사람이 있어요. 오늘 꼭 만나야 해요."

울먹거리는 모습이 가련하다. 정소월과 차무영은 어찌할 바를 모르고 쩔쩔맸다.

"울지 말아요. 우리는 나쁜 사람들이 아니에요."

차무영이 황급히 손을 내저으며 말했다. 연화는 그제야 정소월에게서 눈길을 거둬 차무영을 쳐다보았다.

"순애를 닮았네요!"

연화가 불쑥 말을 꺼냈다가, 겸연쩍은 듯 다급히 설명을 덧붙였다.

"내 친구예요, 순애는. 여기서 만나기로 했어요. 곧 올 거예요."

"순애 씨를 만나기로 했다고요?"

"순애를 알아요?"

"아뇨. 몰라요."

"그래요."

정소월이 시치미를 떼자 연화는 더 따져 묻지 않았다. 연화는 하늘에 떠 있는 해를 올려다보았다. 아까까지만 해도 저쯤에 있던 해가 이쯤으로 자리를 옮겼다. 순애가 올 시간이 가까워졌을 게다. 연화가 발을 동동 굴렀다.

"우리 둘만 있어야 해요. 다른 사람들은 있으면 안 돼요. 우리 둘이 만나는 걸 들키면 안 된다고 했다고요."

연화는 비장한 얼굴로 정소월과 차무영에게 다가왔다. 그녀는 정소월의 소매를 잡아당겼다.

"가요, 가요. 여기서 가라고요. 우리 아기랑 달님한테 가려면 순애 말을 잘 들어야 한단 말이에요. 가라고요, 가라고요. 여기를 떠나려면 순애 말을 잘 들어야 한다고요."

손아귀에 실린 힘이 점점 강해졌다. 연화는 정소월의 몸을 크게 흔들었다. 광기였다. 가라고, 가, 가란 말이야, 가라고요, 제발, 가라고. 그래야 내가 달님에게 갈 수 있단 말이야.

"갈게요. 갈 테니까 진정하세요."

차무영이 떨리는 목소리로 간신히 말했다. 그는 연화를 정소월에게서 떼어내지도 못했다. 연화의 몸에 손을 댈 엄두도 나지 않았던 것이다. 연화는 의외로 차무영의 말을 잘 들었다.

"정말 순애랑 많이 닮았다."

연화의 눈에서 광기가 사그라졌다. 그녀는 순진한 태도로 차무영을 요목조목 관찰하였다. 경계심과 두려움이 순식간에 사라졌다. 전혀 다른 사람이 된 것 같았다. 이게 한연화가 가진 광기의 모습이었다.

"우리 순애는요. 내 가장 친한 친구예요. 요즘 나는 동무를 만날 일이 별로 없는데 순애만이 날 찾아와 줬어요. 순애는 내 허락 없이 날 만지지도 않고, 윽박지르지도 않고, 날 보면서 울지도 않아요. 참 좋은 친구죠?"

연화는 느닷없이 콧노래를 흥얼거리기 시작했다. 그리곤 작고 고운 손을 분주히 움직여 머리카락을 정리하고 옷매무새를 바로 잡았다. 정소월과 차무영이 옆에 있는 건 신경도 쓰지 않는 듯했다. 연화는 우물 주위를 빙빙 돌기도 하고, 우물 안쪽을 내려다보기도 했다. 선녀가 하늘에서 지상으로 소풍을 온 것 같은 자태였다. 정소월과 차무영은 넋을 잃고 연화를 바라보았다. 연화가 그들을 다시 발견하기 전까지.

"당신들은 누구예요? 왜 여기에 있어요? 그 자린 내 자리예요. 거기서 친구를 만나기로 했단 말이에요."

광기가 반복되고 있었다. 연화가 또 달님을 찾으며 울먹거리자 정소월과 차무영은 일단 아무 말 없이 자리를 피했다. 두 사람이 수풀 속으로 사라지자 연화는 다시 콧노래를 불렀다. 정소월과 차무영은 멀리 떨어지지 않은 곳에 몸을 숨기고 그녀를 지켜보았다. 나는 그 둘의 대화를 엿들었다.

"네 말이 맞아. 이건 꿈이야."

차무영이 말했다. 정소월이 고개를 끄덕였다. 그러나 두 사람 다 뭔가 더 할 말이 있는 표정으로 서로의 안색을 살폈다. 나는 그들의 은밀한 공포를 짐작할 수 있었다. 이게 꿈이라면 누구의 꿈인 걸까? 차무영이 정소월의 꿈속에 있는 걸까, 정소월이 차무영의 꿈속에 있는 걸까. 답은 오직 나만 알고 있었다.

"꿈이야, 꿈."

차무영이 한 번 더 말했다. 정소월도 차무영을 보며 말했다. 곧 있으면 깰 거야, 이건 꿈이야. 두 사람은 서로를 안심시키기 위해 노력했다. 하지만 어쩌나. 이건 정소월의 꿈도, 차무영의 꿈도 아닌데.

"연화!"

우물가의 평화를 깨는 우렁찬 목소리가 들렸다. 정소월과 차무영은 깜짝 놀랐다. 차강문이었다. 연화가 기다리는 강순애가 아니라 차강문이었다. 산처럼 풍채가 우람한 남자가 연화를 향해 성큼성큼 걸어왔다. 그에 비하면 한 떨기 꽃처럼 가녀린 연화는 뒷걸음을 치지도 못하고 땅에 뿌리를 내린 듯 가만히 서 있기만 했다. 그러나 그녀의 손은 바람에 흔들리는 꽃잎처럼 사정없이 떨리고 있었다. 나는 가슴이 아팠지만 할 수 있는 일이 없었다.

"이런 데에서 뭘 하고 있어. 당신을 찾느라 헤맸잖소."

차강문이 손을 들어 연화의 어깨를 잡으려고 했다. 연화는 그의 손이 닿기도 전에 사냥을 당한 사슴처럼 힘없이 쓰러졌다. 강문이 손을 내밀어 그녀를 일으키려고 하자 연화의 몸이 크게 떨렸다. 보고 있기 괴로운 광경이었다.

"무영아!"

순식간에 벌어진 일이라 정소월이 할 수 있던 건 차무영의 이름을 외치는 것뿐이었다. 차무영은 날쌘 범처럼 차강문에게 달려들었다. 나도 모르게 감탄이 절로 나왔다. 덩치는 차강문이 더 컸지만 키는 차무영이 더 컸다. 차무영은 긴 팔다리로 차강문의 온몸을 포박하였다. 차강문이 괴성을 지르며 주먹을 휘둘러도 떨어져 나가지 않았다. 정소월은 재빨리 연화에게 다가가 그녀를 일으켜 세우고 함께 숲 속으로 몸을 숨겼다.

"연화! 연화!"

차강문이 짐승처럼 울부짖었다. 차무영은 얼굴이 피투성이가 되어서도 차강문을 놔주지 않았다. 나는 나뭇가지를 흔들어대며 차무영을 응원했다. 잘한다, 잘한다! 차강문에게 본때를 보여주라고! 연화를 다신 건드리지 못하게 말이야! 나는 신이 나서 펄쩍펄쩍 뛰었다.

"그만 일어날 시간이야."

어린 계집의 근엄한 목소리가 들린 건 바로 그때였다.

#2. 우물

월산의 숲에는 오랜 우물이 있다. 수백 년 전에는 그곳이 마을의 중심이었다. 생활에 꼭 필요한 물의 원천이요, 떠들썩한 사교의 장이었다. 목을 축이는 사람들, 빨래를 하는 아낙들, 물을 길러 온 아이들로 우물가는 항상 붐볐다. 그러던 것도 근대화와 함께 시작된 수도 사업에는 맥을 추리지 못하였다.

시간이 지남에 따라 우물은 실생활에 밀접한 불가결한 것에서 먼 옛날의 향수를 자극하는 과거의 장식품에 지나지 않게 되었다. 그러나 수백 년간 사람들이 머물던 흔적은 쉽사리 사라지지 않았다. 생명을 잉태하기 좋아하는 물의 특성과 맞물려, 소모되지 못한 에너지들은 기이한 형태로 나타났다.

숲에서 놀던 아이들과 사냥꾼들 중 몇몇은 우물가를 지나면서 '무언가'를 봤다고 떠들어댔다. 아이들은 그것을 '요정' 혹은 '신령님'이라고 불렀고, 어른들은 '귀신'이라고 불렀다. 무릇 이러한 존재에게는 인간이 붙여준 명칭이라는 게 딱히 의미가 있진 않았다. 즉, 나는 인간들이 본인을 뭐라고 부르든 간에 개의치 않는다. 아이도 어른도 틀리지 않았다. 나는 요정일 수도, 신령일 수도, 귀신일 수도 있었다. 인간들이 생각하는 대로 존재한다. 나는 그 인간들의 기운과 사념을 양분 삼아, 물이 지닌 생명력을 토대로 태어났기 때문이다.

우물가에 사람들의 발길이 뜸해진 몇십 년 동안 나는 고요를 즐겼다. 비록 불완전한 고요였긴 했지만. 어떤 인간들은 종종 나를 찾아왔다. 한때는 아이들의 놀이터가 된 적도 있었다. 하지만 어떤 꼬마가 우물에 빠져 죽은 후로는 아이들은 더 이상 자주 오지 않았다. 간혹 담력을 시험하러 오긴 했지만 아주 잠시뿐이었다.

대신 어른들은 드문드문하게나마 우물가를 찾았다. 주로 으슥한 밤이었다. 밀회를 즐기는 남녀가 있었는데, 몰래 엿들어 보니 사통하는 관계였다. 그들의 아슬아슬한 연정을 지켜보기가 딱하였다 싶었는데 어느 날엔 남자만 우물가에 왔다. 그는 다른 어떤 남자에게 질질 끌려와서는 그대로 우물 안으로 처박혔다. 내가 아끼는 우물의 맑은 물에서 역한 피비린내가 진동했다.

며칠 뒤 남자의 시체가 발견됐고, 그의 비밀스런 연인이던 여자는 미쳐서 한동안 우물가 주변을 유령처럼 떠돌아다녔다. 그 바람에 우물가를 찾는 사람은 더욱 줄어들었다. 여자가 사라지고 나서 몇 년이 지나는 동안 우물가는 으스스한 분위기를 풍기게 되었다. 마을 사람들의 말 때문이다. 말에는 힘이 있다.

"사람 잡아먹는 우물이다. 거기서 몇 사람이 뒈졌는데."

"물에 빠져 죽은 애기 귀신이 나온단다."

"아니다, 머리에 도끼 맞아 죽은 남자가 나온다는데."

"귀신은 무슨. 그 남자랑 붙어먹었다가 미쳐 버린 여자 있지? 그 여자가 요괴가 되어서 우물 안에 산다더라."

결론부터 말하자면 저런 건 다 거짓말이다. 애초에 우물의 주인인 내가 버티고 섰는데 잡귀들이 붙을 수가 없었다. 그리고 인간은 의외로 그렇게 쉽게 귀신이 되지 않는다. 어지간히 한이 많거나 속이 뒤틀렸거나 멍청하지 않은 이상엔 말이다.

그럼에도 우물 주변에 괴이한 기운이 흐르는 건 앞서 말했다시피 인간들이 주절대는 말 때문이었다. 함부로 지껄이는 말에서는 악취가 난다. 월산은 다 좋은데 예로부터 그런 악취가 유독 심하였다. 떠돌이

나그네가 많아서 그런 거 같다. 나그네들은 소문을 물고 온다. 그리고 존재 자체가 소문거리다. 좋은 나그네들이야 예쁜 말만 하고 갔겠지만, 나쁜 나그네들은 책임감 없는 말들을 툭툭 내뱉고 가는 거다.

"내가 전국을 유람하며 눈과 귀가 뜨여서 하는 말인데, 저잣거리에 있는 국밥집 딸 말이야. 유독 옆 가게 사내랑 자주 말을 섞지 않나? 오고 가는 눈빛이 영 여상스럽지가 않아."

"그게 무슨 엄한 소리요! 그 사내는 작년에 장가를 들었는데 처녀랑 눈이 맞다니."

"아니, 눈이 맞았다는 게 아니라 시선이 서로 친밀하다고 해야 할까."

그런 식으로 여운을 남기곤 훌쩍 떠나 버린다. 그러면 남겨진 말만 두둥실 떠돌아다니면서 사람들의 입에 오르내리는 거다. 입에서 입으로 옮겨진 소문에는 생선 비린내와는 비교할 수 없는 썩은 내가 난다. 그것 때문에 월산을 떠나려고 마음먹었던 적이 한두 번이 아니었다.

하지만 그럴 때마다 월산의 달이 날 잡았다. 커다란 보름달이 뜨면 우물은 통째로 달을 삼킨 듯이 환하게 빛났다. 나는 달이 좋았다. 그래서인지 몰라도 월산의 '달 선녀'라고 불리던 그 아이도 좋아했다.

귀신이 있으니 가지 말라는 여느 사람들과 달리 한연화는 우물가를 자주 찾아왔다. 그녀의 비밀 장소였다. 혼자 와서 책을 읽기도 하고, 낮잠을 자기도 했다. 언젠가부터는 박준석이라는 소심한 사내와 함께 와서 소꿉놀이를 하듯 놀았다. 내가 보기엔 한연화가 훨씬 아까웠지만 그래도 제법 잘 어울리는 한 쌍이었다.

그러므로 월산에서 연화의 삶이 그런 식으로 파국을 맞은 건 속세를 관망하는 나에게조차도 퍽 애석한 일이었다. 그리하여 시간이 흐른 뒤에 '달 선녀 이야기'가 새롭게 조명된 것이 얼마나 기뻤는지 모른다. 남사당패를 데리고 와주었다는 차무영에게 잘했다고 칭찬을 해주고 싶었다. 기회는 생각보다 빨리 찾아왔다.

한 해가 저물어가는 십이월의 초였다. 차무영이 갑자기 나타났다. 그 녀석은 새빨개진 얼굴로 숲 속을 질주했다. 듣기론 더 이상 모지리가 아니라고 했는데, 모지리 때 하던 짓을 똑같이 하고 있어서 내가 잘못 알고 있었나 싶었다.

우물을 짚고서 숨을 몰아쉬는 차무영은 코를 훌쩍거리고 있었다. 녀석이 우는 걸 보는 건 처음이 아니었다. 어렸을 때도, 자랐을 때도, 모지리였던 동안에는 그런 모습을 실컷 봤으니까. 제정신도 돌아오고 예쁜 색시까지 얻어서 살림을 차렸다고 들었는데 왜 여기서 이러고 있을까 의문이 들 즘, 정소월이 달려왔다.

정확히 말하면 달려오던 중에 나무뿌리에 걸려 넘어졌다. 그런데 차무영은 우느라 제 색시가 자빠져서 땅을 구르는 것도 몰랐다. 정소월은 반응 없는 남편의 태도에 살짝 멋쩍어 하면서 일어났다. 꽤 아플 텐데도 씩씩하게 일어선 정소월의 모습이 인상적이었다. 나는 단번에 정소월이 마음에 들었다. 그녀는 옷에 묻은 먼지를 털고서 차무영에게로 갔다. 차무영은 여전히 우물을 붙잡고서 청승을 떨고 있었다.

"차무영."

정소월이 부르자 차무영은 반사적으로 뒤를 돌아봤다. 잘 훈련된 개 같았다.

"정해일 죽여 버릴 거야."

차무영이 운 걸 알아차린 정소월이 살벌하게 말했다.

"해일 형 때문에 운 거 아니야. 아니, 안 울었어. 추운데 뛰어서 콧물이 나온 거야."

"그 인간이 너 놀려서 뛰쳐나온 거잖아. 내가 직접 봤는데 뭐가 아니야."

"놀림받아서 그런 게 아니라, 스스로에게 실망해서 그랬어. 수능 망친 것 때문에."

"그 정도면 올봄에 검정고시 통과한 것치고 엄청 잘한 거야."

"그래도 너희 학교엔 못 들어가잖아."

차무영이 시무룩해했다. 그 모습을 보자니 또 예전의 기억이 떠올라 괜히 웃음이 났다. 차무영이 모지리였을 땐 한연화만큼 우물가에 많이 놀러 오곤 했다. 그리고 열 번 중에 일곱 번은 잔뜩 풀이 죽은 얼굴로 눈물을 흘리며 우물 안쪽을 내려다보았다. 제 눈물방울이 떨어져서 수면을 튀기는 걸 빤히 보는 것이다.

나는 마침 잘됐다고 여겼다. 들어보니 차무영에게 뭔가 우울한 일이 생긴 것 같은데, 이럴 때야말로 기분 전환을 해야 했다. 남사당패를 데리고 와 월산의 오래 묵은 나쁜 기운을 없애준 보답을 할 때였다. 나는 당장 차무영과 정소월에게 선물을 주기로 했다.

나는 눈을 감고 두 사람을 내 꿈으로 초대하였다. 나의 꿈은 변치 않는 기억이요, 시간의 조각이다. 정소월과 차무영이 우물가 바닥에 풀썩 쓰러져 곤히 잠들었다. 나는 두 사람의 무의식을 훔쳐보며 그들이 좋아할 만한 꿈을 꾸기로 했다. 그래, 그때의 꿈이 좋을 것 같다. 그렇게 우리의 꿈 여행은 시작되었던 것이다.

#3. 우물가의 대화

한창 흥미진진하던 순간 꿈이 깨져 버려 내 기분은 좋지 않았다. 조금만 더 있었으면 강순애가 나타날 것이었다. 원래는 차무영이 아니라 강순애가 한연화를 구해주었다. 지나가다 우연히 들른 것처럼 슥 나타나서는 왜 대낮부터 부인을 못살게 구냐며, 마을 사람들 수군거리는 게 부끄럽지 않냐며 쏘아붙였다. 차강문이 머쓱해하면서 사라지고 난 후에는 연화에게 늦어서 미안하다고 사과를 했다. 연화는 날 구해주는 건 순애뿐이라며 와락 안겼다.

내 계획은 그런 두 여자의 우정을 차무영과 정소월에게 보여주는 것이었다. 두 사람이 여전히 한연화에게 죄의식을 갖고 있었기 때문이다. 이만하면 너희는 할 만큼 했다, 봐라, 그때도 강순애가 한연화를 구했지 않느냐. 차강문의 후손이 아니라 강순애의 후손이라고 생각하면서 살아가라. 그래도 된다. 이게 내가 그들에게 주고 싶은 선물이자 축복이었다. 차무영이 제 증조부인 차강문에게 덤빌 줄은 꿈에도 몰랐다. 말 그대로 내 꿈속이었는데도 꿈에도 몰랐다! 그러니 내가 얼마나 재밌었겠느냔 말이다.

"너 재밌으려고 이 둘의 수명까지 갉아먹으려고 들어?"

"무슨 소리야. 그렇게까진 안 하지. 수명이 닳기 직전엔 꿈에서 내보내려고 했어."

"그 말을 믿으라고?"

꼬마의 몸으로 바리데기가 얄밉게 말한다. 자기 연민이 과한 할망구다. 생전에 부모에게 버림받고서 온갖 개고생을 한 탓인지 자기처럼 버려진 계집애들을 그렇게 예뻐한다.

"네 우물 속에서 월산의 악취가 나는데 널 어떻게 믿을 수가 있겠느냐."

"그게 내 탓인가? 인간들 탓이지."

맹세컨대 나는 한 번도 인간들에게 해를 끼친 적이 없다. 그저 여기에 있었을 뿐이다.

"넌 너무 오래 이곳에 있었다. 네 기운 때문에 예민한 사람들이 이곳으로 모이는 게야. 네 모습이 어설프게 보이니까 애들이 우물에 빠져 죽는 거고, 연이 없던 남녀가 엮여서 제 팔자대로 못 살게 되는 거라고."

"갖다 붙이기는."

나는 바리데기의 말을 귓등으로도 듣지 않았다. 하지만 알고 있었다. 내 우물은 바닥부터 썩어가고 있다는 걸.

"월산의 달이 날 봐주지 않는 걸 어떡해."

내가 달 핑계를 댔다. 피비린내가 나는 썩은 물이라고 해도 그 위에 달이 뜨면 눈부시게 빛이 났다. 오래전 깨끗했을 때의 모습을 되찾은 것 같은 착각이 들었다. 황홀하게 빛나는 건 내가 아니라 저 달님인 걸 알았는데도 말이다.

그래서 달 선녀 한연화가 좋았다. 그 아이도 나처럼 달의 그림자에 지나지 않았으니까. 달을 닮아서가 아니라 날 닮아서 좋아했다, 그 불쌍한 여인을. 이 우물이 그녀의 비밀 장소였던 것처럼 나도 그녀에게 비밀스러운 연정을 품었다.

"네가 날 찾아올 걸 알고 있었어. 남사당패가 월산에 자리를 잡았으니까 말이야."

남사당패는 마을을 방문하면 우물에서도 지신밟기를 한다. 우물은 마을의 중심, 정결해야만 하는 장소다. 나 같은 사념 덩어리가 있어선 안 되는 곳이다.

"너는 그렇게 못된 아이가 아니니까 스스로 월산을 떠날 마음의 준비를 할 시간을 주고 싶었다."

"친절한 처사로군."

진심이었다. 덕분에 차무영과 정소월을 만날 수 있어서 고마웠다.

"달 선녀는 월산을 떠나고 행복했을까?"

"내가 듣기론 그랬다고 한다."

"그럼 나도 월산을 떠나서 행복할 수 있겠지."

나는 눈을 감았다. 익숙한 풀과 물의 냄새, 나뭇잎 사이를 지나다니는 바람의 소리, 날 감싼 공기의 감촉 모두 잊지 못할 거다. 눈을 떠 하늘을 봤다. 겨울의 해가 다 지지 않았는데도 밝은 하늘에 달이 떴다. 내게 작별 인사를 하러 나온 것처럼.

"안녕, 월산의 달."

안녕, 나의 달 선녀님.

다시 눈을 감았다. 이번엔 영영 뜨지 않을 작정이다.

32
최종장

자칭 월산 제일의 꽃미남 집배원이자 의리의 사나이이며 순경 박미래의 남자친구인 이우진은 어느 날 발신인이 '정소월과 차무영'으로 되어 있는 편지 몇 장을 배달하게 되었다. 그중에는 자신과 누나, 심지어 어린 조카 앞으로 된 것들도 있었다.

'이 환장의 커플이 또 무슨 짓을 꾸미려고……'

정소월과 차무영은 어느덧 결혼한 지 햇수로는 사 년째가 되었는데, 성숙한 부부라기보단 여전히 목하 열애 중인 혈기 왕성한 커플 같았다. 눈꼴 시리는 짓들을 뻔뻔한 태도로 빈번히 하고 다녀서 주변인들에게 은근히 민폐를 끼치고 있었던 것이다.

가령, 차무영의 망할 뇌와 주둥이는 무슨 일이든지 화제를 정소월에게로 돌리는 대단한 능력이 있었다. 한번은 이우진이 생각 없이 더블데이트를 제안한 적이 있었다. 두 커플은 만봉시에 있는 아쿠아리움으로 놀러 갔었다.

거대한 터널로 된 수족관 아래를 지나가고 있을 때였다. 영화에서나 나올 법한 상어 한 마리가 다른 물고기들과 함께 그들 머리 위를 지나갔다. 그때 우진의 감상이라곤 '저 상어는 뷔페에서 뒹구는 기분이겠네' 따위가 고작이었다. 그런데 차무영은 달랐다.

"상어의 존재감은 정말 엄청나구나. 상어밖에 안 보여."

"그거야 여기가 상어 터널이고 다른 물고기들은 조그마니까."

"마치 우리 소월이의 존재감 같아."

우진의 지적에도 무영은 아랑곳하지 않았다. 수달이라던가, 펭귄같이 귀엽고 깜찍한 것들을 보면서 유난을 떨면 머리로나마 이해가 됐을 거다. 물론 그렇다고 마음에서 우러나오는 건 아니었겠지만. 하여간, 도대체가 무슨 생각을 하고 살면 상어를 보고 그런 속 뒤집어지는 말을 떠올릴 수 있는지 우진은 이해할 수 없었다.

"소월이 생각."

무영은 해사한 얼굴로 꾸밈없이 말했다. 우진은 대놓고 토하는 시늉을 하면서 '얘 진짜 이상하지?'라는 뜻을 담아 미래에게 동의를 구하는 눈빛을 보냈다. 문제는 차무영을 이해하지 못한 사람이 우진뿐이라는 거였다. 우진의 여자친구인 박미래 순경은 콩깍지가 겹겹으로 쓰인 무영에게 감탄하였고 나중에 가서는 존경심까지 갖게 되었다. 결국 우진과 단둘이 있을 때 지나가는 말로 슬쩍 '소월 언니는 참 좋을 것 같더라'라고 하며 우진의 속을 쓰리게 하였다.

차무영 혼자서 천하에 둘도 없는 칠푼이 공처가 노릇을 자처하면 그나마 나았으련만, 정소월도 만만치 않았다. 무영은 두 해에 걸쳐 세 번의 검정고시와 한 번의 수능을 봤는데 그동안 소월의 뒷바라지가 아주 지극정성이었다. 특히 수능을 백 일 앞두고는 대뜸 덕을 쌓아야겠다고 선포했다.

"네가 신을 믿는다고?"

소월이 월산 근처 지역에 불심 깊은 스님이 계신 사찰이나 오래된 성당이 있으면 추천해 달라고 하자 묵호가 뜨악해하며 물었다.

"내가 월산에 오고 나서 겪은 일들이 있잖아. 그렇게 불가사의한 경험을 했는데 사후 세계와 신을 못 믿을 게 뭐야?"

"아니, 내 말은 너의 신앙심에 대한 건데. 너한테 신실함이란 게 있냐는 거지."

"신앙심? 다니다 보면 생기겠지."

"꼭 그렇지만은 않을 거 같은데."

"보면 알겠지."

소월이 자신만만하게 말했다. 그러나 볼 것도 없었다. 소월의 접근 방식부터가 이미 순수한 신앙심과는 거리가 먼 것이었기 때문이다. 소월은 온갖 신들에게 기도를 드렸다. 한 번에 종교를 세 개나 믿기 시작한 거다. 그 와중에 가는 게 있어야 오는 게 있는 법이라면서 각종 종교 행사에 꼬박꼬박 참여했다. 성당에서 세례를 받고, 교회 자선 바자회에 나갔으며, 절에서 여는 법회에 참석하기도 했다. 나일론 신자 주제에 쓸데없이 성실했다. 보다 못한 단주가 소월에게 진지하게 조언을 하기도 했다.

"모두 믿는 건 아무것도 안 믿는 것만도 못해."

"됐어. 하나만 얻어 걸리면 돼."

"와, 이 불경스러운 것."

그렇다. 애초에 정소월의 인스턴트 신앙은 오롯이 차무영의 수능 대박 기원을 위한 수단에 불과했다. 그러면서도 그녀는 불경과 성경은 열심히도 읽었다.

"학문적으로 무척 흥미롭거든."

"얄미운 지식인 같은 소리를 하네."

결과적으론 단주와 묵호가 옳았다. 무영이 수능을 망친 것이다. 여기서 '망쳤다'는 표현을 쓰느냐 마냐에 대한 작은 논쟁도 있었다. 원하던 것을 성취하지 못했을 때에도 주관적인 기준에 따라 망쳤다는 말을 쓸 수 있다는 묵호와, 누가 봐도 실패했다고 판단할 때에만 망쳤다는 말을 써야 한다는 단주의 대립이 팽배했다. 제삼자가 별 시답잖은 걸로 열을 올릴 동안 당사자인 무영과 소월은 그다지 나쁘진 않지만 그렇다고 명문대에 갈 만하진 않은 점수의 성적표를 보며 씁쓸해하였다.

수능 성적 발표일 이후로 소월은 성당도, 교회도, 절도 가지 않았다. 그 후 크리스마스와 연말에 저택의 집사인 희태는 성당과 교회와 절에서 온 성탄 카드와 연하장, 달력 등을 처분하느라 애를 먹었다.

하루의 일과를 끝내고 집으로 돌아온 우진은 정소월과 차무영이 보낸 세 장의 편지를 한꺼번에 뜯었다. 누나와 조카의 허락은 필요치 않았다. 딱 봐도 전부 똑같은 카드였기 때문이다.

"집에 왔으면 먼저 씻어라, 좀."

우진의 누나인 수진이 잔소리를 했다. 그녀의 시선이 거실 테이블에서 멈췄다. 우진이 험하게 찢은 봉투들이 어지럽게 놓여 있었기 때문이다.

"이건 오자마자 일을 만들고 있네."

"누나."

"누나고 뭐고 바닥에 떨어진 거 빨리 주워라."

"소월이랑 무영이 결혼한대."

"얘가 과로를 했나. 두 사람 이미 부부야. 잊었니?"

"또 한다는데?"

우진이 말했다.

"이거 청첩장이야."

우진이 하얀색 카드를 흔들어 보였다.

정소월과 차무영의 두 번째 결혼식은 은밀하게 계획되었다. 무영이 청첩장을 주기 전까진 희태조차 까맣게 모르고 있던 일이었다. 심지어 결혼식 날짜도 코앞이었다. 청첩장들은 설 연휴가 끝나고 도착하였는데, 결혼식은 정월 대보름에 예정되어 있었다. 그러나 갑작스러운 결혼식에 하객들이 시간을 내지 못할 일은 없었다. 왜냐하면 모두 소월과 무영이 평소에도 연락을 하고 지내던 사람들이어서, 미리 사전 조사를 끝내고 다들 시간을 낼 수 있는 날에 식을 잡은 것이기 때문이다.

정소월과 차무영은 치밀한 구석이 있었다. 게다가 하객이라 봐야 저택의 사람들, 소월의 친정 식구들, 희태의 가족, 우진과 미래, 민혁과 주호, 고해숙 원장과 남순주 박사, 왕마담 정도였다. 왕마담은 무려 월산의 최장수 할머니 기록에 도전하고 있는 중이었다.

결혼식장은 저택이었다. 정확히 말하면, 별채의 정원이었다. 장소와 날짜를 정하고 청첩장을 준비하는 것까진 소월과 무영 둘이서만 할 수 있었지만, 그 후의 실질적인 준비는 저택 사람들의 도움이 필요했다. 희태는 못내 서운함을 감추지 못하면서 만찬 준비를 하려면 메뉴 선정부터 얼마나 많은 시간이 걸리는 줄 아냐며 성을 냈다. 다행인 건 그는 만찬 준비에만 신경을 쓰면 된다는 점이었다. 정원을 꾸미는 건 남사당패의 도움을 받기로 했다. 일방적으로 통보된 결혼 소식 때문에 저택 사람들의 몸과 마음이 다급해졌다. 그럼에도 모두 진심 어린 축하를 잊지 않았다. 다만 엄마들이 문제였다.

"이렇게 중요한 일을 나하고 상의도 없이, 또?"

소월의 청첩장이 서울에 도착하자마자 그녀의 어머니인 문정수가 월산에 내려왔다.

"맞아. 이번엔 네가 진짜 잘못했어. 우리가 너 처음에 결혼 몰래 한 걸로 얼마나 상처받았었는데."

함께 내려온 해일이 옆에서 동조했다. 대학을 졸업하고 한창 경영 수업을 받고 있는 해일은 나날이 홀쭉해져 가고 있었다. 그래서인지 제법 날카로운 경영인의 태가 났다. 소월 앞에선 여전히 덜렁거리는 모자란 오빠였지만 말이다.

"저한테 복수하는 게 틀림없다니까요."

정수의 맞은편에 앉아 있던 영선이 말했다.

"저번 결혼식 때 나한테 당한 걸 그대로 갚아주는 거라고요."

"반은 맞고 반은 틀려요."

정수에 대한 미안함으로 묵묵히 있던 소월이 마침내 입을 열었다.

"복수는 아니에요. 하지만 그때와는 다른 진짜 결혼식을 하고 싶었어요. 지금이야 해피엔딩이라지만 당시에 저는 불행한 신부였잖아요."

소월의 말에 응접실에 있던 사람들이 숙연한 표정을 지었다.

"가족도 친구도 없고, 모르는 사람들이 축하 아닌 축하를 하러 온 결혼식이었어요. 무영이도 저와 다를 바가 없었고요. 심지어 그땐 우리 둘도 서로를 사랑하지 않았는걸요. 아무 의미가 없는 결혼식이었어요. 그래서 진짜 결혼식이 하고 싶어진 거예요. 우리를 정말 축복해줄 사람들 속에서요. 미리 상의드리지 못했던 건 죄송해요. 하지만 그러면 또 양가 부모님들이 사회적인 체면을 고려하실 수밖에 없을 것 같았어요. 우리 둘이 몰래 준비한 결혼식이면 다른 사람들을 부르지 않아도 변명할 거리가 생기잖아요."

"귀띔이라도 해줬으면 좋았잖아. 난 그때도 지금도 엄마로서 해준 게 없는데."

"맞아. 나도 그래."

영선이 끼어들었다.

"하나뿐인 아들의 결혼식을 망친 거에 대한 사과는 할 수 있게 해줬어야지."

두 엄마가 서로 눈빛을 교환했다. 그녀들은 사돈 간에 거의 처음으로 의견이 맞았다.

"그런 걱정은 마세요. 두 분은 결혼식이 끝나면 저희한테 해주셔야 할 게 엄청 많거든요. 몇 년 안에 저희에 대한 미안함 따윈 싹 사라지게 될 거예요. 철면피들이라고 생각하실 수도 있고요."

"그게 무슨 말이니?"

"저희 유학 보내주세요."

소월이 거침없이 말했다. 옆에 있던 무영이 멋쩍은 듯 나섰다.

"저 때문이에요. 제가 소월이가 다니는 명문대에 들어가질 못할 것 같아서……."

"그게 왜 너 때문이야. 원래 내 계획이었어. 네가 수능을 잘 보든 못 보든 간에 말이야. 삼 년 전에 네가 나 데리러 서울에 오기 전에 결정했던 거야."

소월이 말했다.

"나 그때 대학원 자퇴했어. 담당 교수님하고 상의 끝에 내린 결정이야."

"뭐라고?"

무영의 눈이 동그랗게 커졌다.

"나한텐 그런 말 없었잖아."

"말했으면 네가 미안해하느라 공부에 집중 못 했을 테니까 어쩔 수 없었어."

"그래도 그렇지. 내가 네 남편인데 그렇게 중요한 얘길 숨기면 어떡해."

"그건 미안하게 생각해. 하지만……."

"우린 운명 공동체잖아. 네 인생이 바뀔 수도 있는 선택이었는데 나한테 한마디도 없이? 내가 그렇게 못 미더워?"

"그런 게 아니잖아. 당시 상황을 생각해 봐."

"내가 시험에 떨어질까 봐 그런 거잖아. 내 실력을 믿지 못했으니까 그런 거지."

"왜 또 그렇게까지 말해."

두 사람이 옥신각신하였다. 그러거나 말거나 놀이패의 무동들은 응접실 안팎을 뛰어다녔고, 해일은 차를 내온 희태와 서로의 안부를 물었으며, 영선과 정수는 결혼식과 관련하여 의견을 나누었다.

"별채 정원이면 야왼데 이 겨울에 너무 춥지 않을까요? 게다가 야간 결혼식이잖아요."

"안 그래도 천막을 치려고 했는데 그러면 밤에 하는 의미가 없다면서 싫다고 고집을 피우더라고요. 정월 대보름에 하는 결혼이니만큼 꼭 달 아래에서 식을 할 거라고요."

"정말 죄송해요. 저희 소월이가 자기 멋에 취할 때가 있어서……."

"제 아들도 문제죠. 낭만은 얼어 죽을, 이러다 하객들이 얼어 죽게 생겼는걸요."

"그래도 기발하긴 하네요. 월산이 달로 유명하다면서요. 아름다운 결혼식이 될 것 같긴 해요."

"그렇죠. 우리 무영이가 센스가 남달라요."

"우리 소월이 아이디어겠죠."

"같이 냈겠죠."

두 여자가 묘한 신경전을 벌이며 가식적인 미소를 나누는 동안 소월과 무영의 다툼은 끝이 났다.

"내가 말실수했어. 네가 날 무시해서 그런 게 아니라 배려해 준 건데."

"아냐. 네 말이 다 맞아. 너하고 상의했었어야 했어. 적어도 오늘 전엔 말해줬어야 했는데."

"바빴잖아. 장모님이 갑자기 오시기도 했고. 다 이해해."

"무영아."

"소월아."

아, 나의 짝은 얼마나 사려 깊고 다정한가. 두 사람이 서로에게 감동하여 끈적끈적한 눈빛을 나누었다. 그 모습을 가만히 지켜보던 희태와 해일은 심드렁하게 콧방귀를 뀌었다.

"부부싸움은 칼로 물 베기라던데 저 정도면 물은커녕 공기 가르기 정도 아닌가요?"

"저희 저택 사람들끼리는 두 분의 싸움을 손으로 물장구치기라고 부르고 있습니다."

"평소에 집사님이 고생이 많으시겠습니다."

"참기 힘들어질 때면 도련님이 모지리였을 때를 떠올리곤 한답니다. 그러면 한결 마음이 편해지죠."

"생존 방법을 터득하셨군요."

"그런 셈이죠."

두 사람의 시시콜콜한 대화는 영선의 높고 우아한 목소리에 의해 중단되었다.

"닭살은 그만 떨고 유학 얘기로 돌아가자."

영선의 직설적인 표현에 소월과 무영의 얼굴이 빨개졌다. 해일은 그제야 체증이 좀 내려가는 것 같았다.

"소월이가 먼저 꺼낸 계획 같으니 한번 애기해 보렴."

"월산에서의 사건들이 수습될 즘이었어요. 저와 무영이에게 일어난 일들, 우리가 겪었던 트라우마와 과학으론 설명할 수 없는 것들에 대해 생각하게 됐고 문득 새로운 공부가 하고 싶어졌어요. 심리학과 종교학이요. 그전까진 대학원에 들어가고서도 뭘 어떻게 공부해야 할지 갈피를 잡지 못했었는데 이제는 목표가 생긴 거예요. 그리고 무영이한텐 미안하지만, 현실적으로 무영이가 명문대에 한 번에 합격할 것 같진 않았어요. 근데 또 저도 무영이랑 캠퍼스 커플이 되고 싶었거든요. 그렇다고 마냥 대학원을 휴학하는 건 담당 교수님께도 폐가 되고요. 그래서 상담을 했더니 유학을 권유하셨어요."

"외국으로 가서 무영이는 대학교에 다니고 너는 대학원에 다닐 생각인 거구나."

"네. 어차피 둘 다 준비 기간은 엇비슷할 거 같았고요. 저하고 계속 공부해서 무영이 영어 실력도 빠르게 느는 편이니 영어권 쪽으로 생각하고 있어요. 영국이 낫겠죠. 제가 자란 곳이니까."

소월의 말에 정수가 미간을 구기며 딸의 말을 정정했다.

"네가 불우하게 자란 곳이지."

"그래서 더 가고 싶어요. 전 더 이상 외톨이 꼬마가 아니잖아요. 이렇게 든든하고 멋진 내 편이 함께 가줄 테니까 어디든 문제없어요."

소월이 무영의 손을 잡으며 말했다.

"소월이는 제가 월산에서 살 수 있게 해줬어요. 소월이 덕분에 월산은 제게 다시 추억이 깃든 고향이 될 수 있었던 거예요. 저도 소월이한테 같은 걸 해주고 싶습니다. 소월이의 어린 시절을 다시 예쁘게 그려주고 싶어요."

무영이 소월을 바라보며 확신에 차서 말했다.

"꼭 그렇게 할 거예요. 소월이를 행복하게 해줄 자신이 있습니다. 허락해 주십시오, 장모님."

정수는 불현듯 무영과 처음 만났을 때를 떠올렸다. 딸을 도둑맞았다는 사실에 참담해 있던 정수 앞에 무영이 나타나 소월을 사랑하고 있다고 고백했다. 당시에는 소월도 미처 가늠하지 못한 깊은 연정이었다.

"소월이가 저를 기다릴 수 있도록 곁에서 지켜주세요."

위험한 월산에서 소월을 내보내기 위해 무영은 두 사람의 결혼식을 언론에 알렸고 파혼을 감수했다. 소월이 갖고 있던 이중인격 장애를 알아차리고 그녀를 보호하기 위해 애썼다. 정수에게 무영은 어찌 됐든 딸을 훔쳐 간 남자였는데, 졸지에 그녀는 무영의 부탁으로 소월을 맡게 된 처지가 되었다. 도둑이 보물을 돌려주면서 안전하게 잘 지켜달라고 부탁하는 꼴이었다. 그런데도 밉지가 않았다.

"허락해 주십시오, 장모님."

무영이 한 번 더 힘주어 말했다. 정수는 이제 정말 소월을, 자신이 소중히 지켜온 보물을 내줘야 할 때가 됐다고 생각했다.

"자네만 믿겠네."

"감사합니다. 실망시키지 않겠습니다. 감사합니다."

절이라도 할 기세인 무영을 말리면서 소월도 정수에게 고맙다고 했다. 그녀의 눈동자가 번들거렸다. 이 따뜻하고 감동적인 순간의 산통을 깬 건 차영선이었다.

"내 허락은?"

토라진 기색이 역력한 영선을 보자니 해일은 저도 모르게 웃음이 났다. 첫인상은 무시무시한 마녀 같았는데 알면 알수록 안사돈 어른은 아이 같은 면모가 있었다. 응접실 안에 있는 사람들 중에 영선이 서운해서 그러는 거라는 걸 모르는 이가 없었다.

"어머닌 당연히 해주실 거잖아요. 또 괜히 그러셔."

무영이 애교 있게 말했다. 영선은 누구 맘대로 당연하냐며 도도하게 굴었다.

"어머님은 허락해 주실 수밖에 없어요."

소월이 여유롭게 미소까지 지으며 말했다. 사 년째 시집살이를 하고 있는 소월이었다. 영선을 다루는 것쯤이야 이젠 일도 아니었다.

"저희 유학의 진짜 목적은 따로 있거든요."

"유학의 목적?"

"지훈 형도 같이 갈 거예요."

무영이 대신 대답하였다. 그의 말에 놀란 건 비단 영선뿐만이 아니었다.

"지훈이를 데리고 가신다고요?"

희태가 걱정스러운 얼굴로 재차 물었다. 지훈은 그에게 무영과 마찬가지로 조카와 같은 존재였다. 더구나 많이 호전됐다고 해도 여전히 기억상실증을 앓고 있어 저택에서 요양 중이었다. 언제 광증이 발병할지 몰랐기 때문이다.

"이건 예전부터 저랑 소월이가 의논해 오던 거예요. 아저씨도 아시잖아요. 제가 지훈 형을 외국에 있는 병원에서 치료받게 하고 싶어 한 거."

"제가 말렸지만요."

소월이 끼어들었다.

"몇 년 전까지만 해도 지훈 씨 상태가 많이 불안정했고, 함께 떠날 사람이 마땅치가 않았으니까요. 명인 아저씨는 연세도 있고, 무엇보다 온천타운을 경영해 주셔야 했고요."

"그러다가 깨달은 거죠. 저와 소월이야말로 이 일의 적임자라는 걸."

무영이 말했다.

"지훈 씨의 치료를 위해서라는데 어머님이 허락을 안 해주실 리 없잖아요."

소월이 싱긋 웃으며 말했다. 작년부터 영선은 지훈과의 관계 회복을 도모하고 있었다. 회복할 만한 관계가 있었던 적도 없었기 때문에 사실상 재구축이라고 할 수 있었다. 지훈이 정신을 놓은 게 삼 년 전이니 조금 늦은 감이 없지 않았지만 그것도 감지덕지한 일이었다. 명인은 정말 기뻐했다. 그와 차혜윤이 반쪽짜리 진실을 가슴에 묻은 채 서로 엇갈리는 바람에 가장 큰 피해를 본 사람들이 영선과 지훈이었기 때문이다.

"지훈이를 앞세우다니 얌체 짓을 하는구나."

"좋게 생각하세요, 어머님."

"지훈이는 가겠대? 말은 했니?"

영선이 가장 중요한 부분을 짚어 물었다.

"형은 알고 있어요. 우리 둘이 곧 유학을 갈 건데, 거기에 좋은 병원이 있으니 형의 기억상실증도 고치러 가자고 했거든요. 결혼식을 하고 갈 거란 건 몰랐지만요."

"그럼 셋이서 어른들을 감쪽같이 속인 거야? 명인 아저씨한테도?"

"아, 명인 아저씨도 알고 계세요. 또 아버지도……."

"나만 몰랐던 거야?"

영선이 벌떡 일어나 소리쳤다. 그러자 해일의 옆에 있던 희태도 '저도 몰랐습니다!'라며 덩달아 일어섰다.

"너무 서운해하지 마세요, 사부인. 저희는 아무도 모르고 있었잖아요. 그렇지, 해일아?"

정수가 영선을 진정시키며 침착하게 말했다. 소월이 머뭇거리며 '아빠는 알아'라고 말하기 전까진.

"너희 둘 다 엄마들한테 불만 있니? 아빠는 아는데 엄마는 왜 몰라?"

"다른 건 다 엄마랑 더 많이 얘기하잖아요. 유학은 일단 재정적인 지원을 받아야 하니까……."

"그래서 회장님이신 아빠한테 먼저 알랑방귀를 뀌었다, 이거구나?"

정수가 정곡을 찌르자 소월은 할 말을 잃었다. 영선은 우리 집에선 경제권도 나한테 있는데 왜 아빠가 먼저냐며 어이없어 했다.

"일부러 그런 건 아니에요. 저번에 아버지랑 명인 아저씨랑 지훈 형이랑 같이 온천에 들어갔다가 분위기에 휩쓸려서…… 그런 거 있잖아요. 남자들만의 유대감."

"이래서 딸을 낳았어야 했는데!"

이유가 변변치도 않아서 영선은 더욱 신경질이 났다. 그러나 결국 그녀도 마지못해 두 사람의 유학을 허락했다. 두 어머니는 야단이 났다. 영선과 정수는 한 목소리로 자식들의 흉을 봤다. 영선은 입에 따발총을 단 것 같았다.

"애들이 공부만 해서 그런지 현실 감각이 정말 없네요. 유학 갈 준비하는 게 그렇게 쉬운 줄 아나? 지들이 영어가 되고 젊으면 뭐해요. 땅바닥에서 자려고 그러나. 집도 구해야 되고, 가구도 손봐야 되고. 지훈인 또 어떻고요. 물론 지훈이도 정신과 의사까지 했을 정도로 똑똑한 애라 영어 쓰는 덴 지장이 없을 거예요. 그래도 일반 사람들보다는 적응하기 더 힘들 건데 말이죠. 이런 건 어른들이랑 진작 상의를 하고 오랜 기간 숙고해서 이것저것 준비해야 하는 건데요."

정수는 연신 고개를 끄덕이며 영선에게 동의를 표시했다.

"그래도 허락받았다."

무영이 물색없이 해맑게 웃으며 말했다. 소월은 무영에게 살짝 기댔다.

"떨린다. 그치?"

"너랑 있으니까 괜찮아."

한쪽에선 두 어머니가 난리를 피우고, 다른 한쪽에선 소월과 무영이 둘만의 공간을 만들어내고 있었다. 해일과 희태는 고개를 절레절레 저으며 응접실을 빠져나갔다.

　시간은 빠르게 흘렀다. 새파랗게 젊은 부부가 십 년도 안 돼서 또 결혼식을 치르는 게 남들 보기엔 우스웠기 때문에 이 일에 대해서는 저택 밖으로 새 나가는 것이 일절 없었다. 그러므로 밖에서 보기엔 평소와 다를 바 없는 저택이었지만 그 안쪽의 사정은 완전히 달랐다. 모두가 소월과 무영의 결혼식을 위해 제각기 바빴다.

　희태와 주방장, 두 명의 메이드는 만찬 준비와 저택 청소로 정신이 없었다. 놀이패의 장정들은 묵호의 지휘 아래 별채의 정원에 천장이 없는 장막을 세우고 야외식장을 꾸몄다. 겨울밤 야외 결혼식이었기 때문에 난방 기구를 특히 꼼꼼히 설치했다.

　단주는 무동들에게 축가를 준비시켰다. 진주와 태현민은 둘이서만 뭔가를 속닥거리며 저택 곳곳을 돌아다녔다. 소월이 지나가면서 흘깃 보니, 길한 부적 같은 것을 붙이고 다니는 모양이었다.

　영선과 정수는 결혼식 후의 일들을 준비하였다. 정수는 영국으로 사람을 보내 살 만한 집과 무영이 다닐 어학원을 알아보게 했다. 영선은 고해숙 원장을 찾아가 지훈의 상태에 대해 대화를 나누며 어떤 병원이 좋을지 고심했다.

　저택 내부가 바쁜 동안 동진과 명인은 온천타운과 남사당 공연장을 관리했다. 식의 주인공인 소월과 무영은 우진과 미래에게 끌려 다니면서 웨딩 촬영을 당했다. 두 사람은 사진을 찍히는 당사자들보다 더 즐거워했다. 이 모든 게 일주일 만에 진행되었다.

　결혼식이 열리는 정월 대보름에는 낮부터 비가 내렸다.

　"놀랍지도 않아. 저번에도 비가 왔잖아."

　"그리고 금방 그쳤잖아. 밤까지 기다려 보자."

　무영이 뾰루퉁해진 소월을 달랬다. 달빛 아래에서의 결혼식이 무산 될까 불안해하는 신부와 달리 하객들은 신나 보였다. 그들은 식전 피로연을 즐기고 있었다. 서로 건너, 건너 다 아는 사이였기 때문에 어울리기가 어렵지 않았고 무엇보다 그들에겐 차무영과 정소월이라는 공통 주제가 있었다. 여기저기서 흥겨운 대화 소리가 들렸다.

"조금만 먹어봐."

무영이 과일 몇 조각을 접시에 담아 갖고 왔다.

"안 돼. 저녁에 드레스 입으려면 배 비워놔야 돼."

"그동안 다이어트 했잖아. 사이즈 잘 맞던데?"

"밖에서 있으면 춥잖아. 몸에 핫팩 붙이고 입으려면 굵어야 돼."

겨울이니 코트나 망토를 두르는 게 어떠냐고 했지만 소월은 윤미가 만들어준 웨딩드레스 하나만을 입고 싶어 했다.

"그러다 식 올리기 전에 너 쓰러지겠다."

"내가 쓰러질 일이 생긴다면 그건 저 인간들 때문에 혈압이 올라서 그런 걸 거야."

소월이 우진과 해일을 노려보며 말했다. 두 사람의 손에선 샴페인 잔이 떨어질 줄 몰랐다. 벌써부터 취기가 오른 우진과 해일은 사람들을 붙잡고 소월과 무영에 대해 주저리주저리 떠들었다.

"내가 무영이 첫 키스 상대라니까요."

우진은 이 말을 끊임없이 반복했다.

"소월이한테 맞아봤어요? 엉? 안 맞아봤으면 말을 마세요."

해일이 손을 파닥거리며 계속 소월을 따라 했다. 그들은 어느새 피로연의 한가운데에서 주인공들인 소월과 무영보다 더 큰 주목을 받고 있었다.

"우리 무영이 요정인 줄 알았는데……. 그 곱고 순진하던 숲 속의 요정님이 어느새 시커멓게 자라서 한 여자의 남편이 되고……. 유학도 가고……. 유학 가면 또 언제 오려나……."

최종장 517

"사실은요? 맞는 게 좋았다 이거예요. 제가 변태라서 그런 건 아니고요. 우리 소월이의 손바닥이 등을 스치우면 아, 그래도 날 때릴 만큼은 오빠라고 생각하는구나! 생판 남은 안 때릴 테니까! 그래, 나한테 마음을 여는구나!"

"요정님인데 왜 여자가 아닌 거지……. 물론 요정 아닌 차무영도 좋긴 해요. 애는 착해서……."

"기껏 친해졌는데 하나밖에 없는 여동생이 또 유학을 가네요. 형제자매라곤 소월이밖에 안 남았는데."

두 사람의 술주정은 자연스럽게 푸념으로 이어졌고 끝내는 서로를 부둥켜안고 꺼이꺼이 우는 지경에 이르렀다. 혼자 있었으면 그나마 감정을 추슬렀을 텐데, 같이 울 동지가 있다 보니 눈물은 멈추지 않았다. 그들은 급기야 동요 '작별'을 부르기 시작했다. 소월의 입장에선 불운하게도, 멋모르는 무동들이 '노래한다! 나 저 노래 알아!'라며 따라 부른 바람에 피로연은 순식간에 환송회가 되어버렸다.

"차무영! 잘 다녀와라! 건강해라! 우리 우정 잊지 마라!"

"소월아, 오빠가 한국 지키고 있을게! 집 지키고 있을게!"

마지막 외침을 끝으로 두 남자는 동시에 뻗어버렸다. 타이밍이 너무도 절묘했기 때문에 소월은 두 사람이 노래를 부르는 중에 술이 깼고, 쪽팔려서 그대로 잠이 든 척하는 거라고 확신했다. 그래서 일부러 그들을 옮기려는 사람들을 말렸다.

"저렇게 아쉬워하는데 피로연과 식에 끝까지 참석해야죠."

그리하여 남은 피로연은 중앙에 정해일과 이우진의 몸뚱이를 덩그러니 둔 채로 진행되었다. 무영은 그들을 보며 마치 제단에 오른 산 제물 같다고 생각했다. 무동들이 두 남자의 얼굴에 낙서를 했다.

피로연은 비가 그칠 때까지 하염없이 이어졌다. 비는 딱 결혼식 시간에 맞춰 그쳤다. 그러나 빗물을 정리하느라 식은 한 시간 정도 더 늦어졌다. 그때까지도 소월은 쫄쫄 굶고 있어서 무영의 애간장을 태웠다.

거짓말처럼 맑게 갠 밤하늘에 커다란 은백색의 보름달이 고고히 빛나고 있었다. 그 유명한 월산의 달이다. 황홀한 위용과 위압적인 존재감이 이 산의 주인은 그야말로 저 높은 달님임을 깨닫게 해주었다. 월산의 달이 굽어보는 가운데 소월과 무영의 결혼식이 시작되었다. 주례는 없었다. 대신 해일과 우진이 사회를 봤다. 본식 시작 직전에 깨어난 두 사람은 서로의 얼굴에 그려진 낙서를 보고 비웃었다. 그러나 끝까지 지우진 않았다. 만담 콤비 같은 두 사람 때문에 결혼식은 시종 유쾌했다. 준비한 사람들에 한정하여 축사가 이어졌다. 소월과 무영의 부모님, 경희태에 이어 명인과 지훈이 함께 나섰다.

"여기 있는 분들은 다 아시겠지만 지훈이가 조금 아픕니다. 그래서 혹시라도 실수를 할지 모르니 저에게 축사를 도와달라고 하더군요. 저는 거기에 발만 담갔습니다."

명인이 재치 있게 말했다. 지훈이 한 걸음 앞서 나왔다.

"사랑하는 내 동생, 무영아. 그리고 무영이의 짝이 되어준 소월 씨."

그의 차분한 목소리가 밤공기에 녹아들었다.

"고맙습니다."

지훈이 말했다. 그리곤 오랫동안 말이 없었다. 사람들은 조금씩 웅성거렸다. 지훈은 달을 한 번 쳐다본 뒤 말을 이었다.

"많은 것이 기억나지 않지만 어쩐지 고맙다고 하고 싶었어요. 고맙고, 축하합니다."

그게 끝이었다. 지훈은 수줍어하며 '말주변이 없어서'라는 말을 덧붙였다.

"긴 말이 필요 없으니까요. 여기 있는 모두가 저 두 사람이 어떻게 역경을 이겨냈는지 알고 있지 않습니까."

명인이 거들었다. 그의 축사가 이어졌다.

"어렵고 힘들 때 만나, 진흙 속에서 진주를 찾아내듯 서로를 알아
봤습니다. 사랑에 빠지는 것에도 용기가 필요했던 순간에 두 사람은
서로를 위해 어둠 속에서 한 걸음, 한 걸음 앞으로 나아갔습니다. 나
역시 고맙다고 말하고 싶습니다. 서로를 찾아줘서, 사랑해 줘서 고맙
다고 말하고 싶습니다. 왜냐하면 두 사람의 뒤에 남은 어둠 속에 제가
있었거든요. 나뿐만이 아닐 겁니다."

명인이 사람들을 둘러보았다. 그의 시선이 지훈과 영선, 세황에게
로 닿았다.

"우리는 결국 두 사람을 따라 어둠에서 빠져나올 수 있었습니다."

명인이 잠시 말을 쉬었다. 그는 고개를 젖혀 하늘에 뜬 달을 올려다
보았다. 수십 년간의 고독이 주마등처럼 스쳐 지나갔다. 한연화와 강
순애, 두 명의 어머니가 떠올라 명인의 눈가가 촉촉해졌다. 세황이 분
위기 망치지 말라며 큰 소리로 핀잔을 주자, 하객들이 웃음을 터뜨렸
다.

"늙은이가 주책을 부렸군요. 짧게 끝내겠습니다."

명인이 살짝 몸을 틀어 단상 위에 있는 소월과 무영을 바라보았다.

"누구보다 행복하게 잘 살려무나. 달님이 지켜봐 주실 거다."

명인의 말이 끝나자마자 하객들이 박수를 치며 잘 살라고 한마디씩
거들었다. 곧 바로 축가가 이어졌다. 날이 추웠기 때문에 결혼식은 빠
르게 진행되었다. 웨딩드레스와 턱시도를 입은 신랑 신부가 하얗게 질
려 덜덜 떨고 있었기 때문이다.

두 사람은 추위를 핑계로 식 내내 서로를 끌어안고 있었다. 그들의
왼손 약지에는 두 사람만의 애칭이 새겨진 하얀 반지가 달빛을 받아
반짝이고 있었다. 소월과 무영은 축가를 들으며 월산의 달을 감상하
였다.

"네가 월산에 온 날 밤의 달을 기억해. 초승달이었어."

무영이 속삭였다. 그의 머리 위로는 풍만한 보름달이 떠 있었다.

"그 밤에 너는 엉엉 울었지. 그런데도 난 알고 있었는지 몰라. 이 울보가 날 구원해 주러 온 사람이었다는 걸."

무영이 소월을 더욱 강하게 안았다.

"이렇게 아름다운 달이 있는 줄 알았다면 더 빨리 왔을 거야."

소월이 말했다. 그녀는 달이 아니라 무영을 바라보았다. 소월은 월산에서의 일들을 떠올렸다. 달처럼 아름다웠지만 밤과 같은 어둠에 잠식된 사람들의 슬픈 이야기를.

영원히 사랑하겠노라고 약속하는 무영의 눈빛은 달빛보다 감미롭게 반짝거렸다.

'나의 달, 무영(無影).'

소월은 눈을 감았다. 눈을 감아도 무영의 빛이 느껴진다, 그의 숨결과 함께. 그 어떤 어둠 속에서도 사라지지 않을 찬란한 빛, 그들의 달은 그림자가 없다.

외전
122B Baker Street

　케이트 패닝은 슬슬 엉덩이가 시렸다. 그녀가 리젠트 공원의 나무 아래에 철퍼덕 주저앉은 지도 벌써 삼십 분째였다. 도심 속에서 사람들과 어울려 살아가는 법을 터득한 다람쥐가 그녀의 발치에서 털을 골랐다. 케이트는 그 작고 부산스러운 몸짓을 멍하니 지켜보다가 자신이 망설일 수밖에 없는 것에 대한 핑계를 떠올렸다.

　'주소가 웃기잖아.'

　케이트는 닉 페그가 친히 적어준 쪽지를 재킷의 안주머니에서 꺼내었다.

　'베이커 가 122B 2층.'

　이미 꼬깃꼬깃해진 쪽지를 한 번 더 주먹으로 꽉 말아 쥐며, 케이트는 닉 페그를 떠올렸다. 그는 그녀가 일하는 카페의 단골손님으로, 근처 대학교의 학생이었다. 스물아홉 살인 케이트보다 다섯 살이나 많았는데도 말이다.

그는 대학교 연구소에서 박사 학위를 따기 위해 공부 중이라고 했다. 닉이 자신의 연구 성과를 읊을 때면 케이트는 딴생각에 빠지곤 했다. 그러면 닉은 악의도 없고 재수도 없는 말투로 위대한 웨이트리스를 지루하게 해서 죄송하다며 가증을 떨었다. 닉 페그는 성가셨지만 그럭저럭 괜찮은 인간이기도 했다. '박사님'이라고 부를 만큼 지성미가 있는 건 아니었지만 말이다. 사실 그가 데리고 오는 점잖은 친구가 아니었다면 케이트는 닉을 거짓말쟁이 홈리스쯤으로 여겼을 것이다.

닉이 케이트에게 저평가되는 데에는 이유가 있었다. 그는 작년에 자신의 할로윈 코스튬을 케이트의 이름으로 주문하여 카페로 보낸 적이 있었다. 안에 뭐가 들어 있는지도 모르고 소포를 연 케이트는 손님들 앞에서 검은색 망사 스타킹을 꺼내고야 말았고, 한동안 '버니'라고 불리는 수모를 당했다.

"집에는 물건을 받아줄 사람이 없었는걸. 그렇다고 연구소로 그런 걸 들일 순 없잖아. 나한테도 사회적 체면이란 게 있는데."

"이런 파렴치한 토끼 분장을 하는 주제에 사회적 체면이라고?"

"할로윈이잖아! 위트를 가지라고, 킷캣."

닉이 얼굴색 하나 변하지 않고 뻔뻔하게 굴었으므로, 케이트는 남의 이름을 이상한 초콜릿 상호로 대체해 부르지 말라고 경고하지도 못했다.

그런 닉 페그였으므로 그가 해결책이랍시고 건네준 주소가 마뜩잖은 건 어쩔 수가 없었다. 심지어 '베이커 가 122B'는 노골적으로 '베이커 가 221B'를 떠오르게 했다. 전 세계적으로 거대한 팬덤을 갖고 있는 추리소설 『셜록 홈즈』의 두 주인공이 사는 런던의 집 주소 말이다.

게다가 공교롭게도 그녀는 '베이커 가 122B'로 사건을 의뢰하러 가야 했다. 마치 그 위대한 추리 소설의 한 장면처럼. 물론 셜록 홈즈와 존 왓슨의 마중을 기대하긴 힘들 것이다. 그들이 집 주소를 헷갈리지 않는 한은 말이다.

'소설과 현실을 구분 못 하는 괴짜가 엉터리 탐정 놀음을 하고 있는 건 아니겠지? 닉 페그, 그 인간이 날 또 골탕 먹이려는 수작일 게 뻔해.'

케이트는 끊임없이 의심이 들었다. 닉에게 '그 이야기'를 한 게 후회스러웠다. 그러나 이제 와서 무를 수도 없는 노릇이었다. 케이트가 그곳에 가지 않는다면, 닉은 기껏 추천까지 해줬는데 왜 안 간 거냐며 꼬치꼬치 캐물을 확률이 높았기 때문이다.

'아무것도 없을 수도 있어. 어쩌면 나 같은 얼간이들을 위한 다 쓰러져 가는 펍이 있을 수도 있지. 닉이 거기서 바텐더를 하고 있더라도 놀랍지 않을 거야. 진짜로 믿었냐며 날 비웃겠지. 그러면 에일 한 잔을 그 인간의 정수리부터 부어주겠어.'

술에 젖은 생쥐 같은 꼴이 된 닉을 상상하자 케이트는 한결 속이 편안해졌다. 그녀는 될 대로 되란 식으로 씩씩하게 걸음을 옮겼다. 닉이 준 주소가 가짜일 거라는 확신이 점점 강해졌기 때문이다. 그러므로 베이커 가 122B번지에 실재하는 3층짜리 건물 앞에 당도하였을 때, 케이트는 적잖이 당황하였다. 좋게 말하면 고풍스럽고 나쁘게 말하면 구닥다리인 건물은 낡았지만 튼튼해 보였다. 1층에는 케밥 가게가 있었고, 2층과 3층은 사무실이나 가정집으로 쓰는 것 같았다.

'여기까지 왔는데 돌아갈 순 없지. 닉 페그가 추궁을 할 게 분명해.'

케이트는 굳게 마음을 다잡고 케밥 가게 옆에 따로 난 문의 초인종을 눌렀다. 아무런 반응이 없었다. 그녀는 멀뚱히 서 있었다. 마침 담배를 피우러 나온 케밥 가게의 직원이 2층에 볼일이 있으면 올라가서 문을 두드리라고 했다. 케이트는 숨을 한 번 내쉬곤 성큼성큼 계단을 올랐다. 그녀는 용기를 내 문을 두드렸다. 두드림이 강했던 걸까? 문이 맥없이 열려 버렸다.

"실례합니다. 소개를 받고 왔는데요. 누구 없어요?"

문 앞에서 어정쩡하게 선 채로 케이트가 외쳤다. 역시 돌아오는 대답이 없었다. 케이트는 미심쩍은 눈으로 안쪽을 둘러보다가 화들짝 놀라고야 말았다. 집 안이 몹시 엉망이었기 때문이다.

'도둑이 들었나?'

누군가가 안쪽에서 쓰러져 도움의 손길을 기다리고 있을지도 몰랐다. 케이트는 조심스럽게 발걸음을 옮겼다. 안락의자는 넘어져 있었고, 식탁 아래에는 깨진 접시들이 쌓여 있었다. 그리고 그 옆에는……

'망할.'

그것들을 인지하고 난 후 어떠한 사고를 발상하기까지는 불과 몇 초의 시간도 소요되지 않았다. 그럼에도 불구하고 그새를 못 참고 빌어먹을 신음 소리가 안쪽의 방에서 새어 나왔다. 케이트는 바닥에 떨어진 옷과 속옷들에게 시선을 주지 않으려 애쓰며, 두 손으로는 귀를 막고서 천천히 뒷걸음질을 쳤다.

"아, 거기 말고. 거긴 좀 간지럽단 말이야. 아, 진짜."

케이트는 도통 알아들을 수 없는 이국의 언어가 여성의 목소리를 통해 발화되었다. 케이트는 무슨 말인지 전혀 모르면서도 그 뜻은 완벽하게 이해되는 진귀한 경험을 하고 있었다. 여자는 숨이 넘어갈 것처럼 웃다가 진짜로 숨이 넘어갈 것 같은 소리를 냈고, 중간중간에 남자의 가쁜 목소리도 들렸다.

"소월아, 소월아."

케이트는 남자의 말은 알아들을 수가 있었다. 아무리 사랑을 나누고 있는 상황이라지만 '소울(Soul)'이라니. 영혼의 동반자라는 뜻인 걸까? 거참 클래식한 애정 표현이군.

케이트는 잠시 상념에 빠졌다가 이럴 때가 아님을 깨닫곤 종종걸음을 옮겼다. 바닥에 올리브유가 쏟아져 있지 않았다면 그녀의 은밀한 탈출은 성공적이었을 것이다. 케이트는 자신의 몸이 공중에서 최소 오 초간 부양했다고 믿었다. 그녀는 중력을 느낄 수가 있었다. 어마어마하게 둔탁한 소리와 함께 케이트는 자빠져 버렸다.

"누구세요?"

허겁지겁 달려 나오느라 하반신만을 얇은 이불로 아슬아슬하게 가린 동양인 남자가 케이트를 내려다보았다. 그는 미국식 악센트가 가미된 영국식 영어를 구사하고 있었다. 케이트는 누운 채로 눈을 감아버렸다.

"탐정에게 자문을 구하러 왔는데요."

원치 않은 보이스 포르노를 들은 것도 모자라 이젠 벌거벗은 남자 아래에서 탐정을 찾고 있다. 케이트 패닝은 이 모든 게 다 지독한 악몽이었으면 좋겠다고 생각했다. 그러나 현실은 더 가혹한 법이었다.

"여긴 탐정 사무소가 아니라 심리 상담소인데요."

남자의 말에 케이트 패닝은 '아, 내가 미쳤구나. 그래서 여기에서 이러고 있나 보다'라고 생각하였다. 이대로 남자가 저를 쫓아내 주면 차라리 좋을 것 같았는데, 남자는 이불을 허리에 둘러 묶더니 엉거주춤한 자세로 케이트에게 손을 내밀었다.

남자가 뭘 하고 있다가 나왔는지를 잘 알고 있었으므로, 케이트는 그 손을 잡기가 꺼려졌지만 다른 방도가 없었다. 그녀의 엉덩이가 욱신거렸기 때문이다. 아마 큰 멍이 든 모양이었다. 케이트는 식탁 의자에 간신히 앉았다.

"괜찮으세요?"

무단 침입자를 대하는 것치곤 남자는 무척 신사다웠다.

"다치시진 않았나요?"

"아뇨, 괜찮습니다. 정말 괜찮아요."

케이트는 괜히 머쓱해져 손사래까지 쳤다.

"강도 아니야?"

커다란 티셔츠와 짧은 바지를 입은 여자가 나왔다. 그녀는 경계심을 풀지 않은 채 고양이처럼 걸었다. 손에는 야구 방망이가 들려 있었다.

"무작정 빈손으로 나가면 어떡해!"

여자가 찡그린 얼굴로 남자에게 말했다. 케이트가 멍청한 표정으로 두 사람을 번갈아 바라보자, 여자가 영어로 말하기 시작했다. 그녀는 거의 완벽한 영국식 영어를 사용하였다.

"강도 아니야. 상담을 하러 오신 것 같아."

"아니면 다행이지만, 다음부턴 위험하게 그러지 마."

"알았어."

두 사람이 대화를 나누는 동안 케이트는 여자의 다리에서 눈을 떼지 못했다. 모델처럼 키가 크진 않지만 늘씬하고 가녀리면서 탄력이 있는 몸매였다. 피부도 잡티 하나 없이 깨끗했고 신비로운 분위기를 갖고 있는 미인이었다. 막 다리를 갖게 된 인어 같았다. 그에 비하면 자신은 주근깨투성이에 골격도 다부진 것 같아 케이트는 의기소침해졌다.

"거실에 나가서 기다리겠어요."

케이트가 음울하게 말하며 일어섰다. 그녀는 거실에 나오자마자 쓰러져 있던 안락의자를 일으켜 세웠다.

'설마 여기서도?'

케이트가 혐오감을 담은 눈빛으로 안락의자를 살폈다. 그녀의 걱정과 달리 안락의자는 깨끗하고 쾌적한 상태를 유지하고 있었다. 케이트는 의자에 앉아서 모든 일의 원흉이라고 할 수 있는 닉 페그를 속으로 저주하였다.

"오래 기다리셨죠?"

이번엔 제대로 옷을 차려입은 남자가 민망해하며 나타났다.

"아뇨. 생각보다 빨리 나왔네요, 두 분 다."

"같이 씻었거든요."

"그렇게 개인적인 이야기는 듣고 싶지 않아요."

케이트가 딱 잘라 말했다. 남자는 죄송하다며 사과를 했지만, 어딘가 뿌듯해 보이는 혈색 좋은 얼굴에는 설득력이 전혀 없었다. 여자와 남자는 케이트의 맞은편에 나란히 앉았다. 여자가 살짝 자세를 틀었다.

"실례 좀 하겠습니다."

남자는 양해를 구한 뒤에 커다란 수건으로 여자의 긴 젖은 머리카락을 정성스럽게 말려주었다. 케이트는 안락의자에 깊이 몸을 묻고 시선을 돌릴 겸 방 안을 둘러보았다.

거실에는 소파와 의자가 많았다. 손님 접대용인 것 같았다. 비록 몇 개는 불미스러운 사고로 인해 넘어져 있긴 했지만 말이다. 텔레비전은 없었고, 벽 쪽에 붙은 큰 책상 위에 랩톱과 책들이 어지럽게 놓여 있었다. 그곳 말고도 책은 많았다. 집안 곳곳에 책장이 있었다. 책장이 아닌 선반에도 책들이 있었다.

"지저분하죠? 저희가 다 학생이라 공부할 게 많거든요."

남자에게 머리카락을 맡긴 채로 여자가 말했다. 그동안 남자는 숙련된 솜씨로 여자의 옆 머리카락을 가지런히 넘겨주었다. 여자는 남자의 손바닥에 뺨을 갖다 대었다. 남자는 여자의 이마에 키스했다. 일련의 행동들이 순식간에 물 흐르듯 일어났다. 케이트는 새삼 두 사람이 연인이라는 걸 깨달았다. 그리고 뒤늦게 그들의 손에서 반짝거리는 반지를 발견하였다.

"커플?"

"부부예요."

남자가 즉시 대답했다.

"저흰 운이 좋았어요. 다른 사람들보다 운명의 짝을 더 빨리 만났죠."

남자는 케이트가 알고 싶어 하지 않는 것까지 굳이 설명하였다. 그는 여자의 얼굴을 집요하게 훑어보았다. 제 운명의 짝과 함께 있는 이 순간이 황홀해서 견딜 수가 없는 것처럼 보였다. 온 세상에 큰 소리로 자랑을 하고 싶은 게 분명했다.

"어떻게 찾아온 거죠?"

손바닥으로 남자의 얼굴을 가볍게 밀어낸 여자가 케이트에게 물었다.

"역시 예약을 하지 않으면 안 되는 건가요?"

케이트가 방어적으로 말했다.

"아뇨. 말 그대로 어떻게 왔냐고요. 저희 일이 정식적인 건 아니거든요. 보통 주변인들에게 소개를 받아서 오는 경우가 많아요."

"아, 저는⋯⋯."

케이트가 입을 열려다 말았다. 닉 페그가 절대로 자신이 알려줬다는 걸 말해선 안 된다고 신신당부하였기 때문이다.

"카페에서 일하거든요."

케이트가 침을 꿀꺽 삼켰다.

"손님들 중에 어떤 분이 얘기해 줬어요. 단골은 아니라 누구였는지는 잘 모르고요. 어려움을 해결해 주는 곳이 있다면서 이곳의 주소를 알려줬어요."

"그럼 저희가 어떤 일을 하는지 잘 모르고 온 거네요."

남자가 그럴 줄 알았다는 듯 말했다.

"우리 보고 탐정이라고 하더라고. 역시 주소 때문인가?"

"자칫 오해를 일으키기 쉽긴 하지."

두 사람은 머리를 맞대고 제법 진지하게 말했다.

"우리는 심리 상담가들이에요."

여자가 간결하게 말했다.

"아직 제대로 된 자격을 갖고 있는 건 아니고, 둘 다 학생 신분이기 때문에 엄연히 금지된 작업이긴 하지만요. 그래서 저희는 보통 무료로 상담을 해드리고 있답니다."

여자가 재빨리 덧붙였다. 마치 비용이야말로 무엇보다 중요한 부분이란 듯이 말이다.

"그러니 고객들은 상담을 받을지 말지를 더 자유롭게 결정할 수가 있죠. 비용의 부담이 없으니까요. 저희가 못 미더우면 더 전문적인 상담소를 추천해 드릴 수도 있어요. 이래 봬도 그쪽으론 인맥이 꽤 있거든요. 그리고 저는 전문적인 상담소에서도 일을 하고 있고요. 인턴이긴 하지만요. 심리학 석사 과정을 밟고 있거든요. 제 남편은 같은 전공의 학사 과정에 있고요."

"인턴으로 일하는 것 말고도 또 여기서 일을 한다는 건가요? 그것도 무료로요? 왜 그렇게까지 하는 거죠?"

"더 많은 케이스를 연구하고 싶기 때문이에요. 이런 음지의 상담소를 더 편하게 여기는 고객들도 많아요. 저희는 불법이니까 따로 기록이 남는 것도 아니고, 거창하지도 않으니까 방문할 때의 긴장감도 덜하고요."

"대단한 학구열이군요."

"난제를 풀기 위해서라면 연습을 많이 해야 하니까요. 하지만 걱정 마세요. 저희가 감당할 수 없는 문제는 바로 전문가를 소개시켜 드리고 있어요. 물론 비밀도 철저하게 보장해 드립니다."

여자는 말을 마치고서 영업용 미소를 활짝 지어 보였다. 그리곤 의도적으로 입을 다물었다. 그녀는 케이트에게 시간을 주고 있었다. 이만큼이나 설명을 했으니 남아서 속내를 터놓을지, 그대로 일어나 문을 열고 나갈지는 케이트가 결정할 사안이라는 거다.

"상담을 받겠어요. 제 소개를 하죠. 케이틀린 패닝입니다. 반가워요."

"반가워요, 패닝 양. 저는 소월 정이라고 해요. 발음이 어려워서 여기 친구들은 거의 '소울'이라고 불러요. 낯간지럽지만 어쩔 수 없죠."

"저는 미시즈 정이라고 부르는 게 나을 것 같네요."

케이트가 무뚝뚝하게 말했다. '소월'을 찾아대던 남자의 달뜬 목소리가 아직 귓가에 남아 있었다. 케이트는 몸을 부르르 떨었다. 정말이지 끔찍한 경험이었다.

"그게 좀 애매해요. 저희 문화권에선 결혼을 해도 남편의 성을 따르는 게 아니라요. 미시즈를 붙이긴 어색해요."

"알겠어요, 소월."

케이트가 마지못해 말했다.

"발음이 정말 좋은데요."

소월이 놀라워했다. 케이트는 살짝 얼굴을 붉혔다.

"저는 무영 차라고 합니다. 부르고 싶은 대로 부르세요."

"좋아요, 미스터 차."

세 사람은 인사를 나눴다.

"이제 본론으로 들어가죠. 무엇을 상담받고 싶으신 건가요?"

소월이 물었다.

"살짝 복잡해요."

"말해보세요."

"저에 대한 게 아니라 다른 사람에 대한 거예요."

"타인과의 관계에 대한 상담은 무척 흔한 거예요. 어려워하실 필요 없어요."

"음, 딱히 저와 이렇다 할 관계가 있는 사람은 아니에요."

케이트는 계속 뜸을 들였다. 소월은 미간을 좁히며 그녀에게 집중하였고, 무영은 아직 젖어 있는 소월의 머리카락 끝을 수건으로 꾹꾹 눌렀다.

"몇 주 전부터 익명의 누군가가 저에게 선물을 보내고 있어요. 제가 일하고 있을 때에 맞춰서요. 편지에 써놓은 걸 보면 카페 손님인 게 확실해요. 누가 그런 건지 알고 싶어요."

케이트는 소월과 무영의 안색을 살폈다. 사람을 찾아달라는 거니, 심리 상담과는 거리가 먼 일일지도 몰랐다. 그러나 소월과 무영은 의외로 자신만만한 표정이었다.

"심리란 건 결국 행동 양상에 반영되기 마련이잖아요. 더구나 애정은 무척 강력한 기제죠."

"이런 말도 있잖아요. 사랑과 재채기는 숨길 수가 없다고."

무영이 소월의 말을 거들었다. 두 사람은 짝짜꿍이 잘 맞는 것 같았다. 케이트는 저도 모르게 두 사람의 주고받기 화술에 홀리듯 빠져들었다.

"선물까지 보낼 정도면 이미 자신을 보여주고 싶어서 안달이 나 있을 거예요."

"패닝 양이 자신을 알아봐 주길 간절히 바라고 있는 거죠."

"그런 무의식은 행동으로 드러날 수밖에 없습니다."

"안 보려고 해도 시선은 계속 패닝 양을 향해 있을 거고."

"카페에서 앉는 자리도 패닝 양을 잘 볼 수 있는 위치일 거예요."

"물론 익명의 선물을 보낼 정도로 소심한 사람이니 아주 가까운 곳은 아니겠죠."

"짝사랑하는 상대를 훔쳐봐도 다른 사람들에게 들키지 않을 만한 구석진 자리."

"그러면서 카운터에선 등을 지지 않고."

"오래 앉아 있어도 될 핑계가 필요할 테니까 늘 소일거리를 잔뜩 갖고 왔겠죠."

"친구 없이, 혼자 랩톱이나 책을 들고 오는 사람."

"음료는 보통 리필이 가능한 블랙커피나 티. 그래야 패닝 양에게 한 번이라도 더 말을 걸 수 있을 테니까요."

두 사람이 말을 이을수록 케이트의 입이 벌어졌다.

"맙소사. 그런 사람이 딱 세 명 있어요!"

케이트는 정말 놀랐다. 머릿속에 그림을 그린 것처럼 세 남자의 모습이 떠올랐기 때문이다. 그녀의 뺨이 홍조로 물들었다.

"어떤 사람들이죠?"

"잘은 몰라요. 그냥 지나가면서 가볍게 인사를 하는 정도뿐인걸요. 아, 이러면 어떨까요? 저희 카페에 와주세요. 그 세 사람은 거의 매일 오거든요. 두 분도 와서 직접 보고 누가 선물을 보낸 사람인지 찾아주세요."

"저희가 출장 서비스는 해본 적이 없어서……."

소월과 무영이 서로를 바라보며 곤란해했다.

"제발요. 와서 누가 절 좋아하고 있는지 꼭 알려주세요. 그러면 앞으로 일 년 동안 저희 카페 무료 이용권을 드릴게요. 메뉴 제한 없이요."

"그래도 괜찮겠어요?"

파격적인 제안에 소월의 눈이 초롱초롱 빛났다.

"뭐 어때요. 어차피 몇 년 후엔 제 카페가 될 건데요, 뭘."

두 사람이 여전히 어리둥절해하자 케이트가 설명을 덧붙였다.

"저희 고모가 카페 소유주거든요. 실질적인 운영은 제가 하고 있지만요. 고모에겐 저 말고 가족이 없으니 카페도 제가 상속받을 거예요."

케이트가 심드렁하게 말했다. 소월은 그녀의 말 속에서 냉소를 감지했다.

"고모하고 사이가 안 좋은가 봐요?"

"워낙 엄격하신 분이거든요. 심지어 본인에게조차도요. 완벽한 신붓감이 될 수 없을 거라고 생각해서 평생 청혼을 거절하셨을 정도니까요. 저희 부모님의 유언만 아니었으면 절 맡지도 않으셨을 거예요. 완벽한 대모가 될 수 없다는 이유로요. 그분을 보면 사랑을 받는다는 게 어떤 사람에겐 그 자체만으로도 힘에 부치는 일이구나 싶어요."

소월은 케이트의 말을 귀 기울여 들었다.

"좋아요. 패닝 양의 제안을 받아들이죠. 기꺼이 출장 서비스를 제공하도록 하겠습니다. 대신 부탁할 게 있어요."

"뭐죠?"

"선물과 함께 편지를 받았다고 했죠? 그 편지들을 볼 수 있을까요? 필적에도 사람의 성격이 드러나거든요."

"아……."

케이트가 녹색의 눈동자를 양옆으로 크게 굴렸다.

"다 태워 버렸어요."

"태워 버렸다고요?"

"누구한테 온 편지인지도 모르는데 갖고 있기 찜찜하잖아요."

"그래요?"

케이트가 열심히 고개를 끄덕였다. 그녀는 말을 돌리며 언제 카페에 오겠냐고 물었다. 소월은 편지에 대해 더 캐묻지 않았다.

"세 사람 다 토요일에는 꼭 나타나요. 대개 정오쯤에 와서 간단히 요기를 하고 두어 시간가량 시간을 보내죠."

케이트의 말에 따라, 소월과 무영은 삼 일 후 토요일 오전 열 시에 카페를 방문키로 약속하였다. 케이트는 잔뜩 상기된 얼굴로 떠나기 전

소월이 쓰는 샴푸와 컨디셔너의 제품 명을 알아갔다. 향기가 좋다는 이유에서였다.

삼 일 뒤, 소월과 무영은 약속한 시간보다 몇 시간이나 먼저 케이트의 카페에 도착했다. 진열대 위에 놓인 유리 단지 안에 건포도가 박힌 쿠키를 채워 넣으며 오픈을 준비하던 케이트는 졸린 눈을 비비며 지금이 몇 시냐고 물었다.

"이렇게까지 일찍 올 필요는 없잖아요."

"만약을 위해서요. 사전에 조사할 것들도 있고요."

"조사요?"

"카페의 구조나 좌석의 위치 같은 거요."

무영이 그럴싸하게 말했다. 소월은 새로운 화젯거리를 발견했다.

"헤어스타일이 바뀌었어요!"

그녀가 과장된 표정을 지으며 말했다.

"안 어울리죠?"

케이트가 단언하며 찰랑거리는 붉은 머리카락을 손가락으로 빗어 내렸다. 그녀의 곱슬머리는 생머리가 되어 있었다, 마치 소월의 긴 머리처럼.

"당신이 알려준 샴푸와 컨디셔너는 생머리 전용이더라고요."

"샴푸랑 컨디셔너 때문에 헤어스타일을 통째로 바꾼 거예요?"

"정말 마음에 들었거든요."

케이트가 근엄한 목소리로 말했다. 그것 말고 더 무슨 이유가 필요하겠냐는 투였다. 세 사람 사이에 썩 유쾌하지 않은 침묵이 흘렀다. 정적을 깬 건 무영이었다.

"아 참, 이걸 갖고 왔어요."

그가 가방에서 꺼낸 건 최신 기종의 랩톱이었다.

"패닝 양과 대화할 때 그 남자들이 어떤 모습인지 아는 게 도움이 될 것 같아서요. 창을 숨겨놓았지만 이 랩톱은 지금 화상 카메라가 작동하고 있어요. 소월이의 랩톱과 연결되어 있죠. 이걸 카운터 근처에 놔두면 우리가 멀리서도 대화를 들을 수 있을 거예요. 패닝 양이 불편하지만 않다면요."

"작동시키는 법을 알려주면 그 남자들이 올 때마다 켜놓도록 할게요."

"좋아요."

무영이 케이트에게 작동법을 알려주는 동안 소월은 한쪽 벽면에 붙어 있는 자리에 가 앉았다. 카페의 출입구부터 카운터까지 전반적인 시야를 확보할 수 있는 최적의 위치였다. 소월은 카페를 둘러보았다.

곳곳에 케이트의 손길이 묻어나 있었다. 개인 카페만큼 운영자의 취향을 알아차리기 쉬운 업종은 없을 것이다. 케이트의 카페는 매우 세련되었다. 군더더기 없이 깔끔하게 떨어지는 인테리어에는 불필요한 소품들이 하나도 없었다. 벽에는 차분한 느낌의 흑백사진이 몇 점 걸려 있었고, 모노톤의 테이블과 소파는 널찍한 공간에 여유롭게 줄 맞춰 있었다. 매끄러운 타일로 마감된 카운터의 겉면은 지나치게 잘 닦아놓은 탓에 테이블이 비칠 정도였다. 흔한 화분 하나, 포인트가 되는 붉은 장미 한 송이도 없었다. 깔끔했지만 다소 삭막하게 느껴지는 공간이었다.

"인테리어도 다 패닝 양이 골라서 하는 건가요?"

아침으로 먹을 스콘과 홍차를 주문하러 카운터로 돌아온 소월이 물었다.

"그런 셈이죠. 어떤 식으로 꾸몄으면 좋겠다고 고모가 방향을 알려주세요. 그 안에서 제가 이것저것 고르는 거고요."

"그렇군요."

소월은 카운터에 기대어 케이트가 일하는 것을 지켜보았다. 토요일 이른 아침이라 그런지 손님이 별로 없었다. 자리로 갖다주겠다는 케이트의 친절도 마다하며 소월은 카운터 앞에 서 있었다. 케이트가 세팅한 찻잔 두 개는 꽃무늬까지 똑같은 각도의 방향으로 맞춰져 있었다.

"케이트는 취미가 뭐예요?"

"딱히 없어요."

"친구들을 만나는 건요?"

"고등학교 친구들은 다 고향에 있어요. 런던에서 그렇게 먼 건 아니지만 자주 어울릴 거리는 아니죠. 전 버밍엄에서 왔거든요."

"대학교 친구들은요?"

"내가 말 안 했나요? 전 대학교를 다니지 않았어요. 버밍엄에서 런던으로 오게 된 건 부모님이 갑자기 돌아가셔서 고모와 함께 살아야 했기 때문이에요."

소월이 유감을 표하자 케이트는 어깨를 으쓱하였다.

"다 지난 일인걸요. 그리고 대학은 원한다면 갈 수 있었어요. 제가 원하지 않았을 뿐이죠. 공부하고 싶은 게 없었거든요. 원하는 것도, 하고 싶은 것도……."

케이트는 혼잣말처럼 중얼거리며 소월이 주문한 것들이 담긴 쟁반을 내밀었다. 자리에서 두 사람을 눈여겨보던 무영이 벌떡 일어나 쟁반을 들고 갔다. 케이트는 두 사람의 뒷모습을 빤히 바라보며 매끄러워진 자신의 머리카락을 만지작거렸다.

따분한 몇 시간이 느리게 흘렀다. 케이트는 평소와 다를 바 없이 커피를 내리고, 티백에 뜨거운 물을 붓고, 빵을 데웠다. 다른 종업원들을 대하는 것도 똑같았다. 인사를 하고, 새로운 사항을 전달하고, 같이 일을 했다.

정오까지의 시간이 이토록 긴 지 예전에는 꿈에도 몰랐다. 케이트는 지루함을 달래기 위해 카페의 음악을 직접 골라 틀었다. 요새 그녀가 즐겨 듣는 곡들이었다. 소월이 노래 제목을 물었을 때, 케이트는 신이 나서 여러 이야기들을 떠들어댔다.

"하루에도 수십 번씩 듣는 노래예요. 저는 한번 꽂히면 몇 달 동안 같은 노래만 계속 듣는 편이거든요. 요즘은 이 노래에 푹 빠져 버렸어요."

케이트는 에스프레소 위에 휘핑크림을 얹으면서 사랑 노래를 흥얼거렸다. 그러는 동안 드디어 기다리던 정오가 되었다. 그리고 첫 번째 남자가 나타났다. 남자가 카페의 문을 열고 들어서는 순간에 맞춰 케이트는 재빨리 랩톱의 화상 카메라를 켰다. 순식간에 벌어진 일이라 케이트는 랩톱의 위치를 제대로 조정하지 못하였다. 소월과 무영의 랩톱 화면으로는 케이트와 남자의 손만 볼 수 있었다. 다행히 목소리는 잘 들렸다.

"헤어스타일이 멋지네요."

여느 때와 같이 진한 홍차와 차가운 우유 한 잔을 주문한 남자가 말하였다. 소월과 무영은 한 쪽씩 나눠 낀 이어폰으로 대화를 경청하면서 카운터 앞에 선 남자를 힐끔거렸다. 키는 크지 않았지만 적당히 근육이 붙은 몸매를 갖고 있는 브루넷의 백인이었다. 멀리서도 그의 패션 센스를 알아볼 수 있었다. 핏이 좋은 바지와 짧은 검은색 라이더 재킷이 멋스러웠다.

"이상하진 않나요?"

"아뇨. 정말 멋진걸요. 머리카락 끝 부분에 살짝 컬을 넣으면 더 잘 어울릴 것 같긴 해요. 그러면 벽돌색의 헤어 컬러가 돋보일 것 같거든요. 머릿결은 많이 상하지 않았어요? 괜찮은 헤어 에센스를 아는데 알려줄까요?"

뒷사람이 헛기침을 하며 눈치를 줄 때까지 남자는 여러 헤어 제품의 이름을 조곤조곤 떠들었다. 남자는 카운터가 잘 보이는 곳에 자리를 잡고 여러 권의 잡지를 가방에서 꺼내었다.

두 번째 남자는 실로 요란하게 등장하였다. 카페 문을 열고 들어오다가 넘어졌기 때문이다. 키가 크고 덩치가 있는 더티블론드의 남자는 인근 대학교의 문양이 자수된 회색 후드를 입고 있었다. 등에 멘 거대한 가방 때문에 그는 '닌자 거북이'를 흉내 내는 '곰돌이 패딩턴'처럼 보였다.

"괜찮으세요?"

카운터로 온 남자에게 케이트가 물었다. 남자는 두꺼운 뿔테의 안경을 추켜올리며 별거 아니라고 얼버무렸다. 그리곤 뜬금없이 케이트에게 머리 모양을 바꿨냐고 물었다.

"이상해요?"

첫 번째 남자에게 했던 것과 같은 질문이었다. 소월과 무영이 보는 화면에 초조하게 꼼지락거리는 남자의 손이 잡혔다.

"매력적이세요. 데이트 신청을 하고 싶을 만큼이요. 아, 오해하지 마세요! 제가 수작을 거는 건 아니에요. 그만큼 아름답단 뜻입니다. 물론 전에 했던 스타일도 환상적이었어요. 근데 지금은 훨씬, 훨씬 멋지다고요. 혹시 기분 나빴다면 미안해요. 일부러 그런 건 아닌데……."

남자가 호주식 억양으로 횡설수설하였다.

"고마워요. 언제나처럼 플랫 화이트 한 잔에 시금치 파이로 하시겠어요?"

"그렇게 해주세요."

남자가 말했다. 그는 첫 번째 남자보단 더 구석진 곳으로 향하였다. 역시 카운터가 잘 보이는 위치였다. 그는 가방에서 두꺼운 전공 서적들을 꺼냈다.

"세 번째 남자는 볼 필요도 없을 것 같은데."

무영이 두 번째 남자를 곁눈질하며 말했다. 그러나 소월은 뭔가 석연찮은 기색이었다. 그때, 소월과 무영의 이어폰에서 케이트의 떨리는 목소리가 들렸다.

"그 사람이에요."

소월과 무영은 고개를 들어 마지막 남자에게 시선을 주었다. 그를 보자마자 소월과 무영은 나지막한 탄식을 내뱉었다. 이어폰에서 부스럭대는 소리가 들렸다. 화면 속에서 케이트의 손이 카운터 위를 연신 닦고 있었다.

"오늘은 좀 늦었네요."

케이트가 말했다. 그녀의 목소리가 한 톤 높아졌다.

"늦잠을 잤거든요. 원래는 시끄러워서라도 일어나는데 오늘따라 집이 조용해서요."

남자의 차분한 목소리는 나긋하였다. 미국식 영어를 써서 그런지 그의 말투는 매끄러웠고, 혀끝에 멜로디를 머금은 것 같았다. 적어도 케이트는 그렇게 느꼈다. 그의 아름다운 검은색 머리카락은 케이트의 것보다 자연스럽게 찰랑거렸다.

"늘 마시던 대로 아이스 아메리카노에 샷은 하나 빼서 주세요. 바나나 브레드 한 조각도요."

"저……."

주문을 받다 말고 케이트가 머뭇거렸다. 소월과 무영은 숨을 죽이고 두 사람의 대화에 집중하였다.

"어때요?"

남자는 케이트의 말을 단번에 이해하진 못하였다. 그러나 곧 질문의 의미를 알아차렸다. 그녀가 하도 머리카락을 만져 댔기 때문이다.

"새로운 헤어스타일이네요."

"어울리나요?"

"당연하죠."

"그렇군요."

그게 대화의 끝이었다. 남자는 볕이 잘 드는 창가로 갔다. 카운터를 마주 보는 자리였다. 케이트는 슬며시 미소를 지었다. 때맞춰 그녀가 좋아하는 노래가 또 흘러나왔다. 케이트는 콧노래를 흥얼거리면서 남자를 위해 연한 아메리카노를 만들었다.

한편 소월과 무영은 소리 없이 신속하게 짐을 챙기고 있었다. 그들은 케이트에게 인사도 하지 않고 화장실 쪽에 있는 뒷문으로 카페를 빠져나갔다. 두 사람은 그 후로 쭉 돌아오지 않았고, 결국 케이트는 일을 마친 후에 소월과 무영에게 직접 연락을 해야 했다. 세 사람은 저녁쯤에 코벤트 가든의 인도 음식점에서 가까스로 다시 만나게 되었다.

"말도 없이 사라져서 놀랐잖아요."

웨이트리스에게 메뉴판을 건네준 케이트가 불만스럽게 말하였다. 소월과 무영은 갑자기 급한 일이 생겼었다며 사과를 했다.

"세 사람을 제대로 관찰했다면 나야 다른 건 상관없어요."

케이트가 사무적으로 말하였다.

"그래서 날 좋아하는 사람은 누구죠?"

"너무 전형적이에요."

소월이 퉁명스럽게 말했다. 예상치 못한 엉뚱한 대답에 케이트의 에메랄드빛 눈동자가 흔들렸다.

"너무 전형적이고 명백해서 패닝 양이 우리를 테스트하고 있는 건 아닐까 싶을 정도였어요. 첫 번째 남자는 그냥 스테레오 타입 그 자체잖아요. 스스로 편견을 가졌다고 생각하는 게 오히려 더 편견은 아닐지 고민스럽기까지 했다고요."

"무슨 말을 하는 건지?"

"정말 둔하네요."

"뭐라고요?"

두 여자 사이에 살벌한 기운이 감돌자 무영이 나섰다.

"우리는 첫 번째 남자가 게이라고 생각해요."

"그거 정말 편견이네요."

케이트가 날카롭게 말했다.

"딱 붙는 바지를 입고 흠잡을 데 없이 외양을 가꾼다고 해서 무조건 게이라는 거예요?"

"서로 다른 브랜드의 헤어 제품을 일곱 가지나 읊어댔잖아요. 당신의 머리카락 색깔을 벽돌색이라고 한 건 어떻고요? 보통 남자들은 벽돌색이라는 게 존재하는지도 모를걸요."

소월이 동의를 구하며 무영에게 눈짓을 했다. 무영은 고개를 끄덕이며 벽돌의 색에 따로 이름이 있는지도 몰랐다며, 벽돌은 어두운 빨간색이 아니냐고 해맑게 말했다.

"게다가 그 사람이 갖고 다니는 잡지들 봤어요?"

"패션 잡지가 왜요? 남자는 패션에 관심 갖지 말란 법 있나요?"

"패션 업계에 종사하는 남자들 중에 게이가 많은 것도 사실이잖아요."

"전부 다는 아니죠."

두 여자의 대화는 기이하게 과열되고 있었다. 케이트는 몇 시간 만에 적대적인 태도를 취하는 소월을 이해할 수가 없었다. 무영이 옆에서 짧게 한숨을 쉬며 소월을 진정시켰다. 그녀는 입을 굳게 다물었다. 대신 무영이 침착하게 대화를 주도했다.

"그가 게이가 아니더라도 패닝 양을 좋아하진 않는 것 같아요. 화상 카메라로 그의 손을 볼 수 있었거든요. 왼손 약지 옆쪽에 작은 하트 모양의 문신이 있었어요. 반지를 낄 수 없는 사람들은 종종 커플링 대신 그런 문신을 새기기도 하죠."

"그런 문신이 있는 줄은 몰랐어요."

"잘 보이지 않는 곳에 있더라고요."

"그러면 왜 항상 카운터가 보이는 곳에 앉았던 거죠?"

"카운터에 비친 자신의 얼굴을 보기 위해서라고 생각해요."

"정말 스테레오 타입의 게이네요."

케이트가 침울하게 말했다. 그러나 아직 두 명의 남자가 남아 있었다. 상심하기엔 일렀다.

"다른 사람들은요?"

"오, 제발요!"

소월이 갑자기 언성을 높였다. 케이트는 깜짝 놀라 몸을 움찔하였고, 주변에 있던 다른 손님들마저 그들의 테이블을 기웃거렸다. 무영만이 의연한 태도로 소월의 손을 꼭 잡았다.

"어디까지가 진짜고, 어디까지가 연기예요?"

"그게 무슨?"

"애초에 당신에게 선물을 준 사람은 없었잖아요. 당신이 지어낸 얘기잖아요."

"무슨 말도 안 되는 소릴 하는 거예요?"

"시치미 떼지 말아요. 누군지 꼭 알고 싶다면서 가장 중요한 편지들을 불태우는 사람이 어디에 있어요?"

"그건 제 실수였어요."

"당신처럼 꼼꼼하고 완벽주의 성향이 있는 사람이요? 말도 안 되는 소리 하지 마요. 세 남자의 방문 패턴까지 꿰고 있잖아요."

"우연일 뿐이에요."

케이트가 자신감 없는 투로 말하였다. 그녀는 이미 소월에게 잔뜩 기가 눌린 상태였다.

"끝까지 그렇게 나온다 이거죠? 좋아요. 그 장단에 맞춰주죠. 몰래

선물을 했든 안 했든 간에 당신을 좋아하는 남자는 두 번째 사람이에
요."

"두 번째라고요?"

소월은 절망으로 물드는 녹색 눈동자를 도발적으로 들여다보았다.

"그래요. 그 사람이요. 당신 빼고 다 알걸요. 일일이 설명하기 구차
할 정도로 당신을 좋아한다고 티를 내고 있으니까요."

"전혀 몰랐어요. 진심으로요."

"모른 척하고 싶었던 게 아니고요?"

"내가 왜 그런 짓을……."

"세 번째 남자를 좋아하죠?"

케이트는 말문이 막혀 버렸다. 그사이 웨이트리스가 그들이 주문한
커리와 난, 사이드 디시들을 갖고 와 테이블 위에 늘어놓았다. 웨이트
리스가 떠나고 대화가 재개되었다.

"익명의 선물을 준 사람이 누군지 궁금해서가 아니라 세 번째 남자
가 당신에게 관심이 있는지 알아보기 위해서 우릴 이용한 거죠? 더불
어 일방적으로 사생활이 침해된 첫 번째 남자와 두 번째 남자도요. 고
맙네요. 덕분에 그 두 사람에게 죄를 지은 꼴이 되어버렸으니까."

소월이 쉬지 않고 말했다. 케이트는 얼굴이 새빨갛게 달아오른 채
로 소월의 질타를 묵묵히 받아내고 있었다.

"당신이 원하는 대로 해줄게요. 그 남자가 당신에게 관심이 있는지
없는지 알려주죠. 세 번째 남자는 당신에게 반하지 않았어요."

소월이 못 박듯 말하자 케이트는 짧은 숨을 급히 들이마셨다. 왼쪽
가슴이 빠듯하게 아팠다.

"그 남자가 패닝 양의 카페에 가게 된 건 같은 연구소에서 공부하는
친구 때문이었고, 그 후에는 연구소에서 가까워서 자주 간 것뿐이에
요. 카운터를 바라보고 앉은 건 단지 그 자리에 햇볕이 잘 들기 때문

이었고요. 그 사람 주치의가 그랬거든요. 햇빛 속에 있는 비타민 D가 치료에 좋을 거라고요."

케이트는 그제야 묘한 위화감을 깨달았다.

"그건 카페에서 알 수 있는 정보가 아닐 텐데요. 어떻게 그렇게 잘 아는 거죠?"

"당연히 잘 알죠. 그 남자는 내 남편의 친척 형제니까요."

소월이 무영을 가리키며 말했다. 무영은 난처한 미소를 지었다.

"그럼 당신들이 닉 페그랑 짜고서, 나를!"

"니콜라스 페그! 그 그렘린 같은 인간이 배후에 있던 거예요?"

소월이 그 인간이라면 그럴 만하다며 낮고 빠르게 욕지거리를 했다.

"당신들도 같이 꾸민 게 아니에요?"

케이트가 물었다.

"나는 닉 페그의 장난질을 혐오하는 사람이에요. 도대체 어떻게 된 일이에요?"

"내가 모르는 사람한테 선물을 받고 있다고 하니까 닉이 두 사람의 주소를 알려줬어요."

"도대체 그 선물 거짓말은 왜 한 거예요?"

"궁금했으니까요!"

케이트가 울분을 담아 소리쳤다. 웨이트리스가 다가와 조금만 조용해 달라며 부탁을 했다. 케이트의 눈가가 어느새 붉게 달아올라 있었다.

"맞아요. 지훈을 좋아하고 있어요. 그래서 나한테 관심이 있는지 궁금했어요. 하지만 용기가 나진 않았어요. 나는 소월처럼 동양인 미녀도, 대학생도 아니니까요. 그저 괴팍한 고모 밑에서 함께 괴팍해지는 웨이트리스일 뿐이죠."

케이트가 간신히 눈물을 참아내며 말했다.

"다른 사람이 나에게 관심이 있고 선물까지 한다는 소리를 들으면 지훈이 어떻게 반응할지 궁금했어요. 혹시라도 날 좋아한다면 질투를 해주지 않을까 싶었던 거라고요."

"그를 떠본 거군요?"

"나한텐 그게 유일한 방법이었어요. 친구인 닉에게 말하면 지훈의 귀에도 들어갈 거라고 생각했죠. 닉이 당신들의 주소를 알려준 건 예상 밖의 일이었어요. 주소까지 받아놓고 찾아가지 않으면 제가 거짓말을 했다는 걸 눈치챌 것 같아서……. 미안해요. 정말 미안해요."

케이트가 훌쩍거리며 소월과 무영을 바라봤다. 두 사람은 종잡을 수 없는 복잡한 표정으로 케이트를 보고 있었다.

"우리 형이 그렇게 좋아요? 이런 자작극을 꾸밀 만큼?"

무영이 물었다. 케이트는 무영이 슬퍼 보인다고 생각했다. 그녀는 온 진심을 다해 고개를 끄덕거렸다.

"이번 일은 우리끼리만 아는 걸로 하죠. 닉에게도 우릴 찾아왔단 말을 하지 마요. 안 그러면 그 인간, 자기 뜻대로 됐다고 기뻐 날뛸 테니까."

"닉은 다 알고 있는 건가요?"

"그러니 당신을 우리에게 보낸 거겠죠. 당신이 형의 여자친구로서 적합한지 아닌지 보여줄 요량이었을 거예요."

무영은 마른세수를 했다. 케이트는 조금 자존심이 상했다. 비록 자신이 지훈을 열렬하게 짝사랑하고 있다고 해도, 그의 가족들에게 일방적으로 선보여지는 건 불쾌한 일이었다. 닉은 주제넘은 짓을 한 것이다.

'닉 페그, 두고 보자.'

케이트는 속으로 이를 갈았다. 또다시 불편한 침묵이 찾아왔다.

소월은 식기 전에 음식을 먹자고 말하며 숟가락을 손에 쥐었다. 케이트는 그 모습이 어쩐지 처량하게 느껴졌다. 가슴을 에는 쓸쓸함에 케이트는 식사를 하는 둥 마는 둥 하였다. 세 사람은 끝내 식사를 다 마치지 못하였다. 누가 먼저랄 것도 없이 속이 좋지 않다고 말을 꺼냈고, 그대로 자리에서 일어났다. 음식점을 빠져나오고 나서 세 사람은 한동안 걷기만 했다. 곧 있으면 장미가 피는 계절이었지만 런던의 밤바람은 차가웠다.

"아까는 무턱대고 화를 내서 미안했어요."

소월이 말을 꺼냈다.

"괜찮아요. 먼저 거짓말로 접근한 건 저였는걸요. 제 잘못이에요."

"패닝 양의 잘못이 아니에요."

소월의 말에 케이트는 고개를 갸우뚱하였다. 무영은 땅이 꺼져라 깊은 한숨을 내뱉었다.

"처음 만났을 때 그랬죠. 이 상담소를 하는 이유는 여러 케이스를 연습해서 난제를 풀기 위함이라고요."

"일종의 비유라고 생각했는데요."

"아뇨. 정말로 난제가 있어요."

소월과 무영은 눈빛을 교환하였다.

"당신이 좋아하는 우리 형이 바로 그 난제예요."

무영이 말했다. 그의 말을 완벽히 이해할 수 없었는데도 케이트의 마음 한구석이 저릿하게 아파왔다. 일 년 넘게 과묵한 짝사랑을 키워온 그녀였다. 다가가지 못했지만 하염없이 지켜봤다. 그녀도 막연하게 느꼈던 것이다, 그 남자는 겨우 살아가고 있다는 걸.

"지훈은 칠 년 전에 어떤 사고로 심각한 정신 질환을 갖게 됐어요. 한국에선 일정 수준까지만 회복이 되고 정체기가 왔기 때문에 사 년 전에 나와 무영이 그를 데리고 이곳으로 온 거예요."

"하지만 닉 페그는 그가 대학원생이라고……."

"비자를 따내려면 학생 신분이 필요했거든요. 지훈은 예전에 정신과 전문의이기도 해서 자격도 충분했고요. 그는 학생인 동시에 연구대상이라고 할 수 있어요. 닉은 지훈의 주치의를 돕고 있죠."

"연구 대상이라니 비인간적으로 들리네요."

"그게 연구소에서 지훈을 받아주는 조건이었어요. 하지만 어차피 치료를 위한 과정이니 지훈에게도 해가 될 건 없어요. 나와 무영이 곁에서 지켜보고 있기도 하고요."

"지훈은요? 지훈도 자신의 상황을 알고 있나요?"

"알고 있어요. 증상을 인지하지 못하고 있을 뿐이지, 자신에겐 치료해야 할 병이 있다는 건 알아요."

소월이 말했다. 케이트는 한 손으로 이마 위에 흘러내린 머리카락을 쓸어 올렸다. 손가락 사이로 매끄러운 붉은 머리카락이 스쳐 지나갔다.

"처음엔 단순히 그 사람의 머리카락이 부러워서 쳐다보게 됐어요."

케이트가 헛웃음을 쳤다. 여자가 남자한테 반한 이유치곤 우스꽝스럽다고 생각했기 때문이다.

"그 후로는 어떤 부분이 그렇게 내 마음에 들어왔는지 손에 꼽기가 어려워요. 어느 순간 정신을 차리고 보니 이런 생각이 들었죠. 맙소사, 내가 저 동양인 남자를 좋아하고 있어! 누굴 좋아하게 된 것도 어이가 없는데 하필 동양인이라니! 차별적으로 들릴지 몰라도 나는 한 번도 다른 인종에게 매력을 느낀 적이 없었거든요. 하긴, 백인한테도 딱히 그러진 않았네요. 그냥 타인에게 호감을 가져본 적이 없어요. 있다고 해도 까마득한 옛날 일이었죠."

부모님의 갑작스러운 죽음 때문인 것 같다고 케이트는 생각했지만 입 밖으론 꺼내지 않았다.

"동양인이 됐으면 좋겠다고 생각까지 했어요. 그 사람 옆에 섰을 때 더 잘 어울리고 싶었으니까."

그러나 이제는 모든 게 부질없는 짓이 되어버렸다. 케이트는 코를 킁킁거렸다. 눈물이 나올 것 같아 콧잔등이 시큰하였다.

"다신 지훈을 귀찮게 하지 않을게요."

"포기하려는 건가요?"

"당신들이 그랬잖아요. 나한테 관심도 없다고."

"반하지 않았다고 했지, 관심이 없다곤 안 했어요."

소월이 새침하게 말했다.

"형의 치료를 돕고 있는 닉 페그가 왜 당신을 형이랑 엮어주려고 했겠어요."

무영이 다정한 목소리로 말했다. 그러나 케이트는 여전히 갈피를 못 잡고 있었다.

"형은 특정 과거의 기억을 잃어버렸어요. 하지만 잃어버렸다는 자각조차 없죠. 겉보기엔 멀쩡해요. 하지만 깊은 대화를 나눠보면 알 수 있죠. 과거와 관련된 이야기가 나오면 아무것도 들리지 않는단 듯 다른 말을 하거나 인형같이 웃기만 하거든요. 그리고 새로운 관계를 인식하고 형성하는 게 아주 느려요. 형은 과거도 미래도 없는, 고여 있는 물과 같은 거예요."

"닉 페그와 이곳의 연구진들을 받아들이는 것도 이 년이 넘게 걸렸어요."

소월이 첨언했다.

"그런데 작년 가을부터 지나가는 말처럼 당신의 이야기를 꺼내기 시작했어요."

"내 얘기요?"

"당신이 만든 커피가 맛있대요."

"그게 단가요?"

케이트가 시무룩해하며 물었다. 그런 인사치레는 지나가던 관광객들한테도 심심찮게 들었다.

"엄청난 거라고요. 지훈은 스스로 먼저 감상을 말하는 법이 거의 없거든요. 게다가 당신을 분명하게 기억하고 있었어요. 처음엔 '빨간 머리 앤'이라고 착각하긴 했지만 나중엔 '킷캣'이라고 불렀다고요."

"킷캣은 닉 페그가 날 놀리려고 부르는 거예요."

"지훈이 먼저 말한 거라 닉 페그도 그렇게 부르는 거예요. 말했잖아요. 그는 새로운 존재를 인지하기 버거워해요. 하지만 기존에 알고 있던 소설의 캐릭터나 초콜릿에 빗대어서나마 당신을 받아들이고 있는 거라고요."

"좋아해야 하는 건가요?"

"춤이라도 추라고요."

실제로 소월과 무영은 닉으로부터 '빨간 머리 앤'과 '킷캣'으로 불리는 사람이 실존 인물이라는 걸 들었을 때 덩실덩실 춤을 추었었다.

"아까까진 날 절망스럽게 하더니 이제는 희망을 주는 이유가 뭐예요?"

케이트가 예리하게 지적했다.

"그땐 거짓말 때문에 화가 나서 그런 거고, 지금은 화가 풀렸어요."

소월이 일말의 망설임도 없이 대답했다. 무영은 그런 소월을 애처로운 눈빛으로 바라보았다.

"정신병을 가진 남자를 계속 사랑할지 안 할지는 당신의 선택에 달렸어요. 나와 무영인 이제 그만 빠지겠어요. 닉 페그도요. 그러니 아무런 부담도 갖지 말아요."

그러고 나서 소월은 케이트에게 작별을 고했다. 밤이 더 깊어지기 전에 모두 집에 가야 했다. 찬바람이 한 번 크게 불었다. 소월과 무영은 딱 달라붙어서 케이트에게 손을 흔들었다. 케이트는 옷깃을 단단히 여미며 사람들 속으로 사라졌다. 어둠 속에 묻힌 그녀의 마지막 얼굴이 웃고 있었는지, 울고 있었는지는 확실치 않았다.

"왜 윤미 누나 얘긴 하지 않았어? 형이 지독한 병을 앓고 있는 건 사랑하는 여자가 죽어서 그렇게 된 거라고."

무영이 소월의 어깨를 끌어안으며 말했다.

"그렇게까지 기를 죽일 필욘 없잖아."

소월이 그의 품을 파고들었다. 올려다본 런던의 밤하늘은 새까맣기만 해서 월산의 달을 그립게 했다. 유독 향수병이 깊어지는 밤이다.

"윤미 누나 때문에 케이트를 싫어하는 줄 알았는데."

"괜히 서운하긴 하더라."

소월은 한지훈의 옆자리는 언제나 박윤미를 위해 남겨져 있을 거라고 생각했었다. 머나먼 타국에 와서야 그의 세상이 다시 흘러가게 될 줄은 몰랐다. 무영은 이걸 기적이라고 표현했고, 소월은 다 윤미 덕분이라고 했다.

"두 사람 잘될 수 있을까?"

"뒷모습이 차인 여자처럼 보이진 않던걸."

무영이 애써 밝은 목소리로 말했다.

"뭐가 됐든 잘될 거야. 형은 괜찮아질 거야."

무영이 걸음을 멈추고 소월을 바라보았다. 죽은 친구를 그리워하느라 상심한 아내가 안쓰러웠다.

"그러니까 우리도 그만 윤미 누나를 놔주자. 그럴 수 있지, 소월아?"

소월의 눈에 거부의 빛이 아른거렸다. 그러나 안쪽으로 말아져 일자로 다물어진 입술은 그녀의 다짐을 보여주었다. 무영은 소월이 한없이 가엽고 귀여워서 가슴이 벅찼다.

"둘이 정말 잘되면 한동안 우울해할 거야."

소월이 일부러 심술궂은 척 말하였다.

"응. 내가 다 감당할게."

"아이스크림을 잔뜩 퍼먹어서 살이 찔 수도 있는데?"

"포동포동한 것도 좋아. 네 뱃살 주물러 보고 싶어."

그렇게 말하며 무영은 소월의 외투 안으로 손을 집어넣었다.

"지금은 너무 홀쭉한걸."

"간지러워."

소월이 몸을 비틀며 웃었다. 무영은 그녀를 놔주지 않았다. 소월은 무영의 옷깃을 꽉 잡고 그만하라고 흔들었다.

"집에 가서, 응?"

소월이 무영을 살살 달랬다. 고집스레 달라붙던 손이 그제야 떨어져 나갔다.

"우울할 틈도 없이 내가 매 순간 귀찮게 해주면 되지."

"하나도 안 귀찮아."

"지금보다 더 잘할게, 내가."

"업고 다니기라도 하려고?"

"까짓 거 안고 다니지, 뭐."

말이 끝나기 무섭게 무영이 소월을 안아 들었다. 소월은 떨어질까 봐 얼른 무영의 목에 팔을 걸었다.

"우리 마누라, 뱃살 생기려면 아이스크림 백 통도 더 먹어야겠다. 왜 이렇게 가벼워. 공부하느라 그러지, 우리 범생이."

"아니거든. 네가 맨날 괴롭히고 귀찮게 굴어서 그런 거거든."

"그래서 싫어?"

"싫다고 한 적은 없어."

"좋은 건 아니고?"

"몰라."

소월이 수줍어하며 무영의 목덜미에 얼굴을 묻었다.

"오늘 밤에 하는 거 봐서 알려줄게."

소월의 속삭임이 귓가에 닿자 무영은 참을 수가 없어졌다. 무영은 소월을 땅바닥에 내려놓더니 온몸으로 와락 끌어안아 버렸다. 그의 입술이 소월을 급하게 찾았다. 익숙하게 맞닿는 입술이 왜 이렇게 매번 새롭고 설레는지 모르겠다. 생애 첫 키스처럼, 인생의 마지막 키스처럼 두 사람은 서로의 숨결 하나하나를 남김없이 나눴다.

행인들은 아무렇지 않은 듯 그들을 지나갔다. 이런 점은 런던이 월산보다 훨씬 좋았다. 처음 왔을 때 물갈이를 하면서 고생을 하던 무영은 그 점 하나 때문에 런던에서 버틸 수 있는 거라고 했었다. 남들 따위 신경 쓰지 않고 소월에게 있는 힘껏 애정을 표현할 수 있는 것 말이다.

"택시 타자."

긴 키스 후, 무영이 숨을 헐떡이며 말했다.

"버스는 너무 느려. 택시 타자."

소월의 대답을 기다리지 않고 무영은 곧바로 택시를 잡았다. 검은색 택시 한 대가 멈추자, 무영은 소월을 그 안으로 집어넣으며 '베이커 가 122B'를 외쳤다. 그리곤 소월에게 덤벼들어 입술을 물었다. 택시 기사는 백미러를 흘깃 보다가 오만상을 찌푸리며 정면에 시선을 고정하였다.

차무영이 한 가지 크게 오해하는 게 있었다. 런던의 사람들도 차무영 정도의 공처가는 짜증스러워 한다는 걸, 아무렇지 않게 지나가는 게 아니라 못 볼 꼴을 봤다는 듯 외면하는 것이라는 걸 말이다. 뭐 아무려면 어떠랴, 그 요란하고 끈질긴 구애를 받는 당사자 정소월이 기꺼이 그것들을 즐기고 있는데. 그리고 정소월만 괜찮다면야 차무영은 다른 사람들 따위는 안중에도 없을 게 뻔했는데 말이다. 그러니까 결국 이 못 말리는 커플은 월산이든 런던이든 어딜 데려다 놔도 둘만의 세계에서 참 행복하게 잘 살 거라는 거다.

〈The End〉

작가 후기

첫 연재와 완결 그리고 첫 종이책 출간을 월산의 정소월, 차무영과 함께할 수 있어서 정말 행복합니다. 쓰고 싶은 이야기를 마음껏 쓸 수 있도록 지지해 주고 격려해 준 가족, 친구, 독자 여러분께 감사 인사를 전하고 싶습니다.

먼저, 항상 나를 믿어주고 무조건 내 편이 되어주는 부모님과 동생, 큰이모에게 사랑한다고 말하고 싶습니다. 사랑하고 감사합니다. 우리 강아지 별이도 고마워.

첫 연재라 불안한 게 많았던 저를 위해 가장 먼저 소설을 읽어주고 피드백해 주었던 친구들에게도 고마움과 애정을 전합니다. 죠덕후, 신포덕 씨, 배민옥 여사, 란, 사랑한다!

그리고 무엇보다, 포기하고 싶어질 때마다 저의 마음을 다잡게 해준 건 독자님들의 소중한 응원이었습니다. 이 자리를 빌려 독자님들께 정말 많이 감사하다고 말하고 싶습니다.

특히, 조아라 연재 시에 서평까지 써주며 소설을 홍보해 주신 manaka님 감사합니다. 서평 정말 감동적이었습니다. 덕분에 무명작가의 글이 조금씩 알려지는 계기가 되었습니다.

또한 조아라 후원을 해주며 격려해 주신 월간순정님, romy1212님, ilikehs님, 083145님, rikimon님, lovemilktea님, 모야나도님, 춫러재를님, aaaaaaaaaaaaaaaaaaaaaaaaaaaaaaaa님, 헬렌과클라라님 감사합니다.

그리고 여러 인터넷 커뮤니티에서 제 글을 소개해 주고 홍보해 주신 익명의 독자님들과 직접 블로그까지 찾아와 주신 독자님들께도 감사의 인사 전합니다.

마지막으로 조아라와 로망띠끄에서 소설을 연재할 때 댓글을 달아주시며 저와 함께 발맞춰 걸어주신 독자님들의 닉네임을 하나씩 열거하며 마무리하겠습니다. 그 전에, 책을 출간할 수 있게 해준 출판사 청어람에도 감사의 말을 전합니다.

'나의 달은 그림자가 없다'를 사랑해 주신 모든 여러분 정말 감사합니다.

카페읹, 가zzz께르, 사람12, r궁금, 두부돕b, 하 늘, 할로할로1031, 나인69, 마징가언니, 수수밥, 해묵, geekjj, 서하람, Momu, 사과사과씨, 으어어ㅗㅗㅗㅗ, anfrufclsms, 선덕설리, agagaegzve, 시프그레서, 둥글반듯, 흰고깔, 바바람, manaka, cynthia012, 알땅, 사심이, romy1212, 햄햄, 콩쥐언니, dkdnfk, 썬25, zendaAOD, 먹고또먹고, 아던노윗투두, 청칭, minkkia, Aprodite, 엔디미온아, Reveng2, 디이네스, 와조스, 매콤달콤한, moogi, judemom, UHHSZDZQ, 그자, 나르틱, 바이퍼룸, 블랑코소녀, 아무개23, 차오르는, 레이시엘, 바이비, 레이니안, 유리시계, 쏭아28, 벼콩팥, 월간순정,

alddy17, okayiwill, 도도규, 츷러재륵, 냐햐히, forest1318, 미후라, 긴꼬리원숭이, steel19, 세피아먹물, 엘레인스, 선호-_-, 금동불상, 멍멍백구, endud, 반햇뜸, 오드리고고, MYsea, 포옹당퐁당, 테론에져튼, 연변걸-_-;, 맛비, 옥숫수수염차, 희소리, 밤마실, 앨리수, 카루엔, 죠아라아랏, 한밤Hanbam, 올리브01, 를로르, minin, [闇炡], 산에들에, qwod, 낭만야옹, ma1189, Violet77, 헬렌과클라라, 엑서, 에루모, multi89, ti0000, goodvibes, qoosita, 뿌뿌부, 해커스텝스, ins710, 봄봄봄바람, 상퓨, 낫자루, maginer, 대문자r, yuio0115, 성냥갑, 예몽, 몽슈, Beej, hong99, Gabikim8705, 립슬, 포도냥이, ㅎ글, 페리냥, 카르루아, 바닐라닐라, Mamor, 게으른개냥이, Clerye.R, Aclis, 세헤라, 별들의불꽃놀이, 잿빛개구리매, 치찡, 성자다, 오아썬나, 우이우잉, 조아서, santa3701, 기레, ㅈㅇㄷㄱ, 달의엘프, 새벽별꽃, 류세이안, 멜와, 김두루미, 울티오r, 곰곰이, 몽쉬2, 하늘꿈꾸기, 하나랑원, lebon, rocien, 은수이야기, 뼈냔, 알긴뭘알아, 고잉, 현연하, citronlove, 채유미리내, 에리스네, 알쓰빈, 멜팅태일, 오사라, Oohlala, 헤헤후후, 옻, lula, eanyu, 잠자는cat, choho, 우정★, 윤잉, 샌애기, 호이빵, 크렘블뢰, ㅇ1, 곰구미, domin, 모과설탕절임, 루나설, 로로롤국, yunahaa, lovelychii, 허니아몬드, 돌피니피니, 하늘하늘떨어지다, riverhere, 후추왕자, 띠아몽, 밀뽀뽀, 이독, 감꽃목걸이, 레드쿼츠, 헤스티아, 겨울꿀떡, 라우닝, ekko13, 리프넬, IMU.

요연, 유화부인, dhsmf, 샤이어, 곰돌이나무, 샤를, 로망쏘쏘, enffl, kachina, nizere, 싱거운소금, 노니나, 요꼬, sook, lucky girl, 지미야, 해마리아, 크라운K, 달달한아침, 무나, 눈을그리다, 1906, 로맨스를사랑해, 칸다빌레ㅎ, shaowanze, 햇살웃음, fviolet, qqmmhh, 유정, 카다르고, 규야, 하루살이처럼, 슈슈바, dldbswjd, 0373658, pinkulady, vivi052, 혜아랑999, 이녹이, 프레자일, 수연, 망고스무디:), 길막이, 바나나우유, 니마쿠마, 살며시, 혜수니, 누운 소나무, 도도한여우, 코류, rkd, 휘리리릭, 노탱이, fgh999, 혜우, 애숙이네, 욘, 힘센돌이, m08070, 생문어맘, eldfjlk, 로망망다, dull, azzuma, 진주, 881026, godam, dhband, 슈르르까, 가을하늘, 허니, 연, 예웅, 졈군, madusa, goodjob, 심장에묻는다, cjswl, 화니는 어디, 추억이여, 사나, mtmt, 여니유니, 박하향☆, 토실잉, 창교짱, 사랑이필요해, 소복, 바다사이, 바람남간, 앨트, hepburn, 준선맘, 하나둘, 미리아, 안농하세용, 뿌잉뿌잉, 행복열쇠, 지호♡, sweetbox, 세피아먹물, 피쉬, caty, 빠마인걸, 마하요가, 아우, 샤넬의 향기, 날아라 77, 서희, 행복이22, neomi, fat girl, 김진아, 파리지앤, deardear, 김미경, 이혜진, 물의요정, soon1228, 마누엘, slowjune, 보물선, 눈탱이, 이경미, 아카샤, juvine1278, hj2710, 노말, 자유, 푸우정, 이파리, 빈스맘, 정영미, sera612, 베르디, 또다른시작, asd, myloveisaqua, 난나다:, lwater14, 샤라랑, bluetre, 메리유, 歌姬, ekfl772, ke9697, mamd74, 타틀르, 둥글찐빵, tksdmfh, 고영자, 느티, 못난이, qhtl265, 달콤한바람, 삐북이, 악마의미소, 유지맘, 또다른나, fortune, 루23.

감사합니다.

연이은 드림.

배꽃 이울다

이영희 장편소설

창호지문이 소리도 없이 열렸다. 지안은 고개를 들었다.
단이 지안의 방으로 들어섰다.
그가 왔다. 기척도 없이 단이 왔다.
지안의 방에 들어서는 단의 등 뒤로 배꽃이 하얗게 이울어 떨어졌다.
밤은 더 까맣고 배꽃은 더 하얗다.

"제가 아는 허 선생님이라면 아니 오실 거라 믿었습니다."
"저도 오고 싶지 않았습니다."

이울어 날리던 배꽃의 봄날의 첫 만남,
손수건 한 장에 묶여 버린 그녀의 기억.

봄마다 배꽃이 피어나듯이
우리도 다시 마주볼 수 있기를.
시린 손끝이 서로에게 가 닿을 수 있기를.

비원이야기

강버들 장편소설

왕의 딸이라, 태어나길 처음부터 존귀하게 태어난 존재였다.
공주라 떠받들어지며 부족함 없이 살아오다 한순간에 나락으로 떨어졌다.

"또 뵙습니다."

주원이 잔잔한 얼굴로 알은체를 건넸다.
왁자지껄 혼잡한 거리의 사람들과는 다르게
제법 글 읽는 자의 면모가 풍기는 맵시다.
하나 이미 외양만 번드르르한 한량으로 낙인찍힌 터라
건네는 말이 달갑게 먹힐 리 없었다.

**"오호라, 니 계집까지 빼앗아 가시겠다? 네놈 뭐하는 놈이냐!
대관절 뭐하는 놈이길래……!"
"내가 이 여인, 기둥서방이란 말이오."**

기적이란, 언제나 생각지도 못한 방식으로 일어나는 법이다.

 세상의 모든 전자책을 위해 탄생된 곳

세상을 보는 또 하나의 창 **이젠북!**
www.ezenbook.co.kr

지금 클릭하세요! │ 검색창에 이젠북 을 쳐보세요! 🔍